荣华富贵

雪静 著

中国华侨出版社
北京

图书在版编目（CIP）数据

荣华富贵／雪静著. —北京：中国华侨出版社，
2020.1

ISBN 978-7-5113-8154-5

Ⅰ.①荣…　Ⅱ.①雪…　Ⅲ.①长篇小说—中国—当代
Ⅳ.①I247.5

中国版本图书馆 CIP 数据核字（2019）第 294063 号

荣华富贵

著　　者／雪　静
责任编辑／王　委
责任校对／王京燕
装帧设计／胡椒设计
封面题字／杨康乐
经　　销／新华书店
开　　本／710 毫米×1000 毫米　1/16　印张／28　字数／553 千字
印　　刷／三河市华润印刷有限公司
版　　次／2020 年 5 月第 1 版　2020 年 5 月第 1 次印刷
书　　号／ISBN 978-7-5113-8154-5
定　　价／68.00 元

中国华侨出版社　北京市朝阳区西坝河东里 77 号楼底商 5 号　邮编：100028
法律顾问：陈鹰律师事务所
编辑部：（010）64443056　64443979
发行部：（010）64443051　传真：（010）64439708
网　　址：www.oveaschin.com
E - mail：oveaschin@sina.com

目录

引　子

　　上海是个岛，它位于长江的尽头、中国的东部，这岛绝非与世隔绝孤掌难鸣，它一亮相就成了众目睽睽的掘金之地。到了二十世纪二十年代的中叶，它的繁华已演绎成妖娆的媚态，举世瞩目、万国景仰，登岛淘金掘银的人们就赐它一个雅称"上海"，这雅称到了芸芸众生嘴里又成了"上海滩"。此刻上海滩正吸引全世界的眼球，除了美国的纽约、日本的东京，它已排名老三了，这不光因为它拥有超过四百万的芸芸众生，还因为它分成了三个地界，公共租界、法租界、中国地界。中国地界的地理环境看似包围着公共租界和法租界，但实际上并没有任何特殊的优势。租界地上，万商云集，来自世界各地的商人带着优良物产赶往上海滩，英国的毛料、法国的香水和葡萄酒、美国的电影、苏联的文学……各式人物粉墨登场，学艺的美男靓女、读书绘画的文人墨客、开工厂的老板、投机钻营的商人、图谋不轨的冒险家、移植灵魂的传教士和贩卖情报的走卒……在上海只要有钱，不光是洋货，就是中国货也琳琅满目让人目不暇接，无论你想喝白酒品绿茶、还是你想吃川菜、淮扬菜、正宗地道的上海菜……只要你腰包鼓胀，甩得出美金和大洋，你都会尽饱口福和眼福……在一片赚钱玩钱的潮涌中，人群自然就分成了三六九等：政客、流氓、商人、文人、艺术家、骗子、乞丐……他们分别演绎着权力场、金钱场、美色场……一场又一场难以谢幕的人间悲喜剧，呈现着上海滩繁华妖娆的媚态。

　　现在，三位阔太太石玉婵、田韵抒、许尚美的浮华梦就要开场了。

第一章

1

喧闹繁华的上海城隍庙老街，各式茶楼酒吧商铺毗连，叫卖声不绝于耳。逛街的男女老少熙来攘往，一辆小轿车穿越人群骄横地鸣笛，男女路人纷纷躲闪。一家洋酒吧前，悬挂着"华人与狗不得入内"的牌匾，三五成群的流民正被洋巡捕追赶驱逐。众多商铺中，"钱大爷古玩城"的门匾格外炫目，从店铺里传出流行歌曲《毛毛雨》：

"毛毛雨，下个不停，微微风，吹个不停

微风细雨柳青青，哎哟哟，柳青青……"

老街上，一报童手举报纸高声叫卖："号外号外，天下奇闻，京城大帅把自己喜欢的小姨太像闺女一样嫁掉了……"这时，一辆带篷子的人力车快速穿越人群，在酒吧前停住。一位穿着旗袍短衫、高挽发髻、气质不俗的中年女性从车上慢悠悠下来，在她付费给车夫的时候，报童凑上来喊："夫人，买份报纸吧，京城大帅把自己喜欢的小姨太像闺女一样嫁掉了……"石玉婵瞟了一眼报童："噢？有这事……"饶有兴趣地接过报纸匆匆看了一眼，立刻从手包里掏出碎钱递给报童，而后挟着报纸直奔酒吧，她的身后又响起报童的叫卖："号外号外，天下奇闻……"

2

上海城隍庙老街酒吧，靠窗的一个包厢里，两位漂亮的中年女性正说着什么，她们身着旗袍，旗袍外罩了一件短衫，梳波浪形长发的叫许尚美，梳卷曲短发的叫田韵抒，田韵抒吸着女式香烟。许尚美不耐烦地将自己的波浪形长发掠向脑后，用目光扫着窗外说："玉婵大姐怎么还不来呀，等了这半天了，茶都凉了。"田韵抒吐着烟圈说："皇上不急太监急，她要是不来，你把黑眼球瞪成白眼球都没用。……要不要来一支缓解情绪?"田韵抒打开香烟盒。许尚美扫了一眼说:"哟,钻石牌的,中国南洋兄弟烟草公司刚上市的。不过,我不喜欢这口,吸了会得肺病。"田韵抒笑道:"不喜欢也好,我要不是天天在报馆爬格子,也不会吸这玩意。"许尚美紧跟着问:"爬格子就要吸烟吗?"田韵抒说:"那当然了,烟雾缭绕才会催生灵感啊。""真不愧是报馆的记者,说话满嘴是词儿。"许尚美说罢又往窗外张望:"玉婵大姐,你真是让我们望眼欲穿啊!"

石玉婵恰好走到包厢门口,两人的对话她听得一清二楚。她疾走几步一脚跨进包间说:"我已近在眼前,何劳二位学妹望眼欲穿啊?"许尚美和田韵抒立刻恭敬地站起身说:"玉婵大姐好!"田韵抒手托着香烟盒道:"大姐让我们等得好心焦啊,香烟都吸了两三根了。"石玉婵笑笑:"刚在路上买了份报纸,你们看,京城大帅把自己喜欢的小姨太像闺女一样嫁掉了……"田韵抒不以为然地说:"早两天我就知道了,今天才见报,已是旧闻了。要说这个京城大帅真是个有情有义之人,而我们身边的男人跟他相比,立马矮了一大截。"许尚美接过话说:"人比人气死人,有什么好比的。玉婵大姐快给我看看,报上都写什么了。"田韵抒拦挡说:"咱姐妹三个今天好不容易聚聚,报纸回去再看吧,你们都想吃什么,今天我请客了。"石玉婵斜眼瞟瞟田韵抒说:"看样子你是又拿了润笔费了,韵抒啊,你写的言情小说我还是挺爱看的,就是感觉爱情上有点老生常谈,还在一个老模子里边套着。"

田韵抒坦言道:"这样写读者爱看,我们总编说世俗生活报馆就要写吸引读者眼球的文章,否则报纸的发行量从哪里来呀?"许尚美把报纸摊开认真看着说:"如果不是白纸黑字写出来,我真不敢相信世上居然还有这样的好男人。"田韵抒不屑地说:"尚美,可惜你还是金陵女大的高才生呢,这有什么好称赞的,京城大帅不过是做了应该做的事罢了。如今有权有势的男人们都把女人当成笼中鸟了,他要是不打开笼门,女人就得在笼子里憋死。"石玉婵突然插话:"那我现在就跟你建议,能否在你们世俗生活报馆开个栏目:'废除婚姻家庭'。"许尚美惊讶道:"这太离经叛道了吧?""好了好了,咱先点餐吧,我肚子早就咕噜叫了,每人来份法式西餐怎么样?"田韵抒提议。石玉婵笑笑:"客随主便。这几年,上海的西餐盛行,姐妹们也都赶时髦了。"田韵抒转过身喊:"侍应生,点菜。"一位男侍应生走过来,递上菜谱。

田韵抒翻看了一下:"来三份法式西餐。"男侍应生用笔记下,转身离去。

田韵抒说:"人来世上就是为了一张嘴呀,我们吃饱了再讨论,这栏目说不定真能吸引读者眼球,拉来不少商家广告呢。"正说着,男侍应生端菜走过来,将法式西餐一一摆在桌上。许尚美俯身用鼻子嗅嗅:"味道好极了。"田韵抒的关注点显然在石玉婵身上,便说:"玉婵大姐,这是上海最地道的法式西餐,尝尝味道如何呀?"石玉婵拿起刀叉切着说:"洋餐再地道也比不了中国菜的味道。"田韵抒兴致勃勃地说:"今天咱姐妹三个也开个洋荤嘛,来来来,开吃开吃。"

3

上海中式庭院,十六岁的女仆花朵正在花园里修剪玫瑰,她左一剪右一剪,花枝散落一地。在散落的花枝中,有一朵红玫瑰开得格外鲜艳,她把花朵拾起来放在鼻子下嗅嗅,一边打量一边自语:"我怎么不小心把你剪掉了呢?"

紧靠花园的数间中式房屋内,考究的红木家具,字画古玩琳琅满目。大厅里,一座落地大钟显示着房间的宽敞和气派,摇动的钟摆不时提醒主人时间的进程。梳妆台上摆了一个欧式的玻璃花瓶,里面插了几朵玫瑰花,红色黄色粉色相映成趣。花瓶一侧,散乱地堆着几枚废旧的棋子。安子益坐在临窗的桌子前琢磨棋子,时而手捏棋子左冲右突,时而捏着棋子愣怔自语:"这过河的卒子,不过河怎么行啊?不过河就没有位子呀。"安子益举棋不定,猛抬头看见窗外小花园里的女仆花朵,此时的花朵正摆弄一朵玫瑰花,安子益放下棋子推开窗子,窗台上的几枚旧棋子哗啦啦掉落地上。安子益喊:"花朵,你在干什么呢?"正在剪枝的花朵听见安子益的声音,猛然抬头恰与安子益的目光相遇,便笑着问:"先生,找我有事吗?我在给玫瑰花剪枝呢。"安子益不容置疑地说:"当然有事了,没事我就不叫你了。"花朵左右张望了一下,匆匆跑进大厅问:"先生,您唤我有什么事吗?"安子益捏起一枚棋子问:"花朵,你会不会下棋呀?""先生,我怎么会下棋呢?我是您府上的使唤丫头,剪花除草干粗活是我分内的事,下棋不是我的事,下棋应该是先生和太太的事。"花朵说。安子益打量着花朵问:"今天我就教你下棋如何呀?"花朵说:"我在给玫瑰花剪枝呢,等太太回来,让她陪您下棋吧。"安子益急忙说:"夫人不喜欢下棋,她回来也不会陪我的。""可我陪您下棋,谁给玫瑰花剪枝啊?再说,太太看见了我陪您下棋,会不会生气呢?下棋不符合我身份的。"花朵忧心忡忡地说。"什么身份不身份的,过去我不是也教你写过毛笔字吗?这里是我家,不是官府,下棋还讲究什么身份啊。"安子益试图打消花朵的忧虑。花朵仍犹豫着,见安子益一双渴求的眼睛直勾勾望着自己,只好应道:"那……我试试吧。"安子益一下子笑起来,立刻在棋桌上摆设棋子,他坐上位,花朵坐下位。花朵看着棋子说:"先生,您当了这么大的官,干事要悠着点了,过去您天天写毛笔字,把我这个笨丫头都教会了。现在您天天琢磨下棋,这东西可费脑子了,您看您的头顶都快成灯泡了。"安子益摆弄着手里的棋子说:"我这个官跟大官比,就小多了,如今的大官喜欢下棋,我不把棋子琢磨透了,还能升官吗?我只有陪着大官下棋,才能入他们的法眼啊。"花朵说:"可我根本不会下棋呀,先生让我陪着不等于对牛弹琴吗?"安子益不在乎地说:"没关系,我只当你是我的对手,只要你在,我就能出'棋'制胜。你看啊,这下棋也是有招数的,马踏斜日象飞田,炮打翻山鸡走悬,小卒过河横竖闯,象士不离老帅边。"

花朵忽然笑起来:"先生都把下棋编成诗了,不赢棋才怪呢。那好吧,只要先生能赢,让我当卒当马当炮都行。"

4

上海城隍庙老街酒吧内,石玉婵、田韵抒、许尚美三个女人边吃边交谈。石玉婵说:"婚姻是牢笼这话我已经琢磨很久了。我虽是上海通商公署安署长的太太,表面上风光,可内心寂寞得很。安子益一门心思钻研权术,主子喜欢什么,他就研究什么。从前的主子喜欢写书法,他就天天练毛笔字,如今的主子喜欢下棋,他又一天到晚钻研象棋,我们家餐桌上、茶几上、床头上、窗台上到处摆满了棋子,他除了吃饭睡觉,手里始终捏着棋子,担心哪一天主子找他下棋骂他臭棋篓子,那真就摘了乌纱帽了。"田韵抒接着袒露心声:"哎,一晃毕业快十年了,说真话,这十年我的婚姻处境还不如学姐和学妹,你们俩的丈夫好歹是原配,我跟乔世景结婚后才知道他跟百乐门的舞女绿袖子生了个儿子,那孩子三天两头来家里要钱,为了息事宁人,我经常自掏腰包给那孩子钱,真是又气又无奈,只怪自己肚子不争气,盼了多少年也怀不上他的孩子。"许尚美见两位学姐都袒露了各自的心声,便趁机将自己的苦闷说了出来:"不管怎么样,两位学姐的丈夫都在自己身边,我丈夫路旷明在战场上舞刀弄枪十几年了,不知哪一天枪子就会在他头上开花,那枪子可是不长眼睛的。"田韵抒突然打断她的话:"当初你就不应该嫁给一个当兵的,我真搞不明白,你怎么就嫁给了一个当兵的,秀才遇上兵,有理说不清。"

"当初他是我心里的大英雄,我从小崇拜英雄。可结了婚就后悔了,他在前方打仗,一年到头见不到面,好不容易回家一趟,上床不洗脚、睡觉打呼噜、吃饭吧唧嘴,还有一帮乡下的穷亲戚,今天七姑来,明天八姨来,走马灯似的,我妈简直跟他水火不容,几乎天天吵架。"许尚美急忙注解。田韵抒又说:"那就让你妈回自己家里住,等他走了,你妈再回来住。玉婵大姐,你说我的建议对吗?"石玉婵津津有味地吃着法式西餐,盘子已见底。此刻她好像没有插话的欲望,被田韵抒问到头上,又不得不说话。于是笑道:"这些鸡毛蒜皮的事回家自己消化吧,我真没什么好点子。……韵抒,这法式西餐的味道挺纯正的,你怎么找了这么一个好地方啊。"田韵抒自鸣得意地说:"这是法国人开的西餐馆,不纯正怎么可能在上海滩站住脚呢。"石玉婵用绢子擦了擦嘴巴说:"如今上海的洋酒吧、西餐馆是越来越多了，你们也赶快吃吧，吃完我们还是接着聊女人的话题吧。"

5

上海某中式别墅内，乔世景被一阵紧锣密鼓的敲门声惊醒，急忙穿着睡衣去开门，打开门一看，不禁眉头一皱问："小秃，你怎么又来了？"门外叫小秃的男孩不由分说使劲挤进屋内。他站在大厅里，神闲气定地打量着一色的欧式家具，然后将目光转到乔世景身上说："爸爸，我妈让我拿钱来了，她正在外边等着呢。"乔世景突然沉下脸道："上个礼拜你不是刚刚从我手里拿过钱吗？怎么转眼就花光了？"小秃争辩说："那是学费，你还没给我生活费呢？"乔世景犹豫了一下，走到一个桌子前，不情愿地拉开抽屉，露出里面的大洋。小秃眼疾手快，一把将大洋抓到手里，掂在半空中晃晃说："这些钱够我花了。"乔世景不悦地看着他说："这半学期的生活费和学费算是跟你结清了。以后再来我府上，事先要打电话，幸亏今天你田阿姨不在家。"小秃立刻说："爸爸，你说这话好像我不是您的亲儿子一样，田阿姨有本事也给您生儿子呀。"说罢跟乔世景做了个鬼脸，转身跑出门去。

乔世景尴尬地愣在原地，风从敞开的大门吹进来，掀起了他的绸缎睡衣。待他去关门的时候，看到马路对面站了一个风韵犹存的中年女人，那是小秃的妈妈绿袖子。绿袖子表情复杂地远望着乔世景。乔世景迅速关上了大门。

绿袖子领着小秃边走边问："你爸真跟你说这半学期的生活费和学费跟你结清了？"小秃说："真这么说的，我听得清清楚楚。"绿袖子又问："那你是怎么回答他的？"小秃想想说："我说，爸爸，你说这话好像我不是你的亲儿子一样，田阿姨有本事也给你生儿子呀。"绿袖子立刻兴奋地搂住小秃说："我儿真是长大了。这钱你快点花，花完了再去跟你爸要，你爸有的是钱，他在通商公署综合厅当厅长，管着大上海的不少地盘呢，光是别人送的钱他都花不完，你不跟他要，都便宜了那个姓田的妖精了。"小秃打断妈妈的话说："妈，您别总骂田阿姨，她还给过我钱呢，她是报馆的记者，会写文章，有稿费赚。"绿袖子不屑地说："她再有稿费，也没你爸的钱多，你爸的钱是别人送的，来得快；她的钱是一个字一个字抠出来的，赚得慢。"小秃认真地看着绿袖子说："妈，你放心，我要让我爸赚的外快都花在我身上。"绿袖子欣喜地抱住他说："你真是妈的好儿子！"

上海中式别墅内，乔世景站在窗前愣怔了一会儿，又返身回到大厅里，他打开留声机，里面传出流行歌曲《毛毛雨》，听了一会儿，他又心绪烦乱地把留声机关了，内心叹息道："我这是哪辈子造的孽啊！"

6

上海某里弄民居外，许老太太挎着菜篮子刚走进里弄，就看到自家门口围了一群乡下人，有的站着，有的蹲着，便心生疑惑地快步奔到跟前，发现屋门大开，里面也挤满了人，有个年龄大的老男人正跟路旷明说话。老男人说："听说你回来了，咱们村的人都想来上海看看你，我只让本家的亲戚来了，这是你三叔，那是你二伯，你大舅……"路旷明强装笑脸应酬着："三叔好！二伯好！大舅好！"给每个打招呼的人递着香烟。老男人接过香烟在半空中晃着说："这可是洋烟啊，上面写的洋字码我一个都不认识。"二伯接过话说："旷明，听说你已经当旅长了？"路旷明笑道："我这个旅长也是腰里掖着枪闯出来的。"三叔说："在部队弄个官当，那就是跟枪子躲猫猫啊！你有眼力见儿，它就打不着你。"老男人抢白道："这话还用你说嘛，旷明要没有眼力见儿，还能当旅长？"

许老太太在一旁看了一会儿，不由怒气冲冲进门，将菜篮子猛掷在地上，怒眼瞪着路旷明吼道："哪里冒出来的山猫子野兔子啊，这是上海，不是乡下的荒山野地！"屋里的人立刻惊慌失措地将目光射向许老太太，不知自己做错了什么。许老太太越发气不打一处来："我家也不是大车店，旷明你怎么招来这么多山猫子野兔子啊？"路旷明总算明白了许老太太发火的原因，于是尴尬地跟屋里的人挥着手说："走，我们到外面的酒店吃饭去。"一群人前呼后拥奔出门去，老男人回头跟许老太太做着鬼脸："山猫子野兔子到馆子里吃酒去喽！"

许老太太没好脸色地瞟了他一眼，接着就用水龙头冲洗地板，又将窗子一扇一扇推开，用掸布在房间里挥着，边干边唠叨："我们尚美怎么嫁给这么一个乡下人啊，这帮山猫子野兔子，弄得满屋腥臭。"说罢将路旷明的鞋子拎到屋外，使劲摔到地上。屋外的一只黑猫见到鞋子喵一声跑了。许老太太皱起眉头说："臭得连猫都不闻。"

7

上海城隍庙老街酒吧内，桌子上摆着三杯咖啡和吃光的盘盏。田韵抒始终在吸烟，烟雾在三人眼前缭绕。石玉婵叹息一声说："既然姐妹们都不幸福，不如来一场废除婚姻家庭的大讨论，韵抒，能不能在你们报纸开个专栏，组织社会上有头有脸的贤达人士参与讨论，我敢说你们报纸的发行量肯定会猛增。"田韵抒忽然来了精神说："玉婵大姐的想法很不错，回去我跟总编汇报一下，要争取总编的支持才行。""我的文采不如两位学姐，我就不参与了，今天来见两位学姐，是想求你们帮忙，让路旷明回到上海工作，他常年在外打仗，如今兵荒马乱的，想必两位学姐不愿意让学妹当寡妇吧？"许尚美见机行事，把内心的想法说了出来。石玉婵推脱道："这事你找田韵抒，上海滩这么大的地盘，乔厅长一句话就安排下了。"田韵抒心领神会道："乔厅长要是有安署长的圣旨，这事百分之百能办妥。对吧，玉婵大姐？"石玉婵瞟了一眼田韵抒，故意沉默不语。许尚美进一步说："求玉婵大姐帮忙了，人情费我出，要多少都行。"石玉婵笑道："要什么人情费呀，老同学就免了吧。但具体办事的人真要使些银子。你想想，路旷明从部队转到上海地方工作，再安排一个合适的岗位，千回百转，那要托多少人搭多少人情呀。"许尚美站起身，双手合十道："我按大姐的指示办，只要能把路旷明安排回上海工作，花多少银子我都认。……天晚了，路旷明刚回来，我先回去了。"田韵抒急忙说："玉婵大姐不说走，谁敢动啊，见一次署长太太容易吗？……尚美，要说你不会办事，脑子里真是缺根弦儿。"石玉婵不急不慌地问："韵抒啊，你带了麻将没有？今天咱们既来之则安之，试试手气如何啊？"田韵抒打开手包说："我带了我带了，听说麻将已成为欧洲人的新宠了，称它是高智商游戏。"说罢从包里掏出麻将摆在桌子上。石玉婵兴致勃勃洗牌。许尚美忽然说："三缺一，打不起来吧？"石玉婵、田韵抒面面相觑。

　　石玉婵拍了拍脑门笑道："我怎么把最关键的环节给忘了。"田韵抒忙说："那咱打牌吧，我也带了扑克牌。"

8

　　石玉婵穿着高跟鞋穿越自家的中式庭院，高跟鞋踏地的声音回荡在夜色中。院子十分安静，房间里的灯亮着。安子益正与花朵对弈，突然听见脚步声由远而近。花朵惊慌道："先生，夫人回来了，我要赶紧回自己屋里了。"安子益丧气地扔下手里的棋子说："真扫兴，正杀到兴头上。"花朵急忙站起身，悄声道："先生，我回自己屋了啊。"

　　石玉婵推开门，一眼看见安子益在慌乱地收拾着棋子，不由问："这深更半夜的，你跟谁下棋呀？"安子益仍收拾着棋子，头也不抬地说："我跟自己的影子下棋呀，左脑对右脑，大脑对小脑。"石玉婵环顾一下四周又问："花朵呢？"安子益说："她睡下了吧，天一黑我就没见着她。"石玉婵疑惑地左右望望。

　　花朵在自己的房间里将耳朵贴在屋门上倾听，脸上的表情紧张而惶恐。屋外传来石玉婵的说话声："主子还没睡，仆人倒先睡下了，一个仆人比主子还自在，这成何体统了？"安子益说："是我不想让人打扰，撵她回自己屋里的。"石玉婵放下手里的小包，拎起浴袍走进浴室。待她穿着睡袍从浴室出来，见安子益斜倚在床上盯着床头柜上的棋子，不由怒从心生，伸手抓了一把棋子扔在地上说："你简直鬼迷心窍了，眼睛里除了棋子，谁都不认了。跟你说啊，京城大帅把自己喜欢的小姨太像闺女一样嫁掉了，这事你知道吧？"安子益吃惊地瞟了石玉婵一眼，疑惑地问："不可能吧，京城大帅真有这么高尚的情操？"石玉婵嗔怪道："就你这两耳不闻窗外事的呆官，还当什么署长啊，江山不垮到你们这些人手里才怪呢。"说罢倚在床上，安子益凑过来问："这事你听谁说的？""报纸上的消息还能错吗？谁敢拿京城大帅开玩笑啊！"石玉婵说着拉开手包，从里面掏出一张报纸递给安子益。安子益拿起报纸扫几眼又丢在一边说："北洋政府政事多变，花边新闻越来越多，我这个通商公署的署长也难得在家清静一天啊。"石玉婵接过他的话说："这一天又赔给棋子了，吃亏了吧你？跟你说吧，京城大帅到上海来也轮不到你陪他下棋，上海本地比你官大的人多呢。""可我身为官场的人就必须把棋艺研究透了，说不定什么时候派上用场呢。"安子益眯起眼。石玉婵讥讽道："你就做美梦吧。"忽然想起什么，又问："儿子没来电话吧？"安子益闭着眼说："没有。学校今天放假，照理他应该回来才对。"石玉婵一边解睡袍的扣子一边说："你让他参加了学校的象棋训练营，他哪里还有回家的时间呢。"安子益睁开眼，刚要张口说话，突然看到石玉婵的乳沟，一下子压到她身上。石玉婵推搡他道："今晚我比棋子重要了是吗？""都重要都重要。"安子益急不可耐地在石玉婵身上动作起来，边动作边说："贴身护帅在深宫，虽不过河斗亦凶。若有敌人来进犯，披肝沥胆尽全忠。"

石玉婵厌恶地推开他，坐起身说："你又把我的身体当棋盘了是不是？"安子益一愣，扫兴地拉过被子，侧过头睡去。

石玉婵怒目注视着安子益的后背，也扯过被子侧头睡去。

9

上海中式别墅，田韵抒推开家门，揿亮灯，大厅里空无一人，乔世景的卧室门口摆了一双拖鞋。田韵抒望着拖鞋叹气："又不在家，天天晚上都见不到你的人影。"她换掉鞋子轻轻上楼，刚迈上楼梯，忽然想起了什么，又转身下楼奔向大厅中间的长条桌，用手轻轻拉开抽屉，不由惊恐地嚷道："啊，钱怎么又没了？……"田韵抒正在乔世景卧室翻东西，听见大铁门响，从房间出来站在灯光明亮的大厅里迎接乔世景。乔世景推门进屋，田韵抒神情倦怠地问："你总算回来了。"乔世景一愣，这才看见田韵抒站在大厅里，忍不住问："这么晚了，你站在客厅干什么？"田韵抒阴阳怪气地说："迎接你呀，你天天早出晚归，我总不能白天晚上都见不到你人吧？我好歹也是厅长的太太，家里东西丢了倒罢了，总不能连人也丢了吧？"乔世景厌恶地说："阴阳怪气，有话直说好了。"田韵抒突然提高声音问："我昨晚放在长条桌抽屉里的钱怎么不见了？"乔世景像是没听见田韵抒的话，径直走到大厅中央，坐到太师椅上，闭着眼睛喘息。田韵抒索性站在他身旁，对着乔世景的脸继续问："你听见没有，我昨晚放在抽屉里的钱不见了。"乔世景突然睁开眼理直气壮地说："那钱是别人送给我的，它长翅膀飞了，你管得着吗？"田韵抒据理力争道："那钱不光是别人送给你的，还有我刚拿到手的一笔稿费呢。……是不是那个叫绿袖子的舞女又打发小秃来要钱了？跟你说，要这样下去，不光是这个家，还有你的前程都会葬送在他们母子的手里。""那我有什么办法？有本事你也生儿子呀，你自己生了儿子，他们就不敢没完没了地找上门来要钱了。当初老太太看不上舞女绿袖子，才让我把你娶进门的，可你肚子不争气，一晃好几年过去了还是怀不上，赶明老太太再让我纳小，你说我是听老太太的还是不听老太太的呢？顺者为孝，这你总该懂吧？"乔世景反讥田韵抒。田韵抒沉下脸狠狠地说："我当初怎么就糊里糊涂嫁给你了呢？真是瞎眼了。"乔世景索性道："你现在愿意走，我可没拦着。想给厅长当太太的美人在后边排队呢，谁不知道夫荣妻贵、夫壮妻抖呀！我没娶姨太已经算便宜你了。"田韵抒接着他的话讥讽道："那是呀，遍地野花比娶进门的新鲜多了。""你别跟我胡搅啊，我要睡觉了，明天还有公务忙呢。"乔世景说罢起身进了自己卧室。

田韵抒也进了自己卧室，她穿着睡衣在卧室吸烟，忽然又掐灭烟头，拿起桌上的笔纸写下标题："废除婚姻家庭……"沉思了一会儿，又把纸揉成了一团。她穿着睡衣走下楼梯，径直推开乔世景卧室的门，站在他的床前说："乔厅长，今晚我要跟你造孩子。"乔世景睁开眼，打量着田韵抒："造孩子？可我根本不在状态。"田韵抒掀起被角钻进去，抱住乔世景说："我就不信跟你造不出孩子，我是很正常的女人啊。"

乔世景不情愿地看着田韵抒问："难道我不正常吗？"

10

上海某里弄民居内，路旷明躺在卧室的床上呼呼大睡，他穿着衣服，鞋子也未脱。许老太太在卫生间刷马桶，边刷边唠叨："我们尚美怎么就嫁了一个这样的男人呢？真是眼睛长到后脑勺上了。"许尚美推门进屋问："妈，怎么这么大的酒气呀？"许老太太从卫生间出来说："乡下来了一帮山猫子野兔子，你女婿带他们出去喝酒，就把酒气带回来了。尚美，这可不是一天两天的事情啊，那一帮乡下人，够你一辈子恶心的了。"许尚美急忙问："旷明他人呢？"许老太太说："醉得像头死猪一样，在床上打呼噜呢。"许尚美往里间屋望了一眼，见路旷明在床上横着，便跟母亲说："今天见到两位学姐了，把旷明的事说了，她们嘴上答应得挺好，说是给办。"

许老太太说："光答应可不行，你得赶紧盯着她们，还得赶紧准备银子，如今办事凭一张嘴是不行的，亲是亲财是财，是亲都从财上来。银子不到位，事情准没谱。"许尚美进了卧室使劲摇晃着路旷明喊："旷明，你醒醒啊，怎么不脱衣服就睡下了？你这是喝了多少酒啊，熏死人了。"路旷明忽然睁开眼睛，看清了眼前的许尚美，一把抓住她的手说："尚美，你别生气啊，今天老家来了一帮亲戚，我带他们去酒馆喝了点酒，顺便把他们打发走了。"许尚美将自己的手抽回来说："你赶快把衣服和鞋子脱掉吧，被子都弄脏了，不怪我妈吵你，你总也改不了乡下人的习气。"路旷明坐起来脱鞋子和衣服，不由问："今天见到你的两位学姐了？"许尚美说："见到了，把你的事情跟她们说了。""她们怎么说？"路旷明急切地问。"她们说给想想办法。"许尚美边说边帮路旷明脱下衣服。路旷明欣喜地用手捧住许尚美的脸说："有门，看样子我回上海是大有希望了。"许尚美挣开他的手说："希望要靠银子砸出来，你要备够银子才行。"路旷明急忙追问："她们要多少？"许尚美说："具体还不清楚。我想百八十万大洋总要准备吧。""天下人谁不知道当兵的穷啊，她们要这么多大洋，我可没有。"路旷明叹息起来。许尚美将枕头摆好，没好气道："那你就当一辈子大头兵好了，谁也没求着你回上海。"路旷明见许尚美说这话，又软下心说："你先打听打听，你那两位学姐家的大官员，都喜欢啥，有啥爱好。送礼这东西吧，不在乎钱多，在乎送得对人心思，让人看着欢喜。"许尚美忽然问："你酒醒了？脑子还挺清楚嘛。"

路旷明嬉笑道："明天我再给你分析，现在马上钻被窝。"说罢拉灭灯。黑暗中的许尚美挣扎着说："一股酒气，难闻死了。"

11

上海中式庭院内，安子益与石玉婵躺在黑暗中，两人中间空了很大一个位置。安子益忍不住说："好不容易跟老婆上床，到头来竟索然无味。真不知道你在想什么？"石玉婵无奈道："你总把我的身体当棋盘，我哪里还有激情啊？你倒来怪我了。""女子无才便是德，古人说的话真是有道理。娶了你这么一个满腹诗书的女人，也就把我床上的功夫废了。"安子益叹息道。"你是被象棋废的，不是被我废的。不过，最近我也在琢磨，与其让这满腹诗书在没有爱的婚姻里消耗，倒不如发动一场废除婚姻的大讨论，号召有文化的妇女出来参政，成立妇女参政协会，我担任会长。"石玉婵祖露了自己的心声。黑暗中的安子益一脸惊惧地坐起身，正色道："石玉婵我可告诉你，如今社会乱象不断，浙江已斩首了一个秋瑾，你别步她后尘成了秋瑾之二，到时候我可救不了你。"

石玉婵不以为然道："我讨论婚姻，又不是讨论变法，不关乎政权，谁敢要我的脑袋呀？""婚姻是政权的晴雨表，婚姻不稳定，政权也会动摇。你就给我老老实实当阔太太吧，你要是当腻了，想抢你位置的女人多了，你别身在福中不知福啊。"安子益不容争辩地说。石玉婵毫不示弱道："你这个官位还不是我家老爷子给争来的，不是老爷子进京送了一副金麻将打通关节，怎么会轮到你在大上海的通商公署作威作福呢？"安子益厌恶地说："好了好了，别说这些没用的话了，明天我还有公干呢。""公干公干，你私事都干不好，公事也好不到哪儿去。"石玉婵讥讽道。安子益怄气地翻个身，背对石玉婵说："真是唯女子与小人难养也。"石玉婵没吭声，索性起身出门。她站在大厅里朝窗外张望，夜色无声，月光如水，浸在月光里的她显得凄凉而孤独。

12

浓雾散去，黎明渐露，江面上正有一艘货轮驰向黄浦江码头，黑暗中一条小船急速靠近货轮。隐在小船上的威爷喊："老二，下家伙。"话音落地，老二将一只带钩的铁链抛向货轮，小船上的数个蒙面大汉迅速抓住铁链攀上货轮。老二紧随其后。

货轮上，数个蒙面大汉扛着箱子跑出货舱，一束灯光照射过来，扛着箱子的蒙面大汉立刻躲在暗处，灯光过后，数个蒙面大汉继续扛着箱子奔向小船停泊处，老二用绳子从货轮上将箱子抛下，随后数个蒙面大汉又顺着铁链爬回小船，老二垫后。

隐在小船上的威爷问："弟兄们都回来了吧？"老二清点了一下人数说："都回来了。"威爷催促道："老二，快开船吧。"

一只乌篷小船迎风远去，江面上泛起一朵又一朵浪花。货轮上几束灯光齐刷刷射向小船，同时响起一阵零乱的枪声。

码头上，一队巡捕跑过来，为首的是李副队长，他们在一辆警车前停下。警车门推开，任队长从里面跳下来。

李副队长："报告任队长，京城大公子的货在黄浦江遭劫了。"

任队长怒声骂道："妈的，一群废物！"

13

京城大公子官邸，大公子正在桌前拿着棋子左冲右突，嘴里不停地嘀咕："你可不能死啊，你要是死了，那就树倒猢狲散了。"贴身侍卫匆匆跑进来说："报告大公子，那批走私货在上海黄浦江被一伙儿蒙面大盗劫了。"大公子惊讶地问："你说什么？你再说一遍。"贴身侍卫又把刚才的话重复了一遍："那批走私货在上海黄浦江被抢了。"大公子啪一下将棋子掷在桌上骂道："妈的，竟敢在太岁头上动土！……看样子，这上海滩我是非走一趟不可了。"

第二章

1

　　上海某街巷，一幢英伦式建筑在朝阳的沐浴下分外炫目，门口悬挂的白色牌匾上写着方方正正的黑体字：上海通商公署。公署内，一派公务繁忙的景象，穿着西装的公务人员在走廊里往来穿梭，偶见华丽的旗袍女迈着猫步走来走去，如一束花枝在绿叶中乱颤。会议室里，数位官员坐在两排长桌前，安子益坐在他们中间。乔世景坐在安子益右边。

　　安子益用目光扫了一眼会场，敞开嗓门说："诸位都知道，宾客四方来，不是喜就是财。接待就是生产力，我们上海通商公署的性质离不开接待。大公子第一次来上海，我们要不惜一切代价搞好接待。你说呢，乔厅长？"乔世景好像早已经知道安子益要说什么，立刻回应道："我已跟随安署长多年，安署长怎么安排，我就怎么执行。"安子益脸上掠过一丝微笑，对乔厅长的态度显然十分满意，接着说："乔厅长做事一向爽快，你分管的交通、商贸、警务、娱乐诸多部门，几年来工作颇有成效，大家有目共睹啊。现在我就开始布置接待程序。首先我们要用最豪华的车队迎接大公子，举行热烈的欢迎仪式；要找最纯正地道的菜馆让大公子品尝上海风味；至于娱乐活动嘛，大公子是到百乐门听歌还是到大世界看戏，那就由他个人的喜好挑选了。这期间还要安排一场象棋比赛，让大公子展示超群的棋艺，还有大公子走时要送什么礼物？……乔厅长，这接待程序的具体落实就全靠你了，肩上的担子不轻啊。"乔世景笑眯眯望着安子益说："我已经是老接待员了，莫非安署长对我的能力还有什么怀疑吗？"安子益立刻辩解："哪里的话，你现在就说说怎么落实吧？"乔世景显然胸有成竹，如数家珍一样细细道来："首先我们要知道大公子是坐什么交通工具抵达上海？他的随行人员有多少，我们要备多少辆车，在码头、车站还是机场举行欢迎仪式，起码要调动几所中学的女学生在欢迎仪式上献花跳舞；然后要考虑在哪个酒店设宴，要把上海最好的菜亮出来给大公子品尝，不次于国宴水平；象棋比赛放在贵族学校圣迭哥中学比较合适，这个学校有一个象棋训练营，大公子光临学校指导棋艺会很体面。还有，建议马上到扬州定制两副玉棋送给大公子，作为礼品既上档次又投其所好。"

安子益突然拍起巴掌："有了乔厅长，任何迎送仪式都不成问题。"乔世景接着问："安署长，我想知道接待经费是多少？"安子益一时无语。一旁的李秘书看了安子益一眼说："还没有预算。"安子益沉吟片刻说："乔厅长，别忘了咱们的老规矩，该化缘的就要去化缘了。"乔世景颇有难色道："安署长，酒店、宾馆、歌舞厅，我们的签单可是一大摞了。"安子益挥挥手："不要紧的，乔厅长，虱子多了不咬，账多了不愁，总有解决的办法吧。"

会议室里数位官员窃窃私语。男甲："想不到公署都欠了这么多债了？"男乙："就是，账多了不愁，还不是羊毛出在羊身上。"

安子益不耐烦地扫着会场："有话就摆在桌面上说，别在私底下开小会。"会场立刻鸦雀无声。

安子益扫了下会场说："要是没有的话，就散会吧。"乔世景急忙问："安保问题怎么解决？这么大的接待规格，安保方面可不能有丝毫的闪失啊。"安子益拎起公文包："乔厅长，这事还用请示我吗？你怎么也变得婆婆妈妈的了。"乔世景笑道："安署长，这么高规格的接待，安保方面要是出了一点点差错，那可就前功尽弃了。"安子益站起身："那就马上与华界巡捕房警务队联系一下吧，请他们出警。"忽又想起了什么问："乔厅长，听说大公子喜欢烟枪和女人，这烟枪嘛就不必准备了，女人嘛还是要给他物色一两个。"

乔世景笑道："请安署长放心，我一定让大公子满意。"

安子益拍了拍乔世景的肩膀："有你这句话，我心里就踏实了。当初让你当综合厅厅长，我还真没看错人。"

乔世景趁机讨好地说："那我要感谢安署长慧眼识珠啊。"

2

上海外滩耸立着一座哥特式白色洋房，洋房外悬挂一块白底黑字的门牌，上写：通俗教育委员会驻上海办事处。洋房门口是两棵高大的法国梧桐树，树下停了一辆黑色的老式轿车。白色洋房内的一间办公室里，石玉婵坐在桌前翻看报纸，这时，她隐隐约约听见大街上有枪声，便急忙起身推开办公室的窗子，伸出头朝窗外看，只见教育科科长赵人杰匆匆奔进大院，他身后跟着两三个便衣。在他进院以后，那两三个便衣转身离去。石玉婵惊讶地关上窗子自语："难道赵科长被特务盯梢了？他为什么被盯梢？"石玉婵悄悄走到办公室门口，将房门拉开朝外边张望。走廊里一阵急促的脚步声，她看见赵人杰从自己的办公室门口匆匆走过，随后是赵人杰掏钥匙开门的声音。石玉婵镇静一会儿，听见赵人杰推开门进屋了，她才从自己办公室出来，朝赵人杰办公室的方向走，刚走到门口，赵人杰突然推门走了出来，两人同时一愣。石玉婵发现他身上的黑衣服换成了咖啡色。

赵人杰故作镇静道："石处长，我老家来人在上海医院看病，我要出去一下，您找我有事吗？""没、没有。老家来人看病，需要我帮什么忙吗？"石玉婵察言观色地问。赵人杰急忙说："不用了，我已经安排好了。"石玉婵打量着赵人杰，她显然看出了他脸上的慌张，便说："那就好。"刚欲转身离开，又停住脚步说："最近京城大公子要来上海，通俗办事处千万别出什么差错，特别是通共之类的乱子。"赵人杰表情稍显紧张地说："石处长想多了吧？我这种人能通共吗？"

石玉婵笑道："赵科长，你我共事多年彼此也都有些了解，你的灵魂里有一种积极向上的精神我是很欣赏的，不过你千万别被人蛊惑啊，共产主义幽灵那可是掉脑袋的事情啊。"

赵人杰将慌乱的情绪压住说："石处长，据我所知共产主义幽灵是人类的先锋组织，不是谁都能当的。"说罢匆匆离去。

石玉婵疑惑地望着他的背影自言自语："人类的先锋组织？"

魏局迎面走过来，他望着赵人杰匆匆的背影，问石玉婵："赵科长匆匆忙忙去干什么呀？"石玉婵见是魏局，急忙说："他说老家来人在上海医院看病，他要去给安顿一下。"魏局不悦地说："国事不如家事，这哪像在机关工作的人啊，随随便便，想来就来想走就走。"石玉婵辩解道："谁还不兴有点私事呢？"

魏局强调："石处长，赵人杰思想激进，他的话不可全信呀。"

石玉婵不以为然道："他也就是对新鲜事物好奇，还能激进到哪里去呀？魏局想多了吧。"魏局瞟了一眼石玉婵说："石处长，如今这乱世，脑子里还是多根弦好。"

3

住在上海郊外别墅的方菲，刚刚睁开眼睛，就被一阵敲门声惊醒，她不情愿地伸伸懒腰，嘴里嘀咕着："谁这么早就来敲门啊，本宫我还没睡醒呢。"门外的敲门声越来越响，方菲只好穿着睡衣起身去开门。乔世景闪身而进。方菲惊讶道："乔厅长，您怎么不事先打招呼就来了？"乔世景暧昧地看着方菲问："我来这儿还用事先打招呼吗？"方菲嗲声嗲气道："您看我衣衫不整，多失体面啊。"乔世景一把抱住方菲："小亲亲，在我面前你还要什么体面啊？……今天我给你带喜讯来了，你风光的时候到了。"方菲边推边就地说："托厅长的福，我能在百乐门混口饭吃，已经很风光了。"乔世景进一步说："这回你如果让上边来的贵宾饱足眼福，在百乐门就会升为主唱，届时你就是上海滩一枝独秀的牡丹花了。"

方菲反问道："那您还能独占花魁吗？"乔世景使劲揽住方菲的腰："我现在就占着呢，谁敢掐我的花啊？"方菲被乔世景顺势放在床上，迎合着他问："上边来的到底是什么人啊？"乔世景吻着她说："来头不小，到时候你就知道了。"

方菲突然神情认真地说："要是让上边的贵宾饱足眼福，那我真得好好准备几首曲子了。"乔世景正色道："好好准备，不可有半点马虎。当然还是要唱你最拿手的《毛毛雨》喽。"

方菲偎在乔世景的怀里哼唱："'毛毛雨，你下个不停……'"

乔世景拍拍她的脸说："乖乖，你现在别唱了，要好好配合我。"方菲娇嗔道："我在给您配乐呢。"乔世景摇着她的身体："那你就把节奏唱出来。"说罢，在方菲吟唱的节奏中进入了她的身体。

4

上海医院的走廊里，男男女女的患者和医生不停地忙碌着，有的在找医生看病，有的前来探望病人。田韵抒在化验室的门外停下来，往里面张望。正在看显微镜的田韵青猛抬头看见了妹妹，于是起身走了出来。

田韵抒将手里的一包东西交给田韵青，左右张望了一下，压低声音说："给，这是我求姐姐化验的东西。"田韵青接过田韵抒手里的东西说："走，到外边说话。"

两人走到医院门外的小花园里，站在一棵树下。田韵青举着手里的东西说："妹妹动真格的了。"田韵抒无奈地叹息："姐姐，绿袖子生的那个孩子三天两头来要钱，想要多少就得给多少，乔世景对他百依百顺，我稍有争执，他就拿话杠我，有本事你也给我生儿子呀！这回我倒要看看，是我真生不出儿子，还是他自己有毛病。"田韵青立刻嘘了一声："你小点声，这事非比寻常，不可声张。要知道，你虽在社会上小有名气，写了几本言情小说，但没有乔世景这个靠山，你能活得有滋有味？天下舞文弄墨的人多了，能出人头地的又有几个？你别身在福中不知福了，他没把那个叫绿袖子的舞女娶进门，已经算你走运了。"田韵抒说："那是他老娘不让。按乔世景的胃口，三宫六院七十二嫔妃才好呢，他跟皇上好有一比。"田韵青打断她的话："好了好了，眼下对你来说保住丈夫比什么都要紧，丈夫是天妻子是地，没有天哪有地呀。再说，我有这么一个当厅长的妹婿，医院里的人都不敢小瞧我，如今的世道就是一人得道鸡犬升天。韵抒，你永远要记住姐姐的话：婚姻是政治，夫妻之间也是要相互利用的。"

田韵抒接着姐姐的话说："如果不考虑这一点，我早就跟他分手了，在家里他很少跟我敞开心扉，成天阴着脸，结婚好几年了，我都不知道他心里究竟想什么，更摸不透他的心思。"田韵青抢白道："你要摸透他的心思干什么？凡事糊涂些为好，睁一只眼闭一只眼。你看看周围，哪家没有一本难念的经啊？过日子，马勺不碰锅沿儿还过不红火呢。"田韵抒将话题一转说："姐，我那几个有头有脸的同学想发动废除婚姻的大讨论，她们让我在报馆开个专栏，我正跟总编争取呢。"田韵青惊讶地说："小妹，你可别瞎胡闹啊，到时候给你扣个乱党的帽子，只怕是乔世景也难保你的小命。"

"与其在婚姻的牢笼里苟活，还不如挣脱婚姻让人身自由自在呢。"田韵抒执拗地说。田韵青沉下脸，强调说："你们这些文人墨客呀，凡事都太理想化了，自由自在又能怎么样？你以为那些结不了婚的老姑娘真就自由自在？"田韵抒不耐烦地说："好好好，我不跟你讨论这个了，报馆还有事情呢。你查出结果要尽快告诉我啊。"田韵青举了举手中的东西说："除了你我还能告诉谁呀？这情报对别人没用。"

5

上海某里弄民居内，许尚美的家里弥漫着油盐酱醋茶的民间烟火气。厨房里，许老太太在捞饺子，许尚美在捣蒜。路旷明在里间屋整理自己的行囊。他的动作幅度过大，不时弄出啪啪的声响。

许老太太把最后一盘饺子放在桌上，不知是问路旷明还是问许尚美："星星怎么还不回来呀？要不给学校打个电话问问吧。"许尚美将蒜倒进碗里，又注进酱油醋说："学校只有校长室有电话，那么多学生，校长怎么可能知道路星星是谁呢？"许老太太说："那也得打电话问问，她爸要回部队了，怎么也该回来吃顿团圆饺子、让父女俩见一面吧。"路旷明从里间屋出来说："家里没电话，怎么打呀？要不我去外面有电话的地方打吧。"许尚美拦着说："甭问了，星星准在学校排练节目呢，说是京城的大公子要来上海，星星要去参加盛大的欢迎仪式。"许老太太不屑地翻着眼珠道："天子下凡，百姓遭殃，瞎折腾个什么劲啊。"许尚美趁机说："妈，那我们就不等星星了，赶紧吃吧，旷明别误了火车。"

三人围坐在桌前，路旷明拿起筷子刚搛了一个饺子，许老太太使劲用自己的筷子打了他的食指一下说："你这二拇指怎么老伸出来呀？指乎啥呢？跟你说过多少遍了，二拇指老伸出来指乎人会妨家，你是妨我早死还是妨尚美过不起日子来呀？你怎么就不长记性呢？"路旷明尴尬地笑笑，看看自己的手指："从小养成的习惯，一时半会儿难改。"许老太太瞟了他一眼，不屑地说："你虽生在乡下，可你的媳妇生在上海大城市，乡下的习惯不改掉你就成不了上海人，到了场面上就会给尚美丢脸。……真是生姜改不了辣味。"许尚美用筷子撩了个饺子放进自己碗里说："妈，旷明马上就要走了，您不能少说两句呀？让人心里不痛快。"许老太太越发来了劲儿说："忠言逆耳利于行。旷明他也不可能总在部队上，回到上海是迟早的事，要是他将来真在场面上露脸，我总不能天天提醒他拿筷子别伸二拇指吧？这丢人的事是他自己的，跟我这丈母娘有什么关系呀？真是的，成人不用管，管死不成人。"路旷明急忙说："是是是，妈，我改，改不掉我就把二拇指绑在筷子上。"许老太太一下子笑起来："要说旷明就是有个好脾气，要没这好脾气，我们尚美就亏大了。你这一走又不知猴年马月回来了，外面的枪子又不长眼，菩萨保佑你平安吧。一个女婿半个儿，丈母娘疼女婿那是真心实意的。"许尚美也笑了说："妈这话我还爱听，良言一句三冬暖呀。"路旷明附和道："妈虽然嘴上好唠叨，心里还真是疼我的。"许老太太接过他的话说："尚美这叫守活寡呀！你回去敛点银子，该往回挪腾挪腾了，趁着尚美有两个通天通地的老同学，她们搭个桥，你也就回到上海来了。"许尚美说："妈，这事您就甭管了，也不怕心操碎了。"许老太太说："那就抓紧吃吧，别耽误了火车。"

　　许尚美与路旷明匆匆吃过饭，搭了辆黄包车就奔了上海火车站，火车就要开了。上了火车的路旷明与站台上的许尚美犹如身处两个世界，前路茫茫，虽说都是奔向生存的目的地，其实却在奔向一个未知，又黑又暗又腐又乱的社会，不知哪里枪会响哪里有水灾哪里州官放火哪里劫货杀人……活在娑婆世界的芸芸众生，终日被无常厉鬼攥着小命，说不定眨眼之间魂灵就被索走了。许尚美忽然悲从中来，眼泪止不住往脸上滚落，越滚越多，最后竟连视线都模糊起来了。她怕路旷明看见，急忙将脸转到一侧，这时火车开动了，路旷明从车厢里探出头向站台上的许尚美挥手，声音哽咽地说："尚美，回去吧，我很快就会回来的。"许尚美满脸泪水，跟着开动的火车奔跑："旷明，记住我跟你说的话，早点回上海啊。"

　　火车越开越快，在许尚美的视线里路旷明的脸越来越模糊了。以致路旷明最后说的什么话，她根本没有听清楚，她只感觉耳畔的风嗖嗖的，不知是天上刮来的，还是火车甩给她的。她的内心空落落的，像被人挖去了一半心脏，火车早就没影了，她还在站台立着。直至另一辆火车呼啸而来，她才悻悻离开站台，脚像踏了棉花堆，那么没有力量。她走到火车站外，忧心忡忡地在路上走着，突然遇上了迎面而来的田韵抒。田韵抒很奇怪地看着许尚美："尚美，你一个人在这里干什么？醉春风呀？"许尚美急忙说："我刚去火车站送走了路旷明，心里郁闷，随便走走。"田韵抒笑道："久别胜似新婚，都这把年纪了，还依依惜别，真羡慕你们。"许尚美趁机说："韵抒姐，那天我跟你和玉婵大姐说让路旷明回上海工作，这事是否装进你们的心里了？"田韵抒摆摆手："我这几天在考虑废除婚姻大讨论专栏，还没顾上细想这事情呢。不过，这事说快也快，你就先备好银子吧，等我帮你打听了底细，你就对症下银子，保证一路通关。"许尚美心生欢喜道："真是谢谢韵抒姐了，玉婵大姐那里还要你帮着催问啊。"田韵抒拍拍许尚美的肩膀说："没问题，老同学的情谊啦……哎，对了，最近正上映电影《弃妇》，听说票很紧俏，你哪天请玉婵大姐和我看场电影，顺便把你这事催问一下。""好啊，那就礼拜天吧。"许尚美脱口而出。

6

　　上海世俗生活报馆，总编室里，戴深度近视镜的总编手持田韵抒的稿件摇头晃脑念着："男女的幸福被婚制束缚，人类是没有理性的，感情的变动尤其剧烈。一成不变的婚姻制度下，男女间的感情一旦坏了，仍要维持名分，过着无聊的生活，造成了精神上的莫大痛苦，所以根本解决在于'废婚'。"总编停下，打量着站在自己面前的田韵抒："你这想法太超前了吧？这样的稿件登在《世俗生活报》上，就会有人来砸我的报馆了。"田韵抒立刻争辩："总编，我这想法并非空穴来风，前人早有定论了，洪秀全在《原道救世歌》里说：'天下多男人，尽是兄弟之辈；天下多女子，尽是姊妹之群'。康有为在《大同书》中，将'去家废婚'上升到理论，说既然家庭肇始于婚姻，'去家'就得重新设计婚姻。……"总编不耐烦地打断她的话："这些社会贤达们说话都振振有词，可婚姻是社会稳定的最佳形态，如今国内战乱四起，政局不稳，你方唱罢我登场，唯家庭是人可以安宁的港湾，我报馆靠言论的优势把婚姻搞乱，一旦上边有人查下来，我这个总编的罪过不亚于乱党啊。"田韵抒接过话说："总编，上边不会怪罪您的，我这个想法也颇有来头，是通俗教育委员会驻上海办事处的副处长石玉婵率先提出来的。"总编突然睁大了眼睛说："噢，上海通商公署安署长的太太，了得！既然这样，那就不妨试试吧，不过，一定要组织一些社会贤达参与讨论，有支持者也有反对者，双方争鸣，这样才能给报馆带来经济利益，扩大报纸发行量，吸引商家广告。"田韵抒趁热打铁说："总编真是精明到家了，那我马上就去组织文章了。"田韵抒刚欲转身，总编忽然又撤回刚才的话说："你别急，这事容我再考虑两天吧。……对了，最近有个从巴黎回来的油画家要举办画展，请我们报馆参与策划宣传，你是报馆的头牌记者，又是写言情小说的作家，这事你出面最合适了。"田韵抒故意推脱："报馆那么多人呢，不能总把什么事都往我一个人头上摊吧？"总编笑道："这可是美差，别人想去我还不给他机会呢，油画如今在中国已经热起来了，这个青年油画家的作品极有收藏价值啊。"田韵抒不屑地说："可我根本不喜欢油画。"总编进一步说："喜欢不喜欢只要市场热起来，那都是钱。"田韵抒赶紧给自己找台阶下："既然总编把任务摊在我头上了，那我就去吧。这油画家叫什么名字呀？"总编瞟了她一眼说："艺名叫天飞马。"田韵抒嘀咕："天飞马？这名字好怪呀。"

田韵抒回到自己办公室，想想刚才跟总编的争执，情绪颇为激动，于是抄起电话听筒拨电话。

石玉婵正坐在办事处的办公桌前修理盆景，电话铃响起来。她放下花剪，抄起桌上的话筒："韵抒啊，你打电话找我何事？"田韵抒："我跟您汇报废除婚姻大讨论的方案，我们总编答应了，不过说要等几天再见报。"石玉婵神情不悦地说："干吗要等几天啊，马上见报不好吗？我认为废除婚姻大讨论早就迫在眉睫了，你看现在的婚姻哪里还有婚姻的样子啊，男人纳妾娶小老婆还到处拈花惹草……"田韵抒附和道："玉婵大姐，你的想法与我不谋而合，可总编拖着怎么办啊？"石玉婵无奈地说："我也没什么好办法，我又不是报馆的主笔，说话还不如你占地方呢。"田韵抒忙道："可您是署长夫人呀，署长总是有面子的。"石玉婵不耐烦道："你别总提署长好不好？我们在外边做事情哪里是凭他的面子呢？我们凭着自己的才干。"田韵抒急忙纠正说："大姐说得太对了，要不我们约个时间再商议一下？……哎，对了，我刚刚在街上碰见许尚美了，她催问路旷明回上海工作的事情，想礼拜天请我们去看电影《弃妇》。"石玉婵话里有话地说："上海这样的地方安排一个从部队回来的人工作，哪里是看场电影就能解决的事呀？"田韵抒心领神会道："看电影只是个由头，到时候大姐想提什么条件，还不是一句话嘛。"石玉婵道："这几天上上下下都在忙着接待任务，通俗教育委员会也安排了学校的象棋比赛，等忙完了这阵子再说吧，让安署长搭个话应该不成问题，毕竟老同学嘛，你把我的话转给尚美，让她不要急，先做些准备就是了。"田韵抒应道："好的，有大姐的鼎力相助，天下就没有办不成的事情。"放下电话，田韵抒得意地用手指翻着桌子上的稿件，忍不住笑起来。

7

天说黑就黑下来了，黑得无边无际、蛮不讲理，如同一口厚实坚硬的大锅将五颜六色的大地扣得严丝合缝，使万物在黑漆漆的天底下噤声。不过，如今的上海人早就习惯于黑夜了，他们甚至有点企盼黑夜降临，只有黑夜降临，上海滩的霓虹灯才能闪烁到人的心里，将男女心底的欲望诱发得淋漓尽致，百乐门也好大世界也罢，还有那些让人进去就不想出来的赌场，无不剥下男女的人皮，让闪烁的灯光将他们的兽心照得清清楚楚明明白白，流氓、赌徒、妓女、恶棍、老大、青帮、租界、乱党、明星、乞丐、小偷……如此丰富的人网，享受着上海滩漫长的黑夜，有姿色的女人和有身份的男人半夜不回家已成为常态，谁要是盘问纠缠，那才是土老帽呢。

上海通商公署的安子益署长，晚上是不喜欢去外边应酬的，他大多数的夜晚是在家研究象棋与笔墨纸砚，他也不喜欢失眠，只要头沾了枕头，很快就会有呼噜打响。可今晚，他在上海中式庭院内，在卧室的床上翻来覆去，将一边熟睡的石玉婵都惊醒了，不由侧过身子不解地问道："你总翻来覆去的，心里有什么事吧？"安子益索性揿亮床头灯，坐起身说："大公子来上海，我个人总不能不表示一点意思吧？他回去见了大帅，帮我美言几句，我安子益就可能前程似锦啊。"石玉婵释然地松了一口气："我还以为你心里有什么大事情呢，就为这事睡不着觉啊？你也真是的……可不知大帅的喜好是什么？"安子益披上睡袍，望着石玉禅说："天下人都知道他喜欢下棋，我已差人到扬州订制玉棋了，可那是以上海通商公署的名义送的，我个人也应该送点像样的礼品吧？"石玉婵似想起了什么，忽然问："大帅是什么属相啊？"

安子益沉思道："好像是属虎，对了，他私下被人称为'北洋之虎'。"石玉婵："这就好办了，江南正好有位画虎的名家袁士道，钓一幅他的老虎画送给大帅就是了。不过，听说这位画家的虎画很贵，虎头、虎鼻、虎眼、虎嘴、虎耳、虎牙、虎爪、虎尾、虎屁股……每个器官都不少于十万大洋，统统加起来就是一百万大洋了。"安子益立刻说："那就钓这幅画吧。但虎屁股不能画得太大，让人有'老虎屁股摸不得'的嫌疑；也不能画平原上的老虎，'虎落平原遭犬欺'，不吉利；要画一只下山的猛虎，对着重山峻岭发威，题款：猛虎下山。"石玉婵猛地掀开被子："你这想法不错，我这就去落实。"安子益问："这深更半夜的，你找谁去呀？"石玉婵将脚伸到床下穿上拖鞋："你甭管，就等好吧。"

石玉婵披着华丽的睡袍走进大厅，黑暗中一个人影突然一闪，她吓了一跳："谁？"花朵从暗处闪了出来："夫人，是我。"石玉婵疑惑地打量着花朵："半夜三更你不在自己房间睡觉，跑到这里干什么？"花朵忙说："夫人，我口渴，想喝水。"石玉婵怀疑地看着她问："你房间里不是有水壶吗？"花朵："水壶里没水了。"石玉婵阴着脸抓起大厅里的电话，花朵悄悄溜回自己房间。

住在上海中式别墅里的田韵抒被急促的电话铃声惊醒，她急忙起身接电话："喂，谁呀？"石玉婵："除了我，谁敢半夜三更给厅长太太打电话呀？"田韵抒："玉婵大姐呀，这么晚来电话一定有急事吧？"石玉婵道："韵抒，你不是急着要我帮尚美办事吗？现在有个机会来了，你让尚美买一幅江南大才子袁士道的《猛虎下山》画送来，越快越好。"

田韵抒犹豫了一下说："袁士道的一幅虎画最少要一百万大洋呢，不知尚美能不能拿出这么一大笔钱来？玉婵姐，你直接跟尚美说不好吗？"石玉婵道："韵抒，尚美跟我隔着几个级别呢，她丈夫只是个旅长，我跟她直接说不妥当，会失身份的。"田韵抒道："那好吧，我跟她说就是了。"

石玉婵回到卧室，看到安子益又在看墙上的棋谱，立刻钻进被窝说："你真神经了，早几年，主子喜欢字画古玩，你天天写字画画研究古玩，如今主子喜欢下棋，你又挖空心思琢磨象棋，这跟风要跟到什么时候啊？跟你说啊，我已经把袁士道的虎画落实了……对了，有件事我想问你，花朵见了我怎么鬼鬼祟祟的？"安子益一愣，很快又镇静地说："仆人见到主子害怕，这很正常啊。有啥大惊小怪的？"石玉婵打量着安子益说："这乡下丫头真要多留神呢。"安子益厌恶地说："你别疑神疑鬼好不好？"石玉婵无言地拉灭灯，用被子盖住了头脸。

8

田韵抒放下电话，独自坐在床上发呆，她思来想去了半晌，忽然自语："我家里好像有一幅《猛虎下山》的画，如果卖给尚美，岂不一举两得？……"她披衣走出卧室，在大厅里翻箱倒柜，可她翻了半天，却没找到那幅画，她额上渗出了一层汗，边用手绢擦额上的汗边嘀咕："我记得家里有一幅《猛虎下山》的画呀，别人送上门时是我亲手接过来的，已经鉴定了是袁士道的真迹，怎么就找不到了呢？会不会又被小秃拿走了？……"乔世景推开大厅的门走进来，将外衣脱下挂在衣架上，他转身看见田韵抒翻了一地的东西，立刻眉头一皱问："半夜三更你不睡觉，翻什么东西呀？"田韵抒见是乔世景，嗔怪道："你这么晚才回家，我还没问你呢，你倒问起我来了。有道是黑夜茫茫、风月无边，你今晚又去会谁了？该不会是小秃他妈绿袖子吧？"乔世景不耐烦地瞟了她一眼，没好气道："你别总说这些废话好不好？京城大公子马上要来了，我有很重要的接待任务，今晚去检查现场了。"田韵抒忽然笑道："原来是忙公干啊，那我真是想歪了。"

乔世景坐在太师椅上，边脱鞋边说："你什么时候没想歪过？一肚子狗尿苔！"田韵抒沉下脸说："你别挖苦人好不好？我还不是为了这个家吗？"乔世景将头靠在太师椅上，半闭上眼睛说："你口口声声说是为了这个家，为什么偏偏我不在家的时候乱翻东西呀？"田韵抒争辩说："我是你老婆，这家有我的一半，我没有权力翻东西吗？"乔世景睁开眼睛盯着田韵抒："那你告诉我，你是在翻你的东西，还是在翻我的东西？"田韵抒的语气忽然缓了下来："我记得咱家有一幅《猛虎下山》的名画，怎么就找不见了呢？"乔世景惊讶地问："你找这画干什么？这画跟你有关系吗？这是别人求我办事送的，他送这画是为了谢恩。"

田韵抒急忙解释："我的老同学许尚美，丈夫在部队服役多年了，最近想脱下军装回上海工作，让我和玉婵大姐帮忙，我又不好直接跟她要钱，正好玉婵大姐想要《猛虎下山》的画，我想起咱家里就有一幅，把这画卖给许尚美，岂不是一举两得了吗？"乔世景的嘴角露出一丝讥笑："你倒挺有经济头脑的。"田韵抒纠正道："这叫盘活资本。"

乔世景从太师椅上站起身："那你慢慢盘吧，我要睡觉去了。"转身进了卧室。田韵抒无奈地望望他的背影，继续翻箱倒柜。这回翻得更仔细更大胆，似乎得到了乔世景的默许，也就更无所顾忌理直气壮，她几乎是翻了一整夜，把家里的犄角旮旯都翻遍了，最终把画找了出来。

第二天一早，田韵抒就挟了《猛虎下山》画奔了城隍庙。穿长衫的店主钱大爷正在店面柜台上打理东西。田韵抒跟他客套了几句，就把画摊开了，画面上一只老虎在崇山峻岭中奔跑。钱大爷仔细看了看，眼睛忽然一亮说："这画是袁士道的真迹，千真万确，我手里已经走过好几幅他的虎画了，都卖了好价啊。"田韵抒问道："钱老板，我这幅画能卖多少钱？"钱大爷说："一百万大洋上下吧，不过，你这只虎的寓意非比寻常，是一只下山的猛虎，价钱上可以开得更高一点。"田韵抒立刻表态："那我就干赚一百万大洋，卖多了钱归你。这两天可能就有人来提货。""那这么着，只要货一提走，我立马打电话让您来提钱。"钱大爷爽快地说。田韵抒欣喜道："好呀好呀，那咱就一言为定了。"

9

许尚美正坐在商务馆的办公室里整理资料，秃顶李总走到她跟前，将一杯水摆在她桌上，讨好地说："路太太，休息一会儿喝点水吧，工作再忙也不能累坏身子呀。"许尚美冷冷地回道："谢谢李总关心，我杯子里有水。"李总索性坐在她身边："你丈夫不在家，有事就言语一声啊，需要我帮忙，我一定尽力。"说罢，将手放在许尚美的肩上。许尚美本能地站起身躲闪："我丈夫可是军人，他手里的枪子不长眼睛啊。"李总笑笑："用枪吓唬我，谁怕呀？"又用手指着脑门："往这儿打，这儿有油，我是你的干老头。"许尚美厌恶地背过身去："李总，请您放尊重点，商务馆的总经理，别失了自己的身份。"李总果然远离了许尚美一步说："我这是关心下属，失什么身份嘛。好，那你忙，我走了。"说罢讪笑着出门。随着关门的响动，许尚美愠怒地坐下，委屈的泪水悄然涌出。这时，田韵抒悄悄走了进来。许尚美一眼发现了她，急忙拭去脸上的眼泪，强装欢喜说："韵抒姐，你怎么跑到这儿来了，找我有事吗？"田韵抒道："这回好事真找上门了，看你敢不敢接？"许尚美应道："只要能把路旷明调回来，什么事情我都敢接。"田韵抒接着道："那我就实话实说吧，玉婵大姐最近想要一幅袁士道的《猛虎下山》画，这可是你讨她欢心的好机会，如果你能送上这幅名画，你丈夫回上海工作的事情肯定就八九不离十了。"许尚美道："可我到哪里弄这画呢？"田韵抒应道："我刚刚路过城隍庙钱大爷古玩店，看见那里就有一幅袁士道《猛虎下山》画，钱大爷说是真迹，你那里买就是了。"许尚美想了想："字画这东西我不懂，一幅画要很多钱吧？"田韵抒道："不会少于一百万大洋，关键是你买画送给玉婵大姐是为了给路旷明安排工作，在上海这样的地方安排一个好工作，没有一百万大洋能行吗？"许尚美面有难色："可我一时筹不来这么多的钱啊？"田韵抒察言观色道："尚美，我们是学姐学妹，念在同校之谊，我才真心帮你，否则谁管这等闲事，要知道玉婵大姐和我都是在银子堆里扑腾的阔太太啊，哪个缺钱花？反正我把消息告诉你了，你去不去就不关我的事了，到时候路旷明调不回来，可别怪两个学姐不帮忙哟。"

许尚美连忙说道："韵抒姐，那我这两天就抓紧筹银子，你要容我一些时间好吧？"田韵抒道："你真要抓紧，如果画被别人买去了，你拿什么送给玉婵大姐呀？送礼不在乎钱多钱少，但一定要送对心思。"许尚美点头道："我明白了。"

许尚美回到家里就翻箱倒柜，许老太太跟在后边收拾东西说："你把家里翻弄个底朝天也翻不出钱来，咱没家底，翻出啥来也不值钱，你还是给路旷明打个电话，让他在部队上想想办法吧。"许尚美停住手："人比人真是气死人，同样是上大学，同样是嫁人，人家就嫁成了有钱有势的阔太太了。"

许老太太接话道："这你能怪谁？脚上的泡是你自己走的。好不容易大学毕业有了工作，你竟嫁给了一个穷当兵的，我死说活说都拦不住你。"许尚美叹了一口气："好了，妈您别唠叨了，我马上让旷明想办法吧。"

10

南方某军营，烈日下，数排军人在听路旷明训话。路旷明已晒得脸上冒油，但他还是振振有词："弟兄们跟我路某人多年，出生入死流血流汗，枪里来弹里去，我路某人没钱赏你们，但我还是倒腾出了几个官衔慰劳大家，班长、排长、连长……只要弟兄们肯出钱认捐，我保你们光宗耀祖……"

士兵们面面相觑。士兵甲："老子天天打仗，有今天没明天，谁还稀罕什么官衔呀！"士兵乙："就是，脑袋掖在裤腰里，能不能活着回去见老娘还说不定呢。"士兵丙："我跟你们俩想的不一样，能捞个小官当当也挺威风的，起码手下能管几个人。"士兵丁："就是，我想弄个排长当当。"士兵甲："那你手里要有银子呢。"士兵丁一拍口袋："谁说我没有银子啊，你看银子都挤得往外跑了。"几个士兵一起抱住他："拿来喝酒去，喝酒去。"

路旷明立刻命令几个玩笑的士兵："都别闹了，有钱就拿到我这里来，大小领个官衔。"

喧闹的士兵们不约而同挤到路旷明跟前。

11

上海某里弄民居内，许尚美和许老太太坐在桌前数银子。许老太太边数银子边说道："想不到路旷明还真弄回银子来了，就冲这些银子，这小子还算有种。"许尚美笑了笑："妈，人不可貌相，海水不可斗量。我当初看上他时，就觉得他心里会盘算小九九。"许老太太点点头："这回他倒把心里的小九九都盘活了。……哎，我刚才数多少了？"许尚美抬头："我怎么知道？"许老太太一笑："你看，这么一打岔，又得重新数一遍了。"许尚美和许老太太数完银子，两人心里都不欢喜。许老太太嘀咕："这钱差得太多了。"许尚美沉思一会儿说："已经够难为他了，明天我再想办法找人借吧。"许老太太叹道："真是一分钱难倒英雄汉呢。"

第二天，许尚美早早就赶到办公室了，她坐在办公桌前发呆，玻璃窗外是热闹的街市。她不知道该怎样跟李总开口，也许这一步迈出去，等待她的就是万丈深渊了。

秃顶李总故意端了一杯茶走过来，摆在许尚美面前说："是不是又想大兵了？放着眼前的不想，想那不着边际的，他回来要坐两天火车呢。"许尚美转过身，神情焦虑地问："李总，您能不能借给我三十万大洋啊？我家里有急事要用钱。"李总两眼忽然放光说："你就为这事发愁呀，你怎么不早说呢，我李某除了钱没别的，你要多少我有多少，可你得答应我一个条件……"许尚美不安地问："什么条件？"李总突然捧起许尚美的脸："这还用问吗？美人，我都想了你多少年了，一直没有理由喜欢到你，这回你总算给了我一个理由了。"许尚美猛地站起身："请你放尊重点！"李总一怔："你以为我的钱是谁都借给的吗？三十万大洋放高利贷那要多少利息呀？你想不付利息就从我手里借三十万大洋，天下哪有这等便宜事啊？"许尚美愠怒地看着李总，转身出去了。李总望着她的背影说："我就不信凭银子钓不到你这条美人鱼。"

许尚美在一棵香樟树下徘徊，一副心事重重焦虑难耐的表情。树上的一对鸟儿腾空飞起，她双目注视着腾飞的鸟儿，直至在她的视野里消失。此时，她想起了在火车站与路旷明惜别的情景：火车开动了，路旷明从车厢里探出头向站台上的许尚美招手，"尚美，回去吧，我很快会回来的。"许尚美的眼泪在眼眶里打转，她定了定神，转身走到李总办公室门口，见李总正对着小镜子打量自己，便径直走了进去。

李总立刻收起小镜子，笑道："我就知道你会主动送上门的。"

12

上海外滩酒吧内，田韵抒将一个画轴递给石玉婵："玉婵大姐，尚美把您要的东西带来了，袁士道的《猛虎下山》画，绝对真迹，一百万大洋啊。"石玉婵接过画轴："这东西也不是我要，是帮你办事的人要，如今办成事，没钱怎么行啊？你真要掂着银子去，人家又不敢收，怕沾上不廉洁的嫌疑。画这东西，只要是名人真迹，升值的空间还是蛮大的，送给人家又雅观，这叫软收藏。"许尚美立刻说："那路旷明回来的事就烦请大姐帮忙了，尽量安排他早些回上海吧。"田韵抒急忙接话："没问题，玉婵大姐一定会尽快帮你办的。"

石玉婵瞟了一眼田韵抒："你都把话替我说了，我还说什么呢？"许尚美笑道："谁说都一样，都是我的学姐，只要把事情办成就行了。"

石玉婵差开话题："韵抒，报馆怎么安排'废除婚姻大讨论'的？"田韵抒叹了口气说："总编口头上答应了，但还说要等两天。"石玉婵将目光扫向窗外："缓一缓也好，我们这些女人虽然对婚姻有这样那样的抱怨，甚至想摆脱婚姻，可是离开了婚姻，我们就像鱼儿离开了水一样，能不能活得滋润还真难说呢。"田韵抒忽然提议："最近电影院正在上映一部《弃妇》，是王汉伦主演的，听说她本身就很传奇，我们今天要不要去看看？"石玉婵抬起腕上的表扫了一眼："既来之则安之，那就去看看吧。"

田韵抒转身对许尚美说："尚美请客喽。"许尚美笑道："好呀，我早就想请两位学姐看电影了。"

上海大华电影院内，石玉婵、田韵抒、许尚美在观众席里分外抢眼。银幕上正放映黑白无声片《弃妇》。当银幕上的女人被男人欺负时，许尚美忽然泪如泉涌。这细节立刻被一旁的田韵抒发现了，"尚美，你怎么了？""触景生情，没什么。"许尚美掏出绢子拭泪。石玉婵津津有味地看电影，对身边的一切视若无睹。

电影演完了，男男女女的观众纷纷从影院往外涌，石玉婵、田韵抒、许尚美渐渐走出人群。石玉婵的情绪似乎还沉浸在电影里："电影挺感人的，听说这个叫王汉伦的女星曾在教会学校读书，英语、音乐、舞蹈样样出色，是个曾经缠过足的小脚女人，结婚后发现丈夫与日本女人鬼混，便愤然离婚了。"田韵抒接话："这倒是'废除婚姻'大讨论的有力人证，玉婵姐，这些消息你都是从哪里得到的？"石玉婵得意道："秀才不出门，便知天下事。怎么样，我这个坐办公室的不比你这个报馆记者消息闭塞吧？尚美，你说是吧？"许尚美急忙应道："是是。"田韵抒拍拍许尚美的肩膀："尚美，你现在应该高兴才对，玉婵大姐的一个电话就可以把路旷明安排回上海。"石玉婵从许尚美手里接过画轴掂着:"是呀,拿人钱财替人消灾。办也得办,不办也得办。"

三个人会意地笑起来。

第三章

1

一艘豪华客轮冲破晨雾鸣叫着驰向黄浦江码头，早晨的太阳趁人不备之时突然从海那边跃出来，将金光洒向江水和船身。站在船头望过去，各种欧式建筑越来越清晰。客轮上，大公子用望远镜注视远方，他的前后左右站着三四位贴身侍卫。大公子放下望远镜，操着一口地道的天津腔喊："上海，我终于见到你的真面目了。"

船很快靠岸，大公子和随从在船舱里，就见鼓乐齐鸣的上海黄浦江码头上，欢迎的人群跃跃欲试，有举着鲜花的学生，也有穿着旗袍的妇女。一位穿裙装的小女生格外抢眼，她是许尚美的女儿路星星。

安子益、乔世景与数位商界大佬郑旷达、李总、吕老板衣着光鲜整洁站在码头上，恭候大公子的到来。

此时，大公子站在船上向众人招手，码头上一片欢呼声，学生的鲜花和女人的旗袍鲜艳夺目。

安子益、乔世景等人列队欢迎，大公子与安子益、乔世景一一握手。

上海风味酒楼，高朋满座。通商公署特设宴席为大公子接风洗尘。

小包间里，大公子左右各坐了一位陪酒女。

安子益与大小官员围坐了一桌子，举杯把盏，好不热闹。

安子益指着桌子上的菜说："大公子多吃菜，今天招待您的是正宗的上海菜，不知大公子吃着可爽口啊？"

大公子操着一口天津腔说："爽口爽口，我说嘛呢，我虽住在天津卫，可不喜欢吃天津的狗不理，偏喜欢吃南方的小笼包，这小笼包一吮一包水，又香又嫩，你们说是吧？"说罢色眯眯望着一左一右两个陪酒女。陪酒女甲急忙将小笼包用筷子掭起："大公子，我这个小笼包也送给您吃好了。"陪酒女乙："我这里还有一个呢，也送给大公子吧。"大公子笑嘻嘻道："你们吃你们吃，你们吃了我高兴。"

安子益问："大公子，今晚乔厅长特意安排您去百乐门舞厅娱乐，您是想看歌舞还是想听戏呢？"大公子想了想说："鱼我所欲也，熊掌亦我所欲也。百乐门的歌舞我想看，上海的地方戏我也想看，沪剧《罗汉钱》有吗？"

乔世景急忙说："只要大公子想看的都有，我马上派秘书去安排。"李秘书起身笑笑："我这就去。"

大公子边搛菜边感慨："上海真好啊，美女美食，歌舞升平，真是繁华的商埠啊，难怪大帅总惦记着回上海……"安子益趁机道："劳公子您回去跟大帅说，通商公署随时欢迎大帅来上海。"大公子满口应道："没问题，我一定把这话捎给大帅。"乔世景问："大公子此次来上海，没带家眷吗？"大公子嬉笑道："我这人就喜欢天马行空，独来独往。"乔世景心领神会笑道："那是那是，现在的人都崇尚自由。"

2

上海百乐门舞厅，乐队正在紧张地排练，方菲穿着一身时尚的裙装在唱《毛毛雨》："年轻的荷花刚展瓣莫等花残日落山……"这时，油头粉面的百乐门总经理突然出现在乐队面前，他两手一挥："停！停！"乐队戛然而止。方菲莫名其妙地看着总经理，不知发生了什么。总经理神色认真地说："上边刚来指示了，今晚的客人点名要看沪剧《罗汉钱》，方菲小姐的《毛毛雨》只能作为备选节目了。"方菲惊讶地问："为什么呀？简直莫名其妙嘛。"总经理没理睬方菲，继续说："乐队马上准备演奏沪剧《罗汉钱》里的《燕燕做媒》唱段，沪剧名角小花彩马上就来百乐门排练了。"方菲急吼吼说："总经理，《毛毛雨》是乔厅长让我唱的，我都练了好长时间了，怎么忽然就成了备选节目呢？"总经理瞟了方菲一眼："这你要去问乔厅长了，我只按上边的指示办。对不起了，方菲小姐！"方菲头一昂："问就问，有什么大不了的，你以为我不敢问吗？"方菲不悦地退下舞台。

方菲在百乐门前怒气冲冲拦下一辆人力车："快，去上海通商公署。"说罢一脚跨上人力车。

乔世景正在办公室召集大小官员开会，会议室里坐了数位穿西装的男士，李秘书位居其中。乔世景说："今晚的接待任务非同寻常，众所周知大公子是大帅的长子，百乐门舞厅要做好警戒保安工作，确保大公子的安全……警务队那边联系过了吗？任队长怎么说？"李秘书应道："联系过了，任队长正在出警，他们准备了充足的警力。"乔世景点头："那就好。另外，大公子喜欢看沪剧，通知百乐门了没有？节目是否安排了？"李秘书答道："安排妥了。沪剧名角小花彩已经去百乐门排练了。"

乔世景无意中往窗外瞟了一眼，他看到门口的方菲正与门岗争执，双方相互推搡着，不让彼此。乔世景的脸上很不自在地抽搐了一下，他迅速将目光从窗外转回来，故作镇静地看着大家说："那我们就散会吧，会后请大家各司其职。"

众人起身往门外走，会议室里只剩了乔世景，他刚起身走到门口，方菲突然出现在他面前。乔世景故作惊讶地问："方小姐，你怎么擅自闯进我办公室来了？"方菲一副委屈的样子说："乔厅长，今晚我的节目《毛毛雨》在百乐门变成备选节目了，总经理说是上边的指示，这歌我都练了好长时间了，怎么说下就下了呢？"乔世景嗔怪道："那你也不能跑到这里来呀，众目睽睽之下，每个人的眼睛都是一把火，能把我这乌纱帽烧焦的。"乔世景边说边往外推方菲。方菲不情愿地被乔世景推到了门外，仍喋喋不休地嚷："可我不来这里找您又到哪里找您呢？我今晚的《毛毛雨》已经成备选节目了，您怎么也得给我做个主吧？"乔世景只好允诺："我马上派人去协调一下，保证你今晚演唱《毛毛雨》还不行吗？"

方菲不知不觉已被乔世景推到了院子里，嘴上仍喋喋不休："我要你亲自去现场协调，派别人去怕是不灵了。"乔世景不耐烦道："不管谁去，今晚我保证让你的《毛毛雨》风光百乐门，这总可以了吧？"

通商公署内，有数位男女聚在窗口往楼下看，他们看得津津有味。男甲："那个女的是谁呀，怎么缠住乔厅长不放了呢？"男乙："好像是百乐门的歌女方菲小姐？"男丙："乔厅长喜欢这一口，他前边喜欢的女人就是百乐门跳舞的，跟他还有一个孩子呢。"女士："别瞎说啊，现在人家的老婆可是报馆的主笔，专写言情小说，稿费赚海了。"

几位男女目送楼下的方菲走出大门。

乔世景转身回到办公室大口喘息，情绪被方菲搅得糟糕到了极点。李秘书推门进来，递上文件："乔厅长，沪东又遭水灾了。"乔世景接过文件顺手丢在桌上："现在没时间看这个。你马上跟百乐门联系一下，晚上的演出让他们务必保留方菲的《毛毛雨》。"李秘书应道："是，我马上去办。"

3

通俗教育委员会驻上海办事处内，翻着报纸的石玉婵突然将报纸扔到一边，她走出办公室，直奔赵人杰科长的房间，可门锁着，石玉婵打量着门上的锁："这个赵科长最近总是见不到人影嘛。"她又转回来，这时她一眼瞥见窗台上的兰花，便举起地上的喷壶晃了晃，发现里面还有水，就往兰花上喷洒，她的眼睛不经意往窗外看，隐约看到几个便衣尾随赵人杰走进大院，石玉婵眉头一皱："他怎么又被盯梢了，莫非赵人杰真是乱党？"石玉婵放下喷壶出门，径自走进魏局办公室，魏局正埋头公务。石玉婵进来，他没有抬头。

石玉婵抬高声音说："魏局，今天大公子来上海您不知道吗？"魏局这才抬起头："知道，明天在圣迭哥中学还有一场象棋比赛呢。"石玉婵问道："这关键时刻巡捕房为什么要找我们办事处的麻烦啊？"魏局疑惑："此话怎讲？"

石玉婵说道："我看见几个便衣尾随赵科长跑进我们办事处来了。""是吗？这证明赵科长是乱党啊，如果他通共，那是他咎由自取，与我们办事处何干呢？"魏局一副事不关己的样子。"赵人杰是我们办事处的人，巡捕房在这个时候到我们办事处滋事，一旦让大公子看见了，回去跟大帅一汇报，那会大煞我们上海办事处的风景啊！"石玉婵强调说。魏局仍不以为然道："这几天我忙得都快虚脱了，明天大公子来学校观棋，这每一步程序都得安排妥当，哪顾得上赵人杰这鸟事啊！"石玉婵有点急了说："巡捕房如果从办事处抓了人，那才是真正的大麻烦呢，我们浑身长满嘴都说不清了。"魏局只好站起身往外走，边走边说："你丈夫如果不是安署长，我才懒得管这事哩，巡捕房愿意抓谁就抓谁。"石玉婵脚步犹豫了一下，还是跟他走了出去。

安静的院子里，因为几个便衣的闯入忽然乱了起来，他们脚步所踏之处脏乱不堪，花草折径的折径，断枝的断枝，一片狼藉。几个便衣已经用枪抵住赵人杰的脑袋，赵人杰被困在一个花园的拐角。这时，石玉婵和魏局突然出现在他们面前。石玉婵厉声道："平白无故到办事处抓人是犯法的，你们知道吗？"便衣甲："他是乱党，聚众开会，散发传单，我们已经跟踪他很久了。"魏局瞟了赵人杰一眼，又瞟了石玉婵一眼，一时竟不知说什么好。赵人杰趁机说："他们瞎说，认错人了。"魏局这才慢悠悠说："京城大公子来上海的事诸位不会不知道吧？你们抓人也要等这几天过去再说，赵人杰是我们办事处的人，跑了和尚跑不了庙。"

便衣甲："你不让我们抓，我们回去怎么跟主子交代呀？"

魏局笑道："放心，有什么事包在我身上。"便衣甲："那我们先走，人今天给你们留下。"说罢横了一眼赵人杰。几个便衣扬长而去。

赵人杰转身对魏局和石玉婵说："多谢两位解围。"

魏局沉着脸道："赵科长，办事处可不想招惹什么是非。"

赵人杰急忙辩解："我知道，是他们认错人了，这几天我家乡有人在上海医病……那我先走了。"

石玉婵望着赵人杰的背影说："这巡捕房也太武断了，怎么随随便便就乱抓人呢？"

魏局："无风不起浪，有风浪三丈。"转身欲走，突然停下脚步，望着石玉婵说："管闲事落不是呀。"石玉婵不屑地回道："那要看什么闲事。"

4

上海世俗生活报馆内，精力旺盛的总编正指手划脚跟田韵抒谈版面："大公子的新闻应该排头条，到码头迎接他的是上海通商公署署长安子益，还有乔厅长，这么重要的大事件，我们报纸不放头条岂能说得过去？"田韵抒应道："放不放头条还不是总编一句话嘛。哎，我那天送给您的稿子到底什么时候见报啊？"总编岔开话题："我不是让你去采访油画家吗？"田韵抒应道："我今天正准备去呢，想先问问稿子的情况。"总编打量着田韵抒说："你的稿子我看了，'废除婚姻大讨论'是不是有点偏激了？这事你跟乔厅长说过吗？他什么看法？"田韵抒："乔厅长虽是我丈夫，可他只能管我一个女人，管不了天下的妇女吧？如今社会男女不平等已经到了极限，男人有权有势就可以续弦纳妾，而女人只能嫁鸡随鸡嫁狗随狗，这公平吗？"总编安抚道："我不是跟你说了吗？这事先缓一缓，等把眼前大公子来上海的新闻忙完，我再请示一下，看究竟能不能安排'废除婚姻大讨论'的版面。"田韵抒问道："这事还要请示吗？报馆言论自由，用不着别人指手画脚。"总编说道："报纸引导世道人心，就算别人不指手画脚，我这个总编岂能乱来？开始你提议这事我还没太弄明白，看了你的稿子我越发不敢轻举妄动了……你还是先去采访那位油画家吧，他刚从巴黎回来，有不少新潮前卫的油画，我们报纸对他进行跟踪报道，说不定能吸引商家的广告呢。"田韵抒不屑道："总编，你不觉得一张只认钱的报纸很颓废吗？"总编道："我们本来就是世俗生活报馆，我们不认钱认什么呀？……我总算明白了，一个不用算计柴米油盐的阔太太，是不会考虑报馆的生计的。要是我的报馆没有经济收入，您的言情小说稿费从何而来呀？"田韵抒一口气堵在胸口："请您别用这样的话搪塞我，我当不当阔太太无所谓，俗话说得好，一招鲜吃遍天，靠我的一支笔足以在上海滩安身立命了。"总编："那是那是，谁不知道田大记者妙笔生花啊。您先去采访吧，等我忙完这阵子会给你一个答复的。""您可别失言啊。"田韵抒说罢匆匆走出报馆。

报馆门口停了一辆黑色轿车，坐在车里的年轻男士望着走出报馆的田韵抒，忽然推开车门，迎上前去："请问，您是不是大名鼎鼎的言情作家兼记者田韵抒？"田韵抒一怔："请问先生尊姓大名？"年轻男士道："我是油画家天飞马，今天特意来接您去我的工作室看看。"田韵抒惊讶道："你就是天飞马呀，这名字好记，天马行空独来独往，我正准备去采访你呢，怎么会这么巧呢？"天飞马拉开车门："田记者，那就请吧。"田韵抒坐进车内，天飞马关上车门，随后坐进驾驶室，将车开动。田韵抒望着他说："你待人好热情啊。"天飞马故意问："是吗？"又说："可我并不是对谁都热情的，您跟别人不同啊。"田韵抒好奇地追问道："我跟别人怎么个不同法，你说给我听听。"天飞马答道："首先您是一位报馆记者，又是一位写言情小说的作家，您的作品我读过。其次呢，您是一位……阔太太。"田韵抒的情绪突然一落千丈："你的前一句话我爱听，后一句话我不感兴趣。"天飞马侧目望了田韵抒一眼问："为什么？""我是靠自己的一支笔在上海滩立足的，是一个很独立的女性。"田韵抒强调。天飞马笑道："我没否认这一点吧？"田韵抒未语，神情不悦地望着窗外。

5

许尚美坐在上海商务馆的办公桌前，两眼望着窗外发呆，窗外是绿树、草坪和鲜花。

办公室的门被推开了，李总探头张望了一下，见只有许尚美一人，急忙闪身进屋，随后就把门关上了。许尚美听见声音不由回头，见是李总，立刻把头低下了。李总说："怎么，不欢迎我啊？我可是有恩于你的人啊。今晚下班后，我请你吃饭如何呀？"许尚美答道："今晚不行，我女儿回来，我已经半个多月没见到女儿了。"李总一换脸："你不是想丈夫就是想女儿，什么时候心里也想一想我啊，否则我心里也太不平衡了，三十万大洋竟换不来一个想字。"许尚美道："我是借你的，又不是不还你。"李总接着说："我这叫无息贷款，那利息总是个人情吧？"

许尚美一抬头："我不是已经还你人情了吗？"李总道："一次就还完了？我的大洋也太便宜了吧？"许尚美站起身："那你还想怎样？"李总笑了笑："十次八次还差不多。"说罢上前欲摸许尚美。

许尚美沉下脸说："你想得倒美，请你放尊重点。"李总越发张狂大胆："我在尊重我的大洋啊！"抱住许尚美乱吻。许尚美拼命挣扎。

6

上海百乐门舞厅的夜晚，灯火通明。

乐池里，穿着白衬衫打着领带的乐队正狂热地演奏着流行歌曲《毛毛雨》。方菲在台上搔首弄姿演唱，一群时尚男女在方菲左右伴着音乐跳舞。

观众席里的乔世景随着音乐的节奏用手打着拍子，显得兴致勃勃。大公子神情倦怠坐在一群人的中间，一副兴致不高的表情。坐在乔世景身边的大公子特卫悄悄跟他耳语："我们大公子不喜欢听歌，喜欢听戏。"乔世景转身问李秘书："沪剧《罗汉钱》安排了吧?"李秘书："安排了,唱完歌就唱戏。"

乐池里的演奏停止了,方菲向台下鞠躬。场内掌声稀寥,乔世景本来大声拍着巴掌,见大公子无动于衷,也只好停下来。

方菲讪讪地走下舞台。

百乐门后台走廊,方菲在大口吸烟,她神情郁闷,身后是一间办公室,上写"闲人免进"。忽然,办公室的门轻轻推开了,风韵犹存的绿袖子走了出来。她对着吸烟的方菲说："百乐门禁烟,台前台后都不许吸烟,方小姐,请你把烟灭掉吧。"

方菲瞟了对方一眼："本宫我愿意吸,你管得着吗?你是哪个旮旯里蹦出来的?挡什么横啊?"绿袖子不甘示弱道："当年我在百乐门跳舞的时候,你在哪根娘肠子里爬还不知道呢,你张狂什么呀?想当年我也跟你一样是被乔世景捧红的舞女,那时候他还没当上厅长,等他当了厅长,见我人老珠黄了,就一脚把我蹬了。从此,我就永远失去了表演的舞台。"

方菲惊异地看着对方："那你现在靠什么为生?"绿袖子道："卖票。"方菲问："你叫什么名字?"绿袖子道："我的艺名叫绿袖子。"方菲惊讶道："啊,你就是大名鼎鼎的绿袖子?我小时候就看过你的舞蹈。你居然在百乐门卖票,我怎么从没见过你呢?"绿袖子道："我已是明日黄花,谁还会注意我啊。方小姐,你多珍重自己吧。"说罢转身回屋关上了门。

方菲疑惑地盯着关紧的房门,黯然神伤。

此时,乐池里的西洋乐队正在为沪剧《罗汉钱》的女演员小花彩伴奏,模样俊美的小花彩声情并茂唱着《燕燕做媒》:

"燕燕侬是个小姑娘,

有话对侬婶婶讲,

我来做个媒,

保侬称心肠……"

观众席里,大公子兴致勃勃拍着巴掌："西洋乐配上地方戏,听着挺顺耳的嘛,还得说戏剧演员有功夫,那些歌女没法跟戏剧演员的功夫相比呀。"乔世景附和道："大公子言之有理,我平时对戏剧关注不多,以后真要向大公子看齐呀。"大公子继续道："地方戏反映了一个地方的风土人情,北京天津就喜欢看京剧,老实说,西太后对京剧的贡献不小啊。"乔世景随声附和："那是那是。"大公子兴致不减："你看台上这位女演员的手,那真是妙若莲花,细如春笋,白若青葱。乔厅长,你说女人什么地方最美妙啊?"乔世景略一思索："这……我真说不好,每个人有每个人的审美和喜好吧。"大公子进一步问："那您喜好女人的什么地方啊?"乔世景搪塞说："我对女人没什么特别的研究。"

大公子意味深长道："我告诉你吧，女人最美妙的就是手了，手是女人的第二容貌，在我看来女人的手比脸都重要。一会儿，给我开个房间，我要好好欣赏欣赏这位女演员的手。"乔世景提醒道："大公子，台上这位名角小花彩是华界警务队任队长的红人，你要是单独会她，会不会惹上麻烦？"大公子不悦道："他天天独占花魁，就不兴我分享一下？再说，我是京城来的大公子，还怕惹什么麻烦吗？"乔世景讪笑道："这……只要您能自圆其说，倒也没什么大事。"话音落地内心里忽然掠过一丝不安和忧虑。

7

散场后的百乐门舞厅外，男女观众三三两两往外走。混乱中，大公子的三个侍卫挟持小花彩走到一辆黑色的轿车前，拉开车门，将她推了进去。

一队巡捕急赶过来，为首的是任队长："小花彩，她人呢？"

乔世景无奈道："任队长，这事你可别怪我，我真是无能为力啊。"

任队长怒道："这像一个厅长说的话吗？没能力就别占着茅坑不屙屎，我跟你说，你怎么把我的人请来的，就怎么把她给我送回来，她要是少了一根毫毛，别怪我对您不客气！"说罢带着几个巡捕匆匆离去。

乔世景在黑暗中发愣。一个女人的声音忽然从他背后传过来："想不到你也有被人打板子的时候啊，当官并非什么事都称心如意吧？"乔世景猛回头，发现站在他面前的竟是绿袖子，不由问："怎么会是你？你怎么在这儿？"绿袖子："可惜我还是你儿子的妈呢，我在哪里讨饭吃你都不知道，你这个毁了我青春的大厅长，未免太官僚了吧？"乔世景不悦："你这是什么话？小秃三天两头跑到我家里要钱，经济上我从没亏待过他，这事你应该清楚吧？"绿袖子冷笑道："你以为钱什么都能买来吗？钱买不来青春、买不来良心、买不来健康、更买不来长生不老药……你们这些有钱的人啊，良心都让狗吃了。"

隐在暗处的方菲在偷听乔世景与绿袖子的谈话。

绿袖子继续道："你要是敢亏待小秃，那就是缺大德了，他可是你的亲儿子，你抛弃了我们娘俩，心里真好受？"乔世景转身："我马上还有要紧的事情呢，你别纠缠我了好不好？"绿袖子一把抓住他："什么事比自己的亲儿子还重要啊？"乔世景使劲一挥胳膊，绿袖子摔倒在地，于是大声喊："乔厅长，你敢打人？！"

隐在暗处的方菲悄悄离开了。

8

大公子的轿车在霓虹灯闪烁的上海大街疾驰。小花彩透过窗子往外看。任队长带着十几个巡捕在后边追赶，恰好与小花彩的目光相遇。小花彩大喊："任队长，快救我。"任队长大喊："把车给我拦住，把车给我拦住。"十几个巡捕迅速包抄上去。

一辆警车呼啸而过，数位巡捕从车上跳下来，将一根木头横在路中央。一辆黑色的小车从远处驰来，突然停下。大公子推开右车门探出头："什么人拦路？"小花彩趁机推开左车门跑出车外，边跑边喊："任队长，救命啊！"

大公子眼见几个巡捕将小花彩拉上一辆警车，于是迅速关上车门，骂道："妈的，真扫兴！"

轿车调转车头驰回酒店。

9

夜深了，上海通商公署的灯光还亮着，安子益坐在办公桌前心烦意乱，焦虑不安。乔世景推开门走进来："安署长，今晚大公子在百乐门玩得不开心，他想让那个唱沪剧的小花彩去宾馆陪他，可小花彩半路上被任队长的巡捕劫走了。"安子益吃惊地睁大了眼睛问："什么？我在办公室守到半夜没回家，就是等着听你这样的消息吗？……之前我曾反复强调，一定要让大公子在上海玩得开心，不留遗憾。现在出了这事，你来找我，我是你的救命稻草吗？"安子益满脸恼怒地来回踱步，走到乔世景跟前突然停住说："你再派个戏子去陪他吧，眼下这也许是最可行的办法了。"乔世景推脱："这半夜三更的，到哪里再找人啊？"安子益脸一沉："我话已撂给你了，你看着办吧，陪不好大公子，你头上的乌纱帽岂能戴得牢靠？"乔世景无奈地叹道："那我马上去安排吧。"

上海某街巷，暗淡的灯光映着窄窄的巷子，远方一个人影正默默独行，人影越走越近，当灯光映在她脸上时，可看出是方菲。

一辆轿车由远及近驰来，停在巷口。

方菲距离轿车越来越近时，突然从车里闪出两个穿黑衣的大汉，架起她就往车里塞。

方菲拼命挣扎叫喊："你们干什么？你们干什么？"但她还是被强行塞进车里。

方菲怒视一左一右两个黑衣大汉："你们是干什么的？想把我带到哪里去？"

坐在她右边的大汉从嘴里吐出一句话："到了地方你就知道了。"

10

上海某中式庭院，夜深沉，屋内的灯光依然闪亮。石玉婵站在大厅往窗外看："都快凌晨了，人怎么还不回来呀？"

花朵推开自己的房门，往大厅里张望，她看见石玉婵站在窗前，便悄悄走过来："太太，天这么晚了，您还是早点休息吧。"石玉婵转过头，看着站在大厅里的花朵，禁不住问："花朵，赵妈回去多长时间了？"花朵答道："快半个月了。"石玉婵想了想："那她最近该回来了吧？"花朵答道："该回来了。"石玉婵道："等赵妈回来，照料先生的事情就交给她吧。"花朵愣怔了一下，立刻机灵地说："好的，太太。"石玉婵微笑："你是越来越机灵了，花朵啊！"花朵应道："谢太太夸奖。"

11

上海天飞马画室，虽然是夜晚，但画室的灯光亮如白昼。

天飞马举着一瓶红酒说："乔太太，我们喝点红酒好吗？正宗的法国波尔多红酒。"田韵抒道："好啊，但我不喜欢你叫我太太，以后别这么叫我好吗？"天飞马道："可你本来就是阔太太啊，你丈夫是上海通商公署的厅长，这地位还了得！"

田韵抒叹气："厅长是不假，可谁稀罕呢？"天飞马边开酒瓶边打量田韵抒："话可不能这样说啊，喜欢阔太太这称呼的女人海了去了，要是拍卖呀，那得人脑袋挤出狗脑袋来。"田韵抒一笑："真有这么邪乎？那我明天就拍卖试试，我正想在世俗生活报上举行一场废除婚姻的大讨论呢。"天飞马笑道："田姐姐，我喊你姐姐总行吧？我是留过洋的人，今天跟你说句实话吧，在当下这个社会，人被别人尊敬并不是靠真本事，而是靠权力和金钱，别看你是一个写言情小说的作家，又是报馆的记者，如果失去了阔太太的身份，你的小说很可能就没有报纸争相连载，人们看重的是您身后的背景啊。"田韵抒看了他一眼："今天你请我来看你的油画，原来是为了我身后的背景，你是别有企图啊，俗不俗呀？"天飞马正往杯子里注酒，手不由抖动了一下，但仍是将杯子注满了酒。他镇静地端起红酒递给田韵抒："我的心思被姐姐看透了，可谓一语道破天机。但也不完全如此，我很看重姐姐的才华，对油画的理解与众不同，眼光独到。"田韵抒不接茬，说道："我早听说过海外留学人士回国的目的，大多想通过亲朋好友的关系一夜飞黄腾达。因为在国外，留学生们充其量是找份工作，想跻入上流社会是很难的，而回到国内就不同了，只要你有四通八达的社会关系网，就没有办不成的事情。天飞马，我说得对吗？"天飞马附和道："对、对极了，文学就是人学，姐姐能写出一部又一部的言情小说，肯定是把人琢磨透了。"田韵抒自鸣得意地望着天飞马说："你懂得我就好。"

12

夜晚的上海某里弄民居内，早已到了熄灯的时辰，但路星星躺在许尚美身边，兴致勃勃跟她讲着白天的事情："那人穿着绫罗绸缎，从船上走下来，跟地主老财似的，哪像个大公子啊，我都懒得给他献花了。"许尚美心不在焉听着，想着心事。

路星星看着许尚美："妈妈，您怎么不吭一声啊，您倒是说句话啊？"许尚美敷衍道："我一直在听着，你说就是了。"

路星星望了望许尚美，忽然说："我知道你心里在想谁？你在想我爸，盼他早日回上海。妈妈，我说的对不对呀？"

许尚美急忙说："对、对。"路星星又问："我爸到底什么时候能回上海工作啊？这日子真难熬啊！"许尚美舒了口气说："妈已经找人帮忙了，说不定很快就回来了。"

13

夜色聚积在上海某酒店上空，酒店内大公子正在折磨方菲。方菲双手被捆绑在椅子上，她头发蓬乱，一边脸已经肿了起来。大公子站在她身边，气咻咻吼："我想要的女人不是你，你凭什么送上门啊？我要听的也不是《毛毛雨》，而是《罗汉钱》，你这个被人玩剩的女人，今晚倒想来我这里蒙混过关了，你说，是谁把你送来的，你说呀？"

酒店外边，躲在暗处的乔世景听见酒店里传出方菲杀猪般的惨叫："哎呀……哎呀……"乔世景急得满脸冒汗，喃喃道："方菲，我哪知道大公子是这样一个变态狂啊！但愿你今晚能挺过去，我真是对不住你呀！"

乔世景从暗处走出来，一副痛苦不堪的表情。

一个人影从树后跟着闪出来，忽然拦住了乔世景："爸，给我钱！"乔世景惊慌中定住神："小秃，你吓了我一跳，你怎么跑到这儿来了？"小秃："我一直在跟踪你，我妈说你今晚一定会来这里。"乔世景吃惊地问："什么，你在跟踪我？你跟踪我干什么？你妈在哪儿呢？"小秃道："我妈能看见你，你看不见我妈。"乔世景愠怒地说："你告诉我，你妈到底在哪里？"

树丛里突然闪出一个人影，绿袖子站在距乔世景有一米远的地方说："厅长先生，请不要再拿女人做交易了，这样下去，你不会有好下场的。"

乔世景刚要说话，绿袖子忽然消失了。

乔世景奇怪地问："你妈刚才明明站在那里跟我说话，怎么忽然又不见了呢？"小秃得意地说："我刚跟你说过，我妈能看见你，你看不见她，你还不相信吧，这回相信了吧？……爸，该给我钱了吧？"乔世景瞟了小秃一眼说："你不是前天才到我府上拿的钱？怎么能天天要钱啊？"小秃索性说："你对我来说就是钱，不要白不要，要了也白要。"乔世景反问道："你在讹诈我对不对？"小秃咄咄逼人："那你到底给不给我钱呀？你不给，我可喊了啊！"乔世景急忙用手翻着衣服口袋，掏出两块大洋扔给小秃："给你给你，除了钱你不认别的。""钱就是我爸，我爸就是钱。"小秃接过大洋转身离去。

乔世景望着远去的小秃长吁了一口气，继而又跑到酒店的窗下偷听里面的动静。

14

上海华界巡捕房的夜晚，气氛异常紧张。小花彩坐在椅子上哭泣。任队长挎着枪来回踱步，嘴上喋喋不休："妈的，真不知道我马王爷有三只眼，竟敢动我的女人。"走到小花彩跟前，用手抬起她的下巴："我问你，那个大公子动了你没有？"小花彩："没有。"任队长："真没有假没有，你跟我说实话。"小花彩一口咬定："真没有。任队长，我骗谁也不敢骗您呀，您手里的枪可是对着我胸脯呢。"任队长厌恶地推了小花彩一把："妈的，谁要是敢动我女人一根毫毛，老子就让他的手变成鸡爪子。"

小花彩浑身筛糠般抖起来。

15

上海郊外别墅内，黯淡的灯光映着方菲和乔世景两个人的脸。方菲一脸泪水，胳膊上的伤十分明显。乔世景表情沉郁地说："我怎么知道大公子是这样的人啊，本以为你讨了他的欢心，定会在他那里得一些好处的。"方菲委屈地说："乔厅长，我跟了你这么多年，你应该知道我心里装的是谁？你竟把我当成随时随地都可以发情的野鸡了。""你这是哪里的话，把你送给他，我真是出于一片好心。不信，你扒开我的心看看吧。"乔世景解开衣襟。方菲不屑地说："你们这些男人，个个心都是黑的，还用扒开来看？今天在百乐门后台，一个叫绿袖子的女人告诉我，当年她也是被你捧红的舞女，如今竟在百乐门卖门票，说不定哪一天我连门票都没地方卖呢。乔厅长，对吗？"乔世景一副无所谓的表情道："既然你已经知道了绿袖子，那请你以后不要再拿她说事。聪明的女人应该很会看男人眼色，想方设法讨男人的欢心。""我不聪明，也不会看男人眼色。乔厅长，您请回吧，我要休息了。"方菲不悦地说。乔世景讪笑道："你这是撵我走了？要知道你在百乐门走红，那是靠我的面子，天下两条腿的蛤蟆找不到，两条腿的美女满街都是，我能让你红透天，也能让你黑透地。你信不信啊？"方菲忽然醒悟，急忙改口："我信我信，乔厅长的威风上海滩谁人不知谁人不晓啊？我只是被那个大公子折腾得头昏脑胀，今天没有精神逗您高兴了。"

乔世景眯起眼睛笑道："识时务者乃为俊杰，方菲，你还不算笨。"方菲立刻撒娇说："乔厅长又夸我了。"

16

上海中式别墅内，田韵抒坐在沙发上吸烟。时钟已指向凌晨一点，钟摆的嘀嗒声让宽敞的房间陷入一种古怪神秘的气氛，幽暗的灯光下丝丝缕缕的烟圈如一条飘带在房间内无所顾忌地游移。门突然被推开了，乔世景站在门口，一眼看到坐在沙发上吸烟的田韵抒，不由说:"这么晚了，你怎么还没睡呀？"田韵抒站起身:"这么晚了，家里的主人不回来，我睡得着吗？我毕竟是你的太太吧？"乔世景脱下外衣:"你睡你的就是了，不必等我，最近事情太多，我不按时回家很正常。"田韵抒反唇相讥:"你什么时候正常回来过？难道凌晨两三点大公子也不休息吗？"乔世景应付说:"我临时处理了一点事情。"田韵抒问:"绿袖子的事还是小秃的事？"

乔世景坐在沙发上，长叹一声说:"小秃又来要钱了，他突然在路上拦住了我。"田韵抒本能地抬高了声音:"他胆子也太大了吧？龙生龙凤生凤，老鼠生来会打洞，一个百乐门舞女生下的崽子，长大后也会吃喝嫖赌五毒俱全，等着吧，将来有你的好戏看啊。"乔世景瞟了一眼田韵抒:"你别口无遮拦好不好？""那咱就走着瞧吧。"田韵抒转身将乔世景扔在沙发上的外衣挂在衣架上，打量着他说:"今晚我要跟你睡，你不想碰我，我还想生孩子呢。"乔世景搪塞道:"这几天没精力，要接待大公子呢。""你跟我在一起从来都没有精力，谁知道你的精力都发散到哪里去了。"田韵抒心有不甘地说罢，转身进了自己卧室，怦一声关上了门。

乔世景在大厅愣了一会儿，忽然拿起桌上的电话:"李秘书，是我。明天圣迭哥中学的活动几点举行？"李秘书:"上午九点准时开始。"乔世景:"那让车子早点来接我吧。"

第四章

1

上海中式庭院的早晨，石玉婵穿着睡衣看赵妈堆放在地上的农产品，新鲜的玉米、芋头、莲藕，一旁的筐里还装着两只老母鸡。赵妈指着地上的农产品说："今年天旱，收成不好，能收八成的只收了五成，太太尝个鲜吧，别嫌少。还有这两只老母鸡，不下蛋了，就拿来给您和先生补身子吧。"

石玉婵笑道："您大老远地把这些东西背来，我怎么能嫌少呢？花朵，先把这些东西收拾到厨房去吧，让赵妈歇息一下。"花朵从外边走进来收拾东西，趾高气扬地瞟了赵妈一眼，恰被赵妈看见了。赵妈故意说："几天不见，花朵倒摆起架子来了？"花朵道："我没有摆架子呀，是赵妈多心了吧？"

赵妈继续道："别人看不出来，我还能看不出来吗？"石玉婵顺水推舟道："小鸡翅膀长硬了，就要扑棱着飞了。"赵妈不屑地说："再飞也变不成凤凰，鸡就是鸡。"花朵瞟了赵妈一眼，拎着东西出了大厅。

赵妈凑到石玉婵的跟前问："先生没在家呀？"石玉婵说道："京城来人了，忙着在外应酬呢，一夜都没归。"赵妈叹了一口气："要不怎么说官不好当呢，一天到晚忙得没有闲时。那小早呢？今天是礼拜天，学校总该放假了吧？"石玉婵道："小早在学校参加象棋训练营活动，没时间回来。"赵妈看了一圈："这父子俩都不在家，家里显得空落落的。"石玉婵应道："难得的清静，赵妈要不是一大早赶来，我真要大睡一场了。"赵妈收拾着地上的土特产说："太太，那您回屋里继续睡吧，我给您煨老母鸡汤去。"石玉婵看着赵妈说："您一回来，家里的事情我就放心了。"

2

清晨的圣迭哥校园内，老师和学生出出进进，都知道大公子今天光临指导，干净整洁的校园，修剪过的草坪和花园，学生体面的校服，校长擦亮的皮鞋都是一副不敢怠慢的气象。

数辆小轿车先后抵达，安子益与乔世景不约而同从各自的车里出来。安子益看向乔世景："昨晚我在办公室住了一夜，事情怎么样？"乔世景答道："算是暂时安抚住了。"

两人边说边走进校园，看到教室外聚集着众多学生，有的趴在窗上往里看，有的交头接耳，有的往人群里挤，嘈杂而混乱。安子益停下脚步看了看，皱着眉头说："但愿今天的活动别再出什么差错。"乔世景不以为然道："只要搞活动，差错总会难免，防不胜防啊。"两人被校长迎进大教室，讲台中间摆放着两排椅子，显然是给观棋的贵宾准备的，大公子已经就座了，他的身后是两个贴身侍卫，安子益和乔世景在他的左右坐下，两个人都显得神情倦怠，唯有大公子兴致勃勃。

校长宣布棋艺比赛开始，教室里数位小棋手的眼睛立刻盯住了棋盘。

安小早在数位棋手中显得突出，他冷静地看着棋子，突然捏起一枚棋子杀向对方，对面的棋手还未来得及反应，安小早就轻松赢了对方。

裁判吹了一声哨子，又打了一个安小早赢棋的手势，周围立刻爆发一片叫好声。

讲台中央坐着的嘉宾交头接耳。安子益一脸自豪的表情。

大公子来了兴致："哟嗬，神童啊，我跟神童下一盘棋如何呀？"

安子益一怔，立刻阻拦："都知道大公子棋艺非凡，区区小童岂是大公子的对手哇？如果大公子实在想过棋瘾，回头我陪您下一盘，只要别骂我臭棋篓子就行。"乔世景急忙在一旁怂恿："大公子在学校与神童下棋这是光临指导，百年不遇的大好机会啊，势必会带动校园的棋艺飞速发展。校长，您说呢？"校长应道："那是那是，机会实在难得。"乔世景催促说："安署长，您看是不是请大公子现场指导一下？"安子益不情愿地说："那就请大公子指导一下学生吧。"

校长立刻站起身，他环顾四周，两手拢成喇叭状喊："同学们请安静，现在请京城来的围棋大师大公子对我校神童安小早进行棋艺指导，这是千载难逢的学习机会，请同学们遵守纪律，认真观棋。"现场掌声四起。大公子自信从容地走下讲台，来到安小早身边，拍了拍他的肩膀。安子益眉头突然皱了起来，脸上的表情异常紧张。

大公子与安小早坐下摆好棋子。

裁判高声宣布："棋艺指导现在开始！"

候在窗外的学生忽然像潮水般涌进了教室，将大公子和安小早围得水泄不通。

坐在讲台中央嘉宾席里的乔世景见此情景感觉情况不妙，便对校长说："教室里人太多了吧，我们要保证大公子的人身安全，叫几个巡捕来维持一下秩序吧。""好。"校长起身刚走出教室，忽然看见众多市民带着孩子朝教室奔来，校门口的铁门已形同虚设，镂花大铁门被蜂拥而至的人群推搡得直颤。

校长惊慌地立刻返回大教室，大公子与安小早正在对弈，他们身边聚满了围观的男女学生，学生们不停地高喊："安小早必胜！……"

讲台中央坐着的嘉宾们神情颇为紧张。安子益紧张地看了一眼乔世景问："乔厅长，现场不会出什么事情吧？"这时，校长慌慌张张跑过来喊："不好了，不知哪位走漏了风声，观棋的市民已经涌进校园了。"安子益与乔世景同时站起身往窗外看，汹涌的人流正向大教室奔来。安子益颇为紧张地说："看这阵势，要通知巡捕房了。"乔世景立刻命令道："校长，赶快去巡捕房请警务队吧。""好，我马上差人去。"

校长匆匆离开大教室，正好校办主任走过来，校长立刻让他到华界巡捕房报警。校办主任虽面有难色，但还是颠颠地去了。到了巡捕房，校办主任就气喘吁吁跟任队长汇报起来。

任队长拉着长腔说："巡捕都派出去了，没巡捕了。"校办主任："那怎么办啊？出了事情可就麻烦大了。"任队长愠怒地骂道："这事你们早怎么不说呢？现上轿现扎耳朵眼，出了事又来找巡捕房了，你以为巡捕真是为你们舔脏屁股的狗哇？"校办主任急忙赔礼："任队长，这事怪我们疏忽大意了。"任队长不耐烦地挥挥手说："好了，我知道了，你先回吧。""那就多劳任队长了。"校办主任点头哈腰地走了。

任队长燃一根香烟叼在嘴上，望着窗外自语："玩我的女人，还想要我出警，便宜都让你占了，天下哪有这等好事？"

李副队长走了进来，任队长打量着他说："队副，你来得正好，圣迭哥中学请求巡捕房警力支援，你集中一下警力，一个小时后抵达圣迭哥中学。"李副队长应声道："是，任队长。"

此时的圣迭哥中学内，大教室里的人已经拥挤成一团，学生们又喊又叫，大公子和安小早几乎被人托举起来。校长高喊："请大家出去吧，大公子是来学校指导棋艺的，我们一定要保证他的安全。"放眼望去，讲台上的嘉宾席早已人去座空。

安子益与乔世景在人群里左推右挡，试图把大公子从人群中解救出来，可他们无论如何也够不到他。大公子被沸腾的人群拥裹着，他的两个贴身侍卫也被人群裹挟着难以接近他。

安小早奋力挤出人群，溜出教室。

人群中的安子益急吼吼地嚷："闹剧，简直是闹剧！巡捕怎么还不来呀？"校长挤过来说："我已派校办主任到巡捕房去过了，说警力马上就到。"乔世景气急败坏地吼道："马上马上都几个马上了，大公子的胳膊腿都要被扯断了。"此时的大公子正被人群高高托起又抛下，他就像一粒白色的棋子，已经身不由己了。

一个小时后，一队巡捕跑步进了校园，校园已平静如常。风轻轻摇曳着树，刚刚喧闹的校园似成为久远的历史。领头的李副队长停住，回头看了一眼门口的校牌："这是圣迭哥中学吧，不会搞错吧？"接着又跟巡捕喊："绕校园跑三圈。"

· 一队巡捕绕校园跑着，他们表情轻松，似在锻炼身体。

3

上海中式庭院的大厅里，石玉婵在翻报纸，标题新闻夺人眼球：《大公子圣迭哥中学显棋艺，市民争相观棋险酿祸患》，石玉婵皱了下眉头，立刻全神贯注读起来。

安小早披着浴衣从浴室出来，坐在沙发上喘息。

石玉婵问道："小早，报纸上报道的内容都是真的吗？"说着将报纸递给小早。小早拿起报纸扫了几眼又放下："比这邪乎多了。那么混乱的场面，小命都差点丢了。要不是我趁机跑出来，真玄了。"石玉婵问道："你爸当时在场，他没救你吗？"安小早哼了一声："他怎么可能救我呢，他救大公子还来不及呢。"石玉婵定了定神说："想想真后怕。人在官场，身不由己，危险时刻连自己的儿子都不敢救。……你爸他没跟你说话？"安小早答道："没有，现场没有人知道我们俩的关系。"石玉婵有点生气："那他更应该救你了，要是你有个三长两短，我到哪里再找儿子去呀？"石玉婵几乎是哭腔了。

赵妈端着玉米和芋头进来，摆在桌上。安小早起身坐到桌前，抓起一根玉米咬了一口："好香啊！"花朵端着菜进屋，将菜一一摆到桌上。安小早扫了一眼："哟，今天做了这么多好吃的！妈，快来吃呀！"

石玉婵挨着安小早坐下，猛抬头看见安子益推开院门。

厨房里的花朵透过窗子一眼看到了走进院里的安子益，惊喜地嚷："先生回来了。"赵妈瞟了花朵一眼："你算哪根葱啊？一惊一乍的，太太还没惊喜呢，你倒先惊喜起来了，真不知自己是干啥的了。"花朵不服气地说："你管得着嘛！"

石玉婵见安子益进屋，放下碗筷，站起身说："还没到下班时间，怎么突然回家来了？大公子回京城了？"安子益脱下外衣递给石玉婵："回去倒好了，来到上海滩，他不搅个天翻地覆怎么可能走呢？小早，你没事吧？"安小早答道：

"有事现在问也晚了。"石玉婵讥讽道:"这个时候你还能想到儿子,真是个好父亲啊!"安子益用手摸着小早的肩膀说:"小早,今天的事千万别怪爸爸啊,那种场合爸爸顾不了你。"安小早拉住安子益的手说:"儿子理解爸爸。"

安子益走进里间屋,转身喊:"玉婵,你来一下,我有事跟你商量。"石玉婵跟着进去问:"什么事?"安子益说:"把那幅袁士道的《猛虎下山》画找出来,吃过饭跟我到酒店去看望大公子。"石玉婵推脱道:"你自己去就是了,我陪着合适吗?"安子益说:"你去可以缓解一下气氛,这次大公子来上海,处处不顺心,我担心他回去会奏我一本。再说,你在场,他也许会收敛一下火气。"石玉婵听罢说:"那我就陪你去吧。"

夜幕下的上海酒店,灯光闪烁。大公子坐在屋里的沙发上,傲气十足地看着站在门口的安子益和石玉婵。

安子益谦恭地说:"大公子此次来上海,鄙人照顾不周,多有得罪,今天特意带夫人来赔罪,还望大公子海涵。"大公子:"那……就请进来坐吧。"

安子益与石玉婵走进来坐在沙发上。安子益问:"大公子想什么时候回京?"大公子随口说:"怎么,要撵我走啦?"

安子益笑道:"大公子误会我的意思了,今天我特意让太太给大公子带来了一件珍贵的礼品,袁士道的名画《猛虎下山》。"

石玉婵将手里的画轴徐徐展开,大公子屏神静气看着。石玉婵对着画面解释说:"大帅素有'北洋之虎'的雅号,这是袁士道的真迹,此画价值不菲,又极具升值空间,望大公子带给大帅的时候多为安署长美言啊。"大公子端详着画:"猛虎下山,这画的意境好,带回去送给大帅,他一定会高兴的。……可我的礼物呢?你们送给我什么呀?"

安子益急忙说:"我早就差人到扬州给大公子订制玉棋了。当然,大公子还喜欢什么尽管直说,在上海这一亩三分地上,大公子想要什么,那还不是一句话的事。"大公子打量着安子益说:"既然安署长这么慷慨,那我就直说了吧,我在上海码头丢了一批货,这您是知道的,如今货找不到了,那就赔我一块地皮如何?我想在上海筹建天津纺织厂的第二分厂。"安子益一怔,沉思片刻笑道:"在上海拿地我一个人可说了不算,再说上海的地皮比黄金都贵。""那就请您给我想想办法吧。"大公子步步紧逼。安子益无奈地摊开两手说:"我纵然长了三头六臂,也做不到用地皮赔偿您的货啊。"大公子进一步说:"那我出半价总行了吧?"安子益想了想:"上海城区基本无地可拿,都是租界地,华界通商公署怎么敢打租界的主意啊。如果能在沪东设立公署办事处,在那里想想办法倒有可能。"大公子哈哈大笑说:"安署长真是深谋远虑啊。那通商公署就设个沪东办事处吧,回头我跟大帅打个招呼,来个先斩后奏如何?"安子益趁机道:

"这就要看大公子怎么运作了。""容我好好想想吧。"大公子起身送客。

安子益与石玉婵走出酒店，两人在大街上漫步，酒店在他们身后若隐若现。石玉婵心意难平地说："一百万大洋的名画都堵不住他的嘴，还想在上海拿地。真是人心不足蛇吞象啊！"安子益说："东西都送出去了，就不要说闲话了。"石玉婵忽然想起了什么，趁机道："哎，我老同学许尚美的事你倒是关心一下呀，这画还是她送的呢。你跟乔厅长打个招呼不过是动动嘴皮子的顺手人情，这事都拖了多长时间了？"安子益应道："这几天不是忙吗？等大公子回京，我一定让乔厅长落实。你就放心吧，太太。"石玉婵抱怨道："大公子来这一趟，真把人折腾死了。"

4

上海世俗生活报馆总编办公室。田韵抒走进来，看到总编说："总编，您交代的任务我已经完成了。"总编疑惑地问："什么任务呀？"田韵抒笑道："瞧您这记性，油画家天飞马的文章呗。"总编恍然大悟说："油画家的文章这么快就写好了，那今天就上版，明天见报。"田韵抒忽然提议："总编，文章先别急着上版，我还得推敲一下呢。我想知道有关'废婚讨论'的专栏，报馆究竟什么时候安排版面？"总编不急不慌说："你先别急，近日大公子在上海的行踪是市民最关注的热点了。"田韵抒说："那'废婚讨论'专栏也会成为上海市民关注的热点的。""但这个话题的时效性不强，再说'废婚讨论'是不是太有伤风化了？上海市民能不能接受还有待进一步考证。"总编说。田韵抒不耐烦道："好了，您上次说前卫这次又说有伤风化，我看在咱们的报纸等版面根本就不可能了吧？""要不你去问问别的报馆如何？"总编有意支开田韵抒。田韵抒心领神会地说："问就问，有什么大不了的。"转身出门，刚走几步又折回来："油画家天飞马的文章何时见报要等我消息。"总编冲着田韵抒的背影嘀咕："等你消息？莫非我这个总编被你取代了不成？"

田韵抒走出报馆，就与天飞马坐在外滩的酒吧里饮咖啡。桌上摆着手稿，天飞马逐字看着："田姐姐写得真不错，以您的身份为我写这样一篇文章，推荐我的油画，相信一定会引起读者热捧的，这些读者痴迷您的小说，也就会痴迷我的油画。您说我分析得对吗？"田韵抒故作姿态说："既然你已经分析得头头是道了，那就给我的文章出个价吧？"天飞马一怔，继而笑道："我怎么可能让田姐姐白写文章呢，我早就把礼物给姐姐备下了，首先送姐姐一幅我最满意的油画，然后请姐姐到郊外欣赏美丽的山水。"田韵抒不以为然地笑笑："美丽的山水我见得多了，油画嘛，我不想收藏，我觉得收藏是最没意思的事情了，还不如变成大洋。"天飞马急忙说："姐姐，我的油画是有升值空间的，现在值十万大洋，过几年就可能是一百万大洋，您难道不看好市场吗？"田韵抒傲气地说："好吧，既然如此有市场潜力，那我就收藏你一幅油画吧。……至于去郊外看美丽的山水，那要我安排出时间才行。"

天飞马欣喜地说："姐姐，那咱就一言为定喽！"

5

上海某里弄民居内，许尚美看着一桌子的菜问："妈，怎么一点荤菜也没有啊？"许老太太说："天天吃荤，咱家的收入也不允许呀？就那么点银子，有打醋的就没有打酱油的……旷明的事还没有消息吧？"许尚美拿起筷子："没有。"

许老太太说："等旷明安排回上海工作，咱家的日子就会好过多了，不说每天十个碟子八个碗吧，荤菜总会有吧。你再催催帮你办事的两个学姐，多催几遍，别让人家把事忘了。"

许尚美拣了一口菜放进嘴里说："催过多少遍了，都在忙呢。……妈，我想换个地方工作。"许老太太刚端起碗，忽然停下问："在商务馆工作不是挺好的吗？薪水不少，离家又近。你是个女的，如今兵荒马乱的，能有个地方发薪水已经很不错了。"许尚美说："商务馆要筹建活动影戏部，我想到那里去工作。"许老太太抬高声音说："你去当戏子？你一个读过大学的女子，竟去当戏子，你真是羞煞我也。"

"妈，您理解错了，是去当管理人员。"许尚美急忙解释。

许老太太语气坚定地说："那咱也不去，跟着啥人学啥人，跟着巫婆会跳神。整天跟戏子在一块混，还能学出什么好来。眼下，你就把旷明安排回上海，咱家一切都稳当了。"

许尚美突然打了个饱嗝，抬眼瞟着许老太太，再也不说话了。

6

石玉婵刚在办公桌前坐下，赵人杰从她办公室门前走了过去，门开着，石玉婵下意识地唤了一声："赵科长——"赵人杰听到石玉婵的叫喊，立刻折转身返回来问："石处长，找我有事？"石玉婵打量着赵人杰说："你最近总往外边跑，你老家来的病人还没好吗？""石处长，谢谢您的关心。这事以后再细说吧。"赵人杰搪塞了一下，转身欲走。石玉婵拦住他说："干吗总是急急忙忙的，坐下陪我聊聊不好吗？我已经很久没跟你聊天了。"赵人杰犹豫着问："石处长想听什么呢？"石玉婵望了望门外，见走廊里无人走动，便说："你平时挺爱看书的，最近听说上海很流行苏联文学，你能帮我找一下法捷耶夫的《毁灭》吗？"赵人杰一愣，打量了一眼石玉婵说："石处长，这样的书您也敢看吗？这可是沾染共产主义幽灵的书啊。"石玉婵一脸无所谓的样子说:"没关系,你找来我看看,让我也了解一下共产主义幽灵到底是个什么东西?"赵人杰只好说:"那我尽快找来给您看看。……石处长,您不会也新潮起来了吧?"石玉婵笑道:"赵科长,我什么时候僵化了?我是没文化的村姑吗?"赵人杰被石玉婵咄咄逼人的神情逗得笑起来,也就越发大胆说:"石处长乃女中豪杰,满腹诗书纵古论今,既喜欢李商隐的婉约诗,也喜欢苏东坡的豪放词,还吟诵秋瑾的名句'秋风秋雨愁煞人'……"石玉婵突然打断他的话:"好了,赵科长,你都快成侦探了,我这点秘密都在你的掌控之中了。别恭维我了,把书找来比什么恭维都好。""这书我一定想办法为您找到。"赵人杰语气肯定地说。见石处长表情很放松,又说:"石处长,今天我先出去办事了,等有时间我们再细聊。"石玉婵叹口气说:"你要多加小心啊,外边挺乱的。""我知道。"赵人杰转身走了。

石玉婵望着赵人杰的背影出神。

7

上海中式别墅的夜晚,宽大的房子显得空荡而沉闷,仿佛主人公只是这里的过客,使房间缺少令人亲切和温暖的烟火气。这么深沉的夜晚,屋里屋外却没有一盏灯亮着,沉寂、黑暗、神秘、莫测……旁观者可以尽情地猜度这里的一切。

田韵抒穿越黑暗推开房门,一团黑气将她包围,她随手按亮墙上的壁灯,房间里立刻明亮起来。她疲倦地将手包扔在茶几上,换下鞋子,跌坐在沙发上,随手抽出一根香烟点燃,环视屋内。屋内真是太静了,除了她弄出的响动,再也没有别的声音了,她大口吸烟,让嘴唇发出吸吮之声,以驱赶内心的焦虑和恐惧。突然,一阵电话铃响,田韵抒浑身一惊,她愣怔地盯着放电话的地方,当她确信电话铃声是从自家的客厅里响起时,立刻起身去接电话,电话里传来熟悉的女人腔:"报馆的人差不多都是夜猫子,猜你还没睡。乔厅长回来了吧?"田韵抒道:"谁知道他什么时候回来呀,不正点回家对他来说早就成习惯了。"石玉婵无奈道:"你以为阔太太好当呀,对阔太太来说,最实质性的问题就是守空房了,能守住空房,这阔太太的位子才算坐稳了一半。"田韵抒不禁叹了一口气:"所以我赞同废婚嘛,当这徒有虚名的阔太太有什么好啊?"石玉婵话锋一转:"这个话题咱先不谈了,我今天是想告诉你,我把许尚美丈夫回上海的事情跟安署长讲了,他答应让乔厅长落实,乔厅长要是跟你谈起此事,你在旁边加把火,这事也就八九不离十了。"田韵抒应道:"这可是个好消息,等乔世景回来我就催他。"

放下电话,田韵抒大舒了一口气,她内心似有一种轻松感,不知是为许尚美还是为自己，玉婵大姐的这个电话驱除了她内心的孤寂感，她大口吸着烟，不停地向外张望，盼着乔世景马上回来，可门静静地关着，没有一丝的动静。田韵抒将一根又一根的烟蒂按在瓷质烟灰缸里，屋内烟雾缭绕，呛得她禁不住咳嗽了几声。她走到门口，困倦地打了个哈欠，望着静静的门外自语："莫非今晚你又在外边过夜了？……"

乔世景果然一夜未归。

田韵抒在沙发上睡了一夜，当她睁眼醒来，外边已是阳光普照了。她楼上楼下跑了一圈，对乔世景的夜不归宿无可奈何又气愤难平，于是她简单梳洗了一下，就奔了上海医院找姐姐。

8

上海医院的白天，空间和时间都显得异常紧张，空间是患者的，走廊里过道里诊室里到处都是患者的肉体，他们等待着医生对染病肉体的诊断，由于患者太多，又来自各个阶层，空气中弥漫着一股人肉味，虽然工作人员不停地喷洒消毒液来苏水，可浓浓的来苏水味瞬间就被空气中的人肉味稀释了。医生在被挤满的空间充分利用时间为患者诊病，他们大多戴着口罩，试图与不属于自己的气味隔绝，避免传染疾病。庆幸的是气味只喜欢往鼻孔里钻，那里是气味的大本营和目的地。

田韵青抽空从诊室里跑出来，站在医院门口东张西望，她在等妹妹田韵抒。田韵抒坐的人力车正由远而近奔来，她看到了姐姐。田韵青同时也看到了田韵抒。

两人走出医院大门，在林荫路上站定，田韵青左右看看，从包里掏出一张纸递给田韵抒："化验结果出人意料，你要有充分的心理准备。"田韵抒看了姐姐一眼，急忙将化验单展开，她的眉头突然皱起来："这不可能，真的不可能，是不是医院搞错了？乔世景没有精虫，那小秃是怎么来的呀？"田韵青一笑："化验结果不会错，错的是那个叫绿袖子的女人，她与乔世景生的孩子根本不是乔世景的种，她外边肯定还有野男人，她硬是把孩子贴给乔世景了。"田韵抒忽然夸张地笑起来："如果是这样，那真是太好了，那个野种小秃再也没有资格来要钱了，他乔世景没有资本传宗接代，他还有什么理由怪我生不出孩子呢？是他没本事，不是我没能力，这恰恰证明我对他是忠诚的。"

田韵青将化验单从田韵抒的手里夺过来，折叠好装进衣服口袋说："化验单还是放在我这里保管吧。你先别把这事张扬出去，更不能告诉乔世景，一个男人一旦知道了自己没有传宗接代的能力，他很可能会崩溃的，什么当官做老爷，对他都没有吸引力了，他一崩溃，你这个阔太太也就当不成了。"

田韵抒恼怒地说："我靠自己的一支笔吃饭，当不当阔太太都无所谓。"田韵青直勾勾瞪起一双眼睛说："你别犯傻了，你处处受人尊敬，真是因为你的文章秀美吗？天下的好文章多了去了，能写会画的文人墨客多如天上的星星，能出人头地的，还不是靠朝里有人，凡是天皇老子喜欢的都能登上大雅之堂。韵抒啊，你要放明白点，这件事先存在心里，到了关键时刻再把撒手锏拿出来。现在你要利用他的位置，干一些别人想干而干不成的事情。"田韵抒失望地看着田韵青说："姐姐，你变得越来越俗气了。"田韵青不以为然道："再过几年，等你到了我这个岁数，也许比我还俗气呢。"田韵抒一副不肯善罢甘休的样子说："这事我再好好想想吧。"田韵青只能随她去："那我先回去了，病人等着呢。"

田韵抒在医院门口的林荫路上走着，显得心事重重。一只鸟在树枝上腾空飞起，鸟粪飘落在她的衣襟上。田韵抒沮丧地自语："真晦气！"不由停下脚步擦衣襟上的鸟粪。

许尚美突然出现在她面前："韵抒姐，怎么在这儿碰见你了，真是太巧了。"田韵抒一怔，继而镇静地说："尚美，我正要去找你呢，玉婵大姐已经跟安署长把你丈夫回上海工作的事说了，安署长答应让乔厅长落实，你就等好消息吧。"许尚美喜出望外地说："真是太谢谢两位学姐了，还要不要我再做些准备呀？"田韵抒想了想说："你已经送去一百万大洋的画了，先看看再说吧。"许尚美接着道："那我还没感谢你呢？"

"咱们学姐学妹的，用不着客气。哎，尚美，你来医院干什么呀？"田韵抒问。许尚美羞怯地说："我这个月的生理周期不正常，想来医院检查一下。""是不是怀上了？……路旅长刚回家待几天，你就怀上了，他枪法也太准了。"田韵抒调侃着。许尚美脸腾地红了说："我只是来检查一下。韵抒姐什么时候怀宝宝啊？"田韵抒叹息道："我已经落后你们十年了，何时怀宝宝，我一个人说了也不算。"许尚美安慰说："别急，宝宝早晚会来的。"

9

车水马龙、人来人往的上海黄浦江码头，阳光驱散了雾气，一切景物都清清楚楚地裸露在阳光之下。

大公子正与安子益、乔世景道别。

安子益说道："大公子此次来上海，招待多有不周，还望大公子海涵。在扬州定制的玉棋已经放进集装箱里了，记住在二号集装箱。"乔世景接着道："一号集装箱里有上海通商公署送的礼品，具体有什么大公子回去看看就知道了。"大公子笑道："安署长、乔厅长，通商公署送什么礼品我都不在乎，我只在乎这里的地皮，想在上海拿块地。"安子益应道："我们已经知道大公子的意思了，我跟乔厅长也打过招呼了，这事要好好琢磨琢磨，从长计议。"乔世景附和道："大公子回去就听我们的回话吧。今天天气很不错，天公作美，给了大公子面子啊。"大公子点头："是啊，那咱们后会有期。"

大公子登上船，向安子益、乔世景及码头上送行的人挥手。

汽笛长鸣，轮船徐徐驰离黄浦江码头。

安子益看着渐渐远去的轮船，转身对乔世景说："大公子回京了，他留给你我的任务真不轻啊，在上海市区拿一块地皮可不是开玩笑呀。"乔世景一脸无奈地说："是啊，我也在琢磨呢，他想拿地皮，又不想出大钱，这种便宜事上海市区就甭想了。看看沪东有没有可能吧？……"安子益似是忽然来了灵感说："你说到沪东，我倒想起一桩事情来了，我太太学妹的丈夫最近想从部队回到上海地方工作，跟你太太也是老相识，她们三个在大学时就是好友。你看看，跟相关部门协调一下，腾个合适的位置，还不能太差，把他安排了，回头好帮我们跑跑腿办办事。"乔世景笑道："有安署长的尚方宝剑，我哪敢不执行啊？"安子益也笑道："有你这句话，事情也就妥当了。"

10

南方某军营的早晨，鸟在林子里悠然地鸣叫着，狗也在远处吠着，军人们在习武练枪，一切似都是老样子。路旷明正在麻利地收拾东西，他打量着房间的一切，看看还有什么能带走而没带走的东西，他与军营的这一别将是永远了。

排副小胡跑进来："旅长，您怎么说走就走了呢？我还指望您帮我提一级呢。"路旷明道："小胡啊，我不是已经让你当排副了吗？"小胡挠头："我可是花了五万大洋啊，只当了个排副，您这一走，排长我肯定当不上了。要不您退给我两万大洋吧？"路旷明一翻脸："哪有屎往回缩的，你就不怕憋死？钱肯定是退不回来了，我让你当排副，也是跟上司协调来的，协调是要花钱的。"小胡无奈："那我不是太冤枉了吗？"路旷明安抚道："你已经由一个小班长升为排副了，有级别了，你冤枉啥？如果不是我给了你这个机会，别说是五万大洋，你就是再加一倍，也当不成排副。"小胡思索道："可我还是觉得五万大洋只买个排副，太不值了。"路旷明怒睁双眼挥起拳头道："你再啰唆，我削你脑袋。"

小胡吓得急忙从屋里跑出来，站在太阳地里嘀咕："这年头，有冤都无处伸啊！"

11

方菲正在梳妆镜前打量自己，她看着看着，眼泪不由落了下来。门锁轻轻转动，方菲回头张望，乔世景推门进屋。方菲惊异地起身："乔厅长，您怎么来了？"乔世景纳闷："我不来谁来？我不该来吗？"方菲解释道："现在是上班时间，厅长不处理政务，跑到郊外的别墅幽会情人，这哪像一个官员做的事情呀？"乔世景幽幽道："宁在花下死，做鬼也风流。幽会情人还想什么官员不官员啊？"方菲一撇嘴："你是风流快活了，别人却做了贼。"乔世景不耐烦道："别跟我耍性子了，你能有今天，还不是我乔世景在为你撑腰。天下会唱会跳的女人多了，只不过有的女人走了狗屎运而已。"方菲冷笑："那我就是人仗狗势了？"乔世景不与理会："别贫嘴了，赶快收拾一下，今晚任队长要来百乐门，特别点了你的《毛毛雨》。"方菲闷闷不乐："你又把我介绍给任队长了，我真像只球，昨天被你踢到大公子的怀里，今天又被你踢到任队长的怀里，要是我被踢露了气，只剩了一层皮，你还会把我抱在怀里吗？"乔世景脸一沉："你哪里来的这么多废话呀？"方菲反问："我要是不去呢？"乔世景沉声道："这可是政治任务，我告诉你，地球缺谁都转。"方菲不甘愿道："厅长大人，你就会以势压人。"

方菲表面上不情愿地收拾东西，化妆修整自己，心里却洋溢着难以言表的快活。她很快收拾打理好自己，跟着乔世景的小轿车奔向百乐门。

上海百乐门的夜晚，人的灵魂在这里被西洋乐和美女们所控制，纵然是达官显贵也难以跟着自己的情绪奔走，他们全身的每个可视器官都随着美女们转动，想知道什么是销魂的滋味，那就在这里体验吧。

乐池里的乐队在用西洋乐演奏《毛毛雨》。

方菲打扮入时地站在台上演唱，她的白色短裙过多地裸露出肩颈和大腿，再加上波浪形的头发，给人销魂的性感。

随着她歌声的节奏，身后伴舞的八位舞女不时变换着各式舞姿。

坐在观众席里的任队长兴致勃勃打着拍子，小花彩坐在他的身边，他的右侧是乔世景。

乔世景笑道："看样子任队长真是对流行歌曲感兴趣啊。"任队长点头："好听，比沪剧好听，这东西新鲜，沪剧跟流行歌曲一比，那真是土得掉渣了。"小花彩嗔怪地瞟了任队长一眼。任队长接着说："你别不爱听，不信一会儿你也上台唱一曲《罗汉钱》，跟人家方小姐比试比试。"转而对乔世景说："我真不明白，大公子放着流行歌曲不欣赏，偏喜欢听沪剧，老土啊！"乔世景应道："中国的戏剧与流行歌曲相比，戏剧的一招一式显然是很见功夫的，它是一种东方文化。"任队长意味深长地望着乔世景说："你这么喜欢东方文化，那今晚咱俩就换换口味如何呀？"乔世景心领神会地笑道："任队长想换口味，好说好说。"任队长用出乎意料的眼光瞟着乔世景，两人会意地笑起来。

一旁的小花彩厌恶地看着他们。

12

对上海中式别墅里的女主人来说，半夜等待夫君回家早已成为习惯了。等人是一种焦虑，好在烟可以为她排除这种焦虑。

田韵抒坐在大厅里吸烟，大厅里灯光幽暗。她已经不知自己坐了多长时间了，也不知自己吸了几根香烟，唯有烟灰缸里的烟蒂能告诉她数目，可她从未数过。

门像往日一样发出声响，接着门开了，乔世景走了进来，他一眼看到吸烟的田韵抒："你怎么还没睡呀？好端端的一个家让你弄得乌烟瘴气。"田韵抒掐灭烟头，站起身说："我心里的焦虑只能靠香烟打发了。"见乔世景没有反应，又说："刚接到你老妈的信了，她说脖子直不起来，要来上海治病。"乔世景立刻问："她什么时候来？要不要我派车去接？"田韵抒说："可能就这两天吧，希望你明天能给家里捎个信儿，你妈来了我欢迎，但她别总唠叨抱孙子的事，生孩子也不是一个人的事情，那是两个人的成果。"乔世景不以为然说："她唠叨她的，你听听就是了，反正我已经有小秃了。"田韵抒脱口而出："小秃他……"又忽然禁口了。乔世景奇怪地看着田韵抒问："小秃他怎么了？"田韵抒急忙改口："他……他今天没找你麻烦吧？"乔世景："没有。今天晚上我一直陪任队长在百乐门看歌舞。"田韵抒傲气地说："任队长看歌舞干吗要你乔厅长陪呀，他只不过是你的一条警犬。"乔世景泰然自若说："正因为他是我的警犬，我才必须把他的毛理顺了。"田韵抒忽然想起白天见到许尚美的事，禁不住问："我学妹许尚美的丈夫回上海工作的事怎么样了？"乔世景不耐烦道："你都说了多少遍了，我耳朵都起茧子了。我现在正式告诉你，此事正在办理，基本妥当了。你听明白了吗？""我随便问问，虽然我是你的太太，但我交办的事情你未必上心。"田韵抒说。乔世景脱下外衣说："我拿了人家钱财，必定为人家消灾，更何况还有安署长的尚方宝剑呢。好了，天不早了，都早点休息吧。"说罢哼着《罗汉钱》进了自己卧室。

田韵抒疑惑地望着他的背影想："怎么又唱起沪剧来了？"

13

许老太太和许尚美正在包饺子，不知不觉天已经黑了。许老太太打量着盖帘上的饺子说："这旷明也不知道几点到家？韭菜饺子就要吃个鲜味。"许尚美将包好的饺子放在盖帘上说："他已经上船了，现在正在船上睡觉呢。"许老太太："旷明回来虽是好事，你们夫妻团圆了，但他一回上海工作，乡下那些山猫子野兔子跑得更勤了，咱家就成了他们家的大车店了。"许尚美无奈："那也没办法，当初嫁给他的时候，就知道他是乡下人。"许老太太说道："这事可不懒我，懒你自己。"许尚美有点不耐烦："好了，妈，您别总说这些没用的闲话好不好？"

许老太太不悦地沉下脸说："我这是良言，良言逆耳利于行，怎么变成闲话了呢？"许尚美看看表："好了，我该接旷明去了。"

许尚美放下手里的饺子，简单梳理了一下自己，跑到门口拦了辆人力车，直奔黄浦江码头。

黄浦江江面上，一艘轮船在江面上乘风破浪，船头上站着的路旷明兴致勃勃在向远处眺望，远处隐隐约约的灯影证明着上海码头快要到了。路旷明兴奋地自语："上海，我终于回来了！"

晨曦中的黄浦江码头，淡淡的晨雾正被跃出海面的太阳光驱走，随着太阳的强势光临，码头上的一切都显出了真实的面容。许尚美一身靓丽的打扮站在码头上，翘望着客轮上走出来的男女乘客。路旷明刚走出船舱，许尚美就小跑着奔了过去，她边跑边挥手："旷明，我在这儿！"路旷明挤出人群，一眼发现了许尚美，三步并作两步跑过来与许尚美紧紧拥抱在一起。许尚美眼睛有点湿润："总算把你盼回来了！"路旷明："星星呢？我的女儿怎么没来？"许尚美道："今天不是周末，星星在学校上课呢。"路旷明忙说道："你看我高兴得把时间都忘记了。"许尚美挽起他的胳膊："昨晚上我和妈就给你包好饺子了，就等你回家吃呢。"路旷明应道："未进家门我就闻到饺子香了，尚美，我再也不离开你和星星了。"

14

上海外滩某酒店内，顾客熙熙攘攘。晚上正是会客的最佳时间，酒店里高朋满座。包间里，石玉婵、田韵抒、许尚美边吃边聊，桌上是丰盛的菜肴，高脚酒杯里的红酒在灯光的映照下愈发剔透晶莹。

田韵抒开口道："这家菜馆的上海菜做得满地道的，玉婵大姐你快尝尝这黄花鱼，挑鱼鳃下边的肉，鲜极了。"石玉婵应道："听说有钱人都吃鱼腮下边的肉，过去的劫匪看谁有钱就看他吃鱼的时候从哪里下筷子，谁吃鱼腮下边的肉就去谁家里打劫。"田韵抒听完一笑："哈哈哈……幸亏今天桌上没有劫匪，否则我就成了给劫匪发信号的人了。"许尚美端起酒杯："今天我敬两位学姐一杯，两位学姐帮了我的大忙，下一步还望两位学姐提携路旷明，日后他若有了出头之日，一定报答两位学姐的大恩。"石玉婵笑道："尚美什么时候学会甜嘴了，这嘴巴真像是抹了蜜了。要我说啊，你这感谢不能光停留在口头上，要亲自上门去拜菩萨。我那里你就不必去了，韵抒那里你要好好拜一拜，乔厅长是现管，一句话就可以给路旷明安排个美差，到时候你也是阔太太了。"许尚美点头道："韵抒姐，玉婵大姐都下圣旨了，我和旷玥什么时候上门拜访啊?"田韵抒笑道："我家的大门永远向你敞开着，你们愿意什么时候来就什么时候来，随时欢迎。"石玉婵举起酒杯："来，韵抒，我们为尚美夫妻结束牛郎织女的日子干一杯!"三人起身将杯里的红酒一饮而尽。田韵抒笑着说："路旷明今天应该来，我们打麻将正好三缺一啊。"许尚美应道："我说让他来，他说自己是粗人不好意思见两位学姐，那下次一定带他来补缺。"

三人喝得微醉了，才起身离开酒馆。

第五章

1

上海巡捕房的夜晚，所有的声音都静止了，罪与罚也静止了，犯人的叫喊隐去，美妙的歌声袭来。任队长仰躺在自己的休息室听留声机，正放着方菲唱的流行歌曲《毛毛雨》，他情不自禁用手打着节拍，忽然站起身，走到窗前望着黑漆漆的夜空自语："方小姐呀，你真是让人心痒痒啊！"而后换上便装走出休息室，看看左右无人，快步朝门外奔去。

上海郊外别墅内，刚从浴室里出来的方菲正享受着夜的宁静，她望着漆黑的窗外喃喃自语："夜啊，你为什么如此安宁？当你这么安宁的时候，我才看到了你无与伦比的美……"这时，她忽然听到门响，只好不情愿地问："谁呀？"

门被推开了，西装革履的任队长笑嘻嘻出现在她面前。方菲惊讶道："任队长，是你？你怎么找到这儿来的？"任队长一笑："方菲小姐很吃惊是吧？难道你不欢迎我？"方菲忙道："谁敢不欢迎任队长啊？不过，您来这里，乔厅长知道吗？"任队长说道："乔厅长如果不知道，我怎么可能找到这里来呢？"说罢伸出胳膊抱住方菲。方菲边挣扎边说："那……等我明天见到乔厅长，问问他好不好？"任队长轻笑："你不用问了，乔厅长现在怀里正抱着我的小花彩呢。"方菲简直不敢相信自己的耳朵，忍不住问："任队长这话当真？"任队长继续动手动脚说："在上海这码头，我犯得着跟一个百乐门的歌女撒谎吗？"方菲向后退着问："那您今晚来我这儿想干什么？"任队长阴笑道："秃子头上的虱子明摆着，这还用问吗？"方菲故意拿捏道："我弱智，凡事要问个清楚明白。""女人啊，凡事要糊涂点，糊涂就是福啊。"任队长说着一把将方菲推到床上。方菲直勾勾瞪着一双眼睛想："今晚真是在劫难逃了。"

2

　　上海郊外古典式别墅内，夜色将一张红木大床极其温柔地覆盖，黑暗中的小花彩从乔世景的怀里挣出来，拉扯着身上的衣服说："乔厅长，要说您这官可比任队长大多了，您干吗还要顾及任队长的面子呢？"乔世景说道："我虽然比任队长官大，可我手里没有枪，任队长有枪，有枪的人谁都拒他三分，指不定什么时候就走火了。"小花彩故意问："那您今天来我这里就不怕任队长的枪走火吗？"乔世景得意地笑道："我跟任队长事先有协议，他去了歌女方菲那里。"小花彩脸色忽然难看起来，心想原来两个男人在拿我们两个女人做交易呀，我们真成了一钱不值的玩物了。她想怒骂眼前这个男人，但又觉得自己没有骂他的底气和资本，于是故意轻描淡写说："我明白了，你跟任队长在玩互换情人的游戏，我和方菲已经成了你们手中的玩物了。"乔世景捏了捏她的鼻头说："你可真聪明。"又说："一切动物，不论雌雄，都有生存的能力，谁也不求谁。人就不同了，人这个高级动物，男人强势女人弱势，女人要被男人主宰，非要男人爱她不可，所以女人要修饰自己讨好男人，你说女人是不是男人的玩物呢？"事已至此，小花彩只好长吁了一口气道："乔厅长，您知道吗？女人一旦成了玩物，就会不值钱了。今晚，我是想以柔情蜜意换来您的帮助的……"乔世景自鸣得意地抬起头："要我帮助你什么？只管说吧。"小花彩故意卖关子道："其实我要你帮的这个忙，对你来说只不过是举手之劳，就看你尽不尽心了。"乔世景催促道："你就别卖关子了，快说什么事吧？我能帮你的，绝不会推辞。"小花彩打量了乔世景一眼，鼓足了勇气说："那我就说了啊……我不想唱戏了，我想跟您一样做个公务人员，吃皇粮。"乔世景猛地从床上坐起来："这事可没那么容易，做公务人员那是要考试的，并不是什么人都能当的。"小花彩追问道："那您说什么事容易呢？""你倒不如利用自己的特长找个差事做，除了唱戏，再接待一些南来北往的客人。"乔世景说。小花彩忽然板起了脸道："你是说让我当窑姐啊？乔厅长，我今晚的功夫难道都白费了？我要是当窑姐，还用您指点吗？"乔世景笑笑："你可不是一般的窑姐，你现在是上海滩的名流，沪剧的头牌花旦，来找你的人也都是达官显贵，特别是我介绍来的朋友，那身份地位还了得，你就等着撑开口袋赚钱吧。"小花彩正色道："乔厅长，这样的血汗钱我可不想赚，我只想当个公务人员，坐在办公室里舒舒服服的，出门有人送进门有人迎，谁见了都点头哈腰的，多体面啊。"

　　乔世景突然掀开被子穿衣服，边系扣子边说："民国虽说比清朝进步了许多，但做公务人员的女性还是少数，那都是在女子大学读过书留过洋的，你想当公务人员，简直就是让我托着你登天啊，可我又没有孙大圣的本事。"小花彩撒娇说:"乔厅长给我想想办法吧,您手里有权,安排个公差应该不在话下吧?"乔世景搪塞道:"容我想想吧,不过这事还真没什么把握,成不成难说。"小花彩用力搂住乔世景的脖子说:"乔厅长,你要真心帮我,那就没有不成的事情。"乔世景推开小花彩:"好了,我该走了。"小花彩依依不舍地问:"那您下次什么时候来呀?"乔世景拿着架子说:"什么时候我想听沪剧了,自然就会来了。""那您一定来哟。"小花彩将乔世景的衣服扯平整,看他快步出门,渐渐远去。

小花彩关上门,对着大厅的穿衣镜自语:"男人都这个德行,提起裤子不认人。"

3

通俗教育委员会驻上海办事处的办公室里,参加会议的人员陆陆续续走进来,找到自己的位子坐下。

石玉婵刚要出门,赵人杰腋下夹着一本书走了进来,书被报纸包裹得严严实实。石玉婵奇怪地问:"赵科长,我正要去开会,你怎么现在来了?"赵人杰扯下报纸,将书递给石玉婵说:"给,石处长,您要的法捷耶夫的小说《毁灭》。"石玉婵欣喜地接过书翻着:"是一本旧书,你在哪里找到的?"

赵人杰说:"如今这书在市面上已经见不到了,当局视这类书为禁书。我是从一位大学的同学那里找到的,您带回家看吧,别在办事处看,以防别人发现。""我知道了赵科长,走,开会去。"石玉婵心领神会地说。赵人杰奇怪地问:"开会?开什么会呀?没人通知我嘛。"石玉婵像忽然悟到了什么似的说:"会不会是因为你的事情?赵科长,你先回避一下吧,待我开完会再跟你通气。""那好吧。"赵人杰转身离去。

会议室里坐了若干男士,石玉婵走进来坐下,显得一枝独秀。

魏局正在大声嚷嚷:"大伙儿踊跃发言啊,赵人杰的事情到底怎么处理,刚才巡捕房又来电话了,他们要把赵人杰带走,说他是乱党。"

会议室的人沉默不语,渐渐地把目光转向石玉婵。

"你们都看我干什么呀?这事要问赵人杰,如果他真是乱党,我们就不用处分他了,直接交给巡捕房完事。问题是办事处如果真出了乱党,那麻烦就大了,不光是我和魏局脱不了干系,人人都要被审问,到时候魏局的官帽子能不能保住,那都难说呢。"石玉婵抛出这番话,让现场的人大眼瞪小眼。

魏局惊异地瞟了石玉婵一眼,心想这女人真是一针见血,我怎么就没想到呢?他环顾了一下会场,表情尴尬地说:"石处长刚才这番话说得也在理,那就请石处长跟赵人杰好好谈一谈,看他究竟是不是乱党。"

大家彼此相望，默然不语。

石玉婵不卑不亢说："据我对赵人杰的了解，他不会是什么乱党，他年轻，喜欢玩艺术，这是无可厚非的，诸位都从年轻的时候过来的，谁年轻的时候不喜欢新潮前卫的东西呀？如果因为新潮前卫就被扣上乱党的帽子，那我们办事处人人都可能被巡捕房盯上。"

男甲立刻表态说："就是，别什么事都大惊小怪的，谁愿意打小报告就打去，别拉着大伙儿参与这事，跟我们没有半块大洋的关系。"男乙接着说："对，以后开会再讨论这事，我就不参加了。"众人三三两两聚在一起嘀咕，会场的气氛很快紧张起来，不满的情绪纷纷指向魏局。

石玉婵站起身说："魏局刚刚说让我跟赵人杰谈谈，问他是不是乱党，这话让人听了真觉得可笑，如果赵人杰能告诉我他是乱党，那我还能脱得了干系吗？"众人笑起来。石玉婵继续说："此事算我表过态了，我马上要去沪东学校看看，听说那里正闹水灾呢。"魏局接过话说："你还是先跟赵人杰谈谈再去吧，让他别总在外边出风头，免得巡捕房找我们的麻烦。"石玉婵神情认真地问："魏局，我从未说过赵人杰是乱党，我凭什么跟他谈呀？难道您真想让我引火烧身吗？"魏局表情阴森地瞟了石玉婵一眼。

石玉婵刚走出会议室，赵人杰迎面走过来，石玉婵停下脚步，赵人杰的眼睛里闪烁着问询的目光，"石处长，会开完了？"石玉婵说："赵科长，魏局让我找你谈谈，走，到我的办公室去吧，这里不是说话的地方。"两人走进石玉婵的办公室，石玉婵打量着赵人杰说："巡捕房又给办事处打电话了，说你是乱党要逮捕你，刚才魏局召集开会就是研究对你的处理问题，我坚持说你不是乱党。如果你真是乱党，那就是给办事处惹麻烦出难题呀！"赵人杰眉头皱了一下说："石处长，现在我们不讨论我是不是乱党的问题，我想跟您讨论中国当下社会的腐朽问题，如果您到大街上走一走看一看，您就会知道老百姓真是生活在水深火热之中，租界里的洋巡捕可以随便打中国人，一些华丽的场所都挂着'华人与狗不得入内'的牌子……要想让劳苦大众过上幸福安宁的生活，那就必须推翻这个腐朽的社会。"石玉婵突然惊讶道："赵科长，你的思想前卫新潮，但这些话就不要再说了，大家都心知肚明，你说多了，别人就会把你和'共产主义的幽灵'挂钩，你愿意给自己惹麻烦吗？"赵人杰笑道："石处长，据我所知共产主义是人类的理想社会，没有剥削没有压迫，人人平等，人人有饭吃、人人有衣穿。"石玉婵不耐烦地说："好了，赵科长，请你不要再说下去了，我可不想眼睁睁看着你被巡捕房的人抓走，那样办事处就要人人自危了。"赵人杰站起身："石处长，谢谢您的提醒，眼下我还没有资格成为'共产主义的幽灵'。"说罢转身出门。

魏局走了进来，恰好与赵人杰擦肩而过，两人相互望了一眼。赵人杰想微笑，却没有笑出来。魏局望着赵人杰远去的背影问石玉婵："石处长，你跟赵人杰谈过了？他到底是不是乱党呀？"石玉婵平静地说："谈过了，他说不是。"魏局察言观色道："依我的意思，干脆把他交给巡捕房，不出两天，他准招了。"石玉婵神情认真地说："魏局，大家开会时不都表过态了吗？如果把赵人杰送给巡捕房，办事处就会人人自危了。……我看这样吧，这事等我从沪东学校调研回来再定吧。凡是棘手的事情，拖一拖反而好办。"魏局沉下脸说："也好，那就等你回来再说。"

4

上海中式庭院的早晨，安小早拎着外衣出门，刚走到院门口，安子益从窗玻璃上看到他的背影，跑出来叫住了他："小早，礼拜天你不在家陪爸爸下棋吗？"安小早转过身，望着安子益，脚步并没有停下来的意思："爸爸，真是对不起您了，我今天要到学校排演话剧去。"安子益突然皱起眉头说："术业有专攻，你棋下得好好的，又去演什么话剧呀？"安小早争执说："爸，为了陪大公子下棋，我险些送命，您还让我下棋呀？"安子益继续道："象棋是国粹，又是一门技艺，有什么不好啊？演话剧的都是一帮激进分子，你跟这些人在一起，真要小心点。"安小早不以为然笑说："爸你就放心吧，我只演戏。"说罢转身匆匆离去。

赵妈拎着篮子准备出门，忽然想起了什么，对着后院喊："花朵，我去买菜啊，你给先生准备一下早饭吧。"

花朵在里面应道："我知道了。"花朵很快给安子益备好早饭，安子益坐在桌前吃饭，花朵侍立一旁问："小早怎么也跑了呢？一会儿谁陪您下棋呀？"安子益瞟了花朵一眼："还能有谁？你呗。"花朵笑道："我当然喜欢陪您下棋了，只是我太臭棋篓子了。再说，赵妈看到了会说闲话的。"安子益不以为然道："赵妈是从我手里拿赏钱的，她敢说闲话？"

安子益吃过饭，花朵收拾了碗筷，便陪安子益下棋。安子益捏着棋子走了两步说："回头马儿不如驴，过河卒子当车使。……我这着棋，你是输定了。"花朵讨好说："先生走棋真是够牛的。"安子益笑道："怎么着？戴个纸条吧？"说着随手撕了个小纸条粘在花朵的鼻子上。花朵嘻嘻笑着，粘在鼻子上的纸条随着她的笑声上下飘忽。

赵妈拎着菜篮子进门，听见花朵的嬉笑声，不禁在厅堂里停下脚步往大厅里张望，她看到安子益正捏着一张小纸条在花朵的鼻子上粘贴。花朵嘻嘻笑道："先生，我鼻子上已经贴了一张纸条了，再贴我就喘不出气来了。"赵妈不屑地瞪了花朵一眼，快步穿过厅堂走进厨房，将菜篮子重重地摔在地上。

安子益禁不住问："什么声音啊？"花朵惊慌道："赵妈回来了，她看到我陪先生下棋心里就不舒服。先生，我要去厨房了。"安子益镇静地说："你坐下，老老实实下棋，我的棋还没下完呢。"花朵诚惶诚恐道："那我听先生的。"

赵妈在厨房里一边择菜一边嘀咕："小妖精，心比天高命比纸薄，还想攀上高枝变凤凰不成？跟你说，野鸡永远变不成金凤凰。"

5

石玉婵在上海沪东学校几间破旧的房子前站定，她被眼前的校舍惊呆了，除去树上悬挂的大铁钟，再没有什么像样的东西了。这时，男女学生趴在没有玻璃的窗子上往外看，石玉婵的到来让他们产生了浓厚的兴趣和好奇心。

男老师正往黑板上写字，他回头发现学生在伸头往外边张望，怒声吼道："看什么……看，外……边……有、有什么好……好看的？"

石玉婵突然出现在教室门口，男老师这才发现了她，陌生女人优雅时尚的打扮让他惊慌失措。

石玉婵开口道："我是通俗教育委员会驻上海办事处的石玉婵，您就是这里的老师？"男老师紧张道："我、我可、可把长、长官盼、盼来了，能不能盖、盖个新、新校、校舍给我、我们啊？孩子们，快、快来、给长官叩头了。"学生们从教室跑出来，男生居多，呼啦啦跪在地上。

石玉婵惊讶地看着跪在地上的孩子说："孩子们快起来，现在是民国了，不兴下跪这一套封建礼教了。你们要用科学知识武装自己的头脑，做一个跟封建礼教决裂的人。"

学生们纷纷站起来，各自拍打着身上的灰土。

石玉婵走进教室，破旧的桌椅呈现在眼前，她用手摇着每个桌椅，被摇的桌椅来回晃动，有个桌子三条腿，她一摇，哗啦散架了。跟在她身后的学生立刻哄笑起来。

男老师应声说道："恳……求……办事处能……给我们的……学校拨点款，换……换……桌椅吧。"

石玉婵环顾四周："这学校可不是换桌椅的问题呀。从里到外都要重新调整。"

男老师笑了："那……那敢情好。"

6

上海中式别墅内，来了一个重要的贵客，乔世景的生身母亲，田韵抒的婆婆。自古以来婆媳就是一对矛盾，要么处不好，要么面和心不和，要么虚情假意。田韵抒与婆婆不生活在一起，有矛盾也是隔山打鸟不着边际，俗话说远香近臭，现在婆婆就近在眼前了，田韵抒自然能掂量出轻重。

田韵抒一边给婆婆乔老太太敲背，一边听她说话。乔老太太说："我来一趟，家里是这样，再来一趟，家里还是这样，十来年了，家里都不添丁进口，你让我这老脸往哪儿搁呀？不孝有三，无后为大。我这脊梁骨都快被左右邻居戳塌了，要说我这病，一半也是心病啊。"田韵抒心有不悦地说："生孩子也不是一个人的事情，我自从嫁给乔世景，就想生孩子了，我不光想给您生孙子，我还想给您生孙女，做母亲是女人起码的权利，可我十来年都没有资格享受这权利。"乔老太太不服气地说："照你这么说是我们世景有毛病你才怀不上孩子的？我跟你说，世景那身板绝对是一个顶俩，我生他坐月子的时候，家里来了个东北的商人，给了一块长白山的人参，我把人参泡到水里，天天喂他人参水喝，他从小就比别人家的男娃身体壮，说他有毛病那可真是瞎掰了。"田韵抒理直气壮道："他的身体好不好，那要医院的鉴定来证明。"乔老太太索性说："那你把医院的鉴定拿来吧，我看看。"

田韵抒忽然意识到自己走嘴了，急忙改口："妈，我跟您说着玩呢，您何必当真呀，其实我想生孩子做母亲的心比谁都急。"乔老太太便随口道："就是，那个舞女绿袖子还给我们世景生个儿子呢，他们才在一起待几天啊，要不是因为她是个跳舞的，我就是看孙子的面也得收下她这个媳妇呀。要我说，你比那个绿袖子不知强多少倍，知书达理，又会写文章，生出孩子来肯定又聪明又漂亮。哎，最近我孙子小秃来过吗？"田韵抒没好气地说："能不来吗？三天两头来要钱，有时候在路上还拦住世景要钱呢，您这个孙子算是养着喽。"乔老太太无奈地叹口气说："我曾听一个寺庙的老和尚说过，夫妻是缘，无缘不聚，儿女是债，无债不来。这小秃就是你和世景前世的冤亲债主啊。"田韵抒话里有话道："还指不定是谁的冤亲债主呢。"乔老太太说："儿媳这话说得可欠妥当，小秃就是世景的亲儿子，这还有错吗？"田韵抒佯装笑笑："您说没错那就没错吧。"

此时，在上海中式别墅对面的马路上，绿袖子正跟小秃交代："拿不到钱你就别走，吃住跟着你爸，他到哪里你到哪里，他去上班你也跟着。"绿袖子叮嘱小秃。小秃犹豫着问："妈，我跟我爸要的钱是不是太多了，前几天刚刚要过，还没有一个礼拜呢。"绿袖子说："你是他儿子，他挣钱就该给你花，这是抚养费，他老了还要指望你呢。你爸挣那么多大洋，也不能都便宜了那女人吧？"绿袖子强调着理由。

乔老太太正歪着脖子朝窗外望，她一眼看见了闯进门的小秃："我这孙子真是不经念叨，跟曹操似的，一念叨就来了。"

小秃跑了进来，一眼看到了奶奶："奶奶，您怎么来了，您脖子怎么歪了？"乔老太太一把搂住小秃，欢喜地说："小秃都长这么高了，成大小伙子了，过来让奶奶好好看看。你学习怎么样啊？"小秃答道："没钱花，学习也就不好呗。"田韵抒忍不住说："小秃，你三天两头跑来要钱，钱都花到哪里去了？"小秃强词道："我要得再多，也没有我爸给你的钱多吧？再说，我要的是我爸的钱，跟你有什么关系呀？"田韵抒怒声说："乔世景是我丈夫，能跟我没关系吗？"小秃还嘴说："那我还是他儿子呢，跟他关系更亲。"

田韵抒刚要说出实情，又突然改口："那……要求证了再说。"乔老太太在一旁说："韵抒，你不能少说几句呀，这没爸的孩子就像无雨的枯苗，真是可怜啊。小秃，你要多少钱啊，奶奶给你。"田韵抒瞟了一眼小秃："蹬鼻子上脸，真不知道自己是从哪个石头缝里蹦出来的了。"小秃嬉皮笑脸道："我是花果山上的石头缝里蹦出来的。"田韵抒接过他的话说："那是正儿八经的野种喽！"乔老太太立刻嗔怪道："韵抒，有你这样当继母的吗？话说得这么难听，你还是个文人呢。""文人也不能眼里揉沙子吧？今天这钱我就是不给。"田韵抒索性牛起来了。小秃大声嚷道："你敢不给，我让我爸休了你。"田韵抒突然怒火万丈地吼道："你本事倒不小啊，我今天就睁眼看着你怎么让乔世景休了我。"小秃自鸣得意地说："田阿姨，你自我感觉太好了吧？你以为我爸就爱你一个女人吗？我妈说了，我爸爱的女人海了去了，你算哪根葱呀？"田韵抒气得一时说不出话来了，"你……"转而对乔老太太说："妈，您老都听见了吧？"乔老太太责备道："小秃，你怎么总说不招人喜欢的话呀？你妈真是没好好调教你啊，只顾跳舞了。""根不正，苗也正不了。"田韵抒在一旁插话。小秃立刻顶撞道："你才根不正苗不正呢，没有我爸，谁会看你的狗屁文章。""你？……"田韵抒试图打小秃，被乔老太太急忙拦住了，"你也生一个，争口气。""这口气我怕是争不了了。"田韵抒转身出屋。

小秃望着她的背影得意道："就是，有本事自己也生儿子去呀。"

7

上海通商公署内，安子益正在办公室接电话："大公子，拿地的事我一直在催促手下的人办呢，你也知道，上海这地盘寸土寸金，租界以内是没什么指望的，能在沪东拿块地已经很不错了。我会催促部下，尽可能早日落实这事。"大公子道："不是尽可能，是必须给我一块地。……噢，对了，那幅《猛虎下山》我已经送给大帅了，大帅很欣赏，说送画的人有眼光。我趁机还在大帅那里为您美言了，将来一旦有升迁的机会，想必大帅是不会忘记安署长的。"安子益忙道:"谢谢大公子在大帅面前抬举我了。"大公子笑道:"只要在上海拿到地,我就天天在大帅面前为您美言。"

安子益放下电话,在办公室来回踱步,见乔世景匆匆走进来,便说:"乔厅长,我正要找你呢。"乔世景问:"安署长有什么圣旨?"安子益道:"我刚接到大公子的电话,他又催问拿地之事,这事你给办得怎么样了?"乔世景应道:"我正琢磨着呢,这事不太好办啊。上海这地方最贵的是啥?不是金银财宝,而是地皮。租界范围内基本没地可拿,其他地方也不是说拿就能拿的,沪东嘛倒可以考虑考虑。"安子益笑道:"我跟大公子也是这么说的,那你就尽快在沪东给大公子物色一块地皮吧,你是现管,这么点事还做不了主?"乔世景又说:"在沪东拿地皮那要有可靠的人给办才行,不是我们打个招呼就能办的。……对了,公署不是要在沪东设办事处吗?这事越快越好,有了办事处什么事都好办了。"安子益爽快地说:"那就先把沪东办事处的牌子挂起来吧。"乔世景立刻表态:"有安署长这句话,我马上差人去落实。"

8

许尚美和路旷明敲开上海中式别墅的门,乔厅长不在家,进屋与田韵抒寒暄几句,路旷明就与乔老太太攀谈起来,得知乔老太太的歪脖子是中风所致,于是他跃跃欲试想露一手。

乔老太太求医心切,也就欣然同意了。路旷明在乔老太太的房间给乔老太太推拿脖子,他手到之处,乔老太太就咧嘴哎哟:"别看你不是医生,手法还挺对头的,你在部队学过推拿吧?"路旷明说:"我刚去当兵的时候,团长的老爷子就中风了,团长每天派几个勤务兵去照顾老爷子,我的任务是跟一个老中医帮老爷子推拿,我边干边学,不久,团长就把我提拔了。"乔老太太笑道:"你要帮我推拿好了,也让我儿子提拔你。"路旷明说:"那我真是遇上大贵人了。"

田韵抒和许尚美在大厅里坐着,两人边喝茶边聊天。

许尚美道:"韵抒姐,旷明能回上海全靠您和玉婵大姐的帮助了,下一步如果能把他安排到合适的岗位上,那他就是钱耙子,我们几个学姐妹还不是想要什么就有什么嘛。"田韵抒往婆婆的房间瞟了一眼说:"别看路旷明是乡下人,人还蛮机灵的,来这么一会儿,就把我婆婆哄住了,日久天长,要是我婆婆总说他好,那乔厅长心里还不得掂量掂量吗?"许尚美急忙说:"那就每天让旷明来帮您婆婆推拿,反正这段时间他闲在家里也没事。"田韵抒笑说:"我说尚美,你啥事都不用操心,水到渠成,凡事都是老天安排好的。"许尚美欢喜地说:"韵抒姐怎么也迷信起命来了,我第一次在您嘴里听到这样的话。"田韵抒顺着她的话说:"命里属于你的东西,别人是抢不走的。你看路旷明不是说回到上海就回到上海了吗?"许尚美逢迎道:"那还不是有了乔厅长这位大贵人的帮助吗?……哎,乔厅长怎么还不回来呀?旷明还想见见他呢。"田韵抒拉着长腔说:"他呀,不正点回家很正常,正点回家就不正常了。"许尚美故意问:"这么说,今天我们是见不到乔厅长了?"田韵抒:"谁知道他什么时候回来呀?……"说着,一双眼睛不停地往窗外看。

9

乔世景推开上海郊外古典式别墅的大门。小花彩正在梳妆台前照镜子,乔世景突然出现在镜子里。小花彩惊异地站起身:"乔厅长,你怎么又来了,事先也不打个招呼,悄没声地就进来了,吓了我一跳。"乔世景道:"我去沪东办事,顺道过来看看你。自从那天听了你唱的《罗汉钱》,我耳畔总是响着那美妙动听的音乐,你今天再给我唱一曲如何呀?"小花彩娇嗔道:"那我可不能白唱,我要收费的。"乔世景用手撩着她的头发说:"女人就是头发长见识短,喜欢贪小钱。如果公署在沪东设了办事处,你就在那里开一片新天地,那可是一本万利的大财局。"小花彩惊讶地问:"真有这等好事?"乔世景笑笑:"这世上最不能骗的就是女人,我要是骗你就不会来这里了。"小花彩拱起莲花指说:"那我马上唱《罗汉钱》,乔厅长你听好了啊。"

"燕燕侬是个小姑娘,

有话对侬婶婶讲……"

乔世景全神贯注听着,小花彩停下来的时候,他使劲拍响了巴掌说:"此曲只应天上有,人间能得几回闻啊。我总算明白大公子为什么喜欢听戏了,戏剧演员这功夫真是了得,这水袖、这莲花指,不看不知道,一看吓一跳。"小花彩故意撒娇道:"乔厅长,我今天才明白,我的真正知音是您啊。"乔世景坏笑道:"哪里的话,任队长才是你的知音啊。"小花彩撒娇道:"不,他不是,他欣赏的不是沪剧,而是我的身体。"乔世景摇头:"这话千万不能当着任队长的面说,别给自己招惹是非。"

小花彩点头:"这还用您提醒啊,那我脑子真是有屎了。乔厅长,我什么时候能在沪东开辟新天地呀?"乔世景:"等沪东办事处一挂牌,这事就妥了。"小花彩开心地说:"那我就等着天降财神了。"

10

上海百乐门舞厅,光线昏暗的后台走廊,田韵抒与绿袖子在谈话,两人表情严肃,剑拔弩张。

绿袖子怒道:"你以为我真会相信你这张证明吗?即使小秃不是乔世景的孩

子，那也要我和乔世景去医院开证明，也用不着你来虚张声势。当初我跟乔世景在床上的时候，你还不知道在哪个旮旯儿里喝西北风呢。"田韵抒眼一横："当初我们家老太太没让乔世景把你娶进门真算是长眼睛了，你连野种的孩子都敢往乔世景身上贴，你真是吃了豹子胆了。"绿袖子不管不顾："你怎么敢肯定小秃不是乔世景的孩子呢，你要拿这张证明要挟我，那我马上跟乔世景一起到医院做检查去。"田韵抒应道："你去呀，有本事你去呀，要不他还真以为小秃是自己的亲儿子呢。"

绿袖子急了眼："你别以为我不敢，狗急了跳墙兔子急了咬人。田记者，你嫁给乔世景就天下太平了吗？你真以为他心里只有你一个女人？你别做美梦了，据我所知，眼下乔世景就跟百乐门唱《毛毛雨》的方菲小姐好着呢，不久前他又迷上了沪剧名角小花彩。沪剧《罗汉钱》你听过吧？"田韵抒的表情突然怪异起来，她看着绿袖子，表情由怪异又趋于平静。她呵呵笑道："不管怎么说，我是乔世景的合法妻子。方菲也罢、小花彩也罢，都不过是他的野露水而已。"绿袖子冷笑道："别看野露水，它照样能打湿人的鞋子。不信咱就走着瞧！"田韵抒笑道："走着瞧就走着瞧，难道坐轿子的还怕走路的？真是反了呢。"

<h1 style="text-align:center">11</h1>

上海巡捕房任队长的办公室，任队长在打电话，语气暧昧："方小姐吗？我想在电话里听你唱《毛毛雨》，你能唱给我听吗？"方菲撒娇道："任队长啊，您把我的美梦都惊醒了，昨晚我睡得好晚啊。"任队长闭着眼睛："你梦里没梦见我吗？我可是梦见你了。我梦见你在百乐门唱《毛毛雨》的迷人样子，你才是地地道道的上海女人啊，风情万种，我迷你迷得都快茶饭不思了。"方菲反问道："我真有那么大的魅力吗？"任队长情意绵绵道："我跟女人从不说瞎话，女人是性感的猫咪，真正的男人是不忍心跟女人说瞎话的。"方菲懒声道："这么说，跟女人说瞎话的男人也就不是真正的男人了。"

李副队长走到任队长办公室门口："报告！"

任队长用手捂住电话听筒，看了看门口："真扫兴！"又对着电话听筒说："方小姐，我马上有公务要处理了，我先放电话了啊。"放下电话，任队长转身对门口喊："进来。"

李副队长走进来，将文件放在桌上说："任队长，近日有人举报圣迭哥中学的个别学生在排演激进话剧，我们巡捕房是不是派些巡捕过去看看？"任队长不耐烦地挥挥手："那你就带几个巡捕去吧，看看他们到底排了什么话剧，凡是内容激进的一律禁止。""是。"李副队长转身出门。

任队长望着他的背影："搅了我的好事。"随口哼起《毛毛雨》："毛毛雨，不要尽为难；微微风 不要尽麻烦……"

12

上海圣迭哥中学，一间大教室里，安小早与几个男女同学正排演话剧，男老师在一旁导演："罗密欧要从左边走过来，一直走到朱丽叶的身后，搂住她说：'镜子会告诉你，你的美在凋零；日晷会告诉你，你的寸阴在消亡……'"

突然，李副队长带几个巡捕出现在大教室，他们不由分说将男老师和学生推搡出去。

男老师问："你们这是干什么呀？我们在排戏呢。"李副队长道："学校是教书育人的地方，排什么戏？"男老师说："这是美育教育，你懂不懂啊？"李副队长道："那你就到巡捕房说理去吧。"转身揪住安小早："走。"安小早一拧："你干嘛抓我呀？"

李副队长说："我抓的就是你，走吧。"安小早无所谓道："走就走，有什么了不起的。"

13

上海百乐门舞厅，夜晚亮如白昼。台上有舞女在跳《毛毛雨》，乐池里的乐队在演奏。台下众男女随着音乐跳交谊舞，乔世景搂着方菲的腰，两人跳得十分投入。

乔世景问："怎么样，换了口味感觉如何呀？"方菲娇声说："任队长对我很迷情，一天打好几遍电话呢。"乔世景笑道："我培养出来的女人就是有魅力，雨露滋润花儿红啊。记住，你要好好侍奉任队长，让他成为你我的贴心人。"方菲问道："您比任队长官大，用得着对他用心思吗？"乔世景道："看着是我官大，可他如果不听我的吆喝，鬼都拿他没办法。"方菲问道："为什么？"乔世景道："因为他有枪啊，谁不怕枪啊？"方菲笑道："想不到乔厅长也有害怕别人的时候。"乔世景舒了一口气："君子总是怕流氓的，他们不按常规出牌。"

这时，田韵抒突然出现在舞厅里，她的出现并没引起热闹舞厅里人们的注意，男男女女仍搂腰搭肩跳舞。

田韵抒在众多男女面孔中一眼发现了乔世景和方菲，于是她立刻躲在乔世景视野所不能及的地方。

田韵抒盯着被乔世景搂着腰的女人自语："她就是绿袖子说的方菲小姐吧？"田韵抒看着方菲笑吟吟离开乔世景。

片刻舞台上出现了方菲的身影，《毛毛雨》的旋律随之响起："毛毛雨，不要尽为难；微微风 不要尽麻烦……"

田韵抒的目光由台上转到台下，她看到乔世景陶醉地拍着巴掌，心里不快地嘀咕："这哪像个官员啊，真是太失身份了。"

田韵抒悄悄退出百乐门，失魂落魄地在大街上徘徊，满脸泪水地靠在一棵树上。不知过了多久，她才回到家里，乔世景已经先她一步回来了。

田韵抒洗漱完毕，裹着睡衣悄悄推开乔世景卧室的门。乔世景正准备入睡，他惊讶地看着站在门口的田韵抒。田韵抒说："我明天要去郊外跟踪采访一位油画家，可能要出去两天，今晚我想跟你睡。"乔世景不情愿地拉开被子，田韵抒顺势钻了进去，两人头挨头躺着。田韵抒道："小秃和绿袖子没找你吧？"乔世景不悦："你别总提这事好不好？真扫兴。"田韵抒心里也不爽："我感觉我在这个家里很多余，明天我出差，正好给你腾地方。"乔世景脸一沉："你什么意思啊？跟你说，地球缺谁都转。"说罢用力拉灭灯。

黑暗中的田韵抒突然哭起来。

14

上海外滩的夜晚，霓虹灯驱走单调的黑，让黑夜变得扑朔迷离。绿袖子牵着小秃的手在马路上行走，他们身后不时有车辆闪过。绿袖子叮嘱道："小秃，不管什么时候，你都要记住乔厅长是你的亲爸爸，你如果没有了厅长爸爸，你就没有钱花，没有钱花就会饿肚子，就会到处讨饭。"小秃道："那我就去偷去抢，怕什么呀，不就是一条命吗？"绿袖子眼里流露出悲哀："小秃，妈妈可不希望你这样。"

绿袖子望着黄浦江水，眼前闪过恐怖的一幕：浓妆艳抹的绿袖子被几个流氓拉扯到一个僻静处……绿袖子哭着喊着挣扎着。"啊——"她突然大声叫起来。

小秃急忙问："妈妈，你怎么了？"绿袖子忽然感到自己失态了，"没……没什么。妈妈担心你将来没人管。"小秃说："妈妈，将来我长大了，自己管自己，用不着别人管了。"

绿袖子将小秃紧紧搂在怀里："真是妈妈的好儿子呀！"

15

上海郊区，一辆轿车驰进绿色的旷野，轿车晃晃悠悠长驱直入，直到无路可行才停了下来。田韵抒刚要推开车门，天飞马急忙制止："坐好，别动！"天飞马从车里跳下来，绕到右边车门前，拉开车门："请田姐姐下车吧。"

田韵抒下车后，一眼就看到了河上的船娘。船娘在哼唱当地的民歌。田韵抒感叹："这是原生态艺术。天飞马，你听，原汁原味的天籁之声。"

田韵抒和天飞马同时停下了脚步侧耳倾听。船愈来愈远，船娘的声音越来越小。

天飞马说："田姐姐，我想画张画，这个画面特别有意境，很像印象派画家莫奈的《落日》。"田韵抒应道："好啊，在上海待久了，出来看到什么都是新鲜的，你记住，艺术永远来自生活。"

天飞马摆出油墨，支起画板。田韵抒站在他的身后，静静地看天飞马涂抹大自然的落日说："落日在水中的倒影是镏金般的颜色，细碎的水波衬托着远去的船娘，船娘头上的毛巾随风扬起。"天飞马道："画面还没有完成，田姐姐帮我看看，哪里还需要再增加一些笔墨。"田韵抒左右打量画面："我不懂画，真是说不好，感觉你比莫奈不差什么，是一个绘画的天才。"天飞马看了一眼田韵抒："说句实话，我更喜欢西班牙画家达利的作品，他的画具有超现实主义的意义。他一生靠激情作画，曾经深爱比自己大六岁的表姐。后来表姐离开了他，达利痛苦得不能自抑。……田姐姐，你知道吗？年长的女人是年轻男人生活中的珠宝，能给人留下非常美好的回忆。"田韵抒不以为然道："达利这个画家我都没听说过。"天飞马说："我也是在法国知道他的，中国现阶段是不可能把这样的画家介绍进来的。"田韵抒道："真正的艺术家都是不食人间烟火的，让一个世俗的社会认可和接受简直太难了。……哎呀！"田韵抒忽然怪叫了一声，一头扑进天飞马的怀里。天飞马搂住她问："怎么了？田姐姐看到什么了？吓成这样。"田韵抒惊慌地往前边一指："一条花蛇，从我的脚下溜过去了。""在哪儿呢？"天飞马快走几步冲到前边，左右看看："没有啊，没有花蛇啊？"田韵抒也凑上去，前后望望说："刚刚从我脚下溜过去的，肯定跑没影了，吓死我了。"

天飞马随手抄起一根棍子，将田韵抒推到自己身后说："田姐姐，从现在开始你要走在我的后边，我开路，男子汉大丈夫要保证姐姐的安全。"田韵抒听话地走在天飞马的身后，天飞马不停地在前边用棍子搔着路边的草丛。田韵抒边走边感叹："夜幕很快就要落下来了，天马上要黑了。"天飞马问："田姐姐，你说夜究竟是灰色还是黑色呢？"田韵抒肯定地说："夜肯定是黑色，只有黑夜才显得神秘。""可我经常在画板上把夜色调成灰绿色，觉得灰绿色的夜更真实可信。"天飞马陈述着自己的观点。田韵抒笑道："你的感觉总是很独特，艺术要的就是独特，我是看中了你审美意识的独特才与你同行的。"天飞马故意问："是吗？……"

16

上海通商公署门口，乔世景刚从轿车里下来，小秃突然出现在他面前。乔世景惊讶道："小秃，你怎么跑到这儿来了，这里是我办公的地方你知道不知道？"

小秃说:"爸爸,我今天不是来找你要钱的,我妈说有急事要告诉你。"乔世景急忙问:"你妈……她在哪儿?""她在那边。"小秃用手一指。乔世景顺着小秃手指的方向望去,绿袖子正站在一棵树下朝这边张望。乔世景不情愿地走了过去,小秃跟在他身后。

乔世景见到绿袖子,开口便责问:"有事到哪里说不好,为什么要来我办公的地方呢?"绿袖子将目光转身别处,故意不看乔世景说:"对我来说,如今见到厅长大人真是太难了。"乔世景催问:"说吧,找我什么事?"绿袖子支开小秃:"小秃,你先到一边玩去吧。"小秃听话地走开了。绿袖子说:"你太太田韵抒昨天拿了一份医院的证明给我看,说你没有精虫,她自己生不出孩子,竟说小秃不是你的孩子,还去医院开了证明。"乔世景吃惊地问:"你真亲眼看到那证明了?是哪家医院开的?"绿袖子说:"我没注意是哪家医院。"乔世景一脸怒色道:"这个毒妇,竟干出这等荒唐的事情。"绿袖子见乔世景动了怒气,便要挟说:"厅长大人,我年轻的时候是您的笼中鸟,没与别的男人交往过。如果你敢承认小秃不是你的儿子,那真有你的好戏看了。"乔世景怒目圆睁地望着绿袖子说:"别拿这话吓唬人啊,我们之间的事情早就结束了。小秃如果不是我的儿子,谁还记得你是谁呢?"绿袖子索性说:"那咱就走着瞧吧!"

17

许尚美在上海商务馆办公室里,一边愉快地哼歌一边翻文件。

李总走进来,神情暧昧地看着许尚美:"听说路旅长回来了,这下借我的大洋该还给我了吧?"许尚美答道:"钱肯定会还给李总的。但要容我一段时间,路旷明的工作还没安排好呢。"

"想大洋是假,想你是真啊。"李总靠近许尚美:"能不能再犒赏我一回啊?"许尚美边躲闪边说:"我丈夫回来了,请你放尊重点好不好?"李总急吼吼说:"我那三十万大洋可是高利贷呀,我拿着这钱在上海滩玩什么样的女人没有啊?还犯得着让你这么拿捏?说吧,是马上还钱还是……"忽然抱住许尚美。许尚美挣扎着推开他:"你想干什么呀?不行……绝对不行。"李总使出全身的力气将她拦腰搂住:"又不是第一回,你有什么好扭捏的。"李总发泄完自己,得意地看了许尚美一眼,拉开门溜了出去。

仿佛黑夜降临,将许尚美团团围住。屈辱的泪水潸潸落下,喉咙却不能尽情悲哭,难道世界末日真的到了吗?

这晚,许尚美不让路旷明抚摸自己,她觉得自己的肉体内爬着无数条蛆虫,脏极了。

路旷明莫名其妙地看着许尚美,觉得今夜的她怪怪的。

第二天早晨，许尚美、路旷明、许老太太、路星星围桌吃饭。

许尚美忽然把筷子放下了。

许老太太奇怪地问："饭菜不合口咋的，怎么刚动筷子就放下了？"路旷明接着问："你哪里不舒服吗？"路星星说："妈妈，我爸爸回来了，你应该高兴才对呀，为什么不高兴呢？"许尚美长叹了一口气说："欠了一屁股债把你爸弄回来了，要是安排不上一官半职的，那债得什么时候还上啊？"路旷明安慰道："尚美你放心吧，乔厅长给我的官差错不了，我天天去给他老娘推拿，那老太太直夸我好，只要他老娘说我好，乔厅长就不会把最孬的官差派给我。"路星星欣喜地拍着手说："我爸真要当了官，我妈就是官太太，我就是官二代了。"许老太太插话："当官要上品，没品不叫官，起码也得弄个七品官当当。"路星星立刻抢白道："那我就是七品芝麻官的女儿了，我要去参加学校的选秀比赛，凭我的身份真说不定能评上校花呢。"许老太太转身对路旷明说："你瞧瞧旷明，一家子的期待都在你一个人身上了，看你能不能走个官运吧？"路旷明得意道："我官运亨通，在部队能干到旅长的人，到了地方大小也得弄个官当当。"许尚美接着说："那要看你舍不舍得花银子，天上不会掉馅饼的。"路旷明望着许尚美问："花、花，舍不了孩子打不了狼，我什么时候说不花银子了？"路星星故意逗趣："爸爸，难道为了你的官位真要把我舍出去喂狼吗？"路旷明一下子笑了说："我这是说的一句俗话，怎么可能把我宝贝女儿喂狼呢，就是把我喂狼也不能把我女儿喂狼呀。"许尚美凄然笑道："你们都不用去喂狼，我一个人喂就行了。"许老太太打断她的话说："这大清早的都说得什么狗屁话呀，赶紧闭上嘴吃饭吧。"

几个人都不再言声，闷头吃饭。

18

上海通商公署的白天，人们一如往常一样例行公务。安子益在自己的办公室看桌上的棋谱，一阵电话铃响，他不情愿地抄起电话，随后惊讶地问："什么？巡捕房抓小早干什么？他演话剧？演话剧也是被抓的罪名吗？你赶紧把我儿子放出来，否则我跟你没完。"安子益放下电话骂道："真他妈乱弹琴。"

上海巡捕房内，任队长仰靠在太师椅上，午后的斜阳照着他的脸，不知他是睡着还是醒着。办公室的门半敞半开，李副队长匆匆走进来问："任队长，安小早怎么办？到底放不放人啊？安署长开始骂娘了。"仰靠在太师椅上的任队长忽然睁开眼说："拖他两天，让安署长也知道马王爷有三只眼。"李副队长转身出去后，任队长忽然站起身给魏局打电话："表弟呀，事情也真凑巧了，石玉婵的儿子在学校排演激进话剧，巡捕房刚刚把他抓进来了。……"魏局道："是吗？你打电话是想让我告诉石处长吗？"任队长无奈："表弟，我说你脑子咋就这么不开窍呢？这事只有你来求情我才放人，免得她以后总跟你过不去。"魏局点头："我明白了。不过，石处长还真不知道我有你这么一个表哥呢。"

任队长得意："这下你可以大鸣大放地告诉她了，让她也知道人外有人天外有天……哎，我怎么会有你这么一个傻表弟呀？……"魏局笑道："我这不是低调嘛。"

19

上海中式庭院的夜晚，好像比别处都黑了许多。石玉婵行色匆匆走进院子，赵妈急忙迎出来，接下她手里的行囊："太太，您可回来了？家里出大事了。"石玉婵急忙问："出什么大事了？"赵妈搪塞道："让先生跟您说吧。"

石玉婵匆匆走进大厅，安子益迎出来。石玉婵急忙问："家里出什么大事了？"安子益焦虑地说："巡捕房把小早抓起来了。"石玉婵惊讶道："为什么？"安子益道："说他排演激进话剧。"石玉婵激愤地说："排演激进话剧怎么了？排演话剧就是抓人的理由吗？这巡捕房的胆子也太大了，连署长的儿子都敢抓，你就没跟他们交涉放人？"安子益抬高声音："我早就交涉过了，可小早至今没放出来。"石玉婵疑惑地问："那是为什么呢？"安子益叹气道："通商公署与华界巡捕房没有行政上的制约关系，他们可以听公署的，也可以不听公署的。"石玉婵说："现在你总算知道地头蛇的厉害了吧？不行，我现在就找他们去，我儿子怎么受得了大牢里的苦呢？"安子益试图拦住石玉婵："天都这么晚了，你去了也找不到人，还是明天去吧。"石玉婵急吼吼地嚷："小早在大牢里，我怎么能睡得着呢。……我可怜的儿子呀！……"说罢突然哭起来。

20

石玉婵早起就去了巡捕房，路经办事处时她想还是先见一下魏局，于是先转道去了办事处。石玉婵刚走进办公室，魏局随后也走了进来，察言观色地问："石处长，你回来了。沪东学校的情况怎么样？"石玉婵故作镇静地说："工作上的事情等有时间再跟您汇报吧，我马上要出去一下。"魏局趁机说："对了，我表哥给我打电话说，你儿子被巡捕房抓去了。"石玉婵问："你表哥是谁呀？"魏局炫耀地说："任队长啊。"石玉婵惊讶道："什么？任队长，从未听你说起过嘛。"石玉婵的脑海里快速闪过赵人杰被便衣盯梢的情景，暗想："原来是这样……"魏局讨好说："要不要我打个电话跟表哥求个情，让他放了您儿子。"石玉婵顺水推舟说："魏局有这么硬的关系，岂能见死不救呀？""那好，我马上打。"魏局说着抓起电话听筒。

第六章

1

　　任队长在华界巡捕房的办公室里悠然地对着手里的小镜子照脸，办公室的门微开着。石玉婵走到门口，用手轻叩了一下门。任队长从小镜子里看到装扮入时的石玉婵，急忙将手里的小镜子放下，转过身毕恭毕敬地说："哟，石处长，请进。"石玉婵走进来，虽有满腹的怨气，却不敢发泄，强装笑脸坐在任队长对面的沙发上。任队长泡了杯茶端给石玉婵，打量着她的表情说："石处长，请用茶。"石玉婵将茶杯推到一边道："任队长，我哪有闲工夫到这森严的地方喝茶呀，我是来看我的儿子安小早的，他只排了场话剧，就被你们抓起来了，你们抓人的理由也太不可思议了吧？"任队长一拍脑门："哎呀，石处长，我真不知道安小早是您和安署长的儿子，如果知道，当初就不会抓他了，实在是太抱歉了，我马上就放他回家。……不过，我想提醒您，最近乱党猖獗，在欧洲徘徊的共产主义幽灵已漂洋过海到上海生根，它就像毒品一样蛊惑人心。请让您的孩子远离毒品，别被这东西蛊惑啊。"石玉婵不屑地瞟了任队长一眼说："安小早是下棋的天才，自幼就被他爸爸培训，什么时候喜欢上了话剧，我还真不知道。你现在把他放出来，我要看看他。""石处长的面子我得给呀！"任队长抄起桌上的电话："李副队长，把安小早带到我办公室来吧。"

　　片刻，安小早蓬头垢面走进来，一眼看到了石玉婵："妈，您怎么来了？"石玉婵起身抱住小早，声音颤抖地说："小早，你被抓到这里来了，妈能不来吗？你受苦了吧？"安小早说："我在学校排演话剧呢，突然就被巡捕抓来了，真是莫名其妙。"石玉婵说："任队长说话剧里有共产主义幽灵的内容，这可是大忌呀。"安小早反驳道："哪里有幽灵啊？幽灵是鬼魂，你们别吓我啊。"石玉婵说："没有就好，那跟妈妈回家吧。"转而对任队长道："任队长，如果没什么事的话，我就带孩子回去了。"

石玉婵拉着安小早转身欲走，任队长突然拦住了他们说："石处长，让您和安署长虚惊一场，实在不好意思啊，还望多多包涵。不过，我今天要把话说到明处，如果不是我表弟魏局亲自打电话来，巡捕房不会这么快就放人的，安小早犯的可是红罪。"石玉婵佯装笑脸说："好吧，这个情我领了。但说我儿子犯的是红罪，是没有根据的。"任队长讪笑了一下，继续道："我表弟魏局与您共事多年，凡事还望您高抬贵手啊。"石玉婵接着他的话说："魏局是我的上司，既然任队长撂下这话了，肯定我有做得不得体的地方了，回去我要好好反思反思了，不看僧面也要看佛面吧。"任队长拱手笑道："那就多谢石处长给面子了。"

石玉婵与安小早从巡捕房出来，想立刻送儿子回家休息，小早不肯，一心想回学校。石玉婵拗不过他，只好目送儿子远去，自己便奔了办事处。

2

办事处今天分外安静，石玉婵高跟鞋踏地的声音也就格外响，她边走边想着任队长的话，今天她是在矮檐下了，就向魏局低个头吧。石玉婵径自奔了魏局办公室，向他汇报沪东学校的情况。

魏局心事重重地打量着石玉婵，想问她儿子安小早的情况，见石玉婵只字不提，他也不好开口，只好听她的工作汇报。石玉婵显得极有兴致，一板一眼条理清晰地述说着："魏局，今天我要正儿八经向您汇报工作，沪东学校存在着很多问题，想不到一江之隔竟有如此大的差距，硬件设施跟不上，师资力量缺乏，我建议将上海的师资力量输送到沪东去。"魏局沉思片刻说："沪东交通不便，经济落后，有家有室的教师哪个愿意到那里去呢？涉及人事问题是要出矛盾的，倒不如拨些款子下去，让他们在当地物色教员。"石玉婵急忙说："赵人杰这个人挺棘手的，既然巡捕房总盯着他，倒不如把他派到沪东去，这样既解了他的围，也免去了办事处的麻烦，又充实了沪东的师资力量，也算是对他的处罚了，同时对巡捕房也有个交代了。"魏局眼睛忽然一亮："哎，这倒是个挺不错的主意，石处长，真有你的。"石玉婵立刻表态说："既然魏局不反对，那就马上起草文件，尽快把这事落实下去吧。"魏局认真地看着石玉婵说："好，你就一手操办吧。回头你再跟赵人杰好好谈谈，让他明白去沪东学校是对他最妥当的安排了。"石玉婵趁机说："要不给他安排个校长当当？表面上是个荣誉，其实是给他压了一副沉重的担子，那样的破学校想干出成绩来，不累得吐血才怪呢。"魏局笑道："石处长，这样的高招只有你才想得出来呀。"石玉婵起身说："那我去找赵人杰了。"转身欲走。魏局忽然将她喊住问："石处长，刚才光顾得谈工作了，把正事忘记了，你家少爷安然无恙吧？安署长知道是我替他求的情吗？"石玉婵笑说："知道，安署长让我谢谢你。"魏局笑道："谢倒不必了，有机会能见见安署长最好了。"石玉婵推脱说："他不吸烟不喝酒，更少出来应酬。见他不太容易。"魏局意味深长道："安署长是个清官呀。"石玉婵微笑说："魏局看人是不会看错的。"

石玉婵从魏局办公室出来，就奔了赵人杰的办公室。赵人杰在看报纸，见了石玉婵立刻放下报纸站起身。石玉婵笑说："赵科长，何必这么客气呢，你坐下吧，我今天有好事情跟你谈。"赵人杰忍不住问："什么好事情？"石玉婵坐下把她刚跟魏局谈话的内容悉数告诉了赵人杰。赵人杰不解地看着石玉婵，半晌不语。石玉婵进一步说："你怎么不说话呀？贪恋城市生活吗？沪东虽没有上海的条件好，但你到了那里总算躲过巡捕房的眼睛了。我才听说魏局是任队长的表弟，你在办事处工作是不安全的。"赵人杰惊讶道："原来是这样。"石玉婵无奈地叹息了一声："你明白了就好。……我已经跟魏局商量过了，给你安排一个校长的职务，到那里好好干出一番成绩来，将来再回上海的时候，也就有由头了。"赵人杰表态说："石处长，如果是这样，那我就去吧。"石玉婵叮嘱道："赵科长，现在世道不太平，到沪东学校教书育人，你好自为之吧。"赵人杰会心道："放心吧石处长，我不会辜负您的。听说您儿子也被巡捕房盯上了。"石玉婵无可奈何说："是呀，如果不是魏局给他的表哥任队长打电话求情，还不知道要关多长时间呢。"赵人杰愤愤不平地说："警犬加一条狗。"石玉婵提醒道："赵科长，到了沪东要夹着尾巴做人，少说话多做事，别引火烧身。"说罢转身欲走，又依依不舍地望着赵人杰说："苏联小说《毁灭》我翻看了几页，感觉挺有意思的，谢谢你把这么好的书送给我看。……其实让你去沪东学校也是无奈之举，我少了一个能聊得来的同事，精神上的一大损失呀。"赵人杰叹息道："我又何尝不是如此呢？石处长，以后您就多到沪东学校指导工作，那里天高皇帝远，我们照样可以天南地北地聊。"石玉婵笑说："好，那我就回了，你好好准备一下吧。"

赵人杰将石玉婵送出门去，目送她的身影在走廊里渐远，心里突生悲凉，坐在桌前，用手指弹着桌面，沾着口水写了一个婵字，然后他看着这个婵字渐渐被风吹干，他的眼睛忽然潮湿了。

3

上海中式庭院的夜晚，一切都显得那么安静，好像庭院中什么也没发生一样。

石玉婵与安子益靠在床上说话，他们难得如此亲密无间。石玉婵叹息说："我今天总算明白了，我们办事处的魏局是借小早之事给了我一个下马威，他平时就见不得女人参政，我真还不知道他表哥就是巡捕房的任队长，魏局今天还说想见见你。他这是一箭双雕，既给了我一个下马威，同时又巴结上你了。"安子益生气道："巴结我有什么用？我这个位子奈何不了他。我担心的倒是小早，不好好学象棋，演什么话剧呀？这演话剧的人，多半跟乱党沾边，他要是真激进了，咱们怎么跟人交代呀？"石玉婵疑惑道："小早不会参与什么乱党吧？在咱们这样的家庭长大，没有这个根基呀。……哪天我去学校找他好好谈谈。"安子益强调："这孩子如今翅膀硬了，凡事有自己的主意，从巡捕房回来，连家都没回，我本想去学校看看他，估计他也不愿意见我。我这辈子最失败的就是对孩子的教育上了。"石玉婵讥讽道："你的心思都用在公署上了，哪还顾得上这个家和孩子呀，棋谱都比孩子重要。"安子益反感说："你别哪壶不开提哪壶好不好？"石玉婵索性说："好了，不愿意听我说话，我还不愿意费唇舌呢。"翻过身将后背对着安子益。安子益也将身体转过去，背对着石玉婵，这是他们夫妻常有的姿势，所谓同床异梦也不过如此吧。不一会儿，安子益就发出了鼾声。

石玉婵睁着眼睛看屋里的黑，黑暗中一切都模糊起来，她的心却在黑暗中越发清晰，她想起魏局那张莫测的脸、想起任队长的飞扬跋扈、想起沪东学校的破旧、想起赵人杰的归宿……最后又想起儿子小早的莽撞和无知，石玉婵内心纠结如一团扯不清的乱麻，这团乱麻牵曳着她的身体，一会儿翻转到左侧，一会儿又翻转到右侧，无论怎样翻转她都闭不上自己的眼睛，于是只好睁眼无眠听安子益的鼾声和梦话。石玉婵凄然地笑了，这就是我背靠的大树吗？"废婚"一词又在她的耳畔响起，她想这才是自己灵魂的潜台词吧。

4

天刚亮，石玉婵就奔了上海圣迭哥校园，站在甬路旁的一棵香樟树下，她神情疲倦与安小早说着："你从巡捕房出来就直接回学校了，连家都没回，你爸不放心，让我来看看你。小早，对学生来说功课是最要紧的事情了，排什么话剧呀？再说，你的业余爱好是下棋，怎么又忽然迷上话剧了？"安小早说："妈，人是会变化的，世间万物都是会变化的，以静止的眼睛看世界就会犯形而上的错误了。"石玉婵说："你才念几天书，倒教训起妈妈来了。"安小早说："自从大公子来我们学校观棋后，我对象棋再也没有兴趣了，它压抑人的激情，而演话剧让人激情澎湃。"石玉婵说："象棋是你生活中必备的技能，以后你要在官场混，不会下棋你就入不了帮，一个没有自己政治圈子的人再能干也难有人推荐你、提拔你。你没见你爸爸吃饭睡觉都想着下棋吗？"安小早有点不耐烦："妈，你别总拿我爸说事好不好？你不觉得他已经是老朽了吗？"石玉婵一惊："你这孩子怎么说话呢，这都是排话剧排的吧？以后妈妈不许你再演话剧了，你少给家里惹是生非好不好？"安小早生气道："我演话剧怎么给家里惹是生非了？莫非你们也想把话剧禁了不成？妈，我跟你说吧，话剧就像野火烧不尽的绿草，春风一吹又郁郁葱葱了。"石玉婵疾言厉色道："小早，我跟你说正事呢。"安小早望着石玉婵忽然说："妈妈，我已经长大了，用不着您再操心了，您还是照顾一下自己吧，您看您的脸上都生皱纹了，我爸爸不疼您，您自己总要疼自己吧。"

石玉婵内心忽然涌起一阵感动，眼泪泉涌一样溢在了眼睛里，差点就要流出来了。安小早显然看到了妈妈的眼泪，他内心颤抖着，不禁用双手抚摸着妈妈的肩膀说："妈妈，等儿子将来有了出息，我要把您接走。"说罢转身跑了。安小早不想看到妈妈的眼泪，他的眼泪已经在心里流淌了，但那是隐形的，妈妈的肉眼是看不到的，他真不想让妈妈看到自己真实的泪水在脸上奔流，他不要妈妈太过悲伤。

石玉婵已经无法看清儿子远去的背影，汹涌的眼泪已经将她的视线模糊了。

5

上海郊外，一片绿色的野草地，远处的河面上浮着一条小船。田韵抒与天飞马躺在绿色的草地上，仰面望着蓝天说："时间过得真快呀，一晃两天就要过去了。"天飞马说："感谢上帝给了我们天当房地当床的美妙时光，还有冒险的体验。"田韵抒说："是啊，既有趣又恐惧。"田韵抒的脑海里像过电影一样快速闪回着这两天惊险的情景：田韵抒在一片泥沼前停住了，她举起相机拍照，忽然泥沼塌陷，田韵抒掉入泥沼中。她不由大喊："天飞马，快来救我呀，我遇险了。"天飞马扔下画笔，匆匆跑过去，泥沼已经将田韵抒的胸部淹没。天飞马伸手拉住田韵抒，田韵抒就像在泥沼里生了根一样，差点让天飞马也陷进泥沼。"你挺住啊，我去找绳子。"天飞马跑到画架前，翻找半天也不见绳子，最后拿起自己的挎包跑过来拴在树上，并套在自己的腰上，他使劲拉泥沼中的田韵抒，田韵抒却越陷越深，呼吸都感到困难了。天飞马急中生智用刀片将田韵抒的衣服一层一层划开，架着她的胳膊像拔萝卜一样将赤裸的她从泥沼里拔出来。……想到这里，田韵抒依然心跳加快，她忍不住说："昨天泥沼里惊险的一幕至今都让我心惊肉跳，如果不是你及时搭救，我今天就没命了。天飞马，我欠了你一个很大的人情啊。"天飞马道："那不叫人情，叫情分。能让厅长太太欠我一个情分，真是三生有幸啊！田姐姐，明天我们就回上海了，此时让我们共同享受一下大地的温情好不好？等回了上海，哪有这么好的环境让我们浪漫。"田韵抒看了天飞马一眼说："跟你出来之前，我的确想入非非过。可出来后我心里一直牵挂乔世景，这证明我心里有他。既然我心里有他，也就不想做什么出格的事情。再说，我的身份也不允许我胡来。"天飞马应道："知识女性，跟男人可以无话不谈，出格之举却不轻易。还是没有意识到爱与浪漫是可以分开的。"田韵抒挑衅道："大画家，田姐姐可不是你浪漫的对象，你难道敢给乔厅长戴绿帽子吗？"天飞马故意避开话题说："田姐姐，这次跟您出来采风，我终于发现了，您本质上还是很传统的女人，怎么就写出了那么浪漫的言情小说呢？那些素材都是从哪里搜集来的呀？"田韵抒一笑："道听途说瞎编乱造呗，你以为我真去体验生活呀？""能瞎编乱造得入木三分，田姐姐真是才高八斗啊！"天飞马心有不甘地试探说："那……我们明天就带着遗憾分手喽？"田韵抒赤裸裸道："你遗憾什么呢？我回去就让总编把那篇吹捧你油画的文章发了。"天飞马忽然笑起来说："那真是太谢谢田姐姐了，我不虚此行啊。"

6

上海中式别墅内的夜晚，乔世景与田韵抒坐在大厅的沙发上，房间的灯光昏暗，一如他们此刻的心情。乔世景阴着脸问："绿袖子说你给她看了一份医院的证明，有这事吧？"田韵抒感到乔世景的声音是从胸腔里发出来的，这证明他在压抑自己的怒火，眼下田韵抒是不想彻底跟他闹翻的，于是轻描淡写道："你已经知道了，消息传得挺快呀。"乔世景步步紧逼，不依不饶问："你为什么要这样做？难道我真的没有精虫吗？"田韵抒此时此刻也没必要藏掖什么了，索性理直气壮道："医院的证明是很科学的，如果你有精虫，他们绝不敢证明你没有精虫。"乔世景怒气冲冲大吼："哪家医院如此狗胆包天啊，我看他们医院是不想存活下去了。"田韵抒见乔世景怒气冲天难以平息，便将自己的情绪放平和说："我让医生给你化验的时候，上面没写你的名字，别人不知道是你。"乔世景这才大舒了一口气："你为什么要这样做？"田韵抒委屈地说："我想证明没有孩子不是我一个人的错。再说，小秃没完没了来要钱，我心里实在不舒服。"乔世景看着田韵抒委屈的样子问："这么说小秃真不是我的孩子了？"田韵抒干脆说："如果你不相信，你可以把自己的精子亲自带到医院去化验。"乔世景自觉理亏，声音立刻从高八度降低下来："我吃饱了撑的没事干了。妈的，骗子，都是一帮骗子！"乔世景怒冲冲抄起沙发旁的台灯重重地摔在地上，这响动太大了，仿佛整个房间都颤动起来。

乔老太太房间的灯突然亮了，她坐起身，竖起耳朵向外张望，忍不住问："深更半夜的，你们这是在干什么呀？"田韵抒悄悄走到屋外拿扫把，对着乔老太太房间喊："妈，我们没事，是我不小心把台灯碰碎了，吓着您老了吧？真是对不起，您快睡吧，没事的。"乔老太太拉开窗子望着站在大厅里拿着扫把的田韵抒说："东西都是钱买的，摔碎了就可惜了。在家里，凡事都要小心点，别以为这是自己的家,就什么都不在乎。""妈,您老说得对,以后我一定多加小心。"田韵抒边说话边扫地上的碎玻璃,乔世景斜眼瞟着她问:"这件事,除去你和我,只有绿袖子知道,对吧?"田韵抒反问道:"你以为这是能登报张扬的好事情吗?我看小秃总来要钱,才把这事向绿袖子兜底的。"乔世景叹道:"为了钱,你真是什么事情都干得出来啊。再说,小秃又能要几个钱。"田韵抒抢白道:"钱又不是大风刮来的,钱给出去要合情合理。"乔世景不以为然地瞟着田韵抒说:"对我来说,钱就是大风刮来的,我往办公室一坐,就有钱拿,我离开办公室,还是有钱拿。为了几个臭钱,你何苦这样埋汰我,你把我的尘根都卖出去了,今后我在公众面前还怎么堂而皇之地做人?你还要组织什么废除婚姻的大讨论,你不用讨论,我先废除你!"田韵抒见乔世景没完没了地纠缠,便说:"你冷静点好不好?我还不是为了这个家。你要把我太太的身份废除了,看我怎么在报纸上臭你。"乔世景讥笑说:"哟嗬,那咱就看看,报馆总编是听你的还是听我的?"田韵抒终于气呼呼嚷道:"乔世景,你甭拿权力吓唬人。"乔世景越发来劲说:"我就吓唬你了,怎么着吧?"说着,忽然抡起巴掌扇田韵抒嘴巴。田韵抒急忙躲闪着喊:"妈,世景发疯打人了,快来救我呀!"

乔老太太从卧室里跑出来,像老母鸡一样拃着胳膊扑向乔世景,一边拉扯他一边骂:"你个没教养的东西,谁让你打老婆了,我可没这么教育过你。"乔世景怒声道:"妈,您不是说打到的媳妇揉到的面吗?"乔老太太歪着脖子嚷:"我什么时候说过这话了?我什么时候说过这话了?"

田韵抒忽然呜呜哭起来。

7

上海某里弄民居的早晨,许尚美、路旷明、许老太太在吃早饭。许老太太忽然想起了什么说:"今天礼拜天,我想到庙里烧炷香,让菩萨保佑旷明谋个官差。"许尚美立刻说:"妈,旷明的工作还没安排呢,他今天要给乔老太太推拿去。我要上学校看星星,星星参加了选秀比赛,我总不能不关心一下吧。"许老太太惊讶道:"尚美你说啥?星星要参加选秀?那可不是正经女孩子干的事情。"许尚美笑说:"妈,现在是民国了,不是女人缠足裹小脚的封建时代了,好多女孩子都想当明星呢,星星参加选秀有什么不好呀?要是当上了校花冠军,那她的身价就不一般了。"许老太太沉下脸道:"凭脸蛋当校花就光彩咋的?"路旷明放下碗筷:"我吃好了,马上要去乔厅长家。"许尚美叮嘱说:"你给乔老太太推拿要尽点心,她在乔厅长面前说你几句好话,顶别人一万句。"路旷明不耐烦地说:"我知道我知道,我这么大个人还用你提醒吗?你操心太多了。"说罢拿起衣服出门。许尚美也放下筷子说:"妈,我也走了。"许老太太说:"你们都走吧，今儿初一，我马上要到寺庙烧香去。"

上海某女子中学的礼堂内，一群女生在一位女老师的指导下练习台步，路星星走在最前边。女老师说："停、停，我发现路星星表现最出色，她掌握了走猫步的要领。路星星，你重新走一遍，给大家示范一下。"路星星神情自若地从前往后走了一遍猫步。

恰在这时，许尚美走进学校礼堂，她悄然坐下，看着台上走猫步的路星星，脸上露出欣喜的笑容，内心的自豪感不住地往外溢，我家有女初长成，妈妈这么多年为女儿付出的辛苦总算没有白费，值了，真值了。台上的路星星此时也看到了观众席里的妈妈，她向妈妈微笑，甜甜的美丽的微笑，如一股电波射向妈妈，她看到妈妈的微笑与她的微笑合成了一体。

8

上海中式别墅的白天，乔老太太成了这里的主人，打了一夜架的儿子和儿媳都去上班了，乔老太太感觉院子里顿时消停下来，同时她的心也悲凉无比。乔世景是独子，而她是寡母，她丈夫染病去世时，最惦记的就是儿子的传宗接代，叮嘱要子子孙孙繁衍下去。可儿子的婚姻总是不顺，先是与舞女生了个孩子，乔老太太是绝不允许儿子把舞女娶进家门的，接着又娶了知书达理的田韵抒，这个儿媳在她眼里哪儿都好，就是不生养，儿子跟她几乎天天吵架，也弄不清究竟为了什么。乔老太太为此很心寒，如果不是自己中风了，她都懒得来上海，耳不听心不烦。乔老太太正苦闷着，门响了，打开门竟是路旷明。

路旷明进门就开始脱外衣，摆出一副干活的架势说："我今天又为您老推拿来了，您老好一些了吗？"乔老太太急忙说："这真是我求之不得的好事情，见到你，我的病就好一半了。"路旷明笑说："那就让您好上加好吧。"路旷明说着就动手帮乔老太太推拿，乔老太太不停地说："真是舒服，就凭你做事的细心劲，干啥都错不了。我要是有你这么一个儿子就好了。"路旷明趁机说："乔妈妈要是不嫌弃，您就认下我这个干儿子吧，日后您若交办干儿子什么事情，旷明我一定尽心效力。"乔老太太笑呵呵说："那咱就这么定了，多一个儿子，也算我晚年增福了。回头我跟世景说说，让他好好给你安排个官差做。"路旷明双手抱拳："干妈，那儿就给您磕头了。"说罢跪地叩头道："儿真若当了官，干妈想要什么就有什么，凡事只要心里一想，干儿子就送来了。"乔老太太咪咪笑着拉起路旷明说："快起来快起来吧，叩什么头啊，如今是民国了，不兴封建礼教那一套了。待会儿我儿子回来，我一定跟他说你的事情。不过，这当官也够忙的，你看我儿子，礼拜天也不沾家，官身子，卖给官家了。"路旷明认真给乔老太太推拿着后背说："干妈，您家里真该雇两个仆人，一个伺候您，一个伺候乔厅长。"乔老太太接话道:"谁说不是呢,可我儿媳妇不想让家里有外人,她要安安静静写书。"路旷明索性说:"干妈,如果您老需要人伺候,就跟我说一声,我家乡的人都挺会伺候人的,过去朝里的仆人大多从我家乡找。"乔老太太连声说:"好啊好啊,有了你这个干儿子,什么事都好办了。"

9

上海某里弄民居,这个夜晚虽然与前一个夜晚一样,但本质上却有了区别,路旷明认了乔老太太当干妈,自然与乔厅长拉近了距离,许尚美又去看了女儿星星的走秀表演,内心也是十分喜悦,两人便相互依偎着说话。

许尚美说:"今天我在学校见到星星了,台上那么多女生,数星星最漂亮,走的猫步也最标准,老师直夸她呢。"路旷明:"孩子都是自己的好啊。星星会不会因为选秀耽误了学习呀,要我看学习还是第一位的。"许尚美说:"三百六十行,行行出状元,女孩子如果能当个明星,将来就不愁嫁给有钱人了。哎,你今天见到乔厅长和韵抒姐了吗?"路旷明应道:"没有,他们都不在家。不过,今天我在乔老太太面前表现不错,她一高兴就认了我当干儿子了。"许尚美开心道:"真的?这下真攀上高枝了,你肯定能安排一个好差事做了。"路旷明点头:"乔老太太说,要让他儿子给我安排个官差,起码也当个七品官。尚美呀,你就等着当阔太太吧,你不是喜欢戒指吗?我要让你的十个手指都戴满了戒指。"许尚美笑道:"那我就是嫁官随官了。哎,这事要不要我再催崔韵抒姐啊?"路旷明说:"我天天去给乔老太太推拿,还用你催?你真是爱操心,以后啊,就跟我享清福吧。"

10

乔世景在沙发上抱着方菲,将脸埋在她的胸前。乔世景说:"我就是喜欢你身上的味道,任队长是不是也喜欢你这味道啊?"方菲悲戚地说:"我在你眼里已经不是人了。"乔世景打趣道:"不是人是什么?"方菲直言:"是玩物,供你们男人交换取乐的玩物。"乔世景哄她说:"我虽然没把你收了房,但我已把你当姨太太对待了,你看我专门为你买了别墅,除了我太太,只有你享受这等待遇了。"方菲毫不领情地说:"待遇再好也没用,女人只有被男人正儿八经娶进家门当了太太,才算是享受了上等的待遇。"乔世景立刻找借口道:"我老娘不准戏子进家门,这你就怪不得我了。哎,方菲,你最近见到绿袖子没有哇?"方菲醋意地问:"怎么,你想她了?"乔世景正色道:"有件事想请你帮忙办一办?"方菲问:"什么事?"乔世景趴在她耳畔低语,方菲大惊失色,沉思了一会儿说:"这可是天下最缺德的事了,无中生有、害人性命。"

乔世景抚摸着方菲说:"少一个情敌不好吗?"方菲不情愿地说:"好,那就任你摆布吧。"

11

任队长坐在巡捕房的办公桌前照小镜子,李副队长走进来,递上一份名单:"乱党名单都在上面,任队长,您看怎么处置?"任队长放下小镜子,接过名单看着问:"那个赵人杰不在名单上了嘛。"李副队长急忙说:"赵人杰到沪东学校去了,不属于上海市区了,不归我们管了。""这倒也好,多一事不如少一事,免得我们费心了。"

这时,电话铃响,任队长抄起话筒:"是方小姐呀,怎么这个时候给我打电话呀?"方菲神神秘秘地说:"任队长,我跟您报告一件事情,百乐门舞厅那个卖票的老舞女绿袖子是乱党,我在她屋里看见过什么……共产主义幽灵的书。"任队长佯装警觉地问:"你确定?"方菲语气肯定地说:"不确定怎么可能给你打电话呀?""好,谢谢你的情报。"任队长放下电话,拿起名单扫了几眼,对李副队长说:"名单上加一位叫绿袖子的老舞女,她在百乐门舞厅卖门票。……哎,乱党真是抓不尽,走了一个赵人杰,又添了一个绿袖子。"

上海百乐门舞厅外,绿袖子被数位巡捕押到警车上。绿袖子拼命挣扎:"你们凭什么抓我啊?凭什么抓我啊?"

警车开动后,小秃突然跑出来,追着警车奔跑,边跑边喊:"妈妈——妈妈——"绿袖子也透过车上的铁窗看见了奔跑的小秃,她大声哭着喊:"儿子,快去找你爸爸——"

奔跑中的小秃似听见了妈妈的话,他不再追警车,掉转方向奔跑起来。

乔世景的轿车在上海中式别墅门口停稳,他从车里出来,刚要转身开门,小秃突然从马路对面跑过来:"爸爸,我妈妈被巡捕房抓走了,你快救救她吧。"乔世景故作惊讶地问:"真的吗?有这事?巡捕房凭什么抓你妈妈呀?"小秃气喘吁吁说:"是真的,我亲眼看见的。"乔世景从口袋里掏出一叠钱递给小秃:"你先去买点吃的吧,我会想办法把你妈救出来的。"小秃接过钱转身走了。

一队巡捕由远而近,从乔世景眼前走过去。乔世景看着跑远的小秃,突然拦住了巡捕:"前边那个小男孩刚刚抢了我的钱,快抓住他。"领头的巡捕大骂:"妈的,当街抢钱,真是反了!弟兄们给我追。"一队巡捕向远处跑去。

乔世景转身迅速推开自家大门。

12

上海通商公署,安子益的办公室里来了位陌生的客人,他是京城的大公子特使。大公子特使说："大公子急于在上海拿地，特意派我前来落实。"安子益搪塞道："自大公子走后，我就在思量怎样让大公子尽快在上海拿到地，要知道在上海拿地非一般人可为呀！通商公署不是上海的实权机构，要与上海方方面面的人士协调关系，绝非一日之功啊。"大公子特使接过话说："大公子自然知道这事不好办，特意让我带来大帅的口信，同意上海通商公署在沪东设办事处，但资金要你们自筹……"安子益忽然笑道："这可是大好的事情，有了沪东办事处，就等于通商公署多了一块地盘，在自己的地盘上办事，一切就顺手多了。只是大帅府要正儿八经给公署发个公函，我们也好照章办事。"大公子特使立刻说："这你放心，只要有大帅的口信，公函不日就到。"安子益表态说："那就请大公子再耐心等待一些时日，等沪东办事处落成了，拿地的事情也就水到渠成了。"大公子特使："好哇好哇，我回去就让大帅府给你们发公函。"

大公子特使此番到上海，匆匆来去，也未惊动他人。这倒使通商公署免了诸多接待的麻烦，安子益在轻松喘息的时候，乔世景在一旁敲边鼓说："接待虽不麻烦，办事却麻烦得很呢，在上海拿一块地皮，可不是闹着玩的。"安子益说："等沪东办事处落成了，在沪东拿地皮还不是手到擒来嘛。"乔世景立刻说："咱现在急需尚方宝剑呢。"安子益笑道："放心，京城的公函很快就会到的。"乔世景随声附和："安署长怎么说我就怎么办，下级服从上级嘛。"

13

乔世景回到上海中式别墅的家中，刚走进大厅，看到乔老太太正在扭动脖子。乔老太太发现儿子沉着脸，便问："你今天脸上怎么不欢喜呀？"乔世景脱掉外衣："没有哇，我挺欢喜的。妈今天怎么样啊？"乔老太太欢喜地说："我今天真是好啊，认了个干儿子。"乔世景反感地说："妈，我在上海一呼百应，想当您干儿子的人太多了，您可不能瞎认啊，他们巴结的是我手中的权力，如果我是一介草民，看谁会认你这个干妈呢？"

电话铃突然响起来，乔世景抄起听筒："安署长，有什么圣旨？"安子益说："乔厅长，既然大帅府已经有口信了，我看沪东办事处就先抓紧落实吧。级别不能低，官阶七品。那里天高皇帝远，上海城区办不了的事情都可以在沪东办事处摆平。"乔世景应道："好，安署长，我尽快落实。要不要给京城大帅府先递上一份公函？"安子益说："公函是要递一份，但要等大帅府的公函来了，沪东办事处也落实得八九不离十了，再递公函吧。"乔世景应道："好，安署长，我明白了。那沪东办事处派什么人去呢？"安子益说："沪东办事处主任官阶七品，你还怕没人去当官吗？只怕是抢掉了脑袋吧。""好，安署长，那容我想想吧。"

乔世景放下电话，坐在一旁的乔老太太急忙说："你就把我干儿子派去当这个七品官吧，这事你一准说了算。"乔世景不由问："妈，您干儿子是谁呀？"乔老太太说："路旷明啊，你媳妇田韵抒跟他媳妇是学姐妹，还有比这关系更铁的？现成的人就摆在你眼皮底下，你都看不着。"乔世景忍不住说："妈，您刚来我们家怎么就参政议政了？"乔老太太笑道："跟着嘛人学嘛人，跟着巫婆会跳神呗。"乔世景也笑了说："妈您太逗了。哎，韵抒干什么去了？"乔老太太数唠道："你平白无故打人家，人家还不找地方解闷去吗？"乔世景突然皱起眉头说："妈，以后我们俩的事你就别掺和，越掺和越乱。""我才懒得搭理你们呢。"乔老太太转身出了院子，在太阳地里晃膀子。

14

上海城隍庙某酒楼内，桌上摆了几个菜，荤素搭配。田韵抒正往田韵青的碗里搛菜，边搛边说："今天我特意给姐姐压压惊，这可是地道的上海菜，姐，你要多吃点。"田韵青端起碗："菜是不错，可我没有一点胃口。"田韵抒看出了姐姐的心思说："姐，没事的，你真不用怕。乔世景是个死要面子的人，绿袖子知道了这事，他会想办法封住她的嘴的。他也会私下去医院了解情况，要是问到你，你绝对不能承认，这样他就查不出是哪个医生给他做的鉴定，反正鉴定书上也没写乔世景的名字。"田韵青后悔道："早知如此，我真不该多管这闲事。往后还不知道会闹出什么乱子呢，睡觉都要多做几场噩梦了。"田韵抒安慰道："没事的，姐，我毕竟还是他的老婆，他不敢把我的姐姐怎么样。"田韵青瞟了田韵抒一眼说："小妹，你右边脸都肿了，一定是他打的吧？官场的政客大多翻脸不认人，你往后要多加小心了，回去要大事化小小事化了。记住，千万不能让他纳妾，他在外边有多少女人都不怕，就是不能娶进门。"田韵抒说："我知道了，还是姐姐最疼我。"

吃过饭，田韵抒和田韵青在大街上行走。一辆囚车呼啸而过，绿袖子两手扒着铁窗喊："我不是乱党，你们抓错人了！"田韵抒与田韵青同时愣住，两人惊恐地躲闪到一旁，注视警车远去。田韵抒紧张地说："姐姐，刚才囚车里的女人是绿袖子，小秃他妈。"田韵青惊讶道："真的？我没敢看。"田韵抒心意难平地说："乔世景这个人真是什么事都干得出来，绿袖子被抓一定是他在背后搞的鬼。姐姐一定多加小心啊。"田韵青叮嘱说："伴君如伴虎，小妹的危险系数比我大多了。你更要多加小心，在家里别跟他针尖对麦芒了，过日子本来就是瞎凑合。"田韵抒应道："我知道了，姐。"

15

上海圣迭哥中学附近的酒吧，石玉婵与安小早正吃西餐，安小早吃得津津有味。安小早说："妈，这个酒吧的牛排要比美拉达爸爸那个酒吧的牛排好吃多了。"石玉婵听完问道："美拉达是谁呀？"安小早答道："跟我一起演话剧的女同学呀，法国人，她爸在上海开了一家酒吧，她带我去吃过牛排。"石玉婵追问道："这事你怎么不早告诉妈妈呀？"安小早不满道："妈妈，我都快是成人了，不应该有自己的私人空间吗？"石玉婵继续追问："美拉达跟你演什么话剧呀？"安小早说："《罗密欧与朱丽叶》，她演朱丽叶。"安小早放下刀叉，即兴表演起来：

"'轻声！那边窗子里亮起来的是什么光？那就是东方，朱丽叶就是太阳！起来吧，美丽的太阳！那是我的意中人。'……"

石玉婵连忙摆手："行了行了，你还真当自己是罗密欧啊？"安小早得意道："那当然了，我们老师说了，演员就要投入，要把角色当成自己，这样才能入戏。美拉达比我演得好多了，她能当场流下泪来。妈妈，我们本周六还有演出，欢迎您和我爸爸来观看。"石玉婵不满道："学生要以学业为重，谁稀罕你演什么话剧呀，你都被巡捕房盯上了，你爸和我怎么可能来学校看你演话剧呢？"安小早不太开心："那是巡捕房敲咱们家的竹杠，知道咱们家的底细。再说演戏能培养人的艺术气质，您不希望您的儿子具有艺术气质吗？"石玉婵岔开话题："好了好了，反正你不能跟共产主义幽灵什么的沾边，跟它沾上边可就有掉脑袋的危险了。"安小早一脸无奈："妈，容儿子我说句话吧，我感觉您和我爸都有点朽木不可雕了。"石玉婵生气道："你才念几天书，就这样批评爸妈，我看你真是演话剧演疯了，明天我就给校长打电话，坚决不允许你演话剧。"安小早也来了脾气："妈，你要打电话不让我演话剧，我就永远不回家。这叫干扰我的成长，您知道吗？"石玉婵惊愕地望着安小早："你……"半天说不出话来。

16

上海中式庭院内，黄昏中的庭院显得分外安静。花朵在小花园里举着一朵玫瑰花出神。赵妈在厨房里干杂活，无意间瞥了一眼窗外，她看到花朵正举着一朵玫瑰花出神，便悄声骂道："小鸡也想变凤凰，心比天高命比纸薄。"石玉婵一脚踏进厨房问："赵妈在嘀咕什么呢？"赵妈转身看见石玉婵，便说："太太回来了，我在看花朵呢，你看她举着一朵玫瑰花嗅了好半天了。"石玉婵顺着窗子望出去："花朵还挺浪漫的。"赵妈接着说："如今这些乡下丫头，进了城都不知道吃几碗干饭了，小鸡也想变凤凰，只可惜小姐身子丫鬟命。太太，对这些乡下丫头你可要多留点神啊。"石玉婵似听出了什么，不由试探赵妈说："这家里除了先生和我还有小早，就是你和花朵了。小早常年住校，我和先生白天都要去上班，要留神的话也是赵妈您要多留神了。"赵妈话里有话说："贼要偷人，神都看不住。"石玉婵问："赵妈话里有话吧？"

在花园里嗅着玫瑰花的花朵猛抬头发现了赵妈和石玉婵正说什么，急忙从花园里跑进厨房。石玉婵恰好转身从厨房里走出来，两人迎面相遇。花朵低声说："太太回来了，先生还没回来吗？"赵妈狠瞪了花朵一眼："你比太太还关心先生啊！"花朵尴尬地愣住了。石玉婵扫了花朵一眼说："想知道先生什么时候回来，就给他打个电话好了。"说完瞟了瞟花朵，转身进了大厅。

安子益是晚上回来的，花朵急忙迎了出来，随手接过安子益脱掉的外衣："先生回来了，您还没吃饭吧，我给您端饭去。"石玉婵望着花朵的背影说："看样子，安署长真要雇个丫头专门伺候了。"安子益瞟了一眼石玉婵："花朵不就是现成的吗？还用再雇。别净扯些没用的，现如今时兴养姨太，我安子益想这事还不容易吗？你就是想拦也拦不住吧？"石玉婵讥讽道："那你就去养呀，没人拦着你。"

厨房里，赵妈刚端起一盘菜，花朵急忙抢到手里说："我来吧。"赵妈狠瞪她一眼："小姐身子丫鬟命。"花朵反讥道："我好歹还有个小姐身子，你只怕连小姐身子都没有呢。"说罢端菜出屋。赵妈紧随其后。饭菜摆上桌，石玉婵看看桌上的菜问："赵妈，菜都齐了吧？"赵妈应道："都齐了。"石玉婵说："那你们下去吧。"花朵和赵妈转身出去了，花朵出去时特意看了一眼安子益。这一眼竟被石玉婵捕捉到了，她故意说："先生请吃饭吧，我要是不惦记你，就会被别人惦记去了。"安子益坐到饭桌前："你别总扯这些闲话好不好？说点正经的。你今天跟小早谈透了吗？"石玉婵说："孩子长大了，说我们是一对老朽，怎么可能谈透呢。"安子益想了想："我仔细考虑过了，如今国内时局不稳，内乱何时平息谁都难说。要是你们办事处有出国留学的名额，给小早弄一个，让他出国算了，美国、欧洲都行。"石玉婵说："这倒是个不错的主意，小早真要出国了，我们家的财产还可以放在他的名下，存到国外银行去。"安子益说："我天天都琢磨这些事，哪有心思闲扯淡啊。跟你说，沪东办事处要落成了，级别不低，官阶七品。"石玉婵接话道："那我老同学许尚美的丈夫刚从部队回来，他不就是很合适的人选吗？再说，安排下自己的嫡系，将来有犯难的事情，就把皮球踢给他了。"安子益忽然一笑："哟，你肚子里的小九九盘算得不错嘛。"石玉婵顺着他说："我这叫近朱者赤，近墨者黑呀。"

17

上海中式别墅的夜晚，田韵抒身心俱倦走进大厅，一眼看到乔世景靠在太师椅上闭目养神。田韵抒问："今晚外边没有公干啊？妈呢？"乔世景道："睡下了，你怎么才回来？"田韵抒说道："我在报馆赶了一篇稿子。"乔世景冷笑一声："你心情不错嘛，还有精神赶稿子，是不是还想搞什么废婚大讨论啊？那我就先废了你，不用讨论了。"田韵抒稳了稳："我去给你的精子化验那是我们之间的私事，我只想证明作为女人我是有资格做母亲的。自从妈进了这个家门，没有一天不说接续香火要抱孙子的话，我真是受够了。"乔世景懒懒道："受够了，你可以走啊，我又没拦着你。"田韵抒道："身为丈夫，你一句话就可以休妻，身为厅长，你更有权力纳妾养姨太，对你来说这都是手到擒来之事。可你想过没有，一旦再有别的女人进这个家门，仍然生不出孩子，世人就会怀疑你男性的功能了，到那时你还能在人前冠冕堂皇指手画脚吗？"乔世景眼一抬："照你这么说，我这辈子就要在你这棵树上吊死了？"田韵抒看着他："我是你妈同意娶进门的媳妇，又是一个有社会影响力的记者和作家，你想休妻可没那么容易。"乔世景瞟了田韵抒一眼："自以为是罢了。我要真想干什么，天王老爷也挡不住。"

这时，电话响了起来。田韵抒抄起话筒，是石玉婵打来的："韵抒啊，你睡了没有？"田韵抒道："还没睡呢，玉婵大姐呀，这么晚打电话一定有要紧的事情吧？"石玉婵说："我跟你说，最近上海通商公署要在沪东设办事处了，级别不低，官至七品，我已经跟安署长推荐尚美的丈夫路旷明了。如果把尚美的丈夫安排了，老同学的事情也就算办得圆满了。"田韵抒应道："大姐这主意真不错，要是安署长跟乔厅长打个招呼，这事肯定妥了。"石玉婵说："他们可能早就通过气了。你再催催乔厅长吧，你是他的枕边风，再硬的耳根子也被你吹软了。"田韵抒："那……我就听大姐的跟他说说看吧。"石玉婵提醒道："韵抒，这可是帮老同学的大忙呀，马虎不得啊。"田韵抒放下电话，转身发现乔世景已经不在了。她走到他的卧室前，试图推开门，门却关得死死的。乔世景在里边说："我累了，有话明天说吧。"田韵抒道："安署长的太太刚刚来电话了。"

门终于打开了，乔世景横在门口问："电话里说什么了？"田韵抒说："催问路旷明工作安排的事情，说让他去沪东办事处当主任。"乔世景说："这事我已经知道了。"田韵抒说："知道了就赶快落实呀。"乔世景说："这么轻易就给他一个七品官差，是不是有点便宜这小子了？"田韵抒应道："上次许尚美出了100万大洋买了袁士道的《猛虎下山》画呢。"乔世景说："大洋咱是收了，可画没了。你去跟你的学妹说，官差给路旷明安排了，下多少银子让他们掂量去。这事要快，想当沪东办事处主任的人海了。"说罢关上卧室门。

　　大厅里的欧式座钟嘀嗒嘀嗒地摇摆着，时针的指向证明着夜已很深了。田韵抒不安地在大厅里踱步，她突然穿上衣服，开门走了出去。街上寂静无人，昏暗的路灯光处，一辆人力车奔了过来。田韵抒到了上海某里弄民居门外，许尚美惊讶地问："韵抒姐，都后半夜了，你来找我有什么要紧的事吗？快进屋里说吧。"田韵抒摆手："我不进去了，你们家没有电话。我只好亲自来了。尚美，你赶快准备大洋吧，现在沪东办事处有个主任的位子，是七品官阶，我和玉婵大姐都在为路旷明争取呢。"许尚美开心道："那真是太谢谢两位姐姐了。那要准备多少大洋啊？"田韵抒想了想："一百万吧。"许尚美一惊："上次我不是已经花了一百万大洋买画送给玉婵大姐了吗？"田韵抒说："那是把路旷明从部队调回上海，至于安排什么位子，还是要另花钱的。尚美，我可跟你说啊，七品官这位子多少人等着呢，要不是安署长和乔厅长顾及我们是学姐妹，这么好的差事怎么可能轮到路旷明头上呢。"许尚美忽然面有难色："筹集这么多大洋，那要容我几天时间吧？"田韵抒说："只给你们三天的时间啊，三天以后，七品官这位子很可能就被别人抢去了。"许尚美连忙应道："好的，韵抒姐，我明白。"田韵抒点头："那我回了。"

　　许尚美返回屋内，路旷明翻个身，懵懵懂懂问："这么晚了，谁还来找你？"许尚美说："我学姐田韵抒，说准备给你安排一个七品官差。"路旷明一下子坐起来："真的？这可是朝也盼暮也盼的大好事呀，竟然喜从天降了。对我们男人来说，宁可少活十年，也不可一日无权啊。"许尚美叹气道："好是好，可要准备一百万大洋摆平呢，上次为了让你从部队回上海，已经花去一百万大洋了，至今还没还上债呢。"路旷明问："他们准备把我安排到哪里当七品官啊？"许尚美答："沪东办事处。"路旷明听完道："没劲，那是郊区，我从上海市区到沪东去，多不方便，再说那里很穷的。"许尚美分析道："一张白纸能画最新最美的图画。能在沪东谋个官差也很不错了，七品官啊，你家祖坟都冒青烟了。韵抒姐说，多少人等着这官差呢，人脑袋都要挤出狗脑袋来了。"路旷明听完，急道："尚美，那咱得赶紧筹钱去，不能因钱误了大事。钱是人挣的，我当了七品官，说不定一年就能把花出去的银子捞回来。"许尚美附和道："是啊，两位学姐都给咱铺好当官的路了，要是咱不把大洋送上，那真是不识抬举了。"路旷明想了想说："我有个老同学郑旷达在上海做洋酒生意呢，明天我找他碰碰运气。"

18

　　上海某酒吧，路旷明与洋酒商人郑旷达在喝酒，桌上摆了几个下酒菜。

　　郑旷达边喝边说:"你看着我做生意风光,其实口袋里真没几个钱。这两年你在外扛枪打仗,着实辛苦。可我在上海做洋酒生意,更不易,那金发碧眼的洋人你以为好糊弄啊,算账都算计到你的骨子里,赚这点洋钱真是汗流成河呀。"路旷明连忙说道:"跟你借这笔钱,到时候我会连本带利还你,我抓到手的大生意,放弃了就太可惜了。"郑旷达一听:"什么大生意跟我说说,让我也入个股。"路旷明摇头:"这事保密不能说,但真是笔大生意,千载难逢,等我将来连本带利还你钱的时候,你就会庆幸借我这笔钱太值了。"郑旷达疑问:"有这么邪乎吗?"路旷明应道:"咱可是穿开裆裤的发小啊,我不能拿着老同学的情义开玩笑吧?再说,咱哥俩的名字中间都是一个旷字,如果不喊姓的话,旷达、旷明,人家还以为是亲兄弟呢。"郑旷达点头:"那是那是。不过,我眼下真拿不出这么多钱来,我在举办一个选秀活动,需要大笔的开销。"路旷明问:"什么选秀活动?是不是选校花呀?"郑旷达点头:"是啊,你怎么知道?"路旷明说:"我女儿路星星正在训练参赛呢。"郑旷达笑道:"那好哇,这冠军一定非她莫属喽。"路旷明听完也是开心:"我女儿就想当冠军。真是碰上大贵人了。跟你说啊,不管什么赛事,能让人记住的只有冠军。"郑旷达附和道:"好说好说。这么着吧,我先借五十万大洋给你吧,另外一半你再想想别的办法,要是你女儿真选上了校花冠军,那还有十万大洋的奖金呢。"路旷明激动地说:"真是太好了,感谢老兄雪中送炭,到底是穿开裆裤的发小呀。来来来,干杯!"郑旷达道:"干杯!祝老弟前程似锦,苟富贵勿相忘。"

19

　　上海商务馆内,许尚美坐在办公桌前发呆。李总推门进来:"多日不见了,发什么呆呀?路旅长回来了,你也就不认人了。我借给你的大洋,到底什么时候还啊,还有没有日子了?"许尚美道:"李总请放心,待旷明的工作有了着落,我肯定还钱给你,一分不会少。"李总说:"好借好还再借不难,其实钱就是个王八蛋,你越拿它当回事,它就越摆个臭架子,你若不理睬它,它倒上赶着巴结你了。尚美,你说我这话对不对呀?"许尚美附和道:"李总,我对钱没有您理解得那么深刻透彻,我感觉自己始终处在没钱花的日子中,这几天又在为钱发愁了。"李总问:"你怎么又为钱发愁了?你可千万别发愁,你一发愁我看着都心疼。"许尚美说:"路旷明要安排好工作,上上下下都得打点,没有百八十万的大洋怎么行啊?"李总说:"路旅长真要能安排个官做,一年就把花出去的钱捞回来了。俗话说,世道难行钱作马,愁城宜破酒为兵。"许尚美叹息:"李总说得倒轻松,可我到哪里筹钱去呀?"李总想了想道:"要不这么着吧,我再借给你点大洋,日后路旅长真要飞黄腾达了,那就要给我点实惠,算我放高利贷了。"许尚美忙说:"那太感谢李总了。"李总一摆手:"你我之间不言谢,我们用眼神说话就行了,你懂的。"

许尚美和路旷明很快酬到了大洋,两人又把大洋送出去,回来的时候,许尚美和路旷明兴致勃勃在黄浦江边散步。夜色降临,霓虹闪烁。路旷明与许尚美站在黄浦江边,看形形色色的人流。路旷明说:"我们把一百万大洋送出去了,就等着戴官帽子了。"许尚美说:"如果不是两位学姐看在学姐妹的情分上,你这一百万大洋都未必能送得出去。"路旷明点头:"那是那是。尚美,婚后你我一直分居,好不容易回来了,竟要去沪东谋官差,听着七品官的名声好听,可细想想那么穷的地方也没啥意思。"许尚美劝道:"地方好不好全在人为,你先把位子占上,过几年再回上海城区做官,有位子就不怕升不了官,那些大官都是由小官升上来的。"路旷明附和道:"夫人说的倒也在理,等我当官发了财,要让夫人的十个手指全戴上金光闪闪的戒指。"许尚美道:"戴戒指算什么呀?我的两位学姐住的可都是大房子,一个庭院,一个别墅。"路旷明忙说:"那咱也买别墅。"许尚美道:"你还没上任就瞎许愿了,到时候你乡下的那些穷亲戚都来找你的麻烦,你该如何招架呀?"

路旷明道:"兵来将挡,土来水挡,总有办法吧。"

第七章

1

上海郊外的路家老宅门前，鞭炮齐鸣，一群男女老少在嬉闹说笑。路老太太举着竹竿，上边吊着的鞭炮发出噼噼啪啪的脆响。一位中年妇女说："你儿子路旷明当了七品官，这说明咱村里的风水不错，以后村里人有什么事，都可以找路主任帮忙了，你说是不是呀，路婶婶？"路老太太收起放鞭炮的竹竿，骄傲地瞟了中年妇女一眼："你也有求着我的时候？只求你别欺负我们路家人就行了，你看你家门前的路占了我家多少宅基地呀？"中年妇女急忙说："路婶婶，咱可别为这事掰生啊，明天我就把路改过来。"一旁的老男人说："早知这样，就别欺负人家。看人下菜碟，见官就巴结。"中年妇女不屑地瞟了老男人一眼："真是鸡一嘴鸭一嘴，老秃驴也插一嘴。"老男人立刻板起脸吼道："哎，你别骂人啊。"

这时，路老太太端着一簸箕糖果分给大家："今天是我们家大喜的日子，我儿子旷明当了七品官也是托了全村人的福，来，大伙儿先甜甜嘴吧。我明天就去上海，乡亲们有什么要托办的事情，我一准把话捎上。"男女老少抢糖，整个村庄沉浸在欢腾的喜悦之中。

2

上海某里弄民居内，因为路旷明的母亲路老太太即将到来，许老太太拎着自己的一包东西准备出门。许尚美追出来喊："妈，您当真要走啊？"许老太太说："明天那帮山猫子野兔子来，我不走，在你家伺候他们？看他们随地乱吐痰、上床不洗脚……呸！想得倒美！我先回自己家清静几天，等他们走了，我再回来。"许尚美劝道："妈，旷明已经是七品官了，你别张口闭口损他家人，让他听了心里不舒服。"许老太太不以为然地说："他那个七品官是咋来的？还不是我闺女给跑来的，没有我闺女，他能当上七品官？"许尚美见劝不住母亲，只好说："妈，您如果真要走，我马上叫辆人力车把您送回去。"许老太太与许尚美走出居民楼，站在街巷口等车。许老太太有点耐不住性子说："这到郊区当官就是不方便，要是在上海城区，喊一声小轿车就来了，还用坐人力车？"话音刚落地，一辆三轮车终于出现在里弄门口，许尚美招呼车夫停下，扶母亲上了车，又塞给她一块大洋，许老太太伸手接了大洋，对许尚美说："过些日子妈就回来。"

　　送走了母亲，许尚美转道去了商务馆，见公务不是太忙，便对着镜子化淡妆。这时，李总推门进来，打量着许尚美说："人逢喜事精神爽，听说路旅长安排到沪东办事处当主任了？这下好了，当初我借给你的钱也算中了绩优股了。"许尚美底气十足地说："李总，感谢您的慷慨解囊，我和旷明会很快筹钱还给您的。"李总摆摆手说："不着急，留得青山在还怕没柴烧？只是以后想给七品官戴绿帽子，那真得掂量掂量了。"许尚美脸上掠过一丝不快说："李总，以后别再提这事了好不好？你就不怕我骂你得便宜卖乖吗？"李总嬉皮笑脸道："我知道，从来不需要想起，永远也不会忘记。"许尚美不屑地瞟了他一眼，拉开门准备出去。李总拦住她说："你到哪里去呀？你们家中了这么大的一个彩也不请我喝喜酒？"许尚美敷衍道："路旷明已经到沪东办事处报到去了，等忙完这阵子，一定请李总喝酒。"说罢转身出门。

　　李总站在窗前望着许尚美远去的背影出神。

3

　　许尚美今天在上海外滩的酒吧请两位学姐品尝西餐，石玉婵、田韵抒、许尚美三人围桌而坐，桌上是吃剩的西餐和饮料。许尚美扫了一眼满桌的狼藉，问两位学姐："不知两位姐姐吃好了没有？"未等石玉婵开口，田韵抒抢先说："这里的西餐味道就是纯正，咱们已经是第二次在这里吃了，上次就是尚美请客，这次又是尚美请客。"许尚美忙说："两位学姐能来已经给了我天大的面子了，两位学姐什么饭没吃过啊，再说能安排路旷明当沪东办事处主任，没有两位学姐运作，怎么可能轮到他呀？"石玉婵笑笑："这倒是真话，回去告诉路旷明，要踏踏实实在沪东做事，干出一番成绩来。"田韵抒接着说："大姐这话说得真对，等旷明的位子坐稳当了，我们要去考察考察，看看有没有什么可投资赚钱的项目。"许尚美爽快地说："那还不是一句话的事情，只要两位学姐高兴，想考察什么都行。"石玉婵岔开话题说："这些没用的话就少说吧，沪东办事处主任的位子不安排路旷明也会安排别人，与其安排别人倒不如安排自己人，谁还不兴有个事办。"田韵抒接着说："就是，如今的官员哪个不在盯位子，盯住了自己的位子，还要给嫡系盯位子，这叫肥水不流外人田，利益均沾。"许尚美禁不住赞道："韵抒姐真不愧是记者，伶牙俐齿。"又笑着问："两位学姐，咱们再玩点什么吧？麻将还是扑克牌？"石玉婵叹息："真想打一圈麻将，可是三缺一呀。"田韵抒急忙说："这儿的洋经理是法国人，叫维克多，痴迷中国文化，会打麻将，我请他出来怎么样？"石玉婵笑道："我还真没见过洋人会打麻将的，那就把他请出来见识见识吧。"

不一会儿，田韵抒就把维克多请来了。坐下后，相互寒暄了一会儿，许尚美洗牌的时候，石玉婵就跟维克多闲聊起来："听说您对中国文化很痴迷，麻将打得不错，那我想请教您一个问题，麻将是谁发明的您知道吗？"田韵抒和许尚美同时惊讶地互望了一眼，想不到石玉婵会向维克多提出这么生僻的问题，别说是维克多，就连以写文章见长的田韵抒都感到生僻。维克多笑了笑说："这事您还真难不倒我，这是明朝的三宝太监发明的，三宝太监下南洋，大小船舰几百只，直奔南洋群岛。那些身强力壮的船员，两三个月的航行吃不到肉，日子是很难过的，三宝太监为了分散他们的精力，就让他们赌钱，海上的东南西北风，是航海的人最关心的，因此麻将牌里就有东南西北风四张牌。麻将牌里的索子，就是船上的绳索。麻将牌里的筒子，就是船上装水的竹筒。至于一万两万三万到九万，那是船上人的钱数，大家都想赚很多的钱。所以说，麻将牌是三宝太监发明的。"石玉婵眼睛忽然一亮，笑说："维克多先生对麻将的起源都研究得这么深，麻将牌肯定是打得不错喽。"许尚美将麻将牌洗好，对维克多说："输赢就看这一把了，头一把要赢了，那你就真是行家了。"

四个人开始摸牌，不一会儿的工夫，维克多忽然将麻将牌推倒说："我糊了。"石玉婵笑道："果然是高手，真想不到法国人麻将打得这么溜。"维克多说："在西方，人们把中国的麻将称为高智商游戏。"石玉婵进一步问："维克多先生来中国多久了？"维克多回答："我来中国快十年了，前几年把我的女儿也带来了。"石玉婵接着问："你女儿多大了，在哪里上学啊？"维克多说："我女儿十三岁，在上海圣迭哥中学，叫美拉达。"石玉婵突然抬高了声音说："美拉达？她是不是在学校演过话剧朱丽叶？"维克多连说："对对对，你怎么知道？"田韵抒插话："她儿子就在圣迭哥中学，也演话剧，扮演罗密欧。"维克多恍然大悟："他是不是叫安小早？我女儿经常说起他，他很优秀，会下象棋。"在一旁闷了半天的许尚美急忙插话："敢情是一对金童玉女呀。"田韵抒感叹："地球真是太小了，一不小心就撞上了。"许尚美哗啦啦洗着牌说："怎么越说越近了，以后我们想打麻将就到这里来吧。"维克多笑说："那我就是你们的铁杆麻友了。"几圈麻将打下来，维克多赢了一把又一把，三个女人脸上就有点挂不住了，偏这外国人思维是直的，越赢越想赢，越赢越自信，根本不顾及三个女人的面子。

三个女人连续打了几把，也就偃旗息鼓了。

　　石玉婵、田韵抒、许尚美一脸倦容从酒吧里走出来。许尚美说："两位学姐，我先回了，天快黑了，我婆婆说今天要来。"一辆人力车奔过来，许尚美坐上人力车远去。田韵抒从手包里掏出一张银票递给石玉婵："大姐，尚美的心意，见面分一半了。"石玉婵接过银票看看，装进手包里："如果不是学姐学妹的情分，真不想揽这档子闲事，如今对我来说最怕的就是烦心了。""谁说不是呢。"田韵抒转过头，忽然发现维克多站在窗前看她们，不由问："玉婵大姐，你感觉那个洋经理怎么样？"石玉婵："人还满风趣的，对中国文化也挺有研究的。就是不懂得谦让女人，你看他麻将桌上的横劲，一点绅士风度也没有，都说西方男人绅士，我今天算见识了。"田韵抒说："西方人讲竞争，这打麻将也是竞争嘛。我倒看他挺不错的，玉婵大姐，做你的情人如何？"石玉婵板起脸道："你别乱点鸳鸯谱好不好？你我可都是有身份的阔太太啊！"田韵抒不以为然地说："这有什么呀？有权有势的男人可以玩女人讨小老婆，我们就不能找个情人安慰一下自己吗？"石玉婵忽然想起了什么说："上次要组织一场废婚讨论，你们报馆总编都不给版面。这些出格的事情，我们还是别招惹吧。"田韵抒索性道："不招惹也好，男权社会，哪容得下女人想入非非呀？"石玉婵话题一转说："我那天到圣迭哥中学找小早谈话，小早说我和他爸腐朽。让我们寻找有意义的生活，可有意义的生活又在哪里呢？"田韵抒感叹："是啊，寻找有意义的生活那是要付出代价的，谁愿意做出无谓的牺牲呢？"石玉婵用疑惑的目光望着田韵抒，认真地问："韵抒，我们是不是活得太俗气了？"田韵抒迎着她的目光反问："玉婵大姐，世人皆醉，我们为何要独醒呀？"石玉婵将目光望向远方说："生活如果呼唤我们苏醒，我们就必须苏醒。"田韵抒不解地看着石玉婵，有点摸不透她的心思。

4

　　上海某里弄居民楼门口，路老太太拎着包裹一家一家看门牌，看准了一家门牌，用手使劲拍门。

　　许尚美被一阵敲门声惊醒，急忙穿着睡衣出来开门："哟，婆婆来了，您是怎么来的呀？坐车还是坐船？"路老太太进门将包裹往沙发上一扔，没好气地说："我是贱命，还能被八抬大轿抬来不成？看人家那当官的儿子，老娘要是到哪里去，那要小轿车接送。可我来一趟上海，要靠自己的脚板子跑路。"许尚美急忙将婆婆扔在沙发上的包裹丢在地上说："妈，旷明他刚上任，位子还没坐稳呢，他现在没有小车给您坐。"路老太太见儿媳把她的包裹丢在了地上，索性一屁股坐在沙发上说："嘿，今天我总算听你叫声妈了，这也是我儿子当官赚来的吧？我一辈子就生了这么一个儿子，旷明是我一把屎一把尿拉扯大的，为了他我啥累没受过啥苦没吃过，可自从跟你结了婚，我就像没这个儿子了，连声妈都听不到。"许尚美转身倒了杯热水递给婆婆："妈，您老先喝点水吧，吃饭没有啊？我给您做饭去。"路老太太趾高气扬地说："我不想吃家里做的饭，我想下馆子，这辈子我都没尝过上海饭馆做的菜是啥滋味。今天来了，怎么也得让我的舌头和牙齿香上一回。"许尚美心里虽不情愿，但嘴上仍爽快地答应："妈，那咱就立马下馆子去，您想吃什么咱就点什么，儿子都当七品官了，老娘下馆子开荤太正常了。"路老太太越发理直气壮道："就是，养儿防老，下馆子是小事，我索性就住在这大上海不走了，也享受一下城里人的生活。"

许尚美惊愕地望着婆婆，嘴上应道："好、好，难得婆婆来上海住。"路老太太得意地看着许尚美说："我是你妈，你要叫我妈，老妈屋里坐，一福压百祸。"许尚美不知所措地连说："对，妈，我怎么又忘了。"

许尚美立刻带婆婆到附近的酒馆品尝上海菜，她要了四个菜，两荤两素，还要了一个汤，婆婆大口小口搛菜吃肉，筷子不停地在盘子里上下左右翻着，哪怕有个肉丁她都要搛起来放进嘴里。许尚美看着婆婆的吃相，心里又笑又难过，乡下人一辈子难得下一次馆子，能吃上一回城里酒馆做的菜真算是享大福了，许尚美也就没怎么动筷子，她嫌婆婆脏是真的，内心怜悯婆婆也是真的。最后一桌子的菜都让婆婆吃光了，婆婆放下筷子还直吧嗒嘴说："这上海的菜真香啊，打个饱嗝都香气冲天。"许尚美一愣，心想婆婆千万别吃撑着了，上吐下泻可不是闹着玩的。

回来的路上，许尚美又从小百货店里给婆婆买了秋衣和内裤，她发现婆婆除了外边穿的一件蓝布褂子，里面都是光着的。

5

路老太太有择席的毛病，穿着许尚美给买的秋衣更是睡不着，白天的饱嗝在夜里忽然变成了屁，一股一股的臭屁放不停，她嘴上不停地念叨着"屁是一杆秤，不放往外挣……"屁往外挣时，为了让臭气快速溜走，她还要用手捏起屁股上的秋裤，这样反反复复了数次，路老太太嫌麻烦，索性又脱了秋裤光腚了，这下她肚子里的臭气一出来就蹿出了被窝，整个房间都弥漫着经过她胃肠发酵后的上海菜的臭气了。路老太太被满屋的臭气熏得再也躺不住了，她也不敢开窗，怕臭气扩散到外边，于是索性光着膀子从房间出来，听听没动静，便坐在沙发上四处打量房间里的东西，一会儿拉开抽屉，一会儿拉开橱门，她慌乱地翻着，生怕弄出动静，却偏偏把一个搪瓷盆子碰响了。

许尚美被一阵响动惊醒，急忙拉开灯，从门缝里看到光着膀子的婆婆在厅里翻箱倒柜，不由翻身下床，从屋里走出来问："妈，半夜三更您不睡觉，在乱翻什么呀？"路老太太慌乱地转过身，两眼惊恐地望着许尚美说："晚上在馆子荤吃多了，不消化，我翻翻是否有要洗的衣服，我找出来洗洗。"许尚美知道婆婆在撒谎，却不想揭她的谎让她失面子，便顺着她的话说："妈，您来之前，我娘家妈一直住在这儿，我的脏衣服都是她洗，现在家里没什么脏衣服了。昨天，我给您老买的秋衣，您怎么不穿啊？"路老太太不好意思地笑说："乡下人睡觉都光身子，舒筋活血。穿着衣服，我睡不着觉。"许尚美强调说："可您现在住上海了，城里人睡觉都要穿睡衣的。"路老太太瞟了许尚美一眼，不在乎道："那我不习惯，我还是要光身子睡觉，穿衣服睡不踏实。……我说尚美，明天能不能带我到沪东去看看旷明啊，如今我怎么也算七品官太后了，人前不兴风光风光？"许尚美见婆婆故意岔开了话题，只好接着她的话茬说："那我明天给旷明打个电话问问，看他同意不同意您去那里风光啊？"路老太太底气十足地说："他同意也得同意，不同意也得同意，他是我儿子，他当了七品官，首先要把老娘摆到台面上。"许尚美皱紧眉头转身回了卧室。路老太太紧跟进来，一眼瞧见电话，便好奇地问："这是什么东西呀？"许尚美说："电话。旷明到沪东办事处工作，公署为了工作方便才给安装的。"路老太太立刻抄起听筒喊："喂——喂，旷明，我是你妈呀！你听见了吗？你倒是跟我说句话呀！……"转身问许尚美："里面怎么没有动静啊？"婆婆的样子真是让许尚美又气又无奈，只好说："妈，这都后半夜了，旷明他不在接电话的地方，他怎么跟您说话呀？"路老太太心有不甘地放下听筒说："那这电话还有啥用啊？我想跟儿子说话的时候接不上，这不就是个摆设嘛。"许尚美忍不住笑起来。路老太太发现自己光着膀子，以为儿媳在笑自己，急忙转身，又回到自己的床上，这么一折腾，她的屁突然没有了，臭味也渐渐消散了，后半夜她真睡着了。

早晨，许尚美睁开眼，看看窗外透进来的太阳光，忽然想起了什么，急忙拿起电话："旷明，你赶快回来一趟吧，你老娘都要闹翻天了，你如果不回来，她马上就去沪东找你了。"电话那边的路旷明显然在忙着什么，只听他说："我刚来报到，怎么可能回去呢？"许尚美见路旷明的语气急躁，便说："你妈要到沪东办事处当太后呢。"路旷明加重语气说："真是瞎胡闹，你先带她在上海逛逛吧，买几件衣服。花多少钱，回头我给你。"许尚美放下电话，走出房间。

路老太太正在卫生间洗脸，许尚美走到卫生间门口说："妈，旷明说这几天刚上任正忙着呢，您去了他也没时间陪您，让我带您逛逛大上海，买几件像模像样的衣服，您看如何呀？"

路老太太转过身，两手搓着满脸的肥皂泡沫说："只要是我儿子吩咐的，我一定照办。"许尚美脸上掠过一丝捕捉不到的表情。

6

　　上海中式别墅的夜晚，睡在床上的乔老太太忽然怪叫："哎哟——哎哟——快来人呀，快救小秃呀！"刚刚入睡的田韵抒急忙从卧室里跑出来，直奔向乔老太太的房间："妈，您老怎么了？做噩梦了吗？"乔老太太惊魂未定坐起身，拽住田韵抒的胳膊说："我梦见小秃被人抓走了，我眼睁睁看着他被巡捕押上了一辆囚车……真是吓死我了。世景呢？天这么晚了，他怎么还没回来呀？"田韵抒一听梦见的是小秃，便大舒了一口气，抬手给婆婆捶着背说："世景是通商公署综合厅的厅长，每天晚上都有公务应酬，晚回来很正常。"乔老太太说："我在上海住着，虽说啥东西都有，可心里七上八下，不是惦着这个，就是念着那个，平时你们俩都上班，也没人陪我说说话，心里真是憋屈。我孙子小秃不会有什么事吧，我已经好些日子没见着他了。"田韵抒安慰婆婆道："不会有事的。"乔老太太又说："人老了，总惦记一家人的平安，这世上荣华也好富贵也罢，在我看来都不如平安好。"田韵抒接着婆婆的话说："妈您多虑了，其实每个人都有每个人的福分，每个人也都有每个人的灾祸，福要是来了你不享也得享，祸要是到了你想躲也躲不掉。这就叫福兮祸所伏，祸兮福所倚。"乔老太太忽然欣喜地说："儿媳说得真在理，当初我让世景娶个知书达理的媳妇进门算是对了。"田韵抒按在婆婆背上的手越发轻柔起来，边按边说："婆婆是见过世面的女人，婆婆的眼光肯定是独到的。"

　　田韵抒嘴上说着，心里却想着与乔世景婚后所受的种种委屈，可纵使有千种委屈又与谁诉说？自酿的苦酒只有自己喝罢了。想到这儿，田韵抒不免悲从中来，眼泪忽然之间就涌满了眼眶，但她极力忍着，没让眼泪掉下来，她不想让婆婆知道自己内心的悲伤。

7

　　上海某监狱的夜晚，狱中充满了恐惧和不安。五六个男犯人聚在一起，有的躺着，有的蹲着，甲乙两个男犯悄声说话。小秃靠着墙壁发愣。男犯甲问男犯乙："那小子是怎么进来的？"男犯乙："我怎么会知道？要不我过去瞧瞧。"男犯乙走近小秃，揪住他的耳朵问："你小鸡鸡还没长硬呢，怎么跑到这里跟我们凑热闹来了？"小秃瞟了他一眼，挣开他的手，将脸转向一边。男犯甲凑上来说："哟嗬，你小子还挺有反骨的嘛，敢跟我们来硬的。你知道我们是干什么的吗？"小秃瞟瞟他，不屑地说："你们是干什么的，关我屁事。"男犯乙嬉皮笑脸道："你小子这么有反骨，倒不如跟我们学点手艺了，一招鲜吃遍天，保你一辈子吃香的喝辣的。"小秃立刻转过脸问："学什么手艺呀？"男犯甲打着手势说：

"从别人的口袋里掏银子。"小秃惊奇地问："当小偷?"男犯乙纠正说："那不叫小偷，叫偷爷!"小秃试探着说："偷爷?……那我要是出不去咋办?"男犯甲笑说："你爸妈不会往外救你吗?"小秃忽然悲伤道："我妈刚被抓起来了，说她通共。"男犯乙惊讶地说："通共?那你妈这事玄了，如今通共都是死罪。那你爸呢?"小秃打量着眼前的两个犯人说："我爸嘛……保密，不能告诉你们。"男犯甲摸摸小秃的头说："嘿，还保密?这么说你老爸有来头喽。"小秃自以为是地看着他说："反正，我不告诉你。"

男犯甲乙又回到刚才的地方坐下，对男犯乙说："别看这小子，说不定真有来头呢。"男犯乙："那咱就别惹他呗。"

小秃仍靠着墙壁发呆，他在想爸爸，爸爸你当了厅长那么大的官，为什么不来救我呢?

8

上海郊外别墅，乔世景正与方菲在床上翻滚，他如一只饥饿的豹子，将猎物方菲玩弄于床塌，他显然用力过猛，不停地喘着粗气说："好几天没见到你了，真是想死我了。"方菲用力在乔世景的身下挣扎说："我都被你玩了多少年了，你光嘴上想想就行了吗?"乔世景边动作边说："这么大的别墅给你住着，你还想怎样?"方菲迎合着他说："我要你给我名分，把我娶进乔家大门。"乔世景用尽最后的力气，将体内的精华一泄而尽，呼呼喘息着说："这恐怕不行，我们家老太太不准戏子进门。"方菲嗔怪道："我也不可能唱一辈子歌吧?你一个大厅长，就不能给我找份体面的差事做?"乔世景刚才旺盛的精力一下子没了，他抚摸着方菲，有气无力地说："在百乐门唱歌不是挺好的嘛，有名有利，多少人想唱出名还没机会呢。要知道当初不是我捧你，你怎么可能红遍上海滩呢?"方菲顶撞说："那也是我天生一副好嗓子。"然后两眼认真地打量着乔世景说："你要是不娶我呀，我就认任队长当干爹了，有个带枪的干爹，就不会有绿袖子的下场了。"乔世景看了一眼方菲，正儿八经道："绿袖子通共，你别提她好不好?跟她相提并论，绝没有好果子吃。"方菲忽然感到自己失口，急忙说："谁跟她相提并论了，我只是随便说说而已。"乔世景瞟瞟方菲，从床上坐起来，一边穿衣服一边说："这种话，以后你最好少说，别把自己扯进去。"

方菲知趣地说："我知道，下不为例。"

9

监狱这个地方，就是折磨人的，纵使你再美丽再有风情，进了又黑又窄没有窗户只有铁栅栏的监狱，不出几个时辰便会被折磨得人不人鬼不鬼了，欲哭无泪的情景大体就是如此吧。

绿袖子扒着铁栅门朝外看，视线中两名持枪巡捕拖着一个浑身血污的女人由远及近走来，他们打开铁锁，拉开牢门，将女人塞进来扔在地上，接着铁栅门又被巡捕锁上了。绿袖子惊慌地后退，她看到两个持枪巡捕远去，这时她嗅到了一股血腥味，于是忽然奔向铁门使劲摇动着喊："我没有通共，放我出去，你们放我出去！"

浑身血污的女人渐渐睁开了眼睛，她看到了一个风韵犹存的中年女人站在自己面前，似是百乐门的舞女绿袖子。绿袖子同时也发现了浑身血污的女人在惊恐地打量自己，她不敢靠近一步。浑身血污的女人声音微弱地问："你是不是叫绿袖子？"绿袖子惊恐地回答："你怎么知道？"浑身血污的女人说："我在大世界看过你跳舞。你怎么也到这里来了？"绿袖子无奈地说："他们说我通共，我根本就没有通共。我都不知道共产党到底是什么东西？他们就把我抓进来了。你呢？"浑身血污的女人说："我也是这个罪名。"绿袖子打量着她问："他们竟把你打成了这样？"浑身血污的女人一副无奈的表情说："落入了魔掌，就要受尽折磨。"

绿袖子脸上的表情肌抽搐着，浑身竟筛糠般颤抖起来，她忽然大喊："太可怕了，太可怕了！我可没通共，我要出去……我要出去。"

10

上海中式庭院的夜晚，院子里显得分外安静。在外奔波了一天，安子益疲惫得似没有再下棋的欲望了，便靠在太师椅上闭目养神。石玉婵走过来，悄悄把一张银票放在安子益面前。安子益还是被这轻微的动作惊得睁开了眼睛，他瞟了瞟银票："哪儿来的？"石玉婵挨他坐下说："我还以为你睡着了呢，原来是在假寐。银票能从天上掉下来吗？你真是做了好事不留名啊。"安子益忽然明白这银票的来路了，忍不住说："安排路旷明去沪东办事处当主任，是想在沪东给大公子征块地皮，这才是我真正的目的呀！"石玉婵有点炫耀说："要不是我有这么一个学妹，你怎么可能想干什么就干什么呢？"安子益说："在官场就要明白关系网，坐到一定的位子，就要考虑上下关系网的密度了，这就像一座宝塔，塔尖只要一两个关键人物就行了，可塔底呢，那要无数可靠的人托着，否则这个塔就不稳，说塌就塌了。"石玉婵不耐烦地说："你心里整天琢磨这些事，血管都变硬了，血也冷了，简直就是一只冷血动物了，哪还像个男人啊。"安子益不以为然道："官场本来就不让人有血性，要是人人都热血沸腾，哪有那么多的位子给人抢啊，那还不反了天了？"石玉婵忽然想起了什么，岔开话题说："我今天在城区的一个酒吧认识了一位法国人，他女儿美拉达在跟小早演话剧，你说巧不巧?"安子益问:"那洋人叫什么呀?"石玉婵说:"维克多,热爱中国文化,来上海有些年头了。就连麻将牌是谁发明的,他都摸得一清二楚。"安子益摇摇头说:"少搭理这些洋人啊,洋人到中国来,不是做生意赚钱,就是传播邪教,那红色幽灵就是从欧洲传来的,蛊惑人心,让社会动荡不安。"

这时,花朵端着一盆水进来,直奔安子益说:"先生,您洗洗脚吧。"

石玉婵见花朵都没有看自己一眼,便沉下脸问:"怎么不给我端洗脚水呀?我这个太太在家里还占位置吧?"花朵这才将目光转向石玉婵说:"太太,一会儿赵妈会给您端洗脚水来的。"石玉婵不解地问:"谁规定赵妈给我端洗脚水的?我今天要你端。"花朵不情愿地说:"那我端去。"气咻咻转身出门。石玉婵望着她的背影说:"一个使唤丫头竟敢摆这么大的谱,她这是靠谁撑腰呀?"安子益将两只脚浸在水盆里,左右搓着说:"你看你,处长级别的女官员,眼下全中国也找不着几个,你犯得着跟一个家里的使唤丫头较劲吗?"

这时,赵妈端水走进来,将水盆摆在石玉婵面前说:"太太,跑了一天泡泡脚吧。"石玉婵面无表情道:"赵妈,以后不许你给我端洗脚水,要花朵给我端。你把水端回去吧。"赵妈见石玉婵动了气,故意说:"谁端不是一样啊,莫非花朵端的洗脚水比我端的洗脚水泡着舒服?"石玉婵大声说:"舒服多了,不舒服我怎么会点她的将呢?"赵妈知道石玉婵的意图,便笑说:"太太,我知道了。"又端着洗脚水出去了。

安子益不耐烦道:"玉婵,你这是何苦呢?你还有完没完啊?"石玉婵厉声说:"没完。"

花朵端着洗脚水出现在石玉婵面前,石玉婵打量着她说:"你把水盆放下吧,帮我洗洗脚,揉揉背。"花朵放下水盆,又帮石玉婵脱袜子,这时她求助地望了安子益一眼,安子益装作没看见,低头只顾洗脚,两只脚在水盆里左右搓着。

花朵求助的眼神却被石玉婵看到了,未等她脱下她的袜子,石玉婵忽然喊起来:"哎哟,你要烫死我呀,这水太烫了。"

花朵惊恐地望着石玉婵,知道她在刁难自己,而这个时候她再怎么争辩也是无用的,花朵只好低头帮石玉婵脱另一只脚上的袜子,她第一次看到太太有大脚骨。

11

上海中式别墅的夜晚,乔老太太靠在沙发上,田韵抒坐在她的身边。两人聊得久了,累了,都有点困倦了,乔老太太不进屋,田韵抒也不敢独自回房间睡觉,两人只好耐住性子等乔世景回来。午夜十二点的钟声响过了,乔世景才神情倦怠地走进屋。乔老太太忽然睁开眼,看见进屋的乔世景,急赤白脸地说:

"你总算回来了，你天天半夜三更回家，你都在外忙个啥呀？我孙子小秃呢？我都多少天没看见他了。"乔世景一边脱外衣一边说："妈您怎么还没睡呀？我外边的应酬多，每天都要这么晚回来。小秃跟他妈到外地演出去了。"乔老太太瞟了乔世景一眼，怒声道："跟着嘛人学嘛人，跟着巫婆会跳神，跟着个舞女到处跑，这小秃不学坏才怪呢。"乔世景坐在母亲身边说："妈，人各有命，小秃学好学坏那是他本人的造化，咱也管不了。再说，总不能让他们母子分离吧。"乔老太太转向田韵抒说："儿媳你听听，这是当爸爸的应该说的话吗？"田韵抒见怪不怪地说："他说什么就随他好了，人家是厅长，别人怎么好干涉呢？官大一级压死人啊。"乔老太太抱屈说："人人都羡慕我儿子是上海通商公署的厅长，可我自从住到你家里，一天都没舒心过。等我病好了，还是回到自己的老窝去，金家银家不如自己的破家。"乔世景不耐烦地说："好了，时候不早了，都休息吧，有什么话明天再说吧。"转身进了自己卧室。

乔世景刚在卧室躺下，田韵抒推门进来，将一张银票放在他的床头说："许尚美给的银票，我分给了玉婵大姐一半。"乔世景拿起银票扫了一眼又放下说："当个七品官，只给这么一点银子，真有点便宜他了……就看他以后是否在这个位置上帮我们谋事了。"田韵抒这才坐在床边上说："他要是不给我们谋事，我就找许尚美问罪。"乔世景叹息道："你就这点本事，没这点本事，我还真懒得搭理你了。"田韵抒讥讽说："你想搭理的女人太多了，哪里顾得上搭理我呀。"乔世景沉下脸道："你这是什么话？"田韵抒继续说："什么话？你自己琢磨去吧。"乔世景睁大眼睛看着田韵抒问："你又想挨打了是吧？"

田韵抒急忙从乔世景的卧室退出来，站在大厅里，不知是恐惧还是难过，她默默走到窗前，看着天上的月亮。脑中忽然闪过百乐门舞厅内的情景，爵士乐伴奏下，一群男女在跳舞。乔世景搂着方菲的腰，方菲一副嗲嗲的表情。田韵抒隐在暗处偷看，神情沮丧。

一抹月光射进来，月亮的清辉让回忆中的田韵抒突然清醒了，她站在窗前，对着月亮轻轻吟诵："寻好梦，梦难成，有谁知我此时情？枕前泪共阶前雨，隔个窗儿滴到明。"吟罢潸然泪下。

12

上海医院门口，田韵青与田韵抒在马路上行走。田韵青紧张地望着四周说："以后你少来我这儿，免得引起乔世景的怀疑。"田韵抒说："我不放心姐姐，才跑来看你的。医院里没什么动静吧？"田韵青叹口气说："院长已经被换掉了。"田韵抒立刻警觉地说："姐姐，无论何时你都不能承认此事，你明白吗？只要你死不承认，神都没辙。"田韵青嗔怪道："这话还用你跟我说吗？我脑子里有屎呀。以后少来我这里啊，免得给我惹麻烦。"田韵抒歉疚地笑笑："我知道了。我也是去办事，顺道来看看姐姐。"

田韵抒告别了姐姐，就奔了天飞马画室。天飞马在打电话，田韵抒走进来，天飞马一惊，立刻放下电话说："田姐姐怎么当起不速之客来了，事先也不打个招呼，你看我这画室乱得不像样子，怎么能招待像田姐姐这样的阔太太呢。"田韵抒坐下说："我不在乎，文人墨客都是这个样子，脚臭汗臭不修边幅。"天飞马笑道："田姐姐能理解我就好……您看采风回来后，我给您画了一幅画，怎么样，像您吧？"田韵抒打量着画说："我刚进门的时候就看到了，还真挺像我的……简直像极了，你把我内在的精神气质画出来了。"天飞马故意问："您的精神气质是什么？"田韵抒反问："你说呢？"天飞马故作谦虚地笑笑："我说不准。"田韵抒心高气傲地看着天飞马说："一个说不准我精神气质的画家，却把我的精神气质准确地捕捉到了画板上，你不觉得画面上那个面对闲花野草的女人，内心深处隐含着一种巨大的孤独吗？"天飞马一愣问："堂堂的厅长太太还孤独，您在说笑话吧？"田韵抒感叹："高处不胜寒这话你应该懂吧？……其实，我很羡慕搞艺术的人，凭自己的一技之长吃饭，想哭就哭想笑就笑，不必夹着尾巴做人。"天飞马关切地打量着田韵抒说："田姐姐，你今天的情绪好像不太对劲。"田韵抒悲哀地说："我的情绪什么时候正常过呀？……天飞马，有红酒吗？我想喝红酒。"天飞马转身打开壁橱，从里面拎出一瓶红酒摆在桌上说："田姐姐，这是我从法国带回来的红酒，产自波尔多，那可是法国最大的葡萄酒产地。"田韵抒用手指抚弄着酒瓶说："世上最好的葡萄酒都在法国，人们一提到美丽的女人和红酒，那一定会想到法国。巴黎塞纳河畔，多么令人神往啊。"天飞马打开酒瓶往杯子里斟酒，边斟酒边打量田韵抒问："田姐姐去过法国吗？"田韵抒点燃了一支烟，吸着，吐一口烟圈说："还没去过。"天飞马立刻来了兴致说："田姐姐真应该到法国看看，巴黎不光是时尚之都，还是文化之都，同时也是爱情之都，你不知道法国人有多浪漫，他们特别喜欢度假，每人每年平均要度假两次，如果不去度假，人们就会问：'这是为什么呀？'于是不去度假的人就会感到很没面子了。"田韵抒端起酒杯呷了一口红酒说："我早就想到欧洲开开眼界了，不光是巴黎，还有罗马、伦敦……全欧洲我都想去。可眼下我的身份不允许，什么时候我不当厅长太太了，想去哪里就去哪里，要多自由有多自由。"天飞马接过田韵抒的话说："那是那是，不过当一个人的精神自由度特别大的时候，物质的丰厚度又会收窄了，人一旦为钱袋发愁，那可真是寸步难行啊。您看我，就不如田姐姐活得滋润。"田韵抒打趣道："一个画家也为柴米油盐的事情发愁，他还能创作出好作品吗？"天飞马自嘲地笑了一下说："谁说不是呢。鱼我所欲也，熊掌亦我所欲也。来，田姐姐，让我们为鱼和熊掌干杯!"田韵抒晃着酒杯说:"鱼和熊掌往往不可兼得,人生要想干出一番事业,那是要先破后立的。"说罢将烟头掐灭在烟灰缸里,又举起酒杯一饮而尽。天飞马继续往田韵抒的杯子里斟酒说:"田姐姐不愧是作家,有思想啊。我要好好向田姐姐学习呀。"田韵抒越发来劲了说:"艺术是相通的,让我们相互学习吧。"天飞马举起酒杯:"好,田姐姐,我们把杯里的酒都干了。""干,一醉解千愁啊。"田韵抒举起酒杯一饮而尽。

田韵抒走的时候,把天飞马送给她的油画带上了。回到家里,她将油画挂在自己的卧室,站在床前边打量边自语:"有你相伴,我真的不寂寞了吗?"

13

上海世俗生活报馆,总编正伏案看稿件,田韵抒走进来,将稿子递给总编说:"总编,您交办的任务我完成了,现在稿子可以发了。"总编抬起头问:"天飞马没送你一幅油画吗?"田韵抒反问:"总编,您总说废话也不嫌累?"总编笑道:"我这人天生不吃独食,说些废话不可以吗?总编就是靠说废话才立足报馆的。"田韵抒讥讽说:"是啊,满纸荒唐言,一把辛酸泪。"

总编站起身,两眼注视着田韵抒说:"要说作家就是会概括,那满纸荒唐言也是你们作家编出来的,作家编出了荒唐言,也就赚足了读者的辛酸泪。"

田韵抒不悦地说:"好了,我没时间跟您闲扯,我得走了。"

总编望着田韵抒的背影嘀咕:"报馆哪个人像你这么自在啊?"说罢拿起她刚送来的稿子扫两眼,又丢在桌上。

14

许老太太在家里摘菜,她时不时往窗外看,一棵老树上落了一只喜鹊,正朝她喳喳。许尚美推门进屋喊:"妈——"许老太太看见许尚美说:"你没见树上的喜鹊吗?给咱家报喜呢。"许尚美喘着粗气说:"嘻,报什么喜呀,一肚子愁事。"许老太太放下菜,打量许尚美:"我闺女都当了七品官太太了,还有啥愁事呀?"许尚美坦言道:"早知道旷明他们家人这么闹腾,这个官差就不给他跑,当上了沪东办事处主任,竟招来如此多的麻烦。"许老太太急忙问:"你婆婆是不是欺负你了?"许尚美接过许老太太的话说:"我好吃好喝伺候着,一声一声妈叫着,又带她逛上海滩,又带她到绸缎庄做衣服,她还是风凉话说个不停,更可气的是半夜三更起来乱翻我们家的东西,真像是她儿子当官有什么架势了,她也不想想她儿子的官差是谁给跑来的。"许老太太总算明白女儿来她这里的意图了,顺着她的话说:"我就说嘛,这乡巴佬招引不得,蹬鼻子就上脸。尚美,我马上跟你回去,今儿我就跟她擤着,不信我擤不走她。"许尚美摇头说："撵走她，旷明知道了会不会跟我吵闹呀？"许老太太不屑地说："他跟你吵闹什么？他有那个胆吗？他那个沪东办事处主任还不是你给跑来的？咱能给他要官，也能给他撸官，他别不知道自己姓字名谁吃几碗干饭了。走，妈给你出气去。"

许尚美和许老太太坐人力车到了上海的里弄民居，许尚美突然停住脚步，望着许老太太说："妈，您先进屋吧，我过一会儿再进去，旷明他妈见我们俩一道回来，以为我回娘家告她状了呢。"许老太太不以为然道："告状就告状呗，有妈给你撑腰，甭怕她。"许尚美仍坚持说："妈，婆婆也是我的妈呀。我还是等一会儿再进去，您先进去吧。"许老太太毫不犹豫说："那我就先进去了，你在外边听着动静，要是动静闹大了，你赶紧进来。"

路老太太正对着镜子照新衣服，许老太太推门走进来。路老太太惊愕地看着她，不知所以。许老太太笑问："看什么呀，亲家母不认识我了？"路老太太奇怪地说："天都快黑了，亲家母跑来干什么呀？"许老太太在屋里来回走着，眼睛不停地往路老太太的身上看，弄得路老太太浑身像被针刺一样不自在。当许老太太感觉路老太太已经被自己看得发毛时，就故意操着上海腔说："天快黑了吗？离睡觉还早着呢。这上海可不比乡下，天一黑就睡觉，这上海呀，天黑以后还要玩个灯火通明呢。哟，亲家母这衣服真漂亮呀，是新做的吧？还是绸缎料子的，快穿回去让那些乡下人开开眼。要说我们尚美真是够孝顺的，她都没给我做过绸缎衣服。"路老太太打断她的话说："我一辈子都没穿过绸缎衣服，这回沾儿子的光总算穿了一回。"许老太太抢白道："亲家母这话我可不爱听，你沾儿子的光？要不是我们尚美拿着白花花的银子为他东奔西跑，你儿子至今还在战场上当炮灰堵枪眼呢。"路老太太抬高声音说："我儿子是旅长，又不是大头兵。"许老太太不屑地撇着嘴："什么驴长马长的，那枪子可不长眼睛，逮谁是谁，管他什么长呢。"路老太太这会儿总算明白许老太太上门的目的了，夜猫子进宅无事不来，她这是故意找碴吵架来了，于是板起脸说："亲家母今儿是故意跟我吵架来了？这可是我儿子的家。"许老太太丝毫不示弱道："这还是我闺女家呢，一个女婿半个儿。俗话说男儿有福随身带，女儿有福托满家。你儿子要不是我女儿的福托着，他一个乡巴佬的后代，能当上沪东办事处主任？"路老太太终于气了问："你说谁是乡巴佬呀？亲家母，我现在可是有身份的人了，我儿子路旷明那是公鸡头上的一块肉，大小是个冠（官）了，我起码也是县太后的级别了。"许老太太哈哈笑起来，讥讽道："皇帝早被轰下台了，你还做太后的白日梦，也不怕巡捕房把你抓起来？"路老太太气得再也说不出一句完整的话来了："你……你……"话未出口，眼泪先流了出来。

许尚美推门进屋，见此情景，故意大声问："二老这是怎么了？"路老太太抢白道："儿媳，明天你赶紧给我买张船票，我要回乡下去。"许老太太立刻说："明天上午十点就有一班船。尚美，赶紧给你婆婆买船票去吧。"路老太太忽然跌坐在地上放声大哭："你们上海人就是看不起乡下人啊，你们又有什么了不起呀？你们吃的菜是我们乡下人种的，你们吃的鱼是我们乡下人捞的，你们吃的猪是我们乡下人养的，是我们乡下人养活了你们上海人啊！你们瞧不起我们，就是忘本啊！……"许尚美看了母亲一眼，赶紧去拉婆婆起来："妈，快起来吧，有话慢慢说好不好？您又哭又闹的，让邻居们听见了还以为我欺负您了呢。"路老太太越发哭闹得厉害了，"你就欺负我了，你不欺负我，为什么让你妈来挖苦我呀？"许老太太为自己争辩道："尚美，你婆婆刚才茄子高黄瓜低地把我数唠了一通，你一回来，她竟倒打一耙了。"转而对路老太太说："亲家母，是你自己张罗着要走的，我可没撺你。"许尚美见机说："妈，既然您老张罗着走，那明天一早我就给您买船票去吧。"路老太太依依不舍说："来这一趟，我还没看见孙女儿呢。"许尚美急忙说："星星最近回不来，她在参加校花比赛呢。"路老太太看了许老太太和许尚美一眼，执拗道："那我就等着看我孙女的比赛了。"许老太太立刻说："这你可等不起，要两三个月以后才比赛呢。你还是回去吧，免得受我们上海人的气。"路老太太见僵持下去也太没面子，便说："那要跟我儿子旷明说一声，我明天先回去，过一阵子再来。电话呢？我要给旷明打个电话。"说罢冲进屋，不情愿地拿起电话，心想这回真是中了许老太太的计了。但她不能服输，这是她儿子的家，她要在电话里跟儿子说回乡下是暂时的，而来上海是永远的。

15

上海大舞台的夜晚，灯光璀璨。选校花活动正在隆重举行，台上是走秀的女生模特，台下是座无虚席的观众。台上的女生模特穿着时尚的裙装，在西洋乐的伴奏下走着猫步，聚光灯照在一个女生的脸上，她是路星星。

观众席上坐着许尚美和许老太太，她们的位置靠近嘉宾席。许尚美悄声对许老太太说："妈您刚刚看到了吧？星星比台上的所有女生都漂亮，她不当校花冠军谁还能当啊？"许老太太接着许尚美的话说："就是，我外孙女不当冠军谁当呀。幸亏她奶奶回去了，今天要是有个乡巴佬坐在我们身边，该多给咱上海人跌份呀。"许尚美推推许老太太："妈您小声点，家丑不可外扬。"随后，她们的注意力又转到了台上。

背景大舞台上分梯次站着几排女生模特，着装时尚的女主持人正在宣布校花选秀名次。女主持人宣布："现在走上台的是获得季军的校花小姐。"三位小姐款款走上台，向观众招手，依次站在舞台左侧。观众席里爆发出一阵掌声。

女主持人又宣布："现在走上台的是亚军校花小姐。"两位亚军小姐款款走上台，向观众招手，依次站在舞台右侧。

观众席里的许老太太显得焦虑不安，忍不住问许尚美："星星不会没选上吧？她怎么还不出来呀？"许尚美低声说："您急什么呀？星星只要站出来，那一定是冠军台。"

女主持人最后宣布："本届校花选秀比赛的冠军是路星星小姐，现在请路星星小姐上台领奖。"

路星星笑容灿烂走到台前，向观众招手。全场掌声雷动，有人捧着大把鲜花上台送给路星星。路星星绕场一周，不停地向观众送着飞吻，这时她看到了观众席里的妈妈和外婆，兴奋地将手里的鲜花抛给了她们。许尚美手持鲜花拉着许老太太奔上舞台，与星星紧紧拥抱，无数镁光灯对着她们闪烁。这时，许老太太要找厕所，许尚美带着她奔向后台。在后台走廊上，许尚美碰上了给星星颁奖的洋酒商人郑旷达。郑旷达问："选秀的结果路太太满意吧？"许尚美欣喜地说："我代表路星星谢谢您。"郑旷达忙说："这话就显得远了，我与路旷明是穿开裆裤的发小，这点小忙我还是要帮的，再说路星星天生丽质，是当明星的苗子。你们是否有兴趣把她培养成明星啊？"许尚美说："这要看她自己了，如果她想当明星，我们拦也拦不住，如果她不想当，我们捧也捧不起来。"郑旷达笑道："你这当妈的倒挺开明啊。……旷明到沪东上任去了？"许尚美说："早几天就上任了，借您的大洋，我们都记着呢，等手里有了钱立马还您。"郑旷达推让："这点小事就别提了，当初也是我手头太紧，他也没说是跑官用，如果知道他去跑官，我肯定多借给他一点银子。哎，抽时间带我到沪东去一趟，看看那里有什么商机没有？"许尚美立刻说："那还不是一句话的事情，您什么时候有闲，让路旷明在沪东办事处好好招待您。"郑旷达开心道："好啊。路太太您还不知道吧，这次选秀的冠军奖金是十万大洋。"许尚美喜出望外道："真的？那我们星星真是穿上黄金甲了。"

上海黄浦江的夜晚，美得令人眩目，它的美是灯光与欧式建筑恰到好处的契合，本来就颇壮观的建筑，灯光又给它涂上了一层辉煌的浓妆。

路星星跳着笑着在前边跑，许尚美和许老太太跟在她的身后。路星星转过身，自炫地问："外婆，您今晚是不是为我骄傲啊？"许老太太笑道："我的心骄傲得都快从胸口蹦出来了。"路星星接着问："妈妈，您呢？"许尚美说："我比你外婆还骄傲呢。明天上海的各大报纸都会报道我女儿成为选秀冠军的新闻，你就是大名鼎鼎的校花了。"路星星终于有了提出要求的理由："那今晚你们请我吃夜宵好不好？"许尚美爽快地答应："当然好呀。你说吃什么吧？"路星星说："我想吃正宗的西餐。"三人在一幢灯火通明的欧式小楼前站住了，路星星指着上面的牌子说:"妈,这是上海顶级的西餐馆了。"许尚美看了看上面的洋字母说:"那就依你,咱就在这儿吃吧。"

许尚美、路星星、许老太太刚靠近小洋楼,发现门上挂了一个牌子,上写:"华人与狗不得入内"。许老太太怒声说:"这准是洋人开的西餐馆,瞧不起咱中国人。不让中国人进,还拿我们当狗看,什么东西!"许尚美接着说:"瞧不起中国人为什么还到中国来做生意赚钱,拿我们当猴耍。"路星星说:"不是当猴耍是当狗耍,可我们是有钱的中国人呀,又不是穷鬼。让我进去看看。"许老太太拉住她:"算了吧,谁知道洋鬼子会搞出什么名堂,咱拿钱到哪里吃不行啊?大上海好吃的馆子多呢。"路星星挣开许老太太,一股邪劲冲了上来:"今天我非要进去看看不可。"许尚美使劲拉住她:"星星,咱还是不进去了,前几天洋巡捕在大街上枪杀过中国人呢,至今都没个说法。你爸官太小,咱还是别惹事吧。"许老太太在一旁劝阻:"就是,咱惹不起还躲得起。"路星星气愤地说:"洋人在我们中国的地盘上横行霸道,真是太嚣张了。"许尚美叹口气说:"谁让中国人不争气呢,怪谁?"路星星又气又恼,眼泪忽然流了出来,"妈,洋鬼子太欺负人了,我心里感到好委屈呀!"许老太太说:"别哭,哭又有什么用啊,别让洋人看咱的笑话。走吧,咱到别处吃去。"

许老太太、许尚美拉着路星星走了。

16

石玉婵正在办公室看报纸,赵人杰推门进来。石玉婵惊讶地望着他问:"赵校长怎么突然回上海来了,有什么事吗?快坐吧。"赵人杰坐下,石玉婵起身为他倒了一杯水放在茶几上。赵人杰说:"石处长,沪东学校穷到如此地步真是出乎我的意料,学校教学经费不足,校舍破旧,想建一个教学实验室都没钱。我来办事处是想跟您申请一点教学经费,在学校建一个教学实验室,让学生学习科学知识啊。"石玉婵无可奈何地笑道:"你以为教学经费真那么容易申请到吗?上海各个公立学校都在申请教学经费,轮到沪东学校的头上,不知猴年马月了。"赵人杰焦急地说:"石处长,看在我们曾经是同事的份上,再帮我一把吧,我真是想在沪东学校干出一番成绩来呀。"石玉婵想想说:"那我马上找魏局谈谈看。"

石玉婵穿过拱式回廊,在魏局办公室前站定,敲门。魏局在里面应道:"请进。"石玉婵推开门,魏局放下手里的笔抬头看她。石玉婵问:"魏局,今年的扶贫教育款上面还拨不拨了?"魏局说:"石处长比我消息灵通,你问我,我问谁?"石玉婵索性坐在他的对面,一副不达目的不罢休的架势说:"赵人杰刚刚来找我诉苦了,说想在沪东学校建个教学试验室,但没经费。他没来找你吗？"魏局两手拢着头发说："刚打了个照面。在咱办事处，谁不知道你说话比我硬气呀。"石玉婵笑道："魏局真是太抬举我了，我说话再硬也是副职，下级服从上级连鬼都知道。沪东学校的确困难，我实地考察过，如果上面拨下来扶贫教育款，还是先考虑一下那里吧。"魏局说："石处长都发话了，我还能有意见吗？不过，这事真不能轻易答应他，需要扶贫的学校太多了，先向上边打报告申请一下再说吧。"石玉婵急忙问："那报告谁来写？"魏局一笑："谁申请让谁写呗，这事还用问吗？"

石玉婵立刻站起身："那我就让赵人杰写吧。"说罢转身离去。魏局看着石玉婵的背影，阴阳怪气地嘀咕："母鸡什么时候才不打鸣呢。"

17

安子益在上海通商公署突然接到花朵的电话，他有点不放心地问："赵妈真出去了？……"花朵说："我怎么敢骗先生呢？"安子益立刻说："好，那我马上回去。"安子益放下电话，穿上外衣匆匆走出办公室。李秘书恰好走到门口："安署长，刚接到的急件。"安子益扫了一眼说："先放我桌上吧，我出去见个老朋友，马上回来。"李秘书问："要派车吗？"安子益说："不必了。"李秘书望着安署长匆匆离去的背影生疑："安署长去见老朋友怎么不用车呢？"

安子益回到家里，就把花朵抱进了卧室的床上，匆匆扒开花朵的上衣，窗帘遮住外面的光线，卧室如同黑夜。安子益急促地说："老天总算给我机会想你了，离太太下班还有一段时间，你马上把衣服脱了吧。"花朵犹豫说："万一太太发现了怎么办？太太一定不会容我的，那我就没法伺候您了。"安子益安慰道："这个家是我的，她要敢一手遮天，我就真收你做小姨太。"花朵坐起身准备下床："那我去看看门关上了没有？"安子益突然将她按在身下说："不用，这是上天给我们的好机会。"花朵笑着迎合他说："先生真这么想我，那我就飞蛾扑火了。"安子益紧紧抱住花朵："你就是我手里的一枚小棋子，我想怎么捏就怎么捏。"花朵嬉笑道："先生轻点……轻点。"

石玉婵推开院门，发现院里静悄悄的，她左右张望着，忽然看到了卧室挂着的窗帘，不由纳闷："大白天挂什么窗帘啊？"于是急走几步推开屋门，一脚跨进了屋内。卧室里的安子益与花朵搂抱在一起，安子益睡了打着呼噜，花朵偎在他的怀里，也睡着了。石玉婵惊呆地站在门口，她不敢相信这是真的，她后退着，一下子碰倒了身后的一个瓷瓶，响声让安子益和花朵忽然从梦中惊醒，他们同时发现了石玉婵。安子益急忙穿衣服，花朵拎起自己的衣服试图跑出去，石玉婵一把将她揪住："小贱人，在我的眼皮底下偷我男人，你真好大的胆子呀，你给我跪下！"花朵浑身颤抖跪在地上。石玉婵愤怒地挥手扇她的嘴巴，花朵的嘴角立刻鲜血流淌。安子益已穿好了衣服，他看着石玉婵在打花朵，忍不住吼："你还有完没完了？是我要跟她好的。有本事冲我使劲，你过来，冲我来呀！"石玉婵抡起的巴掌在半空停住了，她转向安子益，怒斥道："你还有脸说话呀，你身为拿国家俸禄的署长，光天化日之下不谋公务，竟偷跑回家干这等畜生的勾当，你真是给中华民国的官员丢脸呢。"安子益吼道："我丢什么脸啊，如今时兴娶姨太，我早就想收花朵做小了。"石玉婵气得面如土灰，她强撑着自己说："安子益，我今天总算看清你的真实面孔了，你如果想不要脸，我就闹到你的公署去。"安子益扬起脸吼道："你去闹啊，我们公署里哪个男人没有三房四妾呀，像我这样本分的男人没有。"石玉婵毫不示弱："那我马上就去闹，看谁丢人？"说罢拉住安子益："走，你跟我走！"两人撕扯起来。花朵趁机卷着衣服溜出门去。

赵妈挎着菜篮子进门，听见叫喊声，快步进屋，她看见安子益与石玉婵撕扯在一起，于是她什么都明白了。赵妈上前拉开安子益和石玉婵："你们两口子打架，这不是窝里斗吗？"安子益气咻咻吼："丈夫是天，妻子是地，这家里欺天霸地，哪里还有我待的地方啊。"说罢拎起外衣怒冲冲出门。赵妈在他的身后喊："先生您到哪里去呀？"安子益吼道："我去公署。"花朵突然跑出来，站在院子里喊："先生，您不能丢下我，我一个人该怎么办啊？"安子益停住脚步，回头望着花朵说："花朵，听话，别乱跑。"花朵泪流满面望着安子益走出院门。

大厅里，石玉婵跟赵妈倾诉："赵妈，你给评评理，花朵她一个使唤丫头，竟敢大白天在我家偷汉子，她简直不要脸到家了。"赵妈说："冰冻三尺非一日之寒，我早就提醒太太要多留神了，花朵就是一个地道的小妖精！"石玉婵忽然哭起来："这日子还怎么过下去呀？"赵妈安慰她说："日子长着呢，酸甜苦辣什么滋味都有，要不怎么叫过日子呢。今天都怪我，要不是我老家来人看病，我出去了一会儿，也不至于出这么大的事情。一眼没看住啊。"石玉婵边哭边说："家贼哪里是人看得住的。赵妈，我该怎么办啊？"赵妈说："这算什么事啊，千万别因这点事把家散了，那你可真是犯傻了，要说安先生的官位，娶个三妻四妾的都不在话下，这有权有势的男人啊，哪个不想稳住大老婆，搂着二老婆，讨好三姨太，瞄准四姨太，瞅机会发展五姨太六姨太，这是男人的天性，你犯不着动真格的。"石玉婵扑在赵妈怀里放声大哭："女人怎么这么不幸啊？"赵妈劝道："别哭了，太太真要有个三长两短，那可是给家贼腾地方了，人家巴不得呢。"

上海通商公署，安子益将头靠在椅子上，眯眼想心思。李秘书走进来问："安署长，送给您的急件看了吗？"安子益莫名地问："什么急件？"李秘书说："您刚才出门时，我送给您的。"安子益忽然想了起来："噢，我马上看。"

第八章

1

上海通商公署的早晨，安子益显得异常忙碌，乔厅长刚抵达办公室，他就打电话让乔厅长到自己的办公室谈事情。乔世景抵达后，安子益拿起桌上的文件递给乔世景说："乔厅长，我刚接到上边急件，沪东闹水，公署是不是应该下去看看啊？"乔世景说："我正准备向安署长汇报呢，沪东办事处明天举行落成典礼，路旷明在典礼大会上要发表就职演说，还准备成立沪东商会。咱们去参加落成典礼，顺道去看看水灾。"安子益摇头说："察看水灾、体恤民情要排在第一位，参加沪东办事处的落成典礼要排在第二位。我们顺道去看看，这个路旷明究竟有多大能耐，咱可别点错了将啊。"乔世景笑道："安署长考虑问题周全，所言极是。那我们要不要通知下面接待呀？"安子益摆摆手说："水灾都惊动京城了，我们怎好让下边的人接待呀？"乔世景接着问："沪东办事处路主任那里也不通知？"安子益态度坚决地说："不通知，我们突然而至，正好考验一下路主任的应变能力。"乔世景接着问："那我们何时动身？"安子益想都没想就说："明天一早就动身吧。"乔世景站起身说："好，我这就去安排。"

2

夜晚的上海维克多酒吧，三三两两的男女顾客在交谈。石玉婵独自坐在靠窗的位置喝红酒，她喝得满脸通红，毫无节制。顾客陆续离去，唯石玉婵醉醺醺趴在桌上。一位侍应生走过来喊："女士，我们店打烊了，请您醒醒啊。"石玉婵仍一动不动。维克多走过来，打量了石玉婵一会儿，忽然说："这位女士我认识，是位尊贵的太太。我马上联系她的朋友来接她吧。"维克多转身去打电话。

不一会儿，田韵抒匆匆走进来，见到维克多急问："玉婵大姐在哪里呀，她真醉得不省人事了吗？……"维克多道："是的，我们怎么也叫不醒她，只好打扰田记者了。"田韵抒走到石玉婵跟前，使劲摇动她："玉婵大姐，你这是怎么了？你醒醒啊，酒吧已经打烊了。"石玉婵渐渐睁开了眼睛，模模糊糊看到眼前的几个人，当她看清田韵抒时，像是忽然清醒了问："我这是在哪里呀？韵抒，你怎么来了？"田韵抒这才松了一口气说："大姐总算醒了，怎么醉成这样啊？"转而对维克多道："那我们就回去了，给您添麻烦了。"维克多笑道："不客气，欢迎以后常来。"

石玉婵与田韵抒坐在人力车上，田韵抒问："玉婵大姐好像哭过，眼泡怎么肿起来了？"石玉婵答非所问说："韵抒，你说李商隐的诗'相见时难别亦难，东风无力百花残'是不是写给后宫一个妃子的呀？你帮我查查看，李商隐会暗恋哪个妃子呢？"田韵抒不解道："玉婵大姐，你都醉成这样了，还想李商隐的诗呢，你是不是有点不对头啊？依我看，李商隐岂敢暗恋皇妃？他真是不要命了呢。"石玉婵继续说："你想想，在深宫里，年轻貌美的妃子们都成了皇上的新宠，李商隐在这个时候暗恋上哪个妃子，是极其可能的，两情相悦却不敢公开，自然是东风无力百花残了。"田韵抒似猜出了石玉婵的心思："玉婵大姐，我感觉你肚子里有委屈，你家里是不是也有一枝红杏跃出墙了？"石玉婵的眼泪突然夺眶而出："你怎么知道？我没跟你说呀。"田韵抒接着问："怎么？安署长也敢越雷池一步了？"石玉婵坦言："如果不是被我撞见了，我真不敢相信。他竟然跟家里的使唤丫头上床，他还有没有身份啊？"田韵抒劝说道："这没什么大惊小怪的，如今哪个有身份的男人不是三妻四妾的，安署长只娶你一个，已经算是正人君子了，你真不必伤心，为这事伤心郁闷，太不值了。"石玉婵大声叹气说："我真想离家出走了，我是职业女性，靠自己的能力完全可以立足社会。干吗要当这个庸俗的阔太太啊？"田韵抒笑笑："玉婵大姐，我曾经也这么想过，你忘了我们还想在报馆举办'废婚大讨论'吗？可真要没了阔太太的身份，我们在社会上立刻就会失去尊贵的地位了，谁还拿我们当回事呀，男权社会，女人不过是男人身边的摆设而已。想开点吧，你如果郁闷，也找个情人如何？"石玉婵瞟了田韵抒一眼道："你又没正经的了，我这种身份的女人是能胡来的吗？"

人力车到了上海中式庭院门口，田韵抒扶石玉婵下了车，准备将石玉婵送进院子。石玉婵推开她，直奔院子，转身把门关上了。田韵抒只好离开。

石玉婵跟跟跄跄奔进院子，赵妈将她扶进大厅坐下，随后端来一盆洗脚水，将石玉婵双脚浴在盆里。石玉婵左右看看问："花朵她人呢？"赵妈说："她一早就走了，怕是没脸在您府上待了。"石玉婵急忙说："谁让她走的？您怎么不拦着她呢？"赵妈说："走了好，您心净。"石玉婵说："她在我眼皮底下，我还能看个一清二楚，她要是溜了，私下再跟先生保持关系，那可真就麻烦了。先生还没回来？"赵妈说："没有，往常这个时候早就在家里了。"石玉婵忽然站起身，将两只脚从盆里伸出来："赵妈，我要出去一趟。"

3

上海中式别墅的夜晚，乔世景先田韵抒一步睡下了，直至田韵抒穿着睡衣走进来，他仍在梦境中徘徊。

田韵抒站在床前，看着正说呓语的乔世景，犹豫再三，还是把他摇醒了。乔世景微睁开眼睛，见眼前晃动着田韵抒，便说："我明天要去沪东检查工作，今晚要好好休息一下。"田韵抒故意神秘地说："安署长家后院失火了。安署长把他们家的使唤丫头搞到床上了，被石玉婵逮了个正着。"乔世景猛地坐起身，惊讶地问："真的？想不到安署长这样的正人君子也不正经起来了。"田韵抒讨好地说："我告诉你这事，就是让你手里也攥着一点顶头上司的把柄。来日方长，指不定何时就派上了用场。"乔世景点点头又躺下问："你还有什么事要说吗？"田韵抒忽然感到自己刚才说的话很多余，便扫兴地说："没有了。"乔世景闭着眼睛说："那你赶快回自己屋里睡觉去吧。"田韵抒讪讪地退出乔世景的卧室。

乔老太太从厕所出来，正好碰见田韵抒从乔世景的卧室退出来，便莫名其妙地问："你们俩怎么不在一个屋里睡觉啊？难怪怀不上孩子，那两口子不在一个屋里睡觉怎么能怀上孩子呢？"田韵抒急忙解释："妈，我们习惯了分床睡，在一起睡不着。"乔老太太沉下脸说："不在一起睡觉还叫什么夫妻呀？我真没见过你们这样的两口子，我还等着抱孙子呢。"田韵抒笑道："妈，我们想在一起的时候自然会在一起，您赶快回屋睡觉去吧。"乔老太太不情愿地被田韵抒搀进屋里。

4

石玉婵打量着上海通商公署办公楼，看到一间办公室的灯亮着，便疾步走进办公楼内。

安子益躺在沙发上刚要关灯，忽然听见门响，不由起身去开门。花朵挎着包裹出现在门口，安子益急忙迎出来问："你怎么到我办公室来了？你是怎么找到这里的？这会给我惹麻烦的。"花朵顺势走进来，将包裹掷在桌上。安子益跟在她的身后，忘记将门关紧。花朵一副委屈的样子说："先生，我来看看您，我要走了。"说罢哭起来。安子益哄她说："你哭什么呀？有话好好说，别哭。"花朵哭得越发委屈了说："先生，我本想侍奉您一辈子的，不料得罪了太太，她已容不得我在您府上待下去了。"安子益帮她擦着脸上的泪说:"那你也不能这么快就离开我吧?你都来了好几年了,跟我练字、陪我下棋、帮我解闷,你冷不丁就走了,谁陪我下棋啊?"花朵推开安子益说:"太太容不下我,她会找别人来侍奉先生的。"安子益突然抱住花朵说:"我不要别人侍奉,我只要你。"

石玉婵已经走到安子益办公室门口,发现门没关紧,她扒着门缝看见了里面的安子益和花朵,安子益正将花朵搂在怀里。石玉婵突然推开门出现在安子益和花朵面前。安子益和花朵同时一惊,安子益下意识地将花朵护在身后。石玉婵讥讽道:"署长半夜三更不回家,原来是躲在办公室偷情啊?你可是中华民国的官员,这办公室是为民做主的地方,你居然勾引贱女在此苟合,你还有没有廉耻了?配得上你这身行头吗?"安子益知道自己已无处藏身,索性撕破脸说:"太太,你过分了吧?这是通商公署办公之地,你凭什么来吵闹啊?……好哇,你在盯梢跟踪我?那你说说,中华民国哪一条法律允许太太盯梢丈夫呢?"石玉婵理直气壮地说:"我是你太太,你半夜不回家,我不该来找丈夫吗?"安子益厌恶地说:"我不用你找,我一个通商公署的署长还用你找吗?"石玉婵放缓语调说:"现在你当然不用我找了,有小佳人陪伴,一个半老徐娘还能入你安署长的眼吗?"花朵凑过来插话说:"太太,我是来跟先生道别的。"石玉婵一巴掌打在花朵的脸上:"小贱人,这儿没你说话的份。"花朵"哎哟"一声捂住脸哭起来。安子益显然被激怒了,他怒冲冲指着石玉婵的脸说:"石玉婵,你太过分了,我跟你说,老娘不能换,老婆是能换的。你如果欺人太甚,我就纳花朵为妾。从今往后,我还真不回家了,你什么时候能容下花朵了,我什么时候再回去。"石玉婵变脸道:"想不到你如此厚颜无耻,难道就不怕我去告官?"安子益强词夺理说:"你告吧,如今纳妾养姨太不犯法,大大小小的官员哪个不养姨太纳小妾,你告得着吗!"石玉婵像被安子益当头打了一棍,气得嘴里直嚷:"你……你……"眼泪夺眶而出。安子益指着门口吼道:"你到外边哭去,我可没请你来。"

石玉婵转身出了公署,泪流满面徘徊在上海街头,夜晚的霓虹灯闪烁,灯光无情地切割着她悲痛欲绝的脸。

安子益继续安抚着花朵:"你听我的话,千万别走,我先给你找一家旅馆住下,明天我要到沪东巡查工作,等我回来,咱们再作打算。"花朵泪眼汪汪说:"那我就听先生的吧。"

石玉婵在街头徘徊了很久,后半夜才回到家中。她坐在客厅哭泣,赵妈端着一碗汤摆在桌上说:"太太,别伤心了,哭坏了身子还不是自己受罪。要说先生已经算是不错的人了,你看现在的官员哪个不是屋里有个旺家的太太,身边再有几个发嗲的姨太。先生没讨小姨太就算很正经的人了。"石玉婵伤心地用绢子擦着脸上的泪说:"他一个堂堂的署长,怎么就看上了家里的使唤丫头了呢?我真是弄不明白。"赵妈说:"这有啥不明白的,一朵花摆在那儿,谁不想摘呀?这往后,您就在先生身上多留点神,没有花朵,还会有花秧花苗花草,如今的女子呀,专往有权有势的男人身上盯,苍蝇见肉似的,叮起来就不松口,就是为了给有权有势的男人做姨太,一步登天。"石玉婵停住哭泣说:"赵妈,我明天去沪东学校巡查工作,你替我找找花朵,看她被安子益藏到哪里去了。"赵妈说:"我知道了,太太,您就放心去吧。"

5

上海郊外别墅的夜晚,方菲站在镜子前打量自己,一遍又一遍往嘴唇上涂口红,嘴里哼着小曲《毛毛雨》。她在等待一个人的到来。屋外响起敲门声,方菲看了一眼晃动的钟摆,欣喜地去开门。任队长拿着一朵玫瑰花站在门口,他西装革履,油头粉面。方菲接过玫瑰花嗅嗅:"任队长真守时啊,一秒都不差。"

任队长走进屋:"干我们这行的能不守时吗?"脱下西装递给方菲。方菲接过西装挂在衣钩上:"你穿西装比穿警服漂亮多了,像个绅士。"任队长两手捧起方菲的脸说:"穿警服再丑我也愿意穿警服,穿上威风凛凛,谁见谁怕,大街上一走嗖嗖带风。可穿西装的绅士呢?见了谁都点头哈腰,活像一只哈巴狗。"方菲两手吊着他的脖子说:"我要是一辈子都能跟着任队长威风该多好啊,可惜呀,我没那个福气。"

任队长推她到床边:"你现在不就跟着我享清福吗?还想怎样?小宝贝!"方菲被任队长压在床上,任队长欲扒她的上衣,方菲忽然按住他的手说:"你今天想得逞,务必答应我一个条件。"任队长不得不停住手问:"说吧,什么条件?只要我能办到的,不惜踏破铁鞋。"方菲撒娇说:"我不想唱歌了,我想当巡捕。"任队长哈哈笑道:"你真是异想天开,现在哪有女人当巡捕的,即便有那也是女特工。你就踏踏实实当你的歌星吧,喜欢你捧你的男人都是腰缠万贯的达官显贵,你还怕没钱花吗?"方菲担心地问:"那我老了怎么办啊?我不可能在百乐门当一辈子歌星吧?"任队长说:"车到山前必有路,走一步说一步,想那么多干吗?真是杞人忧天。"方菲忽然说:"如果我当不了巡捕,我就认你当干爹行吗?我总要找个靠山吧?"任队长推说:"乔厅长官大,是你最大的靠山呀。"方菲不屑地说:"他没有枪,靠不住。"任队长忽然睁大眼睛:"枪?……对,枪。你这话我明白了,枪让女人安全,哈哈哈哈……"方菲两手捏着他的胳膊撒娇说:"我跟你说正经的呢,干爹,打今儿起,我就这么叫了啊。"任队长得意地说:"真是天大的好事,没费吹灰之力就得了一个干女儿。"方菲索性叫起来:"干爹,帮干女儿安排个巡捕当当吧,我也想穿上警服耀武扬威。"任队长一边解她的衣服一边说："好哇，你如果真不想当歌星了，眼下巡捕房情报处倒需要一个女情报员，专门收情报卖情报，不知你肯不肯干这差事？"方菲兴冲冲问："那能挣多少钱呀？"任队长已将方菲的衣扣解开了，他看着她的细皮嫩肉说："挣钱肯定没问题，看你怎么卖情报，卖对了，就真赚大发了。不过，这是个技术活，你要会破译密码。"方菲一脸认真说："那我去学习破译密码。哎，这事我要不要告诉乔厅长啊？"任队长用力压住方菲说："你可以告诉他认我作干爹了，但要去当情报员的事最好别说。要知道女人的魅力靠的是神秘感。"方菲迎合着他说："我听干爹的。"

6

上海郊区一座农家小院，院里坐了数十个男女老少，路老太太手持芭蕉扇，炫耀着自己在上海的见识："这回我到上海可真开了眼了，什么馆子都下了，好吃的东西也都尝了个遍。那上海的女人穿的都是绫罗绸缎，你们看我身上这件衣服就是绸子的。"孙母打量着路老太太的衣服说："哟，看这针脚就是大裁缝铺子做的。我要有儿子在上海当官多好。"

路老太太笑说："我儿旷明当官也算是咱村的喜事了，以后谁家有什么为难着需要帮忙的事情，就找我们旷明好了。"

孙母接过她的话说："我们家喜眉从辈分上论，管路旷明叫舅，舅舅当了七品官，能不能帮外甥女在上海谋个差事做呀？"中年妇女抢白说："女娃子到了年龄就嫁出去了，哪有到外边谋差事的。再说农村有亲没亲都叫舅，你们孙家跟路家根本搭不上亲戚的边儿。"中年男人说："路老太太为全村许了愿，不见得路旷明也为咱全村许愿，要我说先打发喜眉去上海试探试探，真能安排下个差事，那咱全村以后就不愁发财致富了。"路老太太自信地接过话说："这还用试探？我儿子家住上海城区，喜眉什么时候去，我告诉她地址。"

一个十七八岁的姑娘突然出现在小院大门口，她显然听见了路老太太的话，急忙说："路姥姥，我现在就去上海。您要保证舅舅给我安排个差事做。"路老太太笑说："上海就是缺手艺人，喜眉你只要有了手艺到哪里都能挣到钱。"孙喜眉拿出掏耳勺在半空中举着说："我会掏耳朵，掏耳朵也算个手艺吧？"众人笑起来。

孙母拉住孙喜眉说："喜眉，赶快给路姥姥磕头，往后她就是你的亲姥姥。"孙喜眉立刻双膝跪地："给我的亲姥姥磕头。"说罢一口气磕了三个头。

中年妇女用眼瞟着孙喜眉，不屑地说："墙头草，哪边风硬往哪边倒。见风使舵，见官巴结。"这话被孙母听得一清二楚，她忍不住冲中年妇女吼："你愿意巴结你也巴结呀，又没人拦着你。"

路老太太拉着孙喜眉的胳膊说:"外甥女起来吧,还怕我不告诉你我儿子家的地址吗?我这就告诉你。"

7

许尚美听见有人敲门,快步从屋里走出来打开门,面对陌生的乡下女孩,不知所措地问:"你找谁?"女孩嬉嬉笑着说:"您就是我舅妈吧?我叫孙喜眉,路旷明是我的舅舅。路姥姥说舅舅会在上海帮我找个差事做。"未等许尚美说话,孙喜眉一脚就跨进了门槛。许尚美被她的动作冲得直往后退,待她定了神,孙喜眉早就坐在客厅里的沙发上了,她的包裹扔在了脚下的地毯上。许尚美又气又恼地看着孙喜眉说:"是谁告诉你我家地址的?"孙喜眉一脸的自炫说:"路姥姥呀,她不告诉我,我怎么可能找到这里呢?舅妈,赶快给我弄点吃的吧,路上跑得又累又饿。"许尚美不耐烦说:"见面自来熟,我没听旷明说有你这么一个外甥女呀?"孙喜眉解释说:"我们村里有亲没亲都叫舅,我管路旷明叫舅是按辈分论的。"听到这话,许尚美总算松了一口气:"那你是他的假外甥女啊?"说罢转身进了自己的卧室,砰一声把门关上了。

许尚美在卧室里气得直喘粗气,她一眼看到了床头柜上的电话,不由拿起了听筒。

路旷明正在办公室看自己的发言稿,秘书走进来:"路主任,会议马上要开始了,您该入场了。"路旷明站起身:"好,我马上去会场。"这时,电话铃突然响起来,路旷明拿起电话。许尚美在电话里嚷道:"你们家来了个叫孙喜眉的村姑,让你在上海帮她找工作。你跟她既不沾亲也不带故,是个假外甥女。旷明,你说该怎么办呀?"路旷明忙说:"尚美,老家里来的人都是奔着我来的,你要好好待他们,不然他们回到村里会把我骂死。要记住,你现在是七品官太太了。"许尚美气咻咻说:"我是给你当太太,不是给你们村那些八竿子打不着的乡巴佬当仆人,你赶快回来把她带到沪东去吧。"路旷明匆匆说:"好了,我马上要就职演说了,这事回头再说吧。"放下电话,转身对秘书说:"走,我们现在去会场。"秘书暧昧地笑笑。

许尚美气呼呼从房间里走了出来,看到孙喜眉将鞋柜里的鞋子全都掏出来了,她正在试穿许尚美的高跟鞋和长筒靴。孙喜眉穿着高跟鞋在屋里走动,边走边自语:"鞋跟子太高了,这么高的鞋跟只能在城里走路,村里的土路根本穿不了这样的鞋子。"孙喜眉脱下高跟鞋又往脚上套许尚美的银色长靴,她脚太肥,费劲地拉着鞋帮。许尚美终于忍不住奔过来,一把夺下靴子说:"你一个乡下丫头的猪脚还想穿靴子,真不知道自己是从哪个山旮旯里冒出来的了。"孙喜眉怔怔地看着许尚美,手中还拎着另一只未穿上的靴子。许尚美板着脸问:

"谁让你乱翻东西的？这是我许尚美的家，不是路旷明一个人的！就你这种不懂规矩的村姑，还想在上海找事做？谁会要你呀？"孙喜眉忽然灵机一动说："舅妈，我是想帮您干点活，给皮鞋擦点油，才翻鞋柜的，您的鞋子太漂亮了，我在乡下从没见过这么漂亮的鞋子，也就穿上试试。我是投奔舅舅和舅妈来的，刚见到舅妈就惹您生气，舅舅要是知道了，肯定不会帮我找差事做了。"孙喜眉说着，竟有眼泪滚落下来。许尚美坚硬的心一下子被摧毁了，怒气自然就消去了一半，但她仍说："那你先把鞋子收好吧。你给我记住，路旷明的官是我给跑来的，你没资格在我家里乱翻东西。"

许老太太拎着菜筐进门说："尚美，这菜可是又涨价了啊。"一眼看到孙喜眉："这是哪里的乡……噢，是旷明家里的亲戚吧？"孙喜眉立刻迎上去说："姥姥好！"并接过许老太太手里的篮子。许老太太打量着她说："这丫头嘴还挺甜的，我平白无故就添了一个外甥女……尚美呀，我来跟你算个账吧——"转身给许尚美递了个眼色。许尚美跟她进了厨房，许老太太关上门说："这一定是你婆婆让她来的，你等着吧，往后你家里消停不了。"许尚美无奈地说："她自己找上门的，我能怎么办？我又不能把她骂出去吧？"许老太太急忙说："管她两顿饭，赶紧打发到沪东去，以后路家再来人就直接到沪东找路旷明，咱家里不招待这些乡巴佬，简直要成大车店了。"许尚美说："我已经给旷明打过电话了，他现在正就职演说呢。"

8

上海通商公署驻沪东办事处，礼堂里坐了数十人，大多是男士，女性寥寥。

路旷明站在主席台上发言，他身后坐了几个人，郑旷达、李总显得格外抢眼。路旷明目光炯炯地扫了一下现场，开始就职演说："……身为上海通商公署驻沪东办事处主任，我一定廉洁自律，尽最大的努力做好本职工作，特别是查禁违法违禁走私货品，绝不手软。今天，我同时向大家宣布沪东商会成立，会长由上海洋酒实业公司经理郑旷达兼任，副会长由上海商务馆经理李总兼任，大家鼓掌。"台上台下掌声雷动。

郑旷达和李总彼此微笑着互望了一眼，表情十分得意。

9

上海沪东郊区临江堤坝，大雨如注。老天爷好像故意跟这个地方过不去，使劲从天上往地上泼水。雨中，江堤上数百人扛着麻包跑来跑去，一男人在雨中大喊："麻包往这边扛，快，往这边扛。"

安子益与乔世景在江堤上巡视，他们头顶上各自撑开一把伞，有男士站在他们身后撑伞。安子益感叹道："沪东的地盘可真够大的，这边几个乡镇在闹水灾，办事处那边却滴雨未下。这雨要是下在沪东办事处那边，就够那位新上任的路主任招架的了。"乔世景说："算他小子走狗屎运，没碰上。"安子益笑说："这就叫人走时气马走膘，兔子走运三枪打不着。一会儿，我们转道沪东办事处，看看这位新上任的路主任是怎么烧三把火的。"乔世景立刻说："那我们现在就走吧。路主任今天上任，我们总要到现场祝贺一下吧。"安子益不急不缓地说："到现场祝贺就不必了，给了他这个位子，不知有多少人得红眼病呢，我们不到现场正好避避嫌疑，赶到他那里吃晚饭就行了。"乔世景刚要说什么，只见几个扛着沙袋的人匆匆从他的眼前跑过，其中一个浑身是水的小男童跌了一跤，后边跟上来的男人立刻踹了他一脚，小男童"妈呀！"一声痛叫起来。

乔世景循声望去，发现跌倒的男童竟是小秃，他惊讶得急忙背过脸，匆匆往前奔去。

10

傍晚时分，安子益与乔世景赶到了沪东办事处某酒店包间，酒席摆了两桌，安子益、乔世景、路旷明等大小官员一桌，郑旷达、李总等商人一桌。

路旷明端着酒杯说："今天这杯酒，我先敬安署长和乔厅长，没有你们二位伯乐的慧眼，就不可能发现我这匹良马，既然把我安排在沪东办事处主任的位置上了，我就要不辱使命。这杯酒我先干了，聊表我的忠心。"说罢一饮而尽。安子益笑说："早听说路主任喝酒豪爽，今天我总算见识了。"路旷明随声附和道："行伍出身的人都豪爽，安署长看人很准啊。"乔世景见路旷明自炫自耀，便不客气地说："说你胖你就喘上了，怎么一点都不低调内敛呢？"路旷明急忙笑说："乔厅长，沪东商会的正副会长早就候着给您敬酒了。"转身向另桌酒席的人招呼："郑会长、李会长赶快过来敬酒吧。"郑会长和李会长端着酒杯走过来，毕恭毕敬地："给安署长和乔厅长敬酒！"路旷明在一旁说："你们要一个一个地敬，先敬安署长，再敬乔厅长，没有两位上司的关照，你们不可能当上沪东商会的正副会长。记住给你们生命的是父母，给你们官运和财运的是安署长和乔厅长。"郑旷达举着酒杯对安署长说："感谢安署长，我一定不辜负领导的期望，让沪东商会高速运转起来。"安子益也举着酒杯说："俗话说众人捧柴火焰高，沪东办事处的商务就全靠商会诸位运作了。"

两人碰杯，将杯中酒一饮而尽。李总接着举杯："乔厅长，我敬您！我只说一句话，我们在沪东打拼，沪东办事处要确保商会的红利。"乔世景毫不犹豫地说："那肯定的，互利共赢嘛。有什么事就直接找路主任好了。"路旷明顺势举起酒杯说："都是弟兄们，凡事好商量。"三人笑着相互碰杯，将杯中酒一饮而尽。安子益对路旷明说:"路主任真是走了一步好棋,东边日出西边雨呀。"路旷明没听出安子益话里的意思,乔世景在一旁解释说:"你今天是走大运了,沪东江堤那边下大雨发洪水,你这里竟万里无云。我和安署长去那里察看水灾,顺道来这里看看,要不怎么可能在你这里吃晚饭呀?"路旷明举起酒杯,向安子益和乔世景分别敬了个军礼:"那是,两位领导真是太赏我面子了。为两位领导的光临,我再敬你们一杯。"三人相互碰杯,杯中酒立刻见底。

酒席散后,每人都被酒俘虏了,有大醉的、有中醉的、有微醉的,大醉的脸色发黄,中醉的脸色发红,微醉的面色未改却精神亢奋,酒真是个可操控人情绪和心绪的东西,无酒不成席,无酒不成事,只要有了酒,敌人可变成朋友,生人亦变成熟人,酒啊,你成就了多少文人墨客"斗酒诗百篇",又让多少该操守的法规在你液体的滋润下成为一堆粪便。

酒足饭饱后的安署长和乔厅长坐进了小轿车,车徐徐开动,路旷明几乎贴着车身小跑。安署长提醒乔厅长说:"你怎么把大公子拿地的事忘了?"

车突然停下,乔世景将头伸出车窗对路旷明叮嘱:"大公子拿地的事要抓紧落实啊。"路旷明气喘吁吁答应:"乔厅长放心,我会尽早落实。"乔世景满意地挥挥手,车继续开动并加快了速度。

路旷明站在原地,向远去的轿车挥手。

11

上海沪东学校,简陋的校园里,男女学生在玩老鹰捉小鸡的游戏。石玉婵刚站在校园门口就看到了奔跑过来的赵人杰,赵人杰气喘吁吁地问:"石处长,今天您怎么有闲过来了?"石玉婵笑道:"今天专程来看你,怎么样,当校长还过瘾吧?"赵人杰无可奈何地说:"真是赶鸭子上架,您看这寒酸的学校,哪里都需要修补,没钱什么都干不成。"石玉婵与赵人杰边走边打量着校园说:"你上次去办事处要求划拨经费的事情,我已经把你的申请递上去了,只是还要等些时日,上边的经费一到,我立刻通知你。"赵人杰停下脚步,两眼望着石玉婵,感激地说:"真是太谢谢石处长了,没有您的护佑,我现在很可能被巡捕房抓进去了。""这话就别说了。走,到你办公室看看去。"

石玉婵走进赵人杰简陋的办公室,用手摇着破旧的办公桌和办公椅,感叹道:"条件是太简陋了一点,慢慢来吧。"赵人杰端杯白开水放在石玉婵面前:"石处长,我这也没有茶叶,您就喝杯白开水吧。……哎,桌椅破旧倒无所谓,教学实验室建不起来那才真是愁人呢,这都民国了,要让孩子们学习科学知识呀。"石玉婵问:"实验室准备建在哪里呀?"赵人杰用手指指窗外:"您看那边正砌墙呢。"石玉婵顺着赵人杰手指的方向看,视线中有几个灰头土脸的人在砌墙。石玉婵将目光转回来，看着赵人杰说："建起一个教学实验室是不容易的，光指望上边的教育经费恐怕不够，这样吧，如果需要买什么设施，我个人捐助一些。"赵人杰立刻说："石处长，您要捐助沪东学校实验室，那可是超凡脱俗、功德无量的事情啊。"石玉婵自嘲道："我一个女子大学毕业的高才生，如果在世俗面前束手束脚，岂不是太悲哀了吗？"赵人杰打量了石玉婵一眼，试探着说："石处长，其实您可以过另外一种生活。"石玉婵好奇地问："另外一种生活是什么生活呢？请赵校长指点迷津。"赵人杰脱口而出："摆脱世俗，活出真正的自己。"石玉婵接着他的话问："这话太概念了，你具体说说，我究竟需要摆脱什么样的世俗？"赵人杰忽然犹豫道："这话说短就短，说长就长，您是想长话短说，还是想短话长说呢？"石玉婵忽然笑起来说："赵校长开始跟老大姐绕弯子了？你是觉得我老气横秋了吗？"赵人杰急忙说："石处长哪里老呢？正是花红月貌的年龄啊。再说，人究竟老不老，不是以年龄论的，人分心理年龄和生理年龄。"

石玉婵饶有兴趣地说："那你快说说，我今天想接受你的教育……"

赵人杰立刻无拘无束与石玉婵攀谈起来，直到天落夜幕、晓星残月。

12

上海监狱的白天一如黑夜，高墙、铁窗、看守，让犯人沉入无边无际的黑暗之中。

浑身血污的女犯人渐渐苏醒。绿袖子惊恐地望着她，将半缸子水递到她嘴边。绿袖子吃惊地问："你怎么被打成这样啊？我还以为你被打死了呢，他们为什么这么打你啊？"女犯人吃力地回答："因为我革命。"绿袖子不解地说："那你为什么革命啊？女人有吃有喝有钱花就行了，革命干什么呀，那不是找死吗？"女犯人继续说："社会腐败黑暗，政府草菅人命、愚弄百姓，如果我们不起来反抗，这个社会就要永远黑暗下去了。"绿袖子接着她的话说："黑暗也好，光明也罢，关我屁事呀？"女犯人喝了一口水问："那你是怎么被抓进来的？"绿袖子无奈地说："说我通共，真可笑，见到你之前，我都不知道什么是共匪？"女犯人奇怪地问："那他们凭什么抓你呀？"绿袖子坦言："我得罪某位要员了，他们就把我抓进来了。"女犯人关切地问："你还能出去吗？"绿袖子摇头说："不知道。我想如果我能出去，他们就不会抓我了。"女犯人忽然说："既然在这里等死，不如跟我一起闹革命吧，还能死出个气节。"绿袖子疑惑地问："那你告诉我，革命怎么闹啊？"女犯人抬头朝外望望："嘘……"

窗外一个挎枪看守走了过来："不许说话！"

绿袖子和女犯人都噤声不说话了。

13

上海某监狱的男牢里，小秃与几个蓬头垢面的男犯一起捉虱子。男犯甲突然站起身："老子过几天就到日子了，兄弟们在堤上扛沙袋有功，说不定都能出去。"男犯乙："出去干什么呀？没吃没喝的。"男犯甲："老子出去后还是一个偷字，不偷我怎么活下去呀？喂，小兔崽子，跟我学当偷爷得了，有吃有喝，钱多了还能泡妞。"小秃将裤裆里的虱子掐死，提起裤子说："那我将来只能当一辈子小偷了。"犯人丙凑过来说："那要看你自己的本事了，自己有本事，当个江洋大盗，再有本事，穿一身黑皮挎洋枪，专跟老百姓要钱，明着抢。"男犯甲将男犯丙推到一边，继续说："命里没有莫强求，跟我学个偷爷的本事，也能吃香喝辣一辈子，比喝西北风强。小兔崽子，干不干啊？"小秃眼睛转了转说："干。"男犯乙在一旁搭腔："那就赶快跪地磕头喊爷吧。"小秃扑通跪下："爷——"男犯甲惬意地笑起来："你还真像孙子！"

14

上海中式别墅的夜晚，始终飘浮着一种焦虑的情绪。田韵抒坐在大厅里吸烟，看着墙壁上的钟摆，凌晨一点半，她困倦地打着哈欠。

乔老太太走进大厅，一边用手驱赶着烟雾一边问："世景怎么还没回来呀？这半夜三更又到哪儿去了？"田韵抒急忙掐灭烟头，站起身说："妈，他经常这样，他丢不了，您快睡觉去吧。"乔老太太瞟了一眼田韵抒说："明天还得找个人给我推拿推拿，自从我干儿子路旷明走了以后，再也没碰上手法对我心思的人了。让他到沪东办事处当主任，再想找他推拿真不易了。"田韵抒有点不耐烦道："妈，您老先睡觉吧，明天我带您到医院去推拿，要不就把医生请到家里来。"乔老太太立刻说："我要技术好的，手法要对我的心思，不对我心思的我可不要，你也别往家里请。"田韵抒应着："妈，我知道了。"

此时的乔世景，正在上海郊外的古典式别墅与小花彩柔情蜜意。小花彩偎在乔世景的怀里，乔世景摸着她的头发。小花彩的头发有一股香气，她用的是外国洗发水。乔世景说："我迷上了沪剧，是因为迷上了你，迷上了你也就迷上了沪剧，戏剧演员真是有功夫啊，一招一式处处见真功。"小花彩直觉此时是跟乔厅长要条件讲待遇的时候了，便说："乔厅长这么欣赏我，倒不如为我谋个官差，等我将来唱不动了，也好有个铁饭碗捧着。"乔世景不耐烦地看了她一眼说："这话你已经跟我说了多少回了，我耳朵都要起茧子了。你如今是上海滩的名角，当个名角不好吗？千人抬万人捧。官差就不同了，人人都能干，名角可不是人人都能当的。"小花彩顺着他的话说："演员都是吃青春饭的，等我老了，再名角也没人理睬了，谁还会捧我呀？"乔世景笑道："真是咸吃萝卜淡操心，想那么远干吗？人活一天快活一天吧。"小花彩说："先生是不用多想，吃皇粮拿俸禄，我就不同了，青春一走，就像花谢了一样，这世上的男人谁喜欢枯花呢？"乔世景态度突然认真起来，两眼打量着小花彩说："如今弄个官差可不易，拿钱也不多，能安排你干什么呢？"小花彩急忙说："先生管着上海华界这么大一个地盘的商务呢，安排个官差还不是小意思，让我干啥都行，只要捧铁饭碗吃皇粮。"乔世景认真地说："容我想想吧，不过捧铁饭碗吃皇粮也并非长久之计，眼下兵荒马乱的，今天不知明天事。通商公署刚刚在沪东成立了办事处，你倒不如唱戏之余在那里开个花间坊，顺便贩点私货，我保证你生意兴隆，财源滚滚。"小花彩不高兴地反问："先生这是想让我开窑子呀？我命就真那么贱吗？"乔世景解释说："这跟命贵命贱没关系，女人嘛就要派上女人的用场，谁让男人都喜欢这口呢，你要真干上这营生，那可是击中男人的软肋了。"小花彩不屑地看了乔世景一眼："我怎么可能开窑子呢，搭个戏班子还差不多。"乔世景接着她的话说："那你就搭个戏班子继续唱戏，自己唱不动了，再教别人唱。沪东办事处主任是我安排去的，你在那里开个花间坊应该不成问题。……"说罢抬头看看墙上悬挂的钟摆，忽然道："哟，都半夜两点钟了，我该回去了。"小花彩拉着他说："今晚就睡这儿吧，我一个人嫌被窝凉。"乔世景穿上衣服笑说："过些日子再来陪你吧，这被窝要好好给我留着。"小花彩故意拿着腔调："乔厅长钻过的被筒，哪个还有胆子钻啊。"乔世景系好了最后一枚衣扣，两手拍拍小花彩的脸说："那可不一定，任队长手里有枪，比我厉害多了。"小花彩讨好地笑笑："守着高人就不说短话了。"

15

许尚美坐在上海商务馆的办公桌前用打字机打字，李总兴冲冲推门进来，嬉笑着说："路太太发什么愣啊？谢谢路主任给了我一个美差，沪东商会副会长，今天总算风光了一把，见到了安署长和乔厅长。哎，当初把大洋借给你真是借对了。"许尚美瞟了他一眼说："路主任会按时还给你大洋的，李总不用提醒我。"李总急忙说："我哪是要你还大洋的意思呀，我感激还来不及呢。想不到路太太有这么多人脉资源，别说是沪东办事处，就那通商公署的安署长和乔厅长，也不是谁想巴结就能巴结上的。以后我这商务馆啊，真要发起来喽。"许尚美接着他的话说："我就等着李总发大财呢。"李总踌躇满志地说："这还用等吗？我马上就把影剧活动部筹建起来，在沪东建一个影剧基地，你就等着收大把的银子吧。"许尚美趁机提醒道："李总，我现在跟从前的身份不同了，你做事要讲究分寸了。"李总心领神会："哎，我明白，如今对你只能望梅止渴了。"许尚美加重语气说:"你明白就好,以后在我面前要懂规矩呀。"李总暧昧地笑起来。

这天,许尚美在商务馆过得自在悠闲,下班回家的路上还买了一些熟食,她知道晚上路旷明要回来。

晚饭后,许尚美和路旷明靠在床上,身下是刚刚换的绸缎被褥。路旷明从衣兜里掏出一包东西递给许尚美说:"刚上任,就有人送了一包硬货。我一看正称你心,就带回来了。"

许尚美打开,惊讶地叫起来:"翡翠戒指、翡翠吊坠、翡翠耳环,还有一条足金项链……谁对你这么好啊,送这么贵重的东西。"路旷明自炫道:"送这些硬货的人都是在巴结我的权力,想从中谋取好处的。"许尚美欣喜地打量着面前的翡翠说:"想不到现如今的人都这么世俗,谁有权就巴结谁。你看那个郑旷达,一下子就把校花的冠军给星星了,如果不是你当了沪东办事处主任,这冠军的帽子还不知戴在谁头上呢。"路旷明说:"识时务者为俊杰啊,这回我给他弄个沪东商会会长干,日后还不晓得他能捞多少油水呢。"许尚美将翡翠项链戴在脖子上说:"今天商务馆的李总跟我说,你让他当了个商会副会长,他高兴得眼睛都眯成一道缝了。还说没白借给我大洋,我说路主任肯定会按期还给你大洋的。"路旷明随口道:"扯蛋,我还用还他大洋吗?到时候他会捧着大洋来见我。"许尚美将翡翠首饰几乎都戴在了身上,依偎着路旷明说:"你可别太得意了,凡事悠着点,真要捅了篓子,可没人给你兜着。"路旷明搂着她的肩膀说:"放心吧尚美,千里为官只为财,这上上下下的人心里都明镜似的。一切都是围着利益来的,利益到手了,人也就近了。等我哪天发了大财,咱也住别墅去。"许尚美兴奋地吻了路旷明一口说:"那我就等着到别墅里做美梦去了。哎……对了,我得看看你那个外甥女睡着没有,明天你好带她走。"许尚美溜下床,走出卧室。

许老太太正站在客厅里往孙喜眉睡觉的房间看,门开了一道缝,月光透过窗子照射着一个裸体。许老太太快步走进房间,扯过被子盖住她的裸体,又走出来。许尚美在厅里看见母亲,不由问:"妈,您怎么还不睡呀,这都什么时辰了?"许老太太说:"我想把饺子馅擂好,明一早旷明走时给他煮几个饺子发脚。可我刚往喜眉的房间看了一眼,她竟光腔没穿内衣,我赶紧进去给她盖上被子,这要让旷明看到了算什么事呀。"许尚美气恼地说:"我昨天刚给她买的内衣,让她晚上睡觉穿好,怎么又脱掉了?"许老太太讥笑说:"乡下人都光身子睡觉,没有穿内衣的习惯。你婆婆来时不也是这样嘛。反正明天她就走了,咱们眼不见为净吧。"许尚美往孙喜眉的房间瞟了一眼说:"那也不能到沪东给旷明丢脸呀,等她醒了我还得叮嘱她一下。"

许尚美回到房间，路旷明问："你跟妈在外边嘀咕什么呢？"许尚美刚欲开口告诉他，又急忙改口说："妈要把饺子馅擂好，明天给你发脚。"路旷明叹道："别看妈爱唠叨，对我还是挺不错的。"许尚美说："一个女婿半个儿，你让她对你不好都不可能。好了，睡觉吧。"路旷明与许尚美恩爱了一夜，那劲头就像久别新婚一样。

第二天早晨，一家人吃过饺子，路旷明就准备带孙喜眉奔赴沪东办事处了。路旷明坐进轿车里，孙喜眉拎着包裹坐在后边。几位邻居远远地望着轿车，目光多是羡慕。许尚美忽然走到车前叮嘱："喜眉，到了沪东办事处可别做给你舅舅丢脸的事情，让人家笑话。还有，晚上睡觉一定要穿内衣。"孙喜眉笑说："我知道了，舅妈您回吧。"路旷明一脸倦容地望着许尚美说："尚美回去吧，可惜没见到星星，抽空带她到沪东去玩玩吧。"许尚美："好的。路上小心。"轿车徐徐开动，远去。

许尚美回到屋里，摊开一包翡翠给母亲看。许老太太惊喜地问："这都是旷明带回来的？"许尚美得意地说："是呀，昨晚上交给我的，说是别人送他的。我试着戴了戴，都挺合适的。"许老太太捧着翡翠在窗前晃着说："绝对的上等货。哎呀，当官就是好呀，要不怎么有那么多人想当官呢，当了官有人巴结，有人送钱送物，你说这旷明刚上任才几天呀，就有人送硬货了。都说一年清知府，十万雪花银。咱那花出去的大洋真是没白花，值，太值了！"许尚美把项链戴到脖颈上问："妈，好看吗？"许老太太连说："好看好看，又时髦又显富贵，我就喜欢翡翠。咱们得弄个保险箱了，以后家里的宝贝多了，小心招贼。"许尚美说："妈说得对，一会儿我们就去买个保险箱。妈喜欢翡翠，以后让旷明给您物色一个翡翠镯子吧，这几样东西都不太适合您戴。"许老太太敏感地说："我本来也没想戴呀。"

16

赵妈神情焦虑地在大街上行走，边走边四处张望，她在寻找花朵，找了半天也没见花朵的影儿。

石玉婵站在窗前往外看，赵妈推门进来。石玉婵问："赵妈，找到花朵了吗？"赵妈说："没有，要是找到她，我肯定把她捉回来了。太太，您看我脚底板都走出泡来了。"赵妈脱下袜子。石玉婵皱皱眉头："那就别找了，一定是先生把她藏到哪里了，一个人藏的东西十个人都找不到，更何况一个大活人了。"赵妈见石玉婵一脸的不高兴，又说："要不给巡捕房打个电话，让他们找找看。"石玉婵摇头："那不授人以柄吗？再说巡捕房那些人谁纠缠得起呀？"赵妈又说："咱是找人，他们又不知道是怎么回事。"石玉婵犹豫了一会儿，拿起桌上的电话:"巡捕房吗?我家的保姆花朵突然不见了,想请巡捕房帮忙找找。这兵荒马乱的,真有点不放心啊。"接电话的恰是任队长,他一下子就听出了石玉婵的声音,故意说:"安太太啊,我们已经打过交道了,家里丢了人,这可是大事啊。没问题,包在我身上了,不出三天就给您回话。"任队长放下电话又拿起电话:"喂,李队长,带几个巡捕帮我找个人。"

几个巡捕扛着大杆枪招摇过市,街市上是南来北往的车辆和行人。一位巡捕突然停在墙跟前看上面张贴的告示。领头的李副队长回头望了一眼,立刻喊:"你他妈瞎看什么呢?有漂亮女人也不会往墙上贴。"巡捕急忙追上队伍,跟李副队长解释:"我在看一个偏方。"李副队长问:"治性病?"巡捕回答:"不,治鸡眼。"几个巡捕一起哄笑起来。

17

上海美达宾馆的夜晚,安子益与花朵正躲在一个房间里,他们躺在床上,安子益爱抚着花朵。花朵担忧地问:"先生,我总住在这里要花多少钱呀?您还是到外边给我找个事做吧,随便干什么都行,只要能养活我自己。"安子益安慰她说:"你就放心地住在这儿吧,这家宾馆的吕老板跟我有交情,在这吃喝也算是他谢恩了。"花朵说:"可我住在这里还是不踏实,太太发现了我怎么办啊?要不,我回家算了。"安子益故意板起脸说:"你回家倒心静了,可我想你怎么办?到哪里找你去啊?"花朵见安子益认真起来了,便说:"那您能娶我吗?让我做您的小姨太,为您生一帮孩子。"安子益抚弄着她的头发说:"如果我没有官位在身,我马上就这么做,看她石玉婵能把我怎么样?可我现在身不由己呀。"花朵反问道:"你怕什么呀?那些当大官的,哪个没有小姨太呀?"安子益正色道:"我跟他们不同,在别人眼里我是个正人君子。"花朵突然笑了一声说:"要是别人知道你金屋藏娇,再也不会把你当成正人君子了。"安子益忽然想起什么,起身边穿衣服边说:"我先回去了,时候不早了。"花朵想拉住安子益,安子益还是头也不回地走了。

走出美达宾馆,安子益四处望望,径自朝前走去。这时,从暗处闪出一个蒙面老女人,一双眼睛可看出她是赵妈,她朝远处招了招手,一队巡捕跑了过来。赵妈指着美达宾馆说:"你们找的那个丫头肯定在这家宾馆里,你们马上进去搜吧。"李副队长问:"你怎么敢肯定人就在里面啊?"赵妈说:"我刚才看见她了,她眉心有颗红痣。"李副队长一挥手喊:"兄弟们,赶紧进去找人吧。"赵妈看见巡捕冲进了美达宾馆,便隐身而去。

在美达宾馆里的花朵透过房间的窗子看见一队巡捕冲进来,惊慌得不知所以,她先是用被子蒙住头,又感觉不妥,便急忙起身躲在门后。

一队巡捕走进宾馆，皮鞋跺地咚咚直响。美达宾馆的吕老板迎了出来，客套地问："诸位这么晚了有何公干啊？"李副队长横着脸说："找个眉心长红痣的女子，是不是藏在你这里呀？"吕老板笑道："我这宾馆就是接待客人的，我管他眉心长不长红痣呢。"李副队长依然横着脸说："那我也就公事公办了，弟兄们给我搜。"

　　花朵听见巡捕的皮鞋声朝自己的房间奔来了，惊慌中她拉开窗子跳了出去，窗外是个小花园，恰好李副队长跑过来，一眼发现了花朵，惊呼："眉心有一颗红痣，没错，我们要找的人就是你。老子辛苦了一天，总算找到你了。"花朵愣了一下，突然转身往楼里跑，沿着楼梯一层一层往上跑，直跑到顶楼露台上。李副队长带着巡捕随后追过来。花朵对着他们吼："别过来，谁敢过来我就跳下去！"吕老板跑了上来，他站在楼顶，几乎是哭腔说："小姐，你可千万别想不开呀，你要是真跳下去，我这宾馆就难开张了。"李副队长自然怕惹出人命，态度也缓和起来说："小姐，你千万别跳，我们只是奉命找人，现在已经把你找到了，我们的任务完成了。"转身对吕老板说："赶快通知小姐的家里人吧。"吕老板急忙道："好，我马上去。"

第九章

1

上海中式庭院的夜晚，已是后半夜了，安子益才推开院门。

他刚进屋，正准备脱外衣，电话铃声急促响起。安子益拿起电话："喂，哪位——"吕老板语气焦急地说："安先生啊，您快把那个姑娘接走吧，她现在站在楼顶露台上要跳楼呀。"

安子益吃惊地问："啊？她要跳楼？"说罢突然软瘫在椅子上，瞪着两眼说不出话。赵妈急忙跑过来："先生，您这是怎么了？您这是怎么了？"

石玉婵穿着睡衣从卧室不紧不慢走出来，她显然知道发生了什么，故意说："深更半夜的，人刚进家门，电话就追来了，这是谁的电话呀，看把你急的，这要急出个嘴斜眼歪，署长还真没法当了，当领导首先要貌警众体压人呢。"安子益忽然站起身，把刚脱下来的衣服又穿上，急火火道："家里马上要出大事了，花朵要跳楼。"石玉婵再也按捺不住自己的火气了，愤怒地说："她是家里的使唤丫头，不守本分竟跑到外面跳楼，有本事她就跳啊，给你打电话干吗？要挟署长是不是？"安子益一把推开石玉婵："我不能见死不救吧？花朵总归是从咱们家出去的。"石玉婵毫不退让："你想把自己的丑事公之于众吗？是不是你这个署长当到头了，想授人以柄遭弹劾呀？就是你舍得出面子，我石玉婵还舍不出这张脸呢。"安子益急了，暴跳如雷说："你甭拿这话吓唬人，如今娶姨太太的官员多了，我这也不算什么事。"石玉婵见安子益急了，忽然镇静起来："先生可千万别犯浑，这事说小就小说大就大，别人娶姨太是明媒正娶，你跟家里的使唤丫头苟且，这叫偷鸡摸狗。"安子益拎起衣服就往外冲："我总得把人领回来吧。"石玉婵拦住他说："那你也不能去。"安子益停住，反问石玉婵："那你说应该怎么办？"石玉婵忽然说："叫赵妈去吧。"转身吩咐赵妈："赵妈，你去把花朵接回来，就说先生请她回来。"赵妈急忙说："好，我马上就去。"

2

上海美达宾馆的露台上，黑夜如同一张大网将露台上的花朵全覆盖，黑暗中的她张开双臂在挣扎，她不想在这样的夜晚、在这个叫美达宾馆的地方丧失生命，于是她故弄玄虚地叫喊："别过来，你们都别过来，谁过来我就跳下去了。"

几个黑衣巡捕幸灾乐祸在楼下望着她。巡捕甲说："你还真挺有血性啊，那你就跳啊，阎王爷正等着你呢。"巡捕乙接着说："拿死吓唬谁呀，命是你自己的，又没长在别人身上。"李副队长推开巡捕甲乙说："姑娘，你可千万别想不开，你要跳下来那可就没命了，到时候最伤心的肯定是你爹妈，他们把你养这么大不容易，你要是不明不白地死了能对得起他们吗？"花朵突然哭起来："爹娘，闺女不孝，闺女也不想死，可我被逼得没办法呀！……"吕老板匆匆跑过来，冲着花朵喊："姑娘，你快下来吧，我已经打过电话了，马上有人来接你了。"这时，赵妈气喘吁吁跑来："花朵，先生让我来接你回去，有什么话咱回去说。"

楼顶上的花朵看见楼下的赵妈就像一盘石磨，回想她平时对自己的挤兑，内心十分憎恶，她的到来犹如雪上加霜，便没好气地说："你给我滚蛋，要不是你挑拨离间给我使绊子，我还不会落得今天这样的下场呢。"赵妈在楼下仰着脖子嚷："哎，你怎么骂起我来了？你个不识好歹的东西，我好心好意来接你回去，你却有眼不识金镶玉。你脚上泡是自己走的，赖不上别人。你赶紧给我下来，别想着拿捏人，也不看看自己是啥身份。"花朵跺着脚吼道："你这条老狗，你再啰唆，我真跳下去了。"

楼顶露台上，两个黑衣巡捕正悄悄靠近花朵，花朵只顾跟赵妈叫骂，却没注意巡捕在靠近自己，其中一个巡捕趁其不备突然拦腰抱住了花朵。花朵挣扎大喊："放开我，你们放开我。"

楼下的李副队长终于大舒了一口气："我总算交差了。他妈的，吓出稀屎来了。"

两个巡捕将花朵架过来。李副队长不屑地瞟了花朵一眼说："姑娘，这回知道想死并不那么容易了吧？"转身对吕老板说："吕老板，我们撤了啊。"吕老板急忙说："帮人帮到底吧，请几个兄弟们再把她送回去吧。"赵妈立刻说："不用了，我们备好了车在门口等着呢。"转身对花朵喊："走吧，花仙姑！"花朵厌恶地瞥了她一眼。

3

　　上海中式庭院内，男女主人紧张与不安的情绪弥漫在空气中，空气仿佛凝固了，令人窒息。就在这难熬难耐的时刻，花朵被赵妈推进了大厅，就像一块陨石击穿了屋顶，屋内窒息的空气瞬间被引爆了。石玉婵一脸愤怒地看着花朵。花朵第一次看到夫人如此愤怒的脸孔，那脸上弥漫着杀气，她立刻惊慌地把头低下了。"干了见不得人的丑事，还有脸去跳楼，劳驾那么多人去救你，你仗着谁摆这么大的谱啊？你给我跪下。"石玉婵的声音是从胸腔里发出来的，声音大底气足，仿佛把一腔愤怒都从五脏六腑里喷了出来。花朵一动不动，像没听见一样，她这会儿就要装聋作哑。赵妈推了花朵一把，花朵不屑地瞟了一眼赵妈，仍一动不动。石玉婵忽然厉声吼道："你在我家偷人，你还有功了是不是？你给我跪下！"花朵忽然看见了安子益，他正朝客厅走来，就像抓住了救命稻草，毫不示弱地说："我凭什么跪下？不是我自己想回来的，是你们把我请回来的。我下不下跪那要问问先生。"石玉婵再也忍无可忍了，一巴掌打在花朵脸上："狗仗人势，你看我好欺负是不是？"

　　安子益突然出现在客厅里，他瞟了一眼花朵，看见她的嘴角在流血，不由皱了下眉头。安子益自觉理亏，但又不得不制止石玉婵的霸道，他岂能眼睁睁看着花朵挨打受气呢，那他在这宅子里还算男人吗？于是，他故作镇静拿着腔调说："人平安回来了，比什么都好。石玉婵，你要是再闹，我就要考虑你有没有给署长当太太的资格了。"石玉婵似已料到安子益会说这样的话，毫不示弱地顶撞道："你以为我愿意永远被你关在笼子里吗？我是一个知识女性，早想张开翅膀飞了。"安子益索性摊牌："那你现在就飞吧，我把笼门打开了。"转身问花朵："你愿意被我关进笼子里吗？"花朵连声说："先生，我愿意。"石玉婵刚要说什么，被赵妈拉住了。安子益继续说："花朵虽没上过大学，但聪明识事，在我看来女人识事比什么都重要。花朵，回你屋里休息吧，时候不早了。"花朵趁机溜了出去，安子益随之也离开大厅。

　　石玉婵忽然感到一阵天塌地陷般的眩晕，她哭起来，边哭边喊："赵妈，帮我收拾东西，我走，离开这个家。"赵妈凑到石玉婵跟前，给她递上一块绢手帕说："太太，你可千万别犯傻呀，你一走，正好给花朵腾地方。那小早怎么办呢？孩子正是要面子的年龄，你不能让孩子在人前抬不起头来吧？"石玉婵跌坐在沙发上，擦着眼泪说："赵妈，我这是做了哪门子孽啊？"赵妈心平气和地劝道："太太莫急，咱好好想想办法，你先来的还怕她后到的，真是反了呢。"

4

　　田韵抒扶着婆婆从上海医院走出来，两人走到轿车前，田韵抒发现司机不见了，不由朝远处张望，在她目力所及之处，只见司机正揪着一个男孩扇耳光："我让你偷，我让你偷！"男孩已满脸是血，正"哎呀妈呀"惨叫。田韵抒奔跑过去，一把拉住司机问："你怎么能这样打一个孩子呀？"司机停住手，气愤地指着满脸是血的男孩嚷："他是小偷，偷我钱包。"田韵抒转过脸打量男孩，发现竟是小秃，她惊讶得说不出话来："你……你怎么偷人钱啊？"小秃见是田韵抒，像是突然有了底气说："我爸不给我钱，我肚子饿。"田韵抒急忙支开司机："你快去把车门打开，老太太站不住。"小秃立刻朝轿车望去，一眼看到了乔老太太，不由高喊："奶奶——奶奶——"边喊边朝乔老太太飞奔而去。乔老太太渐渐看清了跑向自己的小秃，一把将他揽入怀中，吃惊地问："这不是我孙子小秃吗？你怎么被打成这样了？"

　　田韵抒和司机快步奔了过来。司机讪讪地说："真不知道这孩子是您孙子，否则我也不会下这么重的手了。他偷我钱包。"乔老太太责怪地说："小秃，你怎么能偷人家钱包呢？你爸妈可都是有身份的人啊。"小秃委屈地哭起来："奶奶，我没钱，肚子饿。"乔老太太继续责怪道："肚子饿就偷人钱包吗？没钱跟你爸要啊？这孩子真是太可怜了，走，跟我回家去吧。"田韵抒匆忙从手包里掏出一叠钱递给小秃："给，你先拿着填饱肚子吧，你奶奶生病了，我要把你奶奶送回家休息了。"说罢推了司机一把。司机立刻拉开车门坐进驾驶室。田韵抒急忙将乔老太太扶进车里，欲关车门时，小秃想挤进来，田韵抒用力推了他一下，小秃猝不及防跌倒在地。田韵抒快速拉上车门，催促司机："快开车！"

　　司机开动了车子。乔老太太焦急地回头望着说："等等，我孙子还没上来呢，我孙子还没上来呢。"田韵抒面无表情地望着车窗外，熙熙攘攘的人群，小秃在车后拼命奔跑。乔老太太鼻子一酸，眼泪就落了下来："真是有后娘就有后爹，难怪人家说宁要讨饭的妈也不要当官的爹。……你不是跟我说，小秃跟他妈去外地演出了吗？"田韵抒强词夺理："这话不是我说的，是世景说的，您老记错了吧？"乔老太太反问："我记错了吗？"田韵抒拽拽她的衣袖说："妈，家丑不可外扬，有话回去再说吧。"

　　乔世景难得在家里休息一下，他在听沪剧《罗汉钱》，这使中式别墅的房间里充满了情趣。乔老太太进门就哭喊："世景，世景，你快救救你儿子小秃吧，他因为偷钱差点被人打死，小秃是咱家的亲骨肉，他亲娘不在跟前，太可怜了。"

　　乔世景站起身，见母亲哭成了泪人，连声问："妈，怎么了？您别哭，跟我说清楚。韵抒呢？"

田韵抒从外面匆匆进来，满脸泪迹的乔老太太赶紧躲进了自己房间。

乔世景问田韵抒："小秃今天被人打了？"田韵抒将手包扔在沙发上说："妈不是已经跟你说了吗？他偷了司机的钱包。……哎，小秃什么时候从牢里出来了？"乔世景说："沪东发洪水，牢里的犯人去堤上扛沙袋，小秃戴罪立功，就被放出来了。"田韵抒点燃了一根香烟，吸了一口，顺势坐在沙发上说："司机不知道他是你的假儿子，就动手狠打了他一顿，正好被我和妈碰到了。"乔世景不耐烦地说："你嘴说话有点把门好不好？"田韵抒深吸一口香烟，吐出来，从容地笑道："我巴不得把小秃的真实身份向天下人公布呢，免得他三番五次来要钱。"乔世景急忙说："你小声点，小心我妈听见。"田韵抒不以为然道："老太太迟早要知道，长痛不如短痛，我看还是早知道得好。"乔世景几乎变了脸："你不能说出真相，我妈如果知道了真相会病上加病的。"田韵抒又吐了一口烟圈，烟圈一缕缕在她的眼前飘散，她看着烟圈说："我如果不是考虑老太太的身体，早就让真相大白了，我不可能总是背着不能生育的黑锅吧？那我还算是女人吗？"乔世景瞟了田韵抒一眼，突然放狠话："谁要让我不痛快我就让谁活不好。"田韵抒将烟头掐灭在烟缸里，起身说："算你狠。"

5

上海某里弄民居内，许老太太拎着菜篮子进门，一屁股坐在沙发上喘粗气。许尚美正坐在梳妆台前化妆，看见许老太太走进来，急忙起身问："妈，您一大早又去菜场了，今天是礼拜天，也不知道多睡一会儿。""这人哪，一分精神一分福，总睡觉就把福气睡没了。"许老太太说罢拎过篮子择菜。许尚美凑过来说："星星今天又不回来了，说是被别的学校邀请参加活动去了。"许老太太边择菜边说："外甥女如今是秀场上的头牌，要是回家，应该有小轿车接送，那在同学和老师面前该有多威风呀。""妈，您别急，等她爸把位子坐稳当了，自然会安排。别说是一辆小车呀，就是别墅咱也住得起。"许尚美得意地说。许老太太接着说："到时候咱家里也雇两个保姆，省得你妈一天到晚围着锅台转。"许尚美笑道："妈，这都是小事情，到时候不光雇保姆，还要请保镖，咱们住进别墅里，上下四层楼，妈您一个人就住一层，管着保姆和保镖。前后院种花种树，一年四季鸟语花香。"许老太太的脸上忽然云开月朗，她接过女儿的话："哎哟，那真是神仙过的日子呀，我就等着沾女儿女婿的光了。"说罢打量许尚美："你今天打扮得这么俏，又要出去呀？"许尚美用手抚弄着头发说："今天是我们三个学姐妹聚会的日子。"

电话铃突然响起来，许尚美走进卧室接电话，里面传出田韵抒的声音："尚美，今天的聚会取消吧，玉婵大姐心里不痛快，家里正闹别扭呢。"许尚美惊讶地问："闹什么别扭呢？"田韵抒说："后院失火了。跟你说啊，你那个路主任可要看住喽，别弄一屁股屎回来。好了，我今天不跟你啰唆了，我还有事呢。"许尚美放下电话，站在原地发愣。许老太太凑过来问："你那老同学打电话有事啊？"许尚美脱口而出道："韵抒姐说玉婵大姐家后院失火了，让我把路旷明看住喽。"许老太太点着头说："这话真是说到点子上了，你当下最要紧的是看住路旷明，尤其是他口袋里的钱，你把人和钱看住了，他想干坏事也就没资本了。那些小佳人，专盯男人口袋里的钱，要说把孙喜眉打发到沪东去，我心里还真是有点不踏实。"许尚美忽然说："那我就到他那里看看，来个出其不意，看看他和孙喜眉究竟在干什么呢。"许老太太立刻说："这事我支持你，要去赶紧去。"

6

上海中式庭院的早晨，本该合家团聚的早饭却显得剑拔弩张。安小早坐在桌前吃早点，安子益、石玉婵一左一右坐在他身边，都绷着脸不说话。安小早不明就里地问："爸妈怎么不高兴啊，是不是不欢迎儿子回来呀？"安子益沉着脸说："你快吃饭吧，法式面包都堵不住你的嘴。"石玉婵接着说："儿子，你先吃饭，吃完饭妈再跟你说话。吃不言睡不语，这是规矩。"安子益瞟了石玉婵一眼，吃完最后一口饭，放下筷子。安小早左右打量了爸妈一眼问："妈，你们俩是不是吵架了？"石玉婵的眼泪再也忍不住了，像涌泉一样夺眶而出。安小早见妈妈流了眼泪，便不安地问："妈妈，您怎么哭了？"又转而问安子益："我妈妈她怎么哭了？"安子益不语，站起身准备离开。石玉婵说："小早，你吃完了吗？"安小早将手里的面包塞进嘴里："妈，您说吧，我爸哪里惹您不高兴了？"石玉婵见安子益又坐下来，便说："你爸爸跟家里的使唤丫头花朵偷情，还要取消我当太太的资格……"安小早忽然笑起来："不会吧？我爸他能蠢到这个地步？"转眼望着安子益。安子益沉默不语，用手指弹着桌面。

厨房里，赵妈在数唠花朵："太太对你多好，你竟干出这等伤天害理之事，你对得起太太吗？现在大少爷回来了，我看你有什么脸面见他，你一个使唤丫头，倒想跟太太平起平坐了，你真是老鸹子放屁，想（响）得高啊！"花朵争辩道："又不是我主动勾引先生的，是先生主动找我的，我是他家的仆人，我能怎么办？"赵妈怒声说："你还强词夺理，你脸皮可真够厚的，俗话说母狗不抬腚，公狗不龇牙。要是太太撵你滚蛋，我看你往哪儿走？"花朵委屈地说："我本来也没想回来，是你硬拉我回来的。再说，天地这么大，哪里容不下我一个草民呢？""你以为你真有什么依靠吗？要是太太不留你，纵使先生再想留你，你也留不下。"赵妈试图跟花朵讲明利害关系。花朵却不买她的账,自以为是地说:"那要看我愿不愿意留下呢。"赵妈又气又恼地摇头:"嘻,看不出来你还真有血性啊。"

饭厅里,安小早望着沉默不语的安子益和泪流不止的石玉婵,愤怒地将碗筷摔在桌子上,咄咄逼人地看着安子益说:"爸,你这是腐化堕落你知道吗?你身为中华民国的官员,内心却藏污纳垢,养情人纳小妾,这都是封建社会没肃清的流毒。我妈妈是中华民国女子大学的高才生,您怎么可以让一个家里的使唤丫头跟她平起平坐呢?您太亵渎她的感情了吧?"安子益迎着儿子的目光说:"人和人在本质上是平等的,花朵虽是仆人,可她天资聪颖,会写字会下棋,只不过没有机会接受高等教育罢了。我跟她之间发生的这点事,根本不算什么事,可你妈却小题大做,不依不饶,差点折腾出人命来。"石玉婵抢白道:"你都丢人丢到家了,难道还不算什么事?你还想怎么样呢?"安子益怒火中烧地看着石玉婵说:"我身边的那些大小官员,像我这样不近女色的都没有,哪个不是七个八个的姨太养着,人家的老婆不但没像你这样闹,还把姨太们团结在自己周围,众星捧月。你要是再这么闹,我就带花朵走,永远不回这个家。""小早你听见了吧?你爸他还像个拿国家俸禄的官员吗?都说现在的社会风气越来越坏,上梁不正下梁歪,老百姓跟着你们这些人学呀!"石玉婵痛心疾首。安小早接着石玉婵的话说:"爸,您刚才这番话真让我感到恶心。一个中华民国的官员竟说出这样的话,证明这个社会真是腐朽到家了,早晚会被新的制度替代。我身为您的儿子,很替您脸红。在您带花朵出走之前,我先离家出走吧。"安小早站起身夺门而出。

石玉婵追到院里:"小早,你到哪儿去?"安小早停住脚步,转过身看着石玉婵说:"妈,您多保重。"赵妈跑了出来:"少爷,你到哪里去呀?你都好几个礼拜没回家了,好不容易回来一趟就陪陪你妈妈吧。"安小早说:"家里出了这事,我还怎么再待下去?"说罢继续往前走去。石玉婵和赵妈眼看着安小早跑出大门,石玉婵忍不住又哭起来。赵妈劝道:"太太,你宰相肚里能撑船,不能跟一个使唤丫头一般见识,要是真把这个家散了,那才是长他人志气灭自己威风呢,划不来的事情咱可别干。"石玉婵擦着眼泪说:"我真是咽不下这口气呀。"赵妈继续劝道:"太太,这回你就放先生一马,先生跟那些乌七八糟的官员比,就算干净的呢。至于花朵,您也甭理她,她在这家里没趣,自然会一走了之。"石玉婵自怨自怪道:"都怪我一天到晚瞎忙,没好好调教花朵。"赵妈急忙说:"嘻嘻,你也不用责怪自己,成人不用管,管死不成人。"

7

　　上海圣迭哥中学内，安小早匆匆在校园奔走，他穿过绿树和花坛，走到宿舍楼门口，正好美拉达从宿舍出来。美拉达欣喜地问："安小早，你不是回家了吗？"安小早答非所问："美拉达，你干什么去呀？"美拉达："我想到酒吧看看我爸爸，我已经很久没见到他了。"安小早："那你能带上我吗？"美拉达："可以呀，不过我要问问我爸爸。"安小早转身欲走："那还是算了吧，我自己随便在校园走走吧。"美拉达拦住他："那我们去看黄浦江好不好？"安小早想都没想就说："好呀。"

　　上海黄浦江边，安小早和美拉达沿着外滩行走，欧式建筑使东方万国之商埠散发着令人迷恋的色彩，镶嵌在楼顶的英式大钟俯瞰着黄浦江畔靠岸离岸的船舶，闪闪烁烁的灯光似在述说这座扑朔迷离之城的昨天今天和明天。安小早忽发奇想地问："美拉达，你在上海还想念巴黎吗？"美拉达说："想呀。"安小早又问："你想念巴黎的什么呀？"美拉达："我想念塞纳河，还有塞纳河两岸的风景。当然也想念妈妈。"安小早："那让你妈妈来上海好了，你妈妈为什么不跟你爸爸一道来上海呢？"美拉达表情沉郁地说："我妈妈在我六岁的时候就患病去世了，我爸爸一直带着我，再也没找别的女人，后来我们就来上海了。"安小早说："听说法国人特别浪漫，感情生活多姿多彩。"美拉达说："可我爸爸一点都不浪漫，他对我妈妈很忠诚。每逢我妈妈的忌日，他都会为我妈妈的照片献一束花，并跟她说好长时间的话。"安小早说："是吗？他都说什么呀？"美拉达说："我爸爸不让我在身边，他要一个人跟我妈妈说话。"安小早继续道："看样子你爸爸这人挺靠谱的。哎，巴黎到底什么样啊？"美拉达炫耀说："巴黎可时尚了，有你看不完的美丽建筑……巴黎圣母院、拿破仑荣军院、埃菲尔铁塔都在塞纳河畔。"安小早羡慕地说："我很想到巴黎去读书，与共产主义的幽灵相会，你教我法语好吗？"美拉达开心地说："好呀。"安小早说："那咱们拉钩吧。"安小早伸出小拇指，美达拉也伸出小拇指，两个小拇指紧紧勾连在一起。安小早和美拉达同时喊："拉钩上吊，一百年不许变。"

　　安小早兴奋地说："美拉达，你现在就教我两句法语吧，最简单的。"美拉达张口就来："卜如（音）、撒驴……就是你好的意思。"安小早重复："卜如、撒驴就是你好！那再见怎么说？"美拉达道："买克西。"安小早跟着说："买克西。我知道了。"美拉达说："你把我刚才教的几句话再说一遍。"安小早应声道："卜如、撒驴、买克西……"安小早边说边跑起来，美拉达在后边追赶，"卜如、撒驴、买克西……"两人的笑声此起彼伏，在夜晚的黄浦江畔回荡。

8

上海通商公署沪东办事处，办公楼静悄悄的，许尚美边走边四处张望，见后边有几间平房，便往后边走去，刚要走到跟前，听见一间平房里有男女的嬉闹声，于是停住脚步偷听，里面传出孙喜眉的嬉笑："舅舅手气真不好，又输了。我鼻子上已经贴了三张纸条了，再贴就喘不过气来了。"路旷明道："你鼻子大，纸条挡不住出气孔的。"牌友男甲："就是，大鼻子的女人招财，你舅舅等着你为他招财呢。"牌友男乙："我怎么没这么一个听话的外甥女呢，输了牌就得往自己鼻子上贴纸条，不像路主任，有外甥女顶着呢。"门外偷听的许尚美怒冲冲踢开房间的门。

屋里打牌的四个人见许尚美冲进来，登时傻眼了。路旷明反应最快，扔下手里的牌站起身："我太太来了。"话刚落地，许尚美已逼到他跟前，路旷明手忙脚乱地说："尚美，你来我这里怎么也不事先打声招呼呀，我好派车去接你呀。"许尚美怒从心生，见了路旷明更是气不打一处来，她不管不顾地吼道："你一个堂堂路主任，放着政务不干，躲到这里打起牌来了，如此不务正业，你对得起谁呀？"路旷明急忙解释："今天是礼拜天，大伙都休息了，正好有两个朋友来谈事情，我就没回家，也算体察民情了。"许尚美仍然不依不饶地说："你躲在屋子里打牌，体察什么民情？"牌友甲见状便指着牌友乙说："嫂子，你可别小看我们，这沪东缺了我们可不成席呀，我家的货运在码头首屈一指，他家的盐业不光在沪东、就是在上海滩都是数一数二的。我们来找路主任谈事情，顺便打几把牌，我们一边打牌一边就把沪东的商务行情告诉他了。这不是体察民情又是什么呢？"牌友乙也搭腔说："不信，你问问路主任的外甥女好了。"孙喜眉的鼻头上粘着几张纸条，她微笑而胆怯地凑近许尚美说："舅妈，是这样的，舅舅的牌技太臭了，输了就要往鼻子上贴纸条，我是替他贴纸条的，您看，鼻头上这几张纸条正欢迎您的到来呢。"两个牌友哈哈笑起来。牌友甲又说："要是这纸条贴在路主任鼻子上那就滑稽了。"牌友乙接着他的话说："嫂子，当官也好做生意也罢，首先要学会打牌，不打牌就入不了帮，入不了帮也就建不了关系网，路主任这方面比我们懂的。"许尚美怒声道："今天我就让他彻底懂一懂！"一把将纸牌推散到地上。孙喜眉急忙猫腰拾拣散落地上的纸牌。路旷明显然失了面子，又不敢对许尚美发火，便不高兴道："说你胖你就喘上了，你可别瞎胡闹啊，这是沪东办事处，不是咱们家。"

许尚美用脚踩着地上的纸牌，边踩边嚷："我叫你不务正业，我叫你不务正业。"几个人目瞪口呆在一边看着，不知再怎么劝才好。路旷明跟他们说："好了好了，今天咱们就先到这儿吧，有事情明天再谈。"牌友甲瞟了一眼怒气未肖的许尚美说:"干什么干什么呀,嫂子来了,难得的机会,我请客了。"牌友乙似明白了牌友甲的心思,立刻帮腔:"也算我一份,还有你那个外甥女,一起都请上。"许尚美不屑地说:"我不去。"牌友甲嬉笑道:"嫂子瞧不起我咋的?您要不去那可就不成席了。"孙喜眉也凑上来说:"就是,请的就是舅妈,舅妈怎么能不去呢?走吧,舅妈。"说罢上前拉住了许尚美的胳膊。许尚美推搡她说:"我真不去。"可最终还是不情愿地被几个人推走了。

许尚美吃过酒席就回上海了,酒席过后她心情平静了许多,这缘于她在酒席上所受到的尊重,还有她私底下的收获。路旷明醉醺醺被两个牌友商人架了回来,孙喜眉在后边跟着。牌友甲:"嫂子够辣的,差点让我们下不了台。"牌友乙:"让她多见识见识黄货,就不辣了。"路旷明点头:"这招真灵,以后你们就用这招对付她吧。"牌友甲:"可我们也不能白让她见识黄货呀。"路旷明明白:"那你们说吧,有什么需要我帮忙的?"牌友乙:"路主任,我们有一批货想从金利源码头上岸。"路旷明问:"什么货呀?违法走私的货可不行,那是要掉乌纱的。"牌友甲:"放心吧,路主任,我们怎么可能让您掉乌纱呢,我们还要靠您这棵大树乘荫凉呢。"路旷明放心了:"好说,一句话。"牌友乙:"路主任,那我们先回去了。"路旷明叫道:"喜眉,送送客人吧。"孙喜眉将两位牌友送到门口说:"二位慢走啊。"

<h1 style="text-align:center">9</h1>

上海某里弄民居的夜晚显得格外神秘,许尚美与许老太太在灯下欣赏金条。

许老太太掂着金条说:"这几根金条值钱了。是哪个商人送给你的?"许尚美坦言道:"我都不知道那商人姓字名谁,我去的时候,有两个商人正陪旷明打牌呢,孙喜眉也在,鼻子上还粘了纸条子,说是替她舅舅粘的,她舅舅总输牌。我一看气就不打一处来,把牌撒了满地。那两个商人就要请我吃酒,其中一个还把孙喜眉也喊上了。"许老太太突然将金条掷在桌上说:"这个乡下丫头竟跟你平起平坐了,真是美死她了。哎,她到底老实不老实呀,跟路旷明没做什么事吧?"许尚美想了想说:"在我面前还算老实,不过我感觉这个孙喜眉心眼满活络的。我已经叮嘱她了,有什么事及时向我汇报。"许老太太两手拍了巴掌说:"这就对了,凡事料在前头不会错的。……"转身打量金条:"哎,家里金银财宝越来越多,恐怕一个保险箱都难装下了……"许尚美说:"那就多订制几个保险箱呗。"许老太太两手码着金条问:"除了给你这些金条,没再给点大洋?"许尚美笑说:"妈真是贪财,人家给了金条,你还想大洋,也真被你猜中了,人家又给了张银票,我要换成大洋还账呢,当年给旷明跑官的时候,借了人家不少大洋,这账要先还上。"许老太太拦挡着说:"这事甬着急,旷明在沪东办事处给人家琢磨点赚钱的差事，那大洋也就抵了人情了。"许尚美恍然大悟："真是的，我怎么就没想到呢？"许老太太撇着嘴笑说："你呀，死脑筋，等星星长大了，办事准比你活络。"许尚美忽然想起了什么，叹口气说："星星拿了个选秀冠军，说不定对她也不是什么好事情，这满世界去走秀，人都玩疯了，早把学习忘了，更甭说惦记家了……"许老太太打断她的话："可也不能让星星惦记家而耽误了自己的前程啊。"

许尚美顺着许老太太的心思说："那倒也是。"

10

上海大世界舞台的夜晚，灯光璀璨。台上是走秀的年轻女模特，她们鱼贯而出，风姿绰约。沿舞台走了一圈，又依次站在舞台的靠后位置。

女主持人站在舞台上宣布："现在准备上场的是上海本年度'校花秀'冠军路星星，让我们欢迎她闪亮登场。"

路星星迈着款款的猫步上台，出场的惊艳超过了她的年龄和中学生的身份。她在台上做了几个漂亮的造型，立刻引起台下一片热烈的掌声。有位男生跑上台向她献花，路星星怀抱鲜花与男生合影，台下的闪光灯此起彼伏。路星星自信地挥动鲜花向观众致意。

11

通俗教育委员会驻上海办事处，魏局穿过欧式走廊，来到石玉婵办公室，门敞开着，石玉婵坐在办公椅上吸烟，她显然没注意到门口有人。魏局用手轻轻叩了叩门，石玉婵抬起头，见是魏局，立刻说："请进。"魏局走进来，看见石玉婵正大口吸烟，便好奇地打量着她说："想不到石处长还喜欢这一口。"石玉婵掐灭烟蒂："昨晚没睡好，提提精神。偶尔为之，不能算会抽。"见魏局仍站着，便说："您坐吧。"

魏局坐在石玉婵办公桌对面的沙发上，故意打趣："您这么尊贵的太太都失眠，那我们这帮草民就甭想跟睡神亲近了。"石玉婵笑道："这是哪里的话，睡神可不管你的身份，睡神面前人人平等。魏局，找我有什么事吗？"魏局拉着长腔说："跟您汇报工作，两件您特别关注的事情都有眉目了，一是扶贫教育款上边划拨下来了，上次你跟我说要考虑给沪东学校，可眼下还不能立刻给赵人杰那里，比他们困难的学校多了去了。"石玉婵接过他的话说："那我们不就言而无信了吗？上次赵人杰来时，你也答应他了呀？"魏局瞟了一眼石玉婵，故弄玄虚道："计划总是赶不上变化的。""魏局，一个人出尔反尔、不讲信誉还有什么品德可言呢？"石玉婵疾言厉色。魏局也板起脸说："你别扣大帽子好不好？"石玉婵不悦地说："现在我不跟你理论这个，还有一件事是什么？"魏局声音缓了下来，察言观色地望着石玉婵说："教育委员会给上海办事处拨了两个留美名额，记得您说过想把儿子送出去。"石玉婵忽然笑逐颜开："真是及时雨，我正要把安小早送到美国留学呢。那就谢谢魏局了，想不到我随便说说的事情您还记挂在心上呢。"魏局讨好地说："这叫近水楼台先得月，石处长的背景谁不知道哇，能与您共事当属荣幸啊。"石玉婵不以为然道："我还真没看重这署长太太的身份，我靠的是自己的能力。"魏局笑说："在社会生存，能力只是一个小小的方面，更大的方面还是靠关系和背景。""魏局怎么也变得俗气起来了？"石玉婵有点嘲弄地问。魏局自我解嘲："我本来就是个吃五谷杂粮的人嘛……对了，我今天跟你说这件事的目的也是有自己的小打算，赴美留学的另一个名额给我如何？如果你同意了，我立刻就把教育扶贫经费划拨给沪东学校，你看怎么样？"石玉婵忽然明白魏局内心的小算盘了，释然道："为了赵人杰的实验室，我只好妥协呗。"魏局急忙说："那好，这事就这么定了。"

　　魏局走后，石玉婵直奔上海圣迭哥中学，在学校门前的酒吧里见到了儿子安小早。他们要了咖啡和点心。石玉婵见到儿子，就急忙把赴美留学的事情说了出来："这可是比什么都紧俏的东西，别人花大钱都弄不到手。"安小早喝了一大口咖啡，两眼认真地看着石玉婵说："妈妈，我不想去美国留学，美国是一个没有文化传统的国家，我到那里学什么呀？我想到法国留学，法国的文化传统令人羡慕，最近我正跟美拉达学法语，如果您手里这个留学的名额是去法兰西，我会毫不犹豫前往的。"儿子的回答出乎石玉婵的预料，她想儿子一定在谈恋爱，于是试探着问："你跟美拉达不会在恋爱吧？"安小早坦言："妈，这是我的私事，您不可干预，再过两年我都是成人了，您把自己的事情管管好，别让我爸爸在您的眼皮子底下闹花事，真恶心。"石玉婵内心忽然掠过一丝悲凉，儿子长大了，再也不可能听她的吆五喝六了，现在要想让儿子接受自己的观点，就必须顺藤摸瓜，于是她不急不躁地说："今天咱不提你爸，只提你去美国留学，你再好好想想，机不可失啊。办事处是近水楼台，妈妈才得到这个大月亮。"安小早索性说："妈，我真不想去美国，你把名额让给别人吧。"石玉婵认真起来："让给别人？这是抢掉脑袋的事情，你说得真是太轻松了。"安小早站起身："妈，我得上课去了，反正我不去美国。"说罢转身离去。

　　夜色深浓时，石玉婵推开屋门，大厅里静悄悄的，欧式座钟的钟摆声显得格外响。她脱掉外衣坐在沙发上。赵妈闻声走进来问："夫人一天都没音信，真让人惦记呀。"石玉婵问："先生回来了吗？您把他叫起来，我有话跟他说。"赵妈面有难色："您直接进屋跟先生说不好吗？"石玉婵说："我懒得先搭理他。""那我去叫先生吧。"赵妈转身出去了。

片刻，安子益穿着睡衣走了进来，一副慵懒的样子问："天这么晚了，还要把我叫醒，什么事不能等到明天再说啊？"石玉婵板着脸，给了安子益一个有重要话说的表情："我们办事处有两个赴美留学的名额，我给小早争取了一个，我今天找他谈了，他坚决不去。你是否再做做儿子的工作。明天我要去沪东学校，一早就走。""我知道了。"安子益漠然地转身离去。石玉婵望着他的背影，忽然潮湿了眼睛。

仆人房间里，花朵没睡觉，一直侧耳倾听外面的动静。赵妈推门进屋，又随手关上了门。花朵将头伸出被筒问："太太回来了？"赵妈应道："回来了。"花朵问："她跟先生说话了？"赵妈应道："说了，但两人分开睡了，都是你惹下的祸事。"花朵委屈地说："您干吗总往我身上推呀，我也是受害者。本来消消停停当我的仆人，每月拿两块大洋孝敬我父母，现在倒好，走也不是，留也不是，成天看人脸色，心里委屈死了。"赵妈讥讽道："你真是得便宜卖乖呀。"

12

上海沪东学校办公室，玻璃窗外，校园里的男女学生在嬉闹奔跑。石玉婵表情认真地跟校长赵人杰说："这笔教育扶贫款能划拨给你，真费了不少周折，要知道需改善校园环境的学校太多了，光是申请书我就接到了十几封，还不算魏局接到的。但最终还是把钱落实到你这里了，我希望你在乡村学校干出成绩来。"赵人杰欣慰地说："感谢石处长关心帮助，我一定把学校的外环境和内环境打造出让办事处满意的效果。"石玉婵说："赵校长是个极聪明的人啊，在办事处的时候，我就一直看好你，如果不是巡捕房的人总跟你过不去，我还舍不得把你派到这里来呢。"赵人杰说道："我在这里挺好的，艰苦的环境更能锻炼人啊。石处长，走，看看我们正在建设的实验室去。"石玉婵点头："好啊，你记住，一定要把沪东学校的实验室打造成样板，给上海办事处争光。"赵人杰应声道："放心吧，石处长。人类的社会生活演化到今天，学习的主要内容已由'礼'转变为认知。认知的本质是创造和学习新东西，这就需要拓展和变化，实验室给学生们提供了认知新事物的空间。"石玉婵由衷地赞道："赵校长，你刚才这番话真好。"

赵人杰笑笑，两人向实验室的方向走去。

13

上海圣迭哥中学的操场上，安子益正跟小早谈话："小早，爸爸今天专程来找你，想说服你去美国留学。"安小早不乐意道："我不去美国，我要去法国。我已经跟妈妈说过了。"安子益反问："你说过的话就不可更改吗？"见小早不吱声，又强调说："要知道弄一个到美国留学的名额是多么不易呀，要不是你妈在办事处，这名额根本弄不到。"安小早翻了一个白眼说："你别提我妈妈，你没有资格提我妈妈。"安子益无奈地说："小早，大人的事情小孩子是不会明白的。"安小早大声说："我不是小孩子了，我已经是中学生了。你们大人的事情，我虽然没全明白，但起码明白了一部分，就咱家的情况而言，我明白我妈妈眼下在蒙羞。我说得不对吗？"安子益看看小早，无言以对。

这时，上课的铃声响起来。远处一个穿裙子的女生向安小早招手："安小早，上课了，你快点吧。"安子益问："那女孩是谁呀？"安小早说："跟我一起排戏的美拉达。爸，反正我是不会去美国的，我不放心妈妈，除非你让花朵离开咱家。"说罢一溜烟跑了。

安子益望着他奔跑的背影，无奈地叹气摇头。

14

上海某街头拐角，一群乞丐围着小秃哄笑。小秃手里摆弄着一个照相机，照相机忽然闪了一下光，吓得乞丐们四散奔跑，发现没事，又跑了回来。乞丐甲："这玩意你是从哪里弄来的？"小秃说："在一个龟孙子的车里偷来的，趁他不注意，我拎起来就跑。"乞丐乙："这玩意能把我们的魂照进去，照出来跟我们本人一模一样，你看那橱窗里的美人都是用这玩意照的。"小秃说："来，你俩站一起，让我照一照你们的魂。"乞丐甲乙勾肩搭背站在一起，小秃举起相机咔嚓一声："这下，你们俩的魂就在相机里了。"众乞丐奔跑过来，凑近相机看。小秃一把推开他们："你们懂啥？这是老子的宝贝。"一个身材高大的乞丐王突然出现在小秃面前，他双手叉腰，一副天老大他老二的样子说："老子在这里呢，趁我不在你竟敢当老子，真是没王法了。要不是我带你去堤上扛沙袋立功赎罪，你小子至今还在牢里蹲着呢。你手里拿的什么东西呀，让我看看。"乞丐王一把夺过照相机，左右打量："嗨，英国造，这相机不错，在哪里捞到的？这玩意对我们来说用处可太大了，你要是想讹谁的钱，就跟踪他拍照，只要拍到他见不得人的事，你要多少钱他就会给你多少钱。"小秃惊讶地问："真的？"乞丐王："不信咱就试试。"

一辆小轿车驰过来，司机将车停稳，戴上墨镜四处张望，他发现了远处一帮乞丐里的小秃。司机跳下车，往前疾走了几步，又折回来，拉开车门坐进驾驶室，发动车子远去。

15

上海监狱内，看守打开铁门，将饭送了进来。随后又转身出去，将铁门锁上。绿袖子凑过来掀开盖子："好香啊，今天还有肉，怎么突然给我们改善伙食了？"女革命党似悟出了什么说："绿袖子，你我恐怕很快就要见阎王了，我是革命党，死而无憾，可你太冤枉了。"绿袖子忽然焦急地问："那我怎么办啊？我就是浑身长满了嘴，也说不清了。有人要我死，我还能活吗？只是死之前，我想见见我的儿子，现在也不知道他在哪里混世，活着没有？"女革命党拿起筷子准备吃饭："想见你儿子容易，你手里只要有大洋，买通监狱里的看守，他们自会带孩子来见你。"绿袖子急忙说："我手里还真藏了几块大洋。"女革命党道："那马上喊看守吧。"绿袖子使劲摇晃铁栅。看守跑过来："喊什么喊什么？都要见阎王了，还嚣张什么呀。"绿袖子举起大洋在看守面前晃着。看守睁大贪婪的眼睛望着大洋。绿袖子说："我想见我的儿子小秃，你帮我把他找来，这两块大洋归你。"看守接过大洋掂着："好说。"

一支烟的工夫，小秃真来了，绿袖子抱着他哭泣说："妈就要离开你了，你这么小，以后该怎么办啊？你爸又不认你了。"小秃用手擦着绿袖子脸上的眼泪说："妈，你先别哭，你告诉我，我怎样才能把你救出去？"绿袖子无奈地叹道："只有你爸能救我，他权力大，可他不认我们了，除非我们能抓住他的什么把柄，逼着他救我们。"小秃立刻问："妈，我爸他都有什么把柄，你告诉我，我去找他。"绿袖子想了想说："他喜欢玩女人，有个在百乐门唱歌的女人叫方菲，就是他私下养的情妇。虽说现在时兴养姨太，但那也得明媒正娶，偷偷摸摸跟女人鬼混，对一个官员来说总是见不得人的。"小秃推开绿袖子："妈，我知道了，我马上让我爸来救你。"绿袖子拉住他的胳膊说："妈妈活不了几天了，一想到你还这么小，妈妈就揪心啊，妈妈怎么可能扔下你一走了之呢？"看守喊："时间到了。"小秃抱着绿袖子说："妈，我一定让我爸把你救出来。"

16

上海百乐门舞厅外，穿着体面的男男女女从轿车或黄包车上下来，嬉笑着走进百乐门舞厅。小秃躲在不引人注目的僻静角落，他在等乔世景。最终他没有等到，小秃一脸失望地在街头徘徊。一辆黄包车奔跑过来，差点撞倒小秃，小秃急忙躲闪到一边，车上坐着一个中年男人，借着路灯光，小秃看清了那男人正是乔世景，他喜出望外，便跟上黄包车。

过了好一阵儿，他看到黄包车在一个门前停下了，乔世景站在门口正了正衣襟，用手敲门。开门的是一位浓妆艳抹的年轻女人，乔世景进去后随手把门关了。小秃从暗处走出来，四处望望没人，翻墙进了院子。这是沪剧名角小花彩的住处，虽然是夜晚，借着灯光，透过窗子依然可见房间里古香古色的陈设，一张大床显得豪华奢靡。乔世景与小花彩亲昵地滚在床上，如胶似漆。小花彩娇嗔道："先生有多少日子没来了，我以为您把我忘了呢。"乔世景道："忘了谁也不能忘了你呀，见不到你的时候，我耳朵里都唱沪剧《罗汉钱》，几天不唱，心就发慌。"小花彩娇嗔道："敢情你是想《罗汉钱》不是想我呀。"乔世景道："怎么能不想呢？你跟《罗汉钱》已经融为一体了，你就是《罗汉钱》，《罗汉钱》就是你。"屋外，小秃踩着石头趴在窗子上朝里望，他看见乔世景抱着浓妆艳抹的女人正在亲嘴，小秃急忙从衣服里掏出相机"咔嚓"拍了个正着。屋内，小花彩突然一惊道："好像有什么东西在窗外闪了一下。"乔世景随意往窗外望了一眼说："没下雨也没打雷，能有什么东西闪呀？你别疑神疑鬼的了，赶快抓紧时间，过一会儿我就该回去了。"小花彩笑说："什么时候先生能永远留在我这里呀，那我真就幸福死了。"乔世景戏说道："你可别有这样的祈盼，我娶了个田韵抒就等于娶了个母老虎，外边的野鸡到了我家都得喂老虎。"乔世景与小花彩亲昵，屋外的小秃对着玻璃窗又举起相机咔嚓一下，随后他翻墙出去。这回乔世景也看到什么光闪了一下，他一跃而起，惊慌地朝窗外望着说："我也感到有什么东西闪了一下。"小花彩紧张地四处张望。乔世景开始穿衣服："好了，时候也不早了，我该回去了。"小花彩穿着睡衣将他送到门口："今天没尽兴，先生明晚再来吧。"乔世景跨出门，转身说："能不能来还不一定呢，你回吧。"小花彩又问："那给我安排的官差有着落了吗？"乔世景不耐烦地说："我不跟你说了嘛，边唱戏边开花间坊，挣钱唱戏两不误，多自在。"小花彩生气地说："你这话说了跟没说一样。"说罢使劲将门关上。

乔世景站在马路边等黄包车，表情紧张而焦虑。小秃突然从暗处闪出来："爸爸，我有话告诉你——"乔世景吓了一跳，发现是小秃，立刻变了脸问："小秃，你怎么在这儿？你想跟我说什么？"小秃凑到乔世景跟前："请你把我妈放出来。"乔世景故作镇静地问："把你妈放出来？你妈不是带你到外地演出去了吗？"小秃纠正道："没有，不知谁给我妈栽赃说她通共，把我妈关进大牢里了。"乔世景佯装惊讶地问："你妈通共？通共这事可就不好办了。"小秃急切地说："爸，今天我只求你把我妈放出来，她马上要被枪毙了。如果你不把我妈放出来，我就把你的丑事向全上海公布，它可都在我的照相机里呢。"说着掀开自己又肥又大的破衣服，露出里面的照相机。乔世景突然明白了，刚才在小花彩那里闪光的东西，就是小秃手里的照相机，他被这小子跟踪了。于是他笑道："拿一个破相机吓唬谁呀？你过来，我看看。"乔世景试图抢夺照相机。小秃机智地一闪，躲过了乔世景伸过来的手，他看着乔世景说："好，你说我吓唬你，那咱们明天见。"小秃撒腿跑了。乔世景望着他的背影自语："狼崽子，喂了你多少年，倒来讹诈我了。"

乔世景回到家里，进门就脱外衣。乔老太太从卧室走出来说："世景，你怎么总深更半夜地回来呀？"乔世景强装笑脸说："妈，我是官身子，凡事由不得自己，我怎么可能按时上下班回家呢？"乔老太太摆摆手说："好了，你也甭跟我顶嘴了，等我把病养好了，还是回老家去，眼不见心不烦。"卧室里的田韵抒正在侧耳倾听乔世景与婆婆的对话，突然她桌头柜上的电话铃响起来，田韵抒吓了一跳，立刻拿起电话："喂——谁呀？"小秃开口道："田阿姨，是我，小秃，打扰您休息了吗？"田韵抒警觉地问："小秃？你在哪里？这么晚给我打电话，有什么事吗？"小秃神秘地说："我手里有我爸爸跟一个女人鬼混的照片，您想看吗？"田韵抒一愣："你是怎么得到的？"小秃道："这您甭管，您如果想看，明天我们约个地方见面，但我有个条件，你必须让我爸把我妈从大牢里放出来，她马上就要被枪毙了，她不是乱党。如果我妈被枪毙了，我就把这些照片撒到社会上去。"田韵抒急忙说："你妈是巡捕房把她抓进大牢的，这跟乔厅长没关系。"小秃着急道："谁抓的我不管，反正要把我妈放出来。"这时，门被推开了，乔世景走进来问："你在给谁打电话？"田韵抒将电话顺手递给他，乔世景接过电话："喂——"电话却突然挂断了。田韵抒望着乔世景说："是小秃，他说手里有你跟别的女人睡觉的照片，要我跟你说把她妈放了，否则他就将照片公之于众。"乔世景突然跌坐在田韵抒对面的沙发上，闭上眼，半晌不出声。田韵抒在一旁敲边鼓说："这个小秃，前几天偷司机的钱包，现在又从哪里偷来了相机，以后还不知道干出什么事情来呢，留着真是祸害啊。"乔世景突然睁开眼问："那我能怎样，他毕竟是个孩子，我还能把他杀了不成？"田韵抒趁机说："你要是务正业，怎么可能弄出这么多的乱子来呀。哎，我真是当够乔厅长的太太了。"乔世景迫不及待地问："那你打算怎么办？"田韵抒拿着腔调说："我能怎么办啊？为了你，舍身饲虎呗。"

第十章

1

上海某街巷拐角，小秃神情焦虑地东张西望。相机在他的肩膀上挂着，外边罩了一件又大又肥的破旧外套，遮住了相机。

田韵抒在一条街巷口让人力车夫停下，她从人力车上下来，东瞅西看，而后朝街巷拐角的方向走去。

天飞马从一个门洞里出来，迎面碰上了田韵抒。两人同时愣了一下，田韵抒一时不知说什么好。天飞马机灵地抢先说："田姐姐，多日不见了，把我忘了吧？您最近在忙什么呢？"田韵抒这才勉强笑道："瞎忙呗，人一忙起来，什么都顾不上了。哎，你在这里干什么？"天飞马用胳膊环住田韵抒："姐姐，找个地方坐一会儿，喝杯茶。"田韵抒推开天飞马："光天化日之下别动手动脚的，也不怕犯忌讳？"天飞马说："那就到我画室看看，我又新租了一个画室。"田韵抒拒绝说："不行，我现在有事，改天吧。"天飞马抚摸着她的肩膀说："画室就在附近，要不怎么这么巧就碰见姐姐了呢？"田韵抒犹豫中被天飞马推走了。小秃正朝这边张望，天飞马与田韵抒拉扯的情景恰好被他看见了，于是他急走几步，悄悄跟在他们身后。

天飞马的画室设施简陋，如废弃的厂房，画室里挂着几幅油画，有人物肖像，也有田园牧歌。田韵抒打量着画室说："在这里画画倒是挺安静的，说是市区又不是市区，说是郊区又在市区，这样的地方应该叫城乡接合部吧。"天飞马讨好地笑道："姐姐说得真对，这地方就是城乡接合部，我能租下这么大的一个画室，与姐姐笔杆子的吹捧分不开，本来房东不想租给我，我把姐姐发在报纸上的文章拿给他看，房东很快就租给我了。"田韵抒转过身看着天飞马，自以为是地说："这么说我又助了你一臂之力呀？"天飞马靠近她说："谁说不是呢，自从我回到上海，哪一步能离开姐姐的帮助呀。"说罢，两手抱住了田韵抒。

在窗外往里边偷看的小秃，把这一幕悉数看在了眼里，他慌忙举起相机，咔嚓拍了下来。天飞马抱住田韵抒的时候，田韵抒下意识地挣扎了一下，不小心碰掉了身后的一幅油画，这声音刚好与窗外相机的咔嚓声同步，田韵抒一怔："我好像听见窗外有动静。"天飞马俯身拣起油画："田姐姐，是你不小心把这油画碰掉了。这画可是大宝贝呀，你看画面上的中年女人和年轻男子像不像你和我？田野、河流、小桥、绿树……我在复制和重现我们俩人在郊外采风的情景。"田韵抒仍是不放心地往窗外望着，见没有什么动静，便将目光转到油画上说："这女人的神情倒挺像我的，只是你把我画得过于漂亮了。""田姐姐，其实你本人比画上的漂亮多了，你不知道你是多么热情奔放，动感的你比画面上的你更富有魅力。"天飞马极力夸赞着田韵抒，田韵抒自以为是地笑道："听你这么恭维，我都快飘飘欲仙了。"田韵抒张开双臂，天飞马迎着她的脸深吻了一口。窗外的小秃趁机抢拍下镜头。田韵抒突然挣脱天飞马："我怎么总感觉窗外有动静啊？"天飞马一步跨到窗前，伸出脖子左右看看："没有什么呀，姐姐太紧张了吧？"田韵抒整理着头发说："我马上要去办事了，跟人家约好的时间，已经耽误了一个时辰了。"天飞马只好说："姐姐执意要走，那我就不留姐姐了，什么时候姐姐有闲，在我画室待一个晚上，我跟姐姐好好说说话。"田韵抒拎着手包转身出门。

小秃听见门响，悄然离开画室，在街巷急步奔跑，他一直跑到街巷的拐角，看见一家相馆，快步奔了进去。一会儿，小秃又匆匆从相馆出来，站在一根电线杆下，大喘粗气。这时，他看到田韵抒朝这个方向走来，她的头发有点零乱。小秃禁不住扯了扯自己身上又长又肥的外套，以此遮住相机。田韵抒在接近拐角的时候，一眼看到了小秃，她故意把脚步放慢，一副居高临下无所谓的姿态。小秃未等田韵抒近前，就大声喊："田阿姨，你总算来了，我还以为你不来了呢。"田韵抒不屑地看着小秃说："我为什么不来，怕你吗？东西带来没有，我看看。"小秃拍着破衣服说："我今天邀请你来，就是给你看东西的，但给你看东西之前，你得答应我两个条件。"田韵抒问："什么条件？"小秃直接说："第一个条件是给我五十块大洋，第二个条件是让我爸放了我妈。这两个条件您要都答应了，我就把相机里的秘密给你看。"说着将自己的破衣服撩起来，露出里面的相机。田韵抒惊讶道："你哪儿弄来的相机呀，让我看看是什么牌子的？"田韵抒靠近小秃，趁其不备一把夺过相机摔在地上，只听啪的一声，相机被摔碎了。田韵抒疾言厉色说："小秃，我今天告诉你，你压根就不是你爸爸的亲儿子了，不知你妈跟哪个男人上床生了你这个野种，乔世景和我白白供养你这么多年，游戏该结束了。你要是再敢扎刺，我就让巡捕把你送到大牢里去。"小秃似被田韵抒吓住了，突然软了下来说："田阿姨干吗对我这么凶啊？我今天是想来告诉你，我爸又跟一个唱戏的好上了，我拍下了他们俩在一起的照片。"田韵抒恼怒又厌恶地吼道："滚，我不要听这些，乔世景他不是你爸爸。你再不滚，我喊巡捕了。"

小秃撒腿就跑，边跑边喊："我妈说乔厅长永远是我爸爸。"

2

田韵抒忐忑不安地到了上海世俗生活报馆，进了办公室，点燃了一支香烟，烟雾让她的情绪渐渐平静下来，她在想应该怎样修理这个小秃。她掐灭烟头，拿起桌上的电话："巡捕房吗？我是报馆记者，最近上海街头小偷特别多，有人举报一个叫小秃的街头乞丐，又偷人东西又诈骗，希望你们抓到他严惩。"

总编从办公室里走了出来，他显然听到了田韵抒电话的内容，不由问："田记者，你在给巡捕房打电话吗？"田韵抒放下电话，转身看着总编说："是啊，最近总丢东西，乔厅长司机的钱包也被偷了。这些社会渣滓，留着真是祸害。""我的相机也被偷了，我已经报案了。"总编显然支持田韵抒。田韵抒急问："什么，总编的相机也被偷了？……那你还不赶快催巡捕房抓小偷，光报案有什么用啊！快，赶紧给巡捕房打电话，以我们报馆的名义，我刚打完，趁热打铁。"总编接过田韵抒递过来的电话，拨了一个号码："巡捕房吗？我是世俗生活报馆总编，跟你们反映一个情况，最近上海街头治安很差，大白天就丢东西，希望你们把治安环境整治一下，我们已经接二连三接到读者来信了，市民对治安反映强烈呀……"总编刚放下电话，田韵抒就在一旁幸灾乐祸地说："这回看这个小秃还往哪里跑？"总编不解地问："你说什么？"田韵抒急忙改口："我说这回小偷是逃不出巡捕房的掌心了。"

3

上海巡捕房内，任队长若无其事坐在办公椅上哼唱歌曲《毛毛雨》，李副队长推门进来说："任队长，刚刚有报社记者和总编打来电话，说最近上海街头乞丐小偷特别多，对社会治安构成威胁，要我们集中整治一下，特别提到一个叫小秃的人。"任队长的神情突然变得严肃起来问："小秃，是不是前不久刚放出去的那个孩子呀？刚出去就犯案，天生就是坐牢的命。那你们今晚就来一次突击行动，重点要把那个叫小秃的人抓到，然后差人写篇文章给报馆送去，就算完事大吉了。"李队长毕恭毕敬道："是。"

上海某街头拐角，乞丐王正在打小秃，边打边骂："你个屁货，竟让人家把照相机砸了，那是咱们的武器，武器没了，咱还拿啥东西讹钱啊？"一群乞丐围着起哄，有的揪小秃的头发，有的踢他的屁股。小秃挣扎着，逞能地说："照相机虽然被砸了，可里面照的相片我已经拿到相馆去冲洗了。"乞丐王惊讶道："是吗？那你小子还不算二百五，给自己留了条后路。"

小秃得意地笑着，他哪里知道此时他已经成了巡捕房的眼中钉肉中刺了。

4

上海中式庭院的早晨，所有的东西都在苏醒，花在伸展腰肢，树在摆动身姿，鸟在鸣叫……石玉婵却在睡梦中被电话铃声惊醒，她拿起听筒："妈，是我，小早。"石玉婵看看时间，心有疑惑地问："小早，这么早你就给妈打电话，有什么事吗？"安小早说："妈，我不放心您。我爸到学校找过我了，让我去美国留学，我没答应他，我说除非让花朵离开咱家。妈，您好吗？"石玉婵欣慰地说："小早，你真是妈的好儿子，这么体贴妈妈。"安子益突然推门进来问："一大早，你在跟谁通电话？"石玉婵放下电话，转身看着安子益说："跟儿子呗，他说赴美留学的事你去找过他了，他不想去，如果去美国，除非花朵离开咱家。小早是这么跟你说的吗？"安子益漫不经心道："事关他自己的前程，他愿意去就去，不愿意去就不去，反正我们已经尽了父母的责任了。"石玉婵反问道："你这话像一个父亲说的吗？难道儿子的前程还不如一个使唤丫头重要？"安子益气恼地说："我没工夫跟你啰唆，今天京城来客人了，我有很多事情要应酬呢。"说罢转身进了大厅，花朵正好端着早餐盘子走进来放在桌上。花朵恳求说："先生，您吃了饭再走吧，赵妈特意给您熬了红豆粥呢。"安子益看看表："来不及了，车已经在外面等了。"安子益刚走两步，又回头看花朵。花朵神情不安地望着安子益，想说什么却无从开口。安子益叮嘱道："花朵，在家好好听太太的话，切不可耍小孩子脾气啊。"花朵痛快地应着："我知道了，先生。"安子益心事重重走出家门。石玉婵从卧室出来，看到花朵正朝门口张望，便讥讽道："嘘寒问暖，真摆出小姨太的架势了啊。"花朵急忙转身，看见石玉婵，下意识地叫了一声："太太——"石玉婵冷漠地转过脸，故意不看她，大声朝厨房喊："赵妈，今天早晨做了什么好吃的？"

赵妈端出一碗米酒摆在桌上说："太太，我知道您喜欢吃米酒，今儿特地给您用米酒扑了个鸡蛋。"石玉婵笑道："米酒扑鸡蛋是给月子里的女人催奶的，我又没坐月子。等咱家里有谁坐月子了，你再做吧。"赵妈瞟了花朵一眼，故意说："太太，除了您，我谁也不伺候。我只伺候太太您，那些不是正道进门的人，我伺候不着。"站在一旁的花朵翻了赵妈一个白眼，怒冲冲转身出门。石玉婵忽然喊："花朵，你给我回来。"花朵正走到门口，一只脚刚迈出门槛，听见石玉婵喊，只好把迈出去的脚又抽了回来。石玉婵板着脸说："我没让你出门，你怎么就要走啊？你只是安家的使唤丫头，竟如此不懂规矩呀？"花朵压抑着内心的不满问:"太太,您有什么吩咐吗?"石玉婵大声说:"把我的旗袍都拿出去晒了,晒完了熨烫一遍,再把鞋柜里的皮鞋全拿出来擦油,先擦我的,后擦先生的。你听见了吗?"花朵不情愿地说:"听见了。"石玉婵故意问:"心里不痛快是吧?在这个家里,痛快也得干活,不痛快也得干活,谁让你是仆人呢。"花朵沉下脸转身出门。石玉婵望着她的背影说:"我就不信治不了你一个使唤丫头。"赵妈凑过来煽风点火:"就是,一个使唤丫头还想跟太太平起平坐,真是癞蛤蟆想吃天鹅肉。"石玉婵瞥了她一眼说:"赵妈,干你的活去,这里没你多嘴的份。"赵妈自讨没趣地笑道:"我是劝太太趁热把米酒扑鸡蛋吃了。"石玉婵端起碗说:"我知道。"

石玉婵边吃早饭,边往窗外看,她看见花朵在晒旗袍。

质地考究、花色各式各样的旗袍迎风招展,花朵打量着抚摸着,眼泪簌簌流了下来。

花朵在太阳地里擦皮鞋,一双又一双女式皮鞋与花朵脚上的布鞋形成鲜明的对比。花朵脸上的汗珠滴落在女式皮鞋上,她停下手,看着那一地的皮鞋发呆、自语:"人和人,为什么这么不平等呢?"

石玉婵站在台阶上看花朵擦鞋,横挑鼻子竖挑眼:"这鞋擦的怎么不亮啊?当仆人最重要的就是会擦鞋会熨衣服会做饭,你把陪先生写字下棋的聪明劲拿出来,什么样的鞋都能擦得油光锃亮。想在这个家站住脚,不会伺候人怎么行啊?"花朵闷头不语。石玉婵又逼到她跟前问:"你怎么不吭声啊?你哑巴了?你跟先生怎么有说有笑的?我今天不去上班了,就想听你说笑,看你是怎么跟我的丈夫发嗲的。"花朵仍闷头不语,手上擦鞋的动作更快了。石玉婵抬头看一眼晾晒的旗袍,又说:"蔫萝卜紫辣心,你不说话,我也知道你肚子里装了多少根花花肠子。你想穿旗袍、穿高跟鞋、戴金银珠宝……那你要问问老天爷,他是不是赏给你这样的命了?心比天高命就比纸薄!"花朵终于忍不住内心的委屈,"哇——"一声哭起来,边哭边跑向门口。石玉婵在她的身后喊:"我看你往哪里跑?大门被我锁上了,有本事你从墙上跳出去,看孙猴子能不能跳出如来佛的手掌心。"花朵试图翻墙,爬了几下竟摔了下来。最后又扑向大门口,使劲晃着锁住的大门,无助地哀号哭泣。赵妈大模大样奔出来,冲花朵喊:"好家好业的,你号什么号?自己作的孽自己就要受。"

石玉婵远远地看着号哭的花朵,一副扬扬得意的表情。

5

上海通商公署内,安子益在自己的办公室与大公子特使谈话。

大公子特使道:"大公子不放心地皮的事,让我亲自来一趟上海,他说本月内最好把上海的地皮落实了，他的纺纱厂已经做好了建分厂的准备。"安子益应道："此事我已经催问过多次了，为了让大公子能拿到地皮，通商公署特意在沪东办事处安排了靠得住的人，新官刚上任，拿地的事要缓一缓吧。"大公子特使说道："我怎么都好说，可大公子那里如何交代得了哇？他这次派我来，说是要把购地皮的合同签了。"安子益一听："这未免操之过急了吧？再说，具体的事情也不归我管，我只能催促他们……这样吧，我马上安排乔厅长晚上给您接风，他会给您一个说法的。"大公子特使点头："那就多劳驾安署长了。"

上海某酒楼的夜晚，安子益、乔世景、路旷明、大公子特使围桌而坐。桌上摆满了鸡鸭鱼肉。乔世景道："特使大人，安署长真是给足了您面子，一般宴席他是不参加的，在上海，一提到安署长，都知道他是两袖清风的正人君子。"安子益应和道："彼此彼此，你乔厅长也是让上海滩竖大拇指的人，为官一任造福一方，干我们这行的就是要给百姓留一个好名声。"乔世景接着安子益的话说："那是那是。"转而又对特使说："大公子想在上海拿地建纺织厂，这对上海来说是大好事，但上海的地皮真是寸土寸金啊，租界地谁都打不了主意，为此我们特意把路旷明安排在沪东办事处当主任，为的就是让大公子这地皮生意做得万无一失。"路旷明接过话："上任之初，安署长和乔厅长就把这事反复叮嘱我了，如今我重任在肩，尽管有很大的难度，也一定把上边交办的重任完成好。"大公子特使举起酒杯："县官不如现管，那我就先敬路主任一杯酒。"路旷明随之端起酒杯："恭敬不如从命，我是奉了两位领导的圣旨才为大公子落实地皮的，特使要先敬我们两位领导才是呀。"安子益推说："我一向不喜欢喝酒，爱好无非就是写字和下棋，这段时间棋艺也荒废了，本指望大公子来时当面请教切磋棋艺，谁知竟没找到请教的机会。"乔世景问："听说大帅的棋艺一流，要是能到上海来指导工作，当是上海本土的荣幸啊。"大公子特使道："听大公子说大帅很喜欢上海，百年之后想在上海入土为安啊，这也是大公子要在上海建纺织分厂的原因。"乔世景趁机说："今天我和安署长把上海地皮的事情跟路主任又交代了一遍，大公子特使已亲眼所见，回去见到大帅一定把我们的辛苦说一说。虽不想邀功请赏，但我们的辛苦总应该让大帅知道吧？"大公子特使连连点头："一定一定，二位领导……噢，三位领导，你们尽管放心，大帅的功劳簿上，一定记下你们浓墨重彩的一笔。"说罢端起酒杯："来来来，感谢通商公署的厚待，我代表大公子敬三位领导一杯！"三人端起酒杯，相互碰杯，一饮而尽。

6

路旷明酒席后回到了上海的家中，夜晚在床上与许尚美亲昵，他显得力不从心。许尚美愠怒地推开他，将脸转到一边去。路旷明莫名其妙问："尚美，你怎么了？又生我的气了？"许尚美嗔怪道："旷明，我们都多长时间没在一起了？你跟我在一起时的激情哪里去了？这刚当上主任才几天呀，心就变了，是不是那个孙喜眉勾了你的魂了？"路旷明急忙解释："孙喜眉是个乡下丫头，怎么好跟你比呢？再说，我跟她之间什么也没有，只是让她陪我打打牌，我一个经历过枪林弹雨的人，还是拎得清谁轻谁重的。"许尚美仍难消怒气问："那你跟我在一起怎么心不在焉了？"路旷明叹息道："我有心事了，你知道我今天为什么事回来的吗？我是被安署长和乔厅长召回来的，大公子的特使又来上海催促拿地的事了，当着他的面，两位领导等于把这事拍给我了，我办也得办，不办也得办。"许尚美接过话说："人家当初给你安排到沪东办事处当主任，就是为了以后办事方便，不然这抢掉脑袋的美差怎么可能落到你头上呢？"路旷明长叹一声说："要知道如今在上海地皮是最值钱的了，我现在有权力圈地，那我也就有可能在圈地上获大利，可这地如果直接给大公子拿走了，我一点利都沾不上，还很可能落个人财两空。"许尚美好奇地问："此话怎讲？难道你还想从中牟利不成？"路旷明索性说："你想想看，拿到地皮的大公子只念安署长和乔厅长的好处，提拔升官也都是他们俩的，根本不可能有我的份。而我呢，只是他们的一个听差，财也好利也罢统统轮不到我头上，要是这块地闹出了乱子，挨骂挨打的肯定也是我，这不是人财两空又是什么呢？"许尚美刨根问底："那你想怎么样？"路旷明一把搂住她说："如果我把地拿出来拍卖，那暗箱操作的机会就多了。谁想拿到地，必然要巴结我，不该他拿的咱让他拿了，我跑官时借的那数十万大洋还愁没着落吗？一笔就勾销了。"许尚美想了想说："可这样的话，你就把安署长和乔厅长得罪了，到时候你头上的乌纱帽也就戴不成了。"路旷明说："谁说不是呢，但看着一块肥肉被别人搛走了，咱连点油都沾不上，心里痒痒。"许尚美忽然想起了一个主意："你们那里不是有沪东商会吗？郑旷达和李总还是商会的正副会长呢？你要不要跟他们商议一下。"路旷明觉得许尚美的建议可行，但自己不好直接找他们，便说："这事我不能出面。你倒可以找他们聊聊，本来就是熟人，说深说浅都没关系。"许尚美推脱："我跟他们聊什么呀，你跟他们谈不是更直接吗？"路旷明不得不袒露心机："商人都唯利是图，有大钱赚的时候就把你卖了。我能授人以柄吗？"许尚美沉思一会儿说："我跟他们聊聊倒可以，就是怕他们讥笑女人涉政。"路旷明笑道："女人涉政古来有之，这可不是我路旷明一个人的发明。你就放心去吧，我也好有个退路。"许尚美只好答应："那我试试看吧。"路旷明逗弄她说："那今晚我俩还试不试了？"许尚美故意沉下脸说："真扫兴，你还有脸试吗？"路旷明笑起来："男人在床上就要脸皮厚。"说着，一下子搬倒了许尚美。

7

早晨，许尚美在商务馆整理文案，一束阳光透过窗子射在她的办公桌上。

李总推门进来，站在许尚美跟前讨好说："路太太如此敬业，真让我感动啊。"许尚美依旧整理着东西说："我不敬业就没饭吃，有什么好感动的。"李总笑道："当了七品官太太了，凡事就可以摆摆谱了。"许尚美抬头望着他说："那你还当了沪东商会副会长呢，不也照样一天到晚在商务馆忙碌吗？"李总佯装无奈地叹息说："是呀，都因为财神爷太不眷顾我们了。"许尚美感觉说话的时机到了，便故意卖关子："李总，最近我听说有一个赚大钱的好机会。"李总急忙问："什么机会？"许尚美神秘地说："沪东办事处那里想拍一块地，不知你有没有兴趣？"李总脱口而出道："好啊，我早就想拿地皮了，成立影戏活动部就是需要地皮。你是怎么知道这消息的，路主任告诉你的吧？"许尚美不屑地说："他最讨厌太太涉政了，刚上任就给我约法三章了，第一条就是太太莫参政。他昨晚喝多了，梦话说出来的。"李总显然被这消息鼓舞起来了，兴奋地拍着手说："这可真是有利可图的大好事，什么时候拍地，要事先告诉我啊。"许尚美热情满怀地说："我都把路主任的梦话告诉你了，什么时候拍地还会不告诉你吗？我肯定会在第一时间告诉你的。"李总暧昧地向许尚美递着媚眼说："那是，咱俩谁跟谁呀？"许尚美突然严肃地说："李总，这样暧昧的话以后你就别说了，我现在已不是从前的身份了。"李总拍了拍脑袋："明白，明白。"

8

上海某酒吧内，郑旷达、许尚美、路星星坐在一起聊天，桌上摆着红酒、咖啡、西餐。

许尚美说："星星，妈妈都多久没看见你了，你整天在台上风光，都把妈妈忘了吧？"路星星吃着西餐说："没有，怎么可能忘了呢。你和我爸爸还有外婆都在我的心里装着呢。只是我在忙着走台，没有时间回去看你们。"郑旷达接过话说："最近校花冠军路星星在全上海的巡演算是告一段落了，现在她是红透上海滩的小名媛了。已经有不少香烟的广告商找过我了，想让路星星成为国产品牌香烟的形象大使。""我可不喜欢我女儿上香烟盒，俗气死了。"许尚美直接表达了自己的态度。路星星抢白道："妈，我喜欢，香烟男人女人都抽，会赚很多钱的。"郑旷达在一旁插话："路星星的商业头脑已经开始发达了。""这叫近朱者赤，小女跟郑会长学习了这么长时间，再笨的脑子也灵光了。"许尚美这话不知是恭维还是讥讽。郑旷达笑起来："这也是跟路主任的缘分，如果不是路星星当了校花冠军，我怎么可能担任沪东商会会长呢？这是路主任给我的商机呀。"路星星顺着他的话说："就是嘛，互惠互利。"许尚美趁机试探地问："郑会长，现在真有一个发大财的机会，路主任想在沪东拍卖一块地皮。"郑旷达听罢，忽然两手一拍说："这可是大好的商机，在沪东能拍到地皮那就等于把金子囤下了，什么时候拍？"许尚美说："具体情况我还不清楚，昨晚路主任酒醉后露了个话，我今天就透露给你了，念你对星星的帮助，如果你能拍到地，也算我们知恩报恩了。"郑旷达兴致勃勃说："路太太客气了，人跟人相处本来就是互利互惠的，你敬我一尺，我敬你一丈嘛。"

许尚美的内心得意极了，不费吹灰之力就将李总和郑总拿地的热情煽动起来了，她发现自己还是颇有参政能力的，谁说太太不能参政啊，太太参政那才叫真正的马到成功呢。

9

上海通商公署沪东办事处外，路旷明与沪东商会会长郑旷达和副会长李总站在一片沼泽地前，沼泽地里丛生着败落的芦苇，他们刚刚站定，一群野鸟扑棱棱飞了起来。路旷明指着沼泽地说："就是这片沼泽地，当下，沪东办事处也只有这片沼泽地可以拍卖了。"郑旷达双眼环顾四周说："这儿的自然环境不错，倒是一个休闲的好地方。建纱厂有点可惜了。"李总指指远方说："你们看，沼泽地的尽头就是黄浦江，用小船摆渡过去，就可以到百乐门看歌舞了。"郑旷达左右转转，又打量了一会儿说："如果修一座桥过来，离上海城区也就没什么太大的距离了。李总，沪东商会倒是可以考虑把这块地皮拍下来，打造一片大娱乐场。"李总急不可耐说："商务馆早就想筹建影戏活动部了，在这里建一个大的片场。届时拍什么电影、想推谁当明星，都由我们影戏活动部说了算。"郑旷达忽然拍拍他的肩膀说："想法不错嘛。"路旷明见两个会长都有想法流露，便说："大公子在这里建纺纱分厂虽是好事，可他拿地皮不会出大价钱，他在黄浦江码头丢了一批货，想让上海通商公署用地皮赔偿他的货，他这就是讨便宜来了。"李总接着说："远道的和尚会念经，大公子有大帅当靠山，哪个能跟他拼得起多呀？"郑旷达沉思了一会儿说："路主任，我倒建议拍卖这块地，竞拍面前人人平等。"李总在一旁添油加醋道："就是，财富社会，有钱乃大。"路旷明趁机说："既然两位正副会长都这么说，那就是英雄所见略同喽。可大公子拿地建厂是公署压下来的硬任务，我这胳膊岂能拧过大腿呀？"郑旷达大包大揽："路主任，既然您邀请我们二位担任了沪东商会的正副会长，这事就由我们二人想办法好了。"李总跟在郑旷达的后边表态："就是，包在我们身上了。"路旷明见两位会长如此积极，便大松了一口气道："那我就等两位会长回话了，此事宜快，恐夜长梦多呀。"郑旷达和李总又说了些让路主任宽心的话，路旷明顿时感觉一块石头落了地。

一辆轿车飞奔在沪东郊外的土路上，车里坐着郑旷达和李总。突然，车身颠簸了一下，司机用力将车停住。司机跳下车来，看着陷进路边沟里的前车辂辘，不由骂道："妈的，差点把老子的小命拽进沟里。"郑旷达推开车门问："怎么回事？"司机说："会长，路太烂了，烦请两位会长先下车，我要把车从沟里开出来。"郑旷达和李总分别从车的左右门下来，两人站在车前看司机发动车子。郑旷达对李总说："沪东到处是商机，架桥、修路都有钱可赚，就看你我游说的本事了。"李总说："先把拍地的事搞定，这事看样子要从通商公署打通关节，路主任这里显然没什么问题了。"郑旷达提醒说："你没看出来吗？路主任并不愿意把地给大公子，大公子拿地也就是象征性地给点钱，一旦大公子把地拿到手，这地谁都甭想从中捞到什么好处。"李总接着分析说："路主任这么想，谁知公署的领导怎么想呢。我看这样吧，回去我们就分头行动，设法打通上边的关节，让领导们在沪东拍地的事情上睁一只眼闭一只眼，然后我们就合力把地拍到手。如果大公子实在想拿地，我们再转手卖给他。"郑旷达一拍脑门说："好，李总，就按你说的办。"

10

深夜，李副队长带着几个巡捕袭击了街头乞丐帮，乞丐们吓得四散奔逃，李副队长捉住乞丐王问："快说，小秃在哪里？"乞丐王吓得浑身筛糠说："我真不知道，白天他还在，天一黑就没影了。"李副队长一把将乞丐王推搡在地，骂道："你们这帮社会渣滓。"而后冲几个巡捕挥挥手："走，到那边看看去，我就不信找不到这个小秃。"几个巡捕跟随李副队长朝另一个方向跑去。李副队长要找的小秃，此时正在上海街头，焦急地等待一个人的出现。

远外一片灯红酒绿，从悬吊的大红灯笼看，背景是一个颇上档次的酒楼。乔世景从酒楼里出来，他满面红光，似刚刚结束一场贪杯的酒宴。小秃忽然从黑暗中蹿出来，他手里拿了一个纸袋喊："爸爸，我有机密给你看。"乔世景一愣，当他看清眼前的小秃时，故作镇静地问："你要给我看什么机密呀？"小秃从纸袋里掏出田韵抒与天飞马拥抱亲昵的照片，递给乔世景说："爸爸，您认识这个男的吗？您看，田阿姨背着您跟他亲嘴呢。"乔世景打量了一眼照片，顿时勃然大怒："你是怎么搞到照片的，你当间谍吗？"小秃自炫道："我亲自跟踪田阿姨，偷拍的？"乔世景恼怒地说："你也偷拍了我，对不对？小秃，你到底想干什么？"小秃摊牌说："今天我就是跟你谈判来了，放了我妈妈，她没有通共。"乔世景怒目看着小秃说："你妈妈是不是通共，这要由巡捕房说了算。"小秃忽然变了腔调说："爸爸，您不能再听田阿姨的话了，她一直在骗您。"乔世景拿着照片又看了看，并换了副和蔼的面孔说："我回头问问巡捕房，如果你妈妈没通共，我就让巡捕房放了你妈妈。你手里是不是还有我的照片啊？都给我吧。"小秃用不相信的眼光望着乔世景说："不，等我妈妈放出来，我再给你。"乔世景说："那好，咱们一言为定。"小秃撒腿跑了。

乔世景回到家，就与田韵抒在大厅里争吵起来，两人情绪激动，大有剑拔弩张之势。乔世景咄咄逼人："看看你干的光彩事，光天化日之下竟敢给我戴绿帽子，你让我这张脸往哪里搁？"说罢将照片摔在桌子上。田韵抒拿起照片看看，忽然怔住了问："小秃又去要挟你了？他手里也有你和别的女人上床的照片。"乔世景不屑地说："这你甭管，你先说说照片上那个男的是谁吧？你们好了多久了？"田韵抒坦言："他是一个油画家，我跟他没有实质性的交往，只是表面文章。"乔世景讥讽说："你们都抱在一起亲嘴了，还说是表面文章？"田韵抒冷静地看着乔世景说："现在不是你跟我纠缠这个事的时候，我们要想想应该怎样对付小秃，他手里也有你的照片，一旦撒到社会上，就会损害你的公众形象了。"乔世景追问："那你说该怎么对付他呢？"田韵抒发着狠说："快刀斩乱麻，长痛不如短痛。"

接着两个人又商量了诸多办法，直到天快亮了，彼此都被哈欠夺去了精力，上下两层眼皮直打架，再也没有睁眼的力气了。于是，上海中式别墅的夜晚有了隆重的呼噜声，如果认真分析那呼噜，里面充满了不安的节奏。

11

任队长正在上海郊外别墅的床上与方菲云雨，方菲疲惫地应付着。任队长停下动作问："你今晚不在状态嘛，为了到你这里来，我今晚都没有出警。"方菲不以为然地说："出警无非就是抓人捞钱，你们又想抓谁了？"任队长说："一个叫小秃的乞丐，坑蒙拐骗到乔厅长的头上了。他真是活腻味了，找死呢。"方菲突然问："小秃？是不是绿袖子的儿子呀？"任队长："对，他妈叫绿袖子，曾经是百乐门的当红舞女。怎么，你认识她？"方菲叹息道："绿袖子现在在哪里呀？我已经很久没见到她了，好可怜的一个女人啊。"任队长继续动作说："她通共，马上要变成幽灵了。"方菲一把推开任队长问："那乔厅长不救她吗？"任队长一下子没了兴致，索性从方菲的身上滚下来，躺在她身边说："通共都是死罪，乔厅长也救不了她。"方菲突然抱住他说："那你要救她，你想想，绿袖子曾经是乔厅长的红牌舞女，她手里一定掌握乔厅长的大量情报，如果你把她放了，再把她的儿子发展成你的眼线，他们娘俩就是乔厅长的活证人，乔厅长今后就不敢把你怎么样了。"任队长眼睛一转，惊讶地看着方菲说："哟，想不到一个女流之辈，还有一肚子的韬略，我还以为你只会唱歌跳舞卖弄风情呢。"

方菲自炫道:"我要是只会卖弄风情,在百乐门能撑到今天吗?再说,任队长会给一个笨女人当干爹吗?"任队长顺着她的话说:"那是那是,人以群分嘛。"

方菲抱住任队长,再三强调绿袖子和小秃活着的重要性,任队长不住地点头。

12

上海某街巷的白天,绿袖子和一位女革命党游街示众,她们坐在囚车里正被押往刑场,路两旁站满了男女看客。小秃挤出人群,冲着囚车上的绿袖子大喊:"妈妈——妈妈——",他挤过一个又一个的路人,追着车跑起来。绿袖子一眼看见了奔跑的小秃,情绪激动,满脸泪水,却说不出话来。

上海郊外刑场,绿袖子和女革命党背对一排持枪巡捕。李副队长一挥手,枪声响起。女革命党应声倒下,绿袖子呆呆地站立,身体如僵尸。突然,绿袖子被两位巡捕快速推进囚车,囚车远去。

一辆黑色的小轿车由远及近驰来,横在囚车跟前。任队长从小车里下来,与此同时,李副队长也从囚车的副驾驶座位跳下来说:"任队长,人我给带回来了。"任队长道:"把她放我车上吧,记住不能走漏半点风声。"李副队长走到囚车跟前,把门打开对绿袖子喊:"我们长官请你下车。"绿袖子从囚车上跳下来,不知发生了什么,刚要开口,却被李副队长推进了任队长的小轿车里。小轿车立刻开走了,停在一片芦苇前,任队长从车里下来,绿袖子跟在他身后,两人站在芦苇边,任队长开始跟绿袖子谈话:"给你留条生路我是冒了风险的,有人要你的命,你知道吗?但我不能白白放了你,从今以后,你要帮我做事情了。"绿袖子急忙说:"您说吧,要我做什么?"任队长:"你不能再叫绿袖子了,化名蝴蝶兰,女扮男装,以后不准在百乐门之类的繁华地段活动,更不准跟你的儿子小秃联系,记住绿袖子已经死了。你的任务是卖情报,卖出一份情报有百分之十的提成,卖情报不分什么人,只要对方需要就可交易。此事风险极大,弄不好会掉脑袋,因此要十分保密。以后每周都有人跟你联系,记住了吗?"绿袖子:"记住了。可我的儿子小秃怎么办?"任队长:"你儿子小秃会有一个好去处的,你就放心吧。"

上海郊外,任队长在开车,边开车边跟小秃谈话:"你不要哭了,你妈是有人要她死,她不得不死,这事你不能怪我。现在,我要送你到一个地方练真本事,将来为你妈报仇。"小秃停住哭,好奇地问:"那你送我去哪里呀?"任队长:"到地方你就知道了。"

13

上海郊外魔鬼训练营。

第一天，小秃与十几个男孩在烈日下暴晒，头顶上汗流如雨，小秃支撑不住，忽然晕倒，数只黑皮靴立刻踢在他的屁股上。第二天，小秃与十几个男孩在攀爬一座破旧的楼房，没有任何防护措施，小秃快爬到楼顶的时候，忽然跌落地上，满脸是血。教官跑过来，用手试试小秃的鼻息："妈的，装什么死，起来给我爬，只要有一口气，就要爬到楼顶。"满脸鲜血的小秃被教官像狗一样拎起来，小秃晃了一下，又倒在地上。教官骂道："妈的，装死啊你！"说罢狠踹了小秃两脚。小秃如死人一般一动不动。

第三天，简陋的宿舍里，小秃在铺着草的床上渐渐苏醒，他看看四处无人，便从没有玻璃的窗子上跳了出去，站在一堵墙垛前四处张望，他看到远处有十几个男孩在跑步，他们正好背对自己。小秃急忙从墙垛跳出去，奔向茫茫无际的田野。

14

上海世俗生活报馆，总编看着当日的报纸："昨日两名通共女匪毙命郊外……"田韵抒推门进来："总编，巡捕房的稿子送来了，已经对上海的乞丐和小偷进行了集中整治。"总编顺嘴说："那就登报吧，反正巡捕房的稿子也难验真假。"田韵抒说："应该不会有太大的差错吧，巡捕房就是应付我，也不敢应付世俗生活报馆的总编吧，何况您还丢了一个照相机呢，也算大案了。"总编将报纸丢到桌上，站起身说："巡捕房怎么可能把世俗生活报馆的总编放在眼里呢？如果他们连厅长的太太都不怕，那这世上就没有他们可怕的人了。"田韵抒笑笑说："巡捕房的人都有枪，腰杆子也就硬。这也无可厚非。"

总编看看田韵抒，再也不想说话。

15

上海某西餐馆的夜晚，灯光摇曳。

乔世景与郑旷达和李总谈着什么。郑旷达一边往高脚杯里斟酒一边说："乔厅长，这里的西餐很正宗，口味也地道，红酒是法国波尔多的原装酒，我们商会早就想请您，无奈您的公务繁忙，今天我和李总能请到您，真是满屋生辉啊。"乔世景客套道："大上海的繁荣主要靠商业推动，二位是沪东商会的正副会长，今天我们见面了，二位对沪东商业的发展繁荣有何高见呀？"郑旷达道："乔厅长，自从路主任请我担任沪东商会的会长，我就想在沪东谋一块地盘，建一个商业娱乐城。我已经看了这块地了，虽是一片沼泽地，可如果水陆同时开发，还是大有商业前景啊。"李总附和道："我们商务馆想把影戏活动部建在那里，届时明星如云，是沪东的一大风景啊。"乔世景点头："两位会长的想法都很不错，沪东的发展繁荣真是要靠你们了。"郑旷达试探道："可听路主任说这地皮已经答应给大公子了，要建什么纺纱分厂。"乔世景应道："是啊，这事基本敲定了，没什么回旋的余地了，这也是上边的意思。"李总问："乔厅长，这地就不能变换一下方式吗？比如拍卖。这地如果拍卖，我们沪东商会的人很可能联手拿地，这样一来，地价也就上去了，无论对办事处还是对沪东商会都有好处。乔厅长要是能在拍地上为我们撑下腰，以后您有什么交办的事情，那还不是一句话嘛。"乔世景面露为难："我在通商公署只是个厅长，拍地这样的大事没有安署长的同意是行不通的。官大一级压死人，这道理你们都是晓得的。"郑旷达继续劝说道："大公子在天津已经建纺纱厂了，为什么还要到上海拿地皮呀？无非是靠了大帅的权势。如今军阀混战，你方唱罢我登场，将来谁主宰天下还不知道呢。盲目地把地皮给了大公子，将来吃亏的还不是通商公署？要知道，在上海一寸土地就是一寸金子呀。"乔世景应声道："这道理还用你们二位跟我讲吗？我在上海通商公署当厅长难道不明白土地的重要？我也很无奈呀。"李总继续道："乔厅长，郑会长和我都是站在沪东繁荣的角度考虑问题的。来，我俩共同敬您一杯。"郑旷达举杯："乔厅长，我们代表沪东商会敬您一杯。"乔世景与郑旷达、李总共同举杯，将酒一饮而尽。乔世景道："两位会长热爱沪东、繁荣沪东之心令我感动，我回去把你们的意思向安署长汇报，看看能否峰回路转。"郑旷达和李总相互看了一眼，会意地笑起来。

上海通商公署署长办公室，乔世景打量着安署长的神色说："安署长，昨天沪东商会的两位正副会长跟我提了个建议。"安子益问："什么建议？"乔世景说："他们建议将沪东那块沼泽地拍卖了，通过竞价把地皮拍上去，这样可以最大化地保护通商公署的利益。"安子益认真地问："你答应他们了？"乔世景低声道："没有，我怎么敢私下做主呢？我这不是在跟您汇报、征求您的意见吗？"安子益语气郑重地说："利益和升迁哪个在前哪个在后呀？没有升迁何来的利益？官场之人，尤其不能在节骨眼上犯浑啊。"乔世景急忙顺着安子益的话道："安署长，您的意思我明白了。"说罢起身出门。安子益望着他的背影，又说了一句话："乔厅长，以后跟商人们往来脑子要多转几下，绿头苍蝇是专往蛆上叮的。"乔世景转身笑笑，点头称是。

16

上海沪东办事处，路旷明与郑旷达、李总和孙喜眉在打牌。几轮下来，输赢难测，几个人似都有心思，气氛也就不太热烈了。

路旷明面有难色说："眼看一个礼拜都过去了，我没有接到任何有关大公子地皮的新旨意，拍地之事恐怕悬了。"李总说："曲线救国，让太太出面干预嘛。"郑旷达随着说:"对,您太太许尚美有两个特别铁的学姐,让她们跟丈夫吹吹耳边风,就把署长和厅长的耳朵根子吹软了。"路旷明正色道:"官场最忌讳夫人参政,你们又不是不晓得。"李总笑着说:"路主任,这事也就糊弄一下老百姓吧,沪东商会会长和副会长您是糊弄不了的。我和郑总想参与拍地,还不是您太太忽悠的。"路旷明故意看了两位会长一眼说:"既然两位会长都这么说,那我就让太太再去试试吧。"孙喜眉插话:"就是,我舅妈本事大了去了,能让舅舅从枪林弹雨的前线回到繁华的大上海,又在沪东办事处弄了个七品官当,我们村里的人都喊她'小通天'。拍地这点事在她眼里根本就不算事。"郑旷达期待地说:"路主任,那我们就等着夫人的好消息了。"

路旷明忽然眉飞色舞抖着手里的牌:"哎哟,我一把顺了嘿。"

第十一章

1

上海外滩酒楼，石玉婵、田韵抒、许尚美围桌而坐，桌上摆满了各式美食。

许尚美往石玉婵、田韵抒的高脚酒杯里注酒，边注酒边说："这是法国的原装红酒，旷明昨天特意交代我请两位学姐品尝，还说要请两位学姐吃正宗的上海菜。这个馆子的上海菜做得地道纯正，两位学姐口感如何呀？"田韵抒用眼睛扫着桌上的菜说："尚美还算有良心，没忘记两位姐姐的帮助，如今你已是七品官员的太太了，请我们吃饭像模像样的。只是我和玉婵大姐心里都郁闷，再好的菜吃到嘴里也不知啥滋味。"石玉婵立刻打断田韵抒的话："韵抒，你嘴巴上没站岗的了是吧？"举起酒杯又说："来，尚美，为路主任顺利上任干杯。"许尚美举起酒杯说："谢谢玉婵大姐。"说罢与石玉婵碰杯。田韵抒见状急忙举杯："还有我呢，怎么能把我漏掉呢？"未等石玉婵回应，一仰脖子将杯子里的酒干了。许尚美一边给两位姐姐搛菜一边试探地问："两位姐姐是不是为家里的事烦心啊？其实，我跟两位姐姐一样，家里也有不少烦心的事情，如果我们总是烦心郁闷，那就是被别人控制了，我们的内心怎么可能被别人控制呢？"田韵抒打趣道："嗨，尚美，看不出来嘛，你思想境界忽然提升了一大截哟，到底是主任太太了，今非昔比呀。"石玉婵接过话说："尚美这番话说得挺在理的，我们的内心是不应该被别人控制的。可是事情轮到自己头上，往往就深陷其中不能自拔了。"许尚美摆出一副解惑的架势说："大姐，您要是为孩子苦恼，那大可不必，孩子长大了会有自己的生活；您要是为丈夫苦恼，那就更不必了，男人是我们女人永远都琢磨不透的。"田韵抒忽然笑出声："尚美，你这都是从哪里学来的，还一套一套的，写进我的言情小说里保准精彩。"石玉婵打断她们两人的话说："先别扯这些闲话了，尚美今天请我们吃饭一定有正事吧？"许尚美笑道："玉婵大姐真是料事如神啊，我今天请两位学姐来，就是想告诉两位学姐有个发大财的机会，这机会必须由两位学姐幕后操盘，否则就会失掉机会了。"田韵抒急切地问："快说说，到底是什么赚钱的机会？"许尚美正儿八经地说："路旷明上任后在沪东圈了一块地皮，这地皮很有商业前景，沪东商会两位正副会长实地考察了一番，建议把地拍卖增值，但旷明说这地是专门给大公子的。如果给了大公子，地价只能往下压，好处只有大公子一个人揣了。但拍卖就不一样了，拍出高价来大家都有好处。"说罢，用眼睛打量着石玉婵和田韵抒，看看她们两人的反应。田韵抒忙问："那你想让我和玉婵大姐做什么？"许尚美从手包里掏出两张银票递给石玉婵和田韵抒："这是沪东商会会长们的一点意思，他们想请二位学姐回去说服安署长和乔厅长，请他们允许拍卖这块地皮。"田韵抒接过银票看看，放进包里说："这事我回去肯定跟乔世景说，但我的话能不能起作用可不敢打保票。"石玉婵瞟了一眼银票说："真不想管这档子闲事。再说，安子益也不让我涉政。"说罢将银票推给许尚美。田韵抒急忙说："玉婵大姐别那么清高嘛，你就搭个话，银票还可以做自己的私房钱嘛。"说着又将银票推给石玉婵。石玉婵只好将银票收进包里说："你这话倒提醒我了，沪东学校要建实验室，正好缺钱用呢。"田韵抒如释重负地笑说："大姐愿意干什么就干什么吧，反正银票您收了。"许尚美进一步说："两位学姐，与其在情感上耗心费神，不如多赚些钱，女人有钱才是硬道理呀。你们没听人说嘛，升官是男人的壮阳丸，发财就是女人的春药了。"田韵抒哈哈笑起来："这比喻好，通俗易懂。"石玉婵不耐烦道："好了好了，都别瞎胡说了，谁不知道钱好呢，只是这钱要用到正地方。姐几个今天真是喝多了。"田韵抒无可奈何地看着石玉婵，反唇相讥："我可没有大姐那么崇高，还想着把钱捐到沪东学校去，我只把钱留着自己用，现在上海的洋货多如天上的星星，买什么不得花银子呀。"石玉婵不悦地回敬她："为别人花钱那是幸福，为自己花钱只是快乐。"田韵抒抢白道："幸福是虚无缥缈的，快乐是实实在在的，我只要快乐就行了。"许尚美见两位学姐要争执起来了，立刻打圆场说："幸福也好快乐也罢，反正都离不开钱。两位学姐，要是我们赚了大钱，那就更幸福更快乐了。来，让我们为赚大钱干了这杯酒吧。"石玉婵和田韵抒同时举起酒杯，三人异口同声："干杯！"

2

上海中式庭院内，花朵在花园里剪枝，两只蝴蝶落在花上，花朵看着两只蝴蝶出神。安子益伏案研究棋谱，猛抬头看见窗外的花朵，喊道："花朵，你进来。"花朵本想用手捏住两只蝴蝶，安子益一喊，她手一抖，两只蝴蝶一下子飞了。花朵转过头望着安子益，撒娇说："先生，您真扫兴，您要是不喊我，蝴蝶就被我逮住了。"安子益悄声说："花朵，现在家里没人，赵妈去买菜了，石玉婵也出去办事了，你快进来，我想下棋了。"花朵跑进来，安子益抱起她进了卧室。

房间里，花朵被安子益用被子紧紧裹住。花朵在享受他的抚爱，他在享受花朵的青春。激情过后，花朵突然生出了心思说："先生，您还是给我在外边找个差事做吧，我实在受不了太太的气了，再说总这样偷偷摸摸的，哪天又被太太逮住了，还不得活剥了我的皮呀？"安子益抚摸着她的头发说："她敢剥你的皮我就敢休了她，正好让你称心如意当我的姨太。"花朵越发依偎着安子益撒娇："先生对我真好，如果不是念先生的好，我早就离开这个家了。每逢我要离开的时候，一想到先生，我就狠不下心来。"安子益又将花朵抱住说："你这就对了，你都在这个家里待了多少年了，一开始跟我写毛笔字，后来又跟我学下棋，别看你没进过正式的学校念书，可比那些念过书的人还聪明。"花朵顺着安子益的话讨好说："聪明都是先生教出来的。"安子益看着花朵，亲着她的脸说："花朵啊，其实我挺可怜的，像我这样级别的官员谁没有三妻四妾呀，可我家里家外只有你和石玉婵两个女人，我真是清廉到家了，如果石玉婵再对你纠缠不休，那就是不识相了。"

石玉婵已经走进院里，她推开屋门，发现房间里异常安静，便纳闷地左顾右看。

花朵忽然从安子益的怀里挣出来，悄声说："太太回来了？"安子益惊慌地推开窗子说："你快从窗子跳出去。"花朵迅速跳了出去。

石玉婵一把推开安子益卧室的门，她的动作几乎与花朵跳出窗外同步。她用眼睛迅速扫着屋内，当她的目光定格在安子益的脸上时，她发现了他脸上表情的不自在，还有那显得慌乱的眼神，她直觉刚刚在这个卧室里又发生了风花雪月之事，于是石玉婵故意拉着长腔说："大白天的，先生怎么捂被子睡起来了？"石玉婵边说边往窗外看，她看到花朵蹲在花园里，背对着她薅草。石玉婵突然感到自己直觉的正确，便讥笑道："这房间里怎么有一股野鸡味呀？"安子益在穿衣服，他沉着脸，躲避着石玉婵的目光说："太太，请你尊重我一点好不好？男人是家里的天，女人是家里的地，如果你不珍惜自己在这个家里的地位，一味地挑衅，那就是欺天霸地了。你想想，跟那些娶姨太纳小妾的丈夫相比，我是不是已经做得够好了？"安子益几乎在乞求石玉婵了，石玉婵不得不给他下台阶说："我是怕这野鸡给我们兴旺的家庭带来霉运。俗话说得好啊，时来运转遇朋友，运败时衰遇佳人。"安子益翻身下床，系着裤带说："太太，我对这些话不感兴趣，请你别再多嘴了。"石玉婵反问道："那你对什么话感兴趣呢？眼下倒有个发财之事，不知先生感不感兴趣？"安子益颇有兴致地问："发什么财？"

石玉婵就把许尚美在酒馆里说的沪东拍地一事告诉了安子益。安子益听罢未置可否。

3

夜晚的百乐门舞厅，乐池里的西洋乐突然停下来，舞台上十分安静。嘉宾席里的男女彼此相互望着，不知发生了什么事情。乔世景奇怪地看了任队长一眼问："下面是什么节目？怎么突然冷场了？"任队长不以为然地笑笑："乔厅长，请您有点耐心，好戏马上就开场了。"

乐队突然奏响《毛毛雨》，音乐声中，方菲华丽登场，装扮既中式又西洋。方菲走向前台，彬彬有礼地向观众鞠躬："今晚是我的告别演出……"乔世景一惊，转身问任队长："这是怎么回事？方小姐的告别演出，为什么不提前告诉我呀？"任队长讥讽道："乔厅长，你跟我干女儿认识也不是一天半天了，她没告诉你吗？"乔世景争辩："我要是知道，怎么会再问你呢？"任队长轻松地用手指了指台上说："那你一会儿去问她吧。"

4

上海中式别墅的深夜，田韵抒坐在大厅里，看着欧式座钟发呆，时间已经指向凌晨两点。乔老太太从屋里出来，一眼看到田韵抒问："天都快亮了，世景怎么还不回来呀？要不你出去找找他吧？"田韵抒推脱道："深更半夜的，到哪里找他去呀？"乔老太太坚持说："他平时喜欢去的地方，你出去找找看，这深更半夜的不回家，我这当妈的总是不放心啊。"田韵抒拗不过婆婆，只好说："那我出去找找，妈您先回屋睡觉吧。"

上海百乐门舞厅前灯火辉煌，穿戴时尚的男女观众三五成群从里面走出来。田韵抒在蜂拥的人群中寻找乔世景，乔世景终于出现了，他跟在方菲的身后，田韵抒躲在能听见乔世景与方菲说话的暗处。乔世景表情复杂地说："方小姐，你这么突然就告别百乐门了，这是不是有点太遗憾了，要知道把你捧红，我也是费了不少心思的。"方菲直言："那是因为你喜欢我的青春，可我老了怎么办？"乔世景担忧地问："那你今后干什么去？"方菲冷冷地说："这就不用厅长大人过问了，此处不养爷必有养爷处。"说罢傲气地向乔世景招招手，转身奔向任队长的轿车。乔世景突然晕倒在地。田韵抒从暗处急跑过来："世景，你怎么了？你醒醒啊！"乔世景慢慢睁开眼睛，看见面前的田韵抒，吃惊地问："你？……你怎么来了？""我是你太太，不该来吗？"田韵抒说罢将乔世景带回家里。

乔世景忧心忡忡在床上躺着，田韵抒端着一碗汤进来说："给你熬了碗参汤，喝下去养养精神吧。"乔世景喝了一口参汤问："你怎么知道我在百乐门呢？"田韵抒说："你半夜不回来，妈让我出去找你，刚到百乐门，就看见你晕倒在地上了。"乔世景一把握住田韵抒的手说："还是太太对我好啊。"田韵抒知道眼下该是摊牌的时候了，便坦言道："世景，我知道你外边有女人，还不是一个两个，你应该明白红颜即祸水，你吃她们的亏还少吗？一个硬贴给你的假儿子小秃就把咱们家折腾得快要散架了，你还想再折腾出什么事来吗？要知道，官和财是连在一起的，你还不如趁着现在的官位，多弄点银子回来，以后好有个退路。"乔世景忍不住问："你这话是什么意思？是不是又遇上什么发财的好机会了？"田韵抒道："这财还不是小财，是大财，就看你敢不敢发了？"乔世景急忙问："你说说，我想听。"田韵抒立刻把沪东地皮拍卖之事告诉了他，乔世景听后沉思了一会儿说："这事要安署长点头同意才行。"

5

上海通商公署，安子益坐在办公桌前翻报纸。

乔世景走进来："安署长，又在看报纸啊？有什么大新闻吗？"安子益放下报纸，调侃道："看报纸让人清醒啊，一天不清醒，赶不上乔世景。"乔世景哈哈笑说："安署长真会拿我开心啊。不过，人清醒一点也好，最近国内局势动荡不安，听说孙传芳部又要有大动作了。""是啊，你方唱罢我登场，今天是王侯，明天说不定就是贼子了。弄得我们这些人，刚迎了东风又要接西风，接了西风还要等北风，惶惶不可终日啊！……路主任那里的情况怎么样？"安子益问。乔世景察言观色道："正在抓紧落实大公子地皮之事，我们公署总给他加码，他哪有不加紧落实之理呀？"安子益沉思片刻说："你说大公子拿走这块地皮会不会引起什么争议呀？"乔世景忙说："现在已经有争议了，沪东商会的正副会长，对大公子拿地皮颇有看法，他们怂恿路主任拍卖这块地皮，说这地皮一拍卖很可能就是天价了，谁会看到白花花的银子不动心呢？"安子益立刻问："那你说怎么办呢？"乔世景故意说："安署长，我上次已经跟您表过态了，您难道忘记了吗？"安子益似忽然记起了什么，打量着乔世景说："呃……那就先把这事拖一拖，听听动静再说吧，如今时局动荡不安，真要鸡飞蛋打了，你我就会吃不了兜着走了。"乔世景顺从道："我听安署长的，安署长怎么指示，我怎么执行，上行下效，官场的光荣传统啊。"安子益开心地笑起来："哈哈哈……那你就去沪东办事处传达一下？"乔世景说："先甭传达了，路旷明那小子聪明得很，上边不催他，他心里自然会有数。安署长，那我就先忙去了。"安子益应道："好，你忙去吧。"乔世景走到门口，看到摆在橱子上的象棋，不由停下步子问："安署长，最近您不研究象棋了？"安子益敷衍说："上次大公子来，因为象棋闹了场风波，差点酿成事故，我对此也就兴趣不大了，偶尔会在家里下一盘。"乔世景恭维说:"天生我才必有用,您过去研究过书法、古玩,如今又研究棋艺,指不定哪一天真派上大用场呢。"安子益说:"玩物丧志,你知道的。"乔世景笑说:"人无癖不可交,这话是您跟我说的。"安子益忽然笑了,问:"是吗?我都不记得了。"

6

许尚美打扮入时地走在马路上,她高跟鞋落地的声音让行人的回头率猛增。她往前行走的方向,隐约可见"上海商务馆"的大牌子。她在牌子前站定,东张西望似在等人。一辆黑色的轿车停在她面前,车里探出李总的脸:"尚美,请上车吧。"许尚美拉开车门坐在副驾驶的位子,车开动了。许尚美问:"今天真的去片场看拍戏?"李总道:"是啊,你对我的行动还有什么怀疑吗?"许尚美说:"早知今天能去片场,我把星星带上多好,她特别想当电影明星。"李总说:"路星星早就是家喻户晓的明星了,等我们影戏活动部建成了,她想演什么角色,那还不是一句话的事。"许尚美岔开他的话题:"马上开车把我的两个学姐请上,今天你把我们三姐妹哄好了,你的影戏活动部也就落成一大半了。"李总讨好地笑道:"李总愿为三位阔太太孝犬马之劳。"

李总按着许尚美的指令接上了石玉婵和田韵抒,到了片场,三人坐在拍摄现场看拍戏,李总坐在她们身旁。片场正在拍摄电影《最后之良心》。主人公拆白党少年田德修,在与一位中年女人亲昵。中年女人以不信任的眼神审视着他,田德修张开双臂向她表白着自己的忠心……

石玉婵、田韵抒、许尚美看了一会儿,又悄悄退出来,在李总的引领下去参观片场的布景。他们在一片老屋的背景下停步。石玉婵问:"刚才拍的那个电影叫什么名字啊?"田韵抒告诉她:"《最后之良心》。"许尚美说:"那个男主角演技还不错嘛。"李总在一旁插话:"演得不好能让他演吗?这个男演员我知道一点底细,他父亲在上海开洋货公司,家里很有钱,他在英华书馆读书时就喜欢结交三教九流的朋友,爱驾车、骑马、也爱赌博逛妓院,是个十足的浪荡公子。"田韵抒接话说:"难怪他演得惟妙惟肖,原来是感同身受呀。"许尚美插话:"李总,你能带我们进片场参观,真挺有面子的,一般人怎么可能进得来哟。"李总恭维道:"三位太太可不是一般人,那是咱上海滩的阔太太啊,来参观片场,算是给了片场大面子了。再说,这点事我都摆不平,还有什么本事成立影戏活动部呢?"田韵抒顺势说:"就是,牛皮不是吹的,火车不是推的。"许尚美见机又提出了要求:"李总,你也不要用好听的话甜人了,你马上带我们到上海洋货公司逛逛如何呀?今天怎么也得让我的两个学姐开开洋荤吧?"李总一拍胸脯:"没问题,马上就去,到了洋货公司,我送你们每人一件洋货,你们喜欢什么就拿什么吧。"许尚美立刻对石玉婵和田韵抒说:"两位学姐,那咱们今天就去开开洋荤吧。"石玉婵拒绝道:"我就不去了吧?我想到沪东学校去一趟。"李总笑说:"怎么能缺了您呢?没您不成席呀。"田韵抒在一旁搭话:"就是,难得出来散散心,有人请客,还不潇洒潇洒?"许尚美推着石玉婵的肩膀说:"今天一定让玉婵大姐玩个尽兴。"石玉婵拗不过他们,只好去了上海洋货公司。

三人在首饰柜前挑选首饰。石玉婵拎起一条项链问:"你看这款意大利原装金项链怎么样?还配了一个小坠子,里面是我的属相鸡。"田韵抒讨好说:"那是凤啊。"接过项链打量:"真漂亮,玉婵大姐,戴上试试吧。"说着帮石玉婵将项链戴在脖颈上。石玉婵对着一个欧式镜子左瞧右看。许尚美跑过来,三个人的头像同时映在镜子里。许尚美夸道:"这项链真好看,干脆我们每人来一条,吊坠都要自己属相的。"李总爽快地说:"你们尽管挑选,账单我付。"田韵抒、许尚美的视线一下子转到柜台的项链上。石玉婵忽然问:"能不能再换一条?"柜台掌柜:"对不起太太,每个链子只有一条,货昨天才到的,刚上柜。"许尚美抢白说:"我们刚刚在片场看你们家少爷拍电影,才跑来这里的。"柜台掌柜笑道:"来我们洋货店的人都这么说,不知是少爷托举了洋货公司,还是洋货公司托举了少爷。太太,您这条已经很不错了,您看这鸡的四周镶的都是小钻石。"石玉婵似喜非喜地看着项链,许尚美在一旁搭腔:"呀,还真是的,那我这个四周有钻石吗?"柜台掌柜打量了一眼:"有,都有。一颗都不少。"李总凑过来说:"三位太太都挑选好了吧?我付账了啊。"三人朝李总笑笑,李总心领神会地付了款,又送三位太太回到各自的家中。

7

上海某里弄民居内,许尚美对着镜子照脖子上的项链,边照边哼歌。路星星在摆弄香烟盒。许尚美喊道:"星星,你看妈脖子上的项链好不好看呢?"路星星一动不动说:"好看不好看,关我什么事,又不是戴在我脖子上,我在看香烟盒呢。已经有好几家香烟公司找过我了,我究竟给哪种香烟做形象大使呢?"许尚美仍对着镜子打量脖子上的项链:"星星,妈妈自从参观了片场、逛了洋货公司,忽然想明白你将来干什么了,你就去当电影明星,既有钱又出名。你知道电影《最后之良心》那个男演员是干什么的吗?他爸就是开洋货公司的,那叫个有钱气派呀,洋货公司全是世界顶级大牌商品,妈妈这条镶钻石的意大利原装项链就是在那里买的。"路星星凑过来:"我看看我看看,还真是蛮漂亮的,那您怎么不给我也买一条啊?"许尚美强调说:"这是李总送的。李总想在你爸那里买地建影戏活动部,这事如果真成了,妈妈就去活动部当管理人员,到时候你想演什么电影还不是一句话的事情。"路星星问："那李总要是在我爸那里买不到地呢？"许尚美说："所以咱娘俩要联手说服你爸爸，让他同意把地卖给李总。"路星星又问："那郑总要是也想买地怎么办？我能当选秀冠军，那可是郑总的功劳。"许尚美说："李总和郑总都是沪东商会的会长，一个副一个正，是你爸亲自安排的。"路星星惊讶道："真的？这么说，是我爸给了他们发财的平台了？"许尚美炫耀说："是呀，他们之间应该是互利互惠的。"路星星进一步问："妈，您说我去演电影，那我还做不做香烟的形象大使了？"许尚美笑道："做啊，商机来了凭什么往外推呀？"

许老太太端饭进来摆在桌上，问："旷明怎么还没起床呀，这早饭还吃不吃了？"许尚美走过来说："昨晚又喝高了，正睡得香呢，别叫他了，咱们先吃吧。"许老太太张狂道："女婿自从当了主任，还没在家吃过我做的饭呢，今儿好不容易回来休一个礼拜天，我怎么也得让他吃一口我做的饭，你看这莲子绿豆粥，我是专门为他熬的。"许尚美笑说："妈，他饿不着，什么样的好饭都尽着吃。"许老太太仍坚持说："外边的饭看着好，吃进肚子里没营养，吃多了还会生病。"路星星在一旁插话："外婆就是没见过大天，我就喜欢吃外面的酒席，十碟八碗的，赤橙黄绿青蓝紫，看着就有食欲。"许老太太沉下脸道："星星，你这口气可挺矫情的，你不就当了个校花冠军吗？有本事挣个别墅回来，让外婆也住进大房子里敞亮敞亮，我都在这小黑屋里快住一辈子了，憋屈死了。"路星星笑说："外婆您别急嘛，也许我们住别墅的日子就快到了，只怕您又嫌打扫卫生麻烦了。""我啥时候嫌过累呀，只怕没有大房子给我住。"许老太太说。许尚美接过话："命里该有的东西跑都跑不掉。来，快吃饭吧。"

8

石玉婵站在大厅的穿衣镜前打量脖子上的项链，花朵端菜进来，无意间往石玉婵的项链上瞟了一眼，一副羡慕的表情，恰被石玉婵从镜子里看到了，便讥讽道："花朵，你是不是也想戴项链呀？那就让喜欢你的男人给你买一条吧。"花朵将菜摆在桌上，转身对石玉婵说："太太，我没有您这样的好命，至今还没有遇上真心喜欢我的男人。"石玉婵听出花朵是在顶撞自己，立刻反问："听你这话，先生是逗你玩呢。那你是猫还是狗呀，让先生逗着玩？"花朵知道惹不起石玉婵，只好低下头说："太太，您要是真容不下我，放我走好了。"石玉婵忽然提高了声音说："我没拉着你呀？我是搂你胳膊还是拉你腿了？"

安子益走进大厅，不悦地瞟了石玉婵一眼说："这一大早晨就叫什么劲啊？真是吃饱了撑的没事干了。"石玉婵不甘示弱地回应："就是，饱暖思淫欲啊。"花朵见状，急忙溜出屋去。安子益坐在饭桌前说："我都快成男人中的楷模了，你怎么老是抓着小辫子不放呢？跟你说，就是没有花朵，也会有花苗花树花秧花种子……成天抓我的妖，我怎么就不问你脖子上的项链是谁送的呢？"石玉婵理直气壮地说："那你尽管问好了，你不问，那是不关心我。跟你说吧，我脖子上的项链是沪东商会的副会长李总送的，他不光送给了我，还送给了我那两个学妹。给你当太太，哪个男人有贼胆敢单独送我细软啊。"安子益惊讶地问："什么？李总送的。这拍地还八字没一撇呢，他们就运作上了？真是机关算尽。"石玉婵接着说："这李总不光送了我们东西，还带我们参观了片场，真是大开眼界了。"安子益打量着石玉婵脖子上的项链，正儿八经道："玉婵，你是有身份地位的人，不能什么地方都去，也不能什么小利都贪，让人家小瞧你。要想钓大鱼，那就放个长线，不动声色等大鱼上钩，还用得着自己东跑西颠贪财去。记住，你是署长太太。"石玉婵索性问："那我想问问，你许给大公子的地皮究竟有什么说法没有？"安子益想想说："最近局势不稳，我和乔厅长的意思是先缓一缓。凡事都不能急，要缓一缓，放一放，这一缓一放，事情很可能就发生变化了。要不怎么说心急吃不了热豆腐呢。"

赵妈端着菜走进大厅："先生喜欢吃的热豆腐来了。"

石玉婵顺势坐在了饭桌前，拿起一双筷子递给安子益说："快吃饭吧，别啰唆了。"

9

田韵抒坐在梳妆镜前打量脖子上的项链，乔世景穿戴齐整站在她的身后梳理头发，准备出门。田韵抒忍不住问："礼拜天也不在家陪你老娘吗？她可是闹着要回去呢。"乔世景搪塞说："有你陪了，我就免了吧。今天要出去有公干。"田韵抒接着说："在你眼里，外边的事总比家里重要。"乔世景强词道："我是官身子，你又不是不知道。我们各自忙各自的吧，谁也别问谁。"田韵抒讥讽说："除了那些野花闲草，谁能指望您关心啊。"乔世景板起脸说："你说话别挑衅好不好？"田韵抒反唇相讥："我挑衅你了吗？我只是说你不关心我，我脖子上戴了一条这么漂亮的项链，你居然都没发现。"乔世景这才将注意力转移到田韵抒的项链上，"哟，还真是的，哪里来的？"田韵抒炫耀说："李总送的呀，你看看这吊坠周围镶的全是钻石。"乔世景忽然警觉地问："李总凭什么送你这么贵重的东西呀？"田韵抒坦白说："他想在沪东拿地，做商业项目。"乔世景接过她的话："所以就先在厅长太太身上做文章了，他真是算计到家了。"田韵抒接着问："沪东那块地皮究竟是给大公子，还是拿出来竞拍呀？"乔世景叹道："僧多粥少，骑虎难下呀。安署长的意思是先听听动静再说吧。"田韵抒察言观色问："这么说，李总拍地还是有希望喽。"乔世景沉下脸说："你最好别参政，别忘记我曾经跟你说过的话：女人当家房倒屋塌。"田韵抒突然委屈起来，"我什么时候当过你的家呀？你连首饰都没给我买过，我还当你的家呢。"乔世景顶撞说："钱都放在家里了，你随便花，想买什么还不是你自己说了算吗？"说罢出门。乔老太太走进来，左右看看，问田韵抒："这一大早的，你们两口子又吵吵啥呢？"田韵抒直言："今天是礼拜天，我让世景在家陪你，他说外边有公干。"乔老太太释然道："陪什么陪，我的病也好得差不多了，不用人陪了。再说，我儿是官身子，时间由不得自己。"田韵抒说："妈，难得您老人家这么明白事理。我今天也得出去。"乔老太太顺势说："出去，都出去，我一个人在家倒清静了。"

10

石玉婵在沪东校园里转着看着，学生们在教室里上课，操场空旷。这时吊在树上的大铁钟响起来，学生们纷纷跑出教室。

赵人杰从教室走出来，一眼看到了石玉婵，急跑几步到了石玉婵面前："石处长，您来怎么不事先告诉我一声啊？让您在外边久等了。"石玉婵从手包里掏出银票递给赵人杰："捐给沪东学校实验室的。"赵人杰接过银票，兴奋地说："真是太及时了，实验室已经建好了，就缺设备呢。"石玉婵立刻说："那就带我去实验室看看吧。"

赵人杰在新建起来的实验室跟石玉婵介绍着什么，实验室只是一个毛坯房，里面空空的，什么设施也没有。赵人杰举着银票看了一眼说："石处长，您这银票正好去购买实验设备。只是您把自己的私房钱捐出来，我心里有点过意不去。"石玉婵不以为然道："我心里过得去就行了。等实验室建起来了，让孩子们多学习一些科学知识。你那天说得对，未来的社会一定是个科学民主的社会。"赵人杰停住步，转身打量着石玉婵说："石处长，今天我在您身上看到了与往日不一样的变化？"石玉婵问："什么变化？"赵人杰认真地说："您在追求进步？"石玉婵笑了一下，反问："我原来是缠裹脚布的女人吗？"赵人杰急忙纠正："哪里哪里，石处长您理解错了。"石玉婵语气坚定地说："赵校长，请相信我的内心是追求科学民主的。"

11

上海沪东花间坊，一座旧式老楼前挂满了红灯笼，楼中间的门庭上高悬着一块木匾，上写"花间坊"三个字。老楼对面是一个戏台子，台子上拉好了幕布，不时有化好妆的戏子在台上露脸，给人传递着戏剧演出将要开始的信号。旧式老楼的上上下下，热闹非凡，男男女女熙熙攘攘。门前摆着鞭炮，似在等待贵客的来临。

乔世景刚从轿车上下来，鞭炮就噼噼啪啪响起来。浓妆艳抹的小花彩热情地迎接乔世景，"乔厅长，我这花间坊的鞭炮就是为了您来听响的，花间坊能开张，全凭乔厅长高抬贵手了。"乔世景扬扬自得地环顾四周说："哪里哪里，众人捧柴火焰高，今天上海的各路豪杰都来了吧？"小花彩急忙介绍："有头有脸的人物都来了，我今天就是盼着您来，乔厅长来了，我这花间坊才算满堂生辉了。"乔世景顺着她的话说："我今天是来听戏的，好久没听你的沪剧了。"小花彩满脸笑容地逢迎道："今天我要给乔厅长唱您最喜欢的《罗汉钱》。"

乔世景坐在最前排的嘉宾席上，各路豪杰依次排开分坐两边。台上一阵紧锣密鼓，小花彩登台亮相，走台步、舞璇子，开唱《罗汉钱》……乔世景听得津津有味。忽然，身后传来一阵叫骂："唱的什么玩意呀，老梆子，快滚下去吧。"乔世景回头想看个究竟，一包大粪砸向舞台，跟着又是几个酒瓶砸过来，有一只酒瓶砸在小花彩脚上，她痛得哎哟一声。乔世景慌忙站起身问："何人如此嚣张？立刻把他给我抓起来。"一个怪模怪样的蒙面人拔腿就跑，几个便衣保镖在后边紧追。

小花彩龇牙咧嘴喊痛，几个女仆围着她嘘寒问暖。小花彩喊着："我这是得罪哪位爷了，今儿刚开张，就遇上这等倒霉事……"这时，小花彩脑中突然闪现旧时的情景，像过电影一样。那是在郊外的别墅内，任队长来玩耍。任队长问："小花彩，你真准备开花间坊了？那你以后在男人眼里再也没分量了。"小花彩反问道："我有分量又能怎样？你能娶我吗？我当不了你大老婆，做你的小姨太总可以吧？"任队长安抚道："你别这样好不好？你是名角，知道我多喜欢你吗？当年为了向你表忠心，我这颗门牙都敲掉给你了。"小花彩拉开抽屉："谁稀罕你的门牙呀，你看我这里有多少颗门牙了。"任队长："你真是个婊子。"……想到这里，小花彩突然若有所悟。

在一条街巷内，几个便衣保镖扭住怪模怪样的蒙面人。男甲："你说，你凭什么喝倒彩，是谁指使你的？"男乙："你说不说，不说打死你。"怪模怪样的蒙面人硬气道："今天你们敢动我一手指头，我家老子饶不了你。"男甲："你家老子是谁呀？"怪模怪样的蒙面人道："我家老子是警务队任队长，没听说过吧？"几个便衣保镖面面相觑。男甲："管他是谁家的爷呢，先绑回去再说。"男乙："对，先绑回去再说。"几个便衣押着怪模怪样的蒙面人到了花间坊。男甲喊："花老板，我们把人给你抓来了。"

小花彩突然推开门，站在门口对楼下喊："谁让你们抓来的，把人放了吧。"乔世景从她身后的房间走出来问："就这么放了，是不是太便宜他了？"小花彩说："他老子是任队长，你敢捅这个马蜂窝？"乔世景无可奈何地笑了一下。

12

上海巡捕房内，任队长在办公室向方菲传达指示："从现在开始，你的直接上司是我，工作任务就是收情报和卖情报，经过前段时间的培训，你的发报和收报都没有问题了。现在，你只要盯住下线蝴蝶兰，这条下线只供你卖情报用。我这里各种情报都不缺，诸如军阀动态、商业秘密、商品供销、青帮内幕、租界争斗……到时候，你就等着往口袋里收钱吧，记住'苟富贵勿相忘'。"方菲忙道："任队长，我可不是吃独食的人啊。再说，没有任队长的提携，我怎么可能坐进巡捕房的情报处呢？"任队长笑道："你明白就好。届时我们三七提成，我要七成，你分三成，另外巡捕房每月发给你固定的薪水。"方菲问："我能穿警服吗？"任队长肯定地说："当然了，凡是进我们巡捕房工作的人都可以穿警服。"方菲欣喜地说："那真是太好了，到时候再没人敢欺负我了。"任队长问："你没穿警服时有人敢欺负你吗？告诉我，老子去灭他。"方菲娇嗔地说："谁不知道任队长是我干爹呀，欺负我不就等于欺负干爹您了吗？谁有这个胆子呀？"任队长道："干爹这称呼以后就别叫了，巡捕房人多嘴杂，工作起来不方便。当然，这并不是说我们就没有这层关系了，关系永远都存在，你懂的。"方菲撒娇道："干爹，你永远都是我的干爹。"任队长索性说："想我了？那咱就嘴一个。"两人搂在一起亲昵。

任小虎走到队长室门口，任队长推门出来恰好与他撞个正着，不由一愣："小兔崽子，你怎么跑到这儿来了。"说罢下意识地提了提裤子。任队长站在走廊里，他身后办公室的门虚掩着，因为方菲在里边，他没有让任小虎进去。屋里的方菲将耳朵贴在门上，门外的动静她听得一清二楚。

任小虎说："爸，我今天到花间坊看沪剧去了，那个小花彩正在台上有模有样地唱沪剧呢，我一包大粪就扔到她身上了。"任队长怒斥道："混账，你就是来跟我说这个的吗？人家要是揍扁了你，看你怎么收场。"任小虎说："他们的几个保镖真把我抓住了，刚要对我下手，我大喊大叫任队长是我爸，小花彩立刻就让他们把我放了。"任队长怒目瞪着任小虎吼："又打着我旗号在外边招摇撞骗了是不是？不务正业的东西，还不快滚！"任小虎悻悻说："早知如此，儿子就不来找你诉苦了，还指望你派几个巡捕帮我出这口气呢。"任队长骂道："你去花间坊滋事，还想让我派巡捕帮你出气，真是看你老子腰里揣着枪威风啊？滚，以后再不许来巡捕房找我。"任小虎顶撞说："滚就滚，我没你这个老子！"转身跑了。

方菲从任队长办公室悄悄出来，站在走廊里看着任小虎远去，搭腔说："想不到你还有这么大一个儿子，够牛的呀！"任队长没好气道："乡下的婆娘生的，一股匪气。"

13

上海某街巷酒吧，蝴蝶兰女扮男装坐在角落里吸烟，她不时朝窗外看，神情焦虑。方菲穿着旗袍从侧门进来，悄悄坐在她的对面。蝴蝶兰转过脸说："我一直朝窗外看，怎么没见你进来呀？"方菲说："我从侧门进来的，什么都让你看见，我就没资格当情报员了。"蝴蝶兰笑道："有什么情报要卖吗？"方菲没直接回答她的话，打趣说："看你这身打扮还挺像卖情报的，你就要这么打扮，猛看是个男的，细看是个女的，打扮得越酷越好，你的情报要卖给有钱有地位的人，政界军界商界青帮地痞……谁给钱多就把情报卖给谁，谁需要什么情报你就卖给他什么情报，你卖一份情报就得三块大洋。"蝴蝶兰掐灭烟说："可这活挺没有安全感的，一旦卖错了情报怎么办？人家花了钱是会找我算账的。"方菲不以为然道："你没有任何个人立场，只卖情报，是个生意人，有错买的也就有错卖的，没什么大不了的，顶多被人骂一骂打一打，那你就告诉他，以后再不卖给他情报了。他没有情报的来源了，最终还是要找你买，记住，当下只有巡捕房有情报卖。"蝴蝶兰像是吃了一颗定心丸说："要是这样就好了。"方菲又叮嘱："最要紧的是，你手里的情报丝毫都不能泄露出去，泄出去一点，你就赚不到银子了。"蝴蝶兰点头道："我知道了。"

14

上海某街巷的一幢小洋楼前，门上悬挂着一块牌子，上写"上海散打王威爷馆"几个字。几个剃光头穿便衣的男子在门口站着，显出"威爷馆"的神秘和不可接近。

小秃从远处走来，走到此处突然站住了，抬眼打量门上悬挂着的牌子。一个光头男子走到小秃跟前："看什么看什么呢，没事走远点。"小秃好奇地问："叔叔，这里真是散打王威爷馆吗？"光头男子回答："牌子上不是写着嘛，你小子不识字呀？"小秃又问："那我能进去学散打吗？"光头男子说："你有钱就能进去，没钱就别想进去，学散打是要交银子的。"小秃哀求道："我的钱花光了。你先让我进去学散打，等我有了钱再给你们成吗？"光头男子摇头："这么大点个小人就敢行骗了？谁相信你的鬼话。"小秃忙辩解："我说的不是鬼话，我说的都是人话。"光头男子道："嘿，你小子还敢嘴硬，那我倒要看看你扛打不扛打？接招，小子！"光头男子对着小秃使上了拳脚，门口的几个便衣男子一起跑来起哄。小秃被打得趴下了又站起来，站起来又被打趴下，他晃动着小身体，满脸鲜血却一声不吭。光头男子看着他："嘿，你还真扛打呀，我就不信打不死你!"光头男子一掌下去，小秃再也动弹不了了。几个便衣男子面面相觑。

一辆黑色的轿车在威爷馆门前停住，一袭白衣的威爷戴着墨镜从车上下来，一眼看见满身鲜血的小秃，急问："怎么回事？"光头男子说："这小子想进去学散打，我试试他扛不扛打？"威爷骂道："把人都打成这样了，还不赶快抬进去，真是败坏我威爷馆的名声。"几个穿便衣的男子急忙把小秃抬进馆里。

馆内光线昏暗，威爷在佛龛前焚香打坐。他背后的一张木床上，躺着昏迷的小秃。小秃渐渐睁开眼睛，用目光打量着这个陌生的地方。威爷没有回头，但他已知小秃醒了。威爷突然问："你为什么要跑到我的地盘挨打呀？你是吃饱了撑的吧？"小秃被这声音吓得一愣，当他看清离自己不远处一个男人的后背时，感觉那说话的声音像是从他后背钻出来的，不禁心惊肉跳。但他又不能不回答对方的问话，他感觉给自己后背看的这个男人就是威爷。小秃吃力地说："我想跟威爷学散打。"威爷问："你为什么要学散打，学散打是要赔上性命的。"小秃说："我要给我妈报仇。"威爷问："给你妈报仇？向什么人报仇？"小秃说："乔世景、田韵抒、任队长……还有……"威爷笑道："这些人都是达官显贵，你跟他们报仇太不自量了吧？"小秃说："可这些人说我妈妈通共，把她枪毙了。"威爷问："那你妈妈是谁呀？"小秃说："我妈妈曾经是百乐门的红舞女。"威爷突然转过身问："你妈妈是百乐门的红舞女？她叫什么名字啊？"小秃说："她的真名我不知道，艺名叫绿袖子。"威爷猛地站起身吼道："绿袖子是你妈？"小秃抬高声音说："威爷，您认识我妈妈？"威爷忽然意识到了什么，压低声调说："噢……不认识。"片刻，威爷走到小秃跟前："既然你想给你妈报仇，那你就留下来学散打吧，记住学散打不能惜命，惜命就学不了散打。"小秃吃力地爬起来给威爷跪下："威爷，请收下小秃吧，哪怕给您当狗我都愿意。"威爷用手抬起小秃的下巴笑道："嘿嘿，牙口长得倒不错嘛。"

15

上海沪东商会会馆，会馆内一色的明代家具，装饰橱上摆着各式古玩。郑旷达、李总边喝茶边聊天。郑旷达说："听说那块地的事暂时拖下来了，下一步怎么弄还不知道呢。"李总说："这地只要不让大公子拿走，咱们肯定能从中获益。我真不明白，这掌权当官的究竟是怎么想的，一块地皮说给人拿走就拿走了，在咱上海，土地就是真金白银啊。"郑旷达说："这是秃子头上的虱子明摆着的，还用你废话嘛。只要这地皮能拿出来竞拍，获利倒是小事情，到时候我们联手做影戏活动部，打造一个新的片场。如今电影是新鲜玩意，再孬的片子都有票房，都能卖出价来。"李总说："关键是我们要把全上海的美人都拉拢到我们影戏活动部来，届时我们想选什么样的女人没有啊？"郑旷达说："我们要推新人，你看我选校花选出了一个路星星，谁知竟是路主任的掌上明珠，现在这个路星星做一个香烟盒的广告就要这个数，有好几家烟草公司争着找她做呢。"李总说："那我们就拿包装路星星当大牌电影明星说事，到路主任的办公室去游说，让他铁了心拍地。"郑旷达应声道："还要利用那三位阔太太呢，她们都是受过高等教育、经风雨见世面的女人，绝不是一枚戒指、一条项链就能打发了的。哪一个都不是省油的灯啊。"李总说："太太就是男人的枕边风，她吹向东，男人的眼睛就往东看，她吹向西，男人的眼珠又转到了西边。拉拢太太，就是我们在当权者那里的第一关口，这第一关迈过去了，离目的地也就不远了。"郑旷达笑道："行啊，李总，对女人挺有研究啊。"李总说："我念私塾的时候，先生就教导我说，唯女子与小人难养也。长大成人以后，我发现对女人既要藐视她又要重视她，你要把她的心思琢磨透了，她真能服服帖帖为你服务。"

　　吕老板走进院子东张西望，似在看什么。郑旷达在大厅里一眼看到他喊："吕老板，你当起警犬来了，在我院子里嗅什么呢？"吕老板嘿嘿笑着进门："我看你这院里有没有地方藏女人？"郑旷达正色道："吕老板，你这话是什么意思呀？难道我郑旷达是好色之徒吗？"吕老板急忙说："开个玩笑嘛。"看到李总又问："这位先生是……"郑旷达在一边说："我来介绍一下，这是上海商务馆总经理、沪东商会的副会长李总，这位是美达宾馆的吕老板。"李总起身与吕老板握手，两人同时说："幸会幸会。"坐下后，郑旷达问："吕老板，好久不见你了，最近又有什么花边新闻吗？"吕老板笑道："知道你喜欢这口，今天就特意过来聊聊。哎，我要跟你说的这新闻可不是花边了，那是重大新闻啊。"郑旷达催促道："到我这儿就别卖关子了，有话就直说吧。"吕老板说："上海通商公署的安署长，你们都知道吧？"李总点头："知道。"郑旷达附和道："正人君子一个。"吕老板笑道："那是驴粪蛋子表面光，前几天他家差点闹出人命来。"郑旷达惊讶道："哟，有这么邪乎？什么人命？"吕老板接着说："他家里的使唤丫头八成跟他有一腿，安署长把她带到我那里住，不知什么事没谈好，那丫头跑到楼顶要跳楼。"李总吃惊地瞪大了眼睛："真的，安署长还有这出好戏唱呢？"郑旷达追问："那后来呢？人到底跳没跳楼？"吕老板说："后来巡捕来了，把人从楼上救了下来，又被安署长家的老妈子带回去了。就差那么一点点，我的美达宾馆就成凶楼了，那丫头真要死在我们宾馆了，你说我还做不做生意了？"李总长吁了一口气说："真是哪家都有三出戏，想不到安署长家也唱了一台大戏。"郑旷达嗔怪说："吕老板，这花边新闻你怎么不早告诉我呀？"吕老板说："我以为会登报呢，谁知报纸竟一个字未提。"郑旷达又问："哎，吕老板，你是怎么认识安署长的？"吕老板坦言："跟他也是多年的交情了。"郑旷达说："那现在有笔大生意你跟我们一块做吧?"吕老板急问:"什么生意?"郑旷达就将沪东地皮之事相告,吕老板听后表态说参与。三人于是到了通商公署沪东办事处,走到路主任办公室前,李总腿脚快,先往里面瞅了一眼,发现办公室无人,"哟,这大白天的屋里没人也不锁门,让小偷做了手脚怎么办啊?"吕老板道:"小偷怎么可能偷这里呀,谁会把金银财宝放在办公室啊?"郑旷达:"这您就有所不知了吧?办公室里会藏着小金库。"李总:"对对对,小金库是男人的专利。"三人哈哈笑着刚要退出,忽听里边套间传出笑声。李总将耳朵贴在套间的门上,只听见一个女人柔声说:"这回不痒痒了吧?舅舅,您可千万不能告诉舅妈我帮您掏耳朵,她要知道了,不打扁我才怪呢。"李总听到这里不由用手拍门:"路主任,我和郑会长在外边候您半天了。"路旷明推开里间门出来:"哎哟,两位会长来了怎么不提前打个招呼呀?这位是……"郑旷达道:"美达宾馆的吕老板,我多年的朋友,也是安署长的老朋友,今天特意带他来拜见路主任。"路旷明招呼道:"来的都是朋友,谈不上拜见。"将几个人让进屋里,坐下。

孙喜眉突然从里间屋走出来说:"舅舅耳朵里钻进了一个小飞虫,他总喊痒痒,让我用掏耳勺扒出来了。"吕老板说:"飞虫钻进了耳朵,要用香油诱它出来,否则越掏虫子越往里边钻。"孙喜眉一听:"可我今天竟把虫子掏出来了。"路旷明接着道:"外甥女掏耳朵的技术真是一绝呀!赶快给几位客人泡茶吧?"孙喜眉说:"舅舅,喝茶要到茶楼去喝,哪有在办公室喝茶的?茶楼里有吃有喝还能听评书。再说,您这几个贵客怎么也得到茶楼里款待一下呀?"路旷明应道:"那马上到街上的茶楼去。"几个人起身往外走,吕老板走到孙喜眉跟前,压低声音道:"巧舌弄簧,将来会派上大用场啊!"孙喜眉反问:"巧舌弄簧是不是巧嘴八哥呀?您这是夸我还是臭我呢?"吕老板哈哈笑起来:"相府的丫鬟七品官,路主任身边的人谁敢臭啊,夸还来不及呢。"

16

茶楼里男男女女三五成群聚在一起,有的聊天有的喝茶有的吃瓜子。茶楼中央有一个小戏台,台上正有一中年男子说评书,台子周围坐满了男女观众,孙喜眉坐在观众中间,一边津津有味地听评书一边嗑瓜子。

茶楼包间里,路旷明、郑旷达、李总、吕老板在商议着什么。路旷明说:"大公子拿地之事是缓下来了,但公署并没说地不给他了,只要大公子把地拿走了,哥几个想什么也都是白日梦了。"郑旷达问:"那咱们能不能把安署长和乔厅长都请出来,找个合适的地方,让他们玩得舒舒服服地,再探探他们的口气,看这地究竟能不能拿出来拍卖,要让他们知道拍卖的诸多好处。"李总接着问:"请他们到哪里玩呢?两位大官员都喜欢什么呢?"路旷明直言相告:"安署长喜欢的东西多，不过他喜欢的东西都是跟着上边的领导学的，上边的领导喜欢字画，他就喜欢字画，上边的领导喜欢下棋，他也喜欢下棋。至于乔厅长嘛，他喜欢逛百乐门、大世界，喜欢看戏，反正哪里美女多他喜欢去哪里。"几个人不约而同笑起来。吕老板搭腔说："好汉难过美人关，男人好色英雄本色呀。只是请他们二位到哪里玩合适呢？"李总索性说："此事就交给我办吧，届时花了多少银子，大家均摊就是了。"郑旷达应道："那好说。"

包间外忽然传来孙喜眉的笑声。吕老板不由赞道："路主任，你这个外甥女将来会成精啊。"路旷明说："你咋不说她成仙呢？白骨精是要被孙悟空三打的。"众人一起笑起来。

第十二章

1

上海通商公署，安子益在办公室看《申报》，拍地广告引起了他极大的兴趣："在杨树浦的军工路有大地二方，均出马路，作工厂基地极为相宜，一方五十余亩，每亩实价三百两白银，一方三十余亩，每亩二百两……"

乔世景推门进来问："安署长，今天有闲啊？"安子益举起报纸说："乔厅长你看，杨树浦的军工路要出售两块地，每亩要价竟达三百两白银，五十余亩就要一万五千两白银，如此看来，大公子想在沪东拿地皮真是太便宜了，每亩五十两白银不到，五十亩地才只有两千五百两白银，这么一算，咱们真是亏大了。"乔世景恰恰就是为此事来的，一听安署长这么说，急忙搭腔："要不怎么说拖一拖呢？"安子益担忧地问："那大公子再派人来催问怎么办？"乔世景也随之说："是啊，总要有一个搪塞的理由呀。"见安子益没有反应，又说："安署长，最近我们出去放松一下吧，人不会休息也就不会工作。"安子益说："好啊，那你说到哪里去放松呢？""沪东办事处的路主任已经安排好了，安署长想怎么放松就怎么放松。"乔世景乐呵呵说。安子益只好顺着乔世景的思路应道："那我就听乔厅长的安排了。"

2

上海沪东郊外的一片池塘前，郑旷达、李总正往鱼嘴里塞金子，鱼在他们手里活蹦乱跳，一条鱼跳到了地上，郑旷达拾起鱼，将一粒金子塞进鱼嘴里，而后丢进池塘飘浮的大网中。郑旷达看着网里的鱼说："李总，你这招可够绝的，往鱼肚子里塞金疙瘩，二十条鱼二十粒金疙瘩，乔厅长要是把这二十条鱼都钓上来，见到金疙瘩不开眼才怪呢。"李总笑说："世道难行钱作马。不这样，又能怎么办呢？"郑旷达担心地问："这二十条鱼不会从网里跑出来吧？"李总摇头说："不会，网撒得很深。"郑旷达忧虑道："人吞了金会要命，鱼吞了金也会翻白的。别等乔厅长来了，鱼都翻白了，那就扫了乔厅长钓鱼的雅兴了。"李总说："怎么可能呢？"猛抬头看见了一辆小轿车，急忙说："你看，乔厅长已经来了。"郑旷达惊慌地站起身："这二十条鱼都塞了金子没有哇？"李总："刚好塞完，不多不少，这二十条鱼简直就是神鱼呀！"

黑色的轿车停在池塘边，乔世景从轿车上下来。郑旷达、李总迎上前去。郑旷达满脸堆笑："乔厅长，我们在这儿恭候您多时了。"乔世景端着架子说："这地方风景不错，山清水秀的。"李总急忙奉迎说："要不怎么选择这个地方让乔厅长钓鱼呢，风水好啊。"乔世景看着池塘里活蹦乱跳的鱼，忽然说："哎呀，我忘记带钓鱼竿了。"郑旷达说："我们都给您备好了，您只管钓鱼就行了。"说着将钓鱼竿递给乔世景。

乔世景的钓鱼竿刚下到水里，眨眼的工夫鱼就上钩了，上钩的鱼肚子都鼓鼓的，乔世景得意地说："今天怎么这么顺啊，鱼条条上钩，还都是大肚子肥鱼，猪有猪砂、狗有狗宝，要是鱼肚子里有金子，那我今天真没白来。"郑旷达急忙说："乔厅长，今天您钓的鱼也许肚子里真有金子呢。"乔世景欣喜地说："是吗？那我今天真要发大财喽。"李总讨好道："就是让您发大财，才请您来钓鱼的。"

3

上海沪东办事处内，路旷明在自己的办公室跟孙喜眉交代着什么，两人的神情都很严肃。路旷明说："到了吕老板那里，要按着他的指示去做，你是在帮助舅舅完成一个使命，这使命对你来说很光荣，你要是在乡下老家，这等好事也不会轮上你。因为你来到了大上海，才有这样的机会。"孙喜眉忧虑地问："舅舅，那吕老板究竟会让我干什么呀？"路旷明强调："他就是让你吃屎，你都得张嘴。你肩负的是重要使命，你懂吗？"孙喜眉应声道："我懂了。"

孙喜眉坐吕老板的车到了美达宾馆，两人穿越走廊，边走边说话。吕老板问："喜眉，能告诉我你的年龄吗？"孙喜眉笑说："我今年刚好十六岁。"吕老板笑眯眯看着她说："正是含苞待放的一朵花呀，要是在乡下，应该找婆家当媳妇了。"孙喜眉说："我不喜欢乡下的生活，本来我妈把我许配给村里的一个男人了，我要死要活的不愿意，我妈只好让我来上海投奔舅舅了。"吕老板又问："路主任真是你的亲舅舅？"孙喜眉说："不是，管他叫舅是从辈分上论的，在我们乡村，有亲没亲都叫舅。"吕老板点头："噢，原来是这样。那我再问你，你都会什么呀？打麻将、打牌、下象棋……"孙喜眉答道："下象棋我不会，打麻将刚开始学，打牌还凑合。"吕老板问："那你最拿手的是什么呀？在上海，女孩子光有青春和脸蛋可不行，还要有哄人的本事。"孙喜眉从衣服口袋里拿起掏耳勺晃了一下："我……会掏耳朵，舅舅经常让我给他掏耳朵，说我掏得好舒坦。"吕老板立刻心生欢喜："这就妥了。"孙喜眉忽然问："吕老板，舅舅说我今天肩负着重要的使命，是什么使命啊？"吕老板直言："我马上带你去见的这个人，是上海通商公署的署长，这个人关乎你舅舅的前程和财路，你要哄他开心高兴啊。"孙喜眉怯怯地说："这么大的官，我靠什么哄他开心高兴呢？"吕老板说："你怎么哄你舅舅开心的，也怎么哄他。你记住，他要做什么，你都得接受，只要你接受下来，以后在大上海找个差事做那只是他动动小拇指头的事情。"吕老板走到一个房间门口停下脚步，示意孙喜眉："他在最里边右手那个房间，你进去吧。"孙喜眉跟吕老板笑笑，径直朝他指定的房间走去。

　　孙喜眉在靠里间的客房内，见到了安子益，她大大方方地介绍了自己，说她掏耳朵有多么舒适。安子益相信了这个乡下丫头的话，他想自己这辈子还没让别人掏过耳朵呢。他顺从地卧在床边上，孙喜眉双膝跪地给他扒耳朵。安子益一动不动，孙喜眉说千万不能动，如果想咳嗽什么的，一定要事先告诉她，她的掏耳勺是不听别人喝令的，只认孙喜眉。安子益真就一动不动地卧在床边上，任凭孙喜眉的掏耳勺在他的耳朵里翻来覆去。安子益心想，世上任何人、任何器具都是有权力的，权力的大小要分在什么时候、什么场合，眼下他就是最没有权力的人，他的权力被孙喜眉取代了，孙喜眉让他转身他就得转身，让他仰头他就得仰头，让他趴下他就得趴下，她手里的指挥棒就是一根掏耳勺，而在安子益的耳朵里它就是真枪实弹，他要是不听指挥，小小的掏耳勺就会让他失聪，让他再听不见世上的任何声音，悦耳的刺耳的好听的动听的铿锵作响的……他忽然明白，人对世上的任何人任何事任何器具都应怀有恭敬之心的，被恭敬的不只是官员，还有芸芸众生及万事万物。可人处在娑婆世界的红尘中是不明白的，人只明白他身处哪一级官位，应该享受什么待遇，被万众崇拜敬仰。其实那敬仰也是虚的，一旦没有了表面的权力之壳，也就是"落架的凤凰不如鸡"了。……安子益内心的想入非非被孙喜眉手里的掏耳勺喝住了，他不敢再继续想，只见孙喜眉往他的耳朵里吹了一口气，又将手掌心的耳屎摊开给他看："大官员您看看，您耳朵里有多少屎啊？"安子益扫了一眼，纠正道："那不叫耳屎，叫耳蚕。"孙喜眉笑说："大官员，我刚刚给您掏的是左耳，马上要给您掏右耳了，您侧过身去，不能乱动的。"安子益顺从地摆好姿势。不一会儿，孙喜眉就把安子益的右耳朵掏好了，安子益靠在床上，自己一边用小拇指搔着耳朵一边说舒坦。孙喜眉坐在床边，又握着他的左手看掌纹："大官员，您这手是能掌正印的，您看您手心里的事业线都要冲到中指上了。"安子益故意问："是吗？能丫头，你不光会掏耳屎，还会看掌纹。你今年多大了？"孙喜眉笑道："满十六岁了。""噢，与我们家的使唤丫头同岁。"安子益脱口而出。孙喜眉好奇地问:"你们家的使唤丫头跟我同岁,她会掏耳朵吗?"安子益说:"她会下棋,会写毛笔字,还会给花草剪枝。"孙喜眉惊讶道:"那她是个大能人呀!是您教她的吧?大官员,您要是也教我写字、下棋,我保准也能学会。"安子益看看她说:"这话我信,都是聪明的丫头啊。"两人又聊了一会儿家常,安子益越看孙喜眉越觉得这丫头能说会道,长得模样也不差。可他却没对她做什么出格的举动,他眼前总晃动着花朵的影子,花朵说话的神情、笑声、哭声,在他心里那是一个真实的存在呀。

4

乔老太太在大厅里翻找东西,橱门和抽屉的响动不小,整个别墅的楼上楼下都听见了她翻找东西的声音。田韵抒从卧室出来,看见乔老太太在拉橱门,便说:"妈,您又翻腾什么呢?"乔老太太停下手说:"我昨晚做了一个梦,梦见掉进粪坑了,我想找两个铜钱摇一摇,看看是好梦还是坏梦。"

乔世景推门进屋,将手里的一篓鱼扔在地上。他显然听见了乔老太太说的话,于是满脸堆笑说:"妈做的准是发财梦吧,你们看,我钓到了二十条神鱼,每条鱼肚子里都有金子。"乔老太太急忙凑到跟前,拣起一条鱼摸摸说:"我赶快找把剪刀去,看看鱼肚子里究竟有没有金子?"转身走出大厅。田韵抒望着风尘仆仆的乔世景问:"今天玩得很尽兴吗?谁请你去玩的?"乔世景一边脱外衣一边说:"沪东商会的两位正副会长,这些商人真是会玩到家了,那么大的池塘里专门给我准备了一个用网圈起来的小池塘……"田韵抒接过他的外衣挂在衣钩上说:"所以你钓的鱼肚子里就有金子,你相信这真是天意吗?"乔世景坐在沙发上说:"我知道他们的目的,我这个人嘛,凡事喜欢顺水推舟。"田韵抒随口说:"连你们这些当官的都这样,可见世道人心了。"乔世景板起脸,拿着腔调问:"田韵抒,你不会身在福中不知福吧?"乔老太太手拿一把剪刀进来,挽起袖子说:"快给鱼破膛,我要把金子扒出来。"田韵抒欲接过剪刀:"妈,我来吧。"

乔老太太推开她的手说:"你拿笔杆子的手怎么能握得住剪刀呢,还是我来吧。"乔老太太拎起一条鱼在地上摔了几下,活蹦乱跳的鱼立刻翻着白眼不动了,乔老太太按住鱼腹,手持剪刀照准鱼肚子破开一条缝,只见黄光一闪,一个金疙瘩啪哒掉在地上。乔老太太急忙捡起来,惊讶地打量着说:"敢情真是一个大金疙瘩呀,你们快过来看看——"乔世景得意地说:"肚子里没有金疙瘩的鱼,我哪有工夫去钓呀!妈,这回发财梦应验了吧?"乔老太太继续收拾鱼,剪开一条又一条鱼的肚子说:"你看每条鱼肚子里都有金疙瘩,一会儿拿秤称一下,看看咱一共得了多少金子。"乔世景从沙发上站起来,不以为然道:"怎么处理都是你们的事了,我要去出恭了,憋死我了。"田韵抒打趣说:"你肚子里也有金疙瘩了吧？赶快把它屙出来。"乔老太太在一旁插话："真是人心不足蛇吞象啊！"田韵抒敏感地问："妈，您这话是不是说我太贪心了？我刚才是跟世景开玩笑呢。"说罢，与乔老太太一块数金子。乔老太太数完后说："不多不少，整整二十粒金疙瘩，每条鱼肚子里都有一粒，这真是巧了。"田韵抒问："妈，咱家有秤吗？用秤称一称，看看这金疙瘩究竟有多重。"乔老太太说："有个称中药的秤，我去找找。"转身出屋，旋即拿秤出来："秤找到了。"田韵抒把金疙瘩拾进秤里，与乔老太太一起看秤。田韵抒说："哟，这金疙瘩还挺压秤的，竟有两斤多重呢。"乔老太太说："世上最贵重的东西就是黄金了，它不压秤啥压秤呢？"

乔世景从卫生间走出来问："怎么，还用秤称上了？有多少啊？"乔老太太应道："两斤多重呢。"田韵抒忽然长叹一口气说："我总算明白什么叫肥水不流外人田了，这地要是让京城的大公子拿去了，别说是二十粒金疙瘩，就是一粒咱都见不到影儿。"乔世景脱口道："这话还用你说？这不是废话嘛。"乔老太太沉下脸说："两口子见面就掐，真没见过你们这样的。"田韵抒争辩道："他心里没我，自然就看我不顺眼了。""好了，谁还不知道谁呀，这没意思的话就别说了。"乔世景没好腔调地说完话，转身进了卧室。

5

上海中式庭院，花朵在窗外的花圃剪枝，忽然呕吐起来，呕出的浊物被风挟着在院子里四处弥散。

石玉婵坐在窗前喝茶，忽然嗅到一股难闻的气味，不经意间往窗外看，她看见了花朵在呕吐，眉头不禁一皱。于是放下茶杯，走出客厅来到厨房。正在择菜的赵妈抬头看见石玉婵，微笑着问："太太，您怎么下厨房来了？"石玉婵用手指指窗外低声说："赵妈你看，花朵在干什么？"赵妈随着石玉婵的手指往窗外望，花朵正蹲在花圃里呕吐。赵妈吃惊地转过脸对石玉婵说："太太，花朵别是生米煮成熟饭了吧？"石玉婵立刻神情紧张地吩咐："赵妈，这几天你把她盯紧点，看看她是不是天天呕吐？如果真是怀上了，那麻烦就大了。记住，此事千万不能让先生知道。我马上出去一趟。"

石玉婵出了院门，匆匆赶往街巷对面的中药铺。药房里的顾客出出进进，柜台里有一个老先生。石玉婵走进来，坐到老先生的对面。老先生问："太太，您哪里不舒服呀？想抓点什么药？"石玉婵说："老先生，我想知道怀头胎的女人吃什么能保胎，吃什么又容易滑胎？"老先生想想说："螃蟹和兹菇属寒性，孕妇不吃为好。山楂和桂圆是活血的东西，最好也不要吃。"石玉婵站起身，从手包里掏出两块大洋摆在桌子上。老先生推辞道："没看病给什么钱呀？"

石玉婵微笑着出门，很快找到卖螃蟹的地方，买了一兜螃蟹。她拎着一兜螃蟹走进院子喊："赵妈，你看我今天买什么来了？"赵妈从屋里迎出来，接过石玉婵手里的螃蟹说："哟，这可是稀罕物，太太从哪里买来的？"石玉婵说："今天把这些螃蟹都煮了，再烧个兹菇汤，先生不在家，我好好犒赏你们。"赵妈拎着螃蟹走进厨房，花朵正择菜。赵妈说："花朵，你看太太给咱们买什么好吃的来了？"花朵说："我什么也吃不下，只想吐。"赵妈不屑地瞟了花朵一眼说："小姐身子丫鬟命，那你就等着吃现成的吧。"

赵妈手快，不一会儿就把螃蟹蒸好了，其他饭菜也悉数端到了桌上。石玉婵请赵妈、花朵一起围桌吃饭。石玉婵搛了两只螃蟹递给赵妈和花朵："平时先生在家，你们没机会上桌子，今天全当我犒劳你们了。"赵妈剥着螃蟹说："真是谢谢太太了。"花朵低头不语，小心地剥着蟹黄。石玉婵故意说："看样子花朵心里还在跟我过不去呀，其实我们之间的争执，我站在理上，你站在理下，你说对吧？"花朵抬头看了一眼太太，忽然想呕，于是站起身跑了出去。赵妈说："她这就是害喜了。"石玉婵叮嘱道："一会儿她回来，你要看着她把这几只螃蟹都吃下去，还有兹菇汤也要喝下去。我先回屋去了。"赵妈愣了一下，急忙说："太太，您还没吃饭呢？"

石玉婵喘着粗气说："我看见她就饱了。"转身进了卧室。

花朵走进来，不停地用手抹嘴。赵妈说："你胃里不舒坦，先喝点兹菇汤吧。"花朵摇头："赵妈，我什么都吃不下，我只想吐。"赵妈说话的语气硬了起来："难得太太买这么贵的东西给我们吃，别不识抬举啊。你我都是仆人，今天吃也得吃不吃也得吃，不能做出让太太没面子的事情。"花朵搛起一只螃蟹用手掰开，眼泪顺着眼角流下来。

天色说暗就暗了，转眼就黑了下来，再转眼就到了深夜了，这世上最值钱和最不值钱的东西就是时间了吧。大厅里，坐地大钟发出嗒嗒的钟摆声，时间指向凌晨一点。石玉婵焦虑地望着钟摆，她拿起披肩，正准备出门，安子益一脸倦容走了进来。石玉婵嗔怪道："我正准备出去找你呢？你看都什么时候了，真让人牵挂。"安子益说："还不是为了大公子那块地皮的事，沪东商会正副会长对我纠缠不休，我有什么办法，只好跟他们磨吧。"石玉婵问："你不是说大公子拿地的事要拖一拖吗？"安子益随口说："是啊。"石玉婵说："没利的事情就不要急着做嘛。"安子益忽然问："赵妈和花朵都好吧？"石玉婵勉强笑道："你问候赵妈是假，关心花朵是真。都挺好的，平安无事。"安子益说："我不是怕后院失火吗？"石玉婵讥讽道："既然怕后院失火，当初就别去抱柴火呀？"安子益不耐烦地说："行了，你有完没完了？"径自奔了卧室。

石玉婵在大厅里愣了一会儿，这时赵妈端着一盆洗脚水走进来，石玉婵接过来说："我来吧。"石玉婵端着一盆洗脚水进了安子益的卧室，安子益已四仰八叉睡在床上打起了呼噜。石玉婵放下洗脚盆说："这是在外面干了什么好事了，刚沾到床边就睡着了，连脚都不洗了？"安子益仍没有反应，任呼噜惊天动地。石玉婵轻轻翻动了一下他的脖子，发现他的耳朵发红，便吃惊地睁大了眼睛嘀咕："难道被谁揪过耳朵吗？"

6

上海某里弄民居内，许老太太在厨房包饺子。路星星坐在厅里的化妆镜前描眉毛。许尚美站在她身后指导："眉毛要高挑，不能朝下搭，朝下搭人会显得没精神，扬眉吐气你应该懂的。"路星星说："可是眉毛太朝上扬了，是不是显得人骄横傲气呢？"许尚美反问："你以为你不骄横傲气吗？"路星星忽然冲着厨房喊："外婆，饺子什么时候包好啊？满屋的韭菜味，真是难闻死了。"许老太太从厨房里伸出头来："嫌味道大，住别墅去呀，上下好几层楼，厨房是厨房，客厅是客厅，卧室是卧室，哪个屋的味道都串不了。"路星星趾高气扬说："外婆，你不用着急，我们马上就能住别墅了，我给欢喜牌香烟做广告，我的照片上了香烟盒，一下子就赚了十万大洋呢。"路旷明穿着睡衣从屋里走出来，搭腔："那也是看了你爸爸的面子，你以为商人真会无缘无故抬举你呀？"路星星抢白说："那我当校花冠军时，你还没当沪东办事处主任呢。"许尚美在一旁帮腔道："就是，我们星星天生丽质，不靠天不靠地不靠爷娘老子，只靠她自己。"路旷明据理力争说："郑旷达是我穿开裆裤时的发小，没有这层关系，我怎么可能给他一个沪东商会会长干呢？李总如果不是你妈的上司，我也不可能让他当副会长。"路星星不屑地说："那你要没我妈的关系，还当不上沪东办事处主任呢。"许老太太端着饺子进来喊："别贫嘴了，饺子熟了，多长时间一家人没在一起吃团圆饭了。"路旷明急忙拉过椅子坐下说："尚美，吃过饭，我们要去看看我干妈，好久没去看她了。"许尚美挨他坐下说："我就不去了，我在家陪星星吧，女儿好不容易在家休息一天。"路旷明看了一眼路星星，不情愿地说："那我就一个人去了。"许尚美问："那你带什么礼物呢？"路旷明想想说："带些补品吧，路上我再买一点泡脚的中草药，要讨干妈欢喜呀。"

路旷明匆匆吃了饭，就拎了一些补品奔了干妈家。

7

乔老太太一边揉肩膀一边看窗外："今天这身上怎么又不舒服了，是不是要下雨呀？"路旷明拎着东西走进来喊："干妈，我来看您了。"乔老太太见是路旷明，惊喜地说："哟，我干儿子来了，我还以为见不到你了呢，自从当了主任，再也没见到过你。"路旷明将东西放下说:"干妈,去沪东工作官身子,又离上海城区远,可我心里时刻惦记着干妈呢。您看我给您带来了泡脚的中草药,马上烧点热水,我今天给您推拿带捏脚,一定让干妈舒服喽,好好尽尽干儿子的孝心。"乔老太太笑说:"我这个干儿子真算是认着了。"路旷明问:"今天干哥和干嫂都没在家?"乔老太太说:"都出去了,两人到一块就斗嘴,出去家里倒消停了。"路旷明说:"那我去烧点热水。"转身走进厨房,看见地上一堆开膛破肚的鱼,不禁一愣。

路旷明端着热水出来,将包里的草药拎出浸在水里,又帮乔老太太脱下袜子,用手试试水温,将乔老太太的一双脚泡进水里。路旷明问:"干妈,厨房地上堆了那么多的鱼,是刚买来的吗?"乔老太太神秘地说:"那可是神鱼,是我们世景从池塘里钓上来的。"路旷明索性打破砂锅问到底:"神鱼?怎么是神鱼呀?"乔老太太神神秘秘说:"每条鱼肚子里都有金疙瘩。"路旷明突然睁大眼睛:"真的?"乔老太太笑说:"干妈还能跟你说谎吗?不过,你可千万别说出去啊。"路旷明若有所悟道:"噢,我知道我知道。……干妈,今天我给您老带了好多泡脚的药呢,都是上等的药材,中医典籍上说:'春天泡脚,开阳固脱;夏天泡脚,暑理可法;秋天泡脚,肺润肠濡;冬天泡脚,丹田湿灼。'人的身体就像一架机器,到了您老这把岁数,真要精心护理了。"乔老太太不住声地夸道:"这干儿子比亲儿子对我还体贴周到啊。旷明,你以后要有什么为难着的事情,跟乔厅长不好开口,就尽管跟我说好了。"路旷明笑说:"干妈,有您老这句话,我心里的石头就落地了。您老现在靠在椅子上,我给您按一下脚底的穴位。"乔老太太向椅背靠过去,微闭着眼睛说:"哟,这脚一泡真是舒服啊,身上的病都好了一半了。"路旷明见乔老太太心生欢喜,感觉说话的时候到了,便说:"干妈,沪东有块地想拍卖,如果我干哥在家里提起这事,您就说拍卖好,拍卖地价就能上去,大伙儿都有钱拿。"乔老太太睁开眼问:"是吗?那我就照你说的办。反正他是我儿子,我说什么他总要听吧。"路旷明顺着乔老太太的话说:"就是,哪有儿子不听娘话的,顺者为孝。"乔老太太舒适地呵呵笑起来。

8

田韵抒兴致勃勃走进世俗生活报馆,总编正与几个编辑谈话,田韵抒走进总编室,几个人都哑口不语了。田韵抒奇怪地问:"我一进来,大伙儿怎么都不说话了?"总编笑道:"这就叫一鸟入林,百鸟哑音。"田韵抒回敬说:"我怎么是一只鸟呢?我是一只金凤凰还差不多。"总编立刻回应:"对,一只大金凤凰。凤凰不落无福之地,可是咱报馆最近吃紧呀。"田韵抒盛气凌人地问:"报馆吃紧跟我有什么关系呀?"总编接着她的话说:"当然有关系呀,大伙儿说你的言情小说专栏最好掺点含沙射影的社会花边新闻，让读者有看头有嚼头，诸如花间坊被任队长的大公子喝倒彩搅局之事……"田韵抒不屑道："这么烂的花边有什么好写的？再说报纸真发了这样的文章，就不怕巡捕房找我们的麻烦？""最近报纸发行量下跌，就要找一些惹麻烦的花边新闻，否则靠什么吸引读者的眼球啊？"总编继续说。田韵抒见总编步步紧逼，只好说："那我今天就到花间坊走一趟，听说那是沪剧名角小花彩的地盘，我至今还没见识过呢。"总编一下子亢奋起来，催促道："那你快去吧，采访点花边新闻充实到你的小说里，让这个专栏吊吊读者的胃口。""听领导的话，总是没有错的。"田韵抒刚要转身出门，总编忽然喊住了她："哎，那个油画家天飞马什么时候举办画展啊？届时我们报馆倒可以借此做做文章呀。""前几天我在路上碰见他了，他又新租了一个画室，估计在为画展做准备吧。"田韵抒敷衍道。总编强调说："他可是我们报社逮到的一条大鱼，你千万别让他从网里溜出去。"田韵抒讥讽地笑笑："猫见到腥味都会盯啊。"

田韵抒到了沪东花间坊，只见上下两层明清建筑的小楼，里外挂满了红灯笼，门楣上高悬着"花间坊"的门匾。田韵抒站在门前打量门匾："张灯结彩，排场不小啊。"而后径自往里边走，被看门的两个便衣保镖拦住了。田韵抒神情自若地说："我找小花彩，我是世俗生活报馆的记者，想采访她。"男保镖乙："我们老板娘今天有应酬，不见客。"田韵抒脸色突然阴起来说："一个戏子竟敢拒绝报馆记者的采访，今天她见也得见，不见也得见。"田韵抒径自往里面闯，两个便衣保镖想拦没拦住。

此时，乔世景正在小花彩的房间与之亲昵。小花彩故意问："乔厅长，您大白天的来我这里，就不怕被人看见？"乔世景满不在乎说："我跟署长打了招呼，说是去外边处理公务。跟你说，干我们这行的人，白天反倒比晚上安全，大家都知道白天是要忙公务的，哪有风花雪月的闲情啊？不信，咱俩就打个赌，保准没人会怀疑我到你这里来了。"小花彩推脱道："可我白天怕是没有激情。"乔世景靠近她，调戏说："那你要把激情练出来，让黑白颠倒。"说罢，抱住了小花彩。小花彩半推半就地说："你轻点你轻点，听我跟你说唱词：'莫攀我，攀我太心偏，我是曲江临池柳，这人折折那人攀，恩爱一时间'……"乔世景一把将她压在身下说："我本来也不想天长地久啊。"田韵抒刚好走到二楼的一个窗子前，忽听窗里传出乔世景的声音，她立刻停下脚步顺着窗帘的缝隙往里看，她看见乔世景正扒小花彩的衣服，于是惊讶地后退。

田韵抒几乎是一溜烟跑出了大门，脚步踉跄在大街上行走。太阳火辣辣照着她的脸，纵横在她脸上的不知是泪水还是汗水。在穿越马路的时候，她突然一阵眩晕，跌倒在地。

一辆黑色的轿车驰过，正在驾车的天飞马好奇地瞟着马路上的人群，他一眼就看到了躺在地上的田韵抒。天飞马立刻停下车子，飞奔过马路，拨开人群，抱起田韵抒就奔向轿车。黑色的轿车发动了，围观的人群四散而去。

田韵抒躺在床上，她的额头蒙了一块毛巾，渐渐苏醒的她问："我这是在哪里呀？"天飞马急忙说："田姐姐，你在我画室呢。姐姐今天晕倒在马路上了，我开车从那里经过，就把姐姐接到我这里来了。"田韵抒颇为感激地拉住他的手："天飞马，今天要是没遇见你，我指不定要在马路上躺多久呢。我的救命恩人啊，我应该怎么谢你呢？"天飞马笑道："姐姐难道忘了吗？大恩不言谢呀。"田韵抒突然泪流满面。

天飞马扶田韵抒坐起来，见田韵抒情绪渐渐好转，就带她到了外面的西餐馆，田韵抒和天飞马坐在一个靠窗的角落，桌上摆着西餐，墙上挂了一幅油画，他们四周坐了几个洋人。天飞马说："田姐姐，这是正宗的法国餐，吃着顺口吗？"田韵抒道："我现在吃什么都没胃口，我真是想不明白，一个戏子究竟好在哪儿，他大白天的不忙公务，竟去泡戏子，这事要是被人张扬出去，谁还看得起他这个官员呢？"天飞马道："中国的孔圣人说过'食色，性也'，这都是人的天性，田姐姐何致生那么大的气呀，你跟乔厅长在这事上计较，那是没有完的。不如把您的心思好好调整一下，为我策划一次成功的画展，说不定我们都能大赚一笔呢。"田韵抒问："怎么策划呀？报馆的宣传我保证没问题。"天飞马说："田姐姐，办画展可不是宣传的问题呀，宣传只是一个方面，办画展的目的是要把画卖出去。那卖画的名堂可就多了，有真心喜欢自动找上门来买画的，但更多的还是要靠关系卖画，发动上海有钱有势的大老板都来买我的画，这人脉资源就要靠乔厅长疏通了。"田韵抒愤愤地说："靠他？你都不知道他的内心有多冷，血管都快冻冰了，他要是真帮你卖画，那钱还不得让他掠走一大半呀。"天飞马欣然说："那我情愿啊，我的画多了去了，能装一车皮了，正愁着卖不掉呢，如果能把这一车皮油画都卖出去，田姐姐，那利益可就均沾喽。你不是想去巴黎吗？到时候我让你游遍欧洲。"田韵抒说："这事我先研究研究吧，也许不用他乔厅长，我那两个学姐妹就能帮你把油画卖了。"天飞马应道："那太好了，不过我还是希望乔厅长能出席我的画展，他只要一剪刀把大红绸剪开，各路财神就会蜂拥而至了。"田韵抒不禁问："乔厅长的剪刀真有这么神奇？"天飞马眉飞色舞道："他是大官员嘛，如今哪路财神不看官员的眼色行事啊？他们跟对了官员就会有大钱赚的。"田韵抒沉默了一会儿说："那……容我再想想吧。"

9

路旷明在沪东办事处收拾了一下东西，正要出门，孙喜眉迎面走了过来。

路旷明察言观色问："这么快就回来了？安署长没难为你吧？"孙喜眉说："没难为我，除了掏耳朵，还是掏耳朵。"路旷明不相信地问："你没撒谎吧？"孙喜眉坦言道："我跟谁撒谎也不能跟舅舅撒谎吧？"又说："舅舅，我帮你完成了重要的任务，你给我多少报酬啊？"路旷明见孙喜眉开始跟自己谈条件了，便说："反正亏待不了你。"说罢一转身，恰好郑旷达、李总、吕老板走进来。路旷明道："我刚要出去找你们，喜眉回来跟我要报酬呢。"吕老板从口袋里掏出一个首饰盒递给孙喜眉："上海老银庙项链，报酬不低吧？"路旷明赶紧问孙喜眉："怎么样，你没吃亏吧？"孙喜眉欢喜地打量着项链，欢喜地出门。路旷明、郑旷达、李总、吕老板围桌而坐。李总笑说："四个人凑齐了，正好来一圈麻将。"郑旷达打断他的话："你还有心思玩麻将，为了这块地皮，真金白银花出去一大把了，代价可是惨重啊。"吕老板倒显得平静，无所谓地说："这才是舍小钱逐大利呢，等这块地皮拍卖了，哥几个花出去的钱都能捞回来，利润要成倍翻啊。"路旷明接着他的话说："就是，大人不计小利，现在趁公署暂缓大公子拿地之事，我们要抓紧把地皮寻一家合适的拍卖公司，趁早把地皮拍了，等大公子找上门来，生米已成熟饭，他再想要这块地，就要从诸位的手上买了，那地价早就在空中翻了十八个筋头了。"郑旷达忽然想起了什么说："沪东商会有个执委就是拍卖公司的，明天我就去找他谈谈。"李总插话："我也认识一个拍卖公司的老总，但他在公租界，跟我们华界隔着地盘呢。"吕老板建议道："要我看在公租界和法租界拍卖都比在华界好，大公子京城有背景，华界哪个不得听他摆布，如果在法租界和公租界，那情况就会不一样了，届时可以有多种借口，还可以借助青帮的势力。"路旷明接着吕老板的话说："对，吕老板考虑得周到，只要我们认准的目标，就要不惜一切代价拿下。"郑旷达又说："要不我们分头找一下拍卖公司，最后再决定花落谁家？"李总跟着表态："我看可以。"路旷明毫不犹豫说："那就分头行动吧。"吕老板走到路旷明身边，低声说："你外甥女表现得挺不错的，真是棵好苗子。"路旷明笑道："那就交给你施肥浇水了，以后能不能苗壮成长，就看你怎么调理了。"吕老板心领神会说："有路主任这番话，我心里就有数了。"

10

石玉婵与安小早在酒吧里吃西餐，小早用刀叉切着牛排。石玉婵显然已经说了半天了，她情绪激动，脸上一副沮丧之相："他跟花朵的事还没完呢，这在外边又搭上别的女人了，他的耳朵被人撕扯得都发红了，除了女人，谁敢撕扯他的耳朵呀？"安小早不耐烦地打断她的话："妈，您能不能别跟我说这些呀？那是我爸和你之间的事情，别用你们的错误惩罚我好不好？"石玉婵争辩说：

"这怎么是我的错误呢？这是你爸的错误啊。"安小早几乎按捺不住自己的情绪说："我不管谁的错误，以后反正别跟我说这事，我不想听，上学本来就够烦心的了。"石玉婵无奈地说："那我不跟你说跟谁说呀？在这个世界上你是妈最亲的人了。"安小早据理力争道："既然我是您最亲的人，那您凭什么还用这些破事折磨我呀？您把我当成了垃圾筒，就不怕您的儿子发疯吗？"石玉婵简直伤心透顶，她不得不继续为自己争辩："应该发疯的是我呀，连自己的亲儿子都不体谅我，我真是太不幸了啊。"石玉婵禁不住哭起来，一把鼻涕一把泪的。安小早不安地朝四周望望，发现邻桌的人正往这里张望，他惊慌地扔下刀叉："真丢人。"起身朝门口奔去。石玉婵哭得更厉害了，邻座的顾客都往她这里看，不知发生了什么事情。

一位年轻的男侍应走过来："请问太太，您需要帮助吗？"

石玉婵忽然清醒："噢，不需要，买单吧。"说着打开手包。

石玉婵从酒吧出来，不由自主走进了商业街。商业街上，各家店铺前悬挂着不同的招牌，电器店、文具店的招牌最为夺目。一队巡捕匆匆走过，石玉婵闪到一边。巡捕走远，赵人杰带着两个青年学生从一家文具店出来，石玉婵一眼看到了他们，惊喜地喊："赵校长，你怎么有闲到上海来了？"

赵人杰遇到石玉婵也感到十分惊喜："石处长，我带学生来买实验室的设备。"转身对两位青年学生介绍："买实验室设备的钱就是石处长捐赠给学校的。"两位青年学生同声说："谢谢石处长了。"石玉婵说："这是我应该做的。你们买到设备了吗？"赵人杰道："还没有呢，跑了几个店，没看到合适的。"石玉婵说："那你们到洋百货看看吧，实验室的设备一定要选一流产品。"赵人杰说："其实我很想买国货，可国货质量不过关。"石玉婵说："走，那我陪你们去吧。"

一行人进了上海洋百货商店，不一会儿，赵人杰和两个青年学生抱着刚买的实验室设备从洋百货出来，石玉婵已站在一辆黄包车前等他们，青年学生和赵人杰将实验设备放到黄包车上。石玉婵说："让黄包车把设备送到码头，车费我已经付过了。"赵人杰说："石处长，真是太谢谢您了。"

石玉婵道："好好教学生就是对我的最好感谢了。"赵人杰应声道："石处长，您放心。实验室建起来后，我还想给学生再开一门课，让学生写字画画。"石玉婵说："学生是国家的未来，希望都在他们身上。赵校长，当初把你放到沪东学校，我还是没有看错人的。"赵人杰郑重地说："石处长，教书育人百年大计呀。"

11

方菲在巡捕房办公室整理资料，任队长推门进来问："我让你查找的信息找到了没有哇？"方菲说："我正要向您汇报呢。根据我的了解，石玉婵年轻时曾热衷于妇女参政，为了当上国大代表，当年还打过反对者的耳光；田韵抒也曾在报刊发表过激进的言论，但她们结婚以后都老老实实当起了阔太太，两人再没有什么出格的举动了。"任队长叹道："荣华富贵真是诱惑人啊。"方菲不禁问："我真弄不明白您为什么要调查这两个女人呢？"任队长直言："乱党最近活动猖狂，无孔不入。"方菲断然说："这两个女人不可能参与乱党，那是出生入死的事情，她们才不肯呢。与享受人生的荣华富贵相比，出生入死与她们的人生观是背道而驰的。"任队长摇着头说："你说得也不完全对，人是会变化的。安署长太太石玉婵一直与沪东学校校长赵人杰走得很近，当初这个姓赵的就是个激进分子，巡捕房几次想抓他，都被安太太拦下了。"方菲劝道："如今沪东已不在您的辖区了，任队长就不必恪尽职守了，多一事不如少一事，睁只眼闭只眼不好吗？"任队长笑道："英雄所见略同，我也是这么想的。……哎，怎么跟我说话这么客气了？早知如此，就不让你穿警服了，费了好大的力气，却让自己失去了一个温柔乡啊。"方菲娇嗔道："老牛吃嫩草，您会找到又美丽又年轻的女人的。"任队长嘿嘿一笑："还是方小姐了解我呀。最近乔厅长没再找你的麻烦吧？"方菲道："他怎么敢到你的眼皮底下惹是生非呢？"任队长说："他还算知趣。蝴蝶兰有消息吗？"方菲道："最近正准备跟她联系呢。"任队长说："好，有什么情况及时向我报告。"说完凑到方菲跟前："你就真的不想我了？"方菲躲闪着说："我天天在您的眼皮底下晃，这话是不是问得多余呀？"任队长捏了捏她的脸说："我眼前晃动的是在百乐门唱《毛毛雨》的方小姐……"方菲感叹："可是我再也回不到从前了。"

12

上海威爷散打馆内，小秃与威爷交手，威爷三拳两脚将小秃打翻在地，吼道："小子，你还太嫩，胳膊腿都没长结实呢。去吧，给老子买包烟去。"小秃从地上爬起来问："威爷，您要抽什么牌子的烟啊？"威爷说："欢喜香烟制造精良，提倡国货欢喜无量。"

小秃来到街头烟店，蝴蝶兰正在买香烟，她付了款，拿起香烟准备离开。小秃正好与她碰个正着，两人都愣了一下，蝴蝶兰匆匆离去。小秃在后边追赶，蝴蝶兰突然停下脚步，小秃跟上来，拦住蝴蝶兰："你长得真像我妈妈……"蝴蝶兰佯装镇静地说："那你好好看看，我是你妈妈吗？"小秃细细打量蝴蝶兰："你如果不是个男的，我还真以为是我妈妈呢。"蝴蝶兰故意问："你妈妈叫什么呀？"小秃说："我妈妈叫绿袖子。"蝴蝶兰道："就是通共的那个绿袖子呀？报纸上说她早就被枪毙了。"说罢转身离去。小秃疑惑地望着蝴蝶兰的背影嘀咕："你长得太像我妈妈了。"于是不甘心地尾随蝴蝶兰而去。

蝴蝶兰倚在靠巷口的墙角抽烟，她不时用目光瞟着巷外，似在等待什么人的到来。巷外大街上，行走着各色男女，一位母亲牵着儿子的手在散步，蝴蝶兰触景生情，禁不住落下泪来。小秃躲在暗处偷看蝴蝶兰，她的一举一动他都看得清清楚楚。这时，打扮时尚的方菲从人力车上跳下来，她四处看看，快步朝巷子里走去。隐在角落里的小秃看见往巷子里疾走的方菲，忽然愣了一下，这人怎么像百乐门唱歌的方小姐呀？方菲一眼看见满脸泪水的蝴蝶兰，不由问："兰哥，什么事这么伤心啊？"蝴蝶兰道："看见大街上的女人领着自己的儿子，我就想起……"方菲急忙打断她的话："你现在可是无牵无挂的兰哥，请你不要给自己找麻烦好不好？"蝴蝶兰急忙拭去眼泪。方菲低声问："有情报吗？"蝴蝶兰悄声说："有一份重要的情报。"方菲又问："是关于共党的？"蝴蝶兰摇头说："不是。是一个发大财的情报。"方菲一副急于想知道的表情："发什么大财？"蝴蝶兰四处打量了一眼说："后天早晨有一批黑货运抵金利源码头，听说货是法租界的。"方菲紧张地问："情报准确？"蝴蝶兰肯定地说："准确，是码头上一个搬运工说的，有人雇他去搬运这批货。"隐在角落的小秃正侧耳倾听她们的谈话。方菲从手包里掏出几块大洋递给蝴蝶兰："给，兰哥，我够意思吧？"蝴蝶兰掂着大洋笑道："钱当然是越多越好了，钱又不扎手。"方菲又说："上峰请你注意搜集共党的情报，最近他们活动猖獗。"蝴蝶兰问："给我多少钱？"方菲正儿八经说："钱少不了你的，但情报一定要准。"蝴蝶兰叹道："吃这碗饭真不容易。"

方菲回到巡捕房，立刻在任队长的办公室向他汇报了情况："蝴蝶兰说后天早晨有一批黑货运抵金利源码头。"任队长问："情报可靠吗？"方菲道："她说是听一个码头上的搬运工说的，老板正雇他搬运这批货，货是法租界的。"任队长思索道："法租界不好惹啊，一个大马蜂窝。不过，捅了这个马蜂窝就等于捅来一大桶金子啊。"方菲道："我突然想起一句话来了。"任队长问："什么话？你说。"方菲道："发财的机会对每个人都是平等的，就看你能不能抓住了。"任队长点头："你这话倒提醒我了。"

13

上海威爷散打馆内，威爷正在打坐，小秃跑进来。威爷板着脸说："让你去买包香烟，怎么跑出去这么长时间啊？"小秃急忙说："威爷，我路上听说了一件事。"威爷问："什么事？"小秃凑近威爷的耳朵嘀咕。威爷惊讶道："你这话当真？"小秃认真地说："我是在街上听说的，说这事的两个人神神秘秘的。"威爷忽然欢喜地站起身，揖手对着天喊："老天爷又给我送银子来了，感谢老天爷啊！"

第十三章

1

上海沪东金利源码头，天边刚刚泛出鱼肚白，白昼在夜的拖延中迟迟不肯降临。此时，黄浦江上的一艘货轮正徐徐驰向沪东金利源码头。码头上，一队巡捕悄然逼近，领头的是李副队长，他不时回头招呼："快，跟上跟上，货轮快靠岸了。"

一艘木船正试图靠近货轮，船舱里几个戴面罩的男子聚在一起，从面罩露出的两只眼睛能看出说话的是威爷："老二把钩子搭到货轮上，你们就从这里快速上船，直奔货舱，凡是写着字母的箱子能扛多少扛多少，老天爷给我们送来的财宝，不拣白不拣啊。"小秃凑上来问："那我呢？"威爷说："你就在木船上待着别动，看船吧。"几个人跟着威爷奔出船舱。黑暗中，小秃怯怯地望着他们的背影。威爷带着五六个人悄悄爬上大轮，溜进货舱，几个人三下五除二扛了几箱货就走。就在威爷扛着箱子奔出货舱时，一束电光照在他脸上，一位穿警服的洋人拦住他问："什么人？你在干什么？"威爷一愣，放下箱子扑向对方，三下五除二将洋人打翻在地。随后数位穿警服持枪洋人蜂拥而至，情急之中威爷扛着箱子跳入黄浦江。数位穿警服洋人对着黄浦江扫射，水面上泛起一波又一波的血浪。

一艘木船在晨曦微露的夜色中快速行驶，朝着货轮的相反方向。它的后面是货轮上传来的枪声和叫喊声。船舱内众人焦虑地望着水面，小秃歇斯底里地叫喊："威爷，你在哪儿啊？"一只湿淋淋的头露出水面，小秃忽然尖叫："快看，威爷在那儿。"众人纷纷将头伸出船舱。老二扑通跳进江里，将威爷救了上来。船舱内，威爷奄奄一息，胳膊在流血。小秃趴在威爷身上哭："威爷，你不会死吧？"老二将小秃推到一边："尽说丧气话，一边去。"说罢撕开自己的衣服把威爷流血的胳膊包起来，而后掐住威爷的人中。威爷渐渐苏醒："……货都平安吧？"老二道："都在船上了，放心吧威爷。"

威爷愤愤地说："要是我那一箱货不扔到水里就好了，今天亏大了。"小秃凑上来说："威爷，你活着就赚了，货没有命值钱。"

上海沪东金利源码头，货轮徐徐靠近，浓雾散去，码头上的一切尽显在白昼里。李副队长举起望远镜又放下，对众巡捕说："就是这艘货轮，一会儿给我上去仔细搜。"货轮停靠码头，李副队长带着众巡捕准备上船。这时数位洋警察抬着一副担架走出船舱。李副队长惊慌地后退："这是怎么回事？怎么回事？"一位洋警察停住，打量了一眼李副队长说："野蛮的东方人，抢了我们的货，还打了我们的人。"李副队长问："他们是一伙什么人？"洋警察道："蒙面大盗，飞檐走壁。"

李副队长愣怔地站在原地，不知所措。

2

上海巡捕房任队长办公室，李副队长汇报说："洋人说货轮在接近金利源码头的时候，就被一伙蒙面劫匪抢了，双方都有伤亡。"任队长气恼地说："那你没问问是哪路劫匪吗？"李副队长说："他们也说不清，只说是蒙面大盗。"任队长叹道："军阀混战，世道太乱，如今海上运输也越来越不安全了。"李副队长随之气呼呼骂道："那些海上巡逻队都是吃干饭的吗？需要他们的时候，都不知道躲到哪里睡觉去了。"任队长追根究底地问："那……货轮上的货到底怎么着了？"李副队长说："连货轮带货全部扣下了。"任队长急忙说："要仔细查一下货，看看里面究竟是不是黑货，如果真如我们所料，法租界也奈何不了我们。"李副队长应道："是，任队长，我马上去办。"

3

安子益在通商公署的办公室看报纸，乔世景走进来。安子益放下报纸问："听说今晨沪东金利源码头又出事了，金利源在我们的辖区，路主任别为此招惹上什么麻烦吧？"乔世景："我正是为这件事来的，据我得到的消息，有一批黑货运抵上海，在靠近金利源码头之前被劫匪打了杠子，抢走了六箱货，还有十四箱货被巡捕房警务队任队长扣了。听说货是法租界的，法租界没人敢惹，弄不好要出乱子。"安子益忧心忡忡说："大公子拿地之事尚未落实呢，又出了这么一档子事。乔厅长，这事如果没人找上我们，最好不要过问，多一事不如少一事。路主任那边你去打个招呼吧，如果他不知情最好永远都不知情。"乔世景道："好，我马上去落实。"

乔世景回到自己的办公室，给路旷明打了一通电话，将安子益的话悉数传达。放下电话，他内心忽然感到烦闷，身处红尘，现实中发生的诸多事情总是不好担当的，当厅长虽说风光，但操起心来也能把心操碎了，这个时候他想起百乐门的歌舞、想起钢琴、想起晓风残月……还是超凡脱俗好啊！

4

上海中式庭院的夜晚，黑暗中的花朵不停地翻身，起来又躺下，躺下又起来。赵妈点亮灯问："你这是干什么呀，自己瞎折腾，也不让别人睡觉，明天还有一大堆活计等着做呢。"花朵捂着肚子，已痛得满脸是汗。赵妈忽然看到褥子上的血污，嗔怪道："你这才叫自作自受呢，本来是个丫鬟命，却想当小姐，不受苦才怪呢。"花朵哀求着："赵妈，求求你，给我倒碗热水好吗？"赵妈不情愿地起来给花朵倒水，忽然想起了什么，转身出屋。

赵妈急促地敲开石玉婵卧室的门，石玉婵披着睡衣探出头："赵妈，这半夜三更的，有什么事吗？"赵妈俯身在石玉婵耳根嘀咕，石玉婵转身回到卧室，换下睡衣准备出屋，睡在床上的安子益忽然坐起来问："深更半夜的，你到哪儿去？是不是家里出什么事了？"石玉婵转过身说："我到后院看看，赵妈说花朵肚子痛。"安子益顿时皱起眉头问："肚子痛？那我也去看看吧。"石玉婵急忙说："你一个当署长的，去慰问下人，是不是太失身份了？"安子益边穿衣服边说："下人也是人啊，何况花朵还是陪我写字下棋的人呢。"安子益夺门而出，石玉婵快步走在他的前边。花朵已痛得失了人形，她身下的褥子红了大半，湿淋淋的鲜血，像是她整个人都浸在了血泊中。安子益焦急地问："花朵，你这是怎么了？我马上叫辆车，把你送到医院去。"石玉婵拦住他说："你以为是什么光彩的事还敢往医院送？她这是小产了，赵妈，你去街上请个郎中吧。"安子益立刻捶胸顿足嚷道："花朵，这么大的事你为什么不早告诉我啊？你怀了我的孩子，你是有资格留在安家的。"花朵有气无力地说："可惜我命薄福浅，孩子还没成型就滑掉了。"安子益愠怒地转身看着石玉婵："你是不是给她吃什么东西了？"石玉婵狡辩说："我能给她吃什么东西呀，厨房归赵妈管，我从来都不插手的。"安子益睁大眼睛看着石玉婵，那眼睛里的怒火像是在往外喷射，他一字一句说："石玉婵，如果我知道是你把花朵害成这样，我一定休妻。"石玉婵一下翻了脸说："安署长，你为了一个家里的使唤丫头竟兴师动众要休妻，就不怕天下人耻笑吗？"安子益不以为然道："谁爱耻笑谁耻笑。"赵妈带着郎中走进来，郎中给花朵把了一会儿脉说："吃了过凉的东西伤胎气了，人倒是没大事。我先开两剂药吧。"郎中的几句话让安子益大舒了一口气。

后半夜，花朵渐渐苏醒，见赵妈睡熟了，便悄悄起身翻找出笔和纸，把写好的纸放在大厅的桌子上。花朵乘船到了沪东，东倒西歪地在街上走着，她身后隐约可见花间坊门楼的红灯笼。天快亮时，她再也走不动了，身子一晃晕倒在花间坊门前。小花彩早晨推开门，忽然发现一个女子卧在门前。她吃了一惊，立刻俯身摸了摸女子的脸说："还有气呢，这怎么也不能见死不救吧？"转身对里面喊："快来人啊，把这女子抬进去。"

早晨，安子益披着睡衣无精打采走进大厅，发现了桌子上的纸条，一看是花朵写的："先生，我在安家多年，您教我写字下棋，本指望给您生个孩子，也好一辈子在您身边服侍，但太太逼我吃螃蟹喝兹菇汤，把胎滑掉了。真是对不起您，我走了，您多保重吧！花朵"安子益将信贴在胸口："花朵，是我对不起你呀！"突然愤怒地抄起桌上的茶壶摔在地上，大吼："石玉婵，你今天不把花朵给我找回来，我跟你没完！"石玉婵拎着衣服从卧室里冲出来："你吼什么？难道还怕街坊四邻不知道吗？花朵身上长了两条腿，她想跑到哪里别人怎么拦得住呢？"安子益满脸愠怒地吼："石玉婵，你别再跟我狡辩，我只要你把花朵找回来。"石玉婵毫不示弱："我为什么要找她？是我伤害了她吗？"赵妈一边系着衣服扣子一边跑进来说："先生和太太别吵了，这事都怪我，我马上出去找。"石玉婵喝道："赵妈你回来，家鸡咋打团团转，野鸡不打满天飞。满天飞的野鸡我们能找回来吗？"安子益索性说："石玉婵，你别蹬鼻子上脸好不好？你们都不去找，我去找。"石玉婵拦住他："你不能去，你是通商公署的署长，为一个使唤丫头神魂颠倒，就不怕别人笑话吗？"安子益转身跌坐在沙发上："那你就必须把人给我找回来。"石玉婵不得不抄起大厅里的电话。

5

上海巡捕房内，任队长刚进办公室，电话铃声就响了起来。他抄起电话听筒，立刻听出是安署长的太太。

石玉婵道："巡捕房吗？我们家的使唤丫头跟老妈子拌了几句嘴，跑了。巡捕房能不能帮忙找找呀？"任队长道："您放心安太太，我马上派人去找。"任队长放下电话，在屋里走了几圈，转身奔向李副队长办公室。

李副队长正跟几个巡捕打牌："我桃花顺了嘿。"任队长走进来，一把抢过李副队长手里的牌摔在地上说："上班时间打牌，成何体统嘛。"李副队长急忙将帽子拉正，嬉笑："兄弟们跑码头受惊了，回来放松一下。队长，有什么吩咐吗？"任队长命令道："安署长家的使唤丫头跑了，你带人出去找找吧。"李副队长问："是不是上次在美达宾馆要跳楼的那个丫头呀？"任队长说："你小子记性不错嘛。"李副队长说："一个使唤丫头不是跳楼就是逃跑，这谱摆得也太大了吧？她有什么来路咋的？"任队长嗔怪道："你什么时候学会多嘴了？真是鸡一嘴鸭一嘴。"李副队长仍跟任队长笑着，起身挥手说："弟兄们跟我走一趟吧。"

几个巡捕戴正帽子出门。

6

乔世景在大厅里弹钢琴，田韵抒走到他身边试探着问："世景，求你一件事情，能不能帮帮忙？"乔世景停住弹钢琴的手，转身望着田韵抒，不耐烦地说："你总是不时冒出一些怪念头，你的心就不能静一静啊？说吧，什么事？"田韵抒道："油画家天飞马最近想办画展，但没有资金。"乔世景一听这话，又将手指放在琴键上准备继续弹琴，阴阳怪气道："那你帮助他好了，一个报馆的大记者，又是言情小说作家，帮一个油画家办画展，还不是手到擒来的事情。"田韵抒看着乔世景的脸说："我帮他张罗资金可以，但举办画展时，你务必出席开幕式为他剪彩。"乔世景突然转过脸问："为什么？"田韵抒接着说："如今上海滩的艺术活动已经形成一种模式了，什么级别的领导出席就代表什么规格，规格上去了，价格自然也就上去了。你这个厅长一露面，天飞马的油画保准能卖上天价。"乔世景素性摊牌："好啊，那给我多少出场费？"田韵抒见乔世景答应了，便进一步说："还不是随你开价嘛，你想要多少人家就给多少。还有你能不能发动沪东商会的人都去捧场啊，几个正副会长那么有钱，买几幅油画还不是小意思。"乔世景站起身，走到窗前望着窗外，他觉得田韵抒是个很会算计的女人，不知是她的算计成就了她的言情小说，还是她的言情小说使她更会算计，不过这纷乱的世道，也的确需要人精明的算计，否则一不留神，大好的时机就会错失了。于是，乔世景说："前几天为拍地的事，人家刚出过血，总不能赶尽杀绝吧？"田韵抒趁机说："趁现在他们有求于你，赶紧收拾他们，等过这个村可就没这个店了，这叫有权不使过期作废。再说天飞马的油画是有升值潜力的，现在能买到他的油画，将来就可大赚一笔了。"乔世景故意推脱："那我瞅机会再跟他们说吧。办这事也要我出面，真是高射炮打蚊子，大材小用了。"田韵抒强调："这么乱的世道，谁能抓住财运谁就是老大。"乔世景讥讽地笑笑："你就认钱，简直钻到钱眼里去了，哪像一个报馆的记者呀。"田韵抒反问："难道你不爱钱吗？"

乔老太太从屋里走出来问："你们俩又吵吵什么呢？这家里呀，要金子有金子、要银子有银子，就是没有添丁进口，我怀里要是能抱上个大胖孙子，也不至于天天想小秃吧。……哎，最近有没有小秃的消息呀？他妈可是带他走了不少日子了。"乔世景皱起眉头说："妈，您怎么唠叨起来没完没了的，好烦啊！"转身出屋。田韵抒凑到婆婆跟前拍着她的后背说："妈，您在上海住这么长时间了，身体好多了。但医生说还要继续治疗一段时间，我和世景白天都有工作，没时间陪您，您要寂寞，可以到外边转转。"乔老太太打哈哈道：

"好啊，你们忙吧，我愿意到哪里就到哪里晃晃得了。"田韵抒趁机说："妈，那我出去了。"

田韵抒在街上拦了一辆黄包车，直奔天飞马画室。天飞马正在作画，田韵抒走进来。天飞马放下画笔惊喜地问："田姐姐给我带好消息来了？"田韵抒说："他总算答应去剪彩了，只要他答应了，就什么事都好办了。"天飞马奔到田韵抒面前说："真是谢谢田姐姐了。"田韵抒脱下外衣："你该怎么谢我？"天飞马笑嘻嘻问："你说呢？"田韵抒走进卧室，天飞马随之跟了进来，用力抱住田韵抒："田姐姐——"田韵抒仰在床上，看着天飞马脱外衣，叹息道："哎，我真是一个矛盾的人，跟乔世景在一起，完全是为了物质，而跟你在一起，才是我的精神所在。可我既不能为了物质而抛弃精神，也不能为了精神而抛弃物质，我的灵魂就在这两者中间颠来倒去，一会儿浑噩一会儿清醒。"天飞马扯掉身上的最后一只衣袖，笑说："田姐姐在我面前一定是清醒的，我有醒药呀！"说罢将田韵抒压在身下。田韵抒用手推揉着他说："你轻点，你轻点。"

7

散打馆的夜晚很静，威爷卧靠在床上，胳膊缠着绷带。小秃跪在地上，给威爷洗脚。威爷看着小秃细心的样子，忽然道："自我受伤之日起，你每天为我端饭、洗脚伺候着，真不愧是我……我的小徒弟呀！"小秃道："威爷能收小秃当徒弟，比我的亲生老子还亲呢。"威爷说："我本来就是……"忽然收住话。小秃说："威爷，您接着说呀，您本来就是什么呀？"威爷改口说："我本来就是想收你做徒弟的。"小秃立刻五体投地："威爷，那我真是谢谢您了，我给您磕一个头吧。"小秃起身给威爷磕头，藏掖在衣服里的数张照片哗啦掉了出来。威爷用眼扫着一地的照片说："哟，你小子衣服里还藏着宝贝呢，那是谁的照片呀？"小秃慌张地拣起照片，紧握在手中。威爷命令道："赶快给我看看吧，你都是我的徒弟了，还有什么不能给我看的呀？"小秃只好把照片递给威爷。威爷接过照片扫了几眼："这男的我好像在哪里见过？这女人不就是个唱戏的吗？我还听过她的戏呢。哟，两人正热乎着，还脸贴着脸呢。"小秃直言说："照片上那个男的就是我爸乔世景。"威爷立刻心领神会道："上海通商公署的乔厅长，我说看着面熟嘛。"小秃急忙问："威爷您认识我爸？"威爷笑说："你爸是公众人物，谁不认识他呀？……另外这张照片上的女人和男人是谁呀？两人都亲热得快成一个人了。"小秃说："她是我后妈，在报馆工作，那个男的是跟她鬼混的，我不知道是谁。"威爷忽然正色道："小秃，这些照片可都是重要的情报啊，你是从哪里弄来的？"小秃逞强说："我自己拍的，我偷了一个照相机，跟踪他们拍了下来，为的是救我妈妈，但我妈妈还是被枪毙了，说她通共。"威爷无奈

— 195 —

地长叹说:"你妈妈真是可怜呀,你也可怜。……把这些照片收好,千万别丢了,日后说不定会派上大用场呢。"威爷把照片还给小秃,小秃重新揣进口袋里。威爷说:"回头我差人给你换身新衣服,你这行头太烂了,再穿就露裤裆了。"小秃说:"谢威爷。"说罢端起洗脚水出去了。

老二走了进来,见威爷晃着湿淋淋的脚丫子,便问:"威爷,需要小的做什么吗?"威爷说:"明天给小秃换身新衣服,他口袋里有几张照片,回头到照相馆洗印几张,交到我这儿。"老二点头:"明白了,威爷。"

8

花间坊里,多了个女人又多了一份热闹。花朵坐在镜前打量自己,她憔悴的容颜渐渐有了起色。小花彩走进来,欣喜地说:"哟,姑娘总算照镜子了,女人有了爱美之心,也就不想寻死了。"花朵转身看着小花彩问:"我这是在哪里呀?你们这里究竟是干什么的?"小花彩说:"这是上海沪东的花间坊,我是干什么的姑娘没看出来吗?我就是沪剧名角小花彩呀。我们这里有戏班子,客人来了想听戏,我们就给他唱戏。"花朵恍然大悟:"原来你们是唱戏的呀!"小花彩道:"对,就是唱戏的,姑娘会唱戏吗?"花朵说:"我不会唱戏。"小花彩问:"那你会什么呀?"花朵说:"我会下棋,还会写字。"小花彩说:"哎呀,姑娘,你手里握着这两样绝活,那一定会成为花间坊的头牌花旦呀。告诉我,你叫什么名字?"花朵说:"我没有名字。"小花彩问:"你怎么会没有名字呢?那你从哪里来的?"花朵说:"我是从别人家里逃出来的。有人要我死,可我不想死。"小花彩怜惜道:"那你就把花间坊当成你的家吧,我给你娶个艺名白芙蓉。以后你跟我学戏,我跟你学下棋和写字,我们姐妹相称怎么样呀?"花朵说:"姐姐,既然我叫白芙蓉了,那就让我在花间坊脱胎换骨吧。你要在我眼睛下面刻上一个泪痣,这样我就不容易被人认出来了。"

小花彩认真打量花朵的脸说:"刻一个泪痣在脸颊上,不吉利,是会遭人忌讳的,如果选妃子,连皇帝老子都不会选你的。"花朵说:"我只想安安静静活着。"小花彩说:"那就随你所愿吧。"从此白芙蓉的脸上多了一颗泪痣。

小花彩又跟白芙蓉学下棋,看她写毛笔字,她忽发奇想说:"白芙蓉,要是把写毛笔字的绝活放到舞台上表演,保准赢来观众的喝彩声。"白芙蓉说:"姐姐怎么说我就怎么做,我听姐姐的。"小花彩教白芙蓉练水袖,边舞水袖边往宣纸上写毛笔字。白芙蓉舞动水袖,当两条水袖如狂龙飞舞时,白芙蓉突然抄起笔墨在木板的宣纸上龙飞凤舞起来。小花彩在一旁鼓掌欢呼:"白芙蓉,你的好戏就要开场了。"

9

巡捕房内，任队长正在打量墙上的上海市区图。李副队长走进来，未等他开口，任队长就急着问："找到人了？"

李副队长说："没找到，上海这么大，藏起个人来还不就像芝麻粒埋进了沙堆，到哪里去找啊？"任队长笑说："人可不是芝麻粒，一个大活人是有气息的，藏到哪里都能闻到她的气息。花间坊去过没有？"李副队长说："那地方，您不发话，我哪儿敢去呀？"任队长笑道："你说的倒也是实话。这样吧，我马上到沪东去一趟，顺便到花间坊转转。安太太交办的事情，没个准确的回话怎么行啊。"李副队长问："任队长，要不要我陪您去？"任队长模棱两可说："不必了吧。"

李副队长从任队长的办公室出来，不屑地嘀咕：一副花花肠子，谁还不知道谁呀，让我去我都不去。

10

沪东花间坊的白天，年轻的女人们嬉笑着在走廊里出出进进，白芙蓉旁若无人地练着水袖，水袖忽而升腾忽而飘逸，宛如空中随风游动的白云。任队长一袭便衣走进来，他一眼就看到了练水袖的白芙蓉，不禁愣了一下，瞟了几眼，径自进了小花彩房间。

小花彩正对着镜子化妆，从镜子里看到门里进来了一个穿便衣的男人，小花彩一下子就看出了是任队长。于是立刻站起身说："哟，任队长来了，怎么不事先通知我一声啊？您看我这灰头土脸的，还未顾得上梳妆呢。"任队长大模大样地背起手问："最近生意兴隆吧？"小花彩说："生意兴隆还谈不上，只能是混口饭吃。"任队长接着问："最近你这里没招收新演员吗？"小花彩急忙说："来了一个叫白芙蓉的女学生，会下棋擅写字，我正准备好好训练她呢，她可是我这里的一张王牌呀！"任队长指着窗外问："是不是院子里练水袖的那个女子呀？"说罢推开窗子，朝外边张望，窗外的白芙蓉如醉如痴练着水袖。小花彩凑过来："就是她，任队长真是火眼金睛，一眼就把她认出来了。"任队长好奇地说："这女子从哪里来的？你没问问她的来历？"小花彩坦言："有什么好问的，找上门的人都是奔着我的名气来的，我又不是巡捕房的，把人家祖宗八代都问出来。"任队长索性说："那我来问问她好不好呢？"小花彩笑道："任队长在花间坊还不是想干什么就干什么嘛。"任队长拉着长腔说："那就给我安排个房间吧。"小花彩说："你就在我屋里吧，不要四处张扬了，我给你把白芙蓉叫来，你愿意怎么问就怎么问，别把人问毛了就行。"小花彩转身出去了。

任队长脱下外衣靠在床榻上，白芙蓉穿着戏服走进来。

任队长打量着她说："把戏服脱了吧，今天我不想听戏。"白芙蓉惊愣了一下问："那您想干什么？"任队长哈哈笑说："花间坊是我的地盘，我在我的地盘上想干什么还用得着你问吗？你告诉我，你是从哪里跑到这里来的？"白芙蓉表情认真地说："我是学生，来跟小花彩学戏的。"任队长突然抬高声音道："我看你是从安署长家里逃出来的使唤丫头吧？"白芙蓉一惊、继而一口咬定说："我不认识安署长。"任队长接过她的话说："你最好不认识他，要认识他那就麻烦大了。"白芙蓉不动声色地问："我有什么地方不对吗？"

小花彩始终在窗外偷听里面的谈话，听到这里总算轻舒了一口气。任队长继续说："听说你会下棋？今天也陪我下一盘如何呀？"白芙蓉谦虚地说："我是会下棋，但任队长一定是高手，跟我下棋是找了个陪练。"小花彩神情焦虑地在窗外听动静，这盘棋下得真够长的，小花彩在窗外站得双腿发酸，感觉自己快要支撑不住了，刚要转身离开，里面突然传出任队长的叫骂声："妈的，我还没见过这么不受调理的女人呢。"屋里立刻传出白芙蓉的哭声。

任队长怒气冲冲奔了出来，小花彩急忙迎上前问："怎么了，任队长？"任队长满脸扫兴说："我真没见过这么不受调理的女人。"小花彩一边拍着任队长的后背一边说："哟，任队长，让你受惊了。你可千万别碰她，她脸上有个大泪痣，男人碰了这样的女人是要倒大霉的，官运财运福禄都没了。"

任队长惊讶道："真的？……妈的，幸亏老子没沾她。"看看小花彩，又说："那你当初为什么不拦着我呀？"小花彩说："任队长想要跟谁下棋，谁敢拦挡呀？别说在我的花间坊，就是上海滩，也没人敢拦挡，除非是吃了豹子胆了。"任队长被小花彩恭维得脸上立刻浮起了得意之色，虽在白芙蓉面前失了面子，小花彩却给他补回了面子，还安排了一个台阶下，他只好顺着这个台阶离开了花间坊。

11

上海临街酒馆，魏局与任队长在密谈，桌上摆着几盘菜和一壶酒。魏局说："表哥，我手里有一个赴美留学的名额，您看看有没有人要？"任队长说："这可是赚大钱的好机会，等找到下家要分一半钱给我。"魏局说："没问题，咱哥俩啥都好说，只是要卖个高价。"任队长问："你是怎么弄到这名额的，这东西可太紧俏了。"魏局说："不瞒您说，教育委员会给了我们办事处两个名额，石玉婵想把她儿子送到美国，本来没我的份，可石玉婵要把教育扶贫经费划拨给赵人杰，我就从中挡了一下横，另一个名额就落在我手里了。"任队长说："真是靠山吃山靠水吃水呀，你们办事处的油水还了得。哎，表弟，石处长最近对你顺从一些了吧？"魏局说："比从前好多了。"任队长说："跟你说啊，她家的女仆前几天跑了，我到处找都没找到。一个仆人，跑了就跑了呗，还兴师动众找什么呀？两条腿的蛤蟆找不到，两条腿的人满大街都是啊。"魏局说："这事好像没听石处长说过嘛。"任队长顺口道："家丑不可外扬，这事她能乱说吗？哎，那个赵人杰到了沪东又搞什么动作了没有？"魏局说："没发现，沪东那破学校，得把他累得吐血。"

任队长说："乱党无孔不入，还是把耳朵竖起来为好。"魏局劝道："表哥，赵人杰到了沪东，就不归你们巡捕房管了，这年头多一事不如少一事，省心比什么不好？"任队长应道："理是这么个理，可干我们这行的就得咸吃萝卜淡操心。"

两人又胡吹滥侃了一会儿，直到把酒喝干，才醉醺醺离开酒馆。

12

上海中式庭院的花园里，阵阵微风吹着乱草和地上的花瓣。安子益坐在大厅里，望着窗外的花园发呆。石玉婵走到他身边，关切地说："进屋吧，小心着凉了。"安子益面无表情地问石玉婵："人给我找回来了？"石玉婵说："没有，巡捕房的人找遍了上海的大街小巷也没见到花朵的人影。"安子益用手捶着头说："花朵在安家侍奉我多年，我真是对不起她呀！"石玉婵忽然沉下脸说："我跟你结婚十几年了，儿子都上中学了，你就对得起我吗？"安子益反问："你有名份还不够吗？你还想怎样？"石玉婵不服气地说："原来这太太的名分竟是你的赏赐啊，我真是悲哀到家了。"安子益起身走开。

石玉婵满脸悲愤地出了家门，来到了办事处，六神无主地望着窗外，树上飞来一只鸟，刚停下又扑棱着翅膀飞走了。

石玉婵自语："你想飞就飞吧，谁能拦住你呀。"魏局一脚踏进门问："石处长在跟谁说话呀？"石玉婵见是魏局，便说："魏局有什么事吗？"魏局不吭声，在石玉婵面前来回踱步，他在掂量怎么跟石玉婵开口，于是试探说："昨天跟我表哥喝酒时，他说你们家里的仆人跑了，他都到花间坊去找了，说有一个唱戏的看着挺像的，细一看又不像。"石玉婵忽然心动了一下，仍冷语道："谢谢魏局关心我们家的私事啊。"说罢站起身，瞟了一眼魏局问："魏局，同事之间最忌讳的是什么你知道吗？"魏局说："真不知道，我想听听你的高见。"石玉婵大声说："不要干涉别人家的内政。"魏局尴尬地笑笑："那是那是。"

13

上海通商公署沪东办事处外，一片长满芦苇的沼泽地，鸟飞虫鸣，艳阳高照。路旷明与孙喜眉并肩走着，孙喜眉望望头顶的大太阳，不耐烦地停下步子说："舅舅，咱不能再走了，我已经走不动了，再说太阳这么晒人，皮肤都要烤焦了。"路旷明笑道："你没来上海之前，天天下地种田，太阳天天要烤你，你不也得受着嘛。"孙喜眉强词说："那时是那时，现在是现在，如果我现在还是那时，我何必来上海呢？"

路旷明又说："上海总比老家好啊。"孙喜眉说："也没什么好的，在家时只是种田，来到上海洗衣服、做饭、掏耳朵、给人赔笑脸，还担惊受怕，心里累得慌。"路旷明顺着她的话说："这感觉就对了，城市不像农村那么单纯，城市是个综合体。但你付出的劳动都不会白费，你跟我认识了那么多的大商人，还能有机会给大官员掏耳朵……将来等你到社会上谋事的时候，这些都是你的人脉资源，有了这些人脉，你赚钱的机会就多了。"孙喜眉听罢，内心一阵喜悦道："舅舅这么说，那我真要按着舅舅的吩咐做了，我总不能一辈子在舅舅身边洗衣服吧？"路旷明进一步说："知道我为什么带你来看这片沼泽地吗？这是我们办事处唯一的一块地，现在要将它拍卖，说不定我们在这里就有商机可寻啊。"孙喜眉急忙问："那我能当老板吗？"路旷明故意拉着腔调说："那要看你自己的造化了。"路旷明就此将种种设想都告诉了孙喜眉，她内心的欲望一下子就被忽悠起来了。

14

许尚美和许老太太在街上闲逛。一辆黑色的轿车从她们身边驰过，许老太太一眼看见了里面坐着的孙喜眉，许尚美同时也看到了路旷明。但车里的人并未发现路边的她们。许老太太惊讶道："这旷明带着乡下丫头到哪里去呀？"许尚美焦急地说："就是，旷明回上海总该先回家看看吧？"

许老太太埋怨道："我掐着耳朵嘱咐你把他看住了，你就是不听。"许尚美："妈，你先回去吧，我叫辆车跟上他们。"

黑色的轿车在美达宾馆门前停了下来。人力车在距他们稍远的地方也停了下来。路旷明带着孙喜眉走进美达宾馆。许尚美从人力车上下来，悄悄跟踪了几步又停下，惊讶又愠怒地骂道："路旷明你个王八蛋，都来上海开房了。"

15

美达宾馆内，郑旷达、李总、吕老板正在谋划着什么。

郑旷达说："如今法租界在上海的来头大，我们的拍卖公司不如在法租界寻找，一旦大公子在京城闹下来，有法租界挡着，他也不敢太豪横。"李总说："法租界还不就仗着鬼老大嘛，可惜咱跟他搭不上，要是真搭上了，华界那些小鬼都得服服帖帖了。"吕老板插话："听说最近金利源码头有批黑货被巡捕房扣了，有人说黑货是法租界的，要真是法租界的，巡捕房立马就得把货还给人家。"郑旷达说："贩运黑货犯法，只要是犯在法上，那就有由头折腾了。"李总说："咱先不管什么黑货不黑货了，看看找哪家拍卖公司合适吧，哥几个前一阵子把金银财宝都花出去了，别鸡飞蛋打了。"吕老板说："法租界我倒认识一个开酒吧的洋人，不知他与拍卖公司有没有关系。"

郑旷达说："洋人就免了吧，他心里有什么算盘咱也弄不明白。这样吧，一会儿路主任来，听他怎么说。"

郑旷达、李总几个人话音刚落，路旷明就带着孙喜眉走了进来。郑旷达立刻站起身："我们几个正念叨路主任呢，路主任就来了。"路旷明说："我能不来吗？这拍地的事一天不落实，我就如坐针毡啊。"孙喜眉抢说："就是，刚刚舅舅还带我到地头走了一趟，生怕那地被人抢走了。"李总说："这就对了，到嘴的肉千万不能让狼叼了。"吕老板说："路主任，我们几个正琢磨找哪家拍卖公司呢，我想在法租界寻找。"路旷明说："法租界和华界都不能找，法租界的人刚在金利源码头丢了一批货，不被他们找麻烦就不错了。要在公共租界寻一家拍卖公司，老板一定要精通土地买卖、又能跟我们达成共识的人。"郑旷达说："我倒想起一个人来了，最近他在上海城隍庙开了一家古玩店，此人开过拍卖行，精通拍卖行当。"吕老板说："你说的是不是钱大爷呀？"郑旷达说："不错，正是他。"李总说："那钱大爷可是老油条啊，找他办事，你就等着让他当猴耍吧。"吕老板说："我们这儿有会掏耳朵的美女，他要不老实，一勺就把他耳朵捅聋了。"几个人一起哄笑起来。孙喜眉急忙说："你们瞎起哄什么呀？我可不是让你们取笑的，我是来帮助舅舅完成任务的。"路旷明说："就是，你们几个人啊，还不如一个乡下村姑有觉悟呢。"李总说："那是路主任培训得好啊，要不一会儿再培训培训？"

16

许尚美失魂落魄走在大街上，一个骑自行车的人横冲过来，差点把她撞倒，许尚美惊慌地闪到路边，待骑自行车的人远去，许尚美的眼泪哗哗流了下来。她泪流满面回到家中，许老太太立刻迎出来问："你追上旷明了，他们去哪里了？"

许尚美一头扑进许老太太的怀里哭起来："妈，他们去美达宾馆开房了。"许老太太惊讶地嚷："啊？你是说他们都去开房了？"许尚美放声悲哭。许老太太抱着许尚美说："俗话说时来运转遇朋友，运败时衰遇佳人。旷明他刚当上个主任，就敢弄这事？他这是想毁了自己的前程啊。"许尚美说："这事怎么可能毁他的前程呢？如今哪个官员不是三妻四妾的，要是真为这事毁了他，倒让他长记性了。"许老太太安慰许尚美："我看你也别生真气了，没他这个官，你那些金银财宝从哪里来？如今旷明也是场面上的人了，他带着乡下丫头去宾馆，兴许是场面上的应酬，他要是想跟她有邪事，在沪东就办了，还用到上海来开房？"许尚美从许老太太的怀里挣出来，愣了一下说："唉……妈分析得有道理呀。"许老太太说："我看这么着吧，他今晚要是回家来，那就证明没事，要是不回家来，那就得好好跟他叫一场了。"

许尚美靠在床上，两眼盯着欧式座钟，一点两点三点……她起身走到窗前，推开窗子往楼下望。许老太太悄然出现在她身后说："别看了，睡吧，天都快亮了，他要是不想回来，鬼都催不动他。"许尚美叹气说："真后悔当初给他跑来这么个官差，对他来说不知是福是祸呢。"许老太太说："是福就不是祸，是祸一定躲不过的。"许尚美忽然说："不行，我得到美达宾馆找他们去，看他们有什么脸见我，当初把他弄回上海，多不容易呀，他不能就这么把这个家毁了。"

许老太太拦住她说："我说你是犯傻呀，那宾馆里南来北往的客人多了，你真逮住他了，当着众人的面把他臭骂一顿，他可就没面子了，一个丢了面子的男人啥事做不出来呀，他要是把乡下丫头孙喜眉娶回家做姨太，你可就真傻眼了。"

许尚美不甘心地说："那我就干吃哑巴亏吗？"许老太太劝道："吃亏是福。再说，你吃什么亏呀，你都赚大发了。你先消停下来，看看风头再使性子吧。"许尚美望着窗外一眼看不尽的黑夜，眼泪潸然而下。

第十四章

1

清晨，大街上行走着赶早市的男女，偶有轿车、自行车、人力车穿街而过，路两边卖早点的各式铺子已开张，店小二在大声吆喝招徕顾客。许尚美匆匆横过马路，在美达宾馆门口站定，她打量了一眼门牌，走了进去。宾馆里静悄悄的，有三三两两的客人走来走去。许尚美挨个客房查看，却没寻到路旷明的人影，只好悄然走了出来。她站在大街上徘徊了一会儿，转身奔向码头。

许尚美坐在摆渡船上，心事重重、表情凄然地看着水面。她的穿着显然与船上的乘客不协调，几个挎篮子包头巾的乡下女人不时打量她。船发出一声呜呜，有女乘客喊"沪东到了"。男女乘客争先恐后下船。许尚美随着人流走出船舱，她头发散乱，心神不宁，四处张望。一辆人力车奔过来，许尚美拦下车，直奔沪东办事处。

路旷明正在办公室翻文件，一抬头看见许尚美走了进来，便出乎意料地问："你怎么来了？"许尚美满脸怒气说："你去上海都不回家，我能不来吗？"路旷明惊讶地问："你怎么知道我去上海了？"许尚美继续撒着怒气说："你不光去了上海，还带孙喜眉在美达宾馆开了房间。"路旷明急忙笑说："太太，你别误会，我那是工作。"许尚美越发不解说："在宾馆开房间是工作？简直笑话。孙喜眉呢？今天我非跟她算账不可，竟敢抢我的丈夫，她真是吃了豹子胆了。"路旷明制止道："你小声点，这是办公室，让人听见家属来闹，我多没面子啊。"许尚美更加大声嚷嚷："我凭什么小声，我就大声！"许尚美的大声真是超音了，引得几个男女公务人员凑到走廊里朝路主任的办公室张望。路旷明继续劝着许尚美："太太，你是我的好太太，她孙喜眉一个乡下丫头怎么能跟你相比呢？根本没有可比性呀。"许尚美仍旧不依不饶："你别跟我花言巧语了，那你跟我解释清楚你昨天为什么带她到美达宾馆开房？"路旷明一把将她的嘴捂住："太太，你真要毁我的前程啊！我哪里是去开房啊，我是带她去培训。"许尚美立刻变了脸色问："培训？"路旷明对着许尚美的耳朵低语一阵。许尚美推开他说："我只相信一半，再说凭她一个乡下丫头去攻关上海滩赫赫有名的钱大爷，是不是不知天高地厚啊？"路旷明无可奈何说："那咱们就拭目以待好了。"许尚美突然哭起来："我把你弄回上海费了多少周折，你竟在外边干对不起我的勾当。"路旷明继续解释："尚美，我没有，要不我把心扒出来让你看看如何？"许尚美边哭边骂："谁要你的心啊，你的心早就黑透了。"路旷明不停地劝说解释，许尚美仍是转不过弯子，当天就从沪东赶回了上海，临走扔下话："你要是再敢胡闹，看我那两个学姐怎么收拾你！"路旷明顿觉天旋地转。

2

上海城隍庙酒楼，钱大爷、郑旷达、李总、吕老板、孙喜眉围桌而坐，桌上摆着鸡鸭鱼肉十几个菜肴，几个人酒兴正浓。孙喜眉满脸通红，不停地用手摸脸："我本来不会喝酒的，今天喝了这么多的酒。"钱大爷故意问："那是为什么呀？"孙喜眉说："见了钱大爷欢喜呗。"李总顺势说："就是，再敬钱大爷一杯，钱大爷要是接了拍地这差事，孙喜眉能再喝八两。"郑旷达打趣道："能喝四两喝八两，这样的女子好好养。"钱大爷欣喜地打量着孙喜眉说："要说这孙姑娘真是有福之人，你们看她的眉际长了一颗痣，这是福痣，能给男人带来财运，能给家人带来福运。"孙喜眉接过话说："我妈妈说这颗痣是老天爷赐给的，一出生就带来了，所以我妈就给我娶了喜眉这名字，喜上眉梢呀。"吕老板举起酒杯说："来，喜眉，我陪你一块敬钱大爷。"孙喜眉端起酒杯："祝钱大爷福如东海、寿比南山。"钱大爷笑道："这女子真让人欢喜，就冲这女子，拍地这差事我接了。一会儿都到我店里喝茶去。"

酒足饭饱，一行人就跟钱大爷到了店里。钱大爷指着一件钧瓷说："这是钧瓷的开窑之作，俗话说家有万贯不如钧瓷一件。"孙喜眉不明就里地问："钱大爷，您刚才说家有万贯不如钧瓷一件，是不是说家里有多少钱都不如收藏一件钧瓷呢？"吕老板拍了拍孙喜眉的肩膀说："你真聪明，就是这意思。"孙喜眉说："可我舅舅就不喜欢这些，他只喜欢真金白银，而我舅妈只喜欢珠宝。"钱大爷问："你舅舅是谁呀？"郑旷达在一旁接话："就是上海通商公署驻沪东办事处的路旷明主任。"钱大爷问："那金利源码头在他的辖区之内吧？"郑旷达说："是呀，您有什么事要交办吗？"钱大爷刚要说什么，忽然改口道："等我见了路主任再说吧。"又转身对孙喜眉说："回去告诉你舅舅，说我想见见他。"李总插话："晚上我们摆一桌，请路主任过来就是了。"钱大爷忙说："不，我要单独见见路主任。"几个人不知钱大爷心里念的什么经，彼此面面相觑。

3

孙喜眉回到沪东办事处，就急匆匆推开路主任办公室的门喊："舅舅，钱大爷要单独见你呢。"路旷明问："他没答应拍地之事？"孙喜眉说："他吃酒的时候答应了，后来在他的古玩店听郑会长说你是我舅舅，他就变卦了，说见过你再说。"路旷明叹了一口气："哎，是福不是祸，是祸躲不过，该来的总会来呀！"

路旷明急忙赶到上海城区，直奔酒店包间，酒店包间的气氛略显神秘，桌上摆满了菜肴。路旷明坐在钱大爷的对面，认真听他说着："这批货是在金利源码头被扣的，未抵码头之前又被劫匪抢走了六箱货。实话告诉你，货不是我的，是法租界的，我们公共租界跟法租界本没有什么往来，但我的拍卖公司法租界的人有股份，我要接你们这差事，就必须帮法租界把被扣的货物摆平了，否则我就太不仗义了。"路旷明搪塞道："钱大爷，金利源码头被扣的这批货，我一点不知情，是华界巡捕房干的。这事您得找警务队任队长。"钱大爷不客气地说："我要是能找任队长，还犯得着坐在这里跟你吃酒吗？路主任，你要想办法呀！"路旷明推脱道："任队长是地头蛇，没人敢惹，他在金利源码头扣货，事先没跟我们沪东办事处打招呼，这证明我不在他眼里，我出面找他等于打哑语。"钱大爷丝毫不妥协："反正这事你路主任要想办法，否则我就不能接沪东拍地这差事。"路旷明笑说："钱大爷，拍地这差事是我建议郑会长找您的，我让您拍卖这块地，是因为有利可图，试想想，一块地皮以三百两大洋计算，二十亩地是多少佣金啊？"钱大爷接着他的话说："佣金着实不菲，可那批货的价值更大，路主任不摆平那批货，这拍地的佣金我宁可不拿。"路旷明卖关子："拍卖公司多如牛毛，别人会争抢这生意的。"钱大爷忽然站起身，举起酒杯啪地摔在地上说："我不接的生意，上海滩看谁敢接？"路旷明看看威风凛凛的钱大爷，一时愣住了。

4

路旷明从酒店出来就奔了通商公署，乔世景正在办公室打电话，见路旷明匆匆进来，就把电话放下问："路主任行色匆匆，有什么急事吗？"路旷明心急火燎地说："这钱大爷真是挺邪性，冷不丁就把金利源码头货被扣的事情兜出来了，弄得我措手不及。"乔世景叹道："老油条了，我们谁都不是他的对手。"路旷明说："他说法租界的人在他的拍卖公司有股份，扣货的事如果不摆平，拍地这差事他就不能接。"乔世景淡然一笑："拍卖公司多呢，地球缺谁都转。你路主任凭钱还找不到拍卖公司吗？"路旷明说："商会的几个人，都感觉钱大爷的拍卖公司最合适。再说，钱大爷已经扔下狠话了，他不接的生意上海滩谁还敢接?"乔世景发狠说:"那你就死抠他，让他不接也得接。"见路旷明面无表情，又强调说:"路主任，这拍地之事以后就别找公署了，公署已经把球踢给你了，你的任务就是别让球死了。还有，金利源码头的货是被巡捕房扣的，沪东办事处根本不知道这事，你拿什么摆平?再说任队长那里谁能摆平啊?"路旷明听罢乔厅长一番话，好像忽然明白了什么，便说:"乔厅长，我知道了。"

乔世景见路旷明转身走了，就奔了安子益的办公室。安子益正与两位男士谈话，一位是法租界老大、一位是公董局人士。法租界老大道:"安署长，如果不是法国人找到了我们头上，我是不会亲自到您的公署来的。刚才您说是巡捕房扣的那批货，可货毕竟是在金利源码头被扣下的，即使你们不知道也脱不了干系吧?我们想请您出面协调，让巡捕房把那批货还给我们。"安子益推脱道:"上海通商公署驻沪东办事处的确是我们的派出机构，但那里有具体分管的人，你们最好找到具体分管的人。我马上要去外省开会，没时间奉陪了，真是对不起!"公董局人士用法语跟法租界老大嘀咕:"他是不是不想管?他若不想管，我们就另请高明了。"法租界老大说:"如果通商公署不给面子，那我们就要动真格的了。"

这时，乔世景走进来，环顾四周点头微笑。安子益见到乔世景就像抓到了救命的稻草，急忙说:"乔厅长，你来得正好，我要出去开会了，他们是法租界的客人，你来接待一下吧。"说罢转身出门。乔世景只好接着应酬:"诸位大人不用解释我就明白了，我正要跟巡捕房协调此事呢，请诸位大人容我几天工夫如何?"法租界老大问:"究竟几天?"乔世景想了下:"七天之内吧。"法租界老大摇头道:"不行，七天太长了，夜长梦多，我只给你三天时间。"乔世景忙说道:"七天的事情要在三天完成，这是逼我上树爬墙啊。"法租界老大说:"我不管你上树还是爬墙，我只要我的货。"

5

乔世景到巡捕房找任队长，在这样的地方谈判，两人的力量就可说是半斤八两、势均力敌。任队长说:"乔厅长，真想不到您会为这批货来找我，您知道这是什么货吗?"乔世景摇头说:"法租界的人找到通商公署了，说货是在金利源码头丢失的，那是沪东办事处所管辖的地盘，我自然要来问问的。至于是什么货，我真的不知道。"任队长摊牌道:"货是黑货，违禁犯法的东西，我能放货出去吗?"乔世景故意问:"真有这么严重吗?"任队长笑道:"我糊弄谁也不敢糊弄乔厅长吧?何况我们之间还有私交呢。"乔世景道:"任队长，那您看这事应该怎么办?"任队长满不在意道:"让法租界的老大找我好了，我就不信他敢犯上作乱。"乔世景不得不答应道:"好吧。"

乔世景一脸晦气往外走。方菲拿着文件迎面走来，双方都发现了彼此。方菲迅速推开身边的一扇门闪了进去。乔世景停下脚步打量那扇刚刚关闭的门，自语："混进巡捕房，就不认人了啊！"转身离去。

方菲感觉乔世景的脚步越来越远了，便悄悄从办公室出来，站在走廊里东张西望，随后径自推开任队长办公室的门。

任队长正坐在椅子上想心事。方菲走进来问："是不是乔世景刚才来过了？"任队长说："是呀，你怎么知道的？"方菲说："我刚在走廊里看到他了，就赶快躲起来了。"任队长说："躲起来干吗？躲得了初一躲不了十五。旧情难忘，死灰复燃啊。"方菲说："我不想让他看见我在巡捕房工作。"任队长道："让他瞧瞧你今天的威风不好吗？"方菲说："再威风也是您手下的一个卒子。"任队长笑道："你明白就好。"方菲好奇地问："他来找你干什么？"任队长直言："让我放了金利源码头那批黑货。"方菲问："那你同意了？"任队长道："听你这话，好像我这个人多好求似的。我要立马同意了，还能当警务队队长吗？"方菲打趣道："歪戴帽子跶邋鞋，谁敢惹你任大爷！"任队长听罢，得意地笑起来，"哈哈哈……"笑声似要冲破屋顶了。

6

上海维克多酒吧，安小早和美拉达在吃西餐。维克多坐在他俩对面问："这是正宗的法国餐，好吃不好吃呀？"美拉达点头："太好吃了。"维克多道："我问安小早呢。"安小早笑道："我还是喜欢中餐，不过法国餐倒是挺有味道的。"维克多又问："你爸爸是安署长吗？"安小早点头道："是呀。"维克多说："我想见见他，跟他谈谈。"安小早说："那我要回去问问我爸爸，他有没有时间见你。"

安小早从维克多酒吧出来，就奔回家里，他站在安子益面前将维克多的要求转答，安子益说："我不见他，一个开酒吧的洋人，我见他干吗呀？吃饱了撑的。"安子益的回答显然让安小早失望，他求助地望着母亲石玉婵。石玉婵搭话说："这个洋人叫维克多，他女儿美拉达跟小早一块演话剧，你要不见他，我就去吧，不能不给孩子一点面子吧？他说不定有什么事情，否则见你干什么？"安子益随口道："那你去，反正我不去。"安小早说："妈妈真好，能给我面子。"

当晚，石玉婵就赶往维克多酒吧，两人没谈上几句话就激动起来，各执其词，谁都不谦让谁。维克多说："金利源码头那批被扣的货里有我的货，安太太能不能帮忙把我的货放了。"石玉婵说："我听说那是一批禁运的黑货，没有人敢放的。"维克多说："正因为没有人敢放货，我才找到安太太的，您只要把货放出来，我一定担保您的儿子到法国留学。"石玉婵说："如果以此作为交换的条件，安小早是不会去法国留学的，尽管他很喜欢法国。我太了解我的儿子了。"维克多说:"你们中国人真是令人捉摸不透,该给面子的时候不给面子,不该给面子的时候又乱给面子。"石玉婵说:"对不起了维克多先生,此事我真的爱莫能助。"石玉婵起身告辞。

安子益听罢石玉婵述说见到维克多的过程后,表态说:"你这样做就对了,此事我们要脱得干净,否则会说不清楚,毕竟我还要在政界混啊。"石玉婵道:"这下真把维克多得罪了。"安子益说:"丢卒保车,实为上策。"石玉婵说:"那都推给沪东办事处也不合适吧?"安子益说:"当初安排路旷明到办事处当主任,你可是积极推荐的,是骡子是马就要拉出来遛遛了,真金不怕火炼嘛。"石玉婵担忧地说:"靠他路主任一个人,既抵挡不了法租界,也奈何不了巡捕房,最后很可能把拍地的好算盘打错了,这就叫人算不如天算。"安子益不耐烦地问:"太太,那你说应该怎么办?"石玉婵回敬道:"我要是满腹韬略,早就当署长了。"安子益斜着眼睛瞟石玉婵,房间里又陷入了冷战。

7

上海世俗生活报馆内,总编正在召集开会,在座的有五六个人,总编说得唾液横飞:"这个油画家天飞马,我们报馆已经多次为他做过宣传了,这次画展我们就不能白送版面了,现在报馆生计艰难,田记者,你是知道的吧?"田韵抒有意躲着总编的唾液,闪开身子说:"天飞马没说不出版面费呀,他这次画展的动静可大了,需不需要咱们《世俗生活报》还不一定呢。"总编问:"怎么个大法?"田韵抒卖关子道:"届时总编到了现场,不就一目了然了吗?"总编又问:"那他什么时候开展?"田韵抒反问:"总编应该比我清楚时间呀,还用问我吗?"总编碰了一鼻子灰只好说:"既然动静大,那我们多去几个记者,见机行事,反正赔本的买卖不干。"

田韵抒不屑地瞟了总编一眼。

8

上海天飞马画室,天飞马正全神贯注画油画。田韵抒悄然走进来,环住他的腰。天飞马的画笔在半空中悬着:"别动,我只差一笔了。"田韵抒松开手:"画面好坏不在这一笔,这一笔真的比我还重要吗?"天飞马将最后一笔画完,扔下画笔转过身打量田韵抒:"是姐姐帮我完成这一笔的,这是出神入化的一笔。你看一个崭新的世界正从蛋壳里拱出来,无论我画得多么快,旧世界却死得不够迅速。"田韵抒忽然问:"你这话我怎么听着刺耳呀?你是不是通共了?"天飞马笑道:"我就是有那个贼心,也没那个贼胆呀。"田韵抒认真打量着天飞马刚刚完成的油画道:"一个画家只要一门心思画画就行了,别扯那些不着边际的事情。怎么样，画展都准备好了吧？"天飞马说："万事俱备，只欠姐姐的东风了。"

田韵抒叹道："我刚从报馆出来，总编在算计如何收你的广告版面费呢，我说天飞马此次画展的动静大，上不上我们报纸还两说呢。"天飞马急着问："那你们总编怎么说？"田韵抒说："他号召我们报馆的同仁都到现场看看，见机行事。我想了，开展那天，只要乔厅长到场剪彩，商界的会长们再去几个，你的油画就不怕没人买。乔厅长怎么也是上海通商公署的第二把交椅了，谁敢不巴结他呢？"天飞马忙道："要是第一把交椅也去捧场，那就更让人刮目相看了。"田韵抒稳操胜券地说："第一把交椅不到场也没关系，我可以动员他的太太去，我的两个学姐学妹只要一出场，那上海的妇女界、教育界都得闻风而动。到时候就怕你那展厅太小，容不下那么多的人了。"天飞马笑道："大世界的展厅够大了，来多少人都能容下。人越多越好，人气就是财气。"田韵抒忽然问："那我的学姐学妹要是出场，你怎么着也得每人送一幅油画吧？"天飞马忙道："没问题，小事一桩。"田韵抒瞟瞟天飞马说："那我就找她们游说去了啊。"

田韵抒说干就干，不日就在城隍庙茶楼请石玉婵和许尚美品茶。茶楼里的顾客出出进进，靠窗的一张圆桌上摆着瓜子花生点心，一把青花瓷壶，三个装满茶水的青花瓷碗。

石玉婵端着杯子喝茶，许尚美嗑瓜子，两人都在听田韵抒说话："天飞马的油画有很大的升值空间，开展那天姐妹们一定去恭贺一下。"许尚美道："我们去倒可以，他有什么条件请我们去呀？"田韵抒说："他答应每人送一幅油画了。"石玉婵问："他的画值钱吗？市场价是多少？"田韵抒说："现在还不值钱，将来肯定会值钱的。每幅油画至少一百万大洋。"许尚美怀疑地问："那要看画的品相，他说值一百万大洋就值一百万大洋吗？"田韵抒说："那两位学姐妹去现场见识一下，不就一目了然了吗？"石玉婵应道："好，那我们去，谁让他是你朋友呢。"田韵抒试探道："尚美能不能让路主任和沪东商会的几个会长也光临画展呀？"许尚美说："你最好别提他，提他我心里招烦。"石玉婵忍不住问："这又怎么了？当初死乞白赖求我们把人给你弄回上海，人回来了你心里又烦了，我们当初的好心还做了坏事不成？"许尚美急忙说："大姐理解错了，有时间我再跟两位学姐细说吧。"

9

上海大世界展厅，天飞马油画展如期开展，大厅外人头攒动，好像在等待什么人的到来。大厅门口的台阶上是一个椭圆形的白色台子，台子正对大厅的一条直路上铺着长长的红地毯。两个穿旗袍的美女托着大红彩绸站在展厅中央。

人群忽然纷乱起来，乔世景隆重出场，他的身前身后簇拥着油头粉面的商界人士。乔世景登上红色的台子，用目光扫了一眼全场说："今天，能为巴黎学成归来的青年油画家天飞马剪彩，我非常荣幸。"天飞马忽然从人群里挤出头脸说："乔厅长，有劳您大驾光临。"乔世景目空一切地笑笑，随后一剪刀将红绸剪断了。天飞马趁机对着大厅里的人群喊："画展的大幕已经拉开了，请朋友们到大厅里欣赏，如果您想收藏哪一幅油画，请记下来告诉我，画展结束您就可以取走油画了，我敢保证我的油画有很高的收藏价值……"

　　威爷和小秃坐着人力车经过，威爷往外边望了一眼，这一眼恰好看到了天飞马。威爷急忙喊："停，先停一下。"人力车停下来。威爷问小秃："我怎么觉得站在台阶上的那两个男人很面熟啊？"小秃顺着他的目光望去："一个是我爸，一个是和我后妈相好的男人。"威爷不屑地笑道："原来就这德行啊，走吧。"人力车又跑起来。

　　上海大世界展厅外，人群响起一片掌声，人们随后涌进大厅看画展。乔世景匆匆退出人群，奔向自己的轿车。

　　这时，一辆黑色的轿车在大世界展厅外停了下来，石玉婵、田韵抒、许尚美三人打扮时尚从车里下来，引起路人关注。田韵抒催促道："快走吧，画展早就开始了，我们来晚了。"石玉婵不慌不忙说："你急什么呀？皇帝不急太监急，不就看个画展嘛。"许尚美顺势说："就是，如果不给我油画，我都没心思来看呢。"三人迈着悠然的步态进了展厅，田韵抒在展厅里四处寻找天飞马，她终于在一个角落看见了他，他正跟一个年轻的姑娘说话。田韵抒急走到他跟前："天飞马，我的两个学姐妹来了，你说话要算话啊。"天飞马对身边的姑娘说："我去去就来。"田韵抒边走边问："那姑娘是谁呀？"天飞马随口道："唱美声的，我们在巴黎认识的，她刚回上海。"田韵抒不由回头望望，那姑娘也正望她。

　　石玉婵和许尚美在看油画，田韵抒带着天飞马奔过来介绍说："这是我学姐，通俗教育委员会驻上海办事处副处长石玉婵；这是我学妹，上海商务馆文秘许尚美。"又对石玉婵和许尚美介绍："这位就是巴黎归来的油画家天飞马。"天飞马谦恭地笑道："有劳几位姐姐的大驾了，几位姐姐真是光彩照人呢。你们能光临画展，也算是对我天飞马的抬举了。几位姐姐看中哪一幅了，撤展后我就送给你们。"许尚美直言："我喜欢画面明朗的，你油画的色调都过于暗淡了。"石玉婵说："这幅郊外风景很不错，光和色彩运用得恰到好处。"天飞马忙道："那就送姐姐这幅了。"又问许尚美："这位姐姐呢？"许尚美说："我再看看吧，还没选好呢。"田韵抒说："回头我帮你选吧，保证让你满意。"许尚美应道："那也好。"

10

上海通商公署乔世景的办公室，桌上摆着两杯茶水。路旷明坐在乔世景对面的沙发上，两人的神情都很严肃。乔世景说："为放货的事，我亲自找了任队长，他说是禁运品，如此看来，我也真无奈了。路主任，如果钱大爷死咬住这批货，你是否考虑另换拍卖公司呢？"路旷明说："选择钱大爷的拍卖公司是经过多方考虑决定的，拍地会遇到很多棘手的问题，钱大爷在上海滩有很广的人脉资源，凡事都可以摆平。"

乔世景几乎是下命令说："路主任，此事我真爱莫能助，就看你的本事了。"路旷明忧心忡忡地从乔世景的办公室出来，思来想去眼下自己唯一的王牌就是孙喜眉了，他准备让孙喜眉去攻关钱大爷。

上海城隍庙钱大爷古玩店，街巷里男女老幼往来穿梭，人力车、自行车不时闪过。一辆黑色的轿车在马路对面停下，路旷明和孙喜眉一前一后从车里下来。路旷明认真地跟孙喜眉交代着："喜眉，说服钱大爷的任务就交给你了，你要是真能把这个老顽固的心说动了，商会的正副会长都会高看你一眼，日后上海滩就会有你的立足之地了。"孙喜眉有点紧张："舅舅，我今天心里怎么这么乱啊，好像没底气似的。那钱大爷可不是随便听人劝的，他那么有钱，什么没见识过呀。"路旷明说："但他没见识过你，你要把全身的招数都使出来，让他不得不答应你的条件。"孙喜眉应声道："那我试试看吧。"路旷明眼瞅着孙喜眉过马路，奔向钱大爷的古玩店。

钱大爷衣冠楚楚正要出门，猛抬头看见孙喜眉走进来。孙喜眉一只脚跨在门里，一只脚跨在门外，笑嘻嘻道："钱大爷，欢迎不欢迎我呀？您要是不欢迎我，我就把脚撤回去了。"钱大爷说："喜眉来了，我能不欢迎吗？喜上眉梢，我怎么能把喜气往外推呢？"孙喜眉笑着道："钱大爷，我今天是特地来陪您的，陪您聊天、喝酒、掏耳朵……只要您高兴。"钱大爷问道："天下真有这等好事？一个水灵灵的姑娘专门来陪我这个糟老头子？"孙喜眉忙哄道："您怎么是糟老头子呢，您是一跺脚就让上海滩颤悠的钱大爷啊。"钱大爷开心地笑了起来："哈哈……喜眉真是会说话呀！本来今晚我要出去应酬的，那我就不去了吧。"转身对算账的伙计们喊："今天早点把店门关了吧，你们哥几个也出去逛逛街，看场电影。"三个伙计齐声说："谢谢钱大爷。"

钱大爷靠在老式床榻上，眯着眼。孙喜眉从他耳朵里掏出一大块耳屎："钱大爷您看，这是多么大的一块耳蚕啊。"

钱大爷睁开眼，孙喜眉将耳屎放在他的手掌心，钱大爷打量着："难怪我耳朵背，塞了这么大一块耳屎能不背吗？"孙喜眉道："这是您老的福气，别人想有这么一大块耳蚕还没有呢。"钱大爷道："真是舒服死我了。你这小手怎么这么巧啊，能把我的耳朵掏得舒舒服服的。哎，这手上还有串钱纹，是一个有造化的女人啊。"孙喜眉附和道："钱大爷说我有造化我一定就有造化喽，那您说说我的造化从何而来呀？"钱大爷慢悠悠道："首先从你的眉毛上来，眉心一颗福痣，这是老天爷赐给你的福，但这福要遇上大贵人才能转为福气，也就是造化。"孙喜眉奉承道："那您就是我的大贵人，我遇上您就是有福气了。钱大爷，要是我在上海滩也有个店铺什么的，那算不算造化呀？"钱大爷道："那是天大的造化了。"孙喜眉忙道："钱大爷说，那您就要帮沪东办事处拍地了，把地价拍得高高的，我好弄间铺子。"

钱大爷说："拍地的名堂多赚头也大，可眼下你舅舅管着金利源码头，法租界那批货就是在那里被扣的，我要是揽下这差事，就得罪法租界的朋友了。"孙喜眉说："那您说该怎么办呢？"钱大爷道："先冷一冷，看看风向再说吧。"孙喜眉内心嘀咕："看样子今天这任务真是完不成了。"

11

上海通商公署沪东办事处，路旷明、郑旷达、李总、吕老板一起往窗外看，似在等待什么。路旷明说："今天孙喜眉如果让钱大爷动了心，我们马上就进行土地拍卖，如果钱大爷还死抠金利源码头那批货，我们真要另找拍家了，再这么耗下去，夜长梦多呀！"眼睛始终盯着窗外的吕老板忽然喊："孙喜眉回来了。"几个人同时把目光转向门口。

孙喜眉匆匆进来，直奔路旷明的办公桌，拿起桌上的茶杯咕咚咕咚喝了几口水，一边扯起袖子擦嘴一边说："舅舅，我今天没帮您完成任务，那个钱大爷说先冷一冷，看看风向再说。"路旷明问："你没帮他掏耳朵吗？"孙喜眉说："掏了，钱大爷直嚷舒坦，可就是不答应拍地的事情。"李总说："我敢断定，这批货的利润说不定要比拍地的利润还高呢。"吕老板说："真要是黑货，巡捕房也不能长期扣留，违禁品是要上缴的。"路旷明说："巡捕房那里已经有人去过了，碰了一鼻子灰。谁知道他们葫芦里卖的什么药啊？"李总说："嘻，魔高一尺道高一丈，要是沪军署有人出来发威，巡捕房那帮家伙就得抖乎。"

吕老板忽然想起了什么说："我认识个小兄弟在沪军署当厨师，要不要把黑货的事让他透露给沪军署？"郑旷达说："沪军署要是查下来，巡捕房立刻就得把那批黑货散了，再想打什么主意都得掂量掂量了，到时候法租界能不能索回那批货，钱大爷都怪不得沪东办事处了。我们之间没有了口舌，拍地的事情自然水到渠成了。"路旷明想了想："那吕老板就去找一下沪军署的厨师小兄弟，给巡捕房来个冷不防……"郑旷达附和道："还是路主任高明啊。"路旷明笑道：

"哪里，兄弟们都是诸葛亮。"

孙喜眉问："舅舅，那我干什么呀？"吕老板打趣说："你等着给沪军长扒耳朵吧。"众人哄笑起来。

12

上海沪军署内。沪军长在吃饭，桌上摆满了各式菜肴，太太一边给沪军长搛菜一边说："今天厨师特意给您烧了河豚，咱这厨师烧鱼的水平可是一流呀。"

厨师端着鱼上来，摆在桌上说："军长，都说河豚有毒，为了保证您和太太的安全，我要当着您的面品尝第一口。"军长太太立刻递过筷子，厨师搛了一口放进嘴里吧唧几下："我现在坐等五分钟，如果没什么事情，军长和太太就可以放心吃了。"厨师坐在沪军长的对面。沪军长边吃菜边瞟厨师："如今世道乱，市场里的鲜货也不多，你还能买到河豚，真是稀罕。"厨师忙道："军长不瞒您说，这鱼不是我买的，是我的一个朋友送的，我曾在他的宾馆里当过厨师，我们两人关系不错，他来看我，就送了两条河豚。鱼肚里还塞了两根金条。"厨师将金条从衣兜里掏出来递给沪军长。沪军长摆弄着金条："哟，你这朋友出手挺大方的嘛。"厨师应道："那是，人家也算上海滩有头有脸的人物了。"沪军长问："这人是谁呀？"厨师答道："美达宾馆的吕老板。军长认识吗？"沪军长道："不认识。"沪军长太太道："他牌号太小了，跟军长搭不上。"沪军长说："你们长时间不联系了，他突然来找你，别是什么探子吧？"厨师说："军长您多想了，他人挺正派的，对巡捕房那帮黑吃黑的家伙很有看法。他说巡捕房近日在金利源码头扣了一批货。"沪军长问："什么货？"厨师说："他没细说，我也就没细打听。只说货是法租界的，如果总扣着不放，会给上海滩惹麻烦的。"沪军长听完："噢？……"厨师道："军长、太太，已经过了五分钟了，这河豚绝对没毒，可以吃了。"太太点头："好，吃、吃。"

13

上海巡捕房，一辆军用吉普车停在门前，一位穿军装戴白手套的军人从车里出来，径自走进巡捕房，直奔任队长办公室，对任队长说："我是沪军长的参谋，今天沪军长特意派我来查问一下，上海金利源码头被你们扣押的那批货，到底是什么货？"任队长故作姿态道："货是不是黑货，尚待查询。"沪军长的参谋接着说："沪军长说，如果没什么可疑之处，就物归原主吧。要知道法租界与沪军长的关系是很铁的。"任队长道："请军长放心，一旦查清楚了，肯定物归其主。"

"那我就把你的话转告给沪军长了。"沪军长的参谋扔下话，转身走了。

任队长心事重重站在窗前，望着军用吉普车远去。李副队长走进来："队长，您找我？"任队长转过身："看样子，那批货是留不住了。我们要另谋打算了，免得招惹麻烦啊。"李副队长问："队长有什么吩咐吗？"任队长说："通知你手下的人马，听我的指令行动。"李副队长应道："是。"

方菲正在办公室看情报，任队长走进来说："先别看那些老皇历了，现在有个很重要的情报，你找蝴蝶兰卖出去。"

方菲嗔怪道："如今我真是您的部下了，说话一点客气的腔调都没有。"任队长着急道："我哪里还顾得上客气呀，火都要上房了。"方菲问："有这么严重？"任队长命令道："你马上去通知蝴蝶兰，就说金利源码头有一批黑货明晚要处置，让她把情报卖出去，多卖几家，范围越大越好，最好卖给那些地痞流氓。"方菲应道："我知道了。"

14

上海某酒吧内，方菲与蝴蝶兰在说话："这情报，要求你扩散的范围越大越好。"蝴蝶兰一头雾水："不保密就算了，还要广而告之，这到底卖的什么药啊。"方菲说："他们卖什么药不用我们管，你只管跟人说你手里有药卖就行了。"蝴蝶兰问："那这次的报酬给多少？"方菲不悦道："你怎么就认钱呀？张口闭口就一个字——钱。"蝴蝶兰说："我不认钱还不干这个呢，男不男女不女的。"方菲说："只会多不会少，你放心吧。"

方菲走后，蝴蝶兰就盯住了可卖情报的目标。她在酒吧里跟一个老板模样的男人闲聊。男人问："你这情报可靠？"蝴蝶兰说："不可靠我怎么敢收你银子呢？"男人掏出几块大洋扔在桌上离开，蝴蝶兰急忙将大洋收起来。蝴蝶兰又在菜市场向一个鱼贩子卖情报。鱼贩子问："哥你这话当真？"蝴蝶兰说："谁敢跟你说谎呀？这一片谁不知道你是鱼霸呀。再说，我还等着吃你的新鲜鱼呢。"鱼贩子将几条大鱼扔给蝴蝶兰。蝴蝶兰笑道："今天这情报光给鱼可不行。"鱼贩子又扔给她两块大洋。蝴蝶兰接过大洋，拎着鱼转身而去。

小秃突然出现在鱼贩子面前："老板，有黑鱼吗？"鱼贩子说："有，今天刚到的。你怎么总买黑鱼呀？"小秃说："我们老板的伤还未好呢。哎，那个人刚刚跟你说什么了？"

鱼贩子说："你打听这个干吗？"小秃说："你不说我也知道，是不是让你去金利源码头劫货？"鱼贩子说："敢情你小子是招风耳啊。"

15

上海威爷散打馆内，威爷架着胳膊端坐堂前。小秃跑进来："威爷，看我今天给您买的黑鱼活蹦乱跳的。"威爷道:"再活蹦乱跳,也会变成我肚子里的大粪的。"小秃说:"威爷,我刚刚在菜市场买鱼时又看到那个长得像我妈妈的男人了。"

威爷说:"你天生跟他有缘分,怎么总碰见他呀,他去那里干什么呀?"小秃说:"他从鱼贩子手里买了两条鱼,跟鱼贩子说明晚金利源码头有批货要运走。"威爷问:"是不是上次我们抢的那批货呀?"小秃说:"这我可就不知道喽。"

威爷沉思片刻道:"上次抢货距今有半个月了吧?我估摸着就是那批货。难道老天爷又给我送钱来了?"

老二悄声走进来,威爷说:"老二,你来得正好。上次金利源码头抢的那批黑货快走完了吧?"老二说:"还有一箱。"威爷说:"明晚你带上几个弟兄到金利源码头再走一趟,那批黑货要运走了,估计惦记它的人不少,你见机行事、趁乱子再抢一把,但兄弟们不能有任何闪失,更不能露出半点蛛丝马迹,否则如果让巡捕房盯上,新账老账一块算,那可就有我们的好戏看喽。"老二点头道:"是,威爷。"小秃问:"威爷,我去不去呀?"威爷说:"你和我都不去,我们在家等二爷的好消息。"

第十五章

1

深夜，沪军长突然从床上一跃而起："枪声？有枪声，我听见了枪声。"太太揉着眼睛问："什么枪声啊，没有哇？你是不是又做噩梦了？"沪军长定了定神说："法租界那批货，怕是凶多吉少啊。"太太安慰他道："不会的，巡捕房那边的人难道不知道沪军署的厉害？你已经派人传话给他们了，谁的胳膊敢拧大腿啊？"沪军长说："你可别小看巡捕房，他们是黑白两道通吃，警务队那个姓任的什么事都干得出来，我虽派人传话给他们，他们若对那批货图谋不轨，就会生出变数。不行，我要派人到金利源码头看看。"沪军长起身打电话。

2

沪东金利源码头的夜晚，风吹得大地生寒。黑暗中，扛着箱子的人影东奔西窜。突然有人喊："金利源码头的货被抢了，快抓贼呀！"李副队长带着几个巡捕朝奔跑着的人影开枪，扛着箱子的人影纷纷躲过枪弹。

老二带着五六个弟兄迅速逃离码头，小船在枪声中摇晃。黑暗中，扛着箱子的鱼贩子催促跑在前边的弟兄："你他妈快点，老子可是给了你赏钱的。"跌倒的弟兄爬起来继续向前跑去。

这时，两辆军用摩托车奔驰而来，车灯晃得李副队长的眼睛睁不开，当他看清驰来的摩托车时，惊呼："弟兄们快跑，沪军署的人来了。"只听一阵踢踢踏踏的脚步声，人影四散而去。

两辆军用摩托车停下，车上的人下来四处观望。男甲："刚才明明看到一伙人东跑西窜的，怎么突然都没影了。"男乙："他妈的一群鸟兽。"

3

上海巡捕房内，任队长在听李副队长汇报："好悬啊，差一点就被沪军署的人撞上了。"任队长沉下脸说："你别啰唆了，我不听过程，结果怎么样？"李副队长说："来了好几拨人，像抢大萝卜一样就把货抢了。"任队长："结果呢？"李副队长说："结果我们只抢了八箱货。"任队长长吁一口气："还算是有战果。只是法租界会通过沪军署找我们麻烦的，届时就说弟兄们为保护这批货付出了惨重的代价。你怎么就没负伤呢？"李副队长说："要不我给自己补一枪？"任队长说："临时抱佛脚，岂不此地无银三百两了吗？"李副队长说："任队长，那您说怎么办？"任队长说："先藏起五箱货来，另外三箱货等他们找上门来再说。"

4

上海威爷散打馆内，威爷与老二在喝酒，小秃在一旁伺候。威爷满脸笑容："老二干得不错呀，又抢了两箱货，这下够我们花个一年半载了。怎么样，没暴露目标吧？"老二实话实说："没有，这回咱们去的人手少，不像鱼贩子他们，满码头都是他们的人。"威爷急忙问："那他们人多势众，准抢着大货了吧？"老二说："不见得，人多瞎捣乱。"威爷笑呵呵说："小秃，过来敬二爷一杯酒。"

小秃站到威爷面前："威爷，我不会喝酒。"老二端起酒杯："想当爷们，不会喝酒哪成啊，在威爷馆混事，吃喝嫖赌都得会。"威爷催促道："那你今天就教会小秃喝酒吧，让他先把这关过了。"老二摸着小秃的头说："威爷，包在我身上了。小秃，把杯子里的酒都满上。"小秃把威爷、二爷酒杯里的酒都满上，又将二爷递给他的空杯子斟上酒，两手端起来举过头顶说："威爷、二爷，小秃今天向两位爷敬酒了，感谢两位爷心疼小秃、栽培小秃。"说罢将杯子里的酒一饮而尽。威爷笑说："你小子真行啊，我以为这么大一杯酒头一回喝得呛着，想不到顺顺溜溜就穿肠过了。"二爷说："那就一不做二不休，再喝一杯吧。"小秃听凭两位爷左一杯右一杯地灌酒，直灌得天昏地暗、不省人事。

5

上海沪军署内，法租界老大正跟沪军长说着什么，他一脸愤怒，一种不达目的不罢休的表情："长官，这是巡捕房故意搞鬼，把情报散发出去了，否则怎么可能有那么多人到码头抢货呢？"沪军长道："那你现在想怎么样？"法租界老大道："我想跟沪军署的人去一趟巡捕房，他们手里肯定有货，不管多少，都得要出来，损失减少一点是一点。"沪军长应道："好啊，那我派个参谋陪你去吧。"法租界老大道："参谋不带长，放屁都不响，您怎么也得派个带长的陪我去，否则镇不住巡捕房那帮人。"沪军长应道："好，那就派孙参谋长陪你去吧。"

一辆军用吉普停在巡捕房门前。孙参谋长和法租界老大从车里出来，两人抬头望着门上的牌匾"上海巡捕房"。

李副队长匆匆走进任队长的办公室："任队长，沪军署的人来了，还带来了法租界老大。"任队长急忙说："你赶快把小腿包扎一下，洒些红药水，过一会儿瘸着腿来见我。"

"是。"李副队长转身出门。任队长向窗外望了一眼，正了正衣襟。

孙参谋长和法租界老大走进来。孙参谋长问："哪位是任队长啊？"任队长答道："正是在下。您二位是……"孙参谋长开门见山地说："我是奉沪军长之命陪同法租界老大前来要货的，金利源码头被扣的那批货总该物归原主了吧？"任队长满脸堆笑道："您二位请坐。"随后泡了两杯茶摆在桌上说："前两天沪军署的人已经找过我了，我昨晚本想把货交给你们，至于货是什么性质，我们也不想查了，都是上海滩的朋友，干吗搞得那么生分呢。可没想到，昨晚码头上的货遭哄抢了，我派出去的人几乎是拼了性命才保住了几箱货。"李副队长一瘸一拐走进来："任队长，医生说有个兄弟需要输血……"任队长说："你派几个人去就是了，兄弟们光荣负伤，我们不能见死不救吧。""是。"李副队长一瘸一拐出去了。

任队长转身对孙参谋长说："昨晚上李副队长腿部中弹了，还有一个弟兄正在医院躺着呢。"法租界老大打断他的话："任队长，我只想问问我们的货究竟还有几箱？"任队长说："你们来之前，李副队长跟我报告说弟兄们浴血奋战才保住了三箱货。"法租界老大吃惊地睁大眼睛问："什么？才三箱货？我们二十箱货到了金利源码头就剩三箱了，任队长这说得过去吗？"任队长不紧不慢道："说得过去说不过去，您也犯不着跟我较劲，您找金利源码头去。我们警务队只是奉命行事，如果您觉得亏，不想提货，那我们就把货上交了，反正上边催得紧。……其实我们真不愿意出纰漏，沾一身屎。"孙参谋长威风凛凛接过话说："你这话说得挺绝的，想要威风也轮不到你们巡捕房吧。"说罢将桌上的杯子摔在地上。任队长见状，急忙说："有话好商量，请长官息怒。"孙参谋长说："我看先把几箱货提上吧。"法租界老大点头："我听孙参谋长的。不过，这事不算完。"任队长道："二位兄长，我们巡捕房可没找你们麻烦，如果您二位再找我们的麻烦，那就是恩将仇报了。"孙参谋长不屑地瞟了一眼任队长："后会有期。"

法租界老大和孙参谋长走后，任队长突然跌坐在椅子上，额上渗出一层冷汗。

6

上海法租界老大官邸，宽敞明亮的房间，纯正的欧式家具，堂皇的枝形吊灯……法租界老大心事重重在房间踱步，焦虑地等待着钱大爷的到来。

钱大爷急匆匆进门，喘着粗气说："老大，货的事情我都听说了，既然损失这么大，我们也不能吃这哑巴亏，沪东办事处有块地皮要拍卖，沪东商会的人找过我几次了，他们想拿到这块地皮。要不法租界也参与拍地，让他们以地赔偿金利源码头丢失的货物。"法租界老大沉思片刻说："货又不是沪东办事处抢的，你让人家赔偿说不过去吧？"钱大爷理直气壮道："金利源码头归他管辖，我们的货是在金利源码头丢失的，他们起码负有责任。"法租界老大问："我们参与拍地，地就能落到我们手里吗？"钱大爷晃着脑袋说："那我们就设个局呀，前些日子上海选校花比赛您听说了吧？那个校花冠军路星星就是沪东办事处主任路旷明的千金，这个千金是他的掌上明珠，如果我们对他的掌上明珠动真格的，他路主任不会拿女儿的性命开玩笑吧？"法租界老大恍然大悟说："钱大爷，真有你的，什么怪招都能想得出来。"

话说到这份上，气氛就轻松起来了。两人开始喝茶，往更深处思谋。在上海滩，钱大爷是法租界老大最信得过的人，钱大爷说一他不思谋二。这年头，什么都不缺，缺的就是信任，信任就是人脉中的黄金，如今这世上没有比信任更珍贵的东西了。

7

上海商务馆内，李总忽然想带许尚美出去兜风，许尚美说："最好把星星也带上，星星这会儿下课了。"李总说："好，那我们开车去学校接她吧，今晚你们娘俩喜欢吃什么玩什么看什么，我都包了。"李总将车停在校园对面，他没有下车，对许尚美说："我在车里吸根烟，你去找星星吧。"

许尚美站在校园门口朝里面张望，三三两两的女同学从教室出来，就是不见星星。她忍不住上前拦住两位女生问："请问路星星在教室里吗？"女生甲："路星星刚才被一个商人接走了。"许尚美急忙问："商人？什么样的商人啊？"

女生乙："不知道，她没跟我们说。好像是一个很有派头的商人。"

许尚美目送两位女生远去，又在校门口张望了一会儿，仍不见路星星的影子，只好悻悻地回到李总的车上。李总问："没找到星星？"许尚美焦急地说："同学说她被一个很有派头的商人接走了，是谁把她接走的呢？"李总笑道："路星星如今是校花冠军，上海的大红人，商家争着抢她并不稀奇。"许尚美疑惑说："可我怎么觉得不对劲呀，心里乱得很。"

李总建议道："要不我们到郑会长那里看看，路星星接什么广告，郑会长应该知道。"许尚美立刻说："好。"

李总开动了车子，两人很快到了沪东商会。郑旷达穿戴齐整刚要出门，李总和许尚美出现在他面前。郑旷达说："哟，你们怎么找到这儿来了，正好今晚我有应酬，你们也一块去吧。"许尚美着急问道："郑会长，今天你见过星星没有哇？"郑旷达疑惑："没有哇，路星星怎么了？"许尚美说："我刚刚到学校接她，同学说她被一个很有派头的商人接走了。我还以为是你把她接走了呢。"郑旷达说："星星的商务活动都要经过我的，谁这么唐突把她接走了？坏了，别是跟金利源码头的货有关吧？……"李总一惊："你是说路星星有可能被绑架了？"许尚美突然叫起来："天啊，这太可怕了。"郑旷达急忙吩咐说："先别急，李总马上去沪东办事处接路主任回上海，我们分头去找。"

8

上海某里弄民居，深夜房间里的灯光依然亮着，屋里的哭声在夜深时分越发清晰。许老太太见女儿哭得已没了人形，自己便止住了哭，将毛巾递给许尚美说："你哭死也没用，这都凌晨了，旷明怎么还不回来呀？家里没有男人真不行，一遇到事情，女人总是想不出什么好办法来。"许尚美一把鼻涕一把泪说："妈，星星要是有个三长两短，我活着还有什么意思呀？"许老太太说："我早就说树大招风，星星当了校花冠军，在上海滩惹出这么大的动静，不遭人忌妒才怪呢。枪打出头鸟，这老话一点都不错呀。"

门突然有了响动，许老太太急忙奔向门口，打开门，伸头朝外看看，"哟，没人呀，刚才明明听见有人敲门呀！"正欲关门时，低头看见一张字条，急忙捡起来回屋递给许尚美："尚美，快看，不知谁往门里塞了一张字条。"许尚美接过纸条展开，只见上面写道："校花在我们手中，请速来谈判，否则小命难保。法租界老大。"许尚美绝望地喊："天啊，我们怎么就招惹了法租界老大了？"许老太太知道大事不好了，急忙抄起电话听筒说："快给旷明打电话吧。"

9

深夜，路旷明、郑旷达、李总、吕老板正在美达宾馆紧张地商量对策。路旷明急得嗓子发哑，两眼泛红，他说："这显然是冲着拍地来的，法租界在我管辖的金利源码头丢了货，不跟我使劲跟谁使劲啊？"郑旷达说："那我们跟你一道去法租界要人。"李总应声道："对，一道去。人多势众，谅他们也不敢把我们怎么样？"吕老板提醒道："法租界老大可是黑得出名啊。"郑旷达讥诮地问："怎么，你怕了？"吕老板急忙说："我是提醒你们。"路旷明说："谈判就是斗智斗勇，哥几个再想想，以防出差错。吕老板，你脑子好使，好好想想。"李总着急地说："甭在这儿想了，路上再商量吧，时间就是生命啊。"路旷明站起身："那咱们走。"几个人匆匆出门。

法租界老大坐在欧式沙发上，用眼睛扫着走进来的路旷明、郑旷达、李总、吕老板。他不屑地问："几位都是什么人啊？面孔不熟悉嘛。夜闯民宅，这可是犯忌讳的。"郑旷达抢先说："我是沪东商会的会长郑旷达，这位是沪东商会副会长李总，这位是美达宾馆吕老板……"法租界老大打断他的话："今天我只想见见上海通商公署沪东办事处主任路旷明。"路旷明往前站了一步说："我就是。"法租界老大笑道："原来你就是路主任啊？你今晚能及时来见我，也算是识时务之人。你的宝贝女儿就在我手里，她目前毫发无损，你想见见她吗？"路旷明急忙说："我就是为了女儿才来的。"

法租界老大按了一下椅子后的按钮，身后立刻吊起了一块金光闪耀的装饰板，随之一条长长的走廊出现在众人面前，走廊里站着面容憔悴的路星星，她一眼看见了路旷明，高喊："爸爸！"路旷明也随之喊道："星星！"路星星刚要奔跑过来，法租界老大手上的按钮一动，装饰板又严丝合缝落了下去。路星星在里面大喊大叫。

法租界老大骄横地看着路旷明说："路主任，想让你的女儿回去并不难，我们今天就谈谈条件吧。"路旷明一脸焦急地问："什么条件？"法租界老大眯着眼睛说："你知道，世上没有无缘无故的恨。你女儿被关在我这里，是因为我们法租界有一批货在金利源码头丢失了。"路旷明说："您丢失的那批货我并不知情，跟我的女儿更无关系。"法租界老大目光凶狠地扫着路旷明说："知情不知情都在你的辖区内，在你管辖的一亩三分地上，丢了我的货，我不找你找谁呀？你女儿跟这批货是没关系，但她是你的亲骨肉。"路旷明急切地问："那您要什么条件才能放回我的女儿？"法租界老大摊牌道："你们沪东办事处有块沼泽地要拍卖是吧？那就以地抵货吧。"路旷明争执说："以地抵货？地和货是不可同日而语的。再说，这事我一个人说了不算，要上报给通商公署才行。"法租界老大胜券在握地说："那我等你的消息总可以吧？反正你女儿在我手里，我是不着急呀。"路旷明强调说："那你不能伤害我的女儿。"又对郑旷达等人说："几位会长，咱们先回吧。"

10

上海通商公署，安子益、乔世景坐在办公桌前，听路旷明汇报情况。路旷明脸色苍白、嗓子几乎发不出声音了，他哀求道："安署长、乔厅长，人命关天，我女儿路星星在他们手上，我不答应他们的条件就等于把我女儿的命送给他们了。"安子益端着架子说："路主任，如果不事关你女儿的性命，今天你是没资格直接跟我汇报的，你的顶头上司是乔厅长。官场是论级别的，一级对一级。"乔世景见机插话："我听说了这事，一大早就跑来跟安署长汇报了，这不能说我们不关心下属吧？"路旷明直接问："那你们究竟同意不同意法租界提出的条件？"安子益说："以地抵货，他们比京城的大公子有过之而无不及，你真以为他们会高价拿地吗？"

乔世景说："他们的货丢了，明明是巡捕房干的，却偏偏纠缠沪东办事处，这是看我们好捏呀。"安子益又说："法租界老大在上海滩没人敢惹，他欺负到谁头上谁就倒霉透顶了。……眼下，我只好先去京城一趟，打探一下大公子的虚实了。"路旷明急忙问："那我的女儿路星星怎么办啊？"乔世景安慰他说："路主任，天塌不下来，安署长就是为了你的女儿才亲自去京城的。"安子益拍着乔世景的肩膀说："知我者莫过乔厅长啊。"

路旷明再也不好说什么了，出了通商公署就往家里跑。到了门口，忽然想应该怎样跟许尚美和许老太太述说见到路星星的情况。待他想好了，才推门进屋。许尚美和许老太太一下子就扑过来了，不停地问："星星呢？星星呢？……"

路旷明安慰她们说："我见到星星了，她挺好的，住在法租界老大豪华的公寓里，待安署长从京城回来，星星肯定就会回来了。"许尚美说："安署长去京城那要好几天的时间呢，谁知道星星会发生什么事情呀？这事玄了。"许老太太说："这可是人命关天的大事情，当官的一点不着急，还要跑一趟京城，这不是拿我们星星的小命开玩笑吗？尚美呀，我看你得亲自找一趟你的两个学姐了。"许尚美刻不容缓地说："我这就去。"路旷明说："我跟你一道走，我回沪东办事处。"许尚美："妈，您老自己在家吧，千万别着急呀，星星会没事的。"

许老太太说："我急也没用，我去庙里给菩萨烧炷香吧，求菩萨保佑我们星星平安。"

11

田韵抒正在上海世俗生活报馆看版样，总编端着茶杯走过来，拿着腔调说："天飞马的画展真是太成功了，别的不说，乔厅长一出场，那些商界的会长副会长哪个不来凑热闹啊，人气上来了，钱财也就到手了。田记者，苟富贵勿相忘啊。"田韵抒回敬说："总编，我是吃独食的人吗？更何况天飞马还是您介绍给我的呢。"总编意味深长地说："你记住就好。"田韵抒放下报纸，跟总编说："天飞马这篇报道有点简单了，可我今天也没时间修改了，我有急事要去办。"总编："你去吧，你说一谁敢说二啊？"

田韵抒刚出门，就碰见了许尚美。许尚美一脸焦急地说："我女儿星星被法租界的人绑架了。"田韵抒安抚道:"我已经听说了,乔厅长说不要紧的,过几天肯定会把人放回来的。"许尚美几乎是哭腔说:"都说不要紧的,可星星毕竟入了虎口。她要有个三长两短,我该怎么办啊?"田韵抒问:"那你找我想登寻人启事吗?"许尚美说:"我想让你带我去见玉婵大姐,让她催催安署长尽快答应法租界的条件。"田韵抒看看腕上的手表:"我现在没时间,你自己去找她吧,等我见了她,一定会跟她说的。"

许尚美望着田韵抒的背影,眼泪忽然夺眶而出:"还有什么比救人更要紧的事呢?"她焦虑地在大街上行走,她不知道该怎样救星星出来,她走到了黄浦江畔,面对滚滚的黄浦江水大喊:"星星,你何时才能回到妈妈身边啊?我的星星啊。……"

12

上海法租界老大官邸的夜晚,路星星在一间黑屋里看窗外的月亮,她突然推搡着门上的大锁呼喊:"放我出去,放我出去,我要见我妈妈!"看守走过来:"喊什么喊?这里是什么地方你不知道吗?"路星星大声道:"我是上海滩的校花冠军,你们凭什么抓我?"看守不屑道:"在我们老大这里,你还敢称自己是校花?狗尾巴草吧。"说完得意地哼着小曲远去。路星星突然号哭起来:"妈妈——妈妈呀!"

13

田韵抒来到天飞马工作室门口,看见大门上了锁,便停下脚步四处打量:"不是说好了今晚一起看歌剧吗?人到哪里去了?"

一辆人力车跑过来,田韵抒坐上人力车东张西望,似在寻找天飞马的身影。视野所及之处,上海大世界几个字渐入眼帘。田韵抒下了车,奔向大世界剧院。

舞台上,年轻的女子叶丽鹰正在演唱西洋歌剧。乔世景坐在包厢里,他的身边是天飞马。从乔世景的表情上,可以看出他对西洋唱法有着浓厚的兴趣。天飞马说:"乔厅长,这次画展您对我帮助很大,台上唱歌的是我在法国的学妹,她不仅会唱歌,还能弹一手好钢琴。您如果想认识她,演出结束后我带您到后台引荐一下如何?"乔世景不以为然道:"她应该来见我吧,我去见她就不必了吧?"天飞马急忙改口:"对对对,我应该带她来拜见乔厅长。"乔世景傲慢地笑笑。

田韵抒走进剧场时,演出显然结束了,观众已寥寥无几。田韵抒的眼睛四处打量,她在寻找天飞马,这时她发现二层包间里的天飞马、乔世景,他们正跟叶丽鹰聊着什么。田韵抒悄悄上了包厢,躲在暗处偷听他们说话。天飞马说:

"乔厅长，这位就是刚刚在台上唱美声的叶丽鹰，我在法国留学时的学妹。"叶丽鹰微笑道："乔厅长您好！"乔世景夸赞道："你唱得很不错，把西洋乐引到中国，很有创新精神，也很有胆量啊。"天飞马接着道："学妹，这就是上海通商公署的乔厅长，我此次画展的成功，乔厅长给了很大的支持，乔厅长以后有什么需要学妹帮忙之处，学妹一定要尽心尽力哟。"叶丽鹰道："谢谢乔厅长的夸奖，我做得还很不够。乔厅长对西洋乐感兴趣吗？"乔世景道："挺感兴趣的，听了你的演唱就更感兴趣了。"叶丽鹰说："那我以后教您怎么样？"乔世景说："我家正好有台钢琴，我已经很久没弹了，指法都不灵了。"天飞马说："交给我学妹好了，保证把您弹钢琴的水平提升到十级。"躲在暗处的田韵抒黯然神伤地转过脸，悄然离去。

田韵抒又来到天飞马工作室，焦虑地等待他的到来。可她左等不来右等也不来，就在她准备离开的时候，天飞马的车子开了过来。田韵抒立刻闪到暗处。天飞马下车，随后又绕过车头拉开右边车门，手牵叶丽鹰下车。田韵抒突然从暗处闪出来。天飞马和叶丽鹰同时吓了一跳。天飞马说："原来是田姐姐呀，我还以为遇上打劫的了呢。"田韵抒说："天飞马，你不是跟我说好一起去看演出的吗？"天飞马解释道："本来我是等你一块去的，可乔厅长要去看演出，我只好提前去了。我还以为乔厅长跟你在一起呢。对不起了田姐姐！"田韵抒不悦道："我还是你的田姐姐吗？画展前我是你的姐姐，画展后你心里只有妹妹了吧？"天飞马表情有点慌乱地说："我来介绍一下，这是我在巴黎留学时的学妹叶丽鹰，我认识学妹在前，认识田姐姐在后。"叶丽鹰应声道："田姐姐好！"田韵抒不屑地瞟了叶丽鹰一眼，愠怒地看着天飞马说："请你把我为你画展付出的劳动报酬结算清楚，过几天我来拿。"天飞马应声道："少不了你的，你为我介绍了多少来宾，卖出去多少幅画，该给你多少提成，我心里记得一清二楚。""你记着就好。"田韵抒转身离开。

天飞马对着她的背影喊："田姐姐，要不要我开车送你回去？"田韵抒头也不回地上了人力车。天飞马望着田韵抒远去的背影说："到底是阔太太，架子端得匀啊。"叶丽鹰搭腔道："在外摆架子，在家还不知道什么样呢？她既是乔厅长的太太，乔厅长看演出为什么不带上她呢？"天飞马笑道："学妹真是火眼金睛啊。"

田韵抒回到家，直奔自己的卧室，泪眼蒙眬地看着墙上天飞马的油画，忽然摘下来扣翻在床上，而后捂着脸哭起来，心里骂道："你这个骗子！"

月亮的清辉透过窗子，照进田韵抒的卧室，映着她痛苦而孤独的身影。

14

上海中式庭院的早晨，石玉婵、安小早在吃饭，赵妈端了一盆汤摆在桌上说："小早，今天我特地给你煨的鲫鱼汤，你都多久没在家里吃饭了。"小早道："谢谢赵妈。"石玉婵问："小早，美拉达最近还跟你排演话剧吗？"小早道："排呀，我们还准备到外校巡演呢。"石玉婵道："那就好，不过最近社会上挺乱的，你们出去一定注意安全。"

外面有人敲门："玉婵大姐在家吗？"石玉婵透过窗子往门口望，许尚美一脚跨进院子。石玉婵放下筷子迎出来问："尚美，你怎么找到我家里来了？"许尚美忽然哭起来："玉婵大姐，快救救我女儿星星吧，再不想办法，她很可能就没命了。"石玉婵说："你别着急，安署长昨晚就去京城了，我们都在积极想办法。"许尚美焦急地说："他到京城又能怎样？难道我女儿的性命还没有沪东那块破地值钱吗？"石玉婵沉下脸道："尚美，你这话说得我可不爱听，星星出了事，我们的心情是一样的，否则安署长不会连夜去京城的。"许尚美说："我就这么一个女儿，她要真有个三长两短，我活着还有什么意思呀？"石玉婵劝道："你的心情我理解，但事情已经发生了，你急也没用。凡事都有个过程。"

安小早站在窗前看着窗外两个女人说话，她们说的话悉数收进了他的耳朵。这时，他看见许尚美哭着走了，石玉婵叹息一声转身朝屋里走来。安小早重新回到饭桌前。石玉婵进屋坐在小早对面，小早忍不住问："妈妈，路星星被绑架的事就不能向巡捕房报警吗？您在报馆不是还有一个学妹吗？这个时候报馆就要通过舆论对绑匪施压了，人怎么能见死不救呢？"石玉婵说："我和你爸爸都在积极想办法，现在还不能向巡捕房报警，一旦报了警，法租界那帮人说不定就会撕票的。"安小早进一步说："妈妈，现在都十万火急了，救人还前怕狼后怕虎吗？"石玉婵嗔怪道："你懂什么呀？赶快吃你的饭吧。眼看就到秋天了，去美国留学可是迫在眉睫了，你如果真放弃了，下次就没有机会了。"安小早放下筷子："妈妈，我已经长大了，不是孩子了，对人生我有自己的选择。"说罢站起身，穿起外衣跑出屋。石玉婵追出来："你干吗去呀？"安小早道："回学校。"

安小早匆匆走在校园的甬路上，美拉达迎面跑过来："小早，你不是回家了吗？怎么又回来了？"安小早说："还是校园好啊，鸟飞虫鸣、新鲜的空气，自由自在的笑声……"美拉达玩笑道："我以为你是想我才回到校园的呢。"安小早顺势说："对呀，我是想你呀。哎，美拉达，今天是礼拜天，你为什么不回你爸爸那里呀？"美拉达说："我爸爸不让我跟你一起演话剧了，也不让我跟你一起玩了，他说你妈妈不帮助他。我不喜欢听他的摆布，就跑到学校来了。"安小早叹了一口气："原来我们俩同病相怜啊。那你怎么办？还想出国吗？"安小早沉思片刻说："美国我肯定是不去了，法国我也不想去了。"美拉达问："那你想干什么？"安小早说："一个幽灵在中国大地徘徊……"美拉达提醒道："你漏了四个字，是共产主义的幽灵。"安小早急忙掩住美拉达的嘴巴："当心点！嘴上乱跑马，小心被人听见。"

15

沪东办事处的夜晚，路旷明在办公室抽烟，房间里烟雾缭绕，烟灰缸里的烟头几乎都装满了。孙喜眉走进来，用手扑打着烟雾说："舅舅，你不能再抽烟了，再抽你就变成烟囱了。"路旷明像没听见一样依旧抽烟。孙喜眉两手抚摸他的肩膀说："舅舅，我知道你心里难过，表妹被绑架了，当父亲的能不着急吗？要是我能顶替表妹，我情愿被法租界的人绑架。您说，我还能帮您做什么呢？"路旷明终于把烟头掐灭，长吁一口气说："你已经做得够多了，现在这个时候我们谁都不能妄动，只能听上边的，一切都要等到安署长回来。……哎，当初我要是知道星星会被绑架，我就不会拿钱买这个芝麻官做，七品芝麻官算什么呀？跟我女儿的命相比，它一钱不值。"孙喜眉说："舅舅也不能这么说，如今这世道，您要没有办事处主任这个官衔，郑会长、李总，还有吕老板这些人会巴结你吗？还有那个钱大爷，他那眼球里全是钱和权，没这两样，他都不会扫你一眼的。"路旷明叹道："可我手中的这点小权利要是把女儿的性命搭上了，那真就因小失大了。"孙喜眉安慰道："舅舅不要往坏处想，事情不会太糟糕的。"说着两手开始按摩路旷明的肩膀。

许尚美突然闯进来，她一头乱发，神情恍惚。路旷明和孙喜眉同时惊呆了，他们的动作在空气中定格。这恰给了许尚美咆哮的理由，她大声吼道："女儿星星都要死了，你们还有心思在这里偷情……"孙喜眉急忙解释："舅妈，您误会了，我见舅舅总是抽烟，怕他着急，来劝劝他的。"许尚美挥手给了孙喜眉一巴掌，骂道："滚一边去，这里没你说话的份。"孙喜眉尖叫一声，捂着脸跑出去了。

路旷明乞求道："尚美，你别闹了好不好？星星出了事，我的心像油锅炸了一样，我怎么可能跟喜眉做什么出格的事呢？"许尚美吼道："我让你马上去辞官，把星星换回来。"

路旷明怒声说："你别瞎闹了好不好？我就是辞了官，也不可能马上把星星换回来，这两件事不可相提并论呀！"许尚美不依不饶说："你还我的星星，还我的星星啊。"许尚美疯狂地哭着，路旷明任由她哭。片刻，许尚美突然抬起头，痴痴地看着路旷明。路旷明被她的目光吓得不由往后退了好几步。许尚美说："旷明，你现在跟我回上海，乔老太太不是认了你当干儿子吗？我们马上找干妈去，让她催促乔厅长想办法救出星星。"路旷明犹豫道："现在回去找干妈妥当吗？她说话能管用吗？再说公署没说不管星星，安署长已经进京了。我们是否耐心等两天呢？"许尚美说："等安署长回来，只怕是星星的小命都没了，再说安署长从京城回来就能给法租界一个满意的答复吗？旷明，星星是我们的女儿，是你我身上的血肉，她有个三长两短，只会疼在你我的身上。"路旷明仍犹豫说："我们为这事去找干妈，会不会让乔厅长反感呢？认为我们不信任通商公署。"许尚美急了说："旷明，这都什么时候了，你还前怕狼后怕虎，不就一个沪东办事处主任嘛，我们不当又何妨呢？"路旷明说："这官虽小，当初也是我们用大洋买来的，就这么失了它，不太划算吧？"许尚美逼到他跟前说："那你说，女儿的命与这芝麻官比，究竟哪个值钱？"路旷明索性说："鱼我所欲也，熊掌亦我所欲也。"许尚美揪住他的衣服嚷："我只要星星，走，你现在必须跟我回上海找干妈去，否则我就一头撞死在这里。"路旷明见拗不过许尚美，只好妥协道："我随你，我随你还不行吗？"

孙喜眉躲在黑暗的角落里，眼看着路旷明被许尚美揪出办公楼，她脸上一副惊恐的表情。

16

上海中式别墅的夜晚，乔老太太坐在椅子上打盹。田韵抒从卧室出来说："妈，您老先睡吧，世景一时半会儿是回不来的。"乔老太太问："这会儿几点了？"田韵抒说："凌晨三点。"

乔老太太说："鸡都打头遍鸣了，这世景再忙也不能深更半夜不回家吧？"田韵抒说："妈，您不用担心，他不会有事的，我早已经习惯了。"

外面的门突然响起来，乔老太太道："韵抒，快去开门，准是世景回来了。"田韵抒匆忙去开门，许尚美、路旷明出现在她面前。田韵抒奇怪地问："这大半夜的，你们怎么来了？"路旷明说："我来看看干妈。"顺手把一袋东西放在门口。乔老太太一听是路旷明，就说："干儿子能想着我就行了，还带什么东西呀？"田韵抒问："星星有新消息吗？"

许尚美说："田姐姐，我就是为了星星才来的，能不能让乔厅长出面请法租界的人先把星星放回来呀，夜长梦多，谁知道会发生什么事情呢。"乔老太太搭话："星星出事了？我怎么不知道啊？要不要紧的？"路旷明说："干妈，如果不要紧，我们就不会半夜三更给您添麻烦来了。"乔老太太大包大揽："等世景回来我跟他说，让他想法子先把星星救出来。"

许尚美接着问："田姐姐，乔厅长没在家吗？"田韵抒说："他经常大半夜回来，我已经习惯了。"又说："尚美，遇到事情不能急，要有条不紊地进行。本来我想在报纸造些舆论的，可考虑到对星星不利，也就作罢了。你放心，安署长已经去京城了，等他回来，星星一定会放回来的。乔厅长没有安署长的权力大，他说话起不了太大的作用，一切都须安署长表态。"路旷明在一旁搭话："我就说让尚美放心等待，她不安得很，非半夜三更拉着我找干妈不可。"乔老太太打了个哈欠说："你们回去吧，等世景回来，我一定催他。"许尚美又叮嘱道："干妈，您可一定要催催乔厅长啊，星星要是有个三长两短，我活着还有什么劲呀？"田韵抒不悦地说："尚美，你到我们家可别拿死吓唬人啊？"许尚美自知话说错了，急忙道歉说自己昏头了，路旷明趁机拉着她出了中式别墅的大门。

17

乔世景与叶丽鹰走到公寓楼前，叶丽鹰停住脚步说："乔厅长，我到了，您留步吧。"乔世景两手抚摸着她的肩膀说："以后别叫我乔厅长了，听着怪别扭的。"叶丽鹰嗲声嗲气地问："那我叫您什么呢？"乔世景说："直呼其名吧，在家里我太太都是这么叫我的。"叶丽鹰故意问："可我不是你太太啊？"乔世景笑道："世事多变，什么事都说不准的。以后教我练钢琴啊。"叶丽鹰爽快地说："一定的。"

18

上海巡捕房内，方菲递给任队长一份文件。方菲看了看说："上海校花路星星被绑架了，她家里人怎么没报案呢？"任队长说："不想让巡捕房参与的事情，你就别多嘴，等着看好戏吧。"方菲问："这么说，葫芦里又有新药卖了？"任队长说："卖药干什么呀？我们只卖情报。"两人互望了一眼，心领神会地笑了。

第十六章

1

京城大公子官邸外，一幢欧式小洋楼，小洋楼的门楣上，悬挂一块门匾，上写"大公子官邸"。安子益看看门匾，快步走了进去。

此时，大公子正用玉棋与人对弈，他手里举着棋子，先发制人地跳了几步，不料对手出其不意，迅速端了他的老窝。

大公子说："今天头一回败在徒弟手下，把我的老窝都端了。"

棋手谦卑地说："不是徒弟的棋艺超过了师傅，而是这副玉棋给我带来了好运。"安子益刚好走到窗前，看见大公子与人说话，便停下脚步听里面的动静。大公子说："你的眼光真不错，这副玉棋是我南下上海时，通商公署特意为我在扬州订制的，玉找有缘人，这证明你跟这副玉棋有缘分啊。"棋手索性说："那就送我如何呀？"大公子摇头道："这可不行，这本来是安署长送给大帅的，被我私下扣了。日后一旦大帅问起来，我还是要送过去的。"窗外的安子益听到这话，不禁皱了皱眉头。棋手又说："师傅，我昨天听我爸爸说京城的时局不稳，好像孙传芳要有什么大动作了。有些东西你也不必都送给大帅，说不定收藏在你手里比在他手里还保险呢。"棋手突然看见门口站着的安子益，便跟大公子说："师傅，您这儿来客人了，我就回了啊。"棋手与安子益打了个照面，顺势溜了出去。

大公子看见跨进门的安子益，拱手道："安署长，怎么不言声就悄悄来京城了，想当初我到上海时，您那欢迎的阵势可是隆重到家了，如今您到京城来，竟是一点动静都没有，就是我没有实力迎接，大帅府还是有实力的呀。"安子益笑道："我这次是专为大公子的私事来的，不想惊动大帅。"大公子说："那您就请坐吧，我让仆人上茶。"这时，安子益的目光落到中堂悬挂的那幅《猛虎下山》画和桌上散乱的玉棋子上，便忍不住问："那幅画是我送给大帅的，大公子又复制了一份吗？"大公子急忙说："名人字画怎么敢复制啊，我是实在喜欢这画，先在自家官邸挂几天过过瘾。"女仆端茶上来，摆在茶几上。大公子说："安署长，请用茶，这是前几天老家人刚送来的明前茶，您尝尝，口感如何呀？"安署长端起茶碗呷了一口："嗯，不错，好茶。"大公子接着说："安署长，您千里迢迢来京城，说是专为我的私事而来，这私事无非就是上海那块地皮，对吗？"安署长坦言："既然大公子已经猜到了，咱就打开天窗说亮话吧。"于是将地皮引起的绑架风波悉数抖搂出来，大公子听着听着脸就变了，沉默一会儿说："人命关天，这么说地皮是非拍卖不可了？"

安子益故意问："大公子对法租界老大应该有所耳闻吧？"

大公子避开他的话说："如果拍地，我也要以最低的价格把地拍到手。"安子益不动声色道："地怎么拍，完全由拍卖公司说了算，拍卖公司要提取佣金，自然是价格拍得越高越好。大公子，您就准备银票吧。"说罢，站起身。大公子自以为是的心情已经被安子益的话搅乱了，他满脸堆笑道："安署长，您这是到哪儿去？来到京城，总要为您摆桌酒席吧？"

安署长摆摆手说："大公子不必客套，我有个老同学在大帅府当文秘，我到京城来总要去见见他的。"大公子急忙说："那您见了大帅，千万别提我想在上海拿地皮的事情。"安署长突然怔了一下，继而说："那是自然。"大公子又说："还有这幅'猛虎下山'的画，过几天我一定给大帅送过去。"

安署长笑笑："物归其主为上策呀。"大公子尴尬地点头。

2

京城大帅府文秘处，府里的人都在搬运东西，有的搬家具，有的搬瓷器，有的搬字画。陈秘书指着一堆字画说："把这些字画晒一下，都装进樟木箱子里。"

安子益走进来，老远就喊："老陈！"陈秘书转身看时，安子益已经奔到眼前了，便惊喜地说："老安，哪阵风把你吹来了？"安子益好奇地问："老陈，闲着没事倒腾东西干什么呀？"陈秘书将安子益拉到僻静处，悄声说："你在上海可能有所不知，孙传芳就要打进京城了，这几天要把大帅府的东西清点整理一下。"安子益惊讶地问："这么说我是见不到大帅喽。"陈秘书说："别说你，最近连我见他都难。时局动荡，今天东风明天西风，你还是躲在上海闷声发大财吧。"安子益叹道："我哪里是财迷呀？"陈秘书调侃说："那你就是官迷。男人嘛，迷官迷财迷色，这都很正常。"安子益笑道："可我既没钱，官也没做大。"陈秘书说："现在这个时候，捞钱还相对容易些。捞官嘛，就要沉得住气，耳听八方。一朝天子一朝臣，你跟错了人就会迷失了方向。老同学，还是回上海老老实实当你的署长吧，等时局稳定下来，再来京城探探虚实，届时我要是能帮你忙呢，有七分力一定不使三分。"安子益拍拍陈秘书的肩膀说："有老同学这句话，我心里就踏实多了，那我就回了。"忽然想起什么，从口袋里摸出一个绢丝小包说："给你带了一块碧玉，扬州的雕工，知道你喜欢这玩意。"陈秘书接过绢丝小包，从里面抽出碧玉晃着说："一只蟾蜍，老弟盼我发财呀。"安子益笑笑："发财也很正常，官财官财嘛。"

3

　　上海中式庭院内，安子益与石玉婵在吃早饭，桌上摆着几碟小菜、油条、包子等。石玉婵问："怎么从京城回来没精打采的，你到底见到大公子没有啊？那拍地的事究竟怎么说了，路主任家的宝贝女儿可是当人质呢，我那学妹急得都快疯了。"安子益叹气说："不见到大公子，我还没有这一肚子的气呢。还记得那幅袁士道的名画《猛虎下山》吗？"石玉婵说："怎么不记得呢，上次大公子来时，我们两个亲自送给他的，要他转送给大帅。"安子益说："嘿，别说这幅名画，就连在扬州订制的玉棋大公子都独自享用了。"石玉婵惊讶地问："哟，这么说我们费力巴劲想巴结上大帅，结果是猫咬尿泡空欢喜了。那你没见到大帅吗？"安子益端起碗里的粥喝了一口说："我到大帅府去了，那里正搬运东西。我老同学陈秘书说如今时局不稳，今天东风明天西风，官帽子不是想当然就能戴上的。"石玉婵又问："那我们送出去的宝物不是白搭了吗？"石玉婵的问话让安子益感到很没面子，禁不住说："既然大公子如此不讲信誉，我也索性跟他摊牌了，我说上海的地皮要拍卖，法租界都把路主任的女儿绑架了，地不拍卖是要出人命的。"石玉婵急忙问："他怎么说？"安子益不屑地说："他说他要以最低的价格拍到地。……到时候，可就由不得他喽。"石玉婵忽然心生欢喜道："那这下星星有救了，我马上告诉学妹去。"安子益急忙制止："你先别那么急好不好？法租界绑架人质是冲着沪东办事处去的，他们要以地抵货，没你想得那么简单。你该干吗就干吗去吧。"石玉婵焦急地说："那人质是我学妹的女儿，我不能看着她发疯吧？"安子益又端起碗喝粥道："我看人家没发疯，你先疯了。""冷血。"石玉婵放下碗筷走了出去。

　　石玉婵搭了一辆人力车奔向商务馆，她从车上下来，朝前急走几步，抬头看着商务馆的门匾。这时，许尚美没精打采走了过来。石玉婵一转身，两人不约而同发现了彼此。许尚美惊讶道："玉婵大姐，你怎么到这儿来了？"石玉婵说："我是特地来找你的。昨晚安署长从京城回来了，为了让你女儿平安无事，他跟大公子摊牌了，说地皮要拍卖。"许尚美喜出望外："真的？这下我们星星有救了。"石玉婵又说："你先稳住劲，也就这一两天的事情。"许尚美突然流出眼泪道："谢谢玉婵大姐了，关键时刻全靠学姐帮忙了。"石玉婵说："有什么好谢的，谁让我们是学姐妹呢。我走了啊。"说罢匆匆离去。

许老太太在寺庙烧香，口念阿弥陀佛。许尚美悄然进来，在她身后对着佛像双手合十。许老太太转身看见许尚美，惊讶地问："你怎么也到这儿来了？"许尚美激动地说："妈，星星马上就要回来了，玉婵大姐刚刚告诉我的，我要在第一时间把这消息告诉您。"许老太太开心道："真的？菩萨真是显灵了。"

4

石玉婵匆匆离开商务馆，就奔了办事处，她刚走进办公室，魏局端着小茶壶慢悠悠走了进来。石玉婵看着他问："魏局有何吩咐？"魏局笑眯眯地说："石处长，您家少爷赴美留学的事要尽快给教委一个答复，他要不去的话，别把名额浪费了，后边多少人排队等着要呢。"石玉婵一听这话就知道魏局葫芦里卖什么药了，于是笑道："魏局别急，等过几天我心静下来，肯定给您一个答复，这么难得的机会，怎么可能让名额浪费呢。"魏局又说："还有一件事我要提醒石处长，沪东那块地皮离学校很近，如果成了商业用地，对学校的发展极为不利，学校左边一千米处就是日本纱厂，这块地皮在学校的右边，还是沼泽地，离学校也就一千多米，到时候两边夹击，学校会成什么样子啊？"石玉婵说："这事我可做不了主，我们着急也没用。沪东学校有什么消息吗？"魏局推脱说："那里是你的联系点，有什么消息你应该比我先知道。"石玉婵索性说："过几天我抽空去一趟，那个学校是我们办事处扶持的，各方面都成为典范才好。"

5

上海通商公署内，安子益与乔世景正在密谋："赶快告诉路主任，拍地。"乔世景道："安署长，您去京城一趟，心里又重摆棋谱了吧？"安子益正色道："乔厅长，你哪里来的这么多废话呀？路主任的宝贝女儿可是没放回来呢。"乔世景连忙道："是、是，我马上通知路主任。"安子益接着道："法租界这回弄了这么大的动静，不拍到地是绝不会善罢甘休的，路主任和沪东商会的人要多想点子跟他们周旋。"乔世景应声道："安署长，我一定把您的意思转达。"乔世景回到办公室就给路旷明打了电话，把安署长拍地的意图如实传达。

路旷明立刻召集郑旷达、李总、吕老板商量对策。

孙喜眉在一旁端茶倒水。路旷明说："地是肯定拍了，刚才我已接到上边的指令，现在我们需要去跟法租界谈条件，让他们赶快把我女儿放出来。"郑旷达想了想说："光我们几个人去可能不行，法租界老大不会把我们放在眼里的。最好请上钱大爷，这也说明了我们的诚意。"吕老板提议："我看这样吧，让孙

— 232 —

喜眉去请钱大爷。"李总笑道："这倒是个不错的主意。"孙喜眉爽快地说："既然诸位商界大佬如此看得起我，那我就去请钱大爷吧，反正我已经熟悉他了。"路旷明见孙喜眉如此爽快地答应下来，便说："那我们一起到城隍庙古玩店去，我们在外边等，让喜眉去里面请钱大爷，把钱大爷请出来我们再一起去见法租界老大。"李总插话道："见法租界老大要这么多人去吗？我和郑会长、吕老板就不必去了。我们是参拍者，去了反而不利。"郑旷达立刻说："对，我们回避吧。"吕老板想了想说："如果今天能把星星接回来，最好让她妈妈也去。"孙喜眉不悦地说："舅妈如果去，我就不必去了，免得让舅妈心里添堵。"路旷明只好说："等你把钱大爷接出来，我再去接你舅妈。"

几个人起身往外走，直奔上海城隍庙钱大爷古玩店。钱大爷正与伙计们算账，孙喜眉疾步跨了进来，笑眯眯凑到钱大爷跟前说："钱大爷，今天有劳您大驾了，我舅舅说拍地的事定下来了，请您出面与法租界的人谈一谈，尽快把我表妹放出来。"钱大爷端着架子说："那你舅舅为什么不来请我，派你个小丫头来，我是不是太没身份了？"孙喜眉哭笑不得地说："钱大爷，我表妹被法租界绑架的事情，我舅舅是未敢向外张扬的，怕给法租界丢脸，如果我舅舅大摇大摆走进来，别人看见了会不会说闲话？我舅舅备好了车在外边等您呢。"钱大爷这才站起身，来回走了几步说："这么说拍地的差事非我莫属了？"孙喜眉急忙说："这不明摆着嘛，还用您问呢？"钱大爷用手按了按孙喜眉的鼻头说："你这张巧嘴真是让人欢喜呀。"孙喜眉故意发嗲道："别人欢喜都没用，钱大爷欢喜就行了。"

6

上海法租界老大公馆内，阳光暖暖地晒在窗上。法租界老大坐在靠窗的太师椅上晒太阳，钱大爷带着路旷明、许尚美走进来。钱大爷说："今天我主动上门，是想告诉您拍地的事情定下来了。这样也就不用拿路主任的女儿说事了。"

法租界老大说："既然拍地的事定了，一切就交给你钱大爷操办好了。法租界必须以最低廉的价格拍到这块地。"转身对路旷明说："现在我们放你女儿回家，也算是公平交易了。路主任，您还有什么说的吗？"路旷明说："拍卖场上见分晓吧，说多了就是废话了。现在我只想见到我的女儿。"法租界老大说："你马上就会见到她，我保证完璧归赵。"说罢啪啪拍了三声巴掌。

许尚美焦虑地四处张望。路星星一脸憔悴从走廊深处的房间跑出来，她眼神呆滞，表情茫然。许尚美一眼看见星星，没命地跑上前喊："星星，妈妈的好女儿，今天总算见到你了。"说罢紧紧抱住星星，泪流满面。路星星木然地问："我能回家了吗？"许尚美说："回家，马上就回家，你爸爸也来了。"路旷明跑过来："星星，我的好女儿，你总算平安地出来了。"路星星直愣愣的眼神看着路旷明问："你是我爸爸吗?"路旷明急忙说："是啊，我就是你爸爸路旷明啊。"路星星说："快带我回家吧，我好害怕呀。""回家，马上回家。"路旷明拉着妻女匆匆奔回家中。

7

许老太太在厨房煎中药，许尚美从屋里走出来问："妈，药煎好了没有?"许老太太说："再煎一会儿，时间长些药效更好。你说这星星，从法租界回来就像变了个人一样，一句话都不说，成天望着窗外发呆，这孩子不会是傻了吧?"

许尚美说："星星肯定是被吓着了，我这药里有安神镇静的草药。"许老太太说："要说旷明当这个芝麻官，真是不划算，如果把女儿也赔上了，那就亏大发了。"许尚美劝慰道："妈，您别杞人忧天了，咱家怎么也不会那么惨吧，小心药糊了。"

星星靠在床上发呆，许老太太端着汤药进来说："星星，快把这碗汤药喝了。"星星呆呆地望着许老太太，半晌才摇摇头。许老太太焦急地说："星星啊，你可不能这样啊，你是全上海滩选出来的校花冠军，不能这么糟蹋自己啊。"

许尚美走进来说："妈，把药给我吧。"许老太太把药递给许尚美。许尚美接过药碗说："妈，您先出去吧，我想和星星单独待一会儿。"许老太太点头道："哎，那我出去。"

许尚美开始哄星星："星星，听妈的话，把这碗药喝下去吧。"星星两眼直视许尚美，好像在用目光拒绝她。许尚美说："不就被法租界的人在黑屋里关了两天吗?你还是那个誉满上海滩的校花冠军。你的人生刚刚开始，吃点苦头是对你意志力的锻炼。好孩子，把药喝了吧。"星星仍两眼直视许尚美，就像没听见她的话一样。许尚美拿起桌子上的烟盒在星星眼前晃着说："星星，你现在仍跟烟盒上的你一样漂亮，只是受了点惊吓，喝点苦药调理一下就好了。"路星星突然抢过许尚美手里的香烟盒，使劲撕碎抛在地上。许尚美急了说："星星，你不能再胡闹了，赶快把药喝了吧。"路星星猛地夺过许尚美手里的药碗，啪地摔在地上，药汤四处流淌。许老太太冲进屋，看到满地的药汤喊："哎哟，这可怎么办啊?这药都熬了三回了。"许尚美担忧地说："星星别真是精神失常了吧?"星星突然对着屋顶大笑。许老太太急忙说："你马上带她到医院去看看吧。"

许尚美带着路星星在医院走廊里寻找诊室，田韵抒迎面走过来。许尚美问："田姐姐，想不到在这里遇见你了。你也来看病吗?"田韵抒："我身体有点不适。这是星星吧?"

路星星呆呆地望她，一副恐惧的表情。许尚美说："从法租界回来就是这个样子，不吃不喝，夜里老做噩梦，我真担心她会……"声音哽咽说不下去了。田韵抒劝道："星星正值青春年华，突然遇上这事，她心里要有一个接纳的过程。找医生看看，慢慢会好的。"一股悲伤的情绪突然侵袭着许尚美，她忍不住说："田姐姐，你说我怎么这么倒霉呀？如果当初知道给旷明争来个官差会惹下如此多的乱子，我就不费那么大的力气了。"田韵抒打断她的话说："尚美，你这话我可不爱听。当初为把你丈夫安排回上海，玉婵大姐和我没少费力，现在你又说这话，要是玉婵大姐知道了，该有多伤心啊。"许尚美忽然意识到自己说错话了，急忙说："田姐姐，你别介意，我没有怨怪你们的意思，星星这个样子，我心里着急词不达意了。"田韵抒见许尚美把话收回去了，便说："有时间多开导开导孩子，一切都会好起来的。"

8

田韵抒是来医院找姐姐田韵青的，想不到意外地遇上了许尚美，两人分手后，田韵抒很快找到了姐姐田韵青，两人站在医院门前的花坛边悄悄说话，身后是医院门诊大门，患者和医生出出进进。

田韵青手里拿着化验单说："你会怀孕吗？我怎么不相信啊？乔世景没有精虫那是有科学依据的，莫非化验结果错了？"田韵抒抢过化验单说："姐，你就别管那么多了，这张化验单证明我怀孕了是吗？"田韵青道："是呀，这应该没错吧？告诉我，是不是外边有情况了，他是谁？"田韵抒不悦道："耳不听心不烦，你打听那么多干什么呀？"田韵青着急道："你是我妹妹，你出了事情，姐姐能看着不管吗？"田韵抒不得不坦白："他是一个油画家，乔世景天天半夜回家，难得跟我同床共枕。我也没想到会怀孕，现在我不知道应该怎么办？"田韵青说："你只能把孩子生下来，硬贴给乔世景，你们结婚这么多年也没孩子，他肯定不想让别人知道他是个没种子的男人。你们有了孩子，婚姻说不定就牢靠了。不然的话，指不定哪一天他娶了个小姨太，你就靠边歇荫凉去吧？""听姐姐这么一说，坏事很可能变成好事了。"田韵抒问。田韵青说："这就叫福兮祸所伏，祸兮福所倚。当心，乔世景会因为戴了绿帽子跟你大闹一场，你别吭声，让他把气撒完，然后你再跟他细说此事的利弊。但你要有充分的心理准备，以后他很可能更不睬你了，你与他会长期处在一种有名无实的婚姻状态里。"田韵抒说："我跟他的婚姻早就有名无实了，我不怕。"田韵青制止她道："你赶紧把话给我打住，还是老老实实跟他过日子吧。夫壮妻抖、夫荣妻贵，这是颠扑不破的真理，你给我记住了。"

田韵抒听姐姐这样说，一赌气转身走了，走了几步又停下来回头冲姐姐嚷：

"你真俗！"田韵青不屑地回她："有本事你喝西北风去呀！"

9

安子益在家中伏案写毛笔字。石玉婵走过来，看了一眼说："哟，这棋瘾没了，又练起字来了。"安子益叹道："我想下棋没人陪呀。"石玉婵知道安子益话里的意思，便说："还是写毛笔字好，软气功，舒筋活血。先生，我想跟你说件事。"

安子益说："你跟我说事还用我同意吗？尽管说就是了。"石玉婵说："我学妹许尚美带着女儿找我了，路星星那可是上海滩的校花冠军呀，被法租界的人折腾傻了，我一看心就软了，我想把留学美国的名额送给路星星，反正小早也不想去，这也算是我们对星星的关心了。"安子益随口道："好啊，只要你同意，我肯定没意见。"石玉婵接着道："那你今天陪我去看看学妹好不好？"安子益说："我可没那闲工夫，这拍地的方案一天不定妥，我心里就一天踏实不了。再说路主任的直接上司是乔厅长，我不能不讲究级别吧。"石玉婵说："礼贤下士是官员的情怀，路主任为拍地之事牵连了女儿，你不应该去看看吗？"

安子益推脱道："一会儿我说不定要去通商公署呢。"石玉婵说："那我自己去见学妹了。"

石玉婵站在商务馆门口，她在等许尚美。许尚美从远处走来，忽然看见石玉婵，不由加快脚步："玉婵大姐，您在这儿等我呢？"石玉婵说："不等你等谁呀？告诉你一个好消息，我准备把安小早赴美留学的名额送给路星星。"许尚美道："这合适吗？"石玉婵说："有什么不合适的，谁让我们是学姐妹呢，我不能看着星星受苦而不救吧？换了环境，星星的心情就会好了。"许尚美附和道："出国留学对星星来说，可能是最好的一条出路了。玉婵大姐，我该怎么谢你呢？"石玉婵道："你说这话就客气了，咱们是学姐学妹，我这个时候不伸手帮你一把心里能安宁吗？"许尚美感激地说："反正我们一家人都把玉婵大姐的恩情放在心里了。"石玉婵安抚道："星星好了比什么都要紧。"

10

上海沪东花间坊外，赵人杰脚步匆匆，猛抬头看见"花间坊"门前的戏台，台下围了男女老少众多看客，小花彩正在台上眉飞色舞说着什么。赵人杰定神打量片刻，悄然挤进人群。

小花彩说："今天花间坊沪剧班子正式在沪东挂牌开业，为了慰劳沪东的戏迷，特别安排白芙蓉为大伙表演沪剧，她是个怀揣奇功的沪剧新秀，她与众不同的表演一定会让沪东的戏迷们一饱眼福。"小花彩说罢退下。

锣鼓乐响起，白芙蓉上场，精彩地亮相，一边唱一边甩水袖，继而又挥起毛笔在悬挂的宣纸上写大字。台下的观众鼓掌叫好。

赵人杰欣赏地看着她挥洒的毛笔字自语："学校正缺少一个教书法的老师呢，她若是肯教学生该多好啊！"说完转身离去。

赵人杰到了上海城区品茗茶叶店外，在门口站了一会儿，看看左右没人，推门走了进去。立刻有一个穿长袍的中年男士迎出来问："这位先生买茶叶吗？"赵人杰说："有猴魁吗？叶片越大越好。"穿长袍的男士说："有，正等着先生来取呢。"赵人杰突然握住他的手说："我可找到组织了。"穿长袍的男士左右张望了一下说："先生，屋里请吧。"两人进了里间屋，穿长袍的中年男士让赵人杰坐下，又给他泡了杯茶。赵人杰欣喜地说："我可算跟您接上头了，自从到了沪东几乎就跟组织失去联系了。"穿长袍的中年男士说："你去沪东比在上海城区还有利于工作，那里天高皇帝远，更适合做地下工作，你要发展我们的人，壮大我们的队伍。"赵人杰说："请放心，我一定尽力。"

穿长袍的中年男士说："有什么困难可以跟我说，我是你的直接领导，只跟你单线联系。"赵人杰说："我明白。"

赵人杰走时，穿长袍的男士送了他两包茶叶，并告诉赵人杰他的代号就叫"猴魁"。赵人杰将这代号深深印在脑中。

11

叶丽鹰在上海中式别墅教乔世景弹钢琴。

叶丽鹰："乔厅长，您看'发'的和弦应该在这个位置。"乔世景用双手弹了一下："这回找准了吗？"叶丽鹰道："准极了。"

田韵抒推门进来，不悦地看了乔世景和叶丽鹰一眼。叶丽鹰微笑道："田记者回来了。"转身对乔世景说："乔厅长，我该回去了，天快黑了。"乔世景不情愿地说："我这支曲子还没弹会呢，忙什么呀，一会儿我请客了。"转身对田韵抒说："马上去酒店订桌饭。"田韵抒没好腔调地说："我没胃口。"

乔老太太从屋里出来，感觉气氛不对，便说："时候不早了，让姑娘回去吧，又不是有今天没明天了。"叶丽鹰拿起自己的手包说："那我就回了，乔厅长。"乔世景穿上外衣，有点依依不舍地望着叶丽鹰："我送送你吧，教了我半天钢琴呢。"

田韵抒忽然跑进卫生间呕吐起来。乔老太太急忙奔过来问："韵抒，你怎么吐起来了？是不是有喜了？这下好了，我有孙子抱了。我们世景是单传，孙子孙女一大帮才好呢。"

田韵抒从卫生间出来，跟乔老太太说："妈，我去卧室休息了，不舒服。"

田韵抒刚躺在床上，乔世景就回来了，乔老太太急忙将田韵抒呕吐的事告诉乔世景，说可能是怀上孩子了。乔世景打了个愣怔，转身进了田韵抒的卧室，将门关上，虎视眈眈望着她问："你敢说这是我的孩子吗？"田韵抒说："对外面敢说，对你不敢说。"乔世景又问："那这孩子究竟是谁的？"田韵抒说："你问这干什么？孩子在我肚子里，就是你和我的。"乔世景咆哮道："那我总应该知道是谁给我戴的绿帽子吧？"田韵抒本想吼喊，但她控制住自己的情绪说："你不想让全上海滩的人都知道你没有精虫吧？"乔世景忽然讥笑说："我猜出来了，是那个油画家天飞马的吧？你让我给他的画展剪彩，还让我发动上海商界的有钱人买他的画，结果呢？他竟在背后打我的冷枪，给我戴绿帽子，对这么一个忘恩负义的家伙，你说我应该怎么收拾他？"田韵抒平静地说："他现在有几笔钱在我手里，我不给他就是了。还用得着你收拾他吗？再说，天飞马是给你戴了绿帽子，可他同时也给咱妈带来了欢喜，她盼孙子心切，你不愿意让她知道你是没有种子的男人吧？"乔世景怒声呵斥："田韵抒，你别拿这话吓唬我。告诉你，从今以后我再也不会碰你一下，我嫌你脏。"田韵抒坐起来问："你比我干净吗？你如果比我干净，那小秃是怎么讹上你的？你今天换一个情人，明天换一个情人，你以为我不知道吗？就算是我脏，我脏的也只是身体，而你脏的不只是身体，还有灵魂。"乔世景啪一下打了田韵抒一耳光，他显然很用力，田韵抒的嘴角立刻渗出血来，她吼叫道："你打我？！"乔世景不依不饶地说："我打你是轻的，恨不得扒了你的皮。"田韵抒忽然扑向乔世景："那你就把我打死吧！"乔世景边推边打说："我凭什么打死你？我要让你睁眼看着我跟别的女人相好，我要让你吃醋、忌妒、发疯，我要亲眼看着你像老太婆一样身体枯干、风采不再，让你生不如死。"

屋外响起急促的拍门声，乔老太太站在门外，边拍门边嚷："你们俩在屋里打架吗？世景，韵抒怀孕了，吵架会动胎气，你一个大男人怎么总跟老婆过不去呀？"乔世景转身对着门口说："妈，我们俩没事，闹着玩呢。"田韵抒突然哭起来。乔世景急忙扯过被子捂住了她的嘴。

12

天飞马正在画室作画，门外突然响起敲门声，天飞马放下画笔去开门，田韵抒一步跨了进来。天飞马打量着她说："田姐姐，今天你不来我也要去找你了，有几笔画款还未结算，画展都结束半个多月了，您介绍的那几位客人至今没付款，他们拿走的油画可都是上品啊。"田韵抒有气无力说："我不会白拿别人的钱，是你的钱一定会给你，你现在该着急的事情不是钱，而是……"天飞马好像察觉了什么，急忙问："是什么？……田姐姐，你今天气色不好，怎么这边脸也肿了，到底发生了什么事？你能不能告诉我呀？"田韵抒这个时候想瞒也瞒不住了，索性说："我怀孕了。"天飞马惊讶地问："你怀孕了？孩子是谁的？"田韵抒反问道："你说是谁的？"天飞马笑了一下："嗬，乔厅长的太太居然问我这话，我怎么知道孩子是谁的呢？"田韵抒摊牌道："那我就告诉你吧，孩子是你的。"天飞马吃惊地睁大了眼睛说："我的？……哈哈哈……田姐姐，你不要吓我哟，给乔厅长戴绿帽子这玩笑可开大了，我现在真是不想招惹什么事情，我这双手还要画画呢。"田韵抒执拗地说："孩子就是你的，你脱不了干系。"天飞马反问："你说孩子是我的，那你有什么证据？"田韵抒越发坚定了语气说："没有证据我怎么可能把孩子贴给你呢，即使你想承认，乔世景还不想承认呢，堂堂的乔厅长愿意让油画家给他戴一顶绿帽子吗？"

天飞马非常不愿意接受这个事实，他跟田韵抒在一起只是想快活一下，利用她一下，他怎么可能跟她造孩子呢？田韵抒这种比他大很多岁的半老徐娘，不可能是他造孩子的对象。再说，天飞马压根就没想过自己要养育什么孩子，老天爷简直用这孩子折磨人。于是，天飞马直白地问："如果这孩子真是我的，你想怎样？"田韵抒语气坚定地说："我想把孩子生下来，但你要给孩子抚养费。"天飞马脱口而出道："正好有几笔画款未付呢，都给你当抚养费吧。"田韵抒说："这点钱怎么能抚养孩子呢？"天飞马气恼地说："那你还想怎样？你敲我的竹杠是吧？那把孩子打掉就是了。"田韵抒理直气壮道："我怀了你的孩子，你就必须付我抚养费，再说你的油画能在上海卖上大价钱，一是我策划的功劳，二是乔厅长对你的抬举，如果你逼得我走投无路，那我就只有离婚再嫁给你。"天飞马跳起来吼道："你疯了吗？你神经没毛病吧？"田韵抒索性哭起来："那你说我应该怎么办？"天飞马冷漠地说："我怎么知道你应该怎么办？你自作自受！"

田韵抒满脸泪水从天飞马画室走出来，站在马路边等人力车。小秃手里拿着两包烟大摇大摆走过来，忽然发现了站在马路边的田韵抒，未等田韵抒发现自己，小秃急忙朝相反的方向奔去。

13

上海威爷散打馆，威爷正在打坐，香炉里飘出缕缕轻烟。小秃匆匆跑进来，威爷并没有睁眼看他。小秃说："威爷，香烟买来了。"威爷仍没有睁眼睛看他。小秃继续说："威爷，我刚才看到我后妈了，她站在马路边哭呢。威爷，您什么时候替我报仇啊？"威爷这才略微睁开眼睛问："你怎么这么多废话呀？想报仇，先把功夫练好。今天打了多少下沙袋呀？"小秃说："没打多少下，早起就给您买烟去了。"威爷说："我不想听你强调理由。买烟之前天早就亮了，你干吗去了？三更灯火五更鸡，正是男儿立志时。你不立志，还想报仇吗？"小秃说："威爷，我这就练功去。"威爷说："这几天，眼睛、耳朵都要练，多听多看，有什么情况及时向我报告。"

小秃说："是，威爷。"威爷摆手道："好，你下去吧。"

14

维克多在酒吧里与法租界老大谈判。桌子上摆着西餐。

距他们不远处的座位上，一位风流倜傥的公子哥在抽烟，走近时可看清是蝴蝶兰。

维克多说："码头丢失的货里有我四箱货，我也有理由参与拍地，我占一个股份如何？"法租界老大说："这拍地是假，拿地是真，此次参与拍地的还有京城的大公子，上海工商界大腕……如果京城的大公子以势压人，我们就拿不到地；如果上海工商界大腕巧用心机，我们也拿不到地……维克多先生，这拿地的机会是我们绑架换来的，拍地不过是虚晃一枪而已。为了确保拿到地，我们要准备好大洋和银票，当场付款当场把地抢到手。"维克多立刻问："要我出多少钱？"法租界老大说："届时再通知你，这地一拿到手，金利源码头就在法租界的控制之下了。"维克多强调说："我一定参与这件事，否则我那四箱货谁赔？"法租界老大笑道："你法国的背景我还不知道吗？到时候一定分你一杯羹的。"维克多笑起来："这简直太好了。"

蝴蝶兰漫不经心地端起桌上的咖啡喝了一口，她掐灭手里的烟，起身出去了。

15

上海巡捕房，任队长在方菲办公室吞云吐雾。方菲用手驱着烟雾说："你就不能不在女人面前吸烟吗？"任队长笑道："男人嘴里的烟雾是女人的美容剂呀。"说罢，故意往她的脸上喷了一口。方菲急忙躲闪。任队长掐灭烟头，正色道："路星星放回来了，法租界提出了苛刻的拿地条件，从现在起，你要收集方方面面的相关情报。"方菲笑说："又到捞钱的时候了。"任队长说："不捞白不捞，谁不捞白捞？"方菲问："何时才能捞得心满意足呢？"任队长笑笑："对我来说，生命不息，捞钱不止。"方菲叹道："我总算知道什么叫贪婪了。"任队长不耐烦地瞟着她说："好了，别阴阳怪气了，赶快去收集情报吧。"说罢转身出去了。方菲换了衣服，匆匆出门。

上海某街巷，蝴蝶兰倚着墙壁吸烟，她的眼前是一条马路，马路上游走着各色行人，她的左右两侧是各类做生意的摊贩。这时，一只手悄悄捂住了蝴蝶兰的眼睛，蝴蝶兰忽然一笑说："我就知道你今天要来，站在这里等你总没错吧？"方菲撒开手说："当上算命先生了？"蝴蝶兰说："干我们这行的，直觉不次于算命先生，不然情报从哪里来呢？"方菲问："要不要在附近找个酒吧喝一杯？"蝴蝶兰忽然说："你能不能请我吃一顿上海菜呀？这几天我肠子都素得发绿了。"方菲说："这附近有上海菜馆吗？"蝴蝶兰说："有啊，马路对面就有。"方菲说："走吧，今天这客我是请定了。"

上海菜馆里几乎坐满了顾客，到处是划拳声、说笑声。

方菲和蝴蝶兰走进来，侍应生迎到门口："包间已经满了。两位小姐坐那里吧，那里靠窗。"方菲和蝴蝶兰走到靠窗的位置刚坐下，就听到邻座一大桌客人大呼小叫的喊声。

老二道："威爷，您的身体康复了，总该好好喝两杯了，今天我要敬威爷一杯。"威爷道："老二，客套话就甭说了，几次捞钱成功都离不开你的打拼，真是我的右臂呀。"小秃趁机问："威爷，那我能当您的左臂吗？"威爷说："你他娘的乳臭还未干呢，怎么能当我的左臂呢？如果让你当我的左臂，我自个的左臂不就残废了吗？"小秃接着说："威爷说，那码头上的情报可是我刺探来的。"威爷说："你他娘的小声点，狗肚子盛不住二两油。"

威爷说罢，眼睛往邻桌瞟着，恰好蝴蝶兰也往这边看，两人同时惊讶地睁大了眼睛。蝴蝶兰立刻将目光转向窗外。

侍应生端菜上来，一一摆在桌上："小姐，你们的菜齐了。"方菲望着桌上的菜："好香啊，我已很久没吃上海菜了。蝴蝶兰，你怎么不吃啊？"蝴蝶兰慌乱地拿起筷子："我吃我吃。"

威爷一直注视着蝴蝶兰，忍不住问小秃："小秃，靠窗坐着的那个人像不像你妈呀？"小秃问："威爷见过我妈？"威爷说："没见过就不兴给你猜一个吗？"小秃伸着脖颈往窗口的位置张望。

方菲与蝴蝶兰正说话。方菲说："这么重要的情报你怎么不早说呢？我来之前任队长还要我收集这方面的情报呢。"蝴蝶兰说："这情报是不完整的，不能百分之百打保票，只能算情报的三分之一，等把另外的三分之二打听全了，我一定向你汇报。不过，这次可不能少给我报酬。"方菲道："你就认钱。"

蝴蝶兰无奈道："人为财死，鸟为食亡。何况我现在以此为生，没钱靠什么活呢？"

小秃一直伸头看蝴蝶兰，她们说的话他隐约听到了几句。威爷拉了拉小秃的衣襟说："好了，别看了，脖子都要扭歪了，有本事就去认个妈。"小秃说："威爷，他长得像我妈，可惜是个男的。不过，这人我见过，上次码头的情报就是从他嘴里听来的。"威爷惊讶道："噢，是吗？那他是个有来头的公子哥了，你要盯上他。坐他对面的那个女人好面熟啊，可我一时想不起来在哪里见过她了。"二爷说："我也好像在哪里见过她似的。"

方菲的眼睛一下子扫到了对面那桌人，不由说："对面那桌人怎么总往我们这里看啊？"蝴蝶兰一直在躲避小秃的目光，趁机说："那我们走吧，别遇上什么歹人。"两人起身，蝴蝶兰快速出门，方菲在门口吧台买单，眼睛不时瞟向那桌人。小秃忽然嚷："那女人好像是百乐门唱歌的。"威爷好奇地问："哟，是吗？"目光随之扫过来。方菲飞快出门，拉起蝴蝶兰说："快走。"

方菲回到巡捕房，气喘吁吁跟任队长汇报着。任队长连声说："好、好，你盯住蝴蝶兰，把他们的行动时间弄清楚。"

方菲忽然说："任队长，我今天看见蝴蝶兰的儿子小秃了。"

任队长一怔，接着说："不会吧？他早被我送到魔鬼训练营去了，那地方跟监狱差不多，他能跑出来真是神了。这事我要认真查一查。"又问："蝴蝶兰认他了吗？"方菲摇头道："没有。幸亏蝴蝶兰女扮男装了，否则小秃非认出她来不可。"任队长沉思片刻道："母子连心，他们身上有共同的气息，早晚还是会相认的。从现在开始，你要改变跟蝴蝶兰的联络地点，无论在巡捕房还是出去都穿警服。"方菲说："我知道了。"

第十七章

1

上海巡捕房外，小秃在巡捕房对面的一个角落朝巡捕房门口张望。方菲穿着一身警服出来，被对面的小秃一眼看到，他三步并作两步急跑过来喊："方菲小姐，我是小秃。"方菲一下子愣住了，但她很快反应过来说："你认错人了吧，什么小秃大秃的，我根本就不认识你。"说罢快步朝前走去。小秃仍追着她说："你不就是百乐门唱歌的方菲小姐吗？我看过你演出的，你唱的《毛毛雨》特别好听，我妈绿袖子经常跟我说起你。我想问问昨天跟你一起吃饭的那个男人是谁呀？他怎么长得那么像我妈呀，如果他是个女的，肯定就是我妈了。"方菲厌恶地瞟了他一眼，怒声呵斥道："你这孩子是不是脑子有毛病啊？我昨天根本没与什么人吃过饭，我是个女巡捕你看不出来吗？"小秃继续说："我昨天一直跟着你的，眼见你进了巡捕房的，你昨天跟那个美男子吃饭时穿的是便装。""你再胡说，我就撕烂你嘴。"方菲举手欲打小秃，手在半空中划了一道弧，又停了下来。这时，一队巡捕走过来，领头的探头探脑朝这里张望。小秃慌忙跑了。

方菲见小秃跑没影了，便奔向上海某街巷，她左右张望了一下，啪啪拍了两声巴掌。蝴蝶兰突然出现在方菲面前。

方菲喘着粗气说："以后不能在那片街区接头了，你儿子小秃已经盯上我了。"蝴蝶兰急忙问："我儿子小秃在哪里呀？我怎么没见过他呀？"方菲不管不顾地说："在我面前你就别装蒜了，昨天我们在上海餐馆躲着的那桌人里不就有你儿子吗？你在我面前都装蒜，情报员当得还真是够格。"蝴蝶兰突然泪流满面说："当初要不是对任队长许了愿，我怎么可能不认我的儿子呀？三十个春秋一晃就过去了，在这大上海小秃是我唯一的亲人了。"方菲见蝴蝶兰哭了，心一下子软了下来说："你好歹还有个儿子呢，可我有什么呀？要说伤心，我比你更伤心。"蝴蝶兰擦了把眼泪说:"不管怎么说,任队长把你调进巡捕房当巡捕了,你捧的是金饭碗、吃的是皇粮,一年四季都有钱拿。"方菲反问:"你不也没饿着吗?"

蝴蝶兰说:"我就不同了,我得改名换姓女扮男装,我得偷偷摸摸卖情报,情报卖对了路子,我有钱拿,要是卖错了,就会被罚被打被骂,甚至丢了性命。"方菲讨好地说:"这你怪谁?当初乔世景是以通共罪让巡捕房抓你的,如果不是我从中劝阻,你今天早去望乡台了。"蝴蝶兰止住眼泪说:"有朝一日,这仇还是要报的。"方菲立刻劝道:"现在你的任务是卖情报,还不到报仇的时候呢。"蝴蝶兰用手绢擦着脸说:"我明白。"

2

京城大公子官邸。大公子在屋里来回踱步,贴身侍卫走进来问:"大公子,银票是到上海取还是带在身上?"大公子说:"这还用问吗?当然是到上海取了,坐船要好几天呢,身上揣着银票多不安全啊。"贴身侍卫往前凑了一步,悄声说:"听说孙传芳联合张作霖要进攻京城了,大帅府会不会⋯⋯"大公子镇静地说:"所以我们要赶快到上海把地皮拿到手,这么乱的世道,今日不知明日事啊。你马上收拾一下,随我去上海。"贴身侍卫面有难色道:"我想先回去看一下老婆和孩子。"大公子摇头说:"又不是去送死,孩子老婆什么时候看不行啊。"贴身侍卫只好答应:"那⋯⋯好吧。"

3

上海通商公署内,安子益朝窗外望着,树上有两只小鸟在鸣叫。乔世景走进来说:"安署长,在望什么呢?"安子益仍朝窗外望着说:"两个黄鹂鸣翠柳。"乔世景笑笑:"安署长真有闲情啊。只怕是您这份闲情马上要输给忙乱之事了。"安子益这才转过脸问:"大公子来了?"乔世景说:"明天一早抵达黄浦江码头。要不要举行欢迎仪式啊?"安子益想想说:"我看不必了吧。大公子此行是为私事而来,动静过大恐对拍地有影响。再说,时局也不稳,今天的大帅府明天还不知谁当主子呢。"乔世景立刻心领神会地问:"依安署长的意思,是按计划拍地对吧?"安子益望着乔世景,认真地说:"已经定下来的事情以后就不必再三请示我了。你这个综合厅厅长,有些小事就可以拍板做主了。"乔世景忽然眉眼舒展地笑道:"安署长,遵命。"

4

上海美达宾馆内,路旷明、郑旷达、李总、吕老板正在商议拍地之事,孙喜眉在一旁倒茶水。路旷明一脸无奈地说："大公子已经从京城动身了，明天一早就抵达上海。拍地时间定在后天上午，大公子以势压人，想白拿这块地皮，半路又杀出个法租界来，也想在这块地皮上拣个大便宜，如此看来拍地不过是虚晃一枪而已。法租界绑架了我女儿，已经算是给我颜色看了，大公子如果拿不到地，还不知道会发生什么事呢？哎，你们就别逼我了好不好？""那不行，当初说好了让沪东商会拿这块地皮的，哥几个钱都准备好了，远景也规划了，该花的钱也花了，到头来不能让我们猫咬尿泡空欢喜吧？"郑旷达咄咄逼人。李总接过他的话说："就是，我本打算在那里建影戏活动部呢，有片厂和商业服务中心，图纸都找人设计了，届时路星星是我们首推的当红明星。"

郑旷达继续说："要说路星星当选全市的校花冠军，没有我郑某人的抬举，怎么也不可能轮到她吧？给了她这个荣誉就等于给了她大把的银子，她的形象上了香烟盒、月历牌，这是多少女人日思夜梦的美差，一下子都让路星星给占了。路主任，即使你我是发小，这美事也不能白给吧？"吕老板插话："前些日子跟你们东跑西颠的，我也花出去不少银子了，就想拿了这块地，盖幢公寓楼，如果影戏活动部和片厂建起来了，我这幢公寓楼就稳赚租金。"路旷明见诸位不依不饶，只好自己找台阶下，他顺着几个人的话说："法租界未伸手之前，我可以百分之百打保票让哥几个拿到地皮，说白了拍地就是为了抵制大公子的。但法租界杀出来了，这事真就难办了，就算哥几个有钱，也不能拿我女儿的性命开玩笑吧？"孙喜眉在一旁帮腔说："就是，是人命要紧还是银子要紧呀？照你们这么说，要钱不要命喽。"路旷明急忙说："闭嘴，这里没你说话的份。"路旷明对孙喜眉的制止显然是及时雨，否则还不知道现场的几个人打出什么响雷来呢。几个人虽未对孙喜眉出言不逊，却仍是为拍地之事争吵不休，一时间难见分晓。

这时，安子益跨进宾馆的院子，站在一棵树下喘息并四处打量。他脑子里忽然闪回花朵在的情景，忍不住在心里说："物是人非事事休啊。"

屋里的几个人还在争吵。吕老板无意间抬头看窗外，一眼看到了安子益。他急忙用手示意诸位："嘘……安署长来了。"安子益一步跨进屋内说："哟，在开群英会嘛。"路旷明急忙站起身说："安署长，您来得正好。沪东这块地皮真是让我骑虎难下呀。最初是大公子以势压人，现又跳出了法租界，沪东商会的人原本是要拿这块地皮的。这让我怎么是好啊？"安子益一副拒人于千里之外的架势，用拒绝的眼光看着路旷明说："我今天是来吕老板这里休闲的，不是来听汇报的，如果听工作汇报，也应该由乔厅长向我汇报。当初让你去沪东办事处当主任，就是为了处理棘手的事情，如果我知道怎么办，还用你这个主任干什么呀？"路旷明尴尬地咧嘴，不知说什么好。身边的几个人暗自窃笑。孙喜眉趁机说:"安署长,我舅舅脑子急糊涂了。您今天是来休闲的,那要不要我给您掏耳朵呀?"路旷明急忙说:"对对对,安署长,让我外甥女给您掏耳朵吧。"吕老板趁势说:"安署长,您这边请。"安子益冷眼扫了屋里的几个人,大模大样随吕老板走出屋子。路旷明向孙喜眉递了个眼色,孙喜眉随之跟了出去。

屋里的几个人面面相觑,不知所措。郑旷达说起了风凉话:"既然路主任做不了主,我们还候在这里干什么?我们找乔厅长去呀,怎么也不能让我们的钱砸在地上都不响吧。"

李总随声附和:"那我们走。"路旷明忽然说:"你们再等等不好吗?"郑旷达和李总已跨出屋门,头也不回地走了。路旷明望着他们的背影六神无主。

5

许尚美在家里跟星星说话,许老太太在为星星煎药。

路旷明匆匆进屋。许尚美问:"大白天的你不上班,跑回家干什么?"路旷明说:"拍地在即,鹿死谁手还不知呢。星星先到乡下躲躲吧,我担心再出什么事情。"许尚美说:"不是说好了地拍给法租界了吗?法租界只要能拿到地皮,我们一家人就不会有什么危险了。"路旷明坚持说:"理是这个理,但凡事要朝坏处着想,朝好处着手。为了稳妥起见,还是让星星到乡下躲躲吧。"许尚美担忧地说:"玉婵大姐把赴美留学的名额给星星了,等到秋天去美国只有两个多月的时间了,还不知道星星的精神状态能不能好转呢?"路旷明不耐烦道:"这是后话了,当务之急是要把星星带到乡下去,如果你不能去,就让妈带她去吧。"许老太太说:"我哪里都不去,就待在上海,脑袋掉了不过碗大一个疤,我就不相信他们能把我一个老太太怎么样?""妈,他们不会把您怎么样,他们会把星星怎么样。"许尚美强调说。许老太太叹息了一声:"我娘家只有个堂弟,多少年都不来往了,突然投奔他,他家里人会怎么看我和星星呢?这么大年纪还去看别人眼色,我也没那么厚的脸皮了。"路旷明接话说:"妈,现在管不了那么多了,您赶快收拾一下,我连夜送你们走。"许尚美不解地问:"干吗走这么急呀?"路旷明说:"明天一早大公子就抵上海了,后天上午就拍地了。尚美,你这两天也别上班了,待在家里要安全一些。"许尚美沮丧地说:"这过的是什么日子啊,简直像惊弓之鸟。"

6

乔世景从橱柜里拿出一幅包装好的油画,匆匆出门。他来到巡捕房,直接闯进了任队长的办公室。任队长打量着乔世景:"乔厅长大驾光临,一定有什么要事吧,否则您怎么可能到巡捕房来呢?"乔世景笑道:"任队长,我今天给您送油画来了，如今天飞马的油画在上海的行情可是看涨啊。"任队长接过油画说："乔厅长，天飞马的画展是您亲自剪彩的，报纸还隆重报道过，您这么帮他折腾，他的油画不赚大钱才怪呢。"乔世景说："哪里，还是人家的画过硬。你看这是他画的中国乡村，光和色彩运用得恰到好处，多美的画面啊。"任队长说："乔厅长喜欢艺术是出了名的，当年百乐门的舞女歌女您捧红了好几个。如今您又在捧一位油画家，您捧谁谁红，真堪称是一双妙手啊。"说罢欣喜地打量着油画："嗯……这画真是不错，画上的优美乡村就像真的一样。"乔世景趁机说："跟你说，天飞马的才艺绝对够得上一流，可惜他通共。"任队长突然睁大了眼睛问："你说什么？天飞马通共？怎么一眨眼他就通共了，他要是通共，你也脱不了干系，不然怎么可能为他的画展剪彩呢？"乔世景急忙争辩："给他剪彩之前不知道他通共，最近才听说的。"

任队长加重语气说："乔厅长，通共可是死罪呀，你要有充分的证据才行。"乔世景稳操胜券道："没有证据，我就敢来巡捕房了吗？"任队长忽然古怪地笑起来："噢……哈哈哈，原来你是捧着他的油画来举报他的。既然乔厅长来举报他通共，巡捕房就不得不查喽。"乔世景立刻说："我希望你彻底查一查，免得将来不好对上边交代。"任队长顺势说："好啊，有厅长的指示，我立即照办。"乔世景又叮嘱了任队长几句，便转身出门。

方菲正往窗外看，她看到了乔世景的背影。任队长走进方菲办公室。方菲转过脸问："乔世景来干什么？"任队长说："他举报油画家天飞马通共。"方菲不解地问："他不是刚给天飞马的画展剪了彩吗？怎么又举报他通共了？"任队长说："我刚才也这么问过他了，他说剪彩之前不知道天飞马通共。"方菲赤裸裸说："乔世景是个心狠手辣之人，当初我如果不认你当干爹，有你这光环罩着，他说不定对我也下手了呢。绿袖子根本不可能通共，他就以通共的罪名把她弄到监狱里了，如果当初听他的，哪有今天的蝴蝶兰情报站啊。"任队长幸灾乐祸道："既然他乔厅长举报天飞马通共，我就得抓人。天飞马的油画如今在上海滩很有市场，抓他就是抓钱啊，我又何乐而不为呢？"方菲忙说："干爹，你可不能把坏事做绝呀，世间事是有因果的。"任队长不以为然道："这世道，还不知能穿几天警服呢，指不定哪一天就落草为寇了，像我这样的人要饭都找不到门口。我不得赶紧给自己找条后路吗？"方菲仍说："反正你不能把事做绝了，你前边种了什么因，后边就一定结什么果，这叫因果报应。"

任队长变了腔调问："哟嗬，你何时也学禅了？"

7

乔世景在家里弹钢琴，他弹得心不在焉，手忙脚乱，仿佛在等待什么消息。

田韵抒在卫生间呕吐，乔老太太走过来，拍拍她的后背说："吃点酸东西就反应这么厉害，一定生个男娃。到时候，我就有孙子抱喽。"

门突然被推开了，叶丽鹰披头散发跑进来，直奔弹钢琴的乔世景，哭着说："乔厅长，不好了，天飞马被巡捕房抓走了，说他通共，您快救救他吧。"乔世景的手并没有离开琴键，他不慌不忙地看着叶丽鹰说："你慌什么呀？他要真是通共，我也救不了他。"叶丽鹰急吼吼地说："他根本不可能通共，我和他在法国就相识了，我太了解他了，他是个对政治没有兴趣、只痴迷画画的人，怎么突然之间就通共了呢？"乔世景站起身，摊开两手说："你问我，我怎么知道？是巡捕房说他通共，又不是我说他通共。"田韵抒突然走过来问："天飞马真被巡捕房抓起来了？"乔世景说："我不也才听说嘛。"叶丽鹰求助地望着田韵抒，哀求道："田姐姐，你快救救他吧，他绝对不会通共的。"田韵抒指桑骂槐地说："鬼说他通共，人怎么奈何得了呢？"叶丽鹰突然大声号哭起来。

乔老太太从屋里奔出来说："姑娘，我们好家好业的，你可不能在我们家里哭呀，要哭就去外边哭吧，想怎么哭就怎么哭，多大声都没人管，耳不听心不烦。"乔世景随声附和道："真是，有什么好哭的，天飞马被抓了，你不是还有我吗？只要我在，天就塌不下来。"田韵抒瞟了他一眼，讥讽说："是呀，神鬼怕恶人。"乔世景立刻反唇相讥说："太太，你可别得便宜卖乖呀！"田韵抒索性说："请你把天飞马放出来，我敢保证他不会通共，他不是闹革命那块料。"乔世景争辩说："人不是我抓的，我凭什么放他，我有这个权力吗？"田韵抒不依不饶说："乔厅长，请你别忘了，人在做天在看。"乔世景忽然抡起手掌："你再嘴欠，我抽你。"叶丽鹰急忙拉开乔世景："乔厅长，你不能打人啊！"乔世景说："我打的就是她。"一巴掌抡出去，正好抡在乔老太太的肩膀上，乔老太太哎哟一声倒在地上。田韵抒急忙奔过来喊："妈，您怎么啦？"叶丽鹰也奔了过来，乔老太太忽然睁大眼睛喊："姑娘，你还不快走，再不走家里就要出人命了。"叶丽鹰吓得跑了出去。乔世景这才知道这一拳出手太重了，他凑过来问："妈，您不要紧的吧？"乔老太太从地上坐起来说："哎哟，这一拳要是打在你媳妇的肚子上，我就抱不成孙子了。"乔世景忽然仰天喊道："孙子？我就是个乌龟孙子呀！"说罢哈哈大笑起来。田韵抒吓得不敢抬头正视他。

8

上海医院花园内，田韵抒与田韵青坐在石凳上，田韵抒边哭边诉："乔世景知道我肚子里的孩子是天飞马的，所以他要把天飞马往死里整，这样他就可以毫无顾忌地当孩子的父亲了。"田韵青劝道："他这样做也有他的道理，毕竟孩子出生后要跟你们生活一辈子，乔世景肯定不想让别人知道这孩子不是他的亲生子。"田韵抒反驳说:"那他也不能这么狠心吧?天飞马是多么有才华的油画家呀,虽说他在情感上朝三暮四,拈花惹草,可他的才气咄咄逼人,没人可比。"

田韵青见妹妹的委屈一时难以消化,便无奈地说:"你们这些文人墨客啊,一会儿东风一会儿西风,前几天还把他恨得咬牙切齿,今天又把他想得痛哭流涕。我看你还是脚踏实地面对现实吧,你婆婆盼望的孙子已经在你腹中了,你和乔世景就要做妈妈和爸爸了。"田韵抒生气道:"姐姐,我要知道你说这番话,今天就不来找你了。"田韵青突然沉下脸说:"命运掌握在自己手里,别人管得着吗?我如果不是你姐姐,才懒得管你的闲事呢。"田韵抒立刻说:"好,那我走,不给你添乱。"说罢泪流满面转身离去。

田韵青在后边喊了她一声,田韵抒头也不回地向前奔去。

9

石玉婵走到自家大院门口,突然看到一辆人力车在门口停了下来,她刚要近前,发现一条女人的大腿已经从人力车上迈下来,她急忙闪到墙角窥视。孙喜眉从车上下来,随后搀扶安子益下车,安子益笑着说:"孙姑娘,我这就到家了,请到我家里坐坐吧。"孙喜眉也笑着说:"安先生,天要黑了,我回去迟了舅舅会不放心的。"安子益满脸欢喜,连皱纹都舒展开了说:"从今往后,我的耳朵不给任何人掏,只留着给你掏。"说罢用手拍了拍她的肩膀。孙喜眉咯咯笑起来:"那我走了,安先生。"

安子益恋恋不舍看着孙喜眉远去,转身推开自家院门走了进去,随后又关上了大门。

石玉婵从墙角闪了出来,左右张望。一辆人力车奔过来停在她面前,石玉婵拦下车坐上去说:"跟上前边那辆车。"

一辆人力车在上海某里弄民居门口停下,孙喜眉下车,转身向门楼里走去。又一辆人力车在门口停下,石玉婵下了车,看看楼上的门牌,匆匆走了进去。

路主任、许老太太、路星星刚要出门,孙喜眉突然出现在门口。路旷明嗔怪地问:"你不好好在宾馆伺候安署长,怎么跑到我们家里来了?"许老太太拉下脸子说:"夜猫子进宅,无事不来。她来准没什么好事。"孙喜眉感觉自己的好意被曲解了,急忙说:"我把安署长送回家了,忽然想来看看表妹,就顺道跑过来了。"许尚美不领情地说:"我们星星活得挺好的,用不着你关心,把你自己管好,别给你舅舅添乱比什么都强。"孙喜眉刚要开口说话,石玉婵突然风风火火闯进来,一把揪住她说:"你个小妖怪,勾引到安署长头上了,你胆子真不小啊。"全家人一下子怔住了,许老太太急忙把路星星拉进里间屋。许尚美不解地问:"玉婵大姐,这是怎么回事啊?"石玉婵厉声道:"刚才在我家门口,我亲眼看见这小妖怪勾引安署长,她还跟安署长说随叫随到。尚美,我石玉婵对你可不薄吧?你怎么也不应该算计到我头上吧?"许尚美一听这话,转身一巴掌掴在孙喜眉脸上,骂道:"你个不要脸的山猫子,你说说这到底是怎么回事?"孙喜眉立刻委屈地哭起来:"我没有勾引安署长,是舅舅让我给他掏耳朵的。"路旷明凑上来说:"玉婵大姐真是误会了,今天为拍地的事安署长到美达宾馆去了,我看他心情郁闷,就让喜眉给他掏耳朵。玉婵大姐在上海政界是赫赫有名的人物,孙喜眉一个乡下柴火妞岂敢在贵夫人头上动土哇?再说,安署长身边有您这样体面的夫人陪伴,他会对乡下的柴火妞动心思吗?您也太小看安署长了吧?"石玉婵听罢路旷明的解释,感觉自己的举动有点唐突了,便不好意思地说:"噢……照你这么说,这真是误会了?没事最好,最好没事。"说罢转身出门。

许尚美追出来,拉住石玉婵说:"玉婵大姐,家里人惹您生气了,真是对不起了。"石玉婵尴尬地说:"既然是误会,那就算了。尚美,我刚才真有点冲动了,你别介意啊。"许尚美笑说:"没事的大姐,都怪旷明,这事如果事先说一声,也就不可能惹大姐生气了。"石玉婵问:"星星最近怎么样啊?"许尚美说:"我正准备带她去乡下呢。"石玉婵叮嘱道:"赴美留学的事千万别耽搁了。"许尚美说:"放心吧,玉婵大姐,这样的好事不会耽搁的。您慢走啊。"

石玉婵回到家里时,夜已经很深了,安子益闭眼躺在床上,石玉婵走进来抱起一只枕头出门。安子益突然睁开眼睛问:"你不睡觉,到哪儿去?"石玉婵悄声说:"明天一早我到沪东中学看看,起得太早,怕打扰你睡觉。"安子益又问:"你刚才干什么去了?"石玉婵慌忙说:"去会老同学了。"

安子益叹息道:"你的老同学和沪东学校都比我重要啊。"石玉婵犹豫了一下,随口说:"哎,彼此彼此吧。"抱着枕头出门。

10

上海黄浦江码头外,大公子和两个贴身侍卫走出船舱,外面一片冷清。

侍卫甲:"大公子,这回来上海怎么没人接待我们呀?大帅还没下台呢。"侍卫乙:"就是,人别太势利眼了。"大公子道:"我们这次来是拿地皮的,今天就要到银行取银票,明天带到拍卖现场,是我不让上海这边接待的,人多眼杂,我们要独往独来。明白吗?"侍卫甲、乙应声道:"明白。"

一辆黑色的轿车停在码头出口不远处,李秘书东张西望,一眼看见了大公子,快步迎上前说:"大公子,安署长让我来码头迎接您,下榻的酒店都安排好了。"大公子推辞道:"不劳安署长了,替我谢谢他,我还有事情要急办。"李秘书："那……那就主随客便吧。"

大公子和两位侍卫在上海街头某酒馆吃馄饨，距他们不远处坐着蝴蝶兰，蝴蝶兰一副叫花子打扮，她的后背对着他们。

大公子用勺子搅着碗里的馄饨说："我就爱吃民间小吃，上海的馄饨味道不错吧？"侍卫甲："嗯，不错，我得吃两碗。"侍卫乙："我吃三碗。"小秃走进来，坐在他们一侧。大公子低声对左右侍卫说："今天下午三点务必在申行取出银票，你们二位可要把持好了，银票就如同白花花的银子，一旦有什么闪失，地皮可就拿不到手了。"小秃耸耳偷听。

侍卫甲："大公子，这地皮要是真拿到手了，您可得请我们哥俩在上海滩好好逛逛啊。"大公子敷衍："这事还用你们提醒吗？你们给我记住了，今天下午三点，申行提银票都得给我精神点。"

蝴蝶兰突然起身从另一个门口出去了，她显然听见了这话。小秃两只眼睛乱转，但他没发现蝴蝶兰。他跑回了威爷散打馆，见了威爷上气不接下气地说："威爷，我有重要的情报……"威爷急忙问："狗肚子盛不住二两油，快说，什么情报？"小秃俯在威爷耳畔低语几句，威爷顿时睁大了眼睛。

11

上海黄浦江畔，郑旷达、李总、吕老板面对黄浦江水，心绪难平。郑旷达说："下午就见分晓了，这地皮如果落不到哥几个手里，那真是亏大了。"李总说："螳螂捕蝉，黄雀在后。还不知道大公子能不能抵挡法租界那帮人呢。"郑旷达思索道："如果大公子真跟法租界招呼起来，法租界不会不顾及京城大帅的面子吧？"李总分析道："法租界有孙传芳撑腰，京城大帅府还不知道能撑几天呢。"郑旷达叹息道："怕就怕我们赔了夫人又折兵，猫咬尿泡空欢喜呀。"吕老板插话："钱怎么花出去的，还得怎么返回来，不能砸得水皮不响吧？"李总应声道："钱要是长眼睛就好喽，可惜钱从来都是瞎子。"郑旷达下定决心道："从今往后，我们就要让自己的钱长了眼睛。走，我们马上到拍卖现场看看吧。"

几个人赶到拍卖现场，只见里面坐满了男女宾客，男宾居多。台上摆了一张圆桌。圆桌上拉了一条红底黑字横幅，上写"沪东土地专场拍卖会"。郑旷达、李总、吕老板走到前排左侧坐下。

这时，乔世景与路旷明走进来，他们微笑着跟方方面面的人打着招呼，在最靠前的位置坐下。乔世景骄横地对路旷明说："如果安署长不发话，我是不会来的，今天这场面我不适合坐在这里。"路旷明笑道："地皮虽是沪东办事处的，但隶属于通商公署。乔厅长不坐镇，我这个办事处主任心里没底呀。"乔世景说："我这不是来了吗？"

郑旷达回头望了一眼，他看到了乔世景和路旷达，于是转过身招呼李总和吕老板："乔厅长和路主任都来了。"李总立刻回头望去，恰好与路旷明目光对视，彼此算是打了招呼。李总说："有官员坐镇，我们心里踏实多了。"吕老板不屑道："到了京城，谁都知道自己官小了。"

钱大爷如一股旋风刮了进来，身后跟着两三个保镖，进场后他四面环顾了一下，立刻与法租界的人坐在了一起。维克多坐在他的左边，他的右边是法租界老大。钱大爷环顾左右说："等大公子一到，我就开拍。"法租界老大加重语气说："今天就看你的了。"

12

上海华界银行外，大公子和两个侍卫走过来，大公子往银行里望望，叮嘱两个侍卫："里面人不多，你们俩进去取银票，我在外面候着。记住，丢了银票是要掉脑袋的。"大公子焦虑地在外面踱步，时而朝银行里边张望，时而朝银行外面的街市张望。

街市上行走着南来北往的男女，各种摊贩的叫卖声不绝于耳。一水果贩子在叫卖荔枝："哎，新鲜荔枝刚上市啊，杨贵妃最喜欢吃的荔枝啊……"大公子好奇地朝卖荔枝的摊贩走去，拎起一串看着说："真是新鲜啊……"

这时，侍卫甲乙从银行提着银票出来，正在用目光寻找大公子，只听半空中啪啪两声枪响，侍卫甲应声倒地，未等一旁的侍卫乙反应过来，一个骑着高头大马的蒙面劫匪突然从天而降，以迅雷不及掩耳之势掠走了侍卫甲手中的银票，飞身跃马而去。侍卫乙立刻在后边追赶："有劫匪抢银票了，有劫匪抢银票了！"街市忽然乱起来，各种摊点在马蹄奔腾中散乱翻飞，惊慌的人们慌忙奔逃。苹果、荔枝、香蕉散落满地。

人群中的大公子忽然意识到了什么，寻声跑去，只见侍卫乙失魂落魄地跑过来，指着前边飞奔的马叫嚷："大公子，银票被劫匪抢了……"大公子惊道："什么？老子养你们是吃干饭的！"随手两巴掌扇在侍卫乙的脸上。

威爷、老二和小秃刚好赶到这里，他们惊讶地望着慌乱的人群，不知发生了什么。威爷喊："小秃，你到前边看看究竟发生了什么事？""是，威爷。"小秃痛快地答应了一声，就跑进人群里。大公子正在殴打侍卫乙，边打边骂："你这个没用的东西，来上海就是提银票的，不提银票我让你们两个来干什么？"侍卫乙哭着说："大公子，我大哥已经死在银行门口了，你把我打死，谁陪你呀！"大公子仍不依不饶说："我顾不上死的，我要追活的。"

小秃的脸从人群中挤出来，一双眼睛胡乱转着，看了一会儿，便匆匆跑到威爷面前说："威爷，不好了，大公子的银票已经被人抢了，劫匪手里有枪，还打死了他的一个侍卫。"威爷丧气地骂道："妈的，真是人算不如天算，我们还是晚了一步。"老二在一旁急忙说："威爷，这财不该我们发，我们赶紧撤吧。"

13

拍卖现场显得混乱，人们出出进进，随意走动。钱大爷表情焦虑，忍不住跟身边的法租界老大嘀咕："这大公子怎么还不来呀，莫非京城的人都这么不守时？"一个穿便衣的男人突然跑到钱大爷跟前耳语了一阵，钱大爷一惊，立刻对身边的法租界老大低语："这地皮就该着是法租界的。大公子的银票被人劫了。"法租界老大不相信自己的耳朵，又问了一句："有这事？……此乃天意呀！"钱大爷得意扬扬地说："这就叫有福不用忙，没福跑断肠。"

乔世景不耐烦地站起身，他显然感到了异样。路旷明脸色阴沉地问乔世景："乔厅长，拍卖会是否照常进行啊？"乔世景用眼睛扫着现场说："不照常进行会有人答应吗？"说罢匆匆溜出门去。

14

上海通商公署，大公子正跟安子益耍威风："我的银票居然在银行门口被抢，这可是光天化日之下啊。把我的银票抢了，把我的人打死了，你们通商公署总该给我一个解释吧。"安子益极力辩解："大公子，那抢银票的人又不是我们通商公署安排的，我们给你解释什么呢？为了能让你拍到这块地皮，我们真是绞尽了脑汁。本来公署特意安排秘书负责你的寝食，可你不用我们安排，要自己单独行动。发生今天这样的事，总不能怪我们吧？"大公子愤愤道："不怪你们，你们也脱不了干系。事情是在上海发生的，你们赔我银票，还我的人。"

乔世景突然走进来，他的到来让身处漩涡中的安子益大舒了一口气，他脚未站稳就说："银票不是我们抢的，人也不是我们打死的，我们凭什么赔？出了这样的刑事案件，您应该找上海华界巡捕房啊。"大公子见乔世景这样说，突然翻脸道："你们是不是看大帅的宝座不稳当就不认人了，告诉你们，大帅的宝座稳当着呢，凭他孙传芳想攻下京城，简直是痴心妄想。今天你们不把我的银票找回来，不让我死去的侍卫活过来，我就赖在这里不走了。"安子益与乔世景相互望了望，未等乔世景发话，安子益抢先说："乔厅长，大公子乃是京城的贵客，发生了这样的事情，华界巡捕房应该视为要案处理。你陪大公子去一趟巡捕房吧？"乔世景立刻心领神会说："好吧。大公子，您请便。"大公子趾高气扬说："我凭什么去巡捕房呀？那个地方的人不配跟我说话，我是京城来的大公子，怎么可能让巡捕房那帮狗崽子审问我呢？我不去。你们把巡捕房的狗崽子们叫来吧。"乔世景耐着性子说："大公子，事发时您在现场吧？您是当事人，要把事发现场的情况一一向巡捕房交代清楚，这对破案有利。"大公子不得不起身往外走，边走边说："老子这辈子都没想过要去巡捕房办什么事。"

乔世景陪大公子在前边走，侍卫乙跟在他们身后。

上海巡捕房内，李副队长带着几个巡捕正准备出发，其中一个提着糨糊桶，一个拿着一摞告示。

乔世景带着大公子走进来，侍卫乙跟在他俩身后。

坐在办公室里的任队长透过窗子看见了大公子和乔世景，急忙迎出来说："两位贵客不用说话，我就知道为什么事来的了。你们看，巡捕这不正准备出发了，李副队长亲自带领大队人马去张贴告示，一定把劫匪缉拿归案。"乔世景笑道："真想不到巡捕房工作效率如此神速，不用催就自己出动了。"任队长强调说："那要看谁的案子，大公子的案子十万火急，谁敢耽搁呀？这可是掉脑袋的事情，没有人敢拿自己的脑袋开玩笑吧？"乔世景转身问："大公子，您还有什么话说吗？"大公子一副不领情的面孔，一连声地说："我只要把我的银票找回来，让我的侍卫活过来。"侍卫乙在一旁帮腔："对，要让我大哥活过来。"任队长不屑地瞟了他一眼说："你算哪根葱啊？这里哪有你说话的地方？一个下人出来随便乱说话，这证明大公子的家规不严啊？"大公子瞟了一眼侍卫乙："你给我闭嘴。"侍卫乙不满地嘀咕："相府的丫鬟七品官呢。"任队长说："大公子、乔厅长，屋里请吧。"侍卫乙刚要跟进屋，被任队长拦住了："这是巡捕房，你就在外边给大公子站岗吧。"

三人进了任队长办公室，任队长摊开记事簿说："大公子，请把事发现场当时的情况向我讲述一遍。"大公子不以为然地说："我是京城来的大公子，我的地位怎么也在你之上吧？你怎么还摆出一副盘问我的架势呢？"任队长笑道："你是京城的大公子不假，可现在你遇上案子了，要我为你破这个案子，我不得问问清楚吗？"乔世景在一旁搭腔："大公子，到了巡捕房您的身份就变成当事人了。您要积极配合任队长，把事发现场的情况说清楚。"大公子说："我事先怎么也没想到会发生这样的事情，我让两个侍卫去银行提银票，我在外面等他们。我看见马路对面有街市，就走过去看看，等我听到枪响，银票已经被劫匪抢走了。"任队长继续问："还有谁在现场呢？"大公子说："我的两个侍卫。一个已经死在现场了，现在只剩一个了。"任队长道："噢，就是外边那个，那你把他叫进来吧。"大公子站起身，对着窗外吼："喂，任队长叫你进来呢。"乔世景站起身说："任队长，我还有个会未开完呢，你们先谈着，我一会儿来接大公子。"乔世景出门时，侍卫乙走了进来。侍卫乙站在了大公子身边。

任队长说："你坐下。"侍卫乙坐在大公子身边。大公子忽然站起身，对侍卫乙说："你怎么能跟我平起平坐呢？"任队长笑道："大公子，这是巡捕房，不是大帅府。"大公子不屑地看了看侍卫乙，悻悻地坐下。任队长说："你们听清楚了啊，我问什么，你们答什么。"大公子捅了捅侍卫乙："你好好听着，问你话呢。"

15

拍卖会现场，三三两两的人群往外走，法租界老大和维克多满脸喜色。郑旷达、李总、吕老板面色阴沉沮丧。钱大爷穿过人群，挤到他们面前说："诸位对不住了，拍卖槌唯钱是举，你们银票不够，这不能怪我吧？"三人虎视眈眈地望着钱大爷。郑旷达阴阳怪气说："当初要知道是这个结果，何必劳您大驾来举槌呢？"钱大爷说："世上可没有卖后悔药的啊。"李总望着钱大爷的背影说："今天的事真蹊跷，法租界几乎不费吹灰之力就把地皮拍下来了，我们等于是聋子的耳朵。"吕老板插话说："如果大公子到场，也未必能拍到地皮。"郑旷达忽然看见路旷明走过来，便说："哥几个别走，我来问问路主任。"路旷明显然看见了郑旷达、李总、吕老板三个人，脸上呈现一种想躲开又躲不开的无奈表情。郑旷达急忙上前问："路主任，拍地结果与我们的期望背道而驰，哥几个前期花出去那么多的钱了，到头来竟竹篮打水一场空，这说不过去吧？"路旷明故意岔开话题说："你们可能还不知道吧？大公子在银行门口被打劫了，还死了一个贴身侍卫。"李总惊讶道："是吗？这可是光天化日之下呀。"

吕老板长吁一口气说："我还以为大公子因什么事不出席了呢。"路旷明趁机说："我马上去巡捕房处理这事，你们的事情容后再说吧。"

李总望着路旷明远去的身影道："我们就这样被抓大头了？"吕老板说："走，哥几个到我那里合计合计吧。"郑旷达疑惑地说："事情怎么这么巧呢？谁敢打劫大公子呀？真是吃了豹子胆了。"

16

上海某街角的夜晚，一个蒙面男人朝深巷走来，一双裸露的眼睛颇像任小虎。他停住脚步四处望了望，使劲咳了一声。蝴蝶兰突然从暗处闪出，紧张地说："你怎么还不走啊？现在全上海的大街小巷都贴满了抓你的告示，你等着蹲大牢吗？"蒙面男人毫不在乎地说："真想不到这么顺利，一发子弹就把银票抢到手了。"蝴蝶兰趁机说："你命里该发这笔财。那……给我多少报酬呀？"蒙面男人从口袋里拎出一袋大洋在蝴蝶兰面前晃着说："给，如果不是给你报酬，我早就离开上海了。"蝴蝶兰接过大洋掂着说："你这人还算守信用。"蒙面男人说："以后再有发财的情报还要卖给我啊。"蝴蝶兰白了他一眼说："财迷心窍。"蒙面男人争辩道："这年头谁不财迷心窍呢？人不得外财不富，马不吃夜草不肥。我不财迷，你能得这一袋子大洋？"蝴蝶兰将一袋大洋装进手包里说："谁给钱多我就让谁发大财。"又说："你快离开上海吧，你看这墙壁上的告示……我不希望你被巡捕房抓住。"蒙面男人讥诮地说："我要是能被那帮笨蛋抓住，也早就穿警服了。好了，我走了，来日方长。"蝴蝶兰突然问："你叫什么名字？"蒙面男人回答："来无踪。"说罢风一样快速离去。

蝴蝶兰疑惑地望着蒙面男人远去的背影嘀咕："来无踪？哪有叫这名字的？……"

第十八章

1

任队长在办公室与方菲说话，神情严肃："大公子在银行提银票这情报是谁泄出去的呢？我们连一点影子都不知道，白让劫匪拣了个大便宜。"任队长打量着方菲。方菲直言道："我们不知道的情报多了，蝴蝶兰毕竟只有两只耳朵呀。我关心的倒是……这案子能破吗？"任队长口无遮拦说："破个屁，我又没长三头六臂。听大公子的侍卫说，那劫匪骑着高头大马突然从天而降，头上蒙着黑布，一枪就要了另一个侍卫的命，抢过银票就一溜烟地跑了。如今世道乱，奇人多，我这个警务队长也自愧不如啊。"方菲紧张地问："那上边怪罪下来怎么办？"任队长说："拖，我只有拖，直拖到破案为止。要是能拖个三年两载，京城大帅府易了主，这事也就不了了之了，历史上破不了的案子多了去了。"方菲突然笑了一声说："警务队队长都像你这样，也挺好当的。"

任队长不满地瞟了她一眼说："你看我轻松了是不是？我着急上火、拉屎瘪肚的时候你没看见呀。好了，别闲扯了，你到蝴蝶兰那里去一趟，试探一下她的口气，也说不定她知情不报呢。"方菲厌恶地说："你心怎么这么脏啊？疑神疑鬼的。"任队长一拍胸脯道："在警务队当队长的人都得心脏，心不脏当不了队长。好了，你快去吧。"

方菲不情愿地出门，见到蝴蝶兰就拉她进了上海街头的酒吧，两人坐在一个靠角落的位置交谈，桌上摆了两杯咖啡，一盘甜点。蝴蝶兰说："好久没见到你了，最近有什么值钱的情报吗？"方菲说："最值钱的情报我们没抓住，上峰有点怪罪你我了，说我们是吃干饭的。"蝴蝶兰故意问："什么最值钱的情报我们没抓住啊？"方菲索性兜底说："京城的大公子来上海银行提银票，这是多么重要的情报啊，你我居然一无所知。我总在办公室猫着，不知道还有情可原，你天天在外边跑，你的工作就是刺探情报，怎么也不知道呢？是不是知道了不告诉我们，自己把好处独吞了？"蝴蝶兰争辩道："这怎么可能呢？我的命是你们给的，没有你们我不可能端上这个饭碗，我怎么好把情报独吞了呢？这事绝对没有。"方菲疑惑地看着蝴蝶兰说："这真奇了怪了，全上海唯有巡捕房可以独享情报，可这么重要的情报竟被别人劫了。"

蝴蝶兰躲开方菲的目光，故意往窗外看着说："这只能算我工作马虎，没打听到这情报。不过也难怪呢，大公子是京城人，他的一举一动说不定在京城早就被人盯上了，还能轮到上海的劫匪吗？"方菲舒了一口气："这倒也是，就算是为你自己的失职自圆其说吧。"蝴蝶兰接着问："最近又有什么任务吗？"方菲说："我来时任队长说了，抢大公子银票的劫匪人高马大，来无影去无踪，要我们打听这个人的来路。"蝴蝶兰一副难为情的样子说："打听这个人的来路可不那么容易，他如果是京城来的，我到哪里打听去呀？"方菲板起脸要挟道："蝴蝶兰，你若没有包打听的本事，任队长怎么可能每个月给你发薪水呢？在上海，愿意端这碗饭的人可不少啊。"蝴蝶兰仍坚持说："那也不能强人所难吧？我又没长三头六臂。"方菲站起身，一副要离开的架势说："反正话我给你撂这儿了，你自己看着办吧。"说罢快步朝门口走去。蝴蝶兰急忙对着她的背影说："那我尽力还不行吗？"方菲没有回头，径直走出酒吧。

2

威爷散打馆内，威爷来回在房间踱步，老二站在门口，随时听候他的调遣。小秃拎着早饭进来说："威爷，您要的汤包买来了。"威爷坐在桌前说："要汤包是假，包打听是真，听说了那个劫匪的什么消息没有哇？"小秃说："没有。"

威爷又说："这么一大笔钱财落别人手里了，我想起这事心就往外喷血。我们不能总是吃老本吧？"老二奔过来说："威爷，要我看总打劫也不是长事，早晚让巡捕房逮了。"威爷沉下脸："这是我们的主业，我们扔了主业干什么呀？"老二接着说："主业我们不扔，但可以换一种方法干。"威爷急忙问："什么方法？"老二转身问小秃："小秃，你身上的那些照片还在吗？""在，都在我口袋里呢。"小秃解开衣襟，从里面抽出数张照片递给老二。老二接过来看看说："都他妈皱了，不过人头还能看得清楚。"说罢递给威爷。

威爷接过照片看看，又还给小秃。接着问二爷道："说说吧，心里又有啥鬼点子了？"老二将嘴巴凑近威爷的耳朵低语，威爷不住地点头，最后竟哈哈笑出了声。威爷对小秃说："小秃，这回你又有营生干喽。"小秃问："威爷，什么营生啊？"老二摆摆手说："别问，到时候你就知道了。"

3

上海通商公署内，安子益愁容满面望着窗外。乔世景走进来，他打量了一会儿安署长，想开口又犹豫着。安子益转过脸，扫了他一眼问："有什么话就直说吧，缩头缩脑的干吗？"乔世景只好和盘托出："安署长，宾馆来催账了，大公子已经住了近半个月了，顿顿十碟八碗，开销可是不小啊。"安子益问："巡捕房那边对案子有什么说法吗？"乔世景说："我催过好几次了，任队长说案子一时半会儿破不了。大公子要真等案子破了再回京，他在上海的大笔花销我们可担当不起了。"安子益又问："沪东办事处那里怎么样了？"

"路主任找过我好几回了，沪东商会那几个正副会长因没拿到地，使劲跟他闹，说之前为拿地花出去的钱要路主任还给他们。"乔世景如实回答。安子益叹息道："商人就是急功近利，要不怎么说无商不奸呢。"乔世景摊开两手说："这事真是难处理，我都不知道怎么办好了。"

安子益在房间里来回踱步，皮鞋踏地的声音似是一把铁锤敲着乔世景的心，他走到乔世景跟前，忽然和气地拍着他的肩膀说："年底要开国大会议了，作为国大代表，我得为连任的事作些准备了。这些事你就看着处理吧。"乔世景想不到安子益会把事情都推给了自己，他有点措手不及地说："那大公子那里您应该拿个具体的意见吧？"安子益不以为然地笑道："先由着他闹吧，时间久了，他自感没趣就会主动返京了。跟他说，上海巡捕房正在抓紧破案呢。"乔世景又问："可宾馆的钱总要给吧？帐从哪里出呢？""跟宾馆说通商公署不会赖账的。"安子益的语气显得不耐烦。乔世景应着："我明白了。"

4

许尚美在商务馆忙文案，李总走进来问："路主任这几天没回来吗？"许尚美说："没有。"说话时仍埋头工作着。李总站在她身旁，阴阳怪气地说："如今你们家是团团圆圆了，我们哥几个却空欢喜了一场。不过，钱这东西花出去都不会落空的，有你在我身边，我心里踏实多了。"许尚美感觉李总的情绪异样，便说："李总，你给过我们家很多帮助，我心里都记着呢。拍地这事没如愿，这不能怪路旷明，他心里巴不得把地皮给了你们，到时候你们怎么开发总要听听他的意见。如今地落到法租界手里，万事就由不得他了，他比你们心里还着急呢。"李总不以为然地说："他急有什么用？为拍地的事我们大把的钱都花出去了。"许尚美问："那你要他怎么办？"李总发狠地说："怎么办？钱怎么花出去的再怎么还回来，这世上哪儿有白花的钱啊。"

许尚美浑身一惊，感觉李总这个不好招惹的男人，已经开始戳她的心了。

5

沪东办事处，路旷明对着镜子擦嘴巴上的火泡，孙喜眉在一旁帮他用白酒浸棉球，路旷明擦一下痛得咧一下嘴。孙喜眉在一旁看着说："舅舅，我原以为在城市生活多么风光自在呢，可在上海待了几个月，我可真不羡慕城里了，着急上火的事情太多了，哪有乡下自在啊。特别是表妹遭绑架，真是吓死人了，不瞒舅舅说，我都想回乡下去了。"路旷明说："要走也不能现在走，舅舅正需要人帮忙呢，你溜之大吉，扔下舅舅一个人不管？"孙喜眉说："你不是还有我舅妈吗？"路旷明说："你们怎么可能同日而语呢？她是我的左膀，你是我的右臂。"孙喜眉急忙说："这话你可不能当着舅妈的面说，她又该扇我的嘴巴了。"

这时，郑旷达、李总、吕老板突然闯进来。郑旷达劈头就问："路主任，那我们几个是你的什么呢？胳膊还是大腿。"

路旷明扔下手里的棉球，急忙奔过来说："哥几个来了，先坐吧。喜眉，赶紧泡茶。"几个人依次坐下，孙喜眉忙着泡茶递水。郑旷达说："路主任，兄弟一场，你不能这么耍我们吧？"李总应声道："就是，该花的钱都花了，你女儿也救出来了，总不能让我们竹篮打水一场空吧？"吕老板阴阳怪气道："小时候我娘就说，交官穷，交商富。自从认识了你们，我一个大钱没赚着，还跟着担惊受怕，往里边搭钱。路主任，即便不给我们放响炮的机会，我们在旁边听个响总可以吧？"李总接着他的话说："就是，如果我们连响都听不着，那你就要把我们花出去的钱还给我们。"郑旷达说："对，既然我们是发小，你今天就给个痛快话，那块地皮我们还能不能沾上光？"路旷明见几个人如此态度，便急头败脸说："哥几个要挟我咋的？我路旷明忙前忙后还不是想给哥几个弄点好处，这好处没弄成不能怪我一个人，胳膊能拧过大腿吗？法租界那帮人谁敢惹？要想说理出气，有本事到法租界闹去。"李总不客气地："路主任往外推我们是吧？今天我就告诉你，请神容易送神难，法租界老大不就是比我们心黑吗？那我们也黑个心给你看看。"说罢一使劲把路旷明推倒在地。吕老板跟着说："试试我的皮鞋硬不硬？这可是意大利的皮子。"照准路旷明的屁股狠踹了两脚。路旷明痛得直哎哟。孙喜眉急忙跑过来拦挡："你们不能打我舅舅，他心里的委屈还没处诉呢。"郑旷达讥讽道："哟，知道心疼你舅舅了，有个外甥女真好啊，我咋就没这么个外甥女呢？那我就先省点力气吧，不过我告诉你路旷明，拍地这事不算完，我们没拿到地，你要给我们一个说法。哥几个撤吧。"郑旷达、李总、吕老板三人奔出路旷明办公室。

孙喜眉将躺在地上的路旷明扶起来，问："舅舅，你不要紧的吧？"路旷明突然捂着脸呜呜哭起来，边哭边说："我为什么要受这份罪呀？……"

6

　　沪东沼泽地，一片浩荡的水域丛生着芦苇和杂草，偶见鸟儿被路人惊飞。法租界老大带着维克多一行人在看沼泽地，视野所及之处可隐约望见沪东学校和日本纱厂。法租界老大说："要先把沼泽地的水排放出去，再将这里填平，就可以盖起数幢公寓楼，房子出租就是一本万利呀。"维克多急忙问："老大，能分给我几间房子吗？"法租界老大瞟了他一眼说："给你弄间酒吧就不错了，你还想要几间？这是大上海，寸土寸金啊。"维克多强调说："我丢的可是四箱货啊。"法租界老大趾高气扬说："维克多，货不是法租界弄丢的，能给你一间酒吧已经够给面子了，如果不是你哥哥在领事馆，我怎么可能管你的闲事呢？"维克多似看不出法租界老大的不悦，仍说："那我不亏大发了？"法租界老大讥讽道："这话你跟劫匪说去吧。"一行人忍不住笑起来。

　　沪东沼泽地畔，郑旷达、李总、吕老板隐在暗处偷窥法租界老大一行人的动静。

　　法租界老大问："你们说，这沼泽地里的水往哪里排好呢？"随从甲说："老爷，东边左前方是日本纱厂，右前方是沪东学校，水往东流，日本纱厂咱最好别招惹。"法租界老大怒声道："屁话，左前方不能排水，那右前方就能排水吗？那是一所学校，这满沼泽地的水要是排进学校里，不把娃娃们淹了吗？"随从乙接过话说："学校的娃娃毕竟是自家人，淹了水，咱就赔点钱呗，自家人总是好说话些。可要是得罪了日本人，那情况就复杂了。"法租界老大叹息一声说："真是公说公有理婆说婆有理呀，依你们二位的意思就让水往右边排吧。维克多，你说呢？"维克多笑道："我不管水往哪边排，我只想要一间酒吧，给我酒吧就行了。"

　　郑旷达、李总、吕老板躲在远处偷看，听到法租界老大的话，几个人同时皱起眉头来。郑旷达道："就会窝里斗，自家人欺负自家人。"李总应和道："法租界就是靠着欺负自己人起家的，你以为洋人会给他们金子吗？洋人只会从他们手里捞金子。"吕老板叹息道："本指望我们把地拍到手，你们建影城，我建宾馆，届时哥几个赚个盆满锅满。可惜呀……"郑旷达道："你急什么呀？出水才看两脚泥呢，先别说丧气的话，我们哥三个不能就这么放弃了。我盯着路主任，路主任跟我是光屁股发小；吕老板盯着安署长，安署长跟你有交情；李总盯着乔厅长，乔厅长太太与路主任太太是学姐学妹，路主任太太又在你手下做事，你要利用好这层关系。"李总应声道："沪东商会会长分派的任务谁敢不接呀？"吕老板附和道："就是。"郑旷达道："那哥几个今天就回去想点子吧，不把他们折腾出屎来谁也不准罢手啊。"

几个人悄悄离开，法租界老大还在沼泽地畔比画着什么。

7

池塘前生长着一排绿柳，远处可隐约看见一处寺庙，寺里不时传出钟声。这是上海郊外的一座小镇。许老太太带着路星星看湖边的绿柳，绿柳上有几只鸟鸣叫。许老太太说："星星，你看那几只鸟的羽毛多美啊，如果我们人也长翅膀，像鸟一样自由自在地飞，想飞多高飞多高，该多好啊。"路星星木然地盯着鸟看，沉默不语。许老太太见星星木然不动，便长叹一声说："星星，咱来乡下有好几天了，你怎么还是不说话呀？你说句话好吗？让外婆也欢喜一下。"路星星仍是不说话，眼睛直愣愣地看着前方。许老太太耐心地问："星星，你是不是不喜欢看鸟啊？那咱到庙里烧香去吧。"

许老太太带星星到了小镇上的一座寺庙里，只见烟雾缭绕，三三两两的香客正在烧香祈福，跪拜菩萨。许老太太燃了一炷香，拉着路星星跪下叩头。路星星叩了三个头，抬起头时忽然发现老法师站在面前。老法师打量了路星星一眼，默默念起阿弥陀佛来。许老太太乞求道："师傅能不能给我外孙女摸个顶啊，我外孙女自从受了惊吓，再也不开口说话了。"

老法师微闭着眼说："急回头，莫说早。小小孩童易得老，看来名利一场空，孽障随身何时了。阿弥陀佛！"说罢转身离去。路星星忽然双手合十："阿弥陀佛！"许老太太惊喜地喊："星星，你说话了？你真说话了？菩萨显灵啊，刚烧完香就显灵了。"

8

上海通商公署沪东办事处的夜晚，空气中弥漫着一股焦灼之气。

路旷明高烧不退，嘴上长满了火泡，额头用一条冷毛巾敷着。

孙喜眉焦虑地在一旁守护，用小勺往他嘴里送水，心急如焚地说："舅舅，要不我送你到上海医院去吧？总在这里耗着我怕出事情，你身上烫得都要开锅了。"路旷明摇头说："那也不能回上海，沪东商会这三大金刚还不得把我吃了。"孙喜眉恐惧道："舅舅，我害怕，我想回乡下去了。"路旷明吃力地说："这个节骨眼上，你能扔下舅舅不管吗？"孙喜眉忽然哭起来。路旷明被她哭得心更乱了，一时竟不知怎样劝说才好。片刻，他忽然想起了什么，吩咐道："喜眉，你马上回上海一趟，让你舅妈赶快到乡下躲躲，不然那个姓李的对她不会客气。如果你不想陪舅舅了，就跟你舅妈一起到乡下躲躲吧。"

孙喜眉连夜奔到上海某里弄民居，躺在床上的许尚美被敲门声惊醒，黑暗中她紧张地喘息着。门外传来孙喜眉的叫喊："舅妈，是我，快开门。"许尚美起身开门，不悦地问："你怎么半夜三更来敲门啊，你还让不让我睡觉了？"孙喜眉气喘吁吁跨进门说："舅妈，是舅舅要我来上海找您的，他说让您赶快躲到乡下去，沪东商会那几个人没拍到地会找你麻烦的。"许尚美疑惑地问："路旷明为什么不回来？"孙喜眉说："舅舅他发高烧了，他不让我告诉你。"许尚美吃惊地睁大了眼睛："真的？那你为什么不把他带回上海治疗？"

孙喜眉说："舅舅他不肯回上海，他怕沪东商会那几个人找他的麻烦。他要我陪您到乡下躲一躲。"许尚美急忙说："他怕我不怕，走，跟我回沪东接他回上海。"

许尚美换了衣服，与孙喜眉刚出家门，天上忽然电闪雷鸣，紧跟着瓢泼大雨从天而降，两人在雨中等人力车，左等右等都不来，只好徒步在雨中跋涉。孙喜眉冷得浑身打战说："我本来想回乡下去了，看到舅舅那个样子又不忍心离开了。舅妈，你可能还不知道吧？今天郑会长、李总、吕老板三个人把我舅舅打了。"许尚美大吃一惊："什么？把你舅舅打了？你怎么不早说啊。"孙喜眉低声说："舅舅不让我告诉你，我还是忍不住告诉你了。"许尚美嗔怪道："你应该早就告诉我，跟我玩什么心眼呀。"孙喜眉忽然委屈地哽咽道："舅妈，我可没跟你玩什么心眼，我早就想回乡下去了，我觉得上海太可怕了。"许尚美说："少废话，见到你舅舅再说。"两人好不容易到了码头，急忙租了一条船赶到沪东办事处，此时天色仍然被暗夜笼罩。

黑暗中的路旷明烧得昏昏沉沉。许尚美推门进来，见到路旷明就哭了起来："旷明，你到底怎么样了？都是我害得你呀，如果不当这芝麻官，怎么会摊上这么多的事呢？"路旷明睁开眼看着许尚美问："尚美，你为什么到这里来？这里很危险你知道不知道啊？我让喜眉去上海，就是要让你们去乡下躲一躲，沪东商会那几个人前一阵子为拍地花了那么多的钱，现在他们没拿到地，真要狗急跳墙了。"许尚美止了哭说："他们没拿到地能怪你一个人吗？办事处只是一个摆设，什么事还不是公署说了算。走，我们回上海找干妈说理去，我就不信乔厅长真那么绝情。"路旷明摇头说："我不回上海，反正我死猪不怕开水烫了，再说法租界的规划方案我还要听听呢。"许尚美执拗道："你自己的命都要没了，还想着为他们卖命，你脑子缺根弦吗？来，喜眉，搭把手，今天就是拖也要把你舅舅拖回上海。"许尚美和孙喜眉将路旷明从床上架起来，路旷明虽挣扎，终是拗不过两个女人。

9

田韵抒又到医院找姐姐田韵青了，她想知道肚子里的胎儿是否发育正常。检查过后，田韵青就把妹妹拉到医院的花园里，田韵青说："胎儿发育挺正常的，孩子快成形了。最近，姓乔的又跟你闹了没有？"田韵抒说："大闹没有小闹不断，但我们的婚姻是被这孩子彻底判了死刑了。他再也不碰我一下，从前婆婆在的时候，他表面上还装一装，前几天他突然把婆婆打发回老家了，对我就更没有好脸色了，明目张胆把一个唱花腔的女高音请到家里教钢琴，这个女高音本来是天飞马在巴黎留学时的女友，他就靠着自己的权势把人家撬过来了。"田韵青叹口气说："还是权力好啊，什么都能搞定。……孩子的生父怎么样了？"田韵抒无奈地说："他呀，要多惨有多惨，乔世景说他通共，让巡捕房把他抓起来了，能不能活命都是个未知数。姐姐，我总觉得是我害了天飞马，那么有才华的一个油画家，因为认识我，才落得这么惨。"

田韵青劝道："你也别说这话，你丈夫这么做，也是为了让孩子出生后活得安稳踏实，否则将来孩子知道了真相，还不得闹翻天啊。至于那个油画家，你也不要太痴情了，我看他也是个唯利是图之人，否则他怎么可能巴结上你呢？还不是觉得你是厅长太太，对他有帮助吗？"田韵抒说："我想去监狱看看他，毕竟他是孩子的生身父亲。"田韵青叮嘱道："你去看他也行，不过千万别惹乔厅长不高兴啊。"

田韵抒告别了姐姐就奔了上海监狱，她买通了看守。一排又一排的铁栅栏内关着犯人，田韵抒高跟鞋踏地的声响显然惊动了他们，有犯人扒着铁栅栏往外看，天飞马的目光格外焦虑，他一眼就看见了田韵抒，不由急切地喊："田姐姐，你怎么来了？"田韵抒奔到天飞马面前说："我来看看你，你好吗？……"天飞马哀求道："请田姐姐求人放我出去吧，花多少银子都行，我从没通过共，不知谁在陷害我？"田韵抒打量了一眼阴森森的四周说："这地方可真不是好待的，叶丽鹰来过吗？她现在说话可比我管用，你让她去求乔厅长好了。"天飞马的眼泪都快流出来了，他几乎是哭腔说："田姐姐，看在我们有一个孩子的份上，快救我出去吧。"田韵抒忽然沉下脸说："你别瞎胡吣啊，胡说八道是要掉脑袋的。"说罢转身欲走。天飞马扑通跪在地上喊："田姐姐，你一定找人把我救出去呀，我求你了！"田韵抒转过身似笑非笑地望着天飞马说："那你就等着吧。"

10

上海中式别墅内，房间里院子里到处跳跃着钢琴曲。

乔世景弹完最后一个音符，看着叶丽鹰问："这回我弹得怎么样？"叶丽鹰笑道："大有长进了，乔厅长你得谢我呀！"

乔世景："好、好，你说怎么谢吧？"叶丽鹰趁机说："让巡捕房把天飞马放出来吧。""这事我可办不了，他通共，如今通共就是死罪。"乔世景一口回绝。叶丽鹰抬高声音说："他没有通共，我敢保证他没有通共，这是巡捕房强加给他的莫须有的罪名。"正说着，田韵抒推门进屋，冷眼扫着叶丽鹰。

叶丽鹰急忙说："太太回来了，我得回去了，天马上要黑了。"

乔世景拦住她说："别走，教了我半天钢琴，总该请你吃晚饭吧？"叶丽鹰说："您把天飞马从监狱里放出来，就是最好的晚餐了。"田韵抒在一旁搭话："就是，平白无故就给一个海归派油画家栽赃，生说人家通共，简直居心叵测。乔厅长，我希望您尽快把他放出来，他是有创新精神的人。"乔世景忽然悟到了什么，灵机一动说："既然两位才女都为天飞马担保，我真要为他的前程考虑考虑了，但能不能放他出来，最终由巡捕房说了算，我只能提些建议。我看这样吧，让他在狱中画一百幅油画，作为释放的条件。"叶丽鹰惊讶道："啊？一百幅油画，太多了吧，要把人累吐血的。"田韵抒立刻说："吐血总比没命强吧。""那我去告诉他吧。"叶丽鹰转身出门。

乔世景望着叶丽鹰的背影对田韵抒说："等他画完一百幅油画，就让他滚出上海，滚得越远越好，届时你就跟他说肚子里的孩子打掉了。你听见了吗？"田韵抒沉下脸怒声道："你真是欺人太甚了。"乔世景阴阳怪气地说："不想让人欺那就等死好了。"

11

上海通商公署，安子益正在办公室向李秘书交代工作："二次国大会议在京召开前，你要把我的材料准备好，我是上一届的国大代表，这一届仍可以连任。"李秘书点头："我明白了，安署长。"乔世景走了进来。李秘书立刻说："乔厅长来了。安署长，你们谈吧，我忙去了。"

李秘书走后，安子益打量着乔世景说："乔厅长今天气色不错嘛。坐吧。"乔世景顺势坐在沙发上，自鸣得意地看着安子益说："大公子的钱有出处了。"安子益急忙问："你是说劫匪抓到了？"乔世景说："劫匪来无踪去无影，巡捕房那帮吃干饭的怎么可能抓到呢？"安子益好奇地问："那大公子的钱从何而来呀？"乔世景油腔滑调说："有个叫天飞马的油画家，前些日子在上海举办过画展，后来别人举报他通共，巡捕房就把他抓了。但这家伙油画的市场行情很看涨，大公子让我们赔他一千万银票，通商公署又没钱赔，倒不如让这小子画一百幅油画抵给银行，让银行给大公子一千万银票，岂不一箭双雕？"安子益惊喜地说："乔厅长，你真是神机妙算呀，这几天我急得夜不成寐，眼看二次国大会要召开了，如果大帅府追问起这事，我这个国大代表的资格能不能保住都很难说呢。"乔世景趁机说："安署长，什么时候我也能当个国大代表进京参会，这辈子为官一回也就值了。"安子益笑道："你别急嘛，当官这事最不能急了，心急吃不了热豆腐，在官场就要学会潜伏，紧睁眼慢张口，跟对人找对路，机遇来了那就占位子吧。如果国大会后，京城对我另有任用，上海通商公署的第一把交椅非你莫属啊。"乔世景立刻满脸堆笑说："那我就等着安署长的提携了。"安子益接着说："你把大公子的窟窿堵上，京城那边有什么好事，我第一个想到你。大公子的事现在就是我的心病啊。"乔世景认真道："放心，安署长，我一定帮您治愈心病。"安子益又问："沪东办事处那边有什么动静吗？那几个没拿到地的商人，个个都不是好惹的鸟。路主任最近怎么样？"乔世景说："这两天还没见到他呢。"安子益叮嘱说："要尽快了解那边的情况，知己知彼方能百战不殆呀。""安署长真不愧是官场的精英人物，凡事都想得严丝合缝，我尽快与路主任联系一下吧。"乔世景说了几句恭维话，就笑着离开了。安子益望着他的背影长长地吁了一口气。

12

上海中式别墅的夜晚，田韵抒从香烟盒里抽出一支香烟，刚要燃着，乔世景走过来说："既然准备当母亲了，烟就不要吸了吧？""生个畸形才好呢，正好扔到阴沟里去，免得活受罪。"田韵抒点燃香烟，吸了一口。乔世景夺过她手中的香烟，掐灭在桌上的烟灰缸里说："我已经做好给孩子当爸爸的准备了。"田韵抒不悦地讥讽道："是啊，得便宜卖乖，一向是你做人的硬道理呀。"乔世景回敬道："这话用在你身上同样合适。你去见过天飞马了？他答应画一百幅油画了吧？"田韵抒叹息一声说："人在矮檐下，怎能不低头呢？他在用画赎命，敢不画吗？就是累得吐血都得画。"乔世景笑道："这就对了，识时务者乃为俊杰呀。"田韵抒强调说："你可是答应以画抵命的，到时候别不认账啊。"这时，突然响起敲门声："干妈，快开门呀，是您的干儿媳……"田韵抒一下子听出是许尚美，起身对乔世景说："许尚美？这么晚了，她来一定是有什么事情吧。"乔世景忧心忡忡道："别是沪东办事处那里出事了，我先回避吧。"转身进了自己卧室。田韵抒不满地说："你们这些人，遇事'回避'都成习惯了。"说罢疾走几步去开门。

许尚美进门就扑通跪下了："干妈，你干儿子被人打了，现正躺在医院里，求干妈救救你干儿子吧。"田韵抒急忙拉起许尚美说："尚美，我是田韵抒。你怎么了？又出什么事了吗？"许尚美见是田韵抒，便站起身说："田姐姐，我丈夫路旷明被沪东商会那伙人打了，求乔厅长救救他吧。为拍地的事，我女儿路星星饱受摧残，几乎被逼疯了，我不能再失去丈夫啦！"田韵抒安慰道："尚美，你的遭遇我很同情，可你来的真不巧，婆婆前几天回乡下去了，乔厅长一天到晚在外应酬，经常半夜三更不回家。我到现在还没见到他人影呢？"许尚美急忙问:"他们是不是都躲起来了?沪东拍地这么大的事,让我丈夫路旷明一个人扛着,那些没得到好处又花了大钱的商人,不把他撕碎了才怪呢。韵抒姐,通商公署不能把路旷明一个人推到风口浪尖上啊。"田韵抒神情不悦地说:"尚美,我们可是学姐学妹,你说这话是伤人心的,当初为给你丈夫安排职务,玉婵大姐和我费了多少心思啊,这事你心里比我们清楚,就不用摆到桌面上说了吧。"许尚美接过话说:"当初要是知道当上这个主任会招惹这么多麻烦事,我们真不该去争这个破差事。"田韵抒沉下脸道:"尚美,虽说世上没有卖后悔药的,但你如果后悔了,还是有药可救的。"许尚美无言地望着田韵抒:"那我找玉婵大姐去。"转身跑出门。

许尚美跑到石玉婵的家门口,已是深夜了。她用双手拍门,节奏越来越急,越来越快。门开了,赵妈探出头来问:"这么晚了,你找谁呀?"许尚美站在门口说:"我是石玉婵的学妹,我有事找安署长和石处长。"赵妈立刻说:"他们都不在家。"许尚美急忙问:"那他们到哪里去了?"赵妈摇头说:"不知道,他们到哪里去用不着跟我打报告。"说罢用力关上了门。

许尚美站在大门外的台阶上,突然对着天空吼喊:"老天啊!你真不睁眼啊!"

13

上海沪东花间坊之夜,花间坊张灯结彩,有人在练功,有人在唱沪剧。白芙蓉在练水袖,忽而又拿起笔在纸上挥洒毛笔字。赵人杰悄悄走进来,站在距白芙蓉不远的地方欣赏她写字。小花彩走过来问:"先生,你找谁呀?"赵人杰指了指白芙蓉。小花彩笑说:"你想请白芙蓉?……你可请不动,别说你,上海滩的大人物都请不动她。"赵人杰说:"我今天只想听她唱曲、看她写字。"小花彩伸出五个手指比画道:"她唱一首曲可是这个数……"赵人杰从衣服口袋里掏出五块大洋递给小花彩说:"够了吧?"小花彩欣喜地掂着大洋:"白芙蓉,有客人点你唱曲。"

赵人杰随白芙蓉走进屋内,四壁挂满了她写的书法。赵人杰不住地盯着她写的书法看,有一副楹联颇吸引他的眼球:"家在梦中何日到,春来江上几人还。"赵人杰忍不住赞道:"好诗好字。"白芙蓉问:"先生想听什么曲?"赵人杰笑说:"我不是来听曲的,我只想来这儿坐一会儿。"白芙蓉疑惑地说:"先生这就奇怪了,来我这里的人不是听曲就是赏字,您只坐一会儿就要花费五块大洋,先生真是太有钱了。先生是上海人吗?"赵人杰坦言:"我出生在青浦,如今在沪东学校供职,学校离这里很近。白小姐写得一手好字,有没有兴趣去学校教学生啊?"白芙蓉婉拒道:"家有二斗粮不当孩子王,这话人人都知道。先生是想让我去受罪吗?"赵人杰笑着解释:"白小姐,教书育人百年大计,你能把自己写字的技法教给学生,那是很有前途的事情呀!眼下沪东学校特别缺老师,你要是愿意去,我举双手欢迎。"白芙蓉听了这话,忽然来了兴致说:"那你要问问姐姐,肯不肯让我离开花间坊。"赵人杰说:"只要你答应,我就会想办法。"

"那我答应你。"白芙蓉痛快地说。

赵人杰立刻推开小花彩的门,将一袋大洋摊在小花彩面前,小花彩看着大洋问:"你要把白芙蓉领走?"赵人杰说:"我想请她到沪东学校教学生写字。"小花彩不情愿地说:"我刚教会她唱沪剧,怎么可能放了她呢?"赵人杰恳切地说:"沪东学校的孩子们太需要老师了。"这时,白芙蓉突然从屋里冲出来,将手里的数块大洋摆在小花彩面前,乞求道:"姐姐,人生没有不散的宴席,您就放了我吧。"小花彩拣起数块大洋掂着,眼泪忽然流了出来:"白芙蓉啊白芙蓉,你真这么绝情,说走就走了?当初如果没有我,你的小命可就没了。"白芙蓉扑通跪下说:"姐姐的恩情,我永生不忘。只是白芙蓉天生喜欢孩子,愿随赵先生去学校当孩子王。"

小花彩见白芙蓉决心已定,便擦了把眼泪说:"你起来吧,你下跪我也受用不起,翅膀长硬了想飞,谁能留得住啊。想姐姐的时候回来看看,花间坊永远给你留一间屋子。"

白芙蓉千恩万谢道:"多谢姐姐恩情。"

14

上海沪东郊外,一轮红日跃出地平线,将旷野大地撒满金色的光芒,鸟在树上鸣叫,野狗在路上狂奔。白芙蓉与赵人杰跑得气喘吁吁。白芙蓉忽然停下来,欣赏着四周的景色说:"赵先生,你看这天地多美呀,空气多新鲜啊,自从进了花间坊,我就不知道外面的世界是啥样子了。你听,这鸟叫得多好听啊!……"赵人杰兴致勃勃道:"过去的你锁在深闺中,现在的你已经接地气了。白小姐,你的毛笔字写得那么好,一定是童子功吧,跟谁学的?"白芙蓉想了想说:"这话说来长了,以后再慢慢细说给你听吧。""你如果能教孩子们写好毛笔字,那就是把中国人文化的根脉传给他们了。"赵人杰说罢,拉着白芙蓉的手跑起来。

沪东学校越来越近,隐隐可听见学生们的读书声。白芙蓉提醒说:"赵先生,到了学校你就不能喊我白小姐了。"赵人杰笑道:"我知道,喊你白老师,你也不能喊我赵先生了,要喊赵校长。"白芙蓉惊讶地说:"原来你是校长啊?"赵人杰自信地说:"不是校长怎么可能把你请到学校来当老师呢?"白芙蓉感激地说："从今以后，我的人生又翻篇了。"

15

沪东学校的教室里，白芙蓉在教学生写毛笔字："书法是东方人的艺术，把字写好才能把人做好，字不端人就不正，今天我们只写两个字'东方'。大家把笔拿起来，像这样捏着，鼻头要对准毛笔杆……"学生伏在桌子上，手捏毛笔将鼻头对准毛笔杆比画。

石玉婵一脸倦容出现在校门口，坐在办公室的赵人杰透过窗子突然看到走进校园的石玉婵，立刻起身迎了出去："石处长，您怎么突然从天而降啊？也不事先通知我一声。"石玉婵笑道："我今天是微服私访来了，谁都没惊动。有些日子没到沪东学校来了，就跑过来看看。实验室建得怎么样了？"赵人杰说："基本差不多了。"

两人边走边谈，路经一间教室门前，石玉婵一眼看到教室里讲书法课的白芙蓉的背影，忽然一愣，忍不住问："哪里来的女老师啊？"赵人杰坦白："我刚从花间坊请来的，还未及跟您汇报呢。"石玉婵又看了白芙蓉一眼，表情疑惑地说："花间坊是戏班子，唱戏的怎么能到学校教学生呢？"

赵人杰解释说："这个白芙蓉老师毛笔字写得挺有功夫的，她本人又愿意来学校当孩子王，像沪东这样的学校，请个科班出身的老师真不太容易。"石玉婵又瞟了一眼白芙蓉说："她别把戏班子那一套带到学校来呀。"赵人杰说："目前我还没发现白老师的举止言谈有什么不妥当的。"

两人说话之间就走进了实验室，石玉婵看着简单的实验设备，赵人杰为她讲解："现在我总算能为学生做水分子的实验了。"石玉婵问："学生们有兴趣吗？"赵人杰说："太有兴趣了，学生们对新东西总是问个不停。"石玉婵叹道："你们学校是我亲手扶持起来的，就连你这个校长都是我安排的，学校如果聘用老师，事先应该跟我打个招呼。"赵人杰听出石玉婵对聘用白芙蓉来学校当老师心存不满，便笑说："石处长，白老师在花间坊学戏时毛笔字写得好，学校正好缺一位写毛笔字的教员，我就花了点大洋把她请到学校教学生了。"石玉婵问："你哪来的大洋赎人？"赵人杰说："您上次不是给了我一张银票吗？"石玉婵强调："那是赞助你的实验室的。"赵人杰说："石处长，您有所不知，教学生书法跟实验室一样重要，学生连中国字都写不好，还谈什么科学实验呢？"石玉婵说："那我要看看这个花间坊的女戏子到底有什么本事。"

石玉婵快步走到一间教室窗前，透过窗子往里看，赵人杰跟在她的身后。教室里，白芙蓉正站在讲台上给学生们讲课。白芙蓉问："今天这堂课我们学写两个字，是什么字呀？"

学生答："东方。"白芙蓉说："要记住，东方两个字的笔画和结构，回去有时间好好复习一下。"看着看着，石玉婵突然倒抽了一口冷气："原来是她，花朵？"赵人杰急忙问："石处长认识白芙蓉老师？"石玉婵道："她怎么像我们家从前的使唤丫头呀？"赵人杰惊讶道："石处长家的使唤丫头能这么有才艺？不可能吧。"这时，白芙蓉从教室走出来，一眼看见了石玉婵，突然惊愣了一下，但她很快镇静了自己的情绪说："赵校长，这位客人是……"赵人杰道："通俗教育委员会驻上海办事处的石玉婵副处长。"白芙蓉礼貌地说："石处长，您好！"石玉婵沉下脸说："花朵，你别装模作样了好不好？"白芙蓉笑道："石处长，您认错人了，我叫白芙蓉，不叫花朵。"

石玉婵上下打量着白芙蓉："花朵脸上没有痣，你脸颊上有颗痣，只有这么一点区别，你真是太像她了。"白芙蓉连声说："我不是花朵，真的不是。"赵人杰急忙说："石处长，别在这里争执了，让学生听见了影响不好。"白芙蓉微笑着转身离去。石玉婵望着她的背影嘀咕："她太像花朵了。"赵人杰提醒道："石处长，您是不是认错人了？"石玉婵无奈地说："好了，先不说这个了，我们到沼泽地看看去。"

一望无际的沼泽地，水光潋滟。赵人杰问："石处长，听说沼泽地的水要往学校的方向排放，是真的吗？"石玉婵说："这片沼泽地已经属于法租界了，他们随心所欲，想干什么就干什么，用不着跟我们打招呼。"赵人杰又问："那淹了学生怎么办？"石玉婵说："这倒是个问题呢，学校砌的围墙能挡住沼泽地的水吗？"赵人杰说："谁知道沼泽地的水有多深啊……身为一个校长，我若连自己的学生都保护不了，真是悲哀呀。"石玉婵叹道："军阀混战，内忧外患，国民如一盘散沙，不被外敌欺负才怪呢。"赵人杰说："石处长，想不到您跟我一样有同感。""我只是嘴上说说罢了。赵校长，做好自己的本职工作，把沪东学校搞好。"石玉婵忧心忡忡往远处望着。赵人杰笑笑："我明白。"

16

沪东学校的夜晚，白芙蓉在房间里想心事，脑中不时闪过石玉婵的话："花朵脸上没有痣，你脸颊上有颗痣，只有这么一点区别，你真是太像她了。"

赵人杰敲门进来，白芙蓉问："赵校长有事吗？"赵人杰直接问："今天石处长怀疑你是她家里的使唤丫头，你到底是不是呀？"白芙蓉不容置疑地说："我是白芙蓉，如果连您都怀疑我的身份，那我走好了。"赵人杰急忙说："随便问问，要什么小孩子脾气呀。"白芙蓉忽然笑道："我早就不是小孩子了，哪有脾气要呢。我只是越来越爱孩子们了，担心教不好他们。"赵人杰欣赏地看着白芙蓉说："有你这句话，我就放心了。"

17

上海中式庭院，夜深了，安子益卧在床上，准备休息。石玉婵匆匆进屋，坐在他身边，欲言又止。安子益问："你从外边回来，都听说什么了？"石玉婵理清自己的思路说："听说法租界要往学校的方向排放沼泽地里的水，你们通商公署准备怎么办？"安子益叹息一声："眼下想不出什么好办法。"石玉婵急忙说："这可是大事情，涉及沪东学校百十号学生的性命啊。"安子益推脱道："既然涉及沪东学校，那你们办事处就自己想办法吧。"石玉婵气恼地说："安子益，你不光心是冷的，就连血管里的血都冻冰了。"安子益争执道："你的血也比我热不到哪儿去，如果是热的，就不会总跟我纠缠花朵了。"石玉婵站起身说："好，从今往后，我再也不会提花朵的事情了。"安子益反问："你说的是真的吗？"

"危难当头，我哪有精力跟你纠缠这些琐事呀。"石玉婵说罢，转身走出屋子。

第十九章

1

上海圣迭哥中学外，石玉婵站在校门外的一棵树下焦虑地等小早，她身后是一排铁栅栏，透过铁栅栏可看见校园里学生们在绿色的操场上踢球。安小早穿着一身运动服匆匆跑出来："妈，找我有事吗？"石玉婵欣喜地说："妈想你了，你有好一阵子没回家了，你还好吧？最近不排话剧了？"安小早说："美拉达准备回法国去，她爸爸不让她演戏了，这个角色暂时没有人能顶替，剧社只好先歇着了。""美拉达的爸爸维克多私运黑货，妈妈没有帮他的忙，他就翻脸了，弄得你去法国留学也成了泡影。"石玉婵有点遗憾地说。"维克多本来就是靠不住的人，他来中国是赚钱的，你以为他是来帮助中国吗？妈妈，我哪里也不去，我是中国人就应该留在中国。"安小早目光坚定地看着妈妈说。石玉婵担忧道："可中国这么乱，没有一天不在打仗，妈妈这辈子就只能在这里了，但你要有个好前程，你还小，还有很长的路走呢。"

"妈妈，我已经不小了，十六岁就算是成人了，人生道路要由我自己选择，别总为我操心好不好？您还是关心关心自己吧，这段时间您很憔悴的。"安小早望着石玉婵说。石玉婵心里忽然涌起一阵感动："还是我儿懂得妈妈。"继而又心情沉郁地说："这几天妈妈心里郁闷。法租界很可能往沪东学校排放沼泽地里的水，可你爸爸对此竟置若罔闻。"安小早脸色立刻变了说："妈妈，我觉得你和我爸爸活得太自在了，才生出这么多乱事，你们都是拿国家俸禄戴官帽子的人，黎民百姓叫你们父母官，可你们关心过黎民百姓的生活吗？你们出入高档酒店、穿金戴银、吃香喝辣，却不知道黎民百姓过着'华人与狗不得入内'的悲惨生活。妈妈，我的精神真不愿意被你们无聊的生活污染。"儿子的一番话，石玉婵不仅没生气，反笑道："小早，你说的话妈妈都明白，可眼下妈妈身不由己，又能怎么办？""那您就要清醒清醒了，还有我爸，你们两个真令我头痛。"安小早毫不客气地说罢，转身跑了。

石玉婵离开学校，百无聊赖地在街上行走，她看到一乞丐模样的人抱着一堆破烂疯狂跑着，一个金发碧眼的洋人在后边追赶，洋人追上乞丐，用木棍狠打他的头部，乞丐头部血流不止。石玉婵刚好走到跟前，吓得浑身惊颤不已。她的耳畔忽然闪回儿子的话："你们穿金戴银、吃香喝辣，却不知道黎民百姓过着'华人与狗不得入内'的悲惨生活。……"看着躺在地上满脸是血的乞丐，石玉婵突然泪眼迷蒙。

2

上海监狱，一道又一道的铁栅栏将犯人与世隔绝。天飞马在狱中画画，画面上一片黑色的乌云从天际飘来，野草被狂风吹得几乎折断。

田韵抒走进监狱，来到天飞马的监牢。天飞马背对门口画画，似已猜到了进来的是田韵抒。"我给你送好吃的来了，你好吗？"田韵抒问。"不好就能画画了吗？只要能画画，就算好。"天飞马仍未停下画笔。田韵抒走上前，打量着他的油画说："想不到你在这里还能画画，你真是一个画画的天才呀。"天飞马放下画笔，转过身看着田韵抒说："这话还用你说吗？我在巴黎学画时教授早就说过了。"田韵抒像没听见天飞马的话，继续评价："画面这么黯淡，天空如此黑暗，谁家喜欢挂这样的画呢？不吉祥呀。"天飞马饶有兴致地问："厅长太太以为上海的天空晴朗吗？那你告诉我，太阳都照耀了谁呢？"田韵抒忽然板起脸，神情认真地说："天飞马，我不是来跟你抬杠的，是专程来看你的，给你带来了美国的香烟、英国的奶粉还有法式香肠。"天飞马不自在地笑笑："谢谢厅长太太了。"田韵抒瞟了他一眼说："你这么跟我说话，我心里好难受。"天飞马拿起一根香肠咬了一口说："我的身体被囚在这里，还要用我被囚的手画出一百幅油画，难道我的心会好受吗？厅长太太，能不能回去跟厅长说，放我回工作室画吧，如果不放心，可以派巡捕监视我，我在这里实在没有心情画画呀。""好，我回去跟厅长说，只要你忘了我肚子里的孩子是你的。"田韵抒突然提出了一个条件。天飞马急忙说："我要是记着你肚子里的孩子是我的，那我的小命就瞬间成灰了。田姐姐，叶丽鹰好吗？你要是见到她，就告诉她我很想她。"田韵抒脸上的表情突然不自在地抽搐起来，她卖着风凉说："叶丽鹰有厅长精心呵护着，好着呢。""我和叶丽鹰当年在巴黎留学时曾被称为东方才子佳人，可惜如今一个沦为奴一个沦为囚，好可悲呀！早知如此，何必回来呢？"天飞马几乎是哭腔。田韵抒不悦地瞟了他一眼问："叶丽鹰是谁的奴呢？她能在上海滩走红那是乔厅长捧起来的。天飞马，请你不要忘记办画展时乔厅长是怎么抬举你的。这一百幅油画如果不好好完成了，你是出不了大牢的。"说罢转身走出牢房。看守立刻把牢门咣啷一声锁上了。天飞马用力摇晃着牢门喊："田姐姐，我要到画室作画，请乔厅长放我出去！——"田韵抒始终没有回头，天飞马气得将桌上的东西哗啦一声掷在地上。

3

上海街头酒吧内，三三两两的顾客在闲聊。田韵抒坐在靠窗的角落吸烟，桌上摆了一杯咖啡、一盘点心。她的表情痛苦，脸上有泪痕。石玉婵走进酒吧，一眼看见坐在角落里吸烟的田韵抒，急忙奔了过去："韵抒，想不到在这儿碰见你了。"田韵抒惊讶地问："玉婵大姐，你怎么来了？"石玉婵坐在她的对面说："我心里郁闷，出来走走，走累了，想进来歇息一会儿，这么巧竟碰见你了。哎，今天就差许尚美了，如果她在，我们姐妹三个又聚在一起了。"田韵抒叹息道："许尚美一时半会儿是难跟我们相聚了，她遇到大麻烦了。"石玉婵急忙问："什么麻烦？""沪东商会正副会长，因为没拍到沪东那块地，就把气撒在了路旷明身上，把他狠打了一顿，路旷明现正躺在医院里，昨天尚美到我家又哭又闹的，可我有什么办法呢？"石玉婵愤然道："动手打人未免太野蛮了吧？"田韵抒接着她的话说："谁说不是呢？听说他们下手够狠的，路旷明一时半会儿都出不了院。"

石玉婵端起茶杯嘘着杯里的茶："韵抒啊，当初我们为尚美的丈夫跑来一个办事处主任的官差，可没想过后边会出这么多的事情，早知如此，当初就不那么煞费苦心了。""就是呀，人算不如天算。可这也不能怪尚美和她丈夫，要怪就怪沪东商会的几个人，属螃蟹的，横行霸道。"田韵抒端起咖啡喝了一口。石玉婵接着她的话说："横行霸道的是法租界的人，当初法租界的人为了拍地绑架了尚美的女儿，如今沪东商会的人又因为没拍到地，对她的丈夫下狠手，咱这个学妹可真够背运的。……哎，我把小早赴美留学的名额让给了路星星，尚美心里或许会好受一些。"田韵抒忙问："这事尚美知道了吗？要不咱俩一起到医院看看路旷明如何？"石玉婵推脱道："尚美那里我近日就不联系了，有你联系就行了。"

田韵抒试探着问："大姐害怕了吗？"石玉婵勉强笑道："我怕什么呀，身正不怕影子斜。不过，对沪东商会的正副会长，我们还是多加小心为好，商人花出去的钱都是有名目的，他们从来不会白花钱。"田韵抒恍然大悟说："谢谢大姐提醒，大姐这么一提醒，我心里倒明白谁轻谁重了。"

两人又在酒吧说了一会儿话，不是东拉就是西扯，虽没谈什么正经的，但彼此的关注点竟达成了一致。

4

上海中式别墅的夜晚，空气中掺杂着紧张和不安。田韵抒坐在大厅里，认真打量着沪东商会正副会长送的金银珠宝等贵重物品。乔世景推门进来，田韵抒吓了一跳，看清是乔世景，才大舒了一口气说："你总算回来了。"乔世景走到那堆珠宝跟前扫了一眼说："没事折腾它干什么呀？赶紧藏好了，别炫富招贼。"田韵抒边收拾珠宝边说："自从尚美的丈夫路旷明被打，我心里就不踏实，也很不放心你，以后你要早点回家来，不能这么晚回来了，小心路上有人下黑手，明枪好躲，暗箭难防啊。"乔世景不以为然道："没事，脑袋掉了不过碗大一个疤，怕什么呀！再说有路主任在前边挡着呢，他们不会把我怎么样的。……哎，你今天见到天飞马了？"

"见到了，他要求回画室画画。"田韵抒察言观色望着乔世景。乔世景突然沉下脸说："他的要求太高了，真不知自己吃几碗干饭了。他是通共的死罪，如果不是会涂鸦几笔，脑袋早就掉了。"田韵抒继续说："他在牢里心灰意懒，画出的画也灰灰的，恐怕难卖出高价，如果让他回到画室画画，他的心情好了，会画得更好一些，市场的价位也能上去。如果不放心，可以派看守监视他呀！"乔世景听罢，想了想说："若真是这样，那我找任队长谈谈吧。他还说什么了？"田韵抒拉着长腔说："他问叶丽鹰好不好？"乔世景不屑地说："他真是色心不死啊，还惦记着小叶呢，小叶好着呢。"田韵抒立刻讥讽道："就是，只要有乔厅长罩着，不会发光的黑煤球在上海滩都能光彩夺目。"乔世景抬高了声音说："那是因为我把它放进炉子里又加了把火。这你不明白吗？""明白，我什么都明白。"田韵抒话里有话地回敬道，脑海里忽然闪出如下的画面：

叶丽鹰在大世界舞台上唱西洋歌曲，曲毕，台下观众热烈鼓掌，乔世景的巴掌拍得最响。乔世景与叶丽鹰在百乐门跳探戈舞。叶丽鹰在家里教乔世景弹钢琴……闪回在脑海里的画面令田韵抒几乎崩溃，她收拾了金银珠宝转身进了自己卧室，今晚她不想让乔世景看到自己的眼泪。

5

上海中式庭院的夜晚，高悬的月亮好像停在院里不动了。躺在床上的石玉婵突然起来，拉开窗帘往外看，窗外静寂无声，月亮的清辉洒在院里的花草和器物上。

石玉婵蹑手蹑脚拉开抽屉，拿出一个精美的漆器盒子打开，里面的银票和金银珠宝在透进来的月色中熠熠闪光。她拎起沪东商会副会长给她买的项链打量，当项链挂在脖子上的时候忽然变成了一把尖刀，使劲割着她的脖子，鲜红的血从她的脖颈嘀嘀嗒嗒流淌下来，她不禁惊声尖叫："来人啊——来人啊——"赵妈急忙跑进来问："太太，太太你怎么了？"石玉婵惊恐地说："有人要杀我，刀就在我脖子上呢，赵妈你快帮我拔下来，你看这鲜血，我满身都是血啊！……"赵妈左右看看说："太太，您脖子上只挂了一条金项链，没有刀啊，也没有血啊？"石玉婵忽然醒悟："……那可能是我做梦了吧。"这时，赵妈用眼睛打量石玉婵装金银珠宝的盒子，石玉婵急忙推开她说："赵妈，这儿没你的事了，你出去吧。"赵妈转身欲走，石玉婵又叫住了她问："赵妈，你刚才都看见什么了？"赵妈说："太太，我什么都没看见。"石玉婵说："没看见就对了……那你回自己屋里去吧。"赵妈刚转身，石玉婵又叫住了她问："赵妈，你说这花朵当真离开上海了吗？"赵妈说："太太，依我看呀，花朵反正从咱家里出去了，活着总比死了好，她若死了，阴魂不散到处抓替死鬼，弄得谁都不得安生。如今她到哪里咱也不用管了，眼不见为净。"石玉婵接过他的话："你说得也对。"

安子益穿着睡衣匆匆从卧室里走出来，他瞟了一眼石玉婵和赵妈问："深更半夜不睡觉瞎吵吵什么呢？把我都吵醒了。"赵妈回道："先生，太太做噩梦了，又叫又喊的，我跑过来看看。太太，那我回屋去了。"安子益扫了一眼摊在桌子上的金银珠宝，恼怒道："当着赵妈的面摆弄这些东西干什么？她毕竟是下人。"石玉婵边收拾边："我今天遇见田韵抒了，她说路旷明被沪东商会的正副会长打了，伤得不轻正住院呢。"安子益不耐烦道："这事不在我管辖的范围内，大公子没拿到地，银票又被抢了，住在上海的宾馆胡吃胡喝，我眼下正愁拿什么堵这个窟窿呢。"石玉婵接着说："法租界要把沼泽地里的水往沪东学校排放，如果淹死了学生，那可是人命关天的大窟窿，到时候我看你怎么堵。""那是法租界的事情，我奈何不了。最近这段时间，你要注意沪东商会那几个没拍到地的商人，前期他们毕竟花了大笔的银子，既然他们敢打路主任，也会干出别的事情，商人的钱是从来不会白花的，花钱就像割他们身上的肉一样。"安子益说。"这么说，你也要多注意了。"石玉婵叮嘱道。安子益加重语气说："全家人都要提高警惕。"忽然想起了儿子安小旦问："哎，小早好久没回来了，你最近看到他了吗？"石玉婵直言："昨天看到他了，美拉达已经不跟他演话剧了，说她爸爸不允许，这样小早赴法留学也成泡影了。"安子益无不担忧地说："这个逆子啊，现成的留美名额他不要，法国又去不成，简直就是你我的心病啊。"石玉婵说："小早是我们的孩子，怎么会成了你我的心病呢？他有选择人生道路的权力呀。"安子益不耐烦地说："好了，我不跟你争论了。"转身回了自己的卧室。

凄清的月光洒在石玉婵的身上，她的心忽然很冷。

6

上海通商公署，安子益刚在办公室坐定，两个穿便衣的男士大摇大摆走进来。安子益感觉不妙，警觉地问："你们找谁呀？"便衣甲："我们就找安署长。"说罢将一张字条拍在桌子上。安子益拿起字条看看又放下说："这事你们要找乔厅长，由他具体落实。"便衣乙："我们在这儿候了半天了，乔厅长不在，我们就找比他官大的。"安子益笑说："可我不分管财务，你们老总要钱，我也拿不出来呀。"便衣甲："我们老总说了，你们安排的客人吃住在我们宾馆十来天了，一分钱不付，我们做的是生意，如果你们不付钱，我们就请他走人。"安子益急忙说："别别别，你们容我考虑一下，最迟明天给你们答复。"便衣乙放狠话说："明天如果不答复我们，我们就把你们的客人赶出宾馆，什么大公子不大公子的，跟我们有半毛钱关系呀，我们宾馆赚的是钱。"两个便衣气冲冲摔门而去。

安子益颓然地跌坐在椅子上："乔厅长干什么去了呀？"

7

上海某西餐馆，桌上摆着牛排、沙拉、红酒等食品。

乔世景与任队长边吃边聊。任队长说："这个西餐馆的牛排做得还不错，口味挺地道的。""口味不地道，我乔某人敢在这儿请任队长吗？"乔世景得意地说。任队长谦虚道："乔厅长太客气了，我是您下边跑腿的，您命令我向西我绝不敢往东啊。"乔世景故意问："我在任队长面前有这样的权威吗？说真的，今天请你吃牛排我是有事相求呀。""乔厅长求我办事还不是一句话，只要您肯开口。"任队长说。乔世景哈哈笑道："任队长这么爽快，我就不客气了啊。能不能把画家天飞马放出来画画呀？"任队长郑重地说："他可是通共的死罪，放他出来可以，他真要是跑了，你可别找我要人。"

乔世景继续说："公署要他画的一百幅油画，在监狱里完成有困难，那里的环境影响他的灵感，能不能让他回到自己的画室画画，派两个看守监视他。"任队长笑说："乔厅长发话了，还有什么不可以的。不过，我怎么也不能白折腾这事吧？"乔世景立刻表态："你放心，利益均沾，少不了你的。"任队长加重语气说："那咱可要事先说好了，别到了收秋的时候我连一粒米都分不到。"乔世景反问道："我是言而无信的人吗？"任队长端起酒杯说："那咱就一言为定了。"两人碰杯，一饮而尽。

8

　　上海通商公署，乔世景走到安子益办公室门口，门虚掩，他停了一下，推开门。安子益一眼看到乔世景，不悦地说："乔厅长，今天怎么来得这么迟啊？"乔世景解释道："画家天飞马要回画室画画，我请任队长吃了顿牛排，把这事安排一下，要不那一千万的银票怎么落实啊？安署长，今天没事吧？"安子益气恼地说："没事？事大了。你回来之前，大公子下榻的宾馆来了两个人，要我们把大公子在那里胡吃海喝的花销解决了。我说要等你回来答复，他们这才走了，两个人气势汹汹的。"乔世景随即问道："这笔钱从哪儿出呢？公署里真是拿不出钱来了。安署长有什么好办法吗？"

　　安子益不客气地直言："我要是有什么好办法，还会让你当综合厅厅长吗？乔厅长，最近我在整理国大会议的材料，有些事情就不必请示我了，你该做主就做主吧。"乔世景态度明朗地说："安署长，巧妇难为无米之炊，花大钱的事情我也不好作主啊。"安子益又说："这可是考验你智慧的时候，还用我多费唇舌吗？"乔世景笑说："安署长，算我不识抬举了，行吗？"

　　安子益走出公署，刚要步下台阶，吕老板不知从哪里钻了出来："安署长，总算见到你了。"安子益不耐烦地打量着吕老板问："找我何事？"吕老板说："这还用问吗？为拍地的事我们前期花了那么多的银子，现在地没拍到，花出去的银子总该有个说法吧？"安子益恼怒地说："吕老板，你怎么哪壶不开提哪壶啊，为大公子的事我都急得上树爬墙了。"

　　吕老板紧接着说："就算大公子是京城的一条龙，我们也是上海滩的地头蛇呀，您不能打哭一个哄笑一个吧？"安子益忽然语气平和地说："吕老板，你我可是多年的交情了，要哄也得先哄你吧。"吕老板索性摊牌说："现在不提交情，只提钱，要说交情，那你欠我的太多了。"安子益问："那你想要我怎么样？"吕老板沉下脸一字一句说："我要你还钱。"

　　"吕老板，京城大帅府还存在着呢，上海通商公署也存在着呢，我安子益眼下还是署长吧？"安子益虽面带微笑，但他的话里显然藏着刀子。"可你欠我的银子也存在呀，你就不怕我到京城告你吗？我手上有你不少黑账呢。"吕老板大有魔高一尺道高一丈的意味。安子益一副无所畏惧的样子说："吕老板，你别拿这话吓唬我啊，我是国大代表，不吃这一套的。再说，你我都是老朋友了，买卖不成情义在。回头我给你安排个沪东商会的副会长干干，你看如何呀？"吕老板的脸色忽然从冬转到了春，欣喜地说："那就……承蒙安署长的抬举了。"说罢笑着转身走了。安子益望着他的背影想：有些人真像条狗，蹬鼻子就上脸。又想：权力这东西真是有威风呀，关键时刻能派上大用场。

9

沪东花间坊，白天比晚上安静。小花彩在院子里甩水袖，她背对院门，嘴里念着鼓点，水袖随着鼓点上下起舞。乔世景悄悄走进来，看着小花彩的背影，当小花彩完成最后一个造型后，乔世景大声鼓起掌来。小花彩惊异地回头，见是乔世景，便喜眉笑眼迎过来说："乔厅长，您怎么来了？您可是有日子没来了。"乔世景说："我站在院子里看你甩水袖，真是风采不减当年啊。""还是当年好，当年有乔厅长抬举，如今在这沪东，地僻人少，就差多了。"小花彩说。乔世景强调说："当年是你自己要来这地方的，我可没逼你。"小花彩笑道："那我现在想回上海大世界，还回得去吗？"乔世景说："那要看观众还捧不捧你了……好了，闲话不必说了，我今天找你有正事。"小花彩笑起来："乔厅长找我谈正事，真是天底下的笑话了，那我要听听究竟是什么样的正事啊？"乔世景边走边说："屋里说，这里不便讲。"

乔世景随小花彩进了屋，见茶几上摆着茶水和点心，两人顺势坐下，乔世景就把自己的来意说了。小花彩听罢，不情愿地说："乔厅长，你从我们这儿拿钱走，就等于用刀子刮我们姑娘身上的肉啊。用我们女人的血汗钱去养京城的大公子，这是不是有点缺德呀？"乔世景耐心地说："你先借我点钱，把大公子在宾馆吃喝拉撒的费用结算了，不堵上这个大窟窿，他们天天派一帮小流氓去通商公署闹，他们一闹，署长就拿我问罪，我这日子不好过呀？"小花彩接着他的话说："乔厅长日子再不好过吃的也是皇粮，四季都收秋，我们就没您那么幸运了，赚一分钱靠的都是血汗，不张嘴就没人欣赏你的唱功，不登台就没人知道你的柔功，那真是流血流汗啊，您真忍心花我们的血汗钱？"乔世景不耐烦道："小花彩你用不着再跟我绕了，你有今天还不是靠我乔世景吗？你不想借给我钱也行，那就等着别人上门来找你的麻烦吧。"

小花彩忽然认真起来说："乔厅长你还别吓唬我，你们官道上的人靠吸女人的血汗过日子总不是什么光彩的事，你要真敢找我的麻烦，我小花彩也不是吃素的。""哟嗬，今天我真见识了，你小花彩脾气见长啊，那你动个荤的我看看，我乔世景多少年没吃荤了，今天就在你花间坊开个荤如何？"乔世景说罢将桌上的杯子举起来摔在地上。小花彩一愣，继而又机灵地强作笑颜说："我头一回看见乔厅长跟女人一般见识，看样子是真有急事了。那好吧，既然乔厅长有恩于我，我也不能知恩不报，我这就去发动花间坊的姑娘们把私房钱都拿出来。"乔世景瞟了小花彩一眼说："敬酒不吃吃罚酒，女人真是不识抬举。"

小花彩拎着一个钱袋子敲开每个姑娘的房门，嘴上喋喋不休说着，姑娘们不情愿地把钱丢进她的口袋里。

小花彩回到自己房间把钱袋子摆在桌上，乔世景与她一起数钱。数完钱，乔世景倒抽了一口凉气："怎么才这么点钱呀？差太多了。"小花彩在一旁说："能有这么多钱已经不错了，这钱上都沾着姑娘们的血汗呢。""少废话，去，把你的私房钱都拿出来吧。"乔世景命令小花彩。"凭什么呀？酬这些钱我已经很尽力了。"小花彩争辩道。乔世景阴着脸说："你要是不拿出钱来，我就让大公子到花间坊来逍遥，他是个什么货色你应该清楚吧。"小花彩急忙说："别别别，哪个女人能受得了虐待狂啊。我给，全给你。"小花彩不情愿地拉开壁橱，从里面拿出一沓银票递给乔世景说："乔厅长不把我榨干了是不会罢休啊。"乔世景掂着银票，笑道："这回就差不多喽。以后我给你介绍业务就是了，那可都是有钱的大老板，看戏不差钱的。"说罢装起银票转身离去。

10

上海巡捕房，方菲在自己的办公室边整理文件边哼唱《毛毛雨》。任队长推门进来，调侃道："真是江山易改本性难移呀，在巡捕房这样的地方，居然还有人思恋百乐门。"方菲看了任队长一眼，自以为是地说："静下心来想想，还是从前的日子风光，出门有香车、回家有软床、上台有掌声，每天被有钱有势的男人捧着，想吃什么想穿什么想戴什么，都有人送上门。如今倒好，天天穿一身黑皮，哪儿都不能去，只听你一个人发号施令，让干什么就得干什么，卖了情报还要分给你一大半钱，赚了钱也不知道去哪里花，真是憋屈死了。"任队长紧跟着问："后悔了吧？当初我就提醒你将来会后悔，可你偏不听，非逼着我在巡捕房给你找个差事做，我费了九牛二虎之力才为你找到这差事，我容易吗？你可别看不起这差事，多少人想端这饭碗还端不成呢，这可是吃皇粮，总比你在百乐门卖唱好吧？再说，人老珠黄了，你唱得再好听又卖给谁呢？"方菲趁机说："所以呀干爹，我对您总是言听计从，我心里承您的情啊。"任队长笑道："这话我爱听。只要承我的情，总会有好钱赚的。"方菲敏感地问："是不是又有赚钱的情报了？"任队长坦言道："那个油画家天飞马要回自己的画室画画了。""这事有什么油水可捞吗？"方菲接着问。"你说呢？"任队长眯起眼反问。方菲笑说："没油水可捞的事情你是不会干的。"任队长忽然上前拍了拍方菲的肩膀说："知我者方菲也。"

11

上海监狱，看守将铁门打开，天飞马拎着一包东西从里面走出来。他一直走，走出了监狱大门口，这才松了一口气，觉得自己在天地间真实地活着。他贪婪地望着外面的蓝天和街景，身后跟着的两个持枪看守似已微不足道了。

田韵抒远远看见天飞马走了出来，疾步迎上前去。天飞马见到田韵抒说："想不到我真的自由了！"田韵抒瞟了他身后的两个看守一眼说："回到画室要画一百幅画，才能保住你的性命。现在还不能说是自由，是完成画画的任务。"持枪看守甲喊："这边走。"天飞马望见远处一辆囚车，满脸不悦地说："送我回画室，怎么还用囚车？"看守乙："你听好了，我们两个看守每天为你站岗，看着你画画。"天飞马问："监视我呀？"两个持枪看守未搭言，将天飞马推上囚车。

田韵抒望着囚车远去，心里说不出是什么滋味。这时，叶丽鹰匆匆跑来，边跑边喊："天飞马，你等等我——等等我呀！——"田韵抒回头瞥了一眼叶丽鹰，不屑地说："叶小姐，你来迟了一步。想幽会天飞马，就到他的画室去吧。"叶丽鹰赌气说："谁让你不早告诉我呀？"田韵抒反问道："我有义务告诉你吗？"转身离去。叶丽鹰愣怔地望着田韵抒的背影，忽然朝着囚车的方向跑去。

囚车到了某街巷门前停了下来，天飞马从车上下来，朝自己的画室走去。两个持枪看守在后边紧跟。

小秃不知从哪里冒了出来，他躲在僻静处，目不转睛地盯着天飞马，他似想起了什么，忽然一拍脑门，疾步远去。

12

上海威爷散打馆内，小秃慌慌张张跑进来，在屋里乱翻东西。威爷突然出现在他身后问："翻什么呢？"小秃吓了一跳，见是威爷，便嬉笑着说："威爷，我那些照片呢？我刚刚看到跟我后娘上床的那个男人了，他被两个巡捕押着回画室了。"威爷好奇地问："你看清楚了？"小秃肯定地回答："看清楚了。"威爷立刻拍着小秃的秃头说："好了，你别翻了，照片我让老二保管起来了。老二——"老二应声而至："威爷，有何吩咐？"威爷说："把小秃那些照片还给他，他要派上用场了。"

老二急忙带小秃来到自己房间，从抽屉里翻出照片还给小秃。小秃打量着天飞马与田韵抒拥抱在一起的照片，问老二："你说这照片能值多少钱？"老二说："不知道。"小秃又说："这个男的是画家，他的画挺值钱的，这个女的是我后娘，我爸是通商公署的乔厅长，要是我把这几幅照片卖给报馆，我后娘和我爸还有那个画家都会害怕，那样我就可以得到一大笔钱了。"老二笑道："想不到小秃还挺会算计的，不过你可能忘了吧，你是上了巡捕房的黑名单的，如果你去报馆露脸，让巡捕房知道了，那就是死罪。"小秃突然感觉事态严重，急忙问："那怎么办呀？"老二想了想说："跟威爷说，我们俩一块去，我露脸，你在后边候着。""那我马上跟威爷说去。"小秃话刚落地，威爷就走了进来说：

"不用说了，就这么定了。你们俩一块行动，先别急着去报馆，先摸清你后娘和那个画家的情况，再顺藤摸瓜，说不定拔出萝卜带出泥呢。"老二毕恭毕敬道："是，威爷。"

13

上海通商公署内，安子益正与乔世景交谈："这么说，大公子在宾馆的费用你都给解决了？"乔世景道："我敢在安署长面前吹牛皮吗？我能当这个综合厅厅长，除了安署长的栽培还有我自身的能力吧？"安子益应和道："那是，强将手下无弱兵啊。……如此看来，大公子被抢的那一千万银票是不是也快有着落了？"乔世景说："油画家天飞马正在自己的画室加班加点干着呢，等他画好了三分之一，我就去找银行谈，安署长放心，保证让大公子满意而归。"安子益叹了一口气："就别指望他满意了，他没拿到地，怨恨已经埋在心里了，能把一千万银票还给他，也算我们通商公署自圆其说了。"乔世景提议道："安署长，要不我们去看看大公子，一是让他放心回京，一千万银票已经有着落了；二是顺便把宾馆的账结了，他总这么住下去，你我怕是把裤子贴上都不够啊。"安子益推脱道："我就不去了，你就说我出公差了好不好？"乔世景急忙说："安署长，凭我一个人是撵不走大公子的。您和我一块出面，就等于向他打了个组合拳，他那张脸再黑，也得见红了。"安子益见乔世景说得在理，只好答应："那好吧，我今天就随你。哎，对了，回头你跟路旷明打个招呼，让他给美达宾馆的吕老板在沪东商会安排个副会长，把他的嘴堵一堵。"

乔世景忧心重重地说："人心不足蛇吞象，只怕是副会长也堵不住他的嘴吧。"安子益进一步说："咱们要想各个击破他们，就必须先拉拢他们。走吧，跟你去见大公子。"

14

上海某宾馆外，大公子贴身侍卫看见一辆轿车停在了宾馆门口，随后乔世景和安子益从车里下来。贴身侍卫匆匆跑进宾馆，站在客房门口使劲拍门。大公子在里边回应："谁呀？不知道我在干好事吗？"贴身侍卫气喘吁吁说："大公子，通商公署的人来了，您赶快收拾一下吧。"大公子在里边回应："谁让他们来的？我没请他们来呀？让他们在外边候着吧。"转而对妓女说："你还不快滚，小心巡捕房的人把你抓进大牢里。"妓女立刻披头散发从客房里跑了出来，她满脸浮肿，好像刚刚哭过。安子益和乔世景恰好走到客房门口，两人不约而同瞟着满脸浮肿的妓女，彼此心知肚明地互望了一眼。妓女未敢正视他们，慌慌张张地跑了。

客房里的大公子穿着绸缎睡衣，床上被褥凌乱。大公子玩世不恭地望着走进来的安子益和乔世景说："房间太小了，二位来了没地方坐啊。本来我住的是总统套房，前两天硬把我撵出来了，说是京城来了什么大人物，还有比我更大的人物吗？"乔世景笑道："委屈大公子了。不过，这事宾馆没跟公署打招呼，我们一点都不知情。"大公子得理不让地说："那现在您知情了吧，去跟宾馆说还让我住回总统套房吧。"安子益没搭言，顺势坐在梳妆镜前的一把椅子上，乔世景随他坐下，大公子坐在他们对面，贴身侍卫站在门口。安子益这才开口说话："大公子来上海有半个多月了吧？""都半个多月了，我那银票还没影呢。一千万的损失啊，也就是上海这地界才能干出这等荒唐的事情。"大公子不满地说。乔世景息事宁人地笑道："大公子，一千万银票肯定如数奉还，您只需等待一些时日。"大公子急忙问："那要等多久啊？"乔世景从容地回答："两三个月吧？"大公子睁大了眼睛笑道："两三个月？那黄花菜都凉了。"安子益趁机说："大公子如果着急，可以先回京城，这里的一切由我们安排。"大公子听出了安子益话里的玄机，忍不住问："安署长这是撵我走吗？"

乔世景急忙打圆场说："大公子误会了，安署长哪有撵你走的意思啊？只是宾馆多次找我们的麻烦了，让把大公子半个月的花费结算了，吃喝拉撒，一大笔开销啊，通商公署也没这个钱支出啊。"大公子横眉立目道："我管谁出钱呢，反正我在这儿住得舒舒服服的。"乔世景紧跟着说："大公子，今天我和安署长就是来为您结账的，我们先把这半个月的费用结了，如果您想继续住下去，费用就要从那一千万的银票里扣了。"大公子急赤白脸地问："凭什么呀？你们这样做，就不怕我去大帅府说你们坏话吗？"安子益镇静地笑道："身正不怕影子斜，大帅能随便惩罚人吗？"乔世景站起身说："大公子，那我们就替您结账去了。"安子益也随之站起身，与乔世景一道走出客房。

安子益与乔世景到了宾馆大厅，大厅里摆着法式长沙发，安子益在沙发上坐下，翻看当天的报纸。

乔世景在服务台结账。侍应生算过账说："这钱只够住宿吃饭的，大公子还另有一笔开销呢。"乔世景问："什么开销？"侍应生说："他每天叫一个妓女，都记在住宿的账上了。"乔世景立刻沉下脸说："什么？他嫖妓还要我们出钱？这也太没王法了吧？"转身问道："安署长，你说怎么办吧？"

安子益正看报纸，报纸上一条新闻吸引了他的眼球："孙传芳联合奉军进攻京城……"安子益表态说："这笔费用我们不能出，我们供大公子吃喝是正理，供他嫖娼就是非理了。"

大公子突然从客房冲出来，站在走廊里高喊："这钱你们出也得出，不出也得出，上海不给我地皮，还抢了我的银票，你们欠我的！欠我的！！"大公子边喊边往外扔被褥。

安子益给乔世景递了个眼色，两人走出宾馆。乔世景问："大公子要闹到什么时候啊？"安子益将报纸递给他说："只怕是兔子尾巴长不了了，树倒猢狲散。"乔世景扫一眼报纸，忽然说："孙传芳动真格的了……那这样吧，把这报纸给大公子看看。"安子益说："他用不着我们给报纸，他自己会看到的。"

15

上海某宾馆内，贴身侍卫腋下夹着报纸扶着大公子进了客房。大公子嘴上骂骂咧咧："竟敢欺负老子，真不知道老子是谁了！"贴身侍卫说："大公子，京城局势不妙啊，大帅府……"大公子急问："大帅府怎么了？"贴身侍卫说："报上说孙传芳联合奉军攻打京城了。"大公子骂道："你小子别臭嘴，我要白纸黑字。"贴身侍卫递上报纸。大公子接过报纸扫了几眼，不相信地问："难道这是真的吗？"贴身侍卫说："白纸黑字，还能有假吗？"大公子焦急地问："那我们怎么办？"贴身侍卫说："我看还是先回京城吧，上海这地方野性，连一千万的银票都敢抢，丢个小命也不算啥。"

大公子不甘心地说："那我们就这么算了？"贴身侍卫趁机说："大公子，咱就赶紧溜吧，你跟那些妓女的开销通商公署都不认账了，那可是一大笔钱啊。""那我们怎么走呢？"大公子忧心忡忡。贴身侍卫说："天傍黑的时候，我先溜出去，你随后到码头找我，正是吃晚饭的时候，宾馆不会注意我们的。"大公子果断地说："好，那就这么办了。"

16

上海宾馆的早晨，侍应生例行来打扫房间，用钥匙打开大公子的房门，发现里面空无一人，只有散乱的被褥堆在床上。侍应生于是跑到前台跟老板汇报："老板，那个大公子跑了，他还有一大笔嫖娼费没付呢。"老板立刻吩咐："这事先不用声张，听听京城的局势再说，有通商公署兜底呢，跑了和尚跑不了庙。"

此时的大公子和贴身侍卫正站在轮船上，望着渐渐远去的上海。大公子感叹道："真是今非昔比呀，上次来上海，通商公署又接又送的，礼品多得都装不下，这次竟是灰溜溜逃跑，地皮没拿到，还丢了一千万银票，你兄弟的命也交代在这里了。想想好窝囊啊！"贴身侍卫劝道："大公子，这就叫此一时彼一时，如果没有孙传芳勾结奉军攻打京城这码子事，大帅府吉凶未卜，你在上海放个屁他们都得说香。人嘛，都是势利眼，墙头草，哪边风硬往哪边倒。你心里想开点吧，也不必跟这些小人过不去。只是可惜了我大哥呀，一眨眼就化成灰了。"大公子道："好在你还活着，我身边还有一个贴身侍卫呢。"贴身侍卫说：

"大公子，天无绝人之路啊。"

17

　　许尚美离开医院，就奔了商务馆，她刚走进办公室，李总立刻放下手里的报纸说："你总算来了，我已经等了你两天了。"许尚美沉下脸说："我丈夫差点被你们打死，现在还躺在医院里昏迷不醒呢。"李总讥笑道："这路主任也太不经打了，还是扛枪打仗带过兵的人呢，我没踹两脚，他就趴下了。"许尚美一愣，继而怒声骂道："原来是你把我丈夫踹昏的，你这个没人性的东西。""我没人性？许尚美你说这话真是太没良心了，当初为把你丈夫安排回上海，是不是我借给你银子的？"李总争辩道。许尚美毫不客气地说："可我欠你的情已经跟你两清了。"李总瞪着眼睛问："你跟我清什么了？前期借给你的那些银子不算，为了拍沪东那块地皮我为你花了多少钱，又送了你和你那两个学姐多少东西，你都跟我清了吗？"许尚美争辩道："你们没拍到地不是通商公署的责任，是法租界做鬼，有本事你到法租界去闹啊，跟我使什么劲啊？为让你们拍到地皮，先是我女儿遭绑架，现在又是我丈夫被打昏，难道你要逼得我家破人亡吗？"许尚美委屈得哭起来。李总怒声道："谁逼得你家破人亡了？这好人真是做不得。你就是给我陪一千个笑脸也报答不尽我对你的恩情。你还有脸在我面前哭？!""我难道连哭的权力都没有吗？你是不是欺人太甚了？就因为你有钱吗？"许尚美咄咄逼人。"对，就因为我有钱，我现在需要你笑，你给我笑一个……"李总托起许尚美的脸。许尚美怒目圆睁看着李总。

　　李总说："你不笑是不是？……那我今天就让你笑个够！"

　　李总转身销上门。许尚美惊慌地问："你想干什么？"

　　"我就想干这个……"李总一把撕开了许尚美旗袍上的扣子。许尚美与之厮打挣扎，但最终还是被李总控制了。他们滚在了地上，李总恶狠狠地撕扯着她，就像撕扯着一只被宰杀的母鸡。

　　李总是何时发泄完兽性离开这里的，许尚美好像已经不记得了，她对着镜子整理旗袍，镜子里的她伤痕累累，脸上的每一滴泪都充满仇恨。当她系好最后一个扣子，对着镜子端详自己时，镜子里突然出现了李总咆哮的面孔："对，就因为我有钱，我现在需要你笑，你给我笑一个……"许尚美一拳向镜子砸去，镜片四处飞溅，她的手立刻鲜血涌流。她将手简单包扎了一下，就奔了医院。

　　许尚美坐在路旷明床边，摸着他的脸。路旷明渐渐苏醒，睁开眼睛四处张望，喃喃道："我这是在哪儿啊？……尚美——尚美——"许尚美惊喜地说："你总算醒过来了……"

路旷明摸着她的手问:"你的手怎么破了?""刚才不小心划了一下。"许尚美极力掩饰着自己。路旷明好像明白发生了什么事情,不由道:"尚美,你跟我受苦了。""别说这话,你我同病相怜。"许尚美的眼泪一滴一滴落在路旷明的脸上。"你怎么哭了?"路旷明问。"我想星星了。"许尚美说。"星星好吗?"路旷明又问。"她和妈还在乡下,我准备明天去看她。"许尚美如实回答。路旷明说:"见了星星,就说我挺好的,让她尽快去美国留学吧。"许尚美控制着自己的情绪说:"好,我知道了。"

18

沪东学校内,白芙蓉在办公桌上批改学生作业,赵人杰在一旁打量。"这字下笔很有力度,是谁写的?"赵人杰问。

"一个叫郑秋生的男生,可他已经好几天没来上课了。"白芙蓉说。"是吗?那要好好问问,是不是他家里出什么事情了。"赵人杰担忧地说。"我已经问过了,他爸爸病死了,他妈妈说没钱供他上学了。这孩子是班里写毛笔字最开窍的一个,不上学可惜了。"白芙蓉告诉赵人杰。赵人杰叹息了一声说:"想一想,人活着满可悲的。谁也主宰不了自己的命运,一切都要听从命运的安排。"白芙蓉打断赵人杰的话说:"赵校长,这些大道理就别讲了,学校能不能免了郑秋生的学费呀?如果免了他的学费,他就可以继续上学了。"赵人杰笑着问:"白老师,如果免了郑秋生的学费,别人会不会有意见呀?""郑秋生是特殊情况,应该特殊处理呀。"白芙蓉据理力争。赵人杰想想说:"那我考虑考虑吧。"

19

上海办事处,魏局在办公室看报纸,石玉婵走进来说:"魏局,您还有闲心看报纸啊?"魏局抬起头说:"石处长,有什么事吗?""法租界一旦往沪东学校的方向排水,那后果可是很严重的,你想过吗?"石玉婵直奔主题。"想过,可又有什么办法阻止呢?"魏局反问道。石玉婵说:"到了这样的节骨眼上,没办法也得想办法呀。"魏局笑道:"那通商公署总比咱们的办法多吧?"石玉婵瞟了魏局一眼,强调说:"这事不能推,沪东学校是办事处的一亩三分地。"魏局无奈地叹道:"我真想不出什么好办法。现在如果我们把此事上报通俗教育委员会,法租界又没有排水的行动,上头要是怪罪我们谎报灾情那就麻烦了。""防患于未然总比发生不幸好多了。"石玉婵坚持说。魏局站起身,往前走了两步说:"石处长,你在上海滩的人脉资源多,不妨先打听打听,看看法租界到底什么时候排水?"石玉婵冷笑一声:"魏局,您在将我的军是吗?我要是知道你说这句话,就不来找你了。"说罢转身出门,门被砰的一声带上了。魏局望着被关上的门说:"我本来也没邀请你,多一事不如少一事。"

　　石玉婵从魏局办公室出来,就奔了上海维克多酒吧,她想与维克多谈谈,从他嘴里得到可靠的排水消息。石玉婵说:"请您告诉我,法租界什么时候排放沪东沼泽地的水,往哪个方向排放?"维克多推脱道:"这我怎么可能知道呢?我就是知道了也不会告诉你,当初我求你帮忙的时候,你不肯。现在你要我帮忙,我怎么会呢?如果我帮助了你,那就太不公平了。"石玉婵接着说道:"维克多先生,沪东学校有百十号学生,水一旦淹了学生,那可是草菅人命的大事情。如果你知情不报,那就是助纣为虐了。"维克多道:"地是法租界的,法租界想干什么用不着向我汇报吧?说我助纣为虐,真是太冤枉了。我只想要一间房子,开酒吧。"石玉婵看着维克多问道:"维克多先生,您真的不知道?"维克多道:"我真的不知道。""对不起,打扰了。"石玉婵起身离去。维克多望着石玉婵的背影嘀咕:"真是莫名其妙。"

第二十章

1

石玉婵匆匆走进办事处，在魏局的办公室门口站定。魏局坐在办公桌前看文件，忽然抬头看见了站在门口的石玉婵便调侃道："石处长进来坐呀，在门口为我站岗吗？"石玉婵径直奔进屋说："沪东沼泽地的排水问题，我一直未打听到确切的消息，我急得都像热锅上的蚂蚁了，你难道就不急吗？"魏局无奈地笑道："这事你都跟我说过多少遍了，咱办事处怎么能知道法租界的事呢？如今法租界、日租界都是惹不起的主，我急也没用。"见魏局漫不经心的态度，石玉婵急吼吼说："这可是人命关天的大事啊，涉及沪东学校上百号学生的性命呢，难道我们就坐以待毙让学生等死吗？"

魏局感觉石玉婵是在给自己出难题，便故意说："石处长，这事你怎么不找安署长啊？沪东设有通商公署的办事处，那是近水楼台先得月。好了，这事就别找我了，我哪有你的本事大呀。"石玉婵索性责怪道："魏局，想不到关键时刻你如此不敢担当。"魏局立刻变了脸说："这是法租界的事，跟我没有半个大洋的关系。"石玉婵咄咄逼人道："可你是办事处的处长啊。"魏局见石玉婵越发得寸进尺，便抬高了声音说："办事处处长岂能干涉法租界的事情，石处长真不知道我们是干什么的了。"石玉婵继续说："那你就去巡捕房找你的表哥任队长，让他派巡捕保护沪东学校。"魏局不耐烦地瞟着石玉婵说："你真当巡捕房是办事处的听差呀？拿钱请他们还差不多。"石玉婵仍穷追不舍："那办事处就拿出一笔经费请他们吧！""石处长，你说得真轻松，你把办事处当印钞机了吧？"魏局愠怒地看着石玉婵。石玉婵瞟了他一眼，转身离去。

石玉婵到了上海世俗生活报馆，找到田韵抒，两人站在马路边的一棵树下说话，她心急火燎，一口气把话说完，才轮到田韵抒说话："玉婵大姐，您的心情我理解，但这事不能报道出去，毕竟排水的事情还没有发生，再说报纸一旦把这事捅出去，法租界就会兴师问罪，报馆反而被动了。""那你说我应该怎么办？"石玉婵渴望田韵抒能给自己出些点子。田韵抒搪塞道："我真想不出什么好办法，最近焦头烂额的事太多了。自己的私事都处理不好呢，哪有心思想公事呀，也就是大姐有一颗公心。"石玉婵疲惫地挥挥手说："好了，别给我戴高帽子了，我有公心也是枉然。"田韵抒见石玉婵愁眉苦脸的样子，便劝道："玉婵大姐，这事您真不必太操心，沪东办事处应该跟法租界交涉呀，让安署长跟路主任说就是了。""路主任被打住院了，你又不是不知道。"石玉婵不满地看了田韵抒一眼。"哎呀，我忙着排版样呢，我回了。"田韵抒忽然找了个借口，转身奔了报馆。石玉婵站在原地发愣，欲哭无泪。

2

许尚美在上海郊外的寺庙前站定，里面传出诵经声。老法师在地藏殿内带领僧众诵《地藏经》："心中无彩画，彩画中无心，然不离于心，有彩画可得……"她听了一会儿，伸着脖子朝里边张望，犹豫着是进去还是不进去。

许老太太带着星星在寺庙的后花园里看花，各式草本野花开得正艳，最多最艳的是凤仙花，黄的、粉的、红的、蓝的。一阵微风吹过，空气中飘着花香。路星星说："外婆，你看这些指甲草花多漂亮啊，我还是第一次看见蓝色的指甲草花呢。"说罢掐了一朵涂在指甲上。许老太太叮嘱道："星星，寺庙里的东西是不能动的，以后一定要记住啊。"路星星将涂蓝的指甲举给外婆看："外婆，你看多漂亮啊。"许老太太说："星星，指甲草花还有一个大名你知道吗？""不知道，它大名叫什么呀？"路星星好奇地问。许老太太笑说："叫凤仙花，蛇最怕这种花了，有这种花的地方，蛇是不敢来的。""那为什么呀？"路星星又问。许老太太说："一物降一物呗，凤仙花带着仙气，蛇就怕它呀。"

许尚美走进寺院，她东张西望，绕过诵经的大殿，向后花园走去。路星星转身时，一眼看到了许尚美，不禁大声喊叫起来："妈妈——"许老太太惊喜地问："尚美，你怎么来了？"许尚美说："我牵挂你们，就来看看。"路星星问："妈妈，我爸爸怎么不来呀？""你爸爸……他在上班呢，他可想你了。"许尚美急忙掩饰着自己。许老太太打量着许尚美说："尚美，你怎么这么憔悴呀？都脱相了。"许尚美笑道："妈不在我身边，没人给我烧饭吃了，饭菜不可口，人就憔悴了呗。"转而又说："妈，想不到星星恢复得这么快，看样子可以提前去美国了。"许老太太指着花园说："我每天带她来这里看花，她特别喜欢这个地方，她身体恢复正常也是菩萨保佑啊。"许尚美叹息一声道："这里的花再美，也不是久留之地呀。"路星星接过话说："妈妈，我真不想回上海了，我喜欢这里，清静、不吵闹、没有争斗、也没人流血，我在这里看花，一点都不害怕。"许老太太也在一旁说:"尚美,星星不想回上海,就先在这里待着吧,等她想上海了,自然会回去的。""妈,您老真是糊涂,她要去美国留学,要提前进行英语考试的。"许尚美提醒母亲说。"我是中国人,为什么要说英语呀?我偏不去美国留学,只想在寺庙里看花。"路星星执拗地看着许尚美。"那不行,你今天必须跟我回上海。"许尚美上前一把拉住星星。星星叫喊起来:"外婆,快来救我呀,快来救我呀!"

老法师突然出现在后花园:"阿弥陀佛,寺院乃清静之地,谁人在此喧哗啊?"许尚美见是老法师,急忙拱手道:"老法师,我想带小女回上海,可她不肯走。"老法师道:"世上的痛苦大多因我执而起,要想没有痛苦,内心就必须去掉我执。"老法师说罢转身离去。许老太太趁机说:"尚美,既然老法师都这样说了,你就再让星星在这里待一段时间吧。等她想回上海的时候,自然就回去了。"路星星听见这话,又跑去看凤仙花了。许老太太忽然问:"对了,旷明怎么样啊?"许尚美低声说:"在医院躺着呢,沪东商会的正副会长没拍到地皮就把他打了。"许老太太吃惊地瞪大了眼睛:"我说什么来着?奸商奸商,旷明一个大头兵出身,怎么是他们的对手呢。那你跑出来,是不是孙喜眉在医院陪他呢?""我已经几天没见到孙喜眉了。"许尚美叹息道。许老太太急忙说:"那你还不赶快回上海,看看孙喜眉在干什么呢?"

3

上海通商公署沪东办事处,孙喜眉在路旷明的办公室收拾东西,她打量了一下房间,提上包裹拉开门准备出去,却又不安地转回身,将脸贴在门上,眼泪簌簌而下:"舅舅,真是对不起了。"

孙喜眉拎着包袱走出办事处,刚到门口,被匆匆赶来的许尚美撞个正着:"喜眉,你这是到哪里去呀?"孙喜眉直言:"我回老家去。"许尚美焦急地说:"回老家?你舅舅躺在医院里正需要人照顾,你却要回老家去,你哪里有点亲戚的样子啊?"孙喜眉忽然想起了前尘旧事,忍不住对许尚美咆哮起来:"你这会儿认我是亲戚了,从前你怎么不认我是亲戚呀?把我当成眼中钉肉中刺,一个乡下的柴火妞。不瞒您说,我早就想离开上海了,对不起,我真要回去了。"孙喜眉与许尚美擦肩而过,头也不回朝前走去。许尚美望着她的背影突然高喊:"孙喜眉,你给我回来!"孙喜眉不情愿地停下脚步,转身看着许尚美。许尚美说:"你要是真走,也应该先回上海看看你舅舅,你毕竟是他老家的人,连他老家的人都这么无情无义,是不是太伤他的心了。"孙喜眉说:"他不是我亲舅舅,我们村上的人有亲无亲都叫舅,是按辈分论的。"许尚美听孙喜眉说这话,心里不禁掠过一丝悲伤,怒声骂道:"当初你来的时候,一口一个舅舅叫得多亲啊。现在路旷明摊上事情了，你就不认他这个亲了，你这是势利眼，没良心！好，那你走吧，我已经把你看透了。"孙喜眉犹豫了一下，欲言又止，转身离去。许尚美望着她的背影伤心地流下泪来。

4

医院的花园里，路旷明与孙喜眉并肩走着，路旷明的头上缠着纱布。孙喜眉说："舅舅，我原以为上海灯红酒绿，在这里穿金戴银、吃香的喝辣的，可来了以后，我发现这里的男人心狠手辣，女人争风吃醋，我就是处处赔着小心，都不知道会招谁惹谁。我每天过着提心吊胆的日子，我早就想回乡下老家去了。"路旷明问："那你为什么还跑来看我呀？偷偷坐船回去就是了。""舅舅，码头上没有船发，说是船都让孙传芳的部队调去了。我就跑到医院来看您了。"孙喜眉解释着。"来我这里之前，见到你舅妈了吗？"路旷明问。孙喜眉说："见到了，她对我有成见，我心里知道。""别跟你舅妈计较，女人都头发长见识短，她跟我结婚不容易呀。"路旷明说。"我要是跟她计较，就不来医院看你了。舅舅，我过一会儿就走了，你自己多保重吧。"孙喜眉一副想离开的样子。路旷明挽留她说："上海真留不住你吗？我现在身边最需要人了。"孙喜眉神情坚定地说："对不起了舅舅，我真得走了，万一有船开，我就耽误了。"说罢转身离去。路旷明望着她的背影突然喊："喜眉，你回来！"孙喜眉头也不回，越走越远。路旷明感叹："真是世态炎凉啊！……"

孙喜眉到了黄浦江码头，仍没有船发，她看着汹涌的江水，无奈地叹气。老乡孙哥迎面走来，一眼看到了孙喜眉，不由喊道："孙喜眉？你怎么到这儿来了？"孙喜眉说："我想回乡下去，但码头没有船，我就走到这儿来了。"孙哥说："走，那正好跟我到沪东日本纱厂去吧，那里正招工呢。"

孙喜眉不情愿地说："到日本纱厂做工，那不等于入虎口了吗？我不想去。"孙哥说："有我在，你怕啥？走，跟我走吧。回家多没意思呀，赚不到钱的。"孙喜眉拗不过孙哥，被他拉走了。

5

上海通商公署，乔世景正要出门，路旷明风风火火闯了进来。乔世景惊讶道："哟嗬，路主任伤愈出院了，我正准备和安署长一起去看望你呢。"路旷明带着怒气说："不用你们看望，我自己来看你们吧。"乔世景故作镇静地笑道："路主任今天的火气不小啊，你先坐下，有话慢慢说。"路旷明坐下说："我想见安署长，有事跟你们两位领导一起汇报。"

乔世景听了路旷明的话心里很不悦，便拿着腔调说："嫌我官小是吗？安署长的确比我官大，可你见他还差着级别呢，你当官这么多年，难道不晓得为官之道就是一级对一级负责吗？"路旷明争辩说："可现在是非常时期，我有重要的事情要跟安署长汇报。"乔世景问："有多重要？还有比安署长连任国大代表更重要的事情吗？还有比京城大帅府快被孙传芳联合奉军攻下更重要的事情吗？……路主任，我知道你受委屈了，可我和安署长心里的委屈比你有过之而无不及呀。你当年回上海，我和安署长费尽周折才在沪东办事处给你安排了一个官差，可以说这个办事处就是为了给你安排官差才设的，上边要是查下来，我和安署长都得为你背黑锅。"

路旷明一副不领情的口气说："你们安排我当这个主任，也是为了大公子能拿到地皮。现在大公子没拿到地皮，沪东商会的正副会长也没拿到地皮，可他们的钱花出去了，却落个鸡飞蛋打，他们焉能饶过我？被他们打一顿那都是轻的，下一步还不知道他们会想出什么坏点子呢。"乔世景转移话题说："哎，对了，安署长说想给吕老板在沪东商会安排个位置，你看安排个副会长如何呀？有了位置，吕老板说不定就不起劲地闹了，这种时候最应该瓦解他们。"路旷明问："沪东商会是选出来的，现在突然给吕老板安排个副会长当，别人不会说三道四吗？"乔世景不以为然地笑说："选举不过是掩人耳目罢了，我就不信郑会长和李副会长都是选出来的？路主任，如今安署长与你我，我们就是一根绳上的蚂蚱了，我和安署长在绳子的顶头，你在绳子的下边，下边发生了什么事情，你就要一个人顶住，否则上边的人也被你拽下来了，树倒猢狲散，大家都没有好果子吃了。""听乔厅长这意思，我就是被整得家破人亡，也不能吭一声呗。"路旷明神情沮丧地问。乔世景接过他的话说："如果大家都破碎了，小家还保得住吗？你现在需要花心思的地方，一是安抚和瓦解沪东商会那几个正副会长，二是那块沼泽地的排水问题，据说法租界不敢得罪日本人，也就不可能往日本纱厂的方向排水，那么往沪东学校的方向排水会不会伤害到学生呢？"路旷明态度暧昧地说："等我出院了，去实地看看再说吧。""路主任，在安署长准备连任国大代表之前，沪东办事处千万不能惹什么纰漏，这你明白吗？"乔世景紧接着又叮嘱道。路旷明不情愿地回答："不明白也得明白啊。"

路旷明起身走了，走到通商公署门口时，他觉得自己根本不应该来这里诉苦，乔厅长连一句同情的话都没有，还指望会为自己申明委屈吗？他甚至连见安署长一面的可能性都没争取到，官大一级真是压死人啊。

路旷明走后，乔世景就到了安署长的办公室。安子益认真地听他汇报后说："听你这么说，路旷明这个人也太担不得重任了，受了一点点委屈，就来公署找平衡，真是气量太小了。"乔世景说："毕竟在他身上发生了过激的事情，女儿被绑架，虽说回来了，但精神受了刺激，他本人又被几个商人暴打了一顿……""好了，不说他了。给吕老板安排沪东商会副会长的事跟他交代了吧？"安子益问。"交代过了。"乔世景如实回答。安子益又问："法租界沼泽地排水的事情你也跟他说了吧？"乔世景应道："说过了。"安子益话锋一转，继续吩咐道："大公子总算离开上海了，被抢的那一千万银票仍悬而未决呀。那个油画家完成多少幅油画了？我看就把油画抵给华界的资生银行吧，你尽快跟资生银行老总接触一下……另外，油画抵了银票也不要急着汇给大公子，听听京城的动静再说。一千万银票能派上大用场了。""安署长，等天飞马的油画完成得差不多了，我就去跟银行老总谈。"乔世景认真表态。安子益叹道："我天天都盼着天下太平，可每天都有烦心之事闹出来，是我庸人自扰还是天下太乱了呢？"乔世景笑道："是天下太乱了，您怎么可能是庸人呢？"

安子益拍拍乔世景的肩膀说："知我者，乔厅长也。"

6

石玉婵刚要跨出上海中式庭院，安子益走了进来。两人迎面相遇，安子益问："你这是干什么去呀？"石玉婵说："去学校找小早，让他求美拉达问问维克多，法租界究竟什么时候排水。我找过维克多了，他不告诉我。"安子益说："他不告诉你就能告诉他女儿吗？小孩子是不便知道大人的事情的。再说，维克多也许真不知道法租界什么时候排水呢。"石玉婵焦虑地说："那怎么办？我就眼看着沪东学校被淹吗？那是我辛辛苦苦扶持起来的学校，百十号学生呢。"安子益仍往院子里走，边走边说："我今天已经特意叮嘱过乔厅长了，他也找过沪东办事处的路主任了，大家都在关注这件事呢，你瞎操什么心啊。"石玉婵争执道："那你们谁能告诉我法租界排水的具体时间，我好让沪东学校有个准备。"

安子益已经走到大厅门口了，转过身对石玉婵说："我们又不是法租界老大肚子里的蛔虫，怎么可能知道他的阴谋诡计呢。"石玉婵说："那我只能找小早去了。"

石玉婵到了上海圣迭哥中学，拉着安小早在校外的一棵树下说话："就算妈求你了，你务必找一下美拉达，让她问问维克多，法租界究竟什么时候排水。"石玉婵几乎是乞求着安小早。安小早一脸无奈地说："美拉达好几天没来了，我不知道能不能见到她。"石玉婵像是下命令道："你务必见到她，事关沪东学校师生的性命。""那我去她爸爸的酒吧找她吧。"安小早立刻去找美拉达。

石玉婵回到办事处，刚坐下翻资料，电话铃响起来，她拿起电话听筒，里面传出安小早的声音："妈，我刚刚见到美拉达了，她说她爸真不知道法租界什么时候排水。"放下电话，石玉婵望着窗外的绿树发呆。

7

　　小秃和老二匆匆走到上海世俗生活报馆门口。小秃指指报馆的门头说:"就是这里,我后娘就在这里上班。二哥,你上去找她吧,我在外边候着,不能让她发现我。"老二摸摸口袋说:"东西都在呢,我要不要当着别人的面把东西给她看。"小秃想了想说:"你最好把她喊出来,要是撕破了脸,那咱就什么钱都拿不到了。"老二拍拍小秃的脑袋说:"吔,看不出来你小子肚子里的咕咕鸟还挺多嘛。"

　　报馆里的田韵抒在给窗台上的盆景浇水,忽然从外边跑进来一个年轻男士说:"田记者,有人找。"田韵抒仍在给花浇水,不在意地问:"谁找我?"年轻男士说:"不认识,他说要给你看样东西。"田韵抒放下喷水壶说:"那你让他进来吧。"

　　不一会儿,老二大模大样走进来,看见田韵抒问:"您就是田记者?"田韵抒打量着眼前这个不三不四的人,感觉来者不善,便冷着脸问:"我不认识你,找我何事?"老二一屁股坐在田韵抒对面的椅子上,笑道:"不认识不要紧,一回生二回熟,你现在不就认识我了吗?……我想给你看样东西,在这儿给你看不介意吧。"田韵抒不以为然地说:"光天化日之下,还有什么见不得人的东西吗?看就是喽。"老二左右打量了一眼,嬉笑道:"正好屋里没人,那我就给你看看吧。"说罢从衣兜里掏出一个纸包,打开晒出里面的照片。田韵抒凑上前去,一眼看到她与天飞马抱在一起亲昵的照片,不由失态地"啊"了一声,下意识地伸手去抓照片。老二眼疾手快,未等田韵抒的手落下来,他早已将照片抢在手里,并迅速揣进衣兜。田韵抒厉声问:"你是从哪里弄到这照片的?难道小秃他没死?""你问的这些话我都无可奉告,我只告诉你,如果你想得到这东西,明天在城隍庙茶楼交易,一手交钱一手交货。"老二一副胜券在握的样子。田韵抒直接问:"你要多少钱?""不多,一百块大洋吧。"老二仰着脸说。田韵抒立刻沉下脸:"你在讹诈是不是?"老二站起身:"那您自己看着办吧。"大摇大摆走出田韵抒的办公室。

　　田韵抒魂不守舍地望着老二下楼梯,尽管她努力镇静自己的情绪,但突如其来的事件还是让她心意难平,于是她只好去找乔世景:"小秃的同伙拿着我和天飞马在一起的照片到报馆找我了?""什么?任队长亲自告诉我他死了。"乔世景简直被这一消息击懵了。"那你去问任队长吧,现在小秃的同伙跟我要一百块大洋,如果我不答应,他们就会把照片公之于众,到时候全上海滩都知道太太给乔厅长戴了一顶绿帽子,这顶绿帽子永远都摘不掉了。"田韵抒慌乱得一股脑把什么话都说出来了。乔世景突然感觉事态的严重性,急忙说:"我本来想到天飞马画室看看他油画的进展情况，那你替我去吧，我马上去华界巡捕房找任队长。"田韵抒忧虑地说："我现在已经被人盯上了，去见天飞马，那不更授人以柄了吗？"乔世景说："眼下顾不了那么多了，授人以柄也好，自投罗网也罢，反正我心里有数就行了。"田韵抒叮嘱道："那你见到任队长，一定问清楚小秃到底死没死。"

<h1 style="text-align:center">8</h1>

巡捕房里静悄悄的，好像人都走空了一样。乔世景踏着木质地板，神色不安地东张西望，生怕有什么猝不及防的闪失。走到任队长办公室门口，他镇静了一下情绪，用手指轻轻叩门，里面无人应答，不禁回眸张望着走廊。方菲提着一壶开水走过来，她没注意乔世景，当她发现乔世景时，已经走到他跟前，想躲也躲不及了。"哟，乔厅长，好久不见了。"方菲惊讶地说。乔世景笑道："怎么这么巧啊，我正愁找不到人呢。"方菲问："乔厅长有什么事吗？"乔世景打量着方菲，郁郁不乐地说："你别跟我一本正经好不好？难道你穿上这身黑皮我就不知道你的腰有多细吗？自从攀上任队长这个干爹，你就再也不搭理我了。可你别忘了，当年在百乐门把你捧红，那是我乔世景对你的抬举。"方菲急忙说："乔厅长的大恩我没有忘呀。"乔世景忽然笑道："忘了我也不怪你。女人嘛，大都见异思迁，攀了张三就踹了李四，要不怎么说水性杨花呢。"方菲察言观色地问："乔厅长今天一定是有什么事情才来巡捕房的吧？"乔世景直言道："没事情谁敢来这里找不自在呀？""真不巧，任队长他们今天都出警了，您要是有什么话就到我办公室说吧。"方菲指了一下自己办公室的门。乔世景说："那也好。"

两人朝方菲的办公室走去，方菲在前，乔世景在后。方菲的办公桌上摆了一台打字机，窗台上的一个花瓶里插了一朵红玫瑰。乔世景进门后上下左右打量了几眼，目光最后落在玫瑰花上说："想不到在巡捕房这样的地方，你还有插玫瑰花的雅兴啊。"方菲不知乔世景的话是赞美还是讥讽，便直言道："玫瑰花是任队长送的，他隔几天就送一朵玫瑰花给我，每次送的颜色都不一样。"乔世景立刻醋意地说："红玫瑰代表一颗爱心，任队长真是工作爱情两不误啊。""乔厅长，别说闲话了，这里也不是说闲话的地方。您今天来到底有什么事？我能帮上忙吗？"方菲赤裸裸地问。乔世景说："既然这里不便说话，我能不能请你到外边酒吧坐坐。"方菲推辞道："你没看全楼就我一个人留守吗？有什么话就在这里说吧。"乔世景打量着方菲，认真地问："我想知道绿袖子究竟死没死，她儿子小秃还活着吗？""乔厅长，绿袖子不是因为通共早枪毙了吗？你怎么突然问起我这个呢？她儿子小秃去向如何我怎么知道？我又不是他妈。"方菲一副不知情的样子。乔世景见方菲不配合自己，故意提醒说："方菲，想当年你在百乐门，我待你可是不薄啊。"方菲镇静地说："一码事归一码事，这事你只能问任队长。""那他什么时候回来？"乔世景追问。方菲故弄玄虚说："我怎么知道？我又不是他的顶头上司。""那好，等他回来请你禀报一声，就说我来找过他。"乔世景不屑地瞟了方菲一眼，转身出门。方菲看着他的背影说："我一定向他汇报。"

9

天飞马画室外，门口两个站岗的巡捕持枪来回晃着，巡捕甲往里边瞟了一眼，对巡捕乙说："这小子还真有种，一天到晚闷在屋里画画，他还真画得出来。"巡捕甲："画不出来他的小命就没了，如果不是他会画画，早就见阎王喽。"

田韵抒由远及近走来，高跟鞋踏地的节奏惊动了画室的天飞马，他不经意地往门外瞟了一眼，看到了装扮入时的田韵抒正向他招手。天飞马对门口的巡捕说："让她进来吧。"

田韵抒径自走进天飞马画室，将一袋食品摆在桌上问："画多少幅了，今天特来慰劳慰劳你，给你带了好吃的。"天飞马没有抬头，仍在画画。田韵抒走到他跟前问："我来慰劳你，你怎么不抬头啊？""黄鼠狼给鸡拜年，是鸡高兴还是黄鼠狼高兴啊？"天飞马讥讽道。田韵抒沉下脸说："天飞马，你不要知恩不报，没有我，能有你的今天吗？""没有你，我怎么可能要画一百幅油画呢？这比死强不了多少。你看看我的手指都肿了，我的脚也肿了，我没日没夜地画画，就为了苟活吗？我真恨不得把这双手剁了。"天飞马扔下画笔，怒气冲冲地喘息着。田韵抒见天飞马怒气冲天的样子，便冷静地劝道："你可千万别做傻事啊，只要完成一百幅油画，你就能活着出去了，你可以重新回到巴黎，自由自在当你的画家。要知道生命于人只有一次，只有保住了生命，才可能发展你的事业。"天飞马赤裸裸地说："我根本就没通共，他们说我通共就是要讹我一百幅油画，我要真通共就好了，有共产党来救我啊。"田韵抒急忙掩住他的嘴说："天飞马，你千万别情绪急躁啊，你只要把画画好，肯定会安然无恙地从这里走出去。今天我就是来告诉你，你不要太着急，慢慢画，每一笔都要认真对待，这样才能卖上大价钱。"说罢将桌上的东西摊开，巧克力、饼干、话梅、沙丁鱼罐头，"这些都是我给你带来的营养品，对你的脑细胞有益处。"天飞马看看桌子上的食品，拿起一块巧克力放进嘴里。田韵抒在一旁看着他说："慢慢吃，别噎着。我走了，过几天再来看你。"天飞马笑道："厅长太太来去自由，还用跟我打招呼吗？"

田韵抒没有回头，径自走到门口，站在街口等黄包车，她左右张望着。这时，她看见许尚美正朝她的方向走来，她想躲闪已来不及了，只好迎上前问："尚美，怎么在这儿碰到你了，真是巧，你干吗去呀？""韵抒姐，我刚从乡下回来。"许尚美如实回答。"见到你的宝贝女儿星星了？她情绪怎么样啊？"田韵抒关心地问。许尚美叹息说："情绪比从前好多了，可就是不想回上海。"田韵抒安慰道："慢慢就会好的，什么事情都经不住时间的消磨。要不咱俩到酒吧喝杯咖啡吧？顺便把玉婵大姐也喊上，我们姐妹三个有好长时间没在一起聚了。"许尚美推辞说："改日吧，你看我灰头土脸的难民样子。""那也好……黄包车来了，我走了啊。"田韵抒坐上黄包车远去。

小秃一直躲在角落里偷看田韵抒，这时他从角落里闪出来，尾随许尚美走到一幢旧式居民楼前，当她掏钥匙开门时，小秃在门外记下了门牌号码。

10

任队长的皮靴把巡捕房的地板捣得咚咚响，他刚走到方菲办公室门口，方菲突然从里面拉开了门。任队长急忙闪身，一看是方菲，惊魂未定地说："你吓了我一跳，我以为从里面冲出个九头妖怪呢。"方菲说："没做亏心事，不怕鬼叫门，你慌什么呀？"说着将任队长拉进办公室，转身把门关上了。

任队长莫名其妙问："什么事这么神秘啊？"方菲急忙说："乔世景刚刚来过了，问绿袖子和小秃是不是没死？"任队长吃惊地问："你怎么说的？"方菲说："我能怎么说，我说这事要问任队长。"任队长大松了一口气道："你还不算笨。"方菲颇为得意地说："我要真那么笨，你当初就不会认下我这个干女儿了。"任队长忽然说："闲话少叙，你现在马上去通知蝴蝶兰，让她立刻离开上海，走得越远越好。至于她儿子小秃嘛，当初是送进了魔鬼训练营的，进了那里的孩子几乎很少有活着回来的，他是怎么跑回上海的呢？他们会不会看错人了？""那我去问问蝴蝶兰好了。"方菲接过话说。任队长忧心忡忡道："这事真要露了马脚，我可就是欺君之罪，大盖帽摘了不说，坐牢杀头都是有可能的。""有这么严重？"方菲疑惑地问。任队长颓然地坐在椅子上叹道："要多严重就有多严重。"方菲看看他说："那我马上去找蝴蝶兰吧。"

方菲匆匆奔出巡捕房，在一条深巷里见到了蝴蝶兰，直接说："上峰请你尽快离开上海，走得越远越好。"蝴蝶兰不情愿道："我凭什么离开上海呀？上海是生我养我的地方，我生是上海的人，死也要做上海的鬼。"方菲将实情相告："上边已经有人查到你还活着了，如果他们找到证据，那上峰就是死罪了，一旦上峰被定为死罪，你也就活不成了。"蝴蝶兰一副无所谓的口吻："那就同归于尽好了。"方菲加重语气说："蝴蝶兰，当初我让上峰费力巴劲救下你的命，可不是想听你说这话的，更何况你还有儿子。最近你见到过小秃没有？"蝴蝶兰急忙说："没见过。绿袖子不是已经死了吗？还想什么儿子呀！你告诉我，追查我的人是不是乔世景？他如果真想赶尽杀绝，那就别怪我往枪口上撞了。"方菲说："你现在想往枪口上撞都不行，你不想活，别人还要命呢。给，这是你的盘缠。"蝴蝶兰接过来说："就这么点钱，够到哪里的盘缠呀？"方菲命令道："你今晚务必离开上海，夜长梦多，跑不出去就麻烦了。"蝴蝶兰几乎是哭腔说："你们这是卸完磨杀驴吃呀。"方菲毫不客气地说："你叫绿袖子的时候，是我救下你的命；你叫蝴蝶兰的时候，又是我救下你的命，你欠了我两条人命了。"说罢，扬长而去。

蝴蝶兰攥着手里的盘缠，眼泪夺眶而出。她刚要转身，一眼看到了歪戴帽子、趿着一双大鞋行走的小秃，便忽发奇想地上前拦住了他。小秃奇怪地问："你不好好走路，拦我干什么呀？"蝴蝶兰说："你是小秃，我没认错吧？"小秃歪着头说："我凭什么是小秃啊，我还说你是我妈妈绿袖子呢，可惜你是个男的。"蝴蝶兰又说："不管你是不是小秃，但你长得像他，你必须离开上海，不然你就没命了。"小秃不屑地瞟了蝴蝶兰一眼说："我没命？我凭什么没命啊？如今我是威爷的徒弟，谁敢把我怎么样？歪戴帽子趿拉鞋，谁敢动我秃头爷?!"说罢吹着口哨走了。蝴蝶兰追上去喊："如果你是小秃，威爷也保不了你的命。"小秃停下脚步说："我要是小秃，你就是我妈妈绿袖子，你敢答应吗？"蝴蝶兰疾走几步奔到小秃跟前说："我跟你说什么你都不信，可我今晚就要乘船离开上海了，以后不知道还能不能见到你……"说罢将小秃紧紧搂在怀里。小秃挣开她的胳膊说："你又不是我妈，干吗对我这么动情啊？一个大男人对一个小男孩动情，你有病啊！……我走了。"小秃快步向前跑去。蝴蝶兰捂住脸绝望地哭起来。

11

小秃走进威爷散打馆，不小心踢翻了地上的一个酒瓶。坐在太师椅上闭目养神的威爷睁开眼问："你总算回来了，有什么收获吗？"小秃笑嘻嘻说："收获可大了，今天我跟踪了我后娘，又发现了她好朋友的家庭住址，看样子也是个有钱的主儿。"威爷问："就这些？还有吗？"小秃说："还有……我刚刚在路上遇到长得像我妈的那个男人了，他说因为我长得像小秃，必须马上离开上海，还说他今晚就要乘船离开上海了。"威爷吃惊地睁大了眼睛："噢？……老二——"老二应声而至："威爷，何事？"威爷急吼吼道："今晚你带小秃到码头去一趟，把那个长得像他妈的男子带到这里来。"老二毫不犹豫地应道："是。"小秃不解地问："为什么呀？"威爷瞪了他一眼说："小孩子别问大人的事情。"小秃再也不敢出声了。

上海黄浦江码头的夜晚，船上的乘客们都已经坐稳，船将启航。这时，船舱里突然乱起来，老二带着四五个人闯进来，小秃紧随其后，他们一个座位一个座位查找着，每走到一个座位跟前，乘客们就惊慌地躲闪，生怕祸事降临到自己身上。

蝴蝶兰几乎在老二带人闯进来时就看见了小秃，她意识到这伙人是奔着自己来的，便故意拉低帽檐，此时她已装扮成了一个村妇，衣衫破烂，蓬头垢面，一只破草帽遮住了大半个脸，她的对面坐了一位中年男人，也是一副穷人的寒酸样。老二带人转了一圈，问小秃："你发现目标没有？到底哪个人是啊？"小秃说："他跟我说是坐晚上的船，晚上就这一班船啊？怎么没有他呢？"老二又问："是不是在这个码头呀？别弄错了吧？走，再到别的码头看看吧。"小秃特意往戴草帽的女人身上扫了几眼，蝴蝶兰不动声色。小秃只好跟着老二跑出船舱。

船开动了，蝴蝶兰对面的中年男人脱下破外衣，露出里面的长衫说："这下安全了，你也可以露出自己的真面目了。"蝴蝶兰："你要把我带到哪里去？"中年男人笑道："到了地方你就知道了。"蝴蝶兰又问："那是个什么地方啊？"中年男人继续笑道："到了那里你就知道了。"蝴蝶兰疑惑地说："我到了那里能干什么呢？"中年男人坦言道："还干老本行，你会成为一个出色的情报员，也许还会重返上海。"蝴蝶兰突然问："给我多少报酬？"中年男人笑说："这事你就别问了，亏待不了你的。"蝴蝶兰心事重重地望着漆黑的窗外，窗外江水浩大，波涛汹涌。

12

深夜，老二带着几个人回到散打馆。威爷问："找到人了没有？"老二说："没有，跑了两个码头也没找着。"威爷长叹一声说："你真是没福气，如果老二能找到像你妈的那个男人，只要他进了咱威爷馆，想不当你妈都不行。"

小秃奇怪地问："可他是个男的，怎么当我妈呀？"威爷哈哈笑起来说："人能女扮男装，也就能男扮女装。"小秃急忙说："威爷您是说他女扮男装了？那可真邪门了。"威爷摸着小秃光亮亮的头说："小秃，如今世道乱，神出鬼没的事情多了，没啥大惊小怪的。以后这话咱就不提了啊。"小秃望着威爷的眼睛说："威爷不让提的事情小秃怎么敢提呀？"

13

上海中式别墅的夜晚，田韵抒坐在大厅里吸烟，用烟雾驱赶着暗夜的寂寞。

乔世景走进来，田韵抒急忙掐灭烟，站起身问："见到任队长了吗？小秃究竟死了还是没死？"乔世景叹道："今天晦气，没见到任队长。"田韵抒说："那他们明天要在城隍庙茶楼用照片换一百块大洋怎么办？"乔世景忽然急吼起来："你别逼我好不好？让我想想该怎么办？"

田韵抒转身给他倒了一杯水，摆在茶几上："你先喝点水吧。"乔世景坐在太师椅上，拍着脑门说："我虽没见到任队长，但他肯定知道我因为小秃的事找过他了，他会行动的。城隍庙你就不用去了，只当没这回事。""那就听你的吧。"田韵抒没精打采地应着。

14

路旷明头上缠着纱布在大街上行走，迎面一个威猛高大的男人向他走来，两人擦肩而过的时候，男人故意撞了他一下，路旷明一愣，刚要上前理论，男人嬉笑起来。路旷明惊讶道："胡连长，想不到竟是你，你怎么也回上海来了？"胡连长笑说："你当旅长的都捷足先登回上海了，我个小连长还不紧跟其后吗？听说你在上海混得不错，在通商公署沪东办事处当主任，这年头能混个官当不容易呀。"胡连长恭维道。路旷明急忙打断他的话："你别哪壶不开提哪壶了，如果不当这个小主任，还不至于被人打得头破血流呢。"胡连长瞪大眼睛说："旅长，在上海滩居然有人敢打你？你告诉我他是谁，回头我为你报仇去。真是吃了豹子胆了，竟敢打我们旅长。""好了，你别在街上嚷嚷了，找个地方我们叙叙旧吧。"路旷明说。"走，前边就有个小酒馆，我请客了，咱弟兄两个喝两盅。"胡连长推着路旷明走了。

两人来到街头的小酒馆，要了几盘荤菜和素菜，外加一壶老酒。胡连长端起酒杯说："旅长，我敬你一杯酒，别看这酒馆不大，烧的菜可挺有滋味，就这道红烧狮子头，上海的有钱人专门来点它，都供不应求啊。"路旷明搛了一口放进嘴里说："嗯，味道真不错。……你回到上海多久了？""回来半年了，半年前在汉口打了一场败仗，我也就趁机溜回上海了。"胡连长说。路旷明接着问："如今在哪里高就啊？"

胡连长笑道："还没想过干什么呢，不过前段时间帮朋友干了一档子买卖，赚了五百万大洋，现正准备开个赌场呢。"

路旷明忽然羡慕地问："什么好买卖呀，一下子就赚了五百万大洋，再有这等好事，也告诉我一声，让我也沾点光。"胡连长故作神秘地说："这生意可不能说，那是掉脑袋的事情。反正钱赚到手了，等我开了赌场，路旅长一定帮我撑撑场子啊。"路旷明立刻说："赌这个东西上瘾，瘾大者能家破人亡。我可不希望你干这个。"胡连长接过他的话说："可这东西又是最有玩头的，你没听人说嘛，色是一场空，赌是真功夫。旅长，你我可是出生入死的战友啊，我不会让你干赔本的买卖的。"路旷明举起酒杯道："你这话我爱听。"胡连长晃着空酒杯说："那我再来一杯。"路旷明放下酒杯："喝多了，头开始晕了。"胡连长说："一醉解千愁，没事，一会儿我送你回家。"胡连长的酒量真大，把酒瓶子喝空了他也没醉，他把喝醉的路旷明送到家门口就悄悄溜了。

路旷明摇摇晃晃用手拍门，里面传出许尚美的声音："谁呀？"路旷明道："是……是我，快……快开门。"许尚美急忙拉开门，路旷明一头栽进来。许尚美扶住他问："你不在医院好好养伤，怎么又跑到外面喝酒去了？"说着将他扶到床边。路旷明躺下，仰面朝天嘀咕说："今天碰到了我手下的一个连长，他前几天跟人做了笔生意，居然赚了五百万大洋，我在沪东办事处辛辛苦苦，一年才捞几个钱？又摊上了多少糟心的事情。"许尚美一边帮他脱鞋一边说："人比人得死，货比货得扔。一下子赚那么多钱，还不知干什么鬼勾当发的横财呢。"路旷明继续说："他要开赌场呢，还让我去捧场。"

许尚美惊讶地说："旷明，你可不能沾赌啊，那东西上了瘾，跟吸大烟没两样。咱家遇上的倒霉事够多的了，星星刚开口说话，还不知她以后怎么样呢？"路旷明睁开眼说："不是要送到美国留学吗？拿到了名额就赶紧走吧。"许尚美将他推到床里边："星星现在死活都不肯回上海，还上美国呢。都是你干下的好事。""你怎么什么事都往我身上推呀，我还不是为这个家好？想让你们住上又大又宽敞的别墅，想让你们穿金戴银吃香的喝辣的。噢，对了，家里那些紧要的东西赶紧保管好，别有什么闪失啊。"路旷明翻个身，再也不言语了。

许尚美看着他的后背说："你还不算醉嘛。"

房间里满是路旷明的鼾声，许尚美悄悄走到梳妆台前，拉开抽屉，捧出里面的首饰盒，借着窗外的月光打量着，并一件一件数着。窗外忽然啪啦一声响，许尚美警觉地喊："谁？——"半晌没有动静，许尚美推开窗子，朝外面望去，窗外漆黑，月光散淡地撒在路上，一切平静如初。她又把窗子关上了。房间里，路旷明依然鼾声如雷。许尚美望望他，自语："睡得真像条死狗。"

上海某里弄民居外，一个人影迅速闪了一下，消失在茫茫的黑暗中，从身高和脸形看此人很像小秃。

第二十一章

1

上海巡捕房内，任队长正在看报纸，李副队长急匆匆进来。任队长放下报纸问：“昨晚有什么收获吗？”李副队长说：“巡街时抓到了一个小乞丐，就是前一阵子送到魔鬼训练营的小秃。”任队长立刻站起身说：“太好了，我正找他呢。人呢？”李副队长回答：“已经被我关起来了。”任队长说：“走，陪我看看去。”

囚室内的小秃蓬头垢面，他听见皮鞋声，伸长脖子朝外面张望。任队长走进来，上下打量了一眼小秃，冷笑道：“果然是你，你不是进了魔鬼训练营吗？怎么又活着出来了？……你要是活着，我就是死罪！”小秃满不在乎地说：“那你要是敢弄死我，威爷肯定饶不了你，我已是威爷的门徒了。”“哟嗬，你小子真可以呀，敢拿威爷要挟我了，威爷不就是散打馆一头驴嘛，难道他比我这个警务队队长还威风？”任队长凑到小秃面前，试图吓唬他。小秃仍是一副满不在乎的口气说：“那当然了，上次威爷还带人到金利源码头抢了一批货呢，你们敢把他怎么样呢？跟你说，戴大盖帽的怕光头的，拿枪的怕拿刀的。威爷可神了，天下无敌。”任队长怔了一下说：“你刚才说金利源码头丢的那批货就是威爷抢的？”小秃炫耀道：“是呀，我还去了呢。”任队长转身跟李副队长悄声嘀咕了几句。李副队长说：“那你今天就跟我们走一趟吧。”小秃两手掐腰说：“走就走，好汉做事好汉当。”任队长用手拍了拍他的秃脑门说：“小子，你要是敢撒谎，看我怎么收拾你。”

2

威爷散打馆，夜已经深了，却不见小秃回来。威爷和老二忧心忡忡。威爷望着漆黑的窗外说：“小秃又跑到哪里去了，这都大半夜了，怎么还不见人影啊？”老二说：“威爷，要不我带人再去街上找一遍吧？”威爷摇头道：“他要是没了，你就是上天入地也找不着啊。这小子，命不好走背字，又不听劝，总想一个人逞能。我担心他一旦落入巡捕房手里，会把金利源码头劫货的事抖搂出来，那咱的麻烦可就大了。"

"不会吧，小秃有那么傻吗？"老二说。威爷笑道："你以为他比你多长了一个心眼吗？"老二忽然担忧地说："小秃要是不回来，明天去城隍庙跟田记者索要一百块大洋的事就难说了。"威爷恼怒地骂道："这个秃头，真是耽误我们生意，回来我非削他脑袋不可。"

任队长和李副队长带着数十个巡捕迅速包围了威爷馆。小秃被任队长用枪抵着脑袋说："快叫门。""威爷，快开门呀，我回来了。"小秃被迫叫门。老二在里面回应："就来。"任队长示意巡捕闪躲到左右两边，众巡捕纷纷闪躲开去。老二趴门缝看见小秃，立刻拉开门。任队长一把将小秃推进屋内，众巡捕一起闯进来。老二见势不妙，急忙往屋里跑。威爷持枪跑出来，对着小秃举枪吼道："没有家贼引不来外鬼，今天我要给你点颜色看看。"小秃惊慌地喊："威爷，我没有告密，你听我说——""我再听你说就没命了。"威爷举枪射击。"威爷，别……"老二纵身一跃，试图拦挡，子弹正好打在他胸口上，老二应声倒地。口袋里的照片散落一地。小秃忽然哭喊："二爷——"他的身体扑在照片上，并试图捡起来。

威爷又举枪射击小秃，被李副队长一枪命中，威爷口吐鲜血倒在地上。任队长怒声吼道："你下手怎么这么快呀？这下好多线索断了。"李副队长说："手没搂住。"

小秃战战兢兢将地上的照片拾起来，刚要装进兜里。任队长说："那是什么？拿来我看看。"小秃只好把照片悉数交了出去。

3

田韵抒进了世俗生活报馆，拿起报纸扫了一眼："昨晚威爷散打馆发生枪击，威爷和管家二爷当场毙命，据巡捕房透露，上月金利源码头货物被抢就是威爷馆所为。"总编手托一把紫砂壶走过来说："田记者也看见了吧？黑吃黑，世道越来越不太平了。听说孙传芳与奉军很快就要攻克京城大帅府了。"田韵抒问："这消息确切吗？"总编说："千真万确，从沪军署流出的消息。"田韵抒漫不经心地嗯了一声，站起身走到窗前，表情复杂地望着窗外。总编仍站在门口嘀咕什么，她一句都没听进耳朵里。

4

上海资生银行，行长办公室的空气中都飘着铜臭的气味，银行就是为铜臭而生的，没有铜臭何来银行呢？所以这里发生的一切都与钱有关，这是一帮会玩钱的人，他们瞬间就可以让钱变大，转眼又可以让钱变小。跟会玩钱的人打交道，那要精神高度集中，即便如此，一不小心还是会掉进陷阱。可人类与生俱来的贪欲就是往钱眼里钻的，哪怕倾家荡产、丢了性命，也想把钱玩转，为的就是让自己荣华富贵、身价倍增。乔世景眼下正与行长欣赏油画，他们谈的虽是油画，但骨子里还是在钻钱眼。桌上摆着一幅油画，画面上一个女人正在望着水中的睡莲。

　　乔世景兴致勃勃说："行长您看，画面中的女人就像一朵莲花，而水中的睡莲又与她呼应，堪称一绝呀！油画在中国方兴未艾，天飞马又是留学巴黎的海派画家，一百幅油画只抵一千万银票，这简直就是天上掉下来的大馅饼，要知道将来他的一幅油画就可能值一千万银票。"行长笑道："让你说得我心花怒放，但这年头兵荒马乱的，这画如果卖不出去，不就砸到我手里了吗？到时候银行的几个大股东跟我要钱要威风，那可够我受的了。""行长，依我的判断绝不可能出现这样的事情，除非他们不识货，对牛弹琴，如果是这样，再美妙的琴声也不可能让牛四肢打拍子吧？"乔世景想尽办法说服行长。行长哈哈笑起来："乔厅长真是风趣幽默，看样子是个通晓艺术的人啊。那我们今天就成交吧。"乔世景继续忽悠说："行长，过了这个村真就没这个店了。现在在上海滩对天飞马的油画还没有彻底认识，一旦认识了，再想廉价收藏那可就黄瓜菜晚三秋喽。"行长认真地说："如果这一千万的油画将来能变成一个亿，届时我真要感谢乔厅长让我发了大财喽。"乔世景拍着胸脯说："只要我们通商公署不倒，只要我这个厅长继续当下去，有钱就会让大家一块儿赚。"行长心旷神怡地说："爽快，爽快！"话音刚落，又忽然想起了什么，问："乔厅长，今晚大世界有叶丽鹰小姐的演唱会，您想去观赏吗？"乔世景推辞说："叶小姐的演唱会我看过多次了，近日较忙，就不去了。……那我走了啊。"

　　行长送到门口说："乔厅长慢走。"

5

　　叶丽鹰一身裙装走过来，巡捕甲拦住了她："这里是禁地，你来干什么？"叶丽鹰说："我来看油画家天飞马，他是我的同学。"巡捕乙："那我们要问问，这里是不允许别人随便进出的。"说罢冲里边喊："喂，你出来看看她是你的同学吗？"天飞马从门里探出头来，见是叶丽鹰，便冲巡捕喊："让她进来吧。"未等两个巡捕发话，叶丽鹰径直走进门去。

　　天飞马蓬头垢面，不停地在画布上涂抹。叶丽鹰忽然哭起来："你看看你现在的样子，要是我们不回来，在巴黎多好。"天飞马说："现在说这话还有意思吗？人生没有卖后悔药的。等我画完一百幅油画，也就自由了，到时候再考虑去哪里吧。"叶丽鹰像是忽然想起了什么说："对了，我今天就是来跟你说这事的。昨天晚上我在大世界演出完毕，华界资生银行的行长请我吃夜宵，他跟我说到买你油画的事，他说花一千万银票买了你一百幅油画，转手就可以发笔大财，将来很可能卖到上亿。因为他不知道我跟你的关系，也就信口开河了。"天飞马惊讶道："噢，能有这么大的赚头？难怪我成了通共的人物呢，原来他们是想讹诈我。"叶丽鹰说："你的事不能就这么算了，我想请个律师，跟他们打官司。"天飞马摇头道："跟这帮权贵打官司，不是拿着鸡蛋往石头上碰吗？"叶丽鹰执意说："我们在巴黎学的是艺术，想回来报效国家的，不是权贵们谋私的牺牲品，你怕我不怕，实在不行我就找乔厅长。"天飞马急忙制止："你千万别找他，这事根本不能让他知道，说不定是他在搞鬼呢。"叶丽鹰疑惑地说："不会吧，他一直都温文尔雅的呀。""你太幼稚了。"天飞马拍了拍她的肩膀。"那我就自己去找律师，我在大世界唱歌也挣了一点钱，律师我还请得起。"叶丽鹰坚持说。天飞马见拗不过她，便说："那你就试试吧，不过一切要保密，不能让任何人知道，否则我的脑袋就飞天上去了。"叶丽鹰急忙用手掩住他的嘴："你又胡说，快呸呸呸！"

天飞马拿起她的手吻了一下说："愿上帝保佑啊。"

6

上海通商公署，乔世景兴致勃勃跟安子益汇报着天飞马油画之事："想不到华界资生银行行长如此开通，我几句话就把天飞马的油画谈妥当了，我说现在你只花一千万，将来它可能就变成一个亿了。"安子益笑道："在上海滩混事，没你这三寸不烂之舌真是寸步难行啊。当初让你当综合厅厅长，也算我伯乐相马了。"乔世景顺势说："只能说您是一个好伯乐，相对了我这匹千里马而已。"安子益接着问："一百幅油画都送给华界资生银行了？"乔世景说："天飞马只完成了五十幅，还有五十幅尚待完成。"安子益想了想说："你也不必催得太急嘛，近日京城局势多变，大帅府正处在风雨飘摇之中，烧错了香、拜错了佛，那损失可就大了。"乔世景接过他的话："但画还是要尽快完成为好，一百幅油画都进了华界资生银行，我们也就落袋为安了，届时我与您各管一半银票，看看京城的风向再谈大公子的赔偿，不是更稳妥吗？"安子益忽然说："乔厅长，你让我想起一句话。"乔世景急忙问："什么话？"安子益笑道："魔高一尺道高一丈。"乔世景听罢哈哈笑起来："安署长真是过奖了。"

7

上海华界巡捕房，任队长在方菲的办公室与她一起看照片。方菲指着照片上的女人说："这不就是乔厅长的太太、报馆记者田韵抒吗？喜欢写言情小说，当年乔厅长跟她结婚，就是看上了她的才气，娶了个名媛才女，她也因为乔厅长而当上了阔太太，怎么她也红杏出墙了？跟她相好的这个男人好像在哪里见过似的，人倒挺有气质的，像个艺术家。"

任队长笑道："你的眼睛真挺毒的，他就是被我们关起来的油画家天飞马，乔世景说他通共，这回你该明白他为什么通共了吧？"方菲奇怪地问："这些照片是从哪里弄来的？"任队长说："他儿子小秃啊。"方菲吃惊地睁大了眼睛："真的？这孩子能干出这等事情来，当初我让你留下小秃还是对了。"任队长得意地打着响指说："马上他真要派上大用场了，只是不能让人知道他还活着。"方菲接着问："那你把他弄到哪里去呢？""他就如同一只关在笼子里的鸟，该觅食的时候我就放他出去。"任队长说。方菲叹息道："我终于明白了，大上海这么多的男人，怎么就让你当了巡捕房警务队队长呢。"任队长忽然搂住她的肩说："你明白就好，这叫无毒不丈夫啊。"方菲惊愕地望着他，半晌未敢出声。

8

任队长私邸，深夜，房间昏暗而神秘。茶几上有十几把锁，任队长正教小秃如何开锁。"跟你说，这样的老锁最难开了，你把小铁钉插进去，先向左转一下，再向右转两下，然后继续向左转三下，门自然就开了。"任队长示范着。小秃好奇地问："你跟谁学的这技术呀？"任队长说："跟小偷呀。"小秃吃惊地睁大了眼睛："啊？小偷怎么敢教您撬门捌锁呢？您跟他们是哥们吗？""我是他们的祖师爷，他们敢不教我。"任队长说罢，忽然意识到什么，又说："你小子问我这个干啥？你赶快学开锁，这十几把锁你要是会开了，那在上海滩就发大财喽。"小秃不情愿地说："可我偷来钱还得分给你一大半呢，我发不了大财，只能发小财，发大财的是你。"任队长横着脸说："没有我，你的小命早就没了，哪还有分钱的好事。""是，我给队长叩头。"小秃急忙下跪。任队长厌恶地瞟了他一眼说："起来吧，这几天你就琢磨这十几把锁，到时候有人给你送饭吃，好吃好喝。等我想放你出去的时候，自然会放你出去。记住，平时不能迈出这屋子半步。"小秃站起身说："记住了。"

9

通俗教育委员会驻上海办事处，魏局在办公室看公文，石玉婵走进来。魏局放下公文，抬起头说："石处长来得刚好，我正有要事找你商量呢。"石玉婵笑道："魏局，您可别动不动就找我商量要事，这办事处您是一把手，谁不知道啊。您遇到问题就等着跟我商量，日子长了，大伙还以为我垂帘听政呢，传出去多不好。"魏局索性说："那你说说看，我哪一件事没跟你商量过？办事处你当一半的家几乎尽人皆知，这有啥好隐瞒的。"石玉婵不悦地瞟着魏局说："那是因为事情太棘手了，你拿不出章程来，要我帮你决断，怎么成了我当你一半的家了？这天下的人就会嚼舌头。"魏局打断她的话："好了，别发牢骚了，眼下正有一件事情等你给个说法呢。"石玉婵问："什么事？"魏局正儿八经道："教育系统要评优等学校，上海两个名额，一所小学，一所中学。你看哪两所学校合适？"石玉婵毫不犹豫说："中学我就不参与了，评出哪所就是哪所。小学肯定要给沪东赵人杰那里了，他去了时间不长，已经把一个破烂不堪的学校办得有声有色了，前两天我去那里，他正带着施工队给学校砌围墙，担心沼泽地排水淹了校园。"魏局叹道："想不到一个差点蹲了大牢的人竟如此敬业。"石玉婵看着魏局，认真地说："魏局，我们看人可不能一眼把人看死了。人都是变化的，随时随地都在变化，昨天做的事情今天可能就不做，今天想做的事情明天又会改主意了。人就是永远琢磨不透的高级动物。"魏局哈哈笑起来："石处长肚子里的墨水就是多，跟你在一起工作，耳濡目染，真是长见识呀。""魏局，这种溢美之词我已经听得耳朵起茧子了，我倒想听听您内心的真实想法。"石玉婵显然厌恶魏局对自己的恭维。魏局无奈地笑道："我还能有什么真实想法呢，赶快让赵人杰准备申报材料吧。"石玉婵急忙说："那我抽空去找他谈谈。"魏局又笑道："好人都让你做了。"

10

上海医院，田韵抒躺在病床上接受检查。田韵青一边摸着她的肚子一边说："胎位很正，三个月基本就成人形了。……最近乔厅长的态度怎么样啊？"田韵抒叹道："我几乎见不到他人，早晨一睁眼他就出门了，晚上我睡着了他才回来，他又不进我的卧室，谁知道他什么态度。"田韵青无可奈何地笑笑："看着是表面风光的一对夫妻，其实同床异梦、貌合神离，真悲哀呀！"田韵抒接着姐姐的话说："像我们这样貌合神离的夫妻可不是少数，女人对男人再好也换不来男人的真心，谁知道男人心里都想什么呀。"田韵青问："你那两个学姐妹婚姻状况怎么样？"田韵抒笑说："比我好不到哪里去。"田韵青自我安慰道："看样子我不结婚还是对了，免了多少苦恼。"说罢将田韵抒扶起来："好了，回去好好养身子，等生了个大胖小子，乔厅长一准心花怒放，不费吹灰之力就白捡了个儿子。"田韵抒系上衣服扣子说："这世道兵荒马乱的，孩子能不能顺利出生还说不准呢。"田韵青急忙用手掩住她的嘴说："快闭上你的臭嘴，就会说丧气话，凡事要往好处想。你已经不是三岁的小孩子了，别总让姐姐操心。"田韵抒扬着脸说："妹妹要是不让姐姐操心，那还要姐姐干什么呢？"说罢作了个鬼脸，转身走了。

11

一辆黑色的轿车缓缓停在上海中式别墅门口，乔世景下车掏出钥匙刚要开门，郑旷达、李总、吕老板突然出现在他面前。三人都持刀对准他的脸。乔世景惊慌道："你们这是干什么？有话好好说嘛。"郑旷达怒目圆睁地说："把我们送给你的钱还给我们。"乔世景故意问："钱？什么钱？"李总将手里的刀在乔世景面前晃了晃说："你别装蒜，我们当初给你钱是想拿地皮，现在地皮没拿到，你要把钱还给我们。"乔世景恍然笑道："这事是沪东办事处路主任亲手操办的，跟我没什么关系，你们没拍到地皮，我也很遗憾。"吕老板用刀抵着乔世景的下巴说："你少啰嗦，是给还是不给？"乔世景心慌地瞟着吕老板手里白亮亮的刀子说："吕老板，安署长刚刚吩咐给你安排个沪东商会副会长，你怎么得了便宜就卖乖呀？"吕老板赤裸裸地说："这世道唯钱是举，谁还喜欢虚名啊？"乔世景拱起双手赔着笑脸道："好吧，那我筹钱去，我给，一定给。"郑旷达照准乔世景的外衣划了一刀："今天给你留个记号，算是提醒。十天之内我们来拿钱，拿不到钱……"转身将手里的刀扎向乔世景身后的墙壁。乔世景立刻吓得瘫在地上。郑旷达、李总、吕老板扬长而去。

乔世景半晌才惊魂未定地站起来，他慌慌张张打开门，跌跌撞撞奔进屋，一下子碰倒了门口的盆景。睡梦中的田韵抒被大厅里的动静惊醒，急忙拉开灯问："谁？——"乔世景在厅里嚷："你还有心思睡觉，要是我的命没了，谁还搭理你这个厅长太太呀？"田韵抒急忙从卧室出来，看到乔世景一副失魂落魄的样子问："你这是怎么了？衣服怎么也划破了？"乔世景沮丧地说："沪东商会那几个正副会长已经狗急跳墙了，刚刚他们拿着刀在咱家大门口差点要了我的命。这几条疯狗，如果不是赶在这节骨眼上，让他们吃屎都得说香。王八蛋！"田韵抒催促道："那还不赶快报告巡捕房，在别人家门口行凶这是犯法的。""那几个人会怕巡捕房吗？说不定巡捕房还怕他们呢。吃了人家的嘴短，拿了人家的手软啊。"乔世景的声音颤抖起来。"那我们眼下该怎么办？"田韵抒心急如焚。乔世景坐在沙发上，沉思了一会儿说："你把这几个人送来的东西马上打理一下，看看究竟值多少银票，我心里好有个数。"田韵抒忧虑道："这都半夜了，明天打理行不行啊，我带着身子怪累的。"乔世景突然沉下脸说："是我的命重要还是你肚子里的野种重要啊？"说罢将划破的外衣脱下扔在地上，转身进了自己卧室。

田韵抒愠怒地望着他的背影，收拾着门口摔碎的盆景。随后就将家里的金银财宝、珍珠翡翠摆了一桌子，一件一件数点着，待打理完毕，她似忽然想起了什么，推开乔世景卧室的门。乔世景已经躺在床上，望着推门进来的田韵抒问："你又有什么事？"田韵抒说："上次你钓鱼钓回来的金疙瘩怎么不见了？"乔世景猛然坐起身："不是都交给你了吗？我哪知道放哪里了。"田韵抒说："可我找了半天都没有。……你妈不会拿吧？"乔世景说："我妈要是拿的话她会开口跟我这个儿子要，还用偷吗？"田韵抒疑惑道："那我放哪里了呢？金疙瘩可是沪东商会那几个家伙安排你钓鱼钓来的。如果被偷儿偷去了，再卖到银行里，那可就成了把柄和证据了。"乔世景长叹一声说："看样子我们家真要换把锁了。"

田韵抒在大厅里继续翻着看着，想着金疙瘩究竟放在哪里了，她越找不着心里越怕，直至天快亮了，仍睡意全无。

12

上海沪东赌场，金碧辉煌的大厅里，路旷明正听胡连长摆划。后面挤满了看热闹和赌运气的人。胡连长说："我这个赌场离花间坊不远，你看今儿一开业就高朋满座，在这赢了钱的人顺道就逛了花间坊，在花间坊花光钱的人又到这里赌运气。你说我这不是两全其美吗？"路旷明钦佩地说："你倒真会找地方，而且这么快就装饰一新开业了。"胡连长自炫地说："这就叫金银满地走，单等有福气的人来。从前这破门面只做个小卖部，我立马就把它变成了金山银海。旅长，要不你今天来一把，试试运气。"路旷明推辞说："你别拉我下水啊，我身后还欠一屁股债呢。"胡连长说："那更要试试运气了，说不定你手气好，把那一屁股债都赢回来了呢。走走走，我帮你下注，就玩一把。"路旷明身不由己被胡连长推到赌桌跟前。胡连长招呼道："来，为我的老旅长下一注。"

胡连长握着路旷明的手将手里的三颗骰子掷到桌上，又翻开，胡连长拉着路旷明说："走，旅长，拿银子去。"

胡连长不由分说将路旷明领到一处椭圆形台前，台上有小姐在发奖，胡连长递上一个签子，小姐转身端来一个四方盒子，路旷明打开一看，里面全是白花花的大洋。路旷明不相信地问："这些大洋都是我的？"胡连长拍着路旷明的肩说："旅长，这回你信了吧？这就叫人走时气马走膘，兔子走运三枪打不着。"路旷明忽然仰天大笑："哈哈哈……这么说我走大运了。"

路旷明抱着一盒子白花花的大洋回到上海某里弄民居，进了屋，嗵地放在桌上。许尚美凑过来问："拿的什么呀？"

路旷明笑嘻嘻地看着许尚美说："你看看就知道了。"许尚美掀起盒盖，一下子惊叫起来："哪儿来这么多大洋啊？"路旷明得意地说："我在部队时的战友胡连长在沪东开了个赌场，今天开业拉我试试手气，想不到我的手气还不错，只下了一注，就赢了一盒子大洋，你数数是多少？"许尚美吃惊地看着路旷明说："旷明，你可不能去赌啊，赌跟吸大烟一样是上瘾的，一旦上了瘾那可就麻烦大了，倾家荡产卖妻卖女的事都发生过的。"路旷明满不在乎地说："我就试这一次，要不是胡连长硬拉我，我怎么敢赌呢。"许尚美忽然抬高了声音强调说："咱们家的祸事够多了，你别再惹是生非了好不好？""我这怎么算惹是生非呢？跟你说尚美，赌场放高利贷那可是一本万利，回头你跟那两个学姐说说，让她们有闲钱也去赌场碰碰运气。今天算我的运气好，靠自己的运气给女儿星星赚点大洋，她若到美国留学就不用为钱发愁了。"路旷明争执说。"星星早就成了我的心病了，她能不能去美国还两说呢。你若沾上赌瘾，那咱家就会败落个精光了。"许尚美说着说着竟抽泣起来。路旷明一副无所谓的样子说："凭我今天的运气，怎么可能败落呢，那是蒸蒸日上啊。跟你说尚美，我这两天已经想好了，只要有了钱，世上就没有办不成的事情。"许尚美依旧不依不饶说："我不许你发赌财，我只要这个家，你听见了吗？"路旷明瞟了许尚美一眼，转身出门。

13

上海郊外寺庙，大殿内外烟雾缭绕。路星星坐在大殿内的蒲团上打坐，许老太太在一旁使劲拉她起来，路星星纹丝不动，就像被粘在蒲团上一样。许老太太不耐烦说："庙里的老和尚都回屋里休息去了，你咋还傻坐着不走呢？"路星星抬眼看了一眼许老太太，慢慢把放在腿上的《地藏经》翻开，轻声诵起来："若遇杀生者，说宿殃短命报。若遇窃盗者，说贫穷苦楚报。若遇邪淫者，说雀鸽鸳鸯报……"许老太太在一旁说："星星，寺庙可不是你走火入魔的地方，你要走火入魔，到美国折腾去。"路星星突然停下背诵，转身望着许老太太说："外婆，我念的是《地藏经》，菩萨说世上的事情是有因果报应的，谁要是杀生谁就会短命，谁要是盗窃谁就会贫穷，谁要是走邪门歪道，下辈子就会变成雀鸽鸳鸯。……"许老太太虎起脸说："起来吧，我们回去了，过几天你爸妈来接你到美国念书去。"路星星执拗地说："外婆，我不要去美国，我就在这里念经了，这里多清静啊，我一点都不害怕。"

法师由远及近走过来，口中念着："无有恐怖，远离颠倒梦想……"许老太太上前拦住法师："老和尚，你快行行好，让我的外孙女回上海吧，她在这里都待了快一个月了，她爸妈还要送她去美国读书呢。"老法师双手合十道："阿弥陀佛，小女有慧根，不可断了她的慧根。"说罢远去。许老太太无奈地叹了口气，转而又对星星说："星星，你可不能听老和尚的，老和尚不帮庙里说话，谁帮庙里说话呀？"路星星未理睬，接着念《地藏经》："若遇恶口者，说眷属斗诤报。若遇毁谤者，说无舌疮口报。……"

14

上海维克多寓所，房间的门紧锁着。美拉达使劲拍门，边拍边喊："爸爸，你放我出去，我要去演朱丽叶，我要去见安小早……"维克多正坐在大厅里看报纸，听见美拉达的喊叫，他扔下报纸，起身走到卧室门口，对里面喊："你答应回法国，我就放你出来，你现在待在中国有危险，军阀战乱不断，你还是回法国吧。"美拉达说："爸爸，你放我出去我就答应你，你快放我出去好不好？我要疯了！"美拉达使劲拍门。维克多只好打开门锁。美拉达夺路而逃："哈哈……爸爸，你上当了。"维克多问："你到哪儿去？"美拉达说："我去找安小早。"

安小早正与几个男生在圣迭哥中学操场打篮球，美拉达远远地跑过来，一眼看见了他就喊："小早，我来了。"安小早转身看见向他招手的美拉达，立刻扔下篮球跑过来："美拉达，你总算来了。""我是为了演朱丽叶才跑出来的。"美拉达说。"《罗密欧与朱丽叶》早就停演多日了，因学校找不到朱丽叶的新演员。……你回来演朱丽叶，你爸爸同意啦？"安小早问。美拉达说："我管他呢，反正我跑出来了，他还能用绳子把我捆起来不成？"安小早欣喜地说："走，那我们现在就去学校剧社。"

学校礼堂的舞台上，安小早与美拉达排演《罗密欧与朱丽叶》。

罗密欧："没有受过伤的才会讥笑别人身上的伤痕。（朱丽叶自上方窗户中出现）那边窗子亮起来的是什么光？那就是东方，朱丽叶就是太阳！起来吧，美丽的太阳！"……

15

沪东日本纱厂，深夜的工棚里，孙哥躺在床上发烧，一条破被子露出了里面的棉絮。孙喜眉穿着工装匆匆走进来，看着发烧的孙哥说："日本人真是心狠，工友们都连续加班好几天了，又不多给一分钱。你今天要不是烧得厉害，他们肯定不会放过你的。"孙哥吃力地睁开眼睛问："你怎么来了？"

"我借故去厕所，就跑来看看你。你好点了吗？好像烧退下去了。"孙喜眉将毛巾浸了冷水敷在他的脑门上。孙哥说："我就是耳朵痒痒，趁他们都不在，你也给我掏掏耳朵吧？"孙喜眉从衣兜里取出掏耳勺，在衣襟上蹭蹭说："自从进了日本纱厂，我俩几乎没有单独待在一起的机会，今天总算屋里没人，给孙哥掏耳朵也算是报答你了。"孙喜眉开始给孙哥掏耳朵。孙哥说:"在村里就听说你会掏耳朵,想不到掏得这么舒服。凭这手艺,你就能在上海滩混出饭来,你怎么又要回村里了呢?"孙喜眉说:"上海虽好,却不是我这样的人能待下去的地方,除非你不怕被坑被骗、不怕人不人鬼不鬼……否则你是混不下去的,倒不如回老家落个清静自在。"

孙哥说:"那天如果不是在码头遇见你,你是不可能到这里来的。"孙喜眉叹了口气说:"其实在日本人的纱厂做工,跟入了狼窝也没什么两样。"孙哥立刻制止她说下去:"嘘……以后这话少说,小心惹麻烦。"

一个日本监工在悄悄靠近工棚,他蹑手蹑脚走到一个小窗户前,伸长脖子向里面窥探。工棚内,孙喜眉抖着掏耳勺上的耳屎给孙哥看:"这么大一块耳屎,你的耳朵还能听见声音,真是神了。"孙哥晃晃脑袋说:"你再掏掏,我一晃脑袋耳朵里就响,这证明没掏净,里面还有耳屎呢。""那你掉转身子,我再给你掏掏左耳朵吧。"孙喜眉说。孙哥掉转了身子,孙喜眉坐在床边,将他的头放在自己的膝盖上。在外边偷看的日本监工将脸从窗子上移开,不怀好意地沉思了一下,左右望望,一脚踹开工棚的门。

工棚内的孙哥和孙喜眉见日本监工突然闯进来,大惊失色。日本监工恶狠狠地说:"上班时间不干活,跑到这里来幽会,你们这是在破坏纱厂的规矩知道不知道啊?"孙喜眉急忙说:"长官,我们没有幽会,我表哥发高烧,我去厕所顺便来看看,他说耳朵痒痒,我就帮他掏了掏耳朵。"孙哥挣扎着坐起身说:"长官,我们真没有幽会啊。我只让她给我掏了一下耳朵,您看,耳屎还在这儿呢。"日本监工厌恶地瞟了他一眼,转身问孙喜眉:"你在哪个车间干活?"孙喜眉回答:"二车间。"日本监工吼道:"走,跟我去登记一下,你逃岗多长时间,我要记录下来。"

孙喜眉跟在日本监工身后,心惊胆战地走出工棚。日本监工将孙喜眉领进单身公寓,随后就把门关上了。孙喜眉恐惧地望着他。日本监工不怀好意地打量着孙喜眉说:"你不是会掏耳朵吗?今天你也给我掏掏吧。"孙喜眉急忙说:"长官,我出来这么长时间了,机器会跳纱的。"日本监工说:"给你表哥掏耳朵,就不怕跳纱吗?你给我掏还是不掏?"日本监工一把揪住孙喜眉,将其抵在墙上。孙喜眉惊慌地说:"掏,我给长官掏。"日本监工坐在椅子上,孙喜眉揪住他的右耳说:"长官,你可得听我的啊,我让你偏头你就得偏头,我让你坐正你就得坐正,你要是不听我的,这个铁东西在你的耳朵里一搅和,你就很可能变成聋子了,你可不能怪我啊。"日本监工不耐烦说:"别说废话,赶快掏吧。"孙喜眉故意揪住他的耳朵上下左右转了转说:"那我就掏了啊。"日本监工眯着眼笑道:"哟西哟西!"

16

上海通商公署，乔世景在向安子益诉苦，他显然没睡好觉，白眼球泛红，口唇发干起皮了，"沪东商会那几个家伙真是狗急跳墙了，昨晚持刀跑到我家大门口，差点要了我的命。""他们为何狗急跳墙？"安子益惊讶地问。乔世景说："还不是因为没拍到地皮吗？前期他们投入了一点钱，觉得亏本了。"安子益忽然提醒道："我不是跟你说让吕老板当沪东商会的副会长吗？""他根本不领情，说这是虚名，如今唯钱是举。"乔世景如实相告。安子益忧心重重地说："刚打了路主任，又把枪口转向你了，看样子我也脱不了干系了。……你没找找路主任吗？""这阵子总在忙天飞马油画的事情，还没时间跟路主任细谈呢。"乔世景说。

安子益站起身，在屋里来回踱步，他显然在打着主意，片刻他说："乔厅长，上次我已经跟你说得很明白了，最近这段时间我在忙国大代表连任之事，这些鸡零狗碎的勾当就不要总找我了，当初选你当综合厅厅长，也是看中了你左右逢源的能力。我不可能事必躬亲，如果因为这些鸡零狗碎的事情而影响了我连任国大代表，我们可是一根绳子上的蚂蚱，我要是不嘣哒了，你连伸腿的机会都没有了。"乔世景突然明白安子益的用心了，他觉得今天跟署长诉苦没有任何意义，甚至是多余的节外生枝，便说："安署长，我这不是跟您诉苦嘛。"安子益越发认真地说："乔厅长，请你记住当年我跟你说过的话，凡事我只听结果，不问过程。"乔世景尴尬地应道："好、好，我明白。"

17

田韵抒匆匆而行，她表情复杂，面色憔悴，街上落叶纷飞，一阵旋风刮起地上的碎屑和落叶。小秃突然从暗处闪出来，跟在她的身后，田韵抒走他就走，田韵抒停他就停，反正不能让田韵抒发现自己对她的跟踪。

田韵抒走到一处中式庭院门口，用手敲门。开门的是石玉婵："韵抒，你怎么来了？"田韵抒一脚跨进门说："玉婵大姐，我已经泥菩萨过河自身难保了。""什么事这么严重？快进屋里说吧。"石玉婵关上大门，引田韵抒走进屋里。

小秃从暗处闪出来，左右望望，记下石玉婵家的门牌号码。

屋内，田韵抒表情焦虑地跟石玉婵说："昨天晚上在我家门口，乔厅长差点被沪东商会的几个正副会长要了命，他们居然想白刀子进去红刀子出来。"石玉婵吃惊地问："他们为何如此嚣张啊？"田韵抒说："玉婵大姐，你是真不懂假不懂？沪东办事处拍地之前，那几个正副会长对我们都是有所表示的，商人的钱能白花吗？""韵抒，你今天来就是跟我说这个的吗？"石玉婵忽然明白田韵抒来找她的目的了。田韵抒索性说："事情又不是乔世景一个人惹出来的，如今账却算到他一个人的头上了。""那你去找法租界好了。你是报馆的记者，写篇文章臭臭法租界，让他们也知道你田记者笔头子的厉害。"石玉婵为田韵抒出主意。田韵抒急了说："可这不是写篇文章就能解决的事情呀。"石玉婵问："那你想怎么办？"田韵抒趁机道："要不我们把沪东商会那几个正副会长送的礼品退还给他们如何？"石玉婵愣了一下，继而又定了定神说："退给他们可以，但要想好怎么退给他们，不能授人以柄了。……""反正事情不能让乔世景一个人扛着。"田韵抒扔下话。

　　田韵抒走后，石玉婵回到卧室，从衣橱里抱出一个盒子打开，里面的金银珠宝在闪光。这时，安子益走进来问："你在忙乎什么呢？"石玉婵说："我在打理这些东西呢，准备还给沪东商会的那几个商人。"安子益说："这些东西，关键时刻会派上大用场，丢卒保车，你意思意思就行了。""刚才我学妹田韵抒来过了，说沪东商会那几个正副会长拿刀逼着乔厅长还钱呢。"石玉婵告诉安子益。安子益不以为然道："乔厅长已经在公署跟我汇报过了，怎么又让太太闹到家里来了？"石玉婵说："着急呗。"安子益沉默一会儿忽然说："玉婵，眼下你要有大局观念，叮嘱你那两个学妹要掌握分寸，别闹出什么乱子来。现在要是内讧，可就授人以柄喽。"石玉婵担忧地说："哎，谁说不是呢……那我马上去找一下许尚美吧。"

第二十二章

1

上海某里弄民居内，石玉婵进门后在房间里打量着，许尚美跟在她的身后，表情忐忑，不知石玉婵找她的真正意图是什么。"今天我就是为星星赴美留学的事情来的，这事要抓紧，名额本来就不多，多少人盯着呢。如果这个月底星星还不去美国，名额可能就被别人占用了，到时候我就无能为力了。"石玉婵神情认真地说。许尚美急忙说："还望玉婵大姐再尽些心，我想法把星星劝回来。"石玉婵笑道："尚美，说句良心话，我对你可真是全心全意百分之百的尽心了，但我无怨无悔，谁让咱们是学姐学妹呢。""玉婵大姐，我们都感激你呀。"许尚美说。石玉婵趁机道："你们感激我是真的，摊上事情怪我也是真的。今天只想跟你说明白，有些事别扯上安署长，要是安署长这棵大树倒了，你们到哪里乘凉去呀？"许尚美忙说："玉婵大姐，我和旷明以后绝不给您和安署长找麻烦。"石玉婵摊牌说："你们给我找的麻烦还少吗？安署长最近在忙国大代表连任的事呢，你们要是再添乱，那真是帮倒忙了。好了，我走了，能把你的女儿星星送到美国留学，也算对得住你们一家人了。"石玉婵行色匆匆地走了。

许尚美关上门，心事重重走进屋想："这葫芦里都卖的什么药啊？"

2

任队长穿衣戴帽正准备出门，小秃跑进来说："干爷，我可逮到大鱼了。"任队长急忙问："什么大鱼？在哪儿呢？"

小秃拍着脑门说："都在我脑袋里呢。"任队长笑笑："哟嗬，长本事了啊，敢咋呼你干爷了啊。"小秃凑近干爷说："干爷你听我说，小秃咋呼谁也不敢咋呼你呀，你给我一颗枪子，我就嗝屁朝天了。"任队长皱起眉头说："别啰里啰唆的，快放痛快屁，我等着出去呢。"小秃抓起桌上的一粒糖果塞进嘴里嚼着说："干爷，我这两天跟踪了我后妈，把她身边那几个阔太太家的地址都摸清楚了。"任队长立刻嬉笑道："好你个秃小子有种，这事干得漂亮。"小秃接着说："我特意看了门牌号码，还特意看了门上的锁，三把锁有两把跟我学开的锁一样，只有我后妈家的锁重新换了，我学开的锁里没有跟那把锁一模一样的。"任队长疑惑道："这就奇了怪了，你开的锁已是全上海滩锁业的大全了，抽空你再去看看，你后妈家到底用的什么锁。""是，干爷。"小秃应道。任队长不放心地叮嘱说："秃头，这几户人家那可都是上海滩华界的大户主，要是得了手，你可不能私吞啊。"小秃笑道："干爷，我开锁的本事还是您教的呢。小秃怎么敢做教会徒弟饿死师傅的事呢。"任队长拍了拍小秃的头说："一句话甜死人。好了，我走了，你该干吗就干吗吧，记住到我这儿不能让任何人知道。"小秃说："记住了。"

任队长迅速出门。小秃看着他的背影消失，关上门，转身重新打量桌上的一堆锁。

3

上海某学府办公室内，一位中年男士正低头看报纸，他是安子益的老同学。安子益走进来，老同学立刻从办公桌前站了起来："想不到你这么快就到了。"安子益说："人生大事，焉能不急呀？"老同学指着座椅说："坐坐，我给你沏杯好茶。"安子益顺势坐下，用眼睛打量着房间。

老同学边泡茶边说："都说男人最看重女人，依我看男人最看重自己的权势和位子。"安子益笑道："那当然了，没有权势和位子，哪个女人会喜欢我们呀？"老同学说："你这话倒真是一句实话，对男人来说，有了权就有了一切，没有权就丧失一切。"说罢将茶杯放在桌上。安子益端起茶杯嗅嗅："这茶不错，是明前茶。我今天也给你带了点茶叶，是上等货。"说着从包里将茶叶掏出来摆在桌上。老同学坐下拿起安子益的茶包打量着问："你今天找我不会就为了送茶叶吧？"安子益这才将一摞材料从包里掏出来递给老同学说："我的国大代表材料整理好了，你帮我看看，全面不全面呀，还需要补充什么内容啊？"老同学接过安子益的材料翻看着说："弄材料就是走个过场，你看哪个国大代表是因为材料好而被选上的。那都是骗人的，只要你后台硬，选票又过了一半，你就是天经地义的国大代表了。"安子益笑道："真要那么容易，我今天就不上门给你添麻烦了。"老同学翻了翻材料又放下说："你的政绩倒是真不少啊，但要想获得选票，你还得私底下做工作，准备好银子。那些投票的人可不是省油的灯，接了银子就投票子，你没银子他也就不投给你票子。要我说还是大清朝好啊，什么事都是皇上一个人说了算，你把一个人哄好就行了。现在民国了，你哄好一个人只有一票，你要哄好一大帮人，那得多少银子啊，你自个琢磨去吧。"安子益接着说："我已经当了一届国大代表了，还想连任一届。"老同学说："连任你更得花银子了，比起那些没机会的人你毕竟有过一次机会了。"安子益从包里掏出一张银票递给老同学说："老同学，你看看连任国大代表的材料究竟怎么写，你帮我把把关，这是一点小意思。"老同学接过银票笑道："看样子为连任国大代表你是真想下功夫了。""不想下功夫就不会大老远跑来见你了，上学的时候你是全班最会弄材料的人了。"安子益诚恳地说。老同学揣起银票，掂着安子益的一摞材料说："放心，我一定尽力。我这里现在已经成了材料中心了，多少人找我弄材料呢。"安子益笑说："这也成了你的生财之道了，那就拜托了啊。"

4

上海中式庭院内，快到中午了，石玉婵朝门口望一眼，安子益正跨进院门，石玉婵上前接过他的公文包问："见到老同学了，他怎么说的？"安子益叹道："他只答应帮我看看材料，看样子连任国大代表难度不小啊。"石玉婵又问："你带的银票没给他吗？"安子益说："给了，要是上边真不让连任，砸银子也没用。"石玉婵忽然笑说："那就干脆把名额让给我吧，国大代表怎么也应该安排一位女性。"安子益突然沉下脸道："你别出风头了好不好？国大成立大会之初，党纲草案早就取消了男女平权的条文，前教育司长早就在讲话中宣称过：'女子参政，不适于女子生理及本国国情，女子以生育为其唯一天职。'"石玉婵不服气地争辩："'男女平权'是衡量现代文明的多项标准中极其重要的一条。自上古至今，中国女性一直沦为男性的私有财产、传宗接代的工具和色欲代码。……"安子益恼怒地打断她的话："罢罢罢，你别把女子学院的那套哲学理论拿出来吓我了，你不想当太太后边有的是女人排队呢。我只想知道你今天摆平了那两个学妹没有？"石玉婵不得不平静了情绪说："田韵抒、许尚美我都谈过了，我跟她们说厅长和主任的位子想要的人多呢，有了位子是要担当责任的。"安子益说："这就对了，玉婵，你就好好当你的太太吧，民国有个秋瑾就够了，我可不想让我儿子他娘成为什么英烈义士。"石玉婵不屑地说："与其苟活，倒不如做个英烈。"安子益不耐烦地挥挥手："好了好了，你就别妄想了。……哎，小早又有好几个礼拜没回来了，抽时间我要好好跟他谈谈，美国他不去，法国又去不成，他到底想干什么呢？""我已经到学校跟他谈过好几次了，年轻人自有年轻人的想法。不过，你再找他谈谈也好。……明天我要去沪东学校看看。"石玉婵说。安子益立刻问："去那里干什么？那里已属是非之地了。沼泽地的水往哪里排都会引起很大的麻烦。你就不要多掺和了吧。""沼泽地的水如果真往沪东学校排放，那会淹了上百号学生呢。防患于未然总比袖手旁观要好吧。"石玉婵厌恶地瞟了安子益一眼。安子益显然看到了石玉婵的表情，便急忙为自己开脱："此事我真是爱莫能助啊。"石玉婵趁机说："其实通商公署完全可以跟法租界交涉，让他们别往沪东学校的方向排水。""法租界老大通天通地，哪会把通商公署放在眼里。再说，为此事影响了我连任国大代表，岂不是赔了夫人又折兵吗？"安子益强词夺理。石玉婵讥讽道："我算看透了，这民国的官员个个都在打自己的小算盘，如此下去，只怕真要轰隆隆大厦倾了。"

安子益毫不讳言地说："本来它就不稳当，自建国之日起就战乱不断，国无宁日必遭外敌欺辱啊。"石玉婵反问："既然你知道为什么还不清醒呢？"安子益一脸无奈地说："世人皆醉，我岂能独醒啊？"石玉婵望望他，无语地沉下脸。

5

法租界老大公寓，一种神秘的气氛包围了房间。法租界老大正跟三位男士看一张规划图："几位看准了，水要从这个地方开口子，从那里排出去。否则就会淹了日本纱厂，日本人咱现在最好别招惹。"男甲提醒说："排水的方向可是沪东学校啊，如果淹了学生，麻烦也不会小啊。"法租界老大无动于衷地说："学生有腿，见水来了还能不跑？再说学校淹了也不值几个钱，到时候我们赔偿就是了。日本纱厂要是淹了，那损失就大了，那么多机器设备，把我们家产赔进去都赔不清的。"男乙建议说："那我们放水前要通知沪东学校。"法租界老大晃着脑袋说："学校白天上课，你们不能晚上放水吗？晚上学生都在自己家里，一个都淹不着。"男丙说："那要是有住校的呢？"法租界老大满不在乎地说："那破学校，住校的学生没几个，都是穷学生，不碍事的。"男甲说："那我们就按您说的去办了。"法租界老大叮嘱道："请你们来就是要让你们行动的。记住，白天挖好排水沟，晚上放水。"三位男士齐声应道："我们记住了。"

6

上海沪东学校，白芙蓉在教室里教学生书法，二十几个学生，男生居多，女生只有四五个。课桌上摆着纸和笔墨。黑板上写着"中华民国"四个字。白芙蓉站在讲台上："今天我们写'中华民国'四个字，我们是中华民国的子民，我们要用心写这四个字。有同学拿笔的姿势不对，笔杆要对准鼻头，像这样……"白芙蓉在讲台上做示范，学生们拿着毛笔杆戳鼻头。

白芙蓉走到一个学生跟前说："郑秋生，你拿笔的姿势挺对的，你站起来给同学们示范一下好不好？"郑秋生站起来，将毛笔杆抵在鼻头下。白芙蓉转身对同学喊："同学们看见了吧，现在大家就照着郑秋生同学的样子再做一遍吧。"

众学生拿着笔杆抵在鼻头下，有位男生嬉笑说："我长了一个大象鼻子……"白芙蓉用手指弹了他的脑门一下，认真道："字是人的第二容貌，写好毛笔字就是你的看家本领，出去让人竖起大拇指。"又对同学们说："同学们想不想让人夸赞啊？……"众同学齐声说："想。"

教室外，赵人杰正带人砌围墙，一道围墙已经砌了一半，他在一旁比画着说："围墙要高过人头，才能挡住水。"石玉婵刚好走到这里说："赵校长说得对，围墙砌得越高越好。"

赵人杰猛抬头看到石玉婵，惊喜地问："石处长，您怎么来了？"石玉婵说："不放心，跑过来看看。"说罢从包里掏出材料翻开："材料还欠缺感人的地方，这要上报到通俗教育委员会的，当优秀教师就要有打动人之处，让人看了淌眼泪。"赵人杰谦虚地说："石处长，可我真没有打动人让人流眼泪的事迹，我总不能瞎编滥造吧？""赵校长，沪东这所破学校可说是白手起家，你来后才算有了起色，学校百十号学生也都是附近农家的苦孩子穷孩子，这样的学校校长不是优秀，哪里的校长又能当优秀呢？"石玉婵稳操胜券地说。"可我真没觉得自己有什么过人之处，教书育人是我的职责。"赵人杰仍坚持自己的想法。石玉婵进一步说："赵校长，当优秀校长不是你个人的一厢情愿，它涉及我们上海办事处的荣誉，当年为了保你我可没少费心思，现在为你争到这个荣誉也算是对你的保护，生活中多个保护伞不好吗？"赵人杰想了想说："好吧，石处长，那我听您的。"石玉婵纵目打量着围墙说："砌起这么高的围墙，这本身就是一种负责任的表现。"赵人杰焦虑地说："石处长，只怕这么高的围墙都难挡住洪水，水火无情，发起威来谁都难料结果。"石玉婵无奈地叹息道："我们只能预防，又有什么办法呢？"说罢朝校门外走，赵人杰目送她的背影。

校园里有学生在跑动。白芙蓉走过来问："办事处又来下圣旨了？""说我写的材料不感人，要我编一些让人淌泪的事迹，我哪有这样的事迹呀？"赵人杰抖着手里的材料说。

白芙蓉抢过他的材料翻看着说："你的事迹可多了，我帮你编，某天学校突然来了大水，这水就像是天水，让学校老师和学生措手不及，赵校长奋不顾身救学生……"赵人杰急忙说："你说点吉利的话好不好？"白芙蓉愣怔地看着他问："我说错了吗？"

7

沪东学校里的白芙蓉突然被一阵哗哗的水声惊醒，她翻身下床立刻就泡在了水里，水没过了她的膝盖，很快浮至她的腰际，她有点站不稳的感觉。白芙蓉忽然清醒，大喊起来："不好了，学校真发水了。"她奋不顾身游出门去，只见校园里已是一片泽国。"赵校长，发水了！赵校长，发水了——"白芙蓉大声呼喊，目光焦虑地四处摸索着，终于她看见一个人影拖着一个孩子向这边游过来。

水中的赵人杰将一个男生托举给白芙蓉："快，把他拉到房顶上去。"白芙蓉伸出胳膊拉住男生的手，男生被拉了上来，大口吐着脏水。赵人杰急促地说："法租界夜里把沼泽地的水放出来了，水把校园的围墙冲倒了，学校宿舍里有八个寄宿的学生全被淹了，得马上去救学生。"白芙蓉立刻说："那我也去吧。"赵人杰拦住她："你在这里留守，我把学生都救到这里来，这里地势高，你找把梯子，顺着窗子把学生拉到房顶上去。"白芙蓉苦笑道："这回你可真有材料写了，不用编瞎话都写不完。"赵人杰嗔怪说："这都啥时候了，你还开玩笑。"转身游入水中。

白芙蓉在黑暗中摸到一把木梯子，急忙靠到窗子上，背起学生向房顶爬去。赵人杰背着一个男生在水中游动。白芙蓉从赵人杰手里将男生拉出水，背起来爬梯子。赵人杰再次游回水中奋力前行。白芙蓉从赵人杰手中又拉起一个男生，她惊恐地嚷起来："郑秋生死了，已经被淹死了……怎么办，怎么办啊？"赵人杰吃惊地喊："出人命了，这可是重大事故了。"

8

上海办事处魏局办公室里，冲突在激烈进行中。魏局低头不语，石玉婵发疯般咆哮："真是岂有此理，法租界居然敢在夜间往沪东学校排水，简直欺人太甚了。出了人命，我们办事处什么优秀也别想拿了。"魏局略显焦虑地问："那我们现在怎么办？"石玉婵脱口而出："找报馆，开新闻发布会。"魏局急忙说："我看这事找你的学妹田记者就能办妥，办事处就不用兴师动众了吧？"石玉婵急吼吼地问："魏局，都人命关天了，你还前怕狼后怕虎？"魏局强词夺理道："办事处毕竟要考虑方方面面的关系吧？""那好，你在这里考虑关系吧，我去医院看看被淹的学生。"石玉婵转身出门，刚走到门口，魏局对着她的背影说："石处长，你千万要耐住自己的性子，大事化小，小事化无。"石玉婵不屑地说："这话我听着耳朵都疼。"

石玉婵坐上人力车向医院奔去，路经世俗生活报馆门口，坐在车上的她无意中往报馆门口瞟了一眼，忽然喊人力车夫："停车。"车夫将车停稳，石玉婵从车上下来，从手包里掏出零钱递给车夫，车夫接过钱远去。石玉婵抬头望望报馆的门牌，匆匆走了进去。

田韵抒挎着相机正一步一步走下木质楼梯，迎面看到了匆匆而至的石玉婵："玉婵大姐，你怎么来了？"石玉婵气喘吁吁地说："我找你来了，咱们马上去医院，沪东学校出事了。""我也才听说，正准备去现场看看呢。问题严重吗？"田韵抒急忙问。石玉婵心急如焚地说："淹死了学生，你说严重不严重？"田韵抒说："那咱们就赶快去看看吧。"

医院走廊里的医护人员来往穿梭，有的推着病人，有的在跑动。一群学生聚在门口，焦虑地等候着什么。郑秋生的母亲大声哭诉："我家就这一个男娃啊，好端端来上学，怎么就被大水淹死了呢？"一位农村妇女说："就是，早不放水晚不放水，偏等娃们睡着了放水，这不是成心要娃的命吗？"郑秋生的母亲哭道："娃要是淹死了，我们活着还有什么劲啊？"

赵人杰突然出现在人群里，数位孩子的家长呼啦啦围上来问："赵校长，我们孩儿没事吧？"赵人杰急忙说："医生正在抢救，大伙儿先别着急。现在需要输血，请问谁能献血？"郑秋生的母亲揍着胳膊哭喊："校长，能把我娃救过来，别说是献血，就是剜我们身上的肉都行啊。"农村妇女说："就是，剜我们身上的肉都行啊。"赵人杰道："那就跟我去验血型吧。"几个男女家长随赵人杰而去。

石玉婵、田韵抒刚好走进医院，两人焦虑地看着走廊里的学生。田韵抒担忧地问："来了这么多的学生，该不会出什么乱子吧？"石玉婵叮嘱道："韵抒，今天医院的一切你都要一笔一笔记录下来，明天见报时最好配上几幅现场照片，图文并茂才更有说服力呀。""放心吧大姐。"田韵抒立刻进入了工作状态。

医院化验室，医生在跟赵人杰说话："刚刚验过的血型全都配不上，要 AB 型血。"这时，石玉婵和田韵抒奔过来，石玉婵说："赵校长，我来迟了，需要我帮助什么吗？这是世俗生活报馆的记者田韵抒。"田韵抒接着说："赵校长需要报馆做什么尽管言声。"赵人杰焦虑地说："现在被淹的学生急需输血，要 AB 型血。""我是 AB 型血，输我的吧。"石玉婵毫不犹豫挽起袖子。赵人杰急忙制止："石处长，这可不行啊。"田韵抒举起相机拍照。

9

上海中式庭院，安静中弥漫着硝烟。安子益在大厅里翻看当天的报纸，显著的标题十分刺眼："法租界沪东沼泽地暗夜排水淹死学生，上海办事处石玉婵副处长医院献血救人。"文中配有石玉婵献血的照片和被淹学生的照片。安子益恼怒地将报纸扔在地上。

石玉婵从卧室出来拣起报纸扫着："哟，这么快就见报了，我的形象还挺端庄的嘛。"安子益忽然冲石玉婵咆哮起来："你这是沽名钓誉，你知道吗？"石玉婵莫名其妙地看着怒火中烧的安子益问："我沽什么名钓什么誉了，你给我解释清楚？沪东学校一夜之间就成了泽国，学生们有的失去了生命，有的危在旦夕躺在医院，你身为通商公署的署长居然无动于衷，还要怪罪我去探视去献血，难道你的血管里流的真是动物的血吗？"安子益恼怒地说："你知道你去出这个风头意味着什么吗？意味着法租界会将矛头指向通商公署，本来通商公署是可以用沪东办事处当挡箭牌的。当初安排路旷明去当主任，就是想让他什么事都得兜着，你这么一掺和，不是引火烧身又是什么呢？更要紧的是，会影响我连任国大代表的资格。""哟，我还真没想这么多，那你说究竟应该怎么办？"石玉婵听安子益这么一说，感觉事情有点棘手了。安子益怒目瞪着她说："牝鸡司晨家必败，女人当家房倒屋塌。"石玉婵瞟着安子益，回敬道："要是没有女人，生命从哪里诞生啊？你难道是石头缝里蹦出来的吗？我知道你鄙视女人，那你当初就别跟女人结婚啊，为什么还要追求我？"安子益像是被人抽了筋一样，浑身颤抖着吼道："你给我住嘴，我没工夫跟你啰唆。"石玉婵忽然伤感地哭起来，她好像看清了安子益的本质。

10

上海圣迭哥中学，安小早拿着一份报纸在校园里边走边看，他的眼睛忽然在一个大标题上定格："沪东沼泽地暗夜排水淹死学生，上海办事处石玉婵副处长献血救人。"安小早惊讶地停下脚步自语："啊？真发生了这样的事情?!"美拉达跑过来喊："安小早，马上排戏了。"安小早将报纸递给她说："你看，沪东学校的学生都被水淹死了，我们还排什么戏呀？"美拉达接过报纸扫了几眼又递还给他说："哎呀，你妈妈已经去献血了，我们要不要也去医院献血呀？"安小早说："沪东沼泽地已经被法租界买去了，你回去问问你爸爸他们为什么往沪东学校排水呀？我马上去看看我妈妈。"

小早转身奔了通俗教育委员会驻上海办事处，挨个办公室查看。魏局从自己的办公室探出头问："你找谁？"安小早说："找我妈妈石玉婵。"魏局立刻满脸笑容道："敢情是石处长家的少爷呀，难怪你妈妈总说你排话剧，形象真是出众啊。你妈妈在医院献血救学生呢，你不知道吗？都上报纸了。"安小早不相信地问："她当真在医院吗？"魏局说："报纸上说的还能有假？这回她可真是风光了，给办事处添了彩了。"

安小早瞟了魏局一眼，又匆匆赶到医院，在患者和医护人员中寻找石玉婵，最终他失望地离去。但他仍不甘心，在医院门口站了一会儿，又去了上海通商公署。

安子益奇怪地问："你怎么到我办公室来了？"安小早问："爸，我妈呢？""你妈沽名钓誉去了。"安子益没好气地说。安小早不解地说："你怎么这样说我妈妈呢？她是救死扶伤啊。"安子益恼怒地说："救死扶伤？她这是在为自己捞取政治资本，为你爸爸连任国大代表添乱。"爸爸，沪东学校的学生都被淹死了，你还竞选什么国大代表啊，那里可是你的地盘。"安小早说。安子益听了小早的话，越发生气道："你喝了几天墨水就来教训老子了是吗？你可是我儿子，我不是你儿子吧？"安小早以牙还牙："你要是这么腐朽，我就不认你这个父亲。"安子益怒冲冲骂道："那你给我滚。""好，是你让我滚的，那我就滚得越远越好。"安小早转身离去。

乔世景走进来问："安署长，为何动这么大的肝火呀？"

安子益苦笑道："你没看见儿子欺负老子了吗？"乔世景随之笑起来说："有个儿子欺负也不错，我巴不得有个儿子欺负呢。"安子益正色道："说点正经的吧。"乔世景接着他的话说："沪东学校被淹，死了学生，家长们群情激愤，事情闹到这份上，通商公署不出面也不行了。我们是不是到现场去看看呀？"安子益不情愿地说："那就去看看吧。"

两人出门上了轿车，乔世景与安子益同时坐在后排，安子益说："法租界突然在夜里排水，真是不地道呀。"乔世景道："谁说不是呢，淹死了学生，家长怎么能不闹呢。""国人在自己的地盘上却被外人欺负，心里真不是滋味啊。难怪我儿子骂我腐朽，我们也真是朽到家了。"安子益感叹。乔世景笑笑："社会就是一个大染缸，我们置身其中又焉能干净？"安子益问："沪东商会那几个正副会长没再找你的麻烦吧？"乔世景忧心忡忡地说："他们给了我期限，现在期限还未到呢。"安子益骂道："一帮有奶便是娘的家伙。"乔世景无奈地说："安署长，现在只能是走一步看一步了。"安子益侧脸瞟了他一下，未语。

11

上海维克多酒吧内，留声机放着舒缓的欧洲音乐。维克多在陪美拉达吃西餐，他坐在美拉达的对面。

美拉达说："爸爸，法租界那帮人真无耻，趁学生们夜里睡觉时放水，把沪东学校的学生都淹死了。"维克多不在乎地说："水又不是我放的，跟我有什么关系呀。"美拉达说："可水毕竟是法租界的人放的，在中国的地盘上赚钱还坑害中国人，真是没有良心。"维克多为自己争辩道："你不能这样说爸爸，那都是中国人干的，他们打着法租界的牌子坑害自己的同胞。""爸爸，我不想再听你强词夺理了，你别拿中国人的钱往自己脸上贴金。"美拉达打断爸爸的话。"美拉达，你越来越不像话了，你跟那个安小早学不出什么好来。"维克多愠怒地说。"我偏跟他在一起。"美拉达扔下刀叉离去。维克多追到门口喊："美拉达，你回来！"美拉达头也不回地远去。

12

　　石玉婵与田韵抒坐在酒吧里，桌上的咖啡和点心都散发着香气。

　　石玉婵兴致勃勃地说："韵抒，那篇报道挺有分量的，如今女官员能上报纸，也算我们女界的荣光啊。""不知这篇报道对大姐的政绩有何帮助？"田韵抒试探着问。石玉婵肯定地说："那当然有帮助了，我也想竞选国大代表，国大代表里女界总该有一票吧？我在医院献血的情景见了报，也算是先声夺人向女界发了个信号。"田韵抒提醒说："这恐怕不太容易，男权社会哪有女人进国大的份啊。"石玉婵接着她的话说："就是啊，安署长看了报纸就跟我吵起来了，说我沽名钓誉，还说我会影响他连任国大代表。"田韵抒担心地问："那我岂不是把安署长得罪了？""得罪了他又能怎样？哎，说句实话，我真是当够这太太了，在外人看来夫壮妻抖名声好听，其实回到家里同床异梦，太太对我不过是个招牌。这个招牌限制了我的自由，除了物质上的满足，我的精神就是一具空壳。"石玉婵无奈地说。田韵抒接过她的话说："可我们都已经习惯这空壳了，谁又有勇气抛弃这空壳，摆脱这俗世的物质享乐呢？如今看来，当初我们想发动那场废除婚姻的讨论不过是嘴上的玩笑而已呀。"石玉婵叹息道："人在俗世，身不由己，我最近内心总在反思，难道我们就这样浑浑噩噩度过一生吗？""玉婵大姐，其实我们都是一个患得患失的矛盾体。当我们拥有丰富的物质生活时，我们会感叹精神生活的空虚，当精神的欲望包围我们时，我们又对失去的物质生活惋惜。"田韵抒似在对生活作总结。石玉婵忽然说："从现在开始，我们要积极行动起来，多做一些有益于社会的慈善之事。"田韵抒打量着石玉婵，禁不住说："玉婵大姐，我感觉您变了。"石玉婵说："是吗？……可惜我醒悟得太迟了。"

　　石玉婵似有许多难言之隐，可她又不好悉数告诉田韵抒，两人又闲聊了一会儿，石玉婵总算把心里的郁闷排遣出去了，于是两人走出酒吧，在马路上等人力车。石玉婵打量着田韵抒，忽然问："韵抒，我最近怎么发现你的腰圆起来了？是不是怀上了？"田韵抒坦言道："大姐说怀上那就怀上了呗。"石玉婵欣喜地说："这可是好事情，生了孩子你在家里的地位就大不一样了。你们盼了多少年都没有孩子，这说来就来了，真是喜事啊。"正说着，两辆人力车一前一后奔来，在她们跟前停下。石玉婵和田韵抒分别坐上车子，奔了相反的方向。

13

　　沪东沼泽地畔，沼泽地里的水仍按一个方向流淌，水势渐弱渐缓，可清晰地看清水顺着沟渠流向了沪东校园。安子益与乔世景边走边看，安子益感叹：

"法租界的人做事真绝呀，他们知道日本人不好惹，就拣中国人欺负，他们本身也是中国人，为了私利就拿自己同胞的性命开玩笑。"乔世景说："这就叫窝里斗。"安子益问："沪东办事处的路主任怎么没来呀？"乔世景说："谁知道，事先我已经通知他了。"

安子益打量着四周说："那我们再到学校看看吧。"

沪东校园里已是一片泽国，齐腰深的水没过了教室里的课桌。校园里一棵挂着大钟的老树淹没在水中，它挣扎着想抬起头。一片高处的空地上聚集着男女家长，家长们有的哭有的叫有的在撕扯赵人杰，赵人杰挣脱着，辩解着："大家别着急好不好？其实，我跟你们的心情是一样的，孩子是家长的命根子，学生也是老师的心头肉啊。"郑秋生的妈妈惨叫道："可惜我那娃呀。"男家长愤怒地说："早知道这样，我们就不送娃来学校念书了。"白芙蓉跟在赵人杰的身后帮着他拉开学生家长。

一辆黑色的轿车由远及近奔向学校，当轿车离学校越来越近时，轿车突然停了下来。轿车内的乔世景担忧地望着窗外说："安署长，我看校园里好像有学生家长们在闹事，我们最好还是回避一下吧，免得引火烧身。"安子益伸出头往学校的方向看了看，学生家长们正在推搡赵人杰。安子益说："那我们就到沪东办事处看看，跟路主任碰个头。"司机将车停在沪东办事处门口，安子益和乔世景进了办公大楼，发现路旷明的办公室锁着。安子益愠怒地说："这哪像办公的样子啊，出了这么大的事情，大楼里居然无人办公。"乔世景说："这年头谁愿意惹麻烦啊，人命关天，能躲就躲呗。"

这时，路旷明匆匆走进来，忽然看见安子益和乔世景，一时愣住。乔世景问："路主任，我昨天让秘书通知你，安署长今天要到现场视察，我们来了却不见你人影，你到哪里去了？"路旷明实话实说："法租界的人夜里偷偷往学校排水淹死了学生，家长们已经来这里闹了，我要看看法租界是否办了土地证，如果办了土地证他们就要负全责赔偿学生，可他们偏偏没有办土地证，这样沪东办事处就要担当一部分责任了。"乔世景又问："那沪东办事处想怎么办？"路旷明说："我一时还未想好对策。两位领导先到我办公室里坐坐吧。"

安子益无意间往门口瞟了一眼，只见众家长纷纷朝这里奔来，他们身后是赵人杰和白芙蓉。安子益急忙说："乔厅长，我们还是回避为好，你跟路主任强调要一级对一级负责，办事处应该处理的事情不要上交给通商公署。"安子益说罢率先从后门溜了出去。

路旷明打开办公室门，乔世景凑上来说："我们先回了，刚才安署长的话你也听到了。"路旷明说："人命关天，我们办事处怎么负责啊？"乔世景敷衍道："那你自己想办法吧，聪明才智就要在这个时候派上用场啊。"说罢转身从后门溜出去了。

路旷明在办公室坐下，怒气冲冲将桌子上的报纸推到地上。这时，赵人杰和白芙蓉走进来。众家长们立刻将路旷明围住。赵人杰满脸是血，衣服已被抓烂了。白芙蓉的衣袖也被扯烂了一个大口子。赵人杰说："路主任，学生家长们都来了，你们办事处怎么也要给个说法吧？"白芙蓉在一旁帮腔："就是，怎么也要给个说法吧。"路旷明摊开两手说："沪东办事处本来就是个空架子，你让我给什么说法？你们去找更大的官说吧，去通商公署去教育委员会都行。"白芙蓉问："刚才我们明明看见一辆轿车开进来了？"路旷明指指窗外："才开走，你们现在追还来得及。"赵人杰问："车里是什么人？"

路旷明说："安署长、乔厅长。"白芙蓉一愣："安署长？……他来了为什么要走？"路旷明说："不想承担责任呗。"

赵人杰拉起白芙蓉："走，我们追他们去。"转身对众家长说："大伙儿先回学校吧，肯定会给你们一个说法的。"

沪东郊外公路，黑色的轿车在前边飞奔，赵人杰和白芙蓉拼命在后边追赶。黑色的轿车越来越远，直至淡出他们的视线。两人停下来，大口喘息。赵人杰说："一看他们就没有诚意，遇到事情都吓跑了。"白芙蓉说："赵校长，你先回学校去吧，我到花间坊看看能不能化点缘来，不能让学生和家长们都饿肚子吧？"赵人杰说："要不我陪你一块去吧？"白芙蓉说："不用了，学生和家长们现在需要你的安抚。"赵人杰只好道："那你路上要注意安全啊。"白芙蓉点头："放心吧赵校长，我会平安归来的。"

14

沪东花间坊的夜晚，女人们在大厅里站成一排，小花彩站在大厅中央，白芙蓉站在她身边。大厅中央的桌子上摆了一个纸盒子，上写募捐两字。小花彩问："姐妹们还认识我身边的这个姑娘吧？"女人们齐声道："认识，白芙蓉。"小花彩说："白芙蓉曾是我们花间坊的姐妹，现在沪东学校当孩子王。现在学校突然被水淹了，还死了学生，家长和学生们聚在学校两天没吃喝了，姐妹们拿出你们的私房钱为他们买点吃的吧，救人之难是积大德，积大德才能赚大钱。"众姐妹纷纷往桌子上的圆盒子里塞钱。白芙蓉在一旁连声说："谢谢姐妹们了。"

白芙蓉在花间坊求得些许善款，转回上海沪东学校的路上，又在一家馒头铺子买了馒头，回来和赵人杰一道给学生和家长们发馒头。白芙蓉走到一位披头散发的女人面前，她是郑秋生的妈妈："大姐，您吃点东西吧。"将馒头递到她手里。女人手托着馒头说："我吃不下去，我想我娃……秋生啊——"说罢呜呜哭起来。白芙蓉忍不住流下眼泪劝道："人死不能复活，您要想开些呀！"

15

　　许尚美刚要走出家门，路旷明匆匆进来。许尚美急忙问："沪东学校出事了，你怎么跑回来了?"路旷明说："我马上和通商公署的人去找法租界老大论理，顺道回来看看。"许尚美担心地说："法租界老大是上海滩最不好缠的人，你们跟他能论出什么理来呀?"路旷明说："他们虽拍下了沪东的沼泽地，但没办土地证，他们要承担很大一部分责任。"

　　许尚美叮嘱道："那你千万小心点，别说过激的话，招惹麻烦。"路旷明说："放心吧，前边有两个官大的顶着呢。眼下，我最不放心你和星星，你们要多多注意呢。"许尚美说："你赶快去办公事吧，公事处理不好，私事也好不到哪儿去。"

　　路旷明说："那我走了。"

　　一辆轿车在上海街头行进，安子益与乔世景坐在后排，路旷明坐在副驾驶座位。安子益愤愤不平地说："想不到法租界的人这么不讲理，一点赔偿都不给，简直就是蛮横。"乔世景接过话说："现在西方列强都对我们不讲理，因为我们自己硬不起来，怪谁呢?"路旷明插话说："人都是拣软柿子捏。"安子益叹道："自从设了这个沪东办事处，也为我们公署找了不少麻烦啊，看起来人的初衷往往与现实相悖呀。"乔世景故意说："路主任，你听见了吗?安署长在批评你了。"路旷明突然喊："停车。"车突然停住，路旷明推开车门。乔世景问："路主任你干什么去呀?"路旷明急吼吼说："我想办法去，活人还能让尿憋死吗?"说罢纵身跳下车。乔世景望着路旷明的背影说："今天路主任能跟我们去见法租界老大，也算是挺勇敢的了。""狗急了跳墙兔子急了咬人。"安子益脱口而出。

16

　　路旷明走进沪东赌场，大厅里寂静无人。坐在收银台的胡老板见到路旷明，急忙笑嘻嘻站起身说："旅长今天怎么有闲啊?""赌场本该是热闹的地方，却如此清静，这不太正常吧?"路旷明用眼睛扫着四周问。胡老板笑道："天还没黑呢，天一黑就都出来抢金子了。""今天我也想碰碰运气。"路旷明从口袋里掏出一沓银票摔在桌上。胡老板嘻嘻笑着说："就凭旅长这霸气不赢个金山银山才怪呢。""好，胡老板，今天就借你这个吉言，本旅长再试试身手。"路旷明一副破釜沉舟的架势。

　　夜幕以不可阻挡之势忽然就降临了，灯火辉煌的赌场，靠中间的一张赌桌上，男男女女聚集在一起，所有的人都屏住了呼吸，盯着路旷明的双手。路旷明紧闭两眼双手合十默祷，突然掷出手中的赌球，球在旋转盘中急速跳跃旋转，路旷明大睁双眼紧盯。赌球终于停了下来，众人纷纷伸长脖子往盘中望着，继而又表情惊异地转过头，相互望望，唏嘘不已。路旷明颓然地跌坐在椅子上，不知所措。胡老板别有用心地说："旅长，你好好定定神，要不咱们再来一次？""来就来，我还真就不信这个邪了！"路旷明索性一不做二不休。胡老板将赌球重新放在路旷明手心说："旅长，这回你好好捂捂这家伙，把你身上的阳气往它身上输一点，保证它就为你卖命赚银子了。""那我就好好捂捂它，让这家伙为我赚银子。"路旷明将自己的另一只手放了上去。

今天的赌球好像在故意耍弄路旷明，他越想得到什么越是失去什么，他赌得两眼发红、乱冒金星，不知不觉间，天已经亮了。胡老板推着路旷明往门口的方向走，路旷明情绪激动地叫嚷："输多少老子都不怕，老子沪东有地，把地押上，你们有本事就赌啊！"胡老板眼球一转说："旅长，你先冷静冷静，冷静冷静。"

第二十三章

1

　　许尚美锁上家门，转身从楼里出来，四处张望了一下，一辆人力车奔过来，许尚美拦下车，远去。

　　小秃从暗处闪出，望望走远的许尚美，蹑手蹑脚走进楼道，左右瞅瞅，将手中的铁针对准右边一家的门锁，门锁轻轻转了两下，门开了，小秃急忙闪了进去，又将门关起来。

　　这时，一辆小车停在上海某里弄民居门口，胡老板将路旷明从车里搀扶下来。胡老板说："旅长，钥匙在哪里呀？快掏钥匙吧？"路旷明一把推开他，骂道："你给我滚远点，没有你我不会输个精光，把地都押上了。"胡老板说："反正我已经把旅长送到家门口了……那我回了。"胡老板开车远去。路旷明骂道："王八蛋，算计老子！"

　　路旷明走到家门口，将钥匙插进锁孔，锁开始转动。藏在屋里的小秃听见外面锁响，急忙抱着首饰盒藏进靠门口的衣橱里。路旷明推门进屋，朝里边望一眼说："尚美，你在家吗？今天我可捅了大娄子了，你赶紧收拾收拾咱们家的金银财宝，送星星快去美国吧。"说罢在屋里东张西望："哎，人呢？是不是接星星去了。"疾步走进厕所撒尿。小秃悄声从衣橱里出来，溜到门口拉开门跑了出去，门随后响了一声。

　　路旷明提着裤子急忙从厕所跑出来喊："谁？——"屋内寂静如初。路旷明恼怒地骂道："倒霉了，风都跟我过不去。"又返回厕所继续撒尿。

2

　　小秃跑回任队长的寓所，向任队长献上首饰盒说："干爷，今天只拿了一个首饰盒，他家里就有人回来了，我吓得急忙钻进了壁橱，才算躲过了一劫。"

任队长接过首饰盒打量着说："哟，看这首饰盒就知道是洋货，国际名牌。你今天去了谁家？"小秃说："我也不知道他家姓什么，反正都是我后妈的朋友。"任队长又问："你听见他家人说什么了吗？"小秃想了想说："那男的一进门就喊尚美，说是我今天捅娄子了，让她赶紧收拾家里的财宝，送星星去美国留学。"任队长恍然道："噢，我知道是谁家了，沪东办事处路主任家。以后他家你就别去了，他家里人很快就知道丢东西了。"小秃咂着嘴巴说："那真是亏大了，他家柜橱里还有不少宝贝呢。"任队长点拨着他说："你换另一家吧，你后妈不是有好几个朋友嘛。"小秃忽然问："干爷，你说他们家丢了东西会不会到你这里报案啊？""钱要是自己挣来的，丢了肯定会报案，要是来路不明的钱，丢了就只能干吃哑巴亏喽。"任队长得意地说。小秃笑说："那他们的钱肯定来路不明，不敢报案，丢了也白丢。""别看你秃头亮脑的，脑袋够聪明的。"任队长拍着小秃的脑袋说，"你就继续偷他们吧，把你后妈的那几个朋友家都偷个遍，保证收获大大的。""干爷，那您能分给我多少钱呀？"小秃问。任队长哈哈笑起来说："放心，干爷不会亏待你的。"

3

上海郊外寺庙，星星坐在寺庙里的蒲团上打坐，许老太太坐在门口的台阶上等候。她不时回头看星星，表情有些不耐烦，便忍不住自言自语："这孩子，五迷三道的，何时是个头啊？"许尚美走进寺庙，她左右打量着，一眼看到台阶上坐着的许老太太，便疾跑到跟前。许老太太正打盹，猛抬头看见了许尚美，惊讶地说："尚美你可来了，你再不来，我就被星星折磨死了，你看她总在这里打坐，只要大殿里的诵经声停了，她就坐到这里来了。"许尚美说："妈，今天无论如何要接星星回上海，赴美留学的事情再也不能拖了。"

许尚美和许老太太走进大殿，星星闭目诵经，纹丝不动。

许尚美轻声说："星星，妈妈来接你了，咱们今天要回上海了。"星星置若罔闻，口中念念有词道："心中无彩画，彩画中无心，然不离于心，有彩画可得……"许尚美转身问许老太太："妈，星星念的是什么经啊？"许老太太说："《地藏经》，法师说诵一百部《地藏经》，星星就出苦海了。"许尚美继续喊道："星星，你停停，你睁眼看看妈妈，妈妈今天要带你回上海。"星星这才睁开眼说："妈妈，你带外婆回上海吧，我就在寺里了，等我诵完一百部《地藏经》，就在寺里当尼姑了。"许尚美焦急地说："星星，你说什么呀？你可别干傻事啊，妈就你这么一个女儿，你要是削发为尼了，妈妈活着还有什么意思呀？走，跟我回家去吧。"星星执拗道："妈妈，我不走，我要在寺里念经。"许尚美和许老太太使劲拉星星，星星把住门框不撒手，"我不回上海，我害怕，我要在寺里念经。"

法师悄然而至："阿弥陀佛，何人在大殿内喧哗？"许尚美急忙说："法师，您快劝劝我女儿让她跟我回上海吧，我要送她到美国留学去呢。"法师说："阿弥陀佛！家里的垃圾知道清倒，内心的垃圾却不知道清倒。"许老太太接着说："法师，您不能总说这样的话了，星星要是真在寺庙里了，她怎么赚钱养活自己呀？"法师说："阿弥陀佛！世上人只知赚钱，却不知被钱所赚，在人赚钱的时候，钱已赚走了人的青春、时间、体力和生命。……"法师说罢转身离去。星星猛然挣脱妈妈和外婆，向法师奔去："师傅，等等我。"许老太太和许尚美面面相觑。

4

深夜，许尚美一脸倦容推开家门。路旷明急忙迎出来说："星星呢？星星还没回来？再不回来就去不了美国了。"许尚美忽然问："旷明，怎么回事？你气色怎么这么难看呀？"

路旷明说："尚美，我不是人，我捅了大娄子了。""什么大娄子？"许尚美问。"我在赌场赌输了，把沪东那块沼泽地都赌上了。"路旷明如实招供。许尚美立刻惊叫起来："天啊，你就不怕法租界让你蹲大牢吗？旷明，你真是辜负了我的一片心啊！"路旷明也意识到了事态的严重性，急忙说："我该死，我真该死！你马上把家里的金银首饰都收拾一下，到乡下躲躲吧。我现在腹背受敌，沪东商会那几个正副会长不饶我，赌场我又欠了一屁股债，法租界一旦知道了真相让我蹲大牢都是轻的。"许尚美嚷道："这好好的家眼看着就被你毁了。"路旷明催促道："什么都别说了，你赶快收拾一下东西吧。"

许尚美在卧室里翻箱倒柜，拉开梳妆台抽屉，突然大吃一惊喊道："旷明，你快进来，我的首饰盒怎么不见了？"

路旷明跑进来问："你说什么？"许尚美焦急地说："我的首饰盒不见了，我的全部首饰都在里边呢。"路旷明奇怪地问："莫非家里招贼了？你再找找看，银票在不在？"许尚美从床下拉出一个保险箱打开看看说："银票都在。"路旷明责怪说："你怎么不把首饰盒放进保险箱里呢？"许尚美说："那些首饰我每天都要换着戴，总开保险箱不太方便。难道家里真招小偷了？要不我们到巡捕房报案吧。"路旷明制止说："那不等于自投罗网了吗？"说罢走出卧室，来到大门前看锁，打量了半晌说："这锁也没有坏呀？小偷从哪里进来的呢？"

5

上海沪东沼泽地畔，法租界老大带着几个人在查看水情："这水是自然流出去的，又不是我们有意排进学校的，通商公署让我们担责任，我们能担这个责任吗？担这个责任就等于被他们要大头了。"随从甲说："老大，你跟他们威风一点，否则他们不知道马王爷有三只眼。再说法租界土地证还没办，这地还算沪东办事处的，出了事自然归沪东办事处管。"随从乙插话："这年头，怂的怕横的，横的怕不要命的，跟他们太客气了，就要被他们骑在头上屙屎了。"

一辆黑色的轿车在沪东郊外疾驰，车内坐了四个人。胡老板说："今天我们到了沪东就把那块沼泽地划出线来，路旅长的白纸黑字，这地是我们赌场的抵押品，看谁敢挡横。"

男甲说："胡老板，您看沼泽地那边好像有人？""有人就正好了，给他们看看路主任的手印。"胡老板蛮横地说。

正在沼泽地畔的法租界老大抬头看见有几个人朝这里奔来，便跟随从说："问问他们是干什么的？"说话时，胡老板已带着三个随从旋风般刮过来，顷刻间站在法租界老大面前。胡老板显然已经听见了法租界老大的话，他从衣袋里掏出路主任的赌债合同，在手里扬着说："看清楚了吗？这块沼泽地被沪东办事处的路旷明主任抵押给我们赌场了，这上面有他的手印。"法租界老大愠怒地吼道："什么？简直胡闹，这地是我们刚拍到手的，路主任有什么理由把我们的地当赌资抵押给赌场呢？"胡老板趾高气扬地说："那你去问路主任好了，跟我们说不着。弟兄们，画线吧。"几个随从立刻往地上撒白粉。法租界老大从口袋里掏出枪冲天上开了两枪说："我看谁敢动老子的地，简直反了天了。"胡老板毫不示弱说："你以为有枪我们就怕你吗？弟兄们给我上。"胡老板的两个随从刚要扑上去，法租界老大砰砰开了两枪，一枪打中了随从的胳膊，一枪打中了随从的大腿。"今天老子跟你玩命！"胡老板见状立刻从腰里拔枪。未等他的枪拔出来，法租界老大带来的两个随从三拳两脚就制服了胡老板。

6

赵人杰在办公室突然惊异地起身，推开窗子问："哪里打枪？"白芙蓉匆匆奔进来说："不好了，法租界的人与赌场的人在沼泽地打起来了，赌场的人说沪东办事处的路主任把沼泽地当赌资抵押给他们了。"赵人杰关上窗子说："走，我们看看去吧，还指望法租界赔偿我们呢，怎么又突然杀出来一个赌场啊？"白芙蓉犹豫道："我们还是不要到现场去吧，万一枪走了火，枪子又不长眼睛，我们已经够倒霉的了。"赵人杰急切地问："那你说怎么办？"白芙蓉说："要马上把这事告诉办事处。"赵人杰立刻说："那我去一趟吧。"

7

上海通商公署，安子益在办公室里怒气冲冲跟乔世景发着脾气："当初让他当这个主任，我就不十分情愿，怕他捅娄子，结果真就捅了这么大的娄子，竟敢把沼泽地当赌资抵押给赌场，那可是法租界拍下的地，咱们谁惹得起呀？这事一出，我这个国大代表还能连任吗？这不是授人以柄吗？本来学校淹了水就够丢份的了。"乔世景劝道："署长，既来之则安之，急也没用，让法租界老大跟胡老板折腾去吧。至于淹水的沪东学校……您看要不这样吧，把天飞马那五十幅油画的钱拿出一部分先补偿学校，大公子那里暂时缓一缓。"安子益问："不是一百幅油画吗？怎么又变成五十幅了？"乔世景说："那五十幅至今尚未完成，画家在磨洋工。"安子益不耐烦道："那你要让他赶快画，我们等钱用，过去是四处伸手要钱，现在是八处伸手要钱了，我们又不印钱，到哪里弄钱去呀？如今没钱什么事都摆不平啊。""那我马上就去催他。"

　　乔世景从通商公署出来，就奔了天飞马画室，天飞马正背对门口画画。乔世景笑着问："天飞马，最近画得怎么样啊？我来看看你。"天飞马背对着他说："厅长大人，这该不是黄鼠狼给鸡拜年吧？"乔世景索性说："你要是想当鸡，那我当黄鼠狼也无妨，反正一物降一物。"

　　天飞马突然掷了画笔，转过身看着乔世景说："咱们俩还不知道谁降谁呢？你可别忘了，你太太肚子里的种子是我撒的，这棵苗长大后却管你叫爸爸，我为你造了个儿子，你难道不承情吗？"乔世景立刻变了脸色吼道："天飞马，你别满嘴胡嘬好不好？"天飞马笑道："叫那么大声干吗？有理不在声高。"乔世景继续恐吓说："天飞马，通共可是死罪，如果不是你会涂鸦几笔油画，你早就见阎王了。""我知道你为什么诬陷我，你拿着我的油画去换大笔的银子，却又让我内心如此委屈，我不知道这世上还有没有比你心更黑的厅长了。"天飞马在撕破乔世景的脸皮。乔世景反倒镇静起来说："眼下不论你嘴里骂什么，你都是我笼子里的一只鸟。想飞出笼子那就把另外五十幅油画赶快完成，我限你十天时间，届时我会放你远走高飞。""那要看我高兴不高兴画呢。"天飞马不屑地说。乔世景沉下脸命令道："你高兴也得画，不高兴也得画。"说罢转身离去。

<h2 style="text-align:center">8</h2>

　　叶丽鹰在律师事务所跟一位律师诉苦："天飞马绝对是冤枉的，他在巴黎时只喜欢画画，他怎么可能通共呢？现在巡捕房以通共的罪名将他关进大牢，逼他画一百幅油画，这对他来说太不公平了，简直就是掠夺。"律师说："这世上不公平的事情太多了，你起诉巡捕房可以，我也可以当天飞马的律师，但我不敢保证这官司能打赢，真理虽在你们手中，但权力不在你们手中，现今的中华民国，权还是比法大的。"

　　叶丽鹰焦急地问："那我应该怎么办啊？"律师说："让天飞马耐着性子把画

画完，等他出来，我想办法送你们到俄国。"叶丽鹰喜出望外地问："真的吗？"
律师笑道："到时候你就知道是真是假了。"

叶丽鹰欢喜地离开律师事务所，感觉天飞马有救了。

9

石玉婵正在办公室里伏案写着什么，赵人杰风风火火跑进来，"石处长，沪
东办事处路主任把沼泽地当赌资抵押给赌场了，法租界和赌场的人已经动手打
起来了。这事您知道了吧？"赵人杰气喘吁吁地问。石玉婵惊讶道："我怎么可
能知道呢，你说的这是什么时候的事情啊？"赵人杰说："就今天的事情。本指
望法租界赔偿学校呢，这下全泡汤了。"石玉婵接着问："学生家长们情绪稳定
一些了吗？我正给教育委员会打报告为沪东学校水灾申请补助呢。""怎么可能
稳定呢，闹得越来越凶了，要是他们知道了沼泽地成了赌资，还不得急疯了
呀！"赵人杰说。石玉婵镇静了一下情绪说："赵校长，你现在回去把学生和家
长的情绪稳住。至于沼泽地当了赌资，那不是你能管的事情。""石处长，给学
生和家长的补助要尽快发下来呀，不然我真有点顶不住了。"赵人杰乞求道。
"你放心，我正在积极争取，不出两天准发到学校。"石玉婵认真地说。"石处
长，那我回去了。"赵人杰转身出门。

10

郑旷达与吕老板正在美达宾馆下棋，两人边下棋边聊。郑旷达说："听说安
署长下一手好棋，就为了跟京城大帅对弈，可惜至今没有机会露一手。"吕老
板走了一个棋子说："恐怕难有这样的机会了，孙传芳一旦攻下京城，大帅府很
快就要易主了，树倒猢狲散，到时候通商公署能不能存在还两说呢。"郑旷达
走了一个棋子说："那哥几个不是亏大了吗？"

"谁说不是呢。"吕老板看下棋盘，"哟，我这棋还走对了。"

这时，李总匆匆跑进来说："不好了，路主任把沪东那块沼泽地当赌资押给
赌场了，法租界的人与赌场的人已经交火了。"郑旷达猛地站起身，大惊失色
道："怎么又出了这一茬了？""听说赌场的胡老板曾是路主任手下的连长，两人
狼狈为奸呗。"李总补充说。吕老板忽然说："糟糕，这下哥几个的钱更拿不回
来了，那赌场的胡老板是战场上打仗的老油子，他回来开赌城靠的就是战场上
那点资本，整天摸枪杆子的人谁敢惹呀？"郑旷达想了想说："哥几个跟通商公
署的官员说不出理去，咱们干脆就直接找他们的太太吧？咱们的钱是花在她们
身上了，找她们也合情理。"李总稳操胜券地说："路主任太太就在我商务馆，
我一个人就能对付她了。"说到这里忽然停住，又担忧地问："关键是安署长和

乔厅长的太太，一个是办事处副处长，一个是报馆主笔，恐怕不太好对付吧？"郑旷达干脆说："咱哥三个一块去找她们，好虎架不住一群狼。"吕老板拎起外衣披上说："走，那就先找安署长的太太吧。"

郑旷达、李总、吕老板三人开车到了办事处，突然出现在石玉婵面前。石玉婵知道来者不善，便微笑着问："几位老总今天怎么有闲来办事处啊？……"郑旷达直言："安太太，如果您记性不错的话，前段时间我们哥几个带您逛过洋百货，对吧？"石玉婵立刻笑道："这事我怎么能忘记呢？"

李总说："您记着就好，想必安太太明白世上没有无缘无故的爱，当初我们为您花钱是为了沪东那块地，现在地已经与我们无缘了，我们花在您身上的钱还有意义吗？"石玉婵脸上不自在地抽搐了一下，但她仍镇静地问："你们想怎么样？"吕老板赤裸裸地说："安太太，拿人钱财替人消灾，钱财拿了却没办成事，那就应该把钱财退还给我们呀，无功不受禄这您懂的。"石玉婵笑道："你们送的首饰我一直没戴，那我马上回家去取，明天我们约个地方见面。"郑旷达说："就到美达宾馆吧，您熟悉那地方。"说罢挥挥手，几个人一起离去。石玉婵望着他们的背影一脸迷茫。

11

赵妈拎着篮子出门，她特意看了一眼院子，院子里异常安静，深秋的花园已出现枯枝败叶。赵妈锁上门，走远。小秃突然闪出来，望着赵妈走远，他轻松地开了锁，进院后疾步奔进屋内。

小秃在屋里打量着悬挂的字画、古玩，又捏起棋盘里的玉棋子，一边打量一边自语："连棋子都是透亮的，这家里尽是值钱的东西呀！"捏起两个玉棋子揣进口袋。小秃又走到一张长桌子前打量笔墨纸砚，举起一杆毛笔在宣纸上比画着，忽然看到金色的镇纸，拿到手上掂起来，"嘿，这东西不错，还是金的呢。"顺手揣进衣服口袋里。小秃又拉开梳妆台前的抽屉，从里面拿出一个精美的首饰盒，打开惊讶地看着，"原来值钱的东西都在这里呢，哎，这条项链跟上回那个首饰盒里的项链差不多嘛。"

赵妈提着菜篮回来，走到大门口，刚要掏钥匙开门，忽然发现大门开着，忍不住自语："家里已经有人回来了？"

小秃在屋里听见院里的动静，伸长脖子从窗子上往外看，一眼看见了走进院子的赵妈。他急忙抱着首饰盒藏在床下。

赵妈进了屋就喊："太太，您回来了吗？大门怎么不关啊？"

她边喊边四处打量，里屋外屋穿梭。"咦，人呢？"赵妈喊了半晌不见人影，便拎起菜篮进了厨房。

小秃窥见赵妈进了厨房，急忙从床下爬出来，撒腿往外跑，不小心被门槛绊倒，首饰盒甩出好远，首饰撒了一地。赵妈听见动静立刻从厨房跑出来，小秃正慌里慌张拾拣着首饰往衣服口袋里塞。赵妈被眼前的情景惊呆了，扯着嗓门大声喊："快来人呀，家里招贼了，抓小偷啊——"赵妈边喊边随手抄起扫帚追打小秃，小秃与赵妈搏斗着："你个死老婆子，你再喊我打死你！"赵妈仍紧追不放。小秃用他跟威爷学的散打绝招三拳两脚将赵妈打昏在地，带着首饰逃跑了。

石玉婵跨进大门，吃惊地看着眼前的一切：满地散乱的首饰，昏倒在地的赵妈。她急忙扶起昏迷的赵妈："赵妈，您醒醒您醒醒啊！——"赵妈无力地睁开眼睛说："太太，家里招贼了……""是谁？大白天敢来行窃，赵妈，您看清他的模样了吗？"石玉婵着急地问。"一个光头半大小子，十来岁吧。"赵妈说完，就昏了过去。

安子益刚好从外面进来，惊讶地问："玉婵，怎么了？发生了什么事情？""家里招贼了，把赵妈打昏了，把我的首饰偷走了。快，快帮我把赵妈扶进屋里去。"安子益帮石玉婵把赵妈扶进屋里，放躺在床上。石玉婵说："要不要把赵妈送到医院去？"安子益摇头说："把赵妈送到医院去，就等于告诉世人我们家的金银财宝被贼偷了，人们就会问这些金银财宝是从哪里来的呀？本来沪东商会那几个正副会长正跟公署过不去呢，这正好让他们抓住了把柄。"石玉婵道："那这东西就白丢了？我今天回来就是准备把首饰还给沪东商会那几个正副会长的，他们已经到办事处找过我了，我答应明天还给他们的。"安子益忽然皱起了眉头说："狐狸尾巴终于露出来了，我早就说过商人从来不干赔本的买卖。你今天干脆去找一下你那两个学妹，把沪东商会那几个正副会长在洋百货买给你们的首饰都退还他们，不要心有不舍，咱家里哪样东西不比你的首饰值钱呀，记住贪小便宜会吃大亏。"

石玉婵直奔报馆，见了田韵抒就喋喋不休吩咐："你马上去找一下许尚美，让她把沪东商会那几个人送的首饰也拿出来，我们三个一起送还给他们，现在我的首饰被偷了，我把它折合成大洋，还他们。"田韵抒犹豫地问："非还不可吗？当初是他们主动送的，又不是我们追着他们要的，送出去的东西又往回要，太没有男人的风度了。"石玉婵说："他们不光是男人，还是商人，商人的钱是不白花的，安署长说不要因小失大，在这特殊时期，相信我们的先生比我们想得周到。"田韵抒只好应道："那好吧，听大姐的，我马上去办。"

12

田韵抒慌乱地在家里翻着橱柜，边翻边自语："我明明是放在这个衣橱里了，怎么就没有了呢？难道也被小偷偷了？"于是跑到门口看门上的锁："这锁是刚换的呀，也没有被撬的痕迹呀？"

乔世景从外面进来，不悦地说："你乱翻什么呢？家里弄得乱七八糟的。"田韵抒惊慌地说："世景，咱家招贼了，我的首饰盒丢了。"乔世景皱起眉头道："别大惊小怪的，好好找找，昨天你说金疙瘩丢了，今天又说首饰盒丢了，一惊一乍的，你就别给我添乱了好不好啊？"田韵抒认真地说："是真的丢了，我几乎把家里翻遍了，也没找到。"乔世景奇怪地问："你平白无故找它干吗呀？""玉婵大姐说沪东商会那几个正副会长开始找她麻烦了，她要我和许尚美把他们送的首饰全退回去，约好了明天一起去的。"田韵抒急忙解释。乔世景吃惊道："石玉婵这着棋够高的，不愧是署长太太啊，这样至少可以把沪东商会那几个正副会长的嘴巴先封了。既然是这样，那我帮你一起找吧。"两人继续翻箱倒柜，找了半天仍是没有，田韵抒累得气喘吁吁跌坐在沙发上，这时她忽然想起了什么说："一定是小秃来过了，他偷走了我的首饰盒。"乔世景问："你有什么证据？"田韵抒说："难道你忘记了吗？几天前，威爷散打馆有个叫老二的人曾经到报馆找过我，拿着小秃给我和天飞马拍的照片，索要一百块大洋。这证明小秃就在上海，石玉婵的首饰盒也是他偷的，他已经盯上我们了。我现在去找许尚美，如果她也丢了首饰，那肯定就是小秃了。他现在一定攀上了高人，开别人家的锁都不留任何痕迹了。"乔世景疑惑地说："不会吧？我上次已经找任队长问过了，他说把小秃送到魔鬼训练营去了，到那里的人没有一个能活着出来的。""任队长的话你也信吗？警匪一家你难道忘记了？"田韵抒提醒乔世景。"如果真是这样，那可就麻烦了。"乔世景突然感到事态的严重性，催促田韵抒赶快去到许尚美家验证。

许尚美在家门口等人力车，田韵抒匆匆赶来："尚美，你这是到哪里去呀？玉婵大姐让我来找你，上次沪东商会那几个正副会长给我们买的首饰要赶紧退还给他们。"田韵抒说。许尚美沮丧地说："我的首饰盒被小偷偷了，我想报警，旷明不让。"田韵抒吃惊道："真的？玉婵大姐的首饰也被偷了，小偷还打昏了她家的赵妈，这个小偷一定知道了我们三个人的底细了。我们马上要找玉婵大姐商量一下究竟怎么办吧？"许尚美说："路旷明让我马上去把星星接回来，我得先去接星星。"田韵抒立刻说："我们的事情比你接星星重要多了。走吧，先找玉婵大姐去。"许尚美只好跟田韵抒走了。

13

任队长在公寓里望着摆在桌子上的首饰，两眼放出金光。小秃说："干爷，这回该赏我了吧？"任队长摸着他的头说："赏，一定赏。你小子真能耐啊，三家都偷齐了，连首饰都一模一样。""还有不一样的呢。"小秃说着从衣袋里掏出两个玉棋子和一个金镇纸摆在桌上。任队长捏起一枚玉棋子冲着亮处晃晃说："连棋子都是玉的，真是奢侈到家了。"又拿起金镇纸左右瞧瞧："压书的镇纸也是金的，真有钱啊。秃头，这两样东西是谁家的？"小秃说："官最大那家的。"任队长问："安署长？真有你的。今天要好好赏你一顿了。"

任队长特意请小秃头吃了上海菜，吃得他满嘴流油，只等着任队长的赏钱了。

14

安子益在家里铺开宣纸，准备写字，忽然发现金镇纸没了。他立刻警觉起来，又去数棋子，也少了两枚。安子益惊异地喊："玉婵，你快过来。"石玉婵急忙跑过来问："先生，什么事？"安子益说："我的玉棋子少了两枚，金镇纸也不见了。小偷偷了这两样东西，事情更复杂了。"石玉婵说："田韵抒和许尚美都丢了首饰，肯定有人盯上我们了。"安子益肯定地说："还不是一般的人。你那两个学妹怎么说？""经我动员，她们同意了我的方案，但因首饰丢了，我们准备把首饰折算成钱，明天退还给沪东商会那几个正副会长。"石玉婵如实相告。安子益叮嘱道："多给他们一点钱，丢卒保车吧。"石玉婵说："我知道了。"

第二天，石玉婵、田韵抒、许尚美如期抵达美达宾馆会客厅。郑旷达、李总、吕老板坐在左侧法式沙发上，石玉婵、田韵抒、许尚美坐在右侧法式沙发上，彼此的表情都略显尴尬。

石玉婵开门见山道："今天我们三个人来见沪东商会的正副会长，说句实话，我们是来还你们的人情的。记得那天三位会长请我们去逛洋百货，送给我们每人一条项链，本来我们是想把项链还给你们的，可项链被偷了，三个人的全被偷了，我们只好把项链折成了大洋，一共三千块大洋，这是银票，你们看一看，对不对？"石玉婵将三千块大洋的银票放在桌上。李总率先发难说："三个人的项链同时被偷了，天下竟有这等巧事，谁信啊？""就是，你们三个又不在一个地方住，怎么可能项链同时都被偷了呢？说笑话吧？"吕老板在一旁帮腔。"这事谁都感到奇怪，可它就是这样发生了，比我写的言情小说还出人意料。"田韵抒不得不开口说话了。许尚美接着说："这三条项链我们几乎都没怎么戴过，还是新的呢。""按理说送出去的东西是不能往回要的，要回来的东西是让人没面子的。既然你们还回来了，我看这样吧，沪东学校被淹，我们是沪东商会的正副会长，这三千块大洋立马捐到学校去，还请田记者为我们哥三个写篇文章登报，让上海滩的人都知道我们的慈善之举。"郑旷达突然想出了一条妙计。许尚美讥讽道："做慈善是不能张扬的，张扬了就等于没做，心不诚。"

李总不屑地瞟了许尚美一眼说："路太太，今天你应该没资格说话吧？路主任在赌场可是闯下大祸了。"许尚美不卑不亢地说："那我走不就行了吗？"石玉婵随之站起身，接过郑旷达的话说："好，郑会长，就依您，我让田记者为你们写篇文章，做慈善是积德又温暖人心的事情，要广而告之啊。沪东学校如果真得了这笔捐助，那可是及时雨了。"田韵抒在一旁插话："玉婵大姐的话，我肯定是言听计从的。"郑旷达道："那咱们就说定了。今天就到此了，几位太太走好啊。"

石玉婵、田韵抒、许尚美转身走出宾馆，在门前的马路上等车。许尚美心存不悦地说："田姐姐凭什么为他们写文章啊，瞧他们那个德行，也配上报纸？""玉婵大姐答应的事情，我只能照办。"田韵抒看了一眼石玉婵。石玉婵不动声色道："尚美到底比我们年轻，还是嫩了点，如果不给他们上报表扬，他们真会把那三千块大洋捐到学校去吗？我这是将他们一军，他们捐也得捐，不捐也得捐。""尚美，这回知道玉婵大姐的厉害了吧？"田韵抒说。许尚美接过田韵抒的话："她不厉害，怎么可能成为我们的大姐呢。"石玉婵接着问："星星去美国的日子定了吧？""还没有，我正要去乡下接她呢，韵抒姐就拉着我来见您了。"许尚美说。田韵抒忙说："那你现在快去吧，路主任捅了那么大的娄子，日后还不知道怎么样呢。"石玉婵认真地说："今天咱姐妹三个都在，我丑话可说在前边，你们的丈夫能弄个一官半职的，那都是安署长的精心安排，安署长要是位置坐不稳，你们谁还能当阔太太呀？""玉婵大姐，我早就明白了。"田韵抒讨好地说。许尚美接着说："是呀，我也早就明白了。""你们明白了就好，最近安署长在争取连任国大代表之事，我们都不能打搅他、给他添乱。"石玉婵进一步强调。田韵抒立刻表态："牢记玉婵大姐的指示。"许尚美随声附和："对对对，牢记。"

15

任队长在巡捕房办公室摆弄金镇纸，乔世景走进来，任队长急忙放下金镇纸说："乔厅长来了，有何圣旨呀？"乔世景说："任队长，我今天来是跟你要实话的。"任队长油腔滑调地说："什么实话？乔厅长是我的上司，想从我嘴里掏实话那不是太容易了吗？再说，我哪有胆量跟乔厅长说假话呀。"乔世景板起脸说："我问你，那个假冒我儿子的小秃是不是还在上海？"任队长忽然一怔，继而镇静地说："他早就去魔鬼训练营了，进了那里就等于进了阴曹地府了，除非他长了翅膀才能飞出来，否则就是去送死了。"见乔世景沉默，又问："怎么了，乔厅长，有什么情况吗？"乔世景认真说："有人看见这个小秃就在上海，到处偷东西。"任队长故作惊讶道："是吗？我们巡捕房最近没有人来报案啊。

乔厅长，是不是您家里招小偷了？如果您家里丢了东西尽管讲，上天入地我都把小偷给您抓到。"乔世景一副居高临下的面孔说："任队长，我家里招没招小偷这都是小事情，关键是这个小秃如果让人不得安宁，那就是你们巡捕房的失职了。当然更重要的是，你欺上瞒下让一个本该在牢里的偷儿逍遥法外……"任队长立刻打断乔世景的话："乔厅长言重了，照您的话说我真是吃了豹子胆了。回头我派人四处搜查一下，只要瞄着那个小秃的影儿，我手下绝不留情。""那你就看着办吧。"乔世景怒容满面扔下一句话，临出门时往任队长的桌上瞟了一眼，忽然看到金镇纸，不由惊愕了一下，心想："这金镇纸是我当年送给安署长的，怎么会在任队长的桌子上？……"

乔世景刚离开，法租界老大与公董局公董走进了巡捕房。任队长一脸笑容说："法租界的公董能到华界巡捕房来，真是稀客啊。"法租界老大说："沪东办事处路旷明把我们拍到手的地皮抵押给赌场了，你们准备怎么办吧？"公董接着说："这可是犯法之事，要严惩不贷。"任队长笑道："此事我略有耳闻，但民不举官不究，既然法租界公董都找上门来了，那我肯定要立即查办。李副队长——"李副队长应声而至："任队长，您找我——"任队长说："你立刻带人到沪东办事处将路旷明缉拿归案。"李副队长问："这事要不要跟通商公署打个招呼呀？"任队长说："不用，先把人带来再说。""是。"李副队长转身出去。法租界老大打哈哈说："任队长真是说到做到不放空炮啊。那我们先回去了，等候你的消息。"任队长将法租界老大和公董送到门外说："恕不远送了啊。"

这时，方菲从办公室出来，走到任队长面前问："法租界的公董怎么到巡捕房来了？"任队长意味深长地说："这回又有好戏唱了。"方菲急忙问："什么好戏？……"任队长神秘地说："一会儿你就知道了。乔厅长总为小秃的事找我的麻烦，这回他的麻烦可大了，他们通商公署要吃不了兜着走。"方菲一惊。

16

乔世景正在通商公署伏案批阅文件，方菲一身便装走进来。乔世景并未抬头，仍沉浸在文件的审阅中。方菲轻声说："乔厅长，久违了。"乔世景一愣，抬头见是方菲，喜出望外地说："方菲，你可是稀客啊。"方菲神情焦虑地说："乔厅长，如果我不是念着从前你对我的那份抬举，今天我就不可能迈进这个门槛。"乔世景见方菲神情异样，断定她怀揣秘密，便说："方菲，找我有什么事吗？直说吧，你在我眼里还是当年唱《毛毛雨》的那个方菲。'毛毛雨，你下个不停……'"方菲打断乔世景的话："乔厅长，这都什么时候了，您还有心思开玩笑！"乔世景忽然问："到底发生了什么？""任队长要对沪东办事处的路主任动手了，法租界老大和公董局的公董今天到巡捕房去了。路主任毕竟是你们通商公署的人，我担心会节外生枝。"方菲毫不遮掩地把自己知道的事情都告诉了乔世景。

乔世景立刻紧张起来，使劲搓着出汗的手心说："方菲，你提供的消息太重要了，当年我真是没白抬举你呀。""那我走了，最好别让人知道我来过。"方菲转身出门。乔世景望着方菲的背影在楼梯口消失，忽然跌坐在椅子上，千头万绪缠绕心头。

17

十几个巡捕突然包围了上海某里弄民居。男女邻居在一旁围观。李副队长押着路旷明从民居走出来，路旷明一边挣扎一边叫喊："我是沪东办事处主任，巡捕房有什么理由抓我？"李副队长说："到了巡捕房你就知道了。"说罢将路旷明押上囚车，十几位巡捕一拥而上，车开出里弄。

众邻居望着远去的囚车七嘴八舌。男甲："想不到这七品官也坐了囚车了。"男乙："正应了那句老话了，别看你今天跳得欢，往后定让你拉清单。"女甲："得得得，别在这儿说风凉话了，谁也不知道哪片云彩有雨。"女乙："就是，是福不是祸，是祸躲不过。"女甲："咦，怎么没见他家里人出来送送啊？"女乙："家里兴许没人吧？"

18

安子益在通商公署批阅文件，乔世景匆匆进来说："安署长，不好了，路旷明被任队长抓去了。"安子益猛地站起身说："已经抓去了，你跟我汇报还有什么用啊，如果早告诉我，通商公署还能想点办法。"乔世景哭丧着脸说："我也是才听说，消息刚到，人就被巡捕房抓走了。"安子益愠怒地说："任队长抓人为什么不事先通知通商公署一声啊，路旷明毕竟是沪东办事处的，归我们管。"乔世景说："巡捕房抓人还讲究礼仪吗？凡是犯在他们手里的人，就别想让他们客气。"安子益担忧地说："乔厅长，你说路旷明会不会有的也说没的也道啊？"乔世景急忙说："我最担心的就是这个了，他如果胡说八道，别说是你我，就连我们通商公署都得被牵扯进去。"安子益叹息道："眼下我们真是腹背受敌啊，沪东商会那几个商人在闹、法租界在闹、沪东学校的学生家长在闹、赌场也在闹，家里还招了贼……这些事怎么偏偏在我要连任国大代表的时候出现呢？这不是要断送我的政治前程吗？"乔世景忽然说："安署长，我们通商公署说不定早就被人盯上了呢，如果不被人盯上，我送给您的金镇纸就不可能出现在任队长的桌子上了。""什么？金镇纸在任队长的桌子上？这么说任队长是偷儿了？"安子益几乎从椅子上跳了起来。乔世景更深一步说："他不敢明偷，但他会暗抢。暗箱操作，指使别人去偷窃，这事他干得出来呀。"

安子益离开办公桌椅，在房间里来回踱步，半晌才说："啊……有人早就暗算我们了，那我们现在要为自己找后路了。乔厅长，我的话你明白吗？"乔世景反问道："安署长，您的话我什么时候没明白过呢？"安子益加重语气说："你现在要仔细想想，我们都有什么事情需要防备的？……哎，真是多事之秋啊，一波未平一波又起。""该来的总会来，挡也挡不住啊。"乔世景无可奈何地说。

第二十四章

1

田韵抒拎着手包准备出门，乔世景匆匆走进来说："我刚从安署长的办公室出来，他家不光丢了首饰，还丢了两枚玉棋子、一个金镇纸。"田韵抒一愣，问："金镇纸？是不是你当厅长前送给他的那个呀？"乔世景说："就是。"田韵抒叹息道："那可真有点可惜了，那个金镇纸相当于三四根金条的重量，真是便宜小偷了。"乔世景接着说："你怀疑得不错，小秃很可能就在上海，他没死。今天我在任队长的桌上看到了那个金镇纸。""真的？那说不定是他指使小秃干的呢，如果真是这样，可太恐怖了。"田韵抒担忧地说。"从现在起，你要留意这个小秃，一旦发现他的蛛丝马迹，一定揪住不放，绝不能手软。"乔世景几乎在命令田韵抒。"我早就说你那个假儿子小秃不是什么好鸟，还有那个姓任的。"田韵抒表达自己的看法。"这话题就先别扯了，你这是准备到哪里去呀？"乔世景问。田韵抒如实坦白："沪东商会那几个正副会长拿到我们三个人的钱要去沪东学校捐款，还要我为他们的慈善之举在报上报道。石玉婵当场就答应下来了，我就不能不写了呀。"乔世景恼怒地说："沽名钓誉，这些商人干什么事情都是有企图的。你小心被他们利用了。最近通商公署也准备把天飞马五十幅油画款的一部分捐给沪东学校，息事宁人，安署长怕此事影响他连任国大代表。"田韵抒趁机说："那你们最好跟沪东商会的那几个人一起捐，看他们还有什么话说。"乔世景问："他们捐多少？"田韵抒说："三千大洋呀，我们退给他们的钱就是这个数。"乔世景立刻说："公署捐不了那么多，跟他们相比只能是小巫见大巫了。"

2

上海沪东学校，校园里一片破败不堪的景象，被水淹过的教室窗子七扭八歪，挂着大铁钟的老树仍有半截身子浸在水里，水虽然退去了，但校园被水浸淫的乱象依旧。学校没有正式开课，学生聚集在高处的一座大教室里，家长们也挤在里面。赵人杰和白芙蓉带着几个学生在校园里排水。

一辆黑色的轿车停在校园外，郑旷达、李总、吕老板从车里出来。吕老板四处望了望说："我们先等一会儿再进去吧，安署长和乔厅长要来。"李总说："我们来捐款，他们凑什么热闹啊？"吕老板说："听说也来捐款。"郑旷达接过话说："好啊，正好他们可以为我们的捐款作个人证。哎，田记者怎么没来呀，不是说好要为我们的慈善之举写文章登报的吗？"李总朝远处望望，忽然说："安署长他们的车来了。"

一辆轿车由远及近驰来，车在距他们不远处停下，车门开启，安子益、乔世景从车里出来，随后石玉婵、田韵抒也从车里出来。安子益和乔世景随即往校园的方向走，见沪东商会的几个人已率先走进校园，乔世景不悦地提醒安子益："他们已经看到我们了，怎么也应该打个招呼等我们一道进校园吧？"安子益笑道："他们是代表沪东商会捐钱的，我们是代表通商公署捐钱的，跟他们一道进校园不是抢了风头吗？"石玉婵在一旁搭话："当初这钱就不应该还他们，我们自己来学校捐钱不是更体面吗？"安子益不悦地瞟了石玉婵一眼说："马后炮的事情就别提了，现在要息事宁人。"

田韵抒急忙说："安署长说得对。"

校园里，正在排水的白芙蓉抬头看见沪东商会的几个人走进来，吕老板那张熟悉的脸令她心悸。白芙蓉赶紧转过脸问赵人杰："沪东商会的那几个人干什么来了？咦，安署长和乔厅长也来了嘛，还有他们的太太。"赵人杰抬头望了一眼说："学校出了这么大的事情，他们总要做个姿态吧？走，我们看看去。"白芙蓉犹豫说："我就不去了吧。"

郑旷达、李总、吕老板径自走进了沪东学校大教室，站在大教室的讲台上，安子益和石玉婵、乔世景和田韵抒随后也走进来，四人想找个地方坐下，见几个人都站着，也只好站在他们身后。学生和家长随之涌进教室。郑旷达用目光扫着现场说："沪东学校的学生和家长们，你们平白无辜遭了水灾，我们沪东商会深感不安，但我们手中无实权，对这样的事情也无能为力，只能做些分内之事。今天，李总、吕老板我们三人捐献三百块大洋给学校，对蒙受水灾的学生深表慰问之情。"后边站着的石玉婵突然拉了一下田韵抒的衣袖问："不是要捐三千块大洋吗？怎么一下子变成三百块了？"田韵抒说："谁知道他们在搞什么鬼？三百块大洋就想买个慈善的名分，我们报纸怎么可能报道如此廉价的善举呀？"这时，赵人杰突然跑进来，他站在台下的学生家长中间，显然已经听到了郑旷达刚说的话，不由道："我们欢迎沪东商会几位会长的善举，但你们每人只捐一百块大洋是不是太少了点呢？"学生和家长们立刻哄起来："沪东商会几个正副会长只捐这么一点钱，太抠门了吧。"田韵抒忍不住问："郑会长，昨天不是讲好了要捐三千块大洋吗？三百块大洋的慈善之举还值得登报吗？"石玉婵接着说："商人应以诚信为本，如果知道今天你们只捐三百块大洋，我何必兴师动众来学校呢？"吕老板话里有话地说："两位太太今天屈尊了，可两位太太知道你们为什么屈尊吗？"李总附和道："就是，你们敢当着众人的面把理由说出来吗？"石玉婵与田韵抒尴尬地相互望望。郑旷达继续说："这点钱虽说是杯水车薪，但也算我们的慈善之举。请田记者把相机举起来，拍我们几个镜头吧。"田韵抒无动于衷。石玉婵催促道："韵抒，你应付一下吧，小心他们给咱们难堪。"田韵抒不情愿地举起了相机。郑旷达招呼说："来，哥几个往一块凑凑啊。我们的慈善之举要上报纸了。"李总和吕老板凑过来，三个人摆了一个姿势，田韵抒的相机咔嚓闪了一下。李总嬉皮笑脸说："田记者给我们写的文章要有声有色哟。"吕老板说："写不好再要她重写。"田韵抒不悦地瞟着他们，想说什么却没开口。郑旷达走下讲台，将一张银票交给赵人杰："沪东商会还有事情要商量，我们马上撤了。正好上海通商公署的领导也来了，捐款的大户在后头呢。"说罢一挥手，李总、吕老板随之出门。

赵人杰举着手里的银票在半空中晃着喊："捐了三百块大洋还要上报纸，这是慈善还是耍马戏呀？"学生和家长跟着哄起来。一位学生家长说："这哪里是捐款啊，这分明是在打发要饭花子呀。"学生们说："就是，我们本来就是要饭的。"

站在讲台上的安子益往前走了几步，用目光扫着现场说："大家请安静，我来说几句。沪东学校被水淹，我们事先是不知道的，请大家原谅。现在我和乔厅长正协调方方面面的关系，争取给学校多一些捐助。今天通商公署决定捐助七百块大洋……"一位披头散发的中年妇女突然从人群中挤出来，她是郑秋生的妈妈，她跑到台上一把揪住安子益喊："你还我的孩子，你还我的孩子……我只要孩子啊！"说完放声大哭。乔世景急忙护住安子益，石玉婵也奔过来试图拉开女人，可她怎么也拉不开。田韵抒急忙举起相机拍照。石玉婵喊："韵抒，你快过来帮忙啊，还拍什么照啊？"田韵抒刚要奔过去，台下的学生已乱作一团，纷纷跑上台去揪住安子益和乔世景。石玉婵奋不顾身地喊："你们想干什么？……这样会出人命的。"赵人杰在乱哄哄的学生中间慌乱地左右拦挡说："同学们冷静，千万别瞎闹啊，千万别瞎闹啊。"突然，田韵抒被学生挤倒了。石玉婵见状急忙挤过来，扶起田韵抒。田韵抒捂着肚子"哎哟哟"叫着。躲在窗外的白芙蓉始终在焦急地旁观，她想进去帮助赵人杰，又怕安子益认出自己，只好躲在暗处着急。乔世景搀扶安子益落荒而逃，他们的衣服被撕破，脸有挠伤。石玉婵扶着田韵抒跟跟跄跄跟在后面。安子益边走边喊:"简直就是暴乱,真是反了,我们好心好意来安抚他们,谁知学生们竟这样无法无天。"乔世景在一旁劝道:"安署长,小不忍则乱大谋,此事就不要对外张扬了,跟路主任惹下的乱子相比,这都不算什么事了。"田韵抒"哎哟"了一声,石玉婵急忙问:"韵抒,不要紧的吧?"田韵抒脸色苍白地说:"我肚子疼得厉害⋯⋯"石玉婵又问:"要不要去医院啊?"

安子益和乔世景已奔到轿车前,率先上了车。石玉婵扶着田韵抒走过来说:"先把韵抒送到医院去吧,她肚子疼得厉害。"安子益叹道:"乔厅长损失惨重啊,要是儿子有了闪失,通商公署拿什么陪你呀?"乔世景一愣,"是呀。"接着无语地长吁了一口气。

3

田韵抒面色苍白闭眼躺在医院的病床上,石玉婵拎着水果走进来:"韵抒,情况怎么样啊?"田韵抒睁开眼,有气无力地说:"玉婵大姐,您坐吧。孩子没了。"石玉婵惊讶道:"真没了?这可怎么向乔厅长交代呀,我来之前安署长还说如果孩子保不住了,会很对不起乔厅长呢。"田韵抒叹息说:"孩子没了也好,我和他心理都没负担了。""你可别说这话,就是你们没负担了,乔老太太那关也难过吧?哪个老人不盼望抱孙子呀?"石玉婵担忧地说。田韵抒苦笑道:"这都是天意,天意不可违呀。"石玉婵疑惑地问:"韵抒,你这话我怎么听不明白呀?""玉婵大姐,以后你会明白的。"田韵抒看着石玉婵,心里有话想说出来,又咽了回去。

石玉婵从医院出来,耳畔不停地回响着田韵抒的话。"以后我究竟要明白什么呢?莫非田韵抒有难言之隐?"石玉婵忽然感到每个人的内心都是一个隐蔽的世界,不管彼此走得多么近,那隐蔽的世界都不会向另一个人打开。

4

上海中式别墅,今天不见了冷清,乔老太太回来了,人气也跟着回来了。她打量着门上的新锁问:"锁怎么换掉了?"乔世景说:"换了,这是清朝的大铜锁,全上海滩也找不出两把,锁匠说再能的小偷也难打开这把锁。"乔老太太又问:"家里招贼了?"乔世景说:"招贼了,把韵抒的首饰都偷走了。"乔老太太四处打量着说:"韵抒到哪儿去了?我来上海你没告诉她吗?"乔世景感觉瞒不住事情的真相了,只好说:"她在医院里。"乔老太太急忙问:"她生病了?什么病?对我孙子没影响吧?"乔世景坦言道:"妈,我这次接您回上海,一是家里招贼了,二是韵抒小产了。"

"小产了？你们两个大活人把我孙子弄没了？你们凭什么呀？我盼了多少年才盼来个孙子呀，你们这是想要我的老命啊！"乔老太太忽然哭起来。乔世景说："妈，您老别急，等韵抒从医院回来会把事情的前因后果告诉您的。您先歇着，我让餐馆给您送饭过来。"乔老太太嚷道："我孙子没了，我还吃个屁饭呀，孙子呀，你怎么还没出生就跑了呢？你知道奶奶多盼着你来呀！我把你爸的大金疙瘩都藏起来了，为的是将来留着给你……"乔世景忽然问："妈您说啥？大金疙瘩被您收起来了？"乔老太太说："是呀，怎么着？给我孙子收的。"乔世景大松了一口气说："这就妥了。""什么妥不妥的，我孙子没了，就是有座金山又有什么用呢？我那未见着面的孙子呀！……"乔老太太大哭起来。

5

上海黄浦江轮船上，船即将靠岸，乘客们在收拾着东西。

许尚美、许老太太、路星星靠窗而坐，路星星一言不发地透过窗子望着黄浦江水，脸上的表情漠然。许老太太说："星星，马上回家了，一晃咱们在乡下待了两个月了，你要是再不回来，得把外婆憋闷死了。"路星星瞟了许老太太一眼，未语。许尚美笑道："外婆对星星的好，星星早就记在心里了，等星星去美国留学回来，长了本事，一定好好报答外婆。是吧，星星？"路星星仍然不说话，两眼始终望着窗外的黄浦江水。这时，船舱里有人喊："黄浦江码头到了，准备下船吧。"许尚美和许老太太站起身，拎起行囊。路星星仍然坐着，好像一切都跟她无关一样。许老太太拉起她："星星，走吧，到家了。"许尚美接过许老太太手里的包裹，说："妈，我拿着吧，你领着星星就行了。"路星星不情愿地被许老太太拉着走出船舱。

黄浦江码头上，人群熙来攘往。许尚美、许老太太、路星星在人群里寻找路旷明。许尚美奇怪地说："哎，旷明说好了要来接我们的，怎么没来呢？"许老太太说："官身子，说话哪有个准啊。昨天答应你时有空，今天可能又忙公务了。走吧，咱们自己雇辆车回家吧。"许尚美看着路星星说："本想让星星见到爸爸高兴一下，谁知连这么点愿望都落空了。星星，你不生气吧？"路星星冷漠地瞟了许尚美一眼，径自朝前走去。

上海某里弄民居，邻居们三三两两在外边散步。一辆人力车奔过来，许尚美、许老太太和路星星下了人力车，邻居们以异样的目光打量她们，许老太太说："这是我们星星，在乡下医好病了，又回上海来了。"许尚美说："星星，快给邻居们问声好。"路星星冷冷地看着邻居，一声不吭。女邻居甲说："看大小姐的样子，还是瞧不起我们呀。你们可能还不知道吧，路主任被巡捕房的人抓走了。"许尚美吃惊地问:"什么?这是什么时候的事情啊?"许老太太说:"你们别是胡说八道吧?巡捕房怎么可能抓我女婿呢?"女邻居乙说:"我们亲眼看见巡捕房的人把他抓走的,来了十几个巡捕呢。这回你们家的人跟我们这些穷邻居的肩膀头就一般齐了,不然你们还总瞧不起我们呢。"女邻居丙说:"他们家有坐牢的人了,怎么好跟我们的肩膀头一般齐呢。我们再穷,也没有坐牢的人吧?"女邻居丁说:"就是,落架的凤凰不如鸡。""这怎么可能呢?……"许尚美突然晕倒。许老太太急忙扶住她喊:"尚美,你怎么了?你醒醒啊!"路星星突然哭起来:"妈,你怎么了?"几个女邻居见状,慌忙散去。

6

　　一辆轿车在医院门口停稳,乔世景先从车里出来,又扶乔老太太下车。乔老太太问:"韵抒她在哪个病房啊?"乔世景说:"妈您跟我走就行了,不远,就在前边。"

　　病房里,田韵抒倚在床头,田韵青站着跟她说话:"乔厅长没来看看你?"田韵抒说:"至今还没露面。孩子掉了,对他来说也许是件好事,卸去了他心里的负担。"田韵青惋惜地说:"那你们也不能一辈子没有孩子吧?好不容易怀上一个,给世人打个马虎眼也就算了。"田韵抒反问:"姐姐,你说这世上的什么事情是让人称心如意的呢?"田韵青刚要说话,乔世景和乔老太太走了进来。田韵抒急忙坐起来问:"妈,您怎么来了?"乔老太太埋怨道:"儿媳呀,你咋这么不小心让我孙子溜了呢?我盼孙子盼得头发都花白了呀!"田韵抒歉疚地说:"妈,真是对不起您老人家了。"乔老太太这才注意到一旁站着的田韵青,上下打量着说:"这就是你那个当医生的姐姐吧?医生你说,你妹妹还会给我生孙子吗?"田韵青立刻笑道:"会的,等她身体恢复了,一定会给您生个大胖孙子的。"乔世景尴尬地笑笑,岔开话题说:"韵抒,今天我和妈接你回家休息。"转身问田韵青:"你妹妹可以出院了吗?"田韵青故意说:"我妹妹有乔厅长精心呵护,在家里自然比在医院好了。"乔世景接着说:"那我们就回家吧。"

　　回到家里,田韵抒就在房间里走动。乔世景凑过来问:"好些了吗?"田韵抒用眼睛瞟着他说:"谢谢你还能牵挂我,孩子掉了,你心里比谁都轻松了。"乔世景急忙说:"现在不是扯这些闲话的时候,我让你回来是想告诉你,那些找不着的金疙瘩被妈藏起来了,你现在让妈找出来,放在家里显眼的地方。路旷明是知道沪东商会那几个商人往鱼肚子放金疙瘩的,一旦他交代出来,巡捕房就会有动作,说不定那个小偷儿又会来咱家了。"田韵抒说:"我敢断定,那个小偷就是你的假儿子小秃。"乔世景:"是不是他要以证据为准。反正我这辈子也不可能有真儿子了。"说罢意味深长地瞟了田韵抒一眼,又催促说:"对了,如果可能的话，你再到天飞马的画室去一趟，催他赶快完成另外五十幅油画。"田韵抒不情愿地说："让叶丽鹰催他不是更好吗？他跟叶丽鹰是巴黎的同窗。"乔世景叹口长气说："我已经很久没见到叶丽鹰了，家里家外这么多的乱事，我哪里还有心思去大世界歌厅欣赏叶丽鹰啊。"田韵抒趁机说："那我情愿有这么多的乱事，否则谁能拖住你的心呢？""别说了，妈来了。"乔世景急忙制止田韵抒。

乔老太太拎着一个铁盒子进屋，往桌子上一掷说："看看，这是金疙瘩，一粒都不少，我要不是把它藏在这装糟子糕的铁盒子里，说不定它早就被小偷偷走了。"田韵抒说："怪不得我们找不到呢。""这一个人藏的东西呀，十个人都难找到。现在我把它交给你们了，再怎么藏我也不管了。"乔老太太索性说。乔世景在一旁催促："妈，您老就把它拿出来放进抽屉里吧。"乔老太太思谋说："放进抽屉里也太危险了吧？小偷进家里偷东西首先就要盯着抽屉的。"乔世景强调说："妈，现在就是让您在家里逮小偷的。"乔老太太疑惑地说："我在家里逮小偷？你就知道小偷一准会来吗？"田韵抒直言道："妈，小偷一准会来，他就是您的那个假孙子。"乔老太太突然睁大眼睛嚷："小秃？他真要再来偷我们，我就让他有来无回。"

7

上海巡捕房大牢内，路旷明被绑在椅子上用刑，他浑身是血，两个巡捕在一旁累得直喘粗气。

任队长走进来问："他交代了没有？"巡捕甲："这家伙挺扛打的，怎么打都不开口。"任队长说："打得轻，给我使劲打，两个没用的东西。"说罢转身离去。

任队长身后立刻传出皮鞭的抽打声和路旷明的惨叫声。

8

石玉婵正在大厅里收拾东西，安子益走进来。石玉婵望望他说："你脸色真难看，又出什么事情了吗？"安子益吁了一口长气说："路旷明被巡捕房用刑了，此事凶多吉少，乔厅长担心他在里边胡说八道。"石玉婵放下手里的东西说："那我要去看看许尚美，她丈夫进去了，她会没主心骨的。"

安子益拦挡说："你现在不能去，免得引火烧身。另外，赶紧把赵妈打发回老家歇几天，你把家里的金银财宝数点一下，究竟有多少，该藏的藏，该当的当，该卖的卖，都把它折合成银子，以备我参选国大代表时急用。"石玉婵像是没听见安子益的话，穿起外衣说："路旷明一定是为了赌气才把地押上的，为了这块地，他家里摊上了多少事情啊，公署总不能袖手旁观不闻不问吧？"安子益仍坚持道："这事要先听听动静再说，眼下最怕城中失火殃及池鱼呀。"

赵妈端饭进来放在桌上，微笑着说："先生、太太都饿了吧？我给你们做了点汤圆。"石玉婵忽然想起安子益的吩咐，便说："赵妈，先生说您身上有伤，想让您回乡下休息几天。"赵妈接过话说："先生、太太这么体谅我，那我就回去看看，我在家也待不住，兴许十天八天就回来了。""那您现在就去收拾东西吧，早点回去早点回来。"石玉婵叮嘱道。

安子益咬了一口汤圆，"哟，这汤圆味道真不错。玉婵，给赵妈多带上点盘缠吧。"石玉婵说："这话还用你提醒吗？"

赵妈笑道："那就多谢先生和太太了。"

9

上海维克多酒吧，地上放着两个旅行箱，旅行箱的颜色很醒目。维克多与美拉达在吃早点，桌上摆着咖啡、面包、牛奶。

维克多说："美拉达，这回你再不能去跟那个安小早演话剧了，他们中国人不诚信，把法租界拍到手的地都赌掉了，爸爸今天送你回法国读书。真正的文明还是在欧洲。"美拉达争辩说："这事又不是安小早干的，我为什么不能跟他演话剧呢？爸爸你对中国人太偏见了吧？现在你可是在中国的地盘上赚钱呢。"维克多一改温和的表情说："你别再跟我狡辩了，这次我是下决心要送你回法国了。"美拉达放下刀叉说："爸爸，我不想回法国，我就喜欢中国。"维克多抢白道："中国有句俗话叫近朱者赤近墨者黑，我再不想让我的女儿跟不讲诚信的人在一起了。""爸爸，难道法国人就讲诚信吗？你说中国人不诚信，那法租界的人就诚信了吗？往沪东学校排水淹死了学生，为什么不事先通知人家？"美拉达逼问道。维克多沉下脸，怒声说："我不许你这样跟我说话，真是越来越放肆了，都是跟那个安小早学的。"美拉达站起身，大声说："我就是不想回法国。"维克多毫不妥协道："今天你走也得走，不走也得走，我绝不允许你跟那个安小早在一起演话剧了。"美拉达突然绝望地哭起来。

10

上海中式庭院的夜晚，安小早起来撒尿，穿过大厅时忽然看到石玉婵房间的灯光亮着，不禁抬头看了一眼大座钟，时针指向凌晨两点。"都深夜两点了，妈妈怎么还不休息呀？"他好奇地想去看个究竟，便蹑手蹑脚走到石玉婵房间门口，见门没关紧，旁边留了一道小缝，便顺着缝隙往里边看。石玉婵正在摆弄金条，她把盒子里的金条拣出来，集中到一个大铁皮柜里，光灿灿的金条在灯光下闪烁。

安小早疑惑地想："我们家怎么会有这么多金条啊？这些金条都是爸爸妈妈挣的？还是别人送的呢？"安小早紧张地后退着，不小心碰翻了身后的一个瓷瓶。砰的一声，安静神秘的夜晚被这意外的响动打破了。

石玉婵突然从房间里冲出来问："谁？——"安小早愣在原地，望着一地的碎瓷，不知所措。石玉婵奔过来，看着一地的碎瓷："哎哟哟，你怎么这么不小心啊！"边拾拣碎瓷边唠叨："小早，你半夜三更不睡觉，跑到这里干什么？"安小早索性直言："妈妈，我起来小便，看见您房间的灯亮着，就跑过来看看。"石玉婵紧张地问："你都看见什么了？"安小早说："妈妈，咱们家怎么有那么多的金条啊？"石玉婵立刻伸出手指示意他小点声："既然你都看见了，那就进我屋里好好看看吧，这个家业早晚都是你的。"

石玉婵拉着小早进了自己卧室，继续数金条，小早在一旁看着。待石玉婵装满了一个大铁柜子，便跟小早说："小早，你拎拎有多重？"安小早拎一下，铁柜子一动不动，便说："太重了，拎不动。"石玉婵又打开一个木箱子，里面装满了各式玉器。石玉婵捧起一只玉龙给小早看，"这只玉龙是你十五岁生日时人家送的，你属龙，这是新疆的羊脂玉，可值钱了。你摸摸，这玉质多光润啊。俗话说人养玉玉养人，能养得起玉的都是富贵之人。"小早表情木讷地看着玉龙。石玉婵又打开一卷字画说："咱家一共有五十幅名人字画，你看这是元代的，这是明代的，这是八大山人的鸟，这是郑板桥的竹……"安小早怀疑地问："妈，您敢保证这字画都是真的吗？"石玉婵自信地说："送这些字画的人都是有求于你爸的，有的想当官，有的想经商，他敢送假画给你爸吗？那除非他的官不想当了，生意也不想做了。"安小早不屑地说："我爸又不是火眼金睛，怎能识得真画假画呢？"石玉婵说："这些字画妈都拿到城隍庙古玩店钱大爷那里鉴定过了，都是真迹。"石玉婵又打开一个木盒子，里面全是印章。"你看看这些印章，也是别人送给你爸爸的，没有一块差料子，这枚印章是寿山石的、这枚是青田石的、这枚是鸡血石的……咱家这些宝贝呀，够你花一辈子了，你爸和我只盼你去国外镀镀金，回来找个吃皇粮的官差做。"石玉婵说。安小早厌恶地望着石玉婵："妈，你不觉得你和我爸身上都有一股铜臭气和腐朽气吗？我的出生不能选择，我的道路一定要自己选择，还用你们如此费心设计我的前程吗？""你这孩子是怎么说话呢？"石玉婵沉下脸。安小早讥笑道："赶紧收拾你们搜刮的民脂民膏吧，别吃不了兜着走。"

安小早从石玉婵屋里出来，匆匆步入大厅，恰好遇见从卧室走出来的安子益。安子益左右张望了一下问："这半夜三更不睡觉，吵吵什么呢？""我起来小便，不小心把瓷瓶打碎了。"安小早一下子把真相说了出来。安子益嗔怪地瞟了他一眼说:"这瓷瓶是前清宫里的东西,要多珍贵有多珍贵,你怎么随随便便就打碎了呢? 这家里每样东西都是值钱的,你要像爱护自己的眼睛一样爱护它们。"安小早不屑一顾地问:"咱们家究竟是东西重要还是人重要啊? 如果是东西比人重要,那我从明天起就不再进这个家门了。"安子益怒声道:"你? ……"石玉婵急忙从自己卧室里走出来,看着安子益说:"真是孩大不由娘,你我苦心经营的这个家到头来说不定就化成灰了。"安子益不悦道:"你别说这些丧气话好不好? 要怪只能怪你我对小早的管教不严,太放任他了。"

安小早回到自己屋里,躺在床上辗转反侧,耳畔不时回响石玉婵的话:"咱家这些东西呀,够你花一辈子了,你爸和我只盼你去国外镀镀金,回来找个吃皇粮的官差。"安小早忽然坐起身:"我凭什么要你们这些腐朽之人为我设计人生呢?"他起身下床,穿好衣服,蹑手蹑脚走进大厅。大厅异常安静,坐地大钟的摇摆声在黎明前的暗夜里使劲刺激着他的耳朵,时针已指向凌晨四点。安小早回头望望妈妈的房间,灯已熄灭。又望望爸爸的房间,也已寂然无声。他迅速走出大厅,悄悄拉开院门,站在大门口回望了一眼中式庭院,头也不回奔出家园。此时晨曦微露,东方泛白。

清晨,石玉婵往桌子上摆早餐。安子益走过来问:"你亲自下厨了?"石玉婵:"赵妈不在,我不下厨谁下厨呢? 女人下厨房还不是天经地义的事情。小早起来了吗? 快喊他吃早饭吧。"安子益坐下说:"他都快成人了,吃饭还要你喊,真是不成体统。"石玉婵说:"我去房间叫他一下吧。"转身奔了小早卧室。石玉婵推开小早卧室的门,只见床上被褥叠放整齐,却不见小早,"咦,人呢?"石玉婵转身出屋,满院子喊:"小早——小早——"见四周仍无人应,又转身回到大厅,惊慌地问:"咱儿子是不是偷偷跑了?"刚要吃饭的安子益抬起头说:"两条腿长在他身上,他想跑谁又能拦得住呢?"石玉婵急赤白脸地说:"我们拼死拼活积攒家业,还不是为了他吗? 他倒好,离开家连个招呼都不打,真是太伤人心了。"安子益劝道:"有什么可伤心的,儿孙自有儿孙福,管那么多干吗呀? 还是把眼下的事情想想清楚吧。"

11

上海某里弄民居,许老太太将早饭摆在桌上,馒头、稀饭、咸菜,随后招呼道:"尚美、星星,赶紧过来吃早饭吧,总发愁也不是事啊,人是铁饭是钢,一顿不吃饿得慌。"

许尚美走过来瞟了一眼:"就吃这个呀? 星星口刁,能不能吃得下去呀?"许老太太说:"能吃上饭就不错了,她爸爸出了这么大的事情,要是银行封了咱家的账号,那就得喝西北风了。"许尚美忽然说:"妈这话倒提醒我了,我真要去看看银行的存款，旷明在里边凶多吉少，一旦被封了银行账号，星星去美国的盘缠就成问题了。"许老太太说："不光银行的钱，还有家里的，都要尽快打理出来，指不定巡捕房哪天来抄家呢。"路星星走过来说："大不了我不去美国，还回寺庙念经去。"许尚美立刻说："星星，你今天到学校去一趟，去美国留学需要学校开证明。"路星星不情愿地说："我都很久没去学校了，老师同学讥笑我怎么办？"

"瘦死的骆驼比马大，你再怎么样也是上海的校花冠军，你马上要去美国留学了，他们谁能去？让他们羡慕你去吧。"许老太太说话掷地有声。路星星说："要是我爸在就好了，轿车开到校门口，看哪个同学还敢讥讽我？"许尚美打断她的话说："好汉不提当年勇，这些话就甭说了。星星，你要尽快去学校把证明开来，以防夜长梦多。"路星星拿起外衣穿上说："那我马上就去。"

路星星刚走到校园门口，几个迎面走来的女生立刻停下脚步打量路星星。女生甲："这不是校花冠军路星星吗？"女生乙："她不是被绑架了吗？怎么又到学校来了？"女生丙："听说他爸爸是赌徒，巡捕房已经把她爸爸抓起来了。"几个女生凑到路星星面前。女生丁："校花冠军，难道这是真的吗？"女生甲："就是，这是真的吗？"女生乙："你快说实话，不说实话我们就不放你走。"四个女生一起围住路星星。路星星嚷道："你们这是干什么呀？我告诉老师去。"女生甲："你告诉老师我们就怕你了吗？你过去是校花冠军，老师捧你，现在你是阶下囚的女儿，老师还会捧你吗？"女生乙："就是，落架的凤凰不如鸡，这话谁不知道呀。"路星星还嘴说："你们才是鸡呢。"女生丙冲上来喊："你还敢骂人，来，揪她的头发。"四个女生揪住路星星的头发，打她的嘴巴，路星星惨叫着，满脸是血，不一会儿就晕了过去。女生丁："快跑，她被打昏了。"四个女生撒腿就跑。

一位男老师走了过来，他仔细看了看路星星："这不是校花冠军路星星吗？怎么成了这个样子了？"众学生围上来。男老师招呼道："来，你们都别愣着了，快把她抬到校长办公室去吧。"众学生七手八脚把路星星抬起来，在男老师的指挥下，奔向了校长办公室。女校长看了一眼满脸血污的路星星说："你怎么把她抬到校长办公室来了？"男老师说："她就是那个校花冠军路星星，被人打昏在地，我总不能见死不救吧？"女校长趾高气扬说："她爸爸不就是沪东办事处主任路旷明吗？一个大赌徒，刚被巡捕房抓了，你把他女儿弄到我办公室来，就不怕别人说闲话吗？"男老师说："救人危难总没有错吧？"女校长鄙夷地瞟了男老师一眼说："那你就把她弄到你宿舍去吧，你愿意怎么救就怎么救。"男老师满脸激愤说："校长，你这话是什么意思啊？"

"我什么意思你自己掂量去吧。"女校长一副居高临下的态度。

路星星显然听见了他们的说话，她闭着的眼角淌出一滴又一滴泪水。片刻，她睁开眼，坐起身说："校长，我今天就是来找您的，想让学校为我开一张证明，我要去美国留学了。"女校长质问道："你都多久没来上课了，你当了校花冠军，到处去商业演出，照片还上了香烟盒，我给你开什么证明啊？你早就被学校除名了，我们学校没你这样的学生。"

女校长说罢摔门而去。屋里立刻传出路星星绝望的哭声。

12

上海银行，男女员工们都在埋头工作，有的打算盘，有的与顾客交接业务。许尚美推门进来，扫了一眼四周，直奔贵宾窗口。她将手里的银票递进去，银行职员看了几眼，又递了出来说："您的银行账号被查封了。"许尚美惊讶地问："这是什么时候的事情？"银行职员说："昨天。"许尚美悻悻地走出银行，她不知道该往哪里去，她就默默在马路上走着，泪水模糊了视线。

商务馆里，李总在翻看一个纸制笔记本，一位年轻的女子拿着一张报纸走进来说："李总，想不到您还是一位慈善家呢，您去沪东学校捐款都见报了。"说罢将手中的报纸摆在李总的桌子上。李总扬扬自得地瞟了报纸一眼说："小事一桩，不值一提。怎么样，你还适应商务馆的工作吧？"年轻女子笑道："还好，只是刚来两天，一切尚待熟悉。"李总说："等你熟悉得差不多了，我就解聘许尚美了。"

许尚美这时突然出现在李总面前，她显然已听见了他们的谈话，神情不悦地看着李总和年轻女子。年轻女子不屑地瞟了一眼许尚美："李总，我先回办公室了，您有什么事随时唤我吧。"便哼着小曲出去了。李总打量着许尚美说："你来得正好，我正在看这些年的财务记录呢，我给你的一笔笔花销可真不少啊。你看这是为了把路旷明调回上海我借给你的二十万大洋，这是为路旷明到沪东办事处当主任我又借给你的十万大洋，还有……"许尚美打断他的话，神情激动地说："这十万大洋，路旷明当上沪东办事处主任后一直想还你，但你不要，你用这钱换了个沪东商会的副会长当，你也值了吧？""可我当这个副会长没捞到一点好处，除了为公署花钱就是为办事处花钱，而且不光要为官员花钱，还要为他们的太太花钱，逛一次洋百货就花去我一千万银票。这难道不是事实吗？"李总摊着两手说。许尚美索性撕破脸说："我们不是把钱都退给你了吗？"李总说："可你还有几笔钱没退给我，不能白白就这么花了吧？"许尚美直接问："那你说说，还有什么钱没退给你？"李总笑眯眯地说："路旷明从部队回上海之前我借给你的二十万大洋，你总该还了吧？"许尚美最见不得李总的眯眯笑脸，她知道那笑里藏着刀子。既然撕破脸了，她也就无所顾忌了，于是说："你是借给我二十万大洋，可你忘了为什么借给我了吗？我陪你走进了温柔乡，我的温柔不值钱吗？"李总哈哈哈大笑说："你又不是什么黄花大姑娘，去温柔乡走一趟竟要二十万大洋，你卖的价钱也太高了吧？"突然上前用手抬起许尚美的下巴。许尚美躲闪着："你想干什么？"

李总拉下脸说："我要让你尝尝花别人钱不还的滋味。"挥手打了许尚美一记耳光，许尚美惨叫着，嘴角流出了鲜血。

她怒目注视李总，目光中充满了仇恨。李总怒声骂道："你马上收拾东西滚出商务馆，我只当养了一条母狗。"说着又踢了她两脚。

许尚美摇摇晃晃出了办公室，走进洗手间，她站在镜子前打量自己渗血肿胀的脸，眼泪像河水一样在变形的脸上奔流。这时，年轻女子走进洗手间，见许尚美在镜子前哭泣，又转身出去了，恰遇一位穿旗袍的中年女人走来，年轻女子拦住她说："许尚美在里边哭呢，你先别进去，小心沾了晦气。"穿旗袍的女人不解地问："她为什么哭啊？"

年轻女子幸灾乐祸说："她丈夫被巡捕房抓了，她以前欠过李总的钱，李总要她还，她骂李总。"穿旗袍的女人说："还有这事？难怪从前李总对她那么好呢，原来这里有猫腻呀。"许尚美从洗手间走出来，看都没看眼前的两个女人，径自朝自己办公室的方向走去。年轻女子望着许尚美的背影说："都到这地步了，还张狂什么呀？"

许尚美把自己的东西简单收拾了一下装进一个包里，拎起来走出办公室。这时，走廊里突然出现商务馆的男女雇员，人们幸灾乐祸地看着她。许尚美快步穿过走廊，身后响起男女嘻嘻哈哈的笑声。

许尚美回到家就把一包东西扔在地上，许老太太走过来问："你脸上怎么破了？被人打的？"许尚美急忙说："不小心跌了一跤。"又说："妈，我和旷明的银行账号都被封了，商务馆今天也将我解聘了。"许老太太叹息道："真是屋漏偏遭连夜雨，那你手里就没有其他的积蓄吗？"许尚美说："名贵值钱的首饰都被偷了，有几幅值钱的字画为了旷明回上海也抵人情了，家里基本没什么值钱的东西了，要送星星去美国没有钱怎么行啊？"许老太太两手一拍嚷道："这可怎么办啊？这不是断送孩子的前程吗？这个路旷明，等我哪天见到他非扇他嘴巴不可，坑了一家人啊。"许尚美说："妈，这些气话就别说了。……哎，星星怎么没回来？我让她去学校开证明，她怎么到现在还没回来呢？该不会出事吧？"

13

路星星摇摇晃晃走出学校，站在马路边上看着南来北往的行人，耳畔不时回响着女校长的话……夜深了，路星星满脸泪水走在大街上，她不知走向哪里，走向何方。

许尚美神情焦虑地奔走在大街上，她在寻找路星星。

"星星——星星——你在哪里呀？"

许老太太慌慌张张在大街上跑着，她边跑边喊："星星——星星——"

路星星站在黄浦江边，望着滚滚的江水发呆。就在她准备纵身跳入江水时，安小早突然在身后拉住了她的衣服。

路星星挣扎着喊："你放开我，放开我，你让我死，让我死吧，我不想活了。"安小早说："想死也不能这样死，这样死了轻如鸿毛。你叫路星星，是上海的校花冠军对吧？"路星星转过身问："你是谁？"安小早说："我是圣选哥学校的安小早。""安小早？你是不是扮演罗密欧的安小早啊？"路星星又问。安小早说："算你有眼力。"

"你怎么会在这儿呢？"路星星奇怪地问。安小早说："我刚好路过这里，你为什么要轻生呢？你知道这世界上什么是最珍贵的东西吗？……是生命。生命对我们只有一次，你随随便便把生命断送了，就再也不可能得到它了。"路星星忽然哭起来："可活着又有什么意思呢？到处遭人白眼，我已经受够了这世上的惊吓了，将生命化为乌有，也许是我最好的选择了。"安小早说："其实每个人活得都不顺心，眼下我也在人生的十字路口徘徊。但有一天我偶然听了一个人的讲课，我忽然明白人生是要为理想而奋斗的，什么是理想呢？那就是让我们周身热血沸腾，颠覆这黑暗腐朽的社会。"路星星急忙问："你是不是通共呀？你这话很像通共的人说的？"安小早笑道："你想认识他们吗？如果你真了解认识了他们，你的脑袋里装的就不是个人的事情了，你会把全中国乃至全世界都装在心里。"路星星好奇地问："你说的可是真的？"安小早说："你不相信，就跟我去见识一下好了。""走，那我跟你去见识见识吧。"路星星说罢就跟安小早走了，两人瞬间就跑得无影无踪。

许尚美来到江边，意外地发现一个发卡，她捡起来打量着说："这是星星的发卡，难道……"她惊慌地望着黄浦江水大声呼唤："星星——星星——"

14

上海中式庭院的夜晚，石玉婵在梦中见到了儿子小早，小早跟她招手："妈妈，我走了啊，您多保重！"石玉婵急忙问："小早，你到哪里去呀？"安小早说："妈妈，等改天换地那天，我一定回来看您。"安小早微笑着远去。石玉婵忽然从梦中惊醒："小早——小早——"她的喊声很响。安子益推门进来问："你乱喊什么呀？把我都惊醒了。"石玉婵说："我梦见小早了，他说等改天换地那天再回来看我，然后就微笑着走了。你说，小早他不会出事吧?"安子益叹口气说:"明天去学校看看，他快成人了，能出什么事啊。深更半夜的，快睡吧。"转身欲走。石玉婵一把抱住他说:"先生别走，我好害怕。"

第二十五章

1

石玉婵站在街头东张西望，她在寻找安小早。许尚美迎面走过来，突然看到石玉婵，"玉婵大姐，您在这里干什么呀？"石玉婵焦急地说："我刚从小早的学校出来，小早不见了，学校也不知道他去了哪里。"许尚美忙问："怎么，小早也不见了？您看我正四处找星星呢，昨天让她去学校开证明，好办赴美留学的签证，她昨天就出来了，至今没回家，我都快急死了。"这时，有两位中年男士从他们身边经过，两人的交谈引起了石玉婵和许尚美的警觉。男士甲："你可能还没听说吧？京城的学潮闹得很厉害，巡捕都开枪了，学生死伤无数。"男士乙："上海这边还算消停，没见学校有什么大动静。"男士甲："你以为咱上海的学生没血性啊，早就三五成群坐火车跑到北京去了，说不定那挨枪子的学生里就有咱上海的呢。"两位男士渐渐走远。

石玉婵和许尚美彼此惊恐地望了一眼。许尚美担心地问："玉婵大姐，我们的孩子该不会进京参加学生运动吧？"

石玉婵的心乱极了，依小早的性格他是一定会去北京的，可她还是佯装镇静地安慰许尚美说："尚美，你别急慢慢找，我再到别处找找去。"

2

上海通商公署，安子益在办公室给京城打电话，眼下他诸事都需京城的老同学帮忙，这其中也包括寻找儿子。"老同学，还有一件事需要麻烦你，我儿子安小早近日突然失踪了，这孩子思想比较激进，你帮我查查京城那帮闹学潮的人里有没有他，如果有的话，您立刻差人把他送回上海。"

安子益放下电话，突然看到乔世景站在自己面前。他忧心忡忡地说："虽说我儿女心不重，可小早几天没音信，我还是放不下这颗心啊。京城学潮闹得凶，

— 358 —

但愿我儿没有置身其中啊。"乔世景安慰道:"您的儿子那么机灵,不会跟着瞎起哄的,安署长就不要杞人忧天了……京城的情况怎么样?"安子益说:"我刚跟老同学通过电话,大帅府肯定要重新易主了,大公子已经不知去向。"乔世景兴奋地拍起巴掌:"这对我们来说是一个利好的消息,大公子被劫匪掠去的一千万银票就不用急着还他了。"安子益立刻沉下脸说:"你只看眼前的一点小利益,如果大帅府易主了,我前期为连任国大代表所花出去的银两岂不是白费了吗?"乔世景投其所好说:"那就动用天飞马一百幅油画的银子吧,上次跟银行已经交易五十幅了,换了五百万大洋,往沪东学校捐了七百块大洋,余下的都可以作为您连任国大代表的活动经费。"安子益忽然问:"另外那五十幅油画款呢?""天飞马至今还没画完呢,去催了他几次,他有意磨洋工。"乔世景如实相告。安子益皱起眉头问:"是不是他也听到什么风声了?"乔世景说:"他画室门口有看守,他能听到什么风声呢?不过也难讲。""你赶快催促天飞马把那五十幅油画画完,跟银行兑成银子。要让他知道通共是死罪,不管京城大帅府换了谁,通共的人都不会有好下场的。"安子益放了狠话。乔世景心领神会地点头:"我知道了。"安子益仍不放心地叮嘱道:"乔厅长,最近公署遇上的麻烦挺多的,你我要万分小心,该办的事情都要办得干净利索,不要留下痕迹授人以柄。"乔世景认真地说:"安署长,我明白。"

3

安子益刚进家门,石玉婵急忙奔过来问:"你给京城的老同学打电话了吗?有没有小早的消息呀?"安子益说:"他答应马上帮着查找,只要小早不去参加学潮,就不会有事的。"石玉婵哭丧着脸说:"真是急死人了。……对了,今天我还碰到路太太了,她女儿路星星也失踪了。""这回应该不是又被绑架了吧?唉,小早会不会跟路星星在一起呀?"安子益忽发奇想。"应该不会吧,这两个孩子根本不认识呀。"石玉婵否定说。安子益坐在沙发上,闭目沉思了一会儿,突然睁开眼说:"玉婵,你赶快把家里的东西能变卖的就变卖,都兑换成银子,存到美国的银行里去。另外,你要催促乔厅长太太让那个油画家天飞马把油画抓紧完成,以防夜长梦多,到时候还不知道钱会落在谁的口袋里呢。还有,路太太你最近要少接触,我担心路主任在牢里胡说八道,沾了我们一身腥。"石玉婵接着问:"小早失踪的事,要不要在报纸上登个广告?"安子益断然道:"如果他真去京城参加学潮了,登个广告岂不就授人以柄了吗?先别急,很快会有消息的。"

石玉婵按着安子益的吩咐开始安置家里的财物,她先拎着数卷字画走进城隍庙钱大爷古玩店。"哟,安太太来了,今天到我店里有何贵干啊?"钱大爷打量着石玉婵手里的字画问。石玉婵说："钱大爷，这是我娘家传下来的字画，您给估个价，如果价位合适，我就想在您店里换成银子了。"钱大爷打开字画一幅一幅用放大镜看了半晌，欣喜地说："都是真迹，没有半个假字。可如今兵荒马乱的，都不愿意要实物，您要开很高的价，恐怕就难成交了。"石玉婵不慌不忙地说："那您估个价，想给多少？"钱大爷伸出手指比画了一下问："这个数如何？"石玉婵立刻说："这太少了吧？连我一半的预期都未达到。"钱大爷争执道："我收这些字画是担着风险的，一声炮响就化成灰了，一块大洋都落不下。如今上海滩很少有人出钱买字画了。"石玉婵犹豫着说："您再添点，就算给个面子钱了。"钱大爷毫不退让地说："我给太太面子，那谁给我面子呀？"石玉婵略微沉思片刻，最后说："那……就成交吧。"

石玉婵从钱大爷古玩店出来，手提银票焦虑重重，耳畔不时回响儿子小早的话："妈，你不觉得你和我爸身上都有一股铜臭气和腐朽气吗？我的出生不能选择，我的道路一定要自己选择，还用你们如此费心设计我的前程吗？……赶紧收拾你们搜刮的民脂民膏吧，别吃不了兜着走。"石玉婵忽然一阵眩晕，不由靠在路旁的一棵树上。

4

上海法租界老大公寓，法租界老大在打电话："沪东的沼泽地是拍卖会上成交的，是受法律保护的，手续正在办理之中，沪东办事处主任路旷明把它当了赌资，这显然是违法的，我们要通过律师起诉他。"法租界老大放下电话，转身看到了钱大爷，惊讶道："您老人家怎么不声不响像猫一样钻进来了，你当我是老鼠啊？"钱大爷一脸正经地说："老大，我有要紧的事情相告。"法租界老大指了指沙发："坐下说，什么要紧的事情？"钱大爷坐在沙发上，喘着粗气说："安署长的太太刚到我店里来了一趟，卖了一大批名人字画，我鉴定过了，都是真迹。"法租界老大笑道："不用说你又发了笔横财。"钱大爷接着说："我的价位给的不高，但她还是出手了。依我看通商公署是个捞钱的衙门，沪东办事处只不过是它的派出机构，路主任就敢把拍卖成交的地皮当赌资，这胆子未免也太大了吧？"法租界老大摸着油亮的头发说："我刚才正咨询有关部门呢，法租界如果起诉路旷明，通商公署再有本事也难保他们的路主任不在大牢里蹲个十年八载的了。"钱大爷继续出点子说："要我看，这事干脆一竿子戳到底，趁着孙大帅联合奉军攻占了京城大帅府，索性把通商公署也抖落个大鱼翻白，这样的衙门都是捞钱的祸害。孙大帅如果想另立新政，自会另聘一班人马，可谓一朝天子一朝臣啊。"法租界老大愣了一下，认真地看着钱大爷说："那我们要想想，扳倒通商公署对我们有什么好处没有？如今日租界大有压倒法租界的势头，通商公署已经成了我们手中的棋子了。"钱大爷进一步鼓动说:"那就看你下一步怎么摆弄这棋子了。"法租界老大胸有成竹道:"我心里要是没谱的话,前一阵子敢那么瞎折腾吗?"钱大爷哈哈哈笑起来。

法租界老大感觉钱大爷的笑声很瘆人,好像连房间都跟着震颤起来了。这笑声让他心里的棋谱越发清晰明朗了。

5

上海中式庭院,心急如焚似成了主人近日的生活常态,一切都需要期待,需要说法,需要尘埃落定。

石玉婵刚进屋,安子益便匆匆迎出来问:"怎么样?"石玉婵说:"以极低的价位成交了,城隍庙古玩店的钱大爷简直就是个人精子,该给十块大洋的只给了五块大洋。"安子益吃惊地问:"你怎么跑到他那里去了?沪东拍地的时候,他跟法租界串通一气,这你又不是不知道?"石玉婵说:"现在只有他那里还能拿出现钱来,我不找他又找谁呢?……哎,连儿子都不见踪影了,弄这些钱又有什么用啊?"

赵妈拎个包袱慌慌张张跑进来喊:"太太——太太——"

石玉婵惊讶道:"赵妈,你怎么突然回来了,身体休养好了吗?"赵妈放下包袱说:"都好了,我心里放不下先生和太太,就提前回来了。太太,我刚刚在大街上看见小早了,他带着一帮学生上火车站了。"石玉婵顿时睁大了眼睛,惊喜地问:"真的吗?"安子益疑惑道:"您老没看错吧?"

赵妈语气坚定地说:"别人我兴许会看错,小早我是看着他长大的,怎么会看错呢?"石玉婵急忙说:"先生,那我们赶快去火车站找找吧。"

安子益和石玉婵匆匆赶到上海火车站,一列火车正欲启动,安子益和石玉婵急忙跑进站台。两人在车厢外奔跑,一节车厢一节车厢地看着,就在他们跑到中间的车厢时,车开动了,他们仿佛看到小早的脸在车窗玻璃上晃了一下。石玉婵大声呼喊:"小早……"安子益骂道:"这个混账孽种!……"

火车越开越快,越跑越远,直至在他们的视线中消失。

安子益与石玉婵失望地走出站台,默默行走在上海的大街上,繁华的街道、喧闹的人群似都与他们无关,石玉婵欲哭无泪,儿子安小早肯定是走了,他不喜欢家庭的束缚,更不喜欢父母的管教,现在身为父母的他们都相信"孩大不由娘"这句俗话了。

数天后,赵妈挎着菜筐推门,忽然看到一封信,上写"安子益、石玉婵"收。赵妈拣起信吹吹,好奇地打量了几眼,进门就喊:"太太,门口有封信。"石玉婵接过信一看,惊喜地说:"是小早,先生,小早来信了。"安子益急奔过来问："信上都写的什么呀？"

石玉婵拆开信读起来：

"亲爱的爸爸、妈妈：

当你们看到这封信的时候，你们不孝的儿子已经乘上南下的列车奔赴广州了，我很快会穿上军装，拿起枪杆，成为一名浴血疆场的军人。我知道这些天你们一直在找我，当我在京城目睹同学被枪弹镇压时，我就决心再也不回这个家了，我要为推翻腐朽黑暗的社会而奋斗。爸爸妈妈给了我生命，但孩儿要让这生命去追寻真理，活出真正的价值。……"

安子益忽然跺着脚说："这哪像我的儿子呀？简直是大逆不道啊！这信要赶紧烧了，不能留下任何痕迹，什么理想什么真理，这都是通共的字眼，会断送了我的政治前程啊。"

石玉婵板起脸说："你可真是个官迷，自己的亲骨肉都离开家了，你还说这样的话。儿子的选择也许是对的。" 安子益吼道："早知道他是这么一个混账孽种，我当初就不该生他！"

石玉婵反驳说："你这么冷血的男人，就不应该娶妻生子。真是没有人性！"安子益继续吼道："我怎么没有人性了？我拼死拼活工作，还不是为了这个家吗？他说走就走了，连个招呼都不打，他以为他是老子了！"赵妈在一旁劝道："好了先生，您就少说几句吧，小早走了，太太她心里不好受啊。"

安子益恶狠狠地说："她活该，对孩子管教不严，她这是自作自受！"石玉婵再也忍不住了，跳起来跟安子益理论："我对孩子管教不严，你又什么时候关心过孩子呢？你的书法你的象棋你的古玩你的字画还有你的花朵……统统都比孩子重要。"安子益恼怒地用手指着石玉婵的鼻子说："石玉婵，你给我记住，在这个家里我是天，你是地，你如果欺天霸地，就不配当我的太太。"说罢气冲冲奔出屋去。石玉婵突然哭起来："小早，我的儿子，你为什么要离开妈妈呀？……"

6

上海某里弄民居的夜晚，焦虑笼罩了房间的一切。许老太太灰头土脸推开家门。许尚美惊异地望着她："妈，您到哪里去了？"许老太太喘着粗气说："我刚从乡下的寺庙回来，星星已经在那里削发为尼了。"许尚美吃惊地叫起来："啊？妈，您快说，这到底是怎么回事？"许老太太就把事情的来龙去脉讲了一遍。

路星星从学校出来准备跳黄浦江时，恰好安小早路经此地将她拉住。于是，路星星去京城参加了学潮，巡捕对着游行的学生开枪，路星星看到死伤的学生，吓得直哭。路星星乞求说："小早哥，我害怕，我要回家。你送我回家好吗？"

安小早不耐烦地说："女孩子真是麻烦，当初不让你来你偏来，来了你又要回去。""我不知道巡捕会开枪杀人，我好害怕，真的好害怕。"路星星哭着说。安小早问："那你回去干什么呀？你以为上海就见不到血吗？现在到处都在打仗，多少无辜的人都在流血。"路星星说："我回去也不会在上海待着，我要找一个清静的地方念经去，现在我总算明白这世界了……"安小早又问："你明白什么了？"路星星说："'照见五蕴皆空……'"安小早笑道："莫非你要出家当尼姑去？"

路星星叹息说："我曾经那么喜欢繁华的上海，每天有好吃的好玩的好看的，可我被绑架后就再也不喜欢上海了。……跟你来到京城又看到这么多的学生流血牺牲，我好害怕，我只想去寺庙里念经了，寺庙里好清静啊。"安小早无奈地看看路星星说："人各有志，你想回上海我也不拦你，但你回到上海需要帮我办一件事。"路星星问："什么事？"安小早说："转交我爸妈一封信。"路星星保证说："这事我能办妥，如果我们两个这次碰不到一起，还不知道你妈妈和我妈妈是学姐学妹。哎，小早，那你要到哪里去呢？"安小早笑道："好男儿志在四方。"安小早单腿点地，将纸铺在膝盖上写信，随后交给路星星。

许老太太绘声绘色的讲述让许尚美不得不相信。许老太太又说："我从寺庙回来，就把星星交给我的信悄悄放到石玉婵的家门口了，我怕惊动他们，怨怪咱家星星，也就没打招呼。"许尚美不解地说："难道我苦挣苦熬了半辈子，就是为了把旷明送到大牢里、把星星送进寺庙里吗？老天爷啊，你为什么对我这么不公平啊！"说罢大哭起来。许老太太劝道："事已至此，你哭死也没用，只能怪咱命不好。当初妈就不同意你嫁给一个穷当兵的，你死活不干，非要嫁给他不可，结果怎么样？现在傻眼了吧？"许尚美嗔怪说："妈你总说这些闲话有什么用啊？真是火上浇油。"许老太太不满意地瞟了一眼许尚美说："这怎么又埋怨起我来了？路旷明才是你应该埋怨的人呢，你把他安排回上海当了沪东办事处主任，他们家那些山猫子野兔子都来巴结咱了，如今咋见不着人影了，就连那个孙喜眉都不知道躲到哪个旮旯去了，这真应了老祖宗的话了，门前拴上高头马，不是亲来也是亲；门前放根讨饭棍，亲戚故友不上门。"许尚美不耐烦地说："好了，妈，您别说了，我马上去寺里把星星接回来。"许老太太怒声道："你去也白去，我把嘴唇都说破了，星星也不肯回来。"

7

上海郊外寺庙的夜晚，一盏孤灯前，路星星在诵经。黑暗中的许尚美东张西望，隐隐听见诵经声，立即寻声望去，只见一处简朴的房门里透出光亮，一个穿海青的尼姑正在背对门口诵经，许尚美悄悄走到跟前问："是星星吗？" 诵经声依旧，许尚美从声音判断这个年轻的尼姑就是路星星。许尚美说："星星，我是你妈妈呀，你转过脸来，让妈看你一眼好吗？你爸进了大牢，你又当了尼姑，妈妈可怎么活下去呀？"路星星未转身，嘴里念道："千方百计你得到了多少，精打细算你失去了多少，求而不得你烦恼了多少，贪心不灭你造恶了多少？……"许尚美乞求道："星星，你转过脸来让妈看看好吗？"路星星继续念道："年复一年你看破了多少？日复一日你放下了多少？……"许尚美再也忍不住了，大声喊道："星星，我是你妈妈呀！你难道真不认妈妈了？妈妈把你抚养这么大，不容易呀！你要跟我回家，跟我回家啊！——"许尚美奔进屋里，抱住路星星大哭。路星星仍不为所动，嘴上依旧念着什么。

8

天飞马在画室作画，画面上是一只欲飞的苍鹰站在峭岩上，翅膀正欲拍动。田韵抒悄然走进来，天飞马似未在意她的到来，田韵抒就站在他身后看着。

天飞马涂完最后一笔，掷下画笔得意地打量画面说："丽鹰，你看这只苍鹰像不像我啊？"田韵抒不悦地说："看起来你心里只有叶丽鹰啊！"天飞马突然转过脸，发现眼前站着的竟是田韵抒，便笑道："田姐姐，你怎么有闲来了？"田韵抒沉着脸问："我现在还是你田姐姐吗？"天飞马说："当然是了，任何时候你都是我的田姐姐呀。"田韵抒索性说："嘴巴甜不如画得好，画得好不如画得快。"天飞马忽然明白田韵抒来的目的了，便直言说："不用你来催，我很快就会画好的。" 说罢上下打量着田韵抒问："怎么，我的孩子不见长吗？"田韵抒自嘲地说："他偷偷溜掉了，因为他的爸爸不喜欢他，他很有自知之明啊。"天飞马吃惊地看着田韵抒，不相信地问："什么？你把我的孩子溜掉了，你凭什么呀？那可是我的孩子。"田韵抒厌恶地瞟了他一眼说："当初他来的时候你怎么不这样说啊？现在他走了你又说这话，真是出尔反尔。"天飞马立刻换了一副面孔说："其实最受损失的是乔厅长，他再也不能白得一个儿子了，更不能堂而皇之地当爸爸了。"田韵抒打断他的话："这事就别再啰唆了，你抓紧把五十幅油画画好吧，十天之内公署要来提货了，这可事关你的性命，千万别马虎啊。""我的小命在田姐姐的手里攥着呢，让我往东就不敢往西呀！"天飞马讥诮地说。田韵抒不屑地瞟了他一眼说："你知道就好。让我来看看究竟还差几幅油画？"说着走到一堆油画前，一幅一幅地数起来，数完后看着天飞马，认真地说："还差十七幅油画，十天之内你能画完，实在不行就加个班，怎么也不能因为几幅油画把命赔上吧，画跟命相比，还是命重要，命不能复制，也不能失而复得。"天飞马趁机说："田姐姐说得对，我一定抓紧，然后就像这只苍鹰一样飞出去。"田韵抒拿着腔调说:"油画诚可贵,自由价更高啊。对吗?"

9

上海律师事务所内,叶丽鹰与律师面对面坐着,两人正商谈什么。律师的身后是中式古典书橱,里面摆满了书籍。

律师说:"根据你的要求,我们想了第二套方案,届时有人接应你们。"叶丽鹰问:"那批油画呢?我们能不能连油画一起带走?五十幅油画可换一大笔生活费了。"律师沉思片刻说:"将油画一起带走不太可能,立马换成银票目标也太大了,弄不好你和天飞马都逃不出去了。"叶丽鹰焦急地说:"那可怎么办啊?律师,您帮人帮到底,要为我和天飞马好好想想啊!""这样吧,我有个朋友是收藏家,届时让他先出一部分资金收了这批油画吧。"律师说。"那真是太谢谢您了,等我们到了俄国,一定把最先进的思想灌输到脑子里,不辜负您的希望。"

叶丽鹰笑着离开律师事务所,直奔天飞马画室,"天飞马——天飞马——"她叫喊着跑进画室,一眼看见田韵抒,立刻沉下脸说:"厅长太太怎么也在这儿呀?"田韵抒反问道:"我不该在这儿吗?那我该在哪儿?"叶丽鹰说:"天飞马现在是囚犯,厅长太太总来囚犯的画室不妥当吧?"田韵抒讥讽道:"你还是没有级别的歌女呢,怎么跑到厅长家里乱弹琴呢?"叶丽鹰自炫说:"那是乔厅长请我去的,要我教他弹钢琴,怎么是乱弹琴呢?"天飞马急忙说:"好了好了,女人到了一块就掐架,多无聊啊!"田韵抒以命令的口吻说:"天飞马,我走了,记住十天之内公署要来提这批画。"说罢瞟了一眼叶丽鹰,转身出门。

叶丽鹰望着她的背影悄声说:"想得美!"天飞马急忙掩住她的嘴:"跟律师谈好了吗?"叶丽鹰说:"谈好了。"天飞马问:"什么时候行动?"叶丽鹰说:"后天晚上。"天飞马忽然抱起叶丽鹰旋转了几圈说:"这下雄鹰真要展翅高飞了。"

10

上海巡捕房,任队长怒气冲冲在办公室踱步。李副队长腋下夹着卷宗走进来。任队长问:"姓路的交代了没有?"李副队长说:"没怎么交代,记录都在这儿,您看看吧。"任队长恼怒地说:"他没怎么交代我看什么呀?回去想办法让他交代,我就不信用重刑撬不开他的嘴,他当沪东办事处主任没少捞油水,你要一笔一笔问出来,拔出萝卜带出泥。""是。"李副队长转身出去。

11

郑旷达、李总、吕老板正在美达宾馆商议事情,桌上摆着麻将牌。郑旷达说:"路主任这一进去,安署长和乔厅长可能都睡不踏实了。"李总接过话说:"就是,且不说安署长,就乔厅长钓鱼就钓去了我们多少金疙瘩呀。"吕老板插言道:"那咱们马上去揭发,把这事翻腾出来。"郑旷达摇头说:"这恐怕不合适吧?不管怎么说,我们还是沪东商会的,要是我们把通商公署折腾没了,对哥几个又有什么好处呢?现在我们只对路旷明一个人使劲就行了,不要打击一大片,看看风向再说吧。""那就听郑会长的,看看风向再说。来,哥几个今天搓一把吧,多少天都没动麻将了。"李总将麻将牌拖到自己跟前。吕老板抢过来说:"我洗牌。"一边洗牌一边问:"哎,路主任身边那个会掏耳朵的孙喜眉到哪里去了?"郑旷达说:"听说是回乡下老家了。"吕老板惋惜道:"那么机灵的丫头回乡下真是可惜了。""也说不定在上海哪个旮旯藏着呢。"李总搭腔说。

12

沪东日本纱厂,夜深人静。孙喜眉在监工宿舍里给日本监工掏耳朵。"哟西,舒服死我了。"日本监工试图抓摸孙喜眉的手。孙喜眉躲闪着说:"工长,您可不能乱动啊,您要乱动的话,我手里的掏耳勺会把您的耳朵捅聋的。"日本监工淫笑着说:"掏,继续掏,等你掏完。"孙喜眉继续给日本监工掏耳朵,眼睛不时往窗外看。

窗外,孙哥正在东张西望找孙喜眉,忽然看见亮灯的房间便奔了过去,悄悄扒着窗子往里边看,只见日本监工抓住孙喜眉的手说:"让我看看,你的手是怎么把我掏舒服的。"

孙喜眉惊恐地后退着,试图甩开他的手说:"不是我的手是这个掏耳勺……""你的不要怕,花姑娘,我会好好保护你的。"日本监工按住孙喜眉,用手撕扯她的衣襟。孙喜眉挣扎着,惊慌地用双手护着衣襟说:"工长,我有男朋友了,让他看见会打死我的。"日本监工蛮横地说:"有我的保护,他不敢打你的。"窗外,忍无可忍的孙哥一脚踹开门冲进来吼道:"孙喜眉,你个不要脸的女人,竟敢在这里冒犯工长……"日本监工和孙喜眉同时惊愣了。孙哥不由分说上前揪住孙喜眉的衣襟说:"工长,乡下女人没规矩,冒犯工长了,待我回去好好收拾她。"说罢揪着孙喜眉跑了出来。

两人跑到僻静处,左右看看没人,孙喜眉问:"你怎么来了,你不要命了?"孙哥说:"撒泡尿竟撒了这么长时间,我右眼皮直跳,感觉没好事,果真没好事。你每天晚上出来撒尿,是不是都来给日本监工掏耳朵啊?"孙喜眉委屈地说:"我不来给他掏耳朵,他就在车间找我的麻烦。"孙哥怒气冲冲说:"今晚要不是我闯进门,你就被他糟蹋了。"孙喜眉提醒道:"可你今天惹下大祸了,日本监工不会放过你的。"

孙哥忽然说："那我们想办法逃走吧？"孙喜眉担忧地说："当初我就不想来日本纱厂，你非拉我来不可。现在又要逃走，如果被抓住了，那可是死罪。"孙哥语气坚定地说："要逃就不会让他们抓住。"孙喜眉急忙说："那咱就逃吧，我跟你走。"

"咱俩不能往一个方向跑，你往上海城里跑，我先到沪东学校躲一躲。"孙哥吩咐说。

孙喜眉连夜逃出沪东纱厂。第二天一早，她慌慌张张跑到许尚美家门前，突然看见门上新换的锁，不禁站在门前嘀咕："人都不在家吗？连锁都换了？"一位女邻居出现在她面前说："你是路主任的亲戚吧？我见过你的。"孙喜眉问："我舅舅家里怎么没人呢？"女邻居诡异地笑笑说："你可能还不知道吧？路主任被巡捕房抓走了。"孙喜眉一脸的惊讶："真的？为什么呀？"女邻居一副莫测的样子说："犯了官事呗，巡捕房还能错抓人吗？"孙喜眉不相信地"啊？"了一声，转身跑了。

13

上海巡捕房路口，许尚美和许老太太从人力车上下来。许老太太走在前边，许尚美在付车费。

石玉婵迎面走来，她一眼就看见了许尚美，"尚美，真巧在这里碰上你了。你这是去哪儿啊？"许尚美说："我去巡捕房给旷明送点衣服。"石玉婵立刻叮嘱道："你要告诉他真金不怕火炼，一个男人要能扛住事呢，扛过去了也就万事大吉了。"许尚美神情严肃地说："我知道，一定不能让他连累通商公署。"石玉婵又问："你女儿赴美留学的事到底怎么说了，这名额多少人盯着呢。"许尚美表情悲戚地说："玉婵大姐，你应该知道的，星星她去不了美国了，她在寺庙削发为尼了。""名冠上海滩的校花出家当尼姑了，这太不可思议了吧？"石玉婵既吃惊又不相信。"星星出家之前，曾跟小早去京城参加过学潮，回来就去寺庙当尼姑了。"许尚美只好把事情的真相说了出来。"这事我怎么一点也不知道啊？"石玉婵吃惊得眼球都快瞪出来了。许老太太走过来说："安太太，您儿子那封信就是星星带回来让我转交的。""是吗？这太出人意料了。为什么不事先告诉我？"石玉婵嗔怪地问。

许老太太说："星星跟我也没说什么，只让我转交给您一封信……哎，这都是命，谁都怪不着。""既然事情这样了，您老人家就宽心吧，人生没有过不去的坎。尚美，那我走了。"石玉婵匆匆离去。许老太太望着石玉婵的背影说："早知今日，当初何必花那么多的银子巴结她们呢？"许尚美急忙说："妈，您就少说两句吧，人生哪儿有卖后悔药的？"

两人到了华界巡捕房，许尚美、许老太太带着衣物跟李副队长交涉。许尚美说："旷明从家里出来时没带衣服，我今天来给他送衣服，想见见他，跟他说几句话。"李副队长横眉立目道："路旷明是重犯，受审期间是不能见家人的。"

　　许老太太悄悄从衣兜里掏出三块大洋递给李副队长说："长官，看在我这个老太婆的份上，您就让我们见见吧。"李副队长掂掂手中的三块大洋，咧嘴笑道："那就破个例让你们见见，但只给你们五分钟的时间，在牢里见面，不能让任何人知道。"

　　巡捕房大牢里，路旷明满身血污出现在大牢门口，一道铁栅栏将他和许尚美、许老太太隔为两个世界。许尚美突然哭起来，边哭边说："旷明，他们打你了吧？你真是受苦了。"

　　许老太太将许尚美推开，挥起巴掌想打路旷明，手在半空中挥了挥又无力地落下了，许老太太咬牙切齿地骂道："你真辜负了我们尚美一片心啊！花那么多银子把你弄回上海，难道就为了让你今天蹲大牢吗？你害得我们一家好苦啊！"路旷明顿足捶胸说："妈，我错了，我错了呀！星星呢？她怎么没来？尚美，赶快把银行的钱取出来，让星星去美国吧。"

　　"银行的账户被封了，星星也去不了美国了，她削发为尼出家了。"许尚美绝望地说。路旷明吃惊道："什么？星星削发为尼了？天啊，我的星星怎么会落得这样的下场啊?!"许老太太怒骂道："这还不都是你惹的祸，如果你不去赌场，怎么可能逼得一家人走投无路呢？"路旷明忽然说："尚美，你马上去找胡老板，跟他借钱把星星送到美国，星星不能出家当尼姑啊。"许尚美沮丧地说："如今你在大牢里，谁还肯借钱给我呢？不追着我讨钱就不错了。""那你就去乡下让我们家人想想办法吧。"路旷明又说。许老太太阻拦道："那些个山猫子野兔子能有什么办法啊？别做梦了。"外边传来看守的喊叫："时间到了。"路旷明依依不舍地望着许尚美，哽咽着声音说："尚美，我要是被判了刑，你就重新嫁人吧，年纪轻轻的，不必为我守着。"许尚美急忙说："旷明，你说的什么话呀？你会出来的。你只要不乱说乱道，也就没什么罪过，你要是乱说乱道，那就会罪加一等，你给我记住了。""可我……我……"路旷明似有难言之隐。许尚美推着许老太太说："妈，咱们走吧。"路旷明望着她们的背影喊："尚美，等我出去呀！"许尚美和许老太太走出大牢，两人的脸上突然泪水纵横。

14

　　上海中式庭院，难得主人礼拜天在家里休息。安子益站在桌子前打量玉棋，玉棋摆在棋盘上，明显缺了两枚。

　　石玉婵匆匆进屋，将手包丢在沙发上说："我刚在路上看到许尚美和她老母亲了，两人去牢里看望路旷明，许尚美说她女儿路星星削发为尼了，一家人落得这样的下场，也真是可怜。你们通商公署就不能出面保一保路旷明吗？他毕竟是沪东办事处主任，你们的下属啊。"安子益说："那要看他在里边会不会胡说八道。如果他在里边胡说八道，谁保得了他呢？不把我和乔厅长牵扯进去就不错了。"石玉婵焦急地问："那现在就眼睁睁看着路旷明被巡捕房折磨吗？"安子益无奈地说："眼下只能静观事态的发展，真没有什么好办法救他，他这也是自作自受，胆大包天把拍过的地当赌资，怨不得别人。"石玉婵叹息道："当初把小早赴美留学的名额给了路星星，我心里还稍安一些，现在路星星削发为尼了，作为许尚美的学姐，我心里真不是滋味。"安子益强调说："赴美留学的名额是稀缺资源，赶紧把这名额送给京城用得着的人，这可是一个大买卖。"石玉婵不屑地说："你凡事都想从中牟利，就不怕凶财凶出？"安子益理直气壮道："钱越多越好，钱又不扎手。""我已经想好了，成立一个教育慈善基金会，把家里能捐的钱都捐出去，救助那些读不起书的学生。"石玉婵忽然摊牌。安子益立刻沉下脸说："你别给我添乱好不好？"

15

孙哥在沪东学校见到了赵人杰，两人一见如故，谈话投机。赵人杰说："如果你想跟我一块干，那就请到上海的联络点，这里离日本纱厂太近，你不可久留。"孙哥欣喜地说："我总算有组织了，让我干什么都行。"赵人杰交代说："上海有家商行，对外是个茶叶店，你平时的身份是茶叶店的伙计，记住你只跟我单独联系，不可跟任何人透露消息。"孙哥下着保证："我记住了。"随后孙哥就偷偷去了上海，他找到赵人杰指定的茶叶店，在里面当起了伙计。

16

沪东花间坊，坐在大厅里的小花彩抬头看见了走进门的白芙蓉，惊喜地迎了出来。"白芙蓉，你怎么来了？""我想姐姐了，就跑过来看看。"白芙蓉说。"那快到屋里坐吧。"小花彩领白芙蓉进了她的房间，随手关上了门。白芙蓉说："姐姐，我今天是来求您的，我想进京告官。"小花彩惊讶道："告官？你告谁呀？这民告官自古就是冒风险的，你不害怕吗？"白芙蓉说："我的学生郑秋生被无辜淹死了，他的妈妈都急成精神病了，通商公署至今没有一个令人信服的说法，上次去学校捐款，沪东商会和通商公署一共捐了一千大洋，还要上报纸张扬他们的慈善之举。他们这是拿学生的性命当儿戏呀！"小花彩担忧地说："可你进京告官总要有个奔头吧？你奔谁去呀？如今军阀混战，天下乱象迭生，谁还喜欢管这等闲事，你怕是白跑一趟，到头来赔了夫人又折兵吧？""我来找姐姐就是想知道姐姐在京城可有靠得住的关系，我去投奔他就是了。"白芙蓉说。小花彩想了想说："这关系嘛倒是有一个，只是不知道能不能帮上你的忙。有个上海的大学生曾跟我学过戏，毕业后去京城工作了，我这有他的地址，你进京找找他吧。"说罢拉开抽屉，从里面抽出一张纸递给白芙蓉。白芙蓉连声说："太谢谢姐姐了。姐姐，那我走了啊。"

白芙蓉匆匆奔了京城，事先她没跟赵人杰打招呼。第二天上课的时候，学生们等了半天却不见白老师到来，有学生就去了校长室，赵人杰忽然慌张起来，他从这个教室奔到那个教室，逢学生就问："看见白老师没有？"学生回答："没看见。"赵人杰似想起了什么，匆匆跑进白芙蓉的宿舍，在床头柜上发现了一封信，他急忙展开读起来：

"赵校长，我不辞而别，一定会惹您生气吧？沪东学校淹水之事，让我思考了很久，我决心到外边寻找说理的地方，也许我会碰得头破血流……感谢您让我来沪东学校教学生写毛笔字，使我懂得了人生的许多道理……"赵人杰失落地将信折叠起来，自言自语道："白芙蓉，你这是干什么呀？你到底去了哪里呀？你事先为什么不跟我说呀？……"

17

深夜，任队长公寓里的灯光依旧闪亮。灯光下，任队长仔细查看着小秃偷来的宝物。边看边想："怎么就没有金疙瘩呢？按路旷明的交代，金疙瘩放在鱼肚子里让乔世景钓去了，可小秃怎么没把这金疙瘩弄来呢？"于是对着里间喊："小秃——"小秃正在里屋吃包子，听到喊声急忙从屋里跑出来，嘴里还塞着包子："干爷，找我什么事？"任队长鄙夷地看着他说："你就长个吃心眼，我问你，前段时间你到你亲爹家里去看见金疙瘩没有？"小秃睁大眼睛问："什么金疙瘩？我没看见。"任队长说："那你再到你亲爹家里去一趟，要是看见金疙瘩，一定想办法拿到我这里来。"小秃不情愿地说："干爷不是答应分给我银子吗？至今还没分给我呢。"任队长往外推着他说："你天天在我眼皮子底下晃，我还能少了你那份吗？"小秃说："干爷记着就好，那我马上就去我亲爹家。"任队长说："这半夜三更的，家里都有人睡觉呢，你不好下手，还是白天去吧，白天人都上班了，你下手容易。"并叮嘱道："你小子手脚麻利点，别让人逮着。"

第二天，吃过早饭，小秃贼头贼脑地钻进了上海中式别墅内。乔老太太听见外边大门吱地响了一声，她踮脚往外边张望，只见一个人影一闪。乔老太太赶紧躲在屋门后。小秃大摇大摆往屋里走，进了大厅四处看看，嘴里嘀咕着："咦，人呢？怎么没有人呢？……都不在家，这回可别怪我做人不厚道喽。"小秃拉开一个抽屉，又拉开一个抽屉。"没有金疙瘩呀？他们家的银子平时都在这几个抽屉里放着……要不就是我记错了?"小秃拍着脑袋。

乔老太太紧张地躲在门后,她屏住呼吸,看着小秃在房间里翻箱倒柜。小秃翻了半天无果,又走到靠窗的柜橱前拉开抽屉,他突然惊喜起来:"原来真有金疙瘩呀!"立刻伸出手去抓金疙瘩。乔老太太突然从门后抛出一根绳套套住了小秃的头,大声骂道:"小兔崽子,原来你竟是我们家的贼呀!"

小秃挣扎着说:"奶奶,我可是您的亲孙子呀!"乔老太太继续骂道:"呸!这回你再也骗不了我了,你个王八羔子!有人养没人教育的东西!"

乔世景慢悠悠从屋里出来,怒目圆睁打量着小秃说:"狐狸再狡猾也斗不过好猎手吧?说,是谁让你来的?"小秃惊慌地说:"我干爷,警务队的任队长。"乔世景揪着小秃的耳朵就奔了任队长办公室。

乔世景笑眯眯地问:"任队长,这回你该如何解释呀?"

任队长的脸色刷地就变了,立刻责问道:"小秃,你怎么连自己的亲爹都偷啊?"乔世景一字一顿说:"任队长,小秃不是我的亲生儿子,是他妈绿袖子与别人私通的野种,我早就申明过了。现在我要你解释,小秃不是被你送进魔鬼训练营了吗?""这……"任队长急忙说:"乔厅长,有些事情是解释不清的,越解释越麻烦。小秃,你在乔厅长家里都看见什么了?"小秃从衣兜里掏出两粒金疙瘩放在任队长的桌子上。任队长捏起一粒掂着说:"乔厅长,这金疙瘩是不是沪东商会的那几个正副会长放进鱼肚子里的?"乔世景满不在乎地问:"任队长听谁说的?"任队长笑道:"沪东办事处的路旷明早就招了,乔厅长可真高明啊,受贿都不留一丝痕迹,金疙瘩是你钓鱼钓上来的,别人奈何你不得呀。"乔世景回敬道:"你这话就算说到点子上了,我受贿是无意的,你支使小秃去我府上偷窃却是有意地,身为警务队队长,你这么做就是知法犯法了,更何况小秃跟他通共的母亲是一条道上的。"任队长忽然变脸说:"乔厅长,你别拿通共吓唬人,要是把那些受贿的金疙瘩拿出来上缴,你不蹲大牢也得摘掉乌纱帽。"乔世景从口袋里掏出一个布袋子,扔给任队长说:"给,都在这儿了,你好好看看,我能不能构成受贿的罪名。"说罢大摇大摆离去。

任队长见乔世景走远,怒目训斥小秃:"你怎么这么笨啊,让他逮住了,你不蹲大牢我就得蹲大牢了。"小秃惊慌地说:"我刚把金疙瘩翻出来,谁知一根绳套就把我的脖子套住了。"任队长恍然道:"原来是螳螂捕蝉黄雀在后啊!"说罢捏起布袋子掂掂:"不对呀,我们是不是入他的道了?如果真入了他的道那可就麻烦了。"

18

安子益在通商公署看报纸,乔世景匆匆走进他的办公室说:"路旷明果然在里边胡说八道了。"安子益紧张地问:"他都说了什么?"乔世景附在他耳畔低语了一阵,忽然笑道:"我来了个反间计,看他姓任的还有什么话说。"安子益这才大松了一口气,拍拍乔世景的肩膀说:"乔厅长高明啊。"

乔世景接着说:"虽然把这事搪塞过去了,可我们让路旷明放在赌场里的真金疙瘩怕是再也拿不回来了。估计到赌场放钱的不只是我们,沪东商会那几个正副会长都会参与,路旷明也是想以此讨好朋友。"安子益果断地说:"这我们就不插手了,因为这事毁了我们的政治前程,那可就因小失大了。不过,赌场的高利贷倒可以让太太们去问问。"乔世景笑道:"还是署长想得周到,这倒是个金蝉脱壳之计。"

19

田韵抒在家里给乔老太太按摩后背。乔老太太说:"你说这小秃啊,居然骗了咱们这么多年,我还真以为他是世景的孩子呢,原来竟是杂种,可怜我们世景啊,好不容易让你怀上了孩子又溜掉了,我得什么时候才能抱上孙子啊?"田韵抒安慰道:"妈,您老别急,孙子早晚会来。我真奇怪了,您是用什么法子把小秃抓住的?""我躲在门后,他刚把金疙瘩拿到手,我就把绳子抛出去了,正好套在他头上,逮了个正着。"乔老太太炫耀地说。田韵抒忽然笑起来,得意道:"妈,您知不知道,那些金疙瘩是假的,世景故意引他们上钩的。这回想算计世景的那些人,都着了他的道了。"乔老太太认真地说:"那我交给你们的金疙瘩可是真的呀。"田韵抒反问道:"妈,我没说您交给我们的金疙瘩是假的吧?"乔老太太又问:"那些真金疙瘩哪里去了?"田韵抒说:"这要问您儿子世景了。"

20

上海郊区,太阳光亮得晃眼。孙喜眉在一根晾衣绳上晒被子,孙母在园子里拔青菜。孙母说:"一会儿我带你到路老太太家去,她儿子蹲大牢了,看她还有啥摆划的。""妈,杀人不过头按地,你别让人说咱势利眼。再说,舅舅对我挺不错的,是我自己不喜欢待在上海的。"孙喜眉说。孙母白了孙喜眉一眼:"你倒挺为别人着想的,当初要不是路老太太吹牛皮,我还不会让你去投奔她儿子呢。去了这么长时间,啥好处没捞着,还耽误找婆家了。"孙喜眉仍说:"妈,反正您不能去。"孙母强词夺理道:"好事不出门,坏事扬千里。我就是不跟她说,过几天这事也会传到她耳朵里,到时候她还怪我们不告诉她呢。""谁爱告诉谁告诉,反正咱家人不能告诉。"孙喜眉说。孙母沉下脸瞟瞟孙喜眉说:"我一个当妈的还被你管着了,我偏去。"

路老太太正坐在院子里晒稻米，孙母走进来说："他舅姥姥，我们喜眉昨天从上海回来了。"路老太太抬起头说："是吗？我们旷明咋没回来呢？他已经好一阵子没消息了，没听喜眉说她舅舅还好吧？"孙母说："你是真不知道还是假不知道啊，你儿子路旷明蹲大牢了。"路老太太的脸一下子就变了问："你说啥？旷明蹲大牢了？他可是堂堂的七品官，怎么说蹲大牢就蹲大牢了呢？你别瞎说八道啊。"孙母继续说："不信你去问问我们家喜眉吧，是她跟我说的。"这时，孙喜眉匆匆跑进院子喊："妈，您又在这胡说什么呢？"路老太太急忙问："喜眉，你舅舅真的蹲大牢了？为啥呀？"孙喜眉低声道："我也说不清楚，要不您去上海看看他吧。"

"要真是这样，我还真得去一趟，我儿子那是参加过北伐军的旅长，怎么说蹲大牢就蹲大牢了呢？会不会是有人陷害呀？喜眉，这回你要陪姥姥去一趟上海了。"路老太太忽然哭起来。孙母说："我们喜眉刚回来，你那么多孙男嫡女呢，让别人陪你去吧。喜眉，走，咱们回家。"孙母拉孙喜眉出门。路老太太望着她们的背影叹息："哎，有钱有酒多兄弟，急难何曾见一人呢，人情如纸，今天我算是知道了。"

第二天一大早，路老太太挎着包袱独自行走在乡村的土路上，她搭乘渔家小船到了黄浦江码头，辗转来到了上海某里弄民居前，用手使劲拍门。

第二十六章

1

早晨，许尚美正准备送许老太太出门，叮嘱说："妈，您一个人回乡下，路上要多加小心，快去快回。"许老太太说："我知道了，等我把东西拿回来，你去银行兑成银子，咱要想办法把旷明保出来，一日夫妻百日恩，百日夫妻似海深，何况你们俩还有个星星呢。"

屋外突然响起敲门声。许老太太问："谁呀？"打开门，"哟，是亲家母呀，你总算露面了，我还以为旷明蹲了大牢，再也见不到你们家里人了呢。"路老太太一步跨进门说："我也才听喜眉回去说的。怎么，我儿一个堂堂的七品官，巡捕房说逮就把他逮起来了，他到底犯了哪门子法呀？"许尚美轻蔑地说："那你去大牢里问问你儿子吧，上梁不正下梁歪。"路老太太没好气地顶撞道："亲家母这话真不受听，我家哪根梁不正了？俗话说男人有福随身带，女人有福托满家，我儿当了堂堂七品官，那要有福的女人托着，现在他落难了，是你闺女命薄福浅，托不住他。"许尚美沉下脸说："婆母不像是来看旷明的，倒像是来找碴子吵架的。"路老太太使劲跺着脚嚷："我就是来吵架的，怎么着吧？可惜我那堂堂正正的七品官儿子啊，当年的旅长，如今竟落得这样的下场啊。"说罢放声大哭。许老太太见状，气更不打一处来了，她用手指着路老太太说："你儿子还没死呢，你别提前报丧好不好？咱说话可要凭良心，你儿子那七品官要不是我闺女有门路给跑来，他根本就当不上。"路老太太毫不领情地说："他在部队就是旅长了，凭什么回来蹲大牢啊？"许老太太顶撞道："那你要问问你儿子去，别到我们家来号丧，我们家已经够倒霉的了。"许尚美急忙推母亲出门，"妈，您快走吧，船要开了。"许老太太拎起包裹，讥讽道："亲家母，有本事酬点银子，把旷明保出来。没本事救儿子，却到我家撒野来了，这是上海，不是你们乡下的野地。"路老太太更加大声嚷嚷："我就撒野了，要钱没有，要命一条。"许老太太本来推开门准备出去了，听到这话又转身回来说："今儿我就不信这个邪了，明明是你没调教好儿子，反倒怪我闺女了，你儿子不蹲大牢，星星就不会出家当尼姑。""啊？我孙女出家当尼姑了，天哪，真是逼得人没活路了。"路老太太大声号哭起来。

许尚美拉着母亲走出门外，"妈，您快走吧，马上船就开了。别耽误了大事。"许老太太转身说："亲家母，等我回来再好好跟你掰扯。"

2

许尚美送走了母亲，就带着路老太太来到巡捕房门口，门口有持枪巡捕。许尚美四处打量了一番说："婆母，您先在这儿等着，我进去找人打点一下，旷明如今是阶下囚，不是想看就能看的。"路老太太说："那我在旁边那棵树下等着，你快点出来接我。""好的。"许尚美径自进了巡捕房。

路老太太在树下等着，突然有一只乌鸦落在树上，吧唧屙了一泡屎，正好落在路老太太的衣襟上。路老太太仰头骂道："这该死的乌鸦，怎么把一泡屎屙在我身上了，我儿子都蹲大牢了，你还嫌我不够倒霉吗？"这时，许尚美跑过来："婆母，您可以进去了。"路老太太奇怪地问："你不跟我一起去看旷明吗？"许尚美说："他们只允许您一个人进去，我就在树下等您吧。"路老太太扯着衣襟道："这人要是倒霉，连鸟都敢欺负，你看我刚站在树下，乌鸦就往我身上屙了泡屎。你要小心乌鸦屙屎啊。"说罢奔了巡捕房。

路老太太在大牢里见到遍体鳞伤的路旷明，忍不住号啕大哭，"儿呀，妈从小一把屎一把尿把你拉扯大，可不是让你关在大牢里的，你这是为什么呀？""妈，都怪儿子一时糊涂，才落得如今的下场。我对不起您啊！"路旷明扑通跪下了。路老太太骂道："你这七品官可是你媳妇花大钱跑来的，就这么白白地丢了，你脑子里有屎吧？"路旷明在牢里跪着说："妈，您老今天就狠狠骂我一顿吧。"路老太太继续骂道："你真是把祖宗的脸丢尽了，家里的乡亲都知道你在大牢里蹲着，如今妈的脸往哪里搁啊？我还能在人前昂着头走路吗？"路旷明边磕头边哭诉道："妈，儿子不孝啊，前三十年看父敬子，后三十年看子敬父，我这个样子只能让您老遭白眼了。"路老太太忽然止住了骂，擦干净眼泪说："儿你起来吧，妈马上回家筹钱去，一定把你保出来，妈不能眼睁睁看着你在牢里受罪，妈更不能一辈子遭人白眼。妈这就回去，这就回去。"

路老太太从牢里出来，跟许尚美说了几句话，就奔回了村子。

3

路老太太在村路上行走，走到一家门口，犹豫了一下，敲门。门开了，里面闪出一个妇女，路老太太急切地跟她说着什么，妇女嘀咕了几句，又把门关上了。路老太太对着关上的大门喊："我可是你的亲姨娘，怎么转脸就不认人了？"

路老太太神情疲惫又敲开一家门，一位中年男人横在门口，路老太太跟他比画着什么，中年男人摆摆手，猛地把门关上了，路老太太一个趔趄跌倒在台阶下，随口骂道："你跟旷明那可是堂兄弟呀，他现在有难了，你真就一点亲情都不认了吗？"路老太太在一条蜿蜒的路上一瘸一拐走着，孙母挎着篮子迎面走来，突然看到了路老太太，转身又往回返。路老太太喊："喜眉她妈，你等等我，我正要找你呢。"路老太太费力地走到孙母跟前，孙母始终背对着她。路老太太乞求道："喜眉她妈，我儿子旷明如今遇到难处了，你家有老底，喜眉又在上海待了一年，你就借我点钱吧，等旷明出来一定还给你们。"孙母转过身说："我家再有老底也不会借钱给你呀，把你儿子从大牢里捞出来那得多少银子呀？捞不出来那就是肉包子打狗一去不回了。"路老太太说："当初，你可是让喜眉攀上我这门亲的，还管路旷明叫舅呢。""可我们攀上这门亲又得过啥好处呢？喜眉从上海回来没赚着钱，又耽误了找婆家，当初要知道是这样，我死活都不会让她去的。"孙母转身朝前走去。路老太太望着她的背影唉声叹气："人怎么都这么薄情呀？……"

下雨了，天色渐渐黑起来，路老太太浑身湿透，衣服紧贴着她的皮肉，她一瘸一拐走到一个池塘边，雨水击打着池塘，水面泛起一个又一个的水泡泡。路老太太面对池塘嘀咕："旷明，我的儿子呀！妈刚强了一辈子，从未在村人面前丢过脸。自从嫁给你爸，我就到了这个地方，一晃都三十多年了，你爸得病先我一步走了，我跟他只生了你这么一个儿子，我吃多少苦受多少累总算把你拉扯大了，后来你去当兵打仗，我真舍不得啊，知道那枪子可不长眼睛啊。谁料你没被枪子打中，却被上海的香风臭气击垮了，如今你进了大牢，村里人沾亲的带故的都不理睬妈了，妈跑了多少家问了多少人，竟没借到一块大洋。儿啊，妈现在没脸活了，妈先走一步找你爸去了……"路老太太扑通跳进池塘里，随后天上一个炸雷，雨倾盆而下。

大雨中，孙喜眉突然跑过来喊："快来人啊，路老太太跳池塘了！快来人啊！……"她拼命喊着，村庄却在雨中沉默。情急中，孙喜眉纵身跳入池塘寻找路老太太，当她把路老太太拖到池塘边，路老太太已经咽气了。

4

村庄完全被黑夜覆盖了，孙喜眉感到浑身冰冷，便赶回家中换衣服。孙母用毛巾擦着她的头发说："你早不出来晚不出来，偏偏她跳池塘的时候你出来了，要是被人栽赃说你把她推下池塘的，你就得跟路旷明一样蹲大牢去。以后遇上这样的事，看见了也装看不见。"孙喜眉打断母亲的话说："妈你怎么变成这样了，我们是人，不是冷血动物。"孙母接着说："这年头好人就不能做，做了就会给自己找麻烦。现在路老太太挺尸了，难道你还发丧她不成？""那总要找个地方把她埋了吧？再说我去上海这一年，舅舅对我还是挺不错的。"孙喜眉毫不犹豫说。孙母仍拦挡说："你看看村里人谁还管这事啊？"孙喜眉说："别人爱管不管，我必须得管。""我抽死你！"孙母举起毛巾想抽打孙喜眉，孙喜眉机灵地跑了。

深夜，荒草萋萋的野地，一个黑色的人影在朝某个方向挪动，人影手里拖着一个长长的草席筒，每走几步就要停下来喘息。

孙喜眉在一个土坑前停下，她脚下是一个长条形的旧席筒。她看看四周，将旧席筒拉至坑边推下去，又拿起铁锹往坑里填土。她流着眼泪嘀咕道："舅舅，我帮你把姥姥下葬了，我挖了一天一夜才挖了这么大一个坑。在上海攒的几个零花钱，买棺材不够，只好买了一张席子，让姥姥受委屈了。……路姥姥，您九泉之下可千万别怪我抠门，我真是没钱给您买棺材呀！您也别怪村里人小眼子薄皮，不借给您钱，舅舅如今在大牢里，谁愿意沾这倒霉的事情呀！最后我想说，您也真是想不开，为这就把自己的命交给池塘了，您死得多不值啊！您不是早就跟我说过吗？门前放根讨饭棍，亲戚故友不上门。您明白这理，为何还作践自己的命啊？……"突然，一群野狗围上来，冲孙喜眉狂吠，孙喜眉拣起土块驱赶野狗。

5

白芙蓉站在京城一幢四合院门口，拿着一张字条打量上面的门牌号，毫不犹豫走上前拍门。门开了，里面露出一位年轻男士的脸。白芙蓉问："请问杨沪生住这里吗？"青年男士说："你是谁？找他干吗？"白芙蓉说："沪剧名角小花彩让我捎封信给他。"说罢从口袋里掏出信递给对方。青年男士看了几眼，将信折起来说："我就是杨沪生，快进来吧。"白芙蓉走进院里，又走进宽敞的屋子。她好奇地打量着房间的摆设，精美的瓷器、线装书、古典家具。

杨沪生端茶壶过来，放在桌子上，又往瓷杯子里注满茶。"你找我究竟为什么事？"杨沪生坐下问。白芙蓉说："我想告状。"杨沪生奇怪地问："告状？你要告谁呀？""我要告法租界、告上海通商公署、还要告通俗教育委员会驻上海办事处。"白芙蓉坦言道。杨沪生吃惊地说："民告官，还要告这么多机构，你胆子真不小啊。""他们草菅人命，放水淹死了学生，至今都没有一个公道的说法。"白芙蓉忽生怒气。

杨沪生笑道:"你今天算是找对人了,京城大帅府易主,我被招来作司法文秘,这事我能帮你,但你要把情况详细说清楚。"白芙蓉欣喜地说:"那真是太好了。事情是这样的……"

白芙蓉详详细细地说着,杨沪生在一旁匆匆记录。

6

石玉婵在办事处伏案写着什么,赵人杰推开门匆匆进来。石玉婵惊讶地看着他问:"你匆忙跑来,学校又出什么事情了吗?"赵人杰急忙说:"石处长,白芙蓉老师突然失踪了,我已经找了她两天了。"石玉婵惊异地站起身问:"白芙蓉失踪了?她能到哪里去呢?"赵人杰说:"石处长,我要是知道就不来办事处汇报了。"石玉婵又问:"沪东学校眼下的情况怎么样?"赵人杰说:"学校被水淹了以后至今没人过问,学生死了,家长疯了。哎,石处长,您为我们学校申请的补助款什么时候能到啊?"石玉婵无奈地叹息说:"我都催问过无数遍了。"赵人杰忽然一拍脑袋说:"白芙蓉会不会为这事进京了啊?""什么?你说白芙蓉进京告状去了?"石玉婵吃惊地瞪大了眼睛。

赵人杰走后,石玉婵匆匆赶回家中,安子益烦躁地瞟了她一眼,两人都心事重重。石玉婵说:"沪东学校的赵校长今天又到我们办事处去了,说是一个临时聘用的教师失踪了,他怀疑可能进京告状去了。"安子益忽然心惊地问:"告状?告谁呀?"石玉婵说:"告我们办事处啊、告法租界啊、告沪东办事处啊……反正理在他们手里,他们有什么不能告?"

安子益感到事态的严重性,在房间里来回踱步,沉思片刻说:"天塌大家死,又不是告我一个人。现在最令人担心的倒是路旷明和沪东商会的几个正副会长,还有巡捕房任队长,这三拨人要是合起来,就是浑身长满了嘴都说不清楚。"石玉婵提醒说:"你丢的那两枚玉棋子和金镇纸也许会成为他们的把柄,还有路旷明让你们在赌场放的高利贷,一旦被查出来也是说不清楚的。"安子益索性说:"那你就去把事情摆平了吧,参政这么多年,你应该知道凡事摆平了,大事也就化小,小事自然化无了。"石玉婵接着她的话说:"田韵抒我倒是可以直接通融一下,自从路旷明出了事,许尚美那里我就不敢多说什么了。但赌场的高利贷是从她手里放出去的,来龙去脉只有她能说清楚。"安子益急忙吩咐:"那你就赶快去见你那两个学妹吧,把事情挑明,撤回本金。""那我明天一早就去见她们。哎,钱真不是好东西,多了就是祸害。最近我把家里的大部分财物都兑换成银子了,准备成立教育慈善基金会,把钱都捐出去。"石玉婵说。安子益立刻吼道:"你疯了吧?我当国大代表的活动经费你一分都不能动。"石玉婵鄙视地瞟了他一眼说:"花钱买个国大代表,一点都不光彩。"安子益不

— 378 —

以为然道："这就是当今的社会特色，难道你不懂吗？"

石玉婵未理睬，立刻打电话邀请另两位学妹到上海外滩酒吧见面。不一会儿，石玉婵、田韵抒、许尚美三人围坐在一张方桌前，石玉婵坐在上位，田韵抒、许尚美两人坐在她的对面。每人面前摆着一杯咖啡，一盘点心。

石玉婵开门见山地说："你们想想，安署长、乔厅长、路主任是不是还有什么把柄在别人手里攥着，如果有的话，我们要分头去摆平。现在京城大帅府易主了，国大又要召开二次会议，如果因为一点点不值当的破事，毁了安署长的前程，今后乔厅长能不能当厅长，路主任能不能从牢里保释出来，都是个未知了。"田韵抒接着说："我现在最担心的就是在胡老板赌场放的高利贷了，这事最初是由路主任一手操办的，解铃还须系铃人，尚美你去找一下胡老板，把本金撤回来，利息就不要了，另外给胡老板一点好处，堵住他的嘴，别让他把事抖搂出来。""韵抒的想法竟跟我不谋而合呀！既然钱是路主任放出去的，只要尚美一个人出面就行了。"石玉婵强调说。许尚美担心地说："一人做事一人当，我出面可以，但眼下胡老板还能听我的摆布吗？旷明在牢里，我就是落难之人，再也不是人见人敬的阔太太了。"石玉婵直言说："现在说这话不等于往外推责任吗？要是上边查下来，安署长的职务一旦保不住，那真就有我们的好戏看了。"许尚美听石玉婵说了这话，再不好推辞什么了，索性说："大姐既然这样说了，那我就厚着脸皮去一趟吧，但不知道能不能把本金要回来。"石玉婵下命令说："你必须要回来，那钱可不是小数目。"许尚美无奈地笑笑："如今钱不在我手里，我只能试一试。"田韵抒又在一旁说了些鼓动的话，三人这才散席回家。

7

上海中式别墅，天色完全黑下来了，因为主人紧张的情绪，暗黑的夜在中式别墅里就显得诡异。

乔世景正准备脱衣睡觉，田韵抒突然出现在他面前。乔世景全神贯注地望着她，似在等待什么消息。田韵抒说："今天石玉婵跟许尚美摊牌了，要她务必把赌场的本金要回来。"

乔世景叹息道："哎，我把那么多本金都放进去了，路旷明要是真保不出来，我可就惨了，那些本金，在乡下能买几亩地了。"田韵抒面色不悦地说："这事你应该跟我商量商量。"

"我跟你商量？你什么事跟我商量过呀？就连怀了别人的孩子我都不知道。"乔世景说这话等于当面打了田韵抒的脸。

田韵抒的脸不自在地抽搐了几下，刚要还嘴，忽然又镇静下来说："现在不是说这事的时候，我们谁也别说谁好不好？真是的，连个正话都说不起来。"转身欲走，忽然又转回来说："对了，我到天飞马画室催画的时候，碰见叶丽鹰了，她说话很嚣张，好像有什么靠山似的，完全变了一个人。"

乔世景心不在焉地说："我也几天没见到她了，明天见到她我问问看。好了，天不早了，去你屋里睡吧。""我真就那么让你厌恶吗？"田韵抒一动不动地站在门口。乔世景自嘲地说："你应该了解我的本性，喜新厌旧。"田韵抒反问道："我什么时候说过你喜新不厌旧了？"

田韵抒站在空荡荡的大厅里，窗外清冷的月光透进来，洒在她的身上，浴在月光里的她美丽而孤独。

8

天飞马画室，一切都在紧张地进行着。叶丽鹰与天飞马将五十幅油画装箱打包。天飞马望了一眼门外，两个持枪的巡捕正朝里面张望。天飞马迅速躲闪开他们的目光，恰好叶丽鹰将一个打好的箱子拎过来。天飞马问："他们几时到？"

叶丽鹰抬起腕上的手表看了看说："天黑以后，现在离天黑还有半小时，我们要抓紧把这些油画都打包装好。"天飞马叹道："虽用这些油画换到一次逃生的机会，可到俄国去不知是上策还是下策呢？"叶丽鹰说："律师说到了那里还可以转道去法国，如果不通过他们，我们是很难出去的。"天飞马忽然问："门口那两个家伙怎么处置啊？"叶丽鹰道："这你都甭管，他们自然有解决的办法。"天飞马又往门口望了一眼，两位巡捕正背对着他们聊天。

巡捕甲："里面那两个男女好像在收拾东西呢，看样子是完工了。哎，我们的罪也受到头了，天天在这儿站着，风吹日晒雨淋都不能动弹，真是受死罪了。"巡捕乙："听说那个画家的油画挺值钱的，我们要是能弄上一幅两幅，拿出去卖了，可就发大财喽。"巡捕甲："你小子别想邪事好不好？为偷一两幅画丢了饭碗，往后你得喝西北风。真是小人见识！"巡捕乙："人不得外财不富，马不吃夜草不肥，谁不想捞点外快呀！"

9

律师事务所，神秘而不安的夜晚。四位穿便衣的年轻男士在听律师说话："天马上就黑了，等我们赶到画室，就可以动手了。你们两个带好家伙上我的车，你们两个先去踩点，等解决了门口的巡捕，先让画家和叶小姐上我的车，你们的车装油画，记住油画存放的地点。"

男甲："如果蒙汗药不起作用怎么办？"男乙："那就干掉巡捕。"律师："最好不要欠下血债，还是留他们一条命为好。那我们就行动吧。"

10

上海百乐门舞厅，台上的小姐在搔首弄姿唱《毛毛雨》。

乔世景兴味索然地站起身，匆匆向门口走去。恰遇女司仪迎面走来，乔世景问："不是说今晚是叶丽鹰小姐的专场吗？"

女司仪说："本来是这样的，可演出前叶小姐始终没露面，只好临时换了节目。""哦，原来是这样。"乔世景匆匆出门。

一辆黑色的轿车在夜色中急奔，从窗玻璃上可看清开车的是乔世景。

天飞马画室外，黑暗中两个蒙面人突然扼住两个巡捕的脖子，将一团东西塞入他们嘴中，随后用口袋套住他们的头拖到墙角。这时，一辆黑色的轿车开过来，开车的是律师，车停稳，天飞马和叶丽鹰手拉手从画室跑出来，迅速上了车，车掉了个头朝远处开去。

又一辆小车开来，两个蒙面人将包装好的油画装上车，车正准备开走时，乔世景的车迎面开了过来。乔世景停下车，推开车门问："怎么回事？"小车突然开亮前车灯，晃得乔世景睁不开眼睛，小车趁此迅速朝前开去。

乔世景下了车，跑进天飞马画室，画室人去屋空，他又跑了出来，发现两个死猪一样的巡捕。"坏了，天飞马跑了。"

乔世景在第一时间打电话将此事报告给安子益："安署长，不好了，油画家天飞马跑了，那五十幅油画也不翼而飞了。"

安子益愠怒地问："怎么会发生这样的事？"乔世景说："我刚开车去天飞马的画室发现的。从现场看像是有人提前谋划好的，两个站岗的巡捕被人下了蒙汗药。"安子益焦急地说："五十幅油画那可是五百万大洋啊，银行那边我们都说不过去，现在是特殊时期，乔厅长应该知道银子对我们有多重要吧？京城大帅府易主了，要想继续保住我们的官职，那就要靠银子疏通了，一朝天子一朝臣，在官场混过的人谁不知道这个理呀。"乔世景说："安署长，我心里不会比您轻松到哪里去。我给您打电话是想请您分析分析，这事究竟是谁干的？您说，会不会是任队长干的呢？他知道天飞马油画的市场潜力，故意设局卷走了油画。"安子益分析道："也不是没有这种可能，你不是说在他办公桌上看到我的玉棋子和金镇纸了吗？他们这些穿黑皮的人就会看主子的眼色行事，说不定心里早就打算在京城的新大帅面前捞什么好处了。"乔世景立刻说："那我明天到巡捕房去一趟，探查虚实。""你要给他放些狠话，别把我们通商公署不放在眼里。"安子益未等乔世景回答就摔了电话。乔世景拿着听筒愣了半晌。

11

任队长在巡捕房打量着桌上的金疙瘩，边打量边自语："原来这些金疙瘩是假的，难怪乔厅长拿来放我桌上了呢，沪东商会那几个正副会长敢拿假金子哄弄乔厅长吗？当初他们可是有求于他呀！"方菲推门进来，扫了一眼桌上的金疙瘩，惊讶地问："干爹从哪里弄来这么多的金疙瘩呀？也不给干女儿分一点。自从当了你的情报员，帮你卖了多少情报，又为你探听了多少情报，你从未重赏过我，俗话说干娘干老子，一年一件花袄子，今天就赏我两粒金疙瘩如何呀？"

任队长将桌上的金疙瘩哗一下推到方菲面前说："全是假的，你想要都给你好了。"方菲吃惊地问："假的？不可能吧？"她拣起一粒打量着。

这时，李副队长匆匆进来，方菲跟他笑笑，转身出去了。李副队长说："任队长，不好了，油画家天飞马和他的油画都不见了，站岗的两个巡捕被人下了蒙汗药，刚刚才苏醒，问他们什么都不知道。"任队长忽然满脸怒气地骂道："怎么会出这样的事情？你手下的巡捕都是吃干饭的吗？油画家通共，是乔厅长让抓进来的，那五十幅油画就是成百上千万的银子，这回乔厅长不扒我的皮才怪呢。"

乔世景应声而入，他板着脸、端着架子说："我已经来扒你的皮了。任队长，前日你纵容小秃偷到我的府上，昨日又放走油画家天飞马，还卷走了他五十幅油画，你该当何罪呀？"任队长脸色刷一下就变白了，他急忙解释说："乔厅长，你误会了，小秃是从魔鬼训练营偷跑出来的，天飞马的事我刚刚听说，全都不是我的责任啊。"乔世景立刻命令道："限你三天之内把事情查明，五十幅油画找回来，把小秃交给我，天飞马我活要见人死要见尸，否则你这个警务队长可就当到头了。"任队长连声说："我一定尽力，只是小秃又跑了，这小子像个鬼精灵，我一时逮不住他。""这三件事少一件都不行。"乔世景放下话拂袖而去。

乔世景回到家，坐在大厅的躺椅上，望着窗外出神。田韵抒在一旁分析说："如果叶丽鹰也不见了，证明天飞马的失踪一定跟叶丽鹰有关系，说不定他们投奔了共产党，去俄国了。"乔世景一惊，猛然坐起身问："何以见得？"田韵抒接着说："依我看任队长没有这么大的本事，更没有这么大的胆量。如今在上海滩能通天通地的只有共产党，他们神出鬼没，来无影去无踪。叶丽鹰和天飞马都在巴黎留过学，那里是共产主义幽灵的发祥地呀。"乔世景恍然大悟："韵抒，你到底是才女啊，分析得头头是道。"田韵抒又说："现在对我们来说最重要的是小秃，他手里有我们的照片，他偷安署长、路主任和我们三家，就是任队长指使的，任队长一定在搜集通商公署的黑材料了，你们要在他未发疯之前先扳倒他才对。"

乔老太太走进大厅，打量着乔世景和田韵抒说："难得看见你们在一起和颜悦色地说话，我也出来坐一会儿吧。"

田韵抒急忙搬过椅子说："妈，您坐这儿吧。"乔世景说："妈，天这么晚了，您要好好休息，如果中风再发作，可没人给你按摩了。"乔老太太长叹一声问："我干儿子在大牢里真没辙了？你们不能把他保出来？"乔世景无奈地说："我自己还焦头烂额呢，现在哪有精力保他呀？"乔老太太不相信地问："你是说连自己的官都当不稳了？"田韵抒急忙说："妈，我和世景正商量事情呢。"乔老太太站起身说："那你们商量吧，夫妻本就应该这样的，孩子掉了不要紧，还会怀上的。"乔世景见母亲出去了，又接着问："我刚才说到哪里了？"田韵抒说："小秃，我们要设法把小秃找到。"乔世景问："你有什么好办法吗？"田韵抒想想说："我马上到报馆去一趟。"

田韵抒坐上人力车就奔了世俗生活报馆，总编正埋头看版样，田韵抒走进来说："总编，您真是走火入魔了，我都站在您面前了，您居然未察觉。"总编这才抬起头问："厅长太太有何吩咐？"田韵抒故作神秘地说："您还记得偷过你相机的那个小偷吗？"总编说："记得，怎么了？"田韵抒说："他现在仍在上海偷窃，对上海的治安构成极大的威胁，我们要在报上登个告示，发动上海滩的老百姓抓这个小偷。"

总编忽然提醒道："这样的告示要巡捕房出面才能刊登，涉及着法律呢。"田韵抒不屑地说："什么法律不法律的，巡捕房干事讲过什么法律？"总编坚持说："那也要巡捕房出面登这个告示才行。"田韵抒一时不知所措。

12

石玉婵在办事处自己的办公室看报纸，魏局走进来，神秘地说："有位洋百货经理的儿子想去美国留学，您的大公子要是不想去，把名额转让给他好了，这可是一笔大买卖呀。"石玉婵一愣，继而笑道："已经另有安排了，您就别为这事操心了。""那好。"魏局尴尬地笑笑，转身离去。

桌上的电话铃响起来，石玉婵拿起电话："喂——"田韵抒急促地说："玉婵大姐，您能不能去找一下任队长，让他赶快把偷我们东西的那个小偷抓住，抓不住就来报馆登个告示，发动全上海滩的人抓他。您懂我的意思了吧？"石玉婵问："这事我去合适吗？"田韵抒说："你家不是也丢了不少宝贝东西吗？听乔世景说任队长桌子上就放着安署长丢的玉棋子和金镇纸呢。"石玉婵打断田韵抒的话说："好了，闲话少说吧，我心里有数了。"

石玉婵坐人力车到了华界巡捕房门口，此时任队长正推开窗子，准备往窗外倒杯子里的水，忽然看见石玉婵走进大门，心里不禁嘀咕道："她来干什么？"石玉婵已经进了任队长的办公室。任队长满脸堆笑地问："石处长怎么到这里来了？该不是我表弟让您捎什么信吧？坐，快坐。"石玉婵坐在他对面，任队长顺势递上一杯茶："请喝茶。"石玉婵笑着问："我来这里除了你表弟魏局就没什么可谈的了吗？"任队长急忙说："哪里呀，石处长误会了。我是说阔太太进宅，无事不来。""那我就开门见山直说吧，我想问问前段时间砸门撬锁的那个小偷到底逮住没有啊？"石玉婵认真地问。任队长笑道："逮住了，可那小子跟个兔子似的，撒腿又跑了，不信您去问问乔厅长，他亲眼看见的。"石玉婵板起脸说："我看这样吧，巡捕房去报馆登个缉拿告示如何？让全城的人抓小偷，他就是躲进老鼠洞里，只要他一露脸，就会成为人人喊打的过街老鼠。"任队长怔了一下，随后说："噢……这点子不错，回头我们巡捕房商量一下。"石玉婵站起身说："那我就不打扰了，希望巡捕房能对此事从速从快，事关上海滩百姓的安宁，不能让一只老鼠坏了一锅汤吧。"任队长连连点头："那是那是。"

任队长将石玉婵送下楼梯，目送她走出院子，转身上楼，刚走到楼梯口，方菲走了过来。任队长忽然拦住她说："哎，方菲，求你帮我办件事。"方菲问："什么事？"任队长说："我要是把那个小秃找到，能不能放到你那里住几天啊？"

方菲莫名其妙地问："干吗要放我那里呀？我可不想惹一身骚。"任队长接着说："这孩子怪可怜的，后天就是他的生日，等他过了生日我再送他到牢里去。"方菲警觉地问："他是不是被你藏起来了？"任队长知道自己刚才说漏嘴了，急忙纠正道："怎么可能呢，巡捕房抓个小偷还不是手到擒来的事吗？"方菲接着问："那给我什么好处？"任队长说："好处少不了你的。不过你要知道当初我为了给你在这里谋个差事，可是费了不少的周折呀。""我领情还不行吗？"方菲瞟了他一眼，任队长说："你领情就好。"

任队长进了办公室，站在窗前愣了一会儿，忽然拿起桌上的电话："世俗生活报馆吗？我是华界巡捕房任队长，我们想在报馆刊登一个缉拿小偷的告示……"

13

东北某地火车站，冰天雪地中，一列火车呼啸而来，火车停稳，车门打开后，天飞马和叶丽鹰拎着皮箱从车上下来。叶丽鹰说："律师说让我们在这里等候，一会儿有专车来接。"

天飞马看看四周的白雪说："总算自由了，上海这个鬼地方，给我安了个通共的罪名差点吃了枪子。"叶丽鹰说："从今往后我们很可能真要走上通共之路了，俄国可是让人生出理想信念的地方。"天飞马说："在油画方面，除了法国就是俄国了，愿我们的艺术和爱情能在俄国生根开花结果。"叶丽鹰高喊："乌拉！——"天飞马忽然抱起叶丽鹰旋转，冰雪中一对男女起舞欢呼。

14

上海法租界老大公寓，桌上摆着七碟八碗，丰盛的饭菜。

法租界老大与男随从坐在一起吃饭。法租界老大问："状纸写好了没有？"男随从："写好了，一会儿请您亲自过目。"法租界老大说："这封状纸寄到京城，别说是沪东办事处主任路旷明，就是上海通商公署都脱不了干系，到时候真有好戏看喽。"男随从："京城大帅府易主，算他们踩到霉点上了。"

法租界老大叮嘱道："这事绝密，除了你和我，丝毫不能泄露。通商公署那几个头头，毕竟在官场混了多年，神机妙算、不可小视啊。"

15

沪东赌场内，胡老板正比比画画与几个人说着什么，他的目光瞟向门口，恰好许尚美走进来，胡老板立刻吩咐身边的几个人："你们先出去吧。"几个人应声而退。

胡老板打量着许尚美问："路太太找我何事？""我丈夫路旷明是受了你的诱骗才蹲大牢的，如果没有你，他何致落得今天的下场。现在我什么都没有了，丈夫成了阶下囚，女儿削发为尼了，只有一个七十多岁的老母陪我了度残生……胡老板，你看我这样子是不是很可怜呀？"许尚美忽然悲从中来，眼泪夺眶而出。胡老板横眉立目地瞟了许尚美几眼说："话也不能这么说，人是走一步说一步，你跟从前比是差了点，但比大街上那些人力车夫、卖唱卖笑的女人，还有讨饭吃的乞丐，你比他们不知要强多少倍呢。路旷明来我这里掷骰子是想发大财，可他手气不好，你能怪我吗？运气可不是别人给的，那是老天爷赐的，他蹲大牢，还不知道要连累我倒什么霉呢。"许尚美止住泪、强打起精神说："胡老板，这些闲话你跟我说得着吗？我没跟你要人就很给你面子了。今天，我来找你的目的是想让你把路旷明在赌场放高利贷的银子还我，这些银子不是他一个人的，现在人家都追着我要银子，我如果连本金都退还不了人家，我是不得安宁的。"胡老板立刻翻脸道："你现在跟我要银子，我拿什么还你呀？自从路旷明蹲了大牢，我这里几乎没有财神爷来了。要退你们银子，也要等路旷明的案子有了说法才能退。"忽然凑到许尚美跟前说："路太太，只要赌场在，你们投进来的那些银子一个子都少不了。你放心，回去好好养养自己，一个活脱脱的美人竟弄得这么憔悴，让我这个带兵打仗的粗人都心疼了。"说罢试图对许尚美动手。许尚美躲闪着说："胡老板，乘人之危可不是军中大丈夫做的事

— 385 —

情，你跟路旷明曾经是战友，朋友妻不可欺，你难道忘记了吗？"胡老板嬉皮笑脸道："路太太，我也送你一句话吧，人在矮檐下怎能不低头呢？"

许尚美鄙视地望着他说："那我要想想，我这个头是值得低下去还是不值得低下去。""那你要快想，等你想明白了，我说不定又喜欢仰脸朝天的女人了。如今这世道，有钱的男人最喜欢的就是有风情会撒娇的女人了。"胡老板调戏着许尚美。"真没见过你这样的无赖，欠了别人的钱还有理了？"许尚美说罢转身走了出去。胡老板望着许尚美的背影骂道："呸！我就是无赖，你能把我怎么着吧？！"

许尚美站在马路边，一时不知往哪里去，她的头昏昏的，便独自往前走，夜落时分，她走到了黄浦江畔，望着黄浦江水喃喃："旷明，难道我把你弄回上海，就是为了得到这样的下场吗？当初为了你回上海，我跟李总借钱，做了对不起你的事，现在我再也不想做对不起你的事了。"许尚美内心的呜咽随着江水翻滚。

16

任队长走进方菲办公室，放在她桌上五块大洋说："交给你一件事。"方菲问："什么事？"任队长说："今天放你一天假，给小秃过个生日。"方菲不情愿地说："你给他过就是了，干吗还用我呀？"任队长笑道："你跟他妈有交情，好沟通。再说，他是个小偷，我怎么好给他过生日呢？岂不授人以柄了。蛋糕我都定好了，是上海最有名的蛋糕坊做的，你取一下就行了。"方菲说："我的狗狗今天还过生日呢，我要给狗狗过生日。"任队长笑说："那就让小秃跟狗狗一起过生日吧。"方菲拣起大洋在手里掂着："这几块大洋怎么够啊？"任队长又扔了五块大洋在桌上："十块大洋总够了吧？"方菲急忙捡起来说："这还差不多。"

夜晚，方菲回到自己寓所，小秃已经在门口候着了。方菲将一个硕大的蛋糕摆在桌上，又忙着插蜡烛。一条小狗围着她搔尾巴。小秃在一边看着好奇地问："方菲阿姨，您怎么知道今天是我的生日啊？我从来不知道自己是什么时候生的，在哪里生的。我妈妈只告诉我乔厅长永远都是我爸爸，可他却突然不认我了，我妈妈也死了，我好可怜啊，还不如您家里的狗狗有人疼爱呢。""那你今天不是和狗狗享受一样的待遇了吗？"方菲抱起狗狗亲昵说："妈妈马上给你点生日蜡烛了。"狗狗叫了两声，似听懂了方菲的话，从她的怀里挣出来，在地上来回撒欢地跑着。小秃说："方菲阿姨您能当我的妈妈吗？其实我也不想当小偷，可我不偷不行啊，任队长说如果我不去偷东西，他就让我一辈子蹲大牢。"方菲吃惊地问："那你偷东西是任队长支使的？""是啊，他先让我偷我后妈家，后来又让我偷我后妈那几个朋友家，我偷来那么多的金银财宝，全都归

— 386 —

他自己了。我跟他要了好几回，他一直答应给我，可至今也没给我一丁点。"小秃委屈地说。方菲浑身惊颤了一下，不慎将蛋糕碰翻在地，狗狗跑上去舔蛋糕。方菲疑惑地继续问："小秃，你说的这些都是真的吗？"小秃说："方菲阿姨，我要是骗你天打五雷轰。"

方菲赶紧用手捂住他的嘴说："别发这样的毒誓，不吉利。"

这时，狗狗忽然怪叫起来，它像是被什么东西击痛了，先是满屋疯跑，继而又满地打滚。方菲惊讶地喊："狗狗，你怎么了？"小秃说："阿姨，狗狗刚才吃蛋糕了。"狗狗用眼睛无望地看了看方菲，蹬蹬腿死了。方菲几乎吓傻了，她惊慌地看着狗狗，突然抱起狗狗大哭："狗狗——我的好宝贝，你真就这么死了吗？你死了，以后谁来陪我呀？狗狗，我亲爱的狗狗呀！"小秃拣起一块蛋糕放在鼻子下嗅着。方菲忽然醒悟，手疾眼快啪一下打落了小秃手里的蛋糕喊："小秃，蛋糕里有毒，有人想毒死我们啊。"小秃惊慌地扔了蛋糕问："谁？……谁想毒死我们啊？"方菲肯定地说："任队长。他这是想杀人灭口，独吞钱财。""方菲阿姨，那我们怎么办？任队长手里有枪，他想杀谁太容易了。"小秃提心吊胆地说。方菲命令道："我现在要把你藏起来，今天的事情你不许跟任何人说。""方菲阿姨，我听你的。"小秃说着，哭了起来。

17

酒吧包间里，方菲紧张地跟乔世景说着什么，她满脸泪痕，情绪激动："要说你们俩在我心里的分量，说句实话我是偏向他的，他毕竟是我的干爹，帮我谋了一份吃皇粮的官差。可想不到他竟然想杀我，要不是我的狗狗舔了蛋糕中毒死去，我和小秃全都没命了。他这是想杀人灭口独吞钱财，小秃说是他指使偷你们几家的。"乔世景听罢，惊讶道："任队长这招真高啊，你知道这叫什么吗？这叫一箭双雕，倘若小秃死了，你就是罪魁祸首，是你给他过生日时死的，倘若你们同归于尽了，他也没有任何责任，而且他这些年为非作歹的证据全都付诸一炬。高、实在是高啊。"方菲心有余悸地说："太可怕了，真是太可怕了。这么些年，我帮他卖了多少情报，赚了多少外快，多少银票都进了他的腰包了。"

"正因为你知道的太多了，才会有今天这样的事情发生。我想起古时候有个考官，给考秀才的人出了一道题，问世上什么最干净，秀才们都答不上来。这时一个伙夫从此处经过，突然说'眼不见为净'，结果这个伙夫考上了秀才。人活世上，睁一只眼不如闭一只眼，多一事不如少一事啊。"乔世景显然想明哲保身了。方菲逼问道："那任队长预谋杀人的事你也不想管吗？"乔世景沉思片刻说："我要想想是怎么个管法。这几天你要正常上下班，千万不能让任队长看出什么破绽，更不能去蛋糕坊询问什么。小秃在哪里？要不要交给我？"方菲瞟了乔世景一眼，忽然说："小秃他……吓跑了。"乔世景叮嘱说："你要设法找到小秃，他是重要的证人。""好吧。"方菲应了一句。

方菲回到巡捕房，刚打开办公室的门，任队长突然出现在她身后，用奇怪的眼光打量着她问："你怎么来了？"方菲反问："我不该来吗？"任队长察言观色道："生日过得不错吧？狗狗和小秃都很快乐吧？"方菲强装笑脸说："您的十块大洋能让他们不快乐吗？世上还有什么事情比花钱更快乐呢？"任队长目不转睛地盯着方菲说："快乐就好。蛋糕好吃吧？"方菲突然哈哈笑起来。任队长紧张地问："你笑什么呀？"方菲索性说："我没去您说的店里拿蛋糕，小秃和狗狗都喜欢吃巧克力的，我们去买了法式蛋糕。"任队长的脸色刷地就变了，支吾道："噢，也好，只是可惜了我的一番苦心啊。那……小秃呢？"方菲说："他吃完蛋糕就跑了，说是去找干爷。""我怎么没看见他呢？"任队长两眼直视方菲。方菲镇静地说："那我可不知道了，反正你交给我的任务完成了。"说罢推门走进屋内。任队长表情复杂地望着方菲的背影。

18

上海中式别墅的夜晚，一种焦灼紧张的气氛在屋里弥漫。乔世景靠在躺椅上想心思，他一根接一根抽烟。乔老太太边咳嗽边走过来说："世景，你今天是怎么了？从外边回来就坐在这里抽烟，看这满屋的烟雾，呛得我直咳嗽。"乔世景似有所悟，掐灭烟，从躺椅上站起来问："妈，几点了？韵抒还没回来吗？"乔老太太说："真难得你问起她，每天都是她等你，今天你也尝尝这等人的滋味吧。"乔世景望望窗外说："我是觉得天晚了，有点不放心。"乔老太太笑道："你也知道牵挂媳妇了，这真是好事情啊。"

田韵抒正与许尚美在马路上边走边聊，远处隐隐约约闪烁着黄浦江的点点灯火，时而有男女从她们身前身后晃过。许尚美失望地说："田姐姐，只怕是咱们放进赌场的钱要不回来了，我今天找胡老板了，他不光不给钱还耍赖皮，一身的流氓痞子气。""那可是咱姐妹三个的体己钱，拿不回来怎么行啊？哪怕只把本金拿回来也好啊。"田韵抒给许尚美施加压力。"我就是这样跟胡老板说的，可他不肯还给我们。"许尚美无奈地说。"那我要跟玉婵大姐说了，让她再想想办法吧，反正这钱要在路旷明被判刑之前拿回来。"田韵抒几乎是命令许尚美。许尚美焦急地说："路旷明当真要判刑吗？两位学姐就不能救救他吗？"田韵抒气恼地说："他玩得太大了，谁能救得了他呢？"许尚美突然哭起来："这可怎么办呀？……"田韵抒看着许尚美说："你在这儿哭吧，我先回了。"

田韵抒走进中式别墅大厅，乔老太太立刻迎过来，"你总算回来了，世景刚刚还坐在这里念叨你呢。"田韵抒问:"他人呢?"乔世景推开卧室的门喊:"韵抒,你过来,我有话跟你说。"田韵抒直奔过去。

卧室的气氛显得紧张,乔世景说完事情的来龙去脉,两眼望着田韵抒,期待她拿主意。田韵抒说:"要我看就以毒攻毒,你去大闹巡捕房,当着众人的面,戳穿任队长指使小秃偷我们的东西并窃为己有。这事要有人证……小秃会不会出来作证?还有方菲会不会把任队长想杀人灭口的事情说出来?"乔世景忧虑说:"这事要好好想一想,我们这样做究竟能达到什么目的呢?"田韵抒说:"很显然,自从路旷明被抓,任队长就开始搜集通商公署的黑材料了,沪东办事处与通商公署是连在一起的,擒贼先擒王,所以玉婵大姐的首饰和我的首饰先后都被偷了。"乔世景忽然说:"太太真不愧是才女啊,分析得头头是道。"田韵抒不自在地说:"难得听你夸我一句。你还是去请教一下安署长吧,运筹帷幄、呼风唤雨是男人的天性,女人根本不是对手。"田韵抒转身出门,乔世景一把拉住她说:"太太,今晚留下陪我吧。""我已经习惯一个人睡了。"田韵抒推门出去了。

乔世景立刻在卧室给安子益打电话,将情况如实汇报。安子益说:"那你就主动出击吧,把主动权掌握在我们手里,他任队长指使别人偷东西,这就证明他与匪徒勾结,触犯了法律。""好,那我马上按安署长的指示办。"

乔世景放下电话,拿起一支香烟燃着,大吸了一口,吐出一个硕大的烟圈。

第二十七章

1

上海酒吧的夜晚，乔世景与方菲坐在一个包间里密谈，桌上摆着红酒和西餐。乔世景问："找到小秃了吗？我准备明天到巡捕房找任队长，到时候小秃能出来作证吗？"方菲说："这孩子自从那天受了惊吓，来无影去无踪的，我尽量帮你找到他，让他当场给你作证。"乔世景想不到方菲如此慷慨地帮助自己，情绪颇为激动地说："方菲，我真是太谢谢你了，关键时刻你能站出来帮我。"方菲笑道："其实你真不必谢我，当年我在百乐门赚的第一桶金还不是靠了你。说真心话，任队长对我也不错，只是想不到他竟想谋杀我，这太伤我的心了，这不是推完磨杀驴吃又是什么呢？"乔世景催促说："那你尽快找到小秃，我明天一早就去巡捕房见任队长，小秃如果不出面作证，我见他就没有任何意义了。"方菲说："我尽力而为吧。"说罢眼睛打量着乔世景问："不过，小秃要是出面作证，你给他多少报酬？还有我？"乔世景从手包里掏出两张银票摆在桌上，笑道："一点小意思，笑纳。"方菲边收起银票边说："小秃这孩子真挺可怜的，他妈绿袖子死了，你真不想认这个儿子了吗？要是小秃为你作了证，任队长找他的麻烦怎么办？"乔世景："我认不认小秃这个儿子以后再细说吧，这是家务事。小秃如果能出来作证，任队长就是执法犯法，他还能在警务队干吗？"方菲忽然说："那小秃和我的作用可大了，你给这么点银票怎么说得过去呀？"乔世景笑笑说："事成之后，我还会重赏你的。"

深夜，方菲拎着一包东西回到自己寓所。黑暗中的小秃问："谁？"方菲急忙说："阿姨给你带吃的来了，快把灯打开吧。"房间里的灯亮了，小秃跑过来。方菲将包里的东西打开，小秃立刻拿起一个包子咬了一大口："真是饿死我了。方阿姨，我要在这儿藏多久啊？憋死我了。""如今任队长到处找你，你就在这憋着，千万不能让他抓到你。不过，你明天就可以出去了，我今天见到乔厅长了，他明一早就到巡捕房跟任队长对质，你要出面作证是他指使你偷东西的，这是乔厅长给你的酬劳。"方菲说罢，将五块大洋放在小秃手里。小秃眼睛一亮，用手掂着大洋笑起来："这下我有钱花了。……方阿姨，我当场作证，任队长会不会打死我呀？"方菲叮嘱道："你作完证就赶快跑，跑得越远越好，再说任队长敢当着那么多人的面打死你吗？他不敢的。"小秃大口咬着包子："方阿姨，那你呢？""我也跑，跟你一起跑。"方菲说。

2

京城某四合院内，杨沪生正在抄写卷宗，白芙蓉匆匆跑进来说："杨秘书，我见到你给我介绍的那个大官了，我把状纸递给了他，他说会很快给我答复的。那我就在这里等下去，直到他答复为止。"杨沪生说："好呀，我身边正少一个帮手呢。"白芙蓉急忙问："您说吧，我能帮你做什么？"

杨沪生说："你的字写得不错，抄卷宗这事不难吧？"白芙蓉应道："好哇。"

杨沪生立刻将卷宗摊到桌子上，白芙蓉坐下抄写起来。杨沪生站在她身边打量了一会儿，欣赏道："想不到你能写这么一笔好字。"白芙蓉随口说："这都是从小陪练陪出来的，也算是童子功了。""听你这话还挺有故事的，能跟我讲讲吗？"杨沪生要求道。白芙蓉抬眼望望他说："等京城大官员答复了我的状子，我再告诉你吧。"

3

上海华界巡捕房，任队长在打量桌子上的闹钟，闹钟已经接近九点。李副队长走进来问："队长，您找我？"任队长说："找到那个秃头没有？""还没有。"李副队长回答。任队长啪啪拍了几下桌子骂道："一群废物！你就是上天入地也要把他找到，我就不信他会在人间蒸发了，就是蒸发了，我也要亲眼看着他化成灰。""是。"李副队长转身出门。

乔世景突然走进来，任队长立刻惊讶道："乔厅长来了，事先怎么不打个招呼啊？""难道找你吵架还要事先打招呼吗？你指使小秃偷了安署长家、我家还有路主任的家，对吧？"乔世景毫不讳言地质问。任队长愣了一下，佯装镇静地反问道："乔厅长，这可是华界巡捕房，你如此血口喷人该当何罪呀？"乔世景故意抬高声音说："我血口喷人？我要是没有真凭实据，怎么敢大白天找到这里来呀？"任队长继续问："那你把真凭实据拿出来我看看。"乔世景朝着一个方向大声喊："小秃，你出来吧。"

小秃应声跑了出来，冲着任队长说："干爷，就是你让我去偷东西的，你还教我怎么开锁，我偷来的东西都给你了，你本来说分给我一半，但至今也没分给我。"任队长的面孔立刻变成了一只恶狼，他咬牙切齿地骂道："你胡说八道，你是不是疯了？我要撕烂你的嘴！"小秃毫不畏惧说："我没疯，你怕我说出去，还在蛋糕里下毒想毒死我，可蛋糕把方菲阿姨家的狗狗毒死了。""你真是疯了，我今天毙了你。"任队长拉开抽屉，拿出里面的手枪对准了小秃。

枪声响起时，方菲突然冲出来扑向小秃："小秃——"

瞬间，小秃被方菲挡在身后，子弹像瞎了眼睛的鸟径直飞进方菲的胸部。任队长大惊失色地嚷："方菲——干爹不是故意的，不是故意的。""方菲阿姨——"小秃吓得颤抖着扑向方菲。乔世景一把揪住任队长的衣领吼道："你敢打死我的女人？""她也是我的女人，你我共同的玩物。你不是也让我枪杀过绿袖子吗？可惜呀，我听了方菲的话把她放了，就为了日后抓你的把柄。方菲，我说的对吗？"任队长大言不惭地望着方菲。

满身是血的方菲吃力地睁开眼睛，绝望地面对眼前的一切，喃喃道："我本来就是你们的玩物，今天又成了你的枪靶子。小秃，过来，阿姨跟你说句话。"小秃俯在方菲耳畔。

方菲一字一顿说："蝴蝶兰就是你妈妈绿袖子，你赶快跑吧，找你妈去啊，我总算对你妈有个交代了。"任队长似从突如其来的情景中清醒过来，突然对小秃举起了枪。方菲眼疾手快用力推了小秃一把："快跑！"小秃忽然扑向乔世景和任队长："你们还我妈妈，还我妈妈！"任队长迅速举枪射击，小秃应声倒地，口吐鲜血。

乔世景转身对门口观望的巡捕说："你们都看见了，任队长执法犯法当众杀人啊。还不把他给我铐起来！"李副队长上前用手铐铐住了任队长，讥讽地说："想不到任队长也会有今天。"任队长忽然醒悟道："我又被算计了。"乔世景扬扬得意地说："这就叫魔高一尺道高一丈。"任队长立刻威胁说："你也别高兴得太早了，鹿死谁手还不知道呢。"

任队长被李副队长押走后，乔世景立即回到通商公署，向安子益汇报了巡捕房刚刚发生的一幕。乔世景说："不管怎么说，他任队长一下子结果了两条性命，执法犯法，罪不可赦。"安子益忧心忡忡道："现在要看看我们还有什么把柄攥在他手里，越是这个时候越不能掉以轻心，对他来说死到临头了，咬谁一口都是赚的。"乔世景心领神会地说："安署长，我明白了。"

4

上海中式别墅，夜一如往日，充满了焦虑和不安。田韵抒在帮乔老太太按摩背部，乔老太太没好气地说："你轻点，女人的手怎么会这么重啊。"田韵抒说："我下手太轻怕起不到按摩的效果。"乔老太太叹息道："谁也没有我干儿子的按摩技术好，可他怎么就一步迈到大牢里去了呢？真是犯浑啊。"

乔世景神情紧张地匆匆进屋，乔老太太一愣说："你今天回来得早嘛，还从没有这么早回来过呢，吃饭了吗？"乔世景一脸疲惫地说："妈，我吃过了。"田韵抒急忙问："事情办得怎么样啊？"乔世景向她递了个眼色说："到我卧室说吧。"田韵抒随乔世景奔向卧室。

进了卧室，乔世景就一头倒在了床上，说："任队长下手真够狠的，开枪结果了两个人的性命。"田韵抒惊讶地问："另外那个人是谁？"乔世景看了看田韵抒说："百乐门的歌女方菲，你的情敌。""真是人算不如天算，天要灭谁，那一定是错不了的。"田韵抒大舒了一口气。"闲话少说吧，你赶紧想想家里还有什么东西要避人的，别最后让疯狗咬一口。"乔世景提醒说。"那我要好好想想呢。"田韵抒沉思着。

5

夜晚，上海中式庭院的主人一直在商量着什么，房间里的气氛紧张而神秘。安子益神情焦虑，忧心重重地提醒石玉婵说："任队长进大牢了，想想咱们家里有没有什么把柄在他的手里攥着，跟他有什么扯不清的瓜葛都要清理一下。"

"如果是他指使小秃偷的咱家，他手里肯定会有把柄的。"石玉婵也担心起来。"路旷明被抓进去，我就够不踏实了，现在牢里又多了条疯狗，世事都不在自己的掌控之中了。"安子益长吁短叹。石玉婵忽然说："我已经筹建教育慈善基金会了，把家里来路不明的银子都捐出去。他们还能有什么把柄呢？"安子益沉思了一会儿说："如今想想，沪东学校真是个隐患，淹水又死了学生，虽然是法租界干的事情，但追究起来通商公署是有责任的。只要上边来人调查，我就会脱不了干系，别说是连任国大代表，就是通商公署署长都可能保不住了。"石玉婵推脱道："这事我可帮不了你。当初如果公署制止了法租界的行为，就不会出现后来这么多的啰唆事了。"安子益急赤白脸地说："现在就别说这样的话了，弄得人心里好烦。"石玉婵瞟了他一眼，转身出去了。

6

魏局在办公室看报纸，石玉婵走进来，开门见山地问："魏局，我最近准备成立教育慈善基金会，你有没有兴趣参与呀？"魏局忽然笑了一声，讥诮地说："石处长是不是想给来路不明的钱找个好归宿啊？说得难听一点就是销赃。"石玉婵立刻沉下脸回敬道："你表哥开枪杀人，他才窝赃呢。"

魏局吃惊地问："什么，我表哥开枪杀人？我怎么不知道啊？"见石玉婵未语，又说："……其实，我跟任队长不过是表兄弟，关系走得不远也不近。""是吗?"石玉婵鄙视地瞟了他一眼。魏局讪讪地说:"他真要出事了,我还得去看看他呢。""那就是你个人的事情了。"石玉婵转身出门。

魏局立刻奔了巡捕房大牢,他与任队长隔着铁窗说话,距他们不远处有两个持枪巡捕来回走动。"表哥,你为什么开枪杀人啊?您当队长这么多年,这下全功亏一篑了,多可惜呀。"魏局惋惜地说。任队长叹了口气道:"事到如今,我也只好认了,世上没有卖后悔药的,杀人偿命,我死不足惜,只是我心有不甘,有人虽未杀人,但干的伤天害理之事,比杀人的罪过也轻不了多少。"魏局劝道:"表哥,还是多想想当下吧,看有没有办法让自己减轻罪过,托托人、找找关系、摸摸门路。另外我听说交代得越多,死得越快,不该说的话你就干脆别说吧。"任队长接过他的话说:"表弟,如今谁愿意跟一个杀人犯多啰唆呀,我也不想给别人添堵。你出去给我儿子任小虎捎个信,就说我想他,见阎王之前要看他一眼。"魏局急忙说:"表哥,这信我一定捎到,他住哪里呀?"

任队长对着魏局的耳朵低语了一阵。魏局点了点头说:"放心吧,表哥。"

7

上海郊区一间茅草房外,任小虎披着兽皮蹲在一棵树上瞄准,枪响鸟落。魏局恰好走到跟前,吓得一激灵,随后看着地上蹬腿的鸟说:"表侄儿,你可能没听说过吧?鸟是最不能打的,它是阎王爷派到人间的小金雀,专门搜集情报向阎王爷报告的。"任小虎不以为然地笑道:"表叔,你说的什么乱七八糟的,小时候我妈跟我说信神有神在,信鬼有鬼在,神鬼怕恶人,我就什么都不信。我现在练枪法,要把我爸从大牢里救出来。怎么,你看到我爸了吗?""是啊,在牢里看见他了,表哥英雄一世,最后却落得蹲大牢的下场。"魏局面有忧惧地说。任小虎举起枪瞄着远处,不在乎地说:"蹲大牢怕什么,大牢本来就是给人准备的,没啥丢人的。快说吧,我爸让你找我有什么事?"魏局立刻说:"你爸想你,要你去大牢里看看他。""那我马上就去看他。"任小虎放下枪,开始换衣服。

任小虎一身便装走进巡捕房大牢,一眼看到了大牢里的父亲,大步奔过去喊:"爸,您吃苦了……"话音未落就哭了起来。任队长见任小虎落泪,自己也悲戚起来,但他很快镇静了自己的情绪说:"我杀了人,罪有应得。你别哭了,男子汉大丈夫有泪不轻弹,爸小时候是怎么教育你的?"任小虎急忙擦干眼泪问:"爸,您找我有什么事?快说吧,儿子能办的一定办到。"任队长问:"你最近在干什么呢?"任小虎说:"我在练枪法,想劫法场救您出去。"任队长怒斥道:"你小子真混账,这有多危险你知道吗?你救不出我,还会把自己的命搭上。"任小虎自信地说:"爸,我肯定能救您,要知道京城大公子的银票就是我抢……""嘘……"任队长急忙打断他的话说:"我已经不想知道你小子都干过什么了。这回救爸爸,你来武的肯定是不行了,要来文的。你现在按照爸爸说的去做,说不定我还有救。"任小虎立刻问:"爸,那您说,要我做什么?"任队长交代说:"上海西郊我有一个公寓谁都不知道,钥匙就在正门顶上的一个小洞里,你去把爸的东西收拾一下,特别是那些金银财宝的来路,爸都记在一个小本子上了,小本子在靠窗的大桌子抽屉里。你拿着这个小本子去找法租界老大,说不定能让爸活着出去。"任小虎提醒道:"爸,交代的越多死得越快,如果把小本子交出去,那些金银财宝可就都归他了。""儿孙自有儿孙福,你已经有那么多钱了,爸跟你父子一场,你的命是爸给的,希望你按我的吩咐去办,说不定能救下爸这条命。"任队长认真地说。"那我马上就去。"任小虎答应着。

任小虎离开巡捕房大牢,就奔了上海西郊任队长公寓。进了门,他仔细打量房间,房间的奢华超乎他的想象,欧式家具,宽敞气派的大厅。任小虎走进里面的套间,拉开靠窗的桌子抽屉,翻出一个小本子,同时将几个抽屉里的金银财宝全都摆了出来。任小虎兴致勃勃打量着这些金银财宝,两眼放光地想:"你藏了这么多的财宝,指不定包养了多少女人呢。"任小虎不禁用眼睛四处扫荡,他发现了组合橱里一本相册。他将相册拿出来,摊开。第一张面孔就是方菲、然后是小花彩、再然后是数位不知名的美女……看着看着,任小虎愤愤不平地说:"可惜了我妈呀,至今还在乡下种地呢。爸呀,你还算是人吗?对我妈来说,你简直就不是人!我为什么要把这些财宝交出去呀,我要把财宝带回家给我妈,盖几间大房子。"

任小虎开始收拾金银财宝,收拾了一会儿,又犹豫起来:"是这些金银财宝重要啊,还是我爸的命重要啊?小时候我妈常说凶财凶出,我还是用它救我爸的命吧。"任小虎将金银财宝打包,又把小本子揣进衣服口袋里,锁上门远去。

8

上海法租界老大公寓,法租界老大正跟两位穿和服的日本人边散步边谈话,院子里鲜花盛开。任小虎悄然出现在院子里。法租界老大与日本人谈兴正浓,任小虎的到来并没引起他们的注意。于是任小虎躲在一棵树后面偷听他们的谈话内容。法租界老大说:"沪东这块地皮我们已经正式拍到手了,这里面有法国人的股份,你们日本人就是不考虑中国人的利益,也要考虑法国人的利益吧?"日本人说:"日本纱厂要扩大规模,地盘当然是越大越好啊。"法租界老大又说:"那你们看看沪东那边还有什么地方,何必抢这块沼泽地呢?不过,如果日本纱厂确实需要这块地皮,那我们考虑按拍卖价转让给你们。"日本人笑道:"哟西!""卖国贼。"隐在树后的任小虎心里骂了一句,悄悄退出院子。

任小虎在街头逛着，当他看到上海城隍庙钱大爷古玩店的门脸时，便大摇大摆走了进去。钱大爷正拿着放大镜与几个顾客在看一个青花瓷瓶："你看这纹路，这釉色，我保你百分之百是元青花，从我店里流出去的东西，没有一件是假的。""那我就买定了。"男顾客将一张银票拍在桌子上，拎着青花瓷出门。

任小虎凑到钱大爷跟前问："请问你们这里收不收金银首饰啊？"钱大爷正忙着收银票，随口道："我们这里是古玩店，只收老物件。""那您老看看我这些东西，值多少钱？"任小虎将手里的一包东西摊在桌上。钱大爷眼睛一亮，拣起一串项链打量着说："好东西，全是洋货，这东西要放在洋百货，那要花不少银子喽。小伙子，拿回去吧，当个家底存着，我要是收购不会比洋百货贵，只会便宜。"任小虎问："您能给多少钱？"钱大爷瞥了一眼桌上的东西说："你这一兜宝贝我都收了，也就一千万银票。"任小虎急忙说："卖，都给你。""你可别后悔哟。"钱大爷收下东西，转身取出银票递给任小虎。任小虎拿了银票匆匆出门。钱大爷望着任小虎的背影嘀咕："这小子真是不识货，一千万银票就把他打发了，这些宝贝起码值五千万。"钱大爷低头又看那堆金银首饰，忽然翻出一个小本子，打开一看，忽然愣住了。

钱大爷看了一会儿，将小本子揣在怀里就奔了上海法租界老大公寓，见到法租界老大，立刻把本子递给了他说："你看看，这上面是通商公署几个官员的敛财记录，这本子是华界巡捕房任队长的，上面有他的签字，还有他的印。"法租界老大惊喜地说："这本子太重要了，你是在哪里弄到的？"

钱大爷忽然说："我……我……拣到的。"法租界老大笑道："听说京城已派司法官来上海巡查了，约个时间跟他见个面，把这本子呈上。"钱大爷幸灾乐祸地说："这回通商公署就有好戏唱了……"接着又问："那沪东拍卖的地皮呢？"法租界老大坦白道："日租界已有人找我谈过了，日本纱厂想扩建，我想把地转给日本人，这样赌场的胡老板也就不会找我们的麻烦了，让他跟日本人斗去吧。"钱大爷举起大拇指夸道："老大真是高明啊。"

9

京城四合院内，白芙蓉正抄写卷宗，杨秘书进门，将手里的公文包放在桌上说："京城的司法官已经奔赴上海了，这下你可以安心了。"白芙蓉问："杨秘书，京城去的司法官会彻查我状告的那些事吗？"杨秘书笑道："一定会彻查的，否则去上海不就没意义了吗？"白芙蓉说："那我就先不回去了，留在京城听听上海那边的动静再说。"杨秘书笑道："我正巴不得呢，你一走谁帮我抄卷宗啊。……哎，对了，你答应要把你的故事讲给我听的。"白芙蓉笑笑："我全告诉你。"

10

上海宾馆，司法官正在床上打哈欠，门外响起敲门声。

司法官问："怎么刚来上海就有人敲门呢？谁的消息这么灵通啊？"法租界老大回答："是我，请您开开门，我有重要的东西交给您。"司法官不情愿地下床，打开门："你是谁呀？我的贴身侍卫放你进来的？"法租界老大将手里的一包东西交给司法官说："我是法租界老大，这点礼物请大人笑纳。"

司法官接过东西扫了几眼，又用手翻了翻，上面一层全是银票，银票下是几根金条，最下面压了一个小本子。司法官故作姿态说："如今大帅府肃贪反腐，本人为了避嫌，都未与通商公署打招呼，直接就住进宾馆了。可还是被你找着了，你们这些人啊，真是无孔不入。"法租界老大笑道："在上海这地界，您想做什么，就直接跟我打招呼好了。这点花销，请大人笑纳。另外，今晚我想请大人品尝地道的上海菜。"

司法官推辞道："这就不妥当了吧，此次来上海属公差公干，京城的司法官岂能知法犯法呀？""理解、理解……那我就告辞了。"法租界老大转身离去。

司法官急忙关上门，看着礼物打量欣赏："上海这地界，就是有钱啊。"忽然发现里面的状纸和一个小本子，急忙打开翻看，不由眉头紧皱。

11

乔世景急急忙忙跑进安子益办公室说："安署长，不好了，京城来了个司法官，直接住进宾馆了。"安子益奇怪道："按理说这人应该由我们接待呀？怎么私下里住进宾馆了呢？乔厅长，这可是个不妙的信号啊！""是啊，我们公署应该怎么办呢？"乔世景神情焦虑地问。安子益沉思片刻说："只有以静制动了。另外赶快把办公室和家里都清理一遍，别留下什么蛛丝马迹。"乔世景嘴上应了一声，就急忙走了。

乔世景走后，安子益也收拾了一下办公桌上的东西，匆匆奔了家里。石玉婵迎出来问："你今天怎么这么早就回来了？"安子益说："京城司法官来上海了。""来了不正好吗？你们通商公署接待，就此联络联络感情，攀上关系。"石玉婵接着他的话说。安子益认真道："这次与以往不同，人家来了就径直住进宾馆了，根本未与通商公署打招呼，这是查我们来了。"石玉婵断言道："一定是有人把状纸告到京城去了……"见安子益未语，又问："那我们该怎么办呢？"安子益急忙问："家里的钱财都安顿好了没有？"石玉婵说："除去你参选国大代表的活动经费，我都捐给教育慈善基金会了，现在只有赌场里放高利贷的钱还没拿回来，我催过许尚美了，她说赌场胡老板耍赖，一时半会儿怕是拿不回来了。"

"那你最近就别提这事了，闲时多往沪东学校跑一跑，别让学校那边再出什么乱子。"安子益吩咐道。"我知道了。"石玉婵边应着边在想点子。

12

乔世景回到家时，田韵抒正要出门，乔世景忽然拦住她说："你这几天要在报馆盯着，京城来了个司法官，是专冲着公署来的，有人把状纸递到京城了。有什么消息要及时告诉我。"田韵抒说："家里的钱财都安顿好了，只是你在赌场放高利贷的钱一时半会儿还拿不回来。""那你就跟你那个学妹说那些钱让她一个人担着吧，别往你身上扯。只是那么多的金疙瘩再也要不回来了，真是太可惜了。"乔世景无奈地说。田韵抒忽然提醒说："任队长要是把搜集到的那些证据交出去，绝对够你和安署长喝一壶的。""他要是这么做，他也脱不了干系，是他指使小秃偷人行窃的，他执法犯法。"乔世景说。"一个背了两条人命的人还怕什么执法犯法？他要是老实交代戴罪立功，说不定还会对他减刑呢。按他这种人的性格，临死也要拉上两个垫背的。"田韵抒分析得头头是道。乔世景叹道："方菲要是活着就好了，她一定知道任队长的底细。"又说："你去报馆打听打听，任队长的直系亲属都在哪里，这样的事情他只能交给最亲近的人去办。""那我马上去报馆。"田韵抒刚转身，又忽然想起什么说："任队长有个表弟魏局，与玉婵大姐在办事处供职。"乔世景眼前一亮，急忙说："这就好办了，你马上去找石玉婵，请石玉婵找魏局做任队长的工作，让他临死之前留点口德。""那我马上去找玉婵大姐。"

石玉婵刚进办公室，田韵抒就来了，"玉婵大姐，我找你有事。""什么事？快说吧，我马上要到沪东学校去。"田韵抒说："玉婵大姐，能不能请魏局去做他表哥任队长的工作，让他在大牢里留点口德，别临死还拉上几个垫背的。""你以为魏局跟我的关系很铁吗？他最讨厌女人参政了，我早就成了他的眼中钉了。我去找他，不等于授人以柄吗？"石玉婵几句话就把田韵抒的想法灭了。"那可怎么办啊？不能让我们的夫君处在危险之中吧？"田韵抒焦急地搓着两手。石玉婵释然道："该来的总会来，谁也挡不住。"话题一转，又说："韵抒，最近这段时间我心里满矛盾的，我们前前后后做的一些事情究竟为的什么呢？难道真的是为了苟且偷生吗？……"田韵抒接着她的话说："其实，我跟大姐的心情是一样的，矛盾、困惑、不安……世俗生活已经让我们面目皆非了。"石玉婵拎起手包往外走，边走边说："你马上跟我到沪东学校去吧，我准备在那里成立教育慈善基金会。"田韵抒摇头说："今天不行，我得先回报馆处理文稿。"

13

上海沪东学校，赵人杰正带着一帮学生在实验室门口铲淤泥，猛抬头看见石玉婵走进校园，立刻扔下铁锹迎了出去，"石处长，您来了。"石玉婵面对满目疮痍的实验室，忍不住叹息："哎，辛辛苦苦建起的实验室，这下全毁了。"赵人杰急忙问："石处长，救济款是否拨下来了？"石玉婵说："快了，也就这两天的事情了。"赵人杰进一步说："石处长，真是不能再拖延了，被淹死的学生郑秋生妈妈就住在学校里，白天还好，晚上大喊大叫又哭又闹，已经疯了。"石玉婵惊讶地问："她住在哪里呢？"赵人杰指着一个方向说："伙房边的一间旧屋里。""那你带我看看去吧。"石玉婵要求道。赵人杰说："她发了疯可是会打人的。"石玉婵笑说："有赵校长当保镖，我还怕什么呀？"

赵人杰与石玉婵站在一间破旧的房子前，房子的窗框用几根木棍支着，窗框边的木门上了一把大锁。石玉婵、赵人杰刚刚在窗前站定，浑身脏污、披头散发的郑秋生的妈妈两手握住窗框摇晃，又喊又叫："你们还我孩子——还我孩子！秋生，你在哪里呀？娘在喊你呢，你为啥不答应啊？你听见了吗？"石玉婵的眼睛里忽然涌满泪水，她急忙从手包里掏出两块大洋递进去说："给，拿着吧。"郑秋生的妈妈接过大洋晃着喊："这是我儿子的大洋，我儿子的大洋啊！我养了十几年的儿子，难道就值这么几块大洋吗？"说罢将大洋从窗子扔出来，砸在石玉婵和赵人杰的身上。

赵人杰俯身拾起大洋又交到石玉婵手里，石玉婵推给他说："先放在你这儿吧，就算我捐给郑秋生妈妈的。"赵人杰收起大洋说："那也好，还有上次的捐款都在我那里记着呢，我本想等救济款下来一起交给她，把她送回家去。可她家里没什么人了，郑秋生的父亲早就去世了，她是个寡妇，就郑秋生这么一个孩子。"石玉婵长叹一声道："真是太可怜了，我回去跟办事处说说，看能不能多给她一点抚恤金。""那真是太好了，郑秋生死得也太无辜了。"赵人杰强调说。石玉婵忽然想起了什么说："赵校长，我这次是有要紧事找你。"

赵人杰问："什么事？"石玉婵认真地说："我想把教育慈善基金会放在沪东学校，你当副会长怎么样？"赵人杰高兴地表态："好啊，这可是一个好事情。"石玉婵接着说："基金会的目的就是想让那些读不起书的穷孩子都来上学，接受教育。我想来想去，感觉放在沪东学校很合适。""石处长，我一定尽力做好自己的本职工作。"赵人杰下着保证。

石玉婵接着就跟赵人杰共同起草了教育慈善基金会的相关细则。

14

许老太太站在上海郊区一座老宅外打量着，墙上长满了蒿草，墙体留下风吹雨淋的痕迹。许老太太神情犹豫，不知从哪里下手。

院子里一位中年男人伸着脖子往外看，他手里端着碗正扒饭，一只黑狗在他的腿边摇尾巴。从他的角度正好可以看到院外的许老太太。只见许老太太对准墙体的一个位置，看看四下无人，立刻用手猛抠起来。中年男人突然出现在她身后问："您老人家为什么抠我家墙啊？"黑狗随之跑出来冲许老太太狂吠。许老太太一惊，转身看看中年男人，镇静地说："我看见一条小蛇钻到里边去了。"中年男人继续说："这是我家墙，蛇钻进去跟你有什么关系呀？你不是在找什么东西吧？"许老太太见隐瞒不住，只好实话实说："大兄弟，跟你说句实话吧，这宅子四十年前是我娘家的，后来娘家有人抽大烟，把家业败了，宅院就卖了。我出嫁时娘给了我一包金首饰，我没往婆家带，就塞在墙里了，我现在遇上急事了，想把东西找出来救个急，可我怎么也找不到了。"中年男人笑道："四十年前的东西还想找到，我住这里都二十多年了，来过多少拨队伍了，又是枪又是炮的，墙被炸塌好几回了，都重新砌过两三遍了。"许老太太问："那你没看见我那包金首饰？"中年男人说："没看见，砌墙是砖瓦匠的活，要发财也是让砖瓦匠发了。你看天都快黑了，你老人家赶快回去吧。"许老太太这才无着无落地转身离去。

半夜时分，许老太太终于辗转回到了上海家中。许尚美正坐在屋里看全家福的照片流泪，见母亲回来了，急忙扔下照片奔过来说："妈，您可回来了，我正准备出去找您呢，真把人急死了。"许老太太沮丧地说："妈没把钱拿回来，对不住了闺女。哎，人不走运老天爷都给脸色看。"许尚美这才想起来问："妈，您到底去哪里筹钱了？"许老太太说："回我的祖宅了。找我当年出嫁时藏在墙里的首饰，可住在里面的人说老宅去过好几拨队伍了，墙都被炮弹炸塌过好几回了，找不着了。哎，我还指望用这钱救旷明出来呢，看样子是没辙了。"许尚美说："妈，旷明出不来了，京城来人查公署了，旷明真要在大牢里蹲几年了。"许老太太焦急地说："我的天啊，那你可要守活寡了，这日子该怎么熬啊！"

15

郑旷达、李总、吕老板三人在马路上走着，身后隐约可见上海宾馆的招牌。郑旷达停下脚步说："我们这样做是不是有点乘人之危落井下石？路旷明毕竟是我的发小，沪东商会正副会长的位子给了我们三人，也算是对我们的抬举了。

再说真把通商公署搞颠了，上边再派些新面孔来，我们几个还能当沪东商会的会长吗？要知道一朝天子一朝臣啊。"李总说："可我们几个也为通商公署的官老爷花了大钱的。我们追着几个太太索要，最终也没要回几个钱。"吕老板接话说："钱这东西都是人挣的，人只要有了挣钱的位置，钱就会发了疯似的往你口袋里钻，俗话说钱找有，狗咬丑。"

郑旷达又说："如今军阀混战，官场也如走马灯，千里为官只为财，张三倒了，还有李四，李四倒了还有王五，从生混到熟，再从熟混到无话不谈，这其中要花我们多少财力啊。就像蹲在我们面前的一只虎，好不容易把它喂饱了养肥了，我们却把它打跑了，而后又来了一只新虎，我们还要喂它养他……"李总干脆说："那还不如就尽着一只虎养呢。"郑旷达笑道："这回你总算明白了吧？那你们说今天我们是去见京城司法官还是不去见呢？状纸就在我手里，往前再迈几步，就进了司法官住的上海宾馆了。""我看还是缓一缓吧。安署长曾经跟我是朋友，我们之间早就有交情，他能安排我当沪东商会副会长也算是有恩于我了。"吕老板开始打退堂鼓。郑旷达立刻跟风说："路旷明也是我的发小，不看僧面看佛面，我也真不忍心置他于死地呀！"李总索性说："那我们的状纸就缓一缓，看看风头再说吧。"郑旷达建议道："那这样吧，我们现在分头行动去安慰通商公署的几个头头如何？"吕老板立刻表态："好，我马上就去看望安署长。"

16

上海通商公署，安子益正在办公室冥思苦想，吕老板走进来。安子益颇感意外地站起身说："吕老板，如今公署可不应该是你来的地方吧？"吕老板反问："我为什么不能来呢？"安子益说："沪东办事处出了事，多少人都怕惹祸沾身呢，不落井下石就算不错了。你还自动找上门来，你不是给自己找麻烦又是什么呢？……"吕老板坐下笑道："安署长，今天我来这里就是想跟您说实话的，自从司法官来到上海，沪东商会的几个正副会长一直想去找他递状纸，可我左右一想，您毕竟是有恩于我的人，当年如果不是您的帮助，也没有今天的美达宾馆呀。"安子益感叹说："想不到吕老板在这样的时候还能想起别人从前的好处。"吕老板笑道："君子滴水之恩，当涌泉相报。安署长，您放心，我作为沪东商会的副会长，绝不会做墙倒众人推的事情，我希望公署安然无恙，我这个副会长的职务还是您赏赐的呢。"安子益继续说："吕老板，都说无商不奸，今天我才发现您可是个大聪明人啊。"吕老板急忙问："安署长，您看京城司法官那里需要我做什么，我一定尽力。"安署长笑道："有需要你的时候，我会言声的。"

17

　　上海巡捕房大牢内，路旷明坐在牢里打盹。大牢的铁栅栏突然响起来，郑旷达扶着铁栅栏喊："路主任，是我，郑旷达。"路旷明睁开眼睛，看到郑旷达一惊，不由问："你来干什么？看我的笑话吗？"郑旷达说："我今天真是来看你的，花了好几块大洋才让我进来。"

　　路旷明这才懒洋洋起身走过来，不耐烦地说："看我干什么呀？我有什么好看的。当初要不是你们逼着我要钱，我也不会急得往赌场跑。现在我蹲了大牢了，你们也甭想从沪东办事处再捞什么好处了。"郑旷达提醒说："老弟，别忘了我们是发小啊。你女儿路星星的校花冠军还是我赏的呢。"

　　"你别提这事了好不好？如果没有这个校花冠军，她还不会被绑架，更不可能出家当尼姑了。"路旷明恼怒地说。郑旷达急忙辩解："我当初让她当校花冠军可没想让她出家当尼姑，我只想让她享受荣华富贵。""这些荣华富贵到头来都是过眼云烟，还不如不要得好。"路旷明不屑地说。"兄弟，人不怕背兴就怕淡兴，你要打起精神来，在我们眼里你还是沪东办事处的路主任。"郑旷达故意提醒路旷明说。路旷明没精打采地叹息道："我现在早就不想这些好事了，我要是能少判几年，出来还想回部队去，虽说枪林弹雨，可杀起来痛快，死也死得值了。""咱现在不说这些丧气话，以前的过节就算过去了，你需要我们帮什么忙，我们一定尽力的。"郑旷达诚恳地说。路旷明不以为然道："我都蹲大牢了，你们帮我还有什么意义呢？"郑旷达一时语塞，不知说什么好了，他打量着路旷明，路旷明却将目光转到一边去了。郑旷达自感无趣，便安慰道："你我从小的兄弟情分，不能因一时的得失就掰生了。旷明老弟，你多保重，死马也当活马医吧。"

　　路旷明望着他的背影骂道："黄鼠狼给鸡拜年——没安好心。"

18

　　上海商务馆，许尚美在办公室收拾剩余的东西，李总走进来说："这是准备到哪里去呀？"许尚美没好气地说："一个丈夫蹲了大牢的女人能到哪里去呢？陪我女儿出家当尼姑去。"李总笑道："好了，别那么悲观了，沪东商会的几个人已经商量过了，暂时不想往上边递状纸了。"许尚美瞟了他一眼说："路旷明已经蹲了大牢了，你们递不递状纸有什么用呢？"李总胸有成竹地说："那肯定有用，我们的状纸一递上去，他就又多了一份罪证了。"许尚美认真地问："你们这样做真为了路旷明吗？"李总摇头说："也不全是，我们盘算来盘算去，最终得出了一个结论，还是喂熟的老虎好饲养。"许尚美恍然大悟地说："原来你们还是为自己呀，可这次不知你们的如意算盘能不能打下去，京城司法官早就来上海督查了……"李总抿嘴一笑说："司法官是人不是神，你要把当初安排路旷明回上海的劲头拿出来，与另外两个阔太太联手，保住通商公署、保住丈夫的位子，请你永远记住夫壮才能妻抖啊。"许尚美问道："这话你为什么不早说？……"

李总叹息说："我也是刚刚才想明白。"

19

上海通商公署，安子益正准备出门，乔世景匆匆走进来问："安署长，近日沪东商会那几个正副会长又突然向我们示好来了，您说这其中会不会有什么蹊跷呀？"安子益笑道："商人从不干赔本的买卖，也许他们纳过闷来了。"乔世景继续说："任队长枪杀了两条人命，至今对他没什么说法，虽说是押在了牢里，可对通商公署威胁很大呀。"安子益说："你先别慌，眼下只能以静制动，待我去京城摸摸底细，回来再作计议。"乔世景急忙说："好的，安署长，我等您回来。"

第二十八章

1

安子益在京城的一家酒楼等候陈秘书，桌上摆着七八个菜，一壶酒。陈秘书走进来说："不好意思啊安署长，来晚了。"安子益说："我还以为这回进京见不到老同学，白跑一趟了呢。来，快请坐、坐。"陈秘书坐在安署长对面，长叹一声道："最近大帅府正在调整人马，真是焦头烂额呀。"安子益趁机递上手中的礼物说："一点意思，老同学笑纳。"陈秘书掂一掂礼品说："什么宝贝呀？"安子益笑道："虽说礼轻情重，但见老同学还是礼重一点好。我手里有一个赴美留学的名额，送给你的大公子怎么样？"陈秘书随手将礼物放在一旁，惊喜地说："哎呀，这可是最珍贵的礼物了，要知道在京城弄一个留学名额那真是比登天还难呀。""按理说老同学这个位置应该是通天通地呀。"安子益说。陈秘书笑道："僧多粥少，到了京城你就知道自己的官太小了。……不用说你又是来打听消息了，最近听说上海通商公署有不少状子，司法部已经派人去上海调查了，安署长不知道吗？"安子益说："我要不知道还能来拜见老同学吗？"陈秘书立刻问："说吧，有什么事要老同学办的？"安子益坦言道："要说通商公署的乱子都是由前任大帅府大公子的地皮引起的，他想在沪东征一块地皮，结果法租界老大插手了……"陈秘书打断他的话说："前任大帅府的大公子已是老皇历了，你拣重要的说吧。"安子益索性直言："要说现在对通商公署最不利的就是华界巡捕房的任队长了，他一下子枪杀了两个人，至今还没拿他怎么着，蹲大牢之前他曾四处搜罗通商公署的黑材料，说临死也要拉上几个垫背的。"陈秘书心领神会地笑道："安署长，我明白您的意思了，我有个不错的同事在司法部，回头我把情况跟他说说。"安署长加重语气说："你要敦促他，对有命案的巡捕要从快处理，不然老百姓会说执法犯法、官官相护，心里不服气呀。"陈秘书笑道："心里有数了。"安子益这才拿起筷子说："光顾得说话了，都把美食忘记了，来，老同学，动筷子吧。"

2

上海郊外，一片绿树掩映的池塘边。乔世景与巡捕房李副队长在交谈："李队长，任队长一下子结果了两条人命，你当时就在现场，是最有发言权的证人了。"李副队长附和道："乔厅长所言句句是真。"乔世景接着说："那你就尽快写个现场证词递上去吧，趁京城的司法官来上海巡查，任队长的案子了结了，才能腾出位子给你，你要是傻等，有了正位也未必轮得上你。"李副队长面有难色说："任队长曾有恩于我，我当队副还是他提拔的呢，我去主动揭发他是不是有点太不仗义了？"乔世景不以为然地说："你是现场的证人，有啥不仗义的，难道你还想落个包庇凶手的罪名吗？"李副队长沉思了片刻问："那我要是主动揭发他，队长的位置保准就能落在我头上？"乔世景进一步说："邀功请赏你不懂吗？好了，你又不是两岁的小孩子，我该说的不该说的都跟你说了，你自己琢磨着办吧。"李副队长立刻说："那我听乔厅长的，到戴队长帽子的时候，乔厅长一定帮我戴正啊。"乔世景说："废话，我不帮你能来找你吗？"乔世景与李副队长就此达成了协议。

3

正在世俗生活报馆看版样的田韵抒，起身推开窗子朝马路上张望，她忽然看到许尚美朝报馆走来，走到报馆门口时，脚步又犹豫着。田韵抒放下报样，拎起手包转身出去。

许尚美正准备走进报馆大门，与田韵抒迎面相遇："田姐姐，我正想进报馆里找你呢。"田韵抒说："我就知道你会来找我，家里的情况怎么样了？"许尚美焦虑地说："旷明总蹲在大牢里也不是办法呀？咱们姐妹一场，怎么也应该想办法搭救他出来吧？"田韵抒左右看看没人，便低声说："尚美，你是真不知道还是假不知道啊，路旷明赌博的事，有人捅到了京城，连通商公署都受牵连了，要是署长和厅长的乌纱帽都保不住了，那沪东办事处路主任的官位谁还能说上话呀？"许尚美急吼吼道："那可怎么办呀？我是啥办法都想了，就是不知道怎么能把旷明救出来。"田韵抒故作神秘地说："听说京城司法官喜欢少女，要是找个少女陪陪他、逗他开心，那什么事都好办了。"许尚美疑惑道："可我到哪里找陪他的少女呢？""尚美，你是真糊涂还是装糊涂啊？你女儿路星星不就是现成的少女吗？她还是上海校花冠军呢，要是把京城司法官哄高兴了，他一句话就把路旷明放出来了，到时候依然在沪东办事处当主任，你依然是阔太太，谁敢小瞧你一眼啊。"田韵抒妙招尽出。许尚美为难地说："可我女儿星星已出家当尼姑了，她怎么可能再还俗去哄逗京城的司法官呢。""那就看你这个当母亲的怎么摆平这件事了，一边是蹲大牢的丈夫，一边是出家的女儿，哪边重哪边轻你自己掂量去吧。对不起啊，我要去采访了。"田韵抒转身走了。许尚美站在原地发愣。

4

许尚美神情疲惫回到家时，天已经黑了。许老太太急忙迎出来说："你怎么才回来呀？饭都热了两回了，我马上端饭去啊。""唉！谁还有心思吃饭啊。"许尚美坐在桌子前想心思。许老太太将稀饭盛好，摆在许尚美面前说："你还愣着干什么？还不趁热吃饭。"许尚美蔫头耷脑地说："妈，您先吃吧，我没胃口。"许老太太抬高嗓门说："人是铁饭是钢，心里再有事，也不能不吃饭吧？"许尚美打量着母亲，忽然问："妈，您说如果星星能把他爸救出来，她会还俗吗？"

许老太太瞟了许尚美一眼说："你又想什么损招了？要我看，快让星星在寺庙里清静清静吧，她被折腾得差点神经了你又不是不知道？""可对这个家来说，旷明和星星都是要紧的人啊。"许尚美强调说。许老太太问："那你想让星星救她爸，咋救？"许尚美就把田韵抒跟她说的话告诉了母亲，许老太太先是顿足捶胸地大骂出损招的田韵抒，后来许尚美反复说救路旷明的重要性，最后逼问母亲说："难道妈希望我当寡妇吗？"许老太太这才无话可说了。

第二天一大早，两人就赶到了郊外的寺庙，许尚美和许老太太站在寺庙门口喘粗气。许老太太犹豫道："尚美，我看咱还是回去吧，你这主意是把星星往火坑里推，我不赞成，如果把星星逼疯了，路旷明就是放出来了，还不是背着抱着一般沉吗？""可如果星星将来知道了有机会救他爸出大牢，而我们没有去做，她一定会怪我们的。再说，京城司法官不会把星星怎么样的，星星在寺庙里念了这么长时间的经了，菩萨会保佑她的。"许尚美强调说。许老太太仍疑惑道："谁能说得准那个京城的司法官就没有歹意呢？要是星星把他惹毛了，说不定还会把事情弄砸了。"许尚美执意说："可星星至少能见到京城司法官，只要星星见到他了，路旷明就有出来的希望了。妈，您也别尽往坏处想了。"许老太太皱起眉头叹息道："我真是被坏事折腾怕了，自打旷明回到上海，家里就没消停过。"

许尚美扶着许老太太进了寺庙，就东张西望寻找路星星。这时，大殿里传出星星吟诵的声音："终日贪。何时了。只恨家中财帛少。无常到。没大小。不用金银不用宝。不分富贵与王侯。年年多少埋荒草。看看红日落西山，不觉鸡鸣天又晓。……"许尚美和许老太太急忙奔进大殿，站在星星身后，星星的声音自然而然停了下来。许尚美悄声说："星星，妈和外婆来看你了。"许老太太一副哭腔道："星星，外婆好想你呀。"路星星坐在蒲团上一动不动说："路星星已经出家当尼姑了，不能再还俗了。"许尚美乞求道："星星，妈妈也是万不得已才来求你的，你爸爸蹲大牢就要判刑了，京城来了个司法官，听说这个人喜欢跟少女聊天，你能去求他吗？你若去求他，说不定你爸就放出来了。"许老太太在一旁搭腔道："就是呀，星星，从小你爸那么疼你，现在他落难了，你这当女儿的怎么也得想法子救他呀。"路星星仍一动不动说："我怎么救他？让我去出卖色相吗？妈，难道我被俗世折腾得还不够惨吗？"许老太太急忙说："星星，你听我说，听我说……"路星星立刻打断许老太太的话说："我不要听，不要听！外婆，我已厌倦红尘，只想在这清净的寺庙里修行了。"许尚美沉下脸说："星星，你的生命是你爸给的，难道他就白养你了吗？"路星星突然转过身，下跪叩头说："妈，女儿今生对不起爸妈的养育之恩了，下辈子再报答你们吧。外婆，您就算白疼我了，您老多保重吧。你们回去吧，我要诵经了。"说罢又转过身去，背对母亲和外婆。

许尚美和许老太太无奈地走出大殿，身后传来路星星的念诵："回头好，回头好。世事将来一笔扫。红尘堆里任他忙。我心清净无烦恼。……"许尚美和许老太太忽然停住脚步，放声悲哭。两人都哭得鼻涕眼泪一大把，最后还是许老太太先止了泪说："甭哭了，星星心已定了，这样也好，世道太乱，她在这里我们也就放心了。"许尚美焦急地说："可旷明怎么办啊？连他亲生女儿都不救他，还指望谁救他呀？"许老太太宽心地说："车到山前必有路，我们再想别的办法吧。"

5

孙喜眉来到上海巡捕房大牢，隔着铁栅栏与路旷明说话。她满脸泪水，泣不成声。路旷明想不到孙喜眉会来牢里看自己，忍不住问："你怎么知道我在这里呀？我妈她还好吧？"孙喜眉越发伤心起来，说："路姥姥她……"路旷明急忙问："我妈她怎么了？"孙喜眉发出悲声："她跳进村里的池塘淹死了。"

路旷明感到天旋地转，忽然推着铁栅栏使劲哭喊起来："妈呀——我那苦命的妈呀，是儿子不孝逼死了你呀，我的老妈呀，儿子对不起你呀……"孙喜眉见路旷明哭得要死要活，自己先止了泪说："舅舅，您别哭了，路姥姥已经入土为安了，是我把她发丧的，我在上海挣的那点钱，全给她用上了。如今你落了难，村里人谁都不理睬你们家里人了。"

路旷明叹道："世态炎凉啊！……喜眉，你怎么还来看我呢？见到你舅妈了吗？"孙喜眉说："我本来不想再来上海了，估计这种时候舅舅家也许缺人手，我一会儿就看看舅妈去。"

"谢谢你了，喜眉，真是日久见人心啊。"路旷明又哭了起来。

孙喜眉离开大牢就奔了上海某里弄民居，抵达时天色已黑了，她打量一下门牌号码，用手拍门。门开了，许老太太探头一看是孙喜眉，便皱紧眉头问："你怎么来了？"孙喜眉说："姥姥好，我来看看舅妈。"许老太太不情愿地说："那你进来吧。"孙喜眉进了屋就喊："舅妈，我来看您了。"许尚美从屋里迎出来说："想不到你还能来上海看我，我以为路家那边的亲戚再也不上门了呢。"孙喜眉说："舅妈，我本来是不想回上海了，可路姥姥从上海回去就挨门挨户借钱，一心想把舅舅从牢里救出来，村里没有人借给她钱，都怕招惹是非，路姥姥一时想不开就跳进村里的池塘淹死了。"许尚美吃惊道："啊？旷明他妈已经死了？天啊！"许老太太说："乡下人就是心眼小，再怎么着也不能把自己的性命交代到池塘里吧？这不更让人看笑话了吗？真是想不开。"孙喜眉说："不过你们放心，我已经把路姥姥发丧了，我用在上海挣的零花钱买了一张席子，自己顶着雨在村外挖了个坑，把路姥姥埋了。因为没钱买棺材，至今觉得很对不起路姥姥。"

许尚美急忙说："喜眉，舅妈对不住你呀，真是谢谢你了。"

许老太太瞟了孙喜眉一眼说："想不到这乡下的女孩子比城里的女孩子懂事多了，我和尚美去寺庙请星星救她爸，说破了嘴皮她都不肯。喜眉，我给你烧饭去啊。"

6

石玉婵与田韵抒从酒吧里走出来，站在门口等人力车。

石玉婵说："韵抒，跟你聊聊我的思路清晰多了。如果你也能参与教育慈善基金会，那我们的慈善事业就会越做越大了。你马上去找一下尚美，看她参与不参与？"田韵抒说："尚美好像去接女儿了，她说能把京城的司法官摆平了，通商公署也就无大碍了。"石玉婵释然道："我已经不想过多参与通商公署的事情了，种什么苗结什么果，韵抒你不会不懂吧？"田韵抒忽然问："这个时候我们能放下丈夫不管吗？"石玉婵笑道："夫妻本是同林鸟，大难来时各自飞。""好吧，那我马上去见尚美一下。"田韵抒说。

田韵抒到了上海某里弄民居，夜色正浓，她打量一下门牌，用手指轻轻叩门。里面传出许老太太的问话："天都这么晚了，谁还敲门呀？"田韵抒说："我是田韵抒，找许尚美有急事。"门开了，许尚美走出来，看见田韵抒说："田姐姐，快进屋里坐吧。"田韵抒推辞道："我就不进去了，长话短说吧。刚才我见到玉婵大姐了，她正积极筹备教育慈善基金会，问你愿不愿意参与？"许尚美不悦地说:"我丈夫在牢里生死未卜,我怎么有心思参与什么基金会呢。"田韵抒进一步说:"是呀,玉婵大姐对通商公署的前程也忧心忡忡,如果摆不平京城来的司法官,署长、厅长和沪东办事处主任的位置都难保住,到时候我们三位太太也就像落架的凤凰了。"说罢忽然想起了什么,又问:"星星她回来了没有哇?"

许尚美说:"没回来,她对俗世已经不感兴趣了。"田韵抒加重语气说:"尚美,你丈夫路旷明可在大牢里蹲着呢,亲人不去救他,还指望谁去救他呢?"许尚美无奈地摇头:"那星星不回来,我有什么办法呀?""有没有办法你自己看着办吧。我走了啊。"田韵抒扔下话转身离去。

许尚美心事重重回到屋内,孙喜眉迎过来问:"舅妈,这么晚了还有人找你,是为我舅舅的事吗?我能帮您做点什么吗?"许尚美眼睛突然一亮说:"对了,喜眉,你不是会掏耳朵吗?你能不能去给一个京城来的司法官掏耳朵呀?"孙喜眉不解地问:"我给他掏耳朵干什么呀?"许尚美说:"这个司法官就是来调查你舅舅案子的,你要是把他哄欢喜了,你舅舅就能从牢里放出来了,说不定还会继续当沪东办事处主任呢。"孙喜眉惊喜地说:"舅妈,你说的可是真的?"许尚美无奈地笑道:"你舅舅都到这地步了,舅妈还骗你干什么呀?"许老太太凑过来说:"就是,等把你舅舅捞出来,让他好好报答你。"孙喜眉说:"自家人就别说两家话了,只是我不知道能不能把京城的司法官哄欢喜了?""能,一定能。你揪住司法官的耳朵,把掏耳勺往里边一捅,他要是不答应你的条件,你就狠狠捅、使劲捅,他怕耳朵捅聋了,就会答应你了。"许老太太给孙喜眉鼓劲说。"妈,看您说的,哪有这么简单啊。喜眉,等你去的时候,舅妈教你怎样把京城的司法官哄欢喜了。"许尚美补充说。孙喜眉急忙问:"那我什么时候去呀?"许尚美打量了她一眼说:"你等我的信儿,我让你什么时候去你就什么时候去。"孙喜眉爽快地说:"想不到掏耳朵能救我舅舅,真是太好了。"

7

田韵抒回到家时,乔世景正坐在大厅的灯光下看材料。田韵抒瞟了一眼乔世景说:"你最近真是变好了,歌舞厅也不去了,女人也不招惹了,还是京城的司法官管用啊,他要是长住上海多好。"乔世景不耐烦地看了田韵抒一眼:"别扯没用的了,我在看巡捕房李副队长的证词呢。你那两位学姐妹开始行动了吗?"田韵抒说:"玉婵大姐我今天见了,她虽焦虑,但心思已不在通商公署了,她正筹备教育慈善基金会。许尚美家我也去了,她女儿不肯回上海救她爸,我已经把话撂给她了,让她自己看着办吧。"乔世景放下材料,正儿八经道:"别看着办呀,那必须得办。"田韵抒抱怨说:"尚美的丈夫在大牢里呢,她比谁不急呀？哎呀，真是累死我了，跑了一天，腿都跑细了。""我也没闲着，一直在看李副队长的证词，写得前言不搭后语，就这水平，也能在巡捕房当队副。"乔世景鄙夷地说。田韵抒反问："你以为巡捕房的人都有多高的水平吗？一群混混而已。"乔世景叹息说："看样子我是指望不上你们三位太太了，还是我自己想办法吧。"

田韵抒应道："就是，男人的脑子比女人好使多了。"

8

任小虎正在郊外茅草房前瞄准，小花彩突然从身后把他手里的枪握住了。任小虎并没有惊讶，好像知道是谁在跟自己作怪，他不慌不忙地说："你怎么又来了呀？你跟我爸是表兄弟，他让你给我捎信你已经捎到了，还有什么事没弄明白吗？"小花彩说："我想知道你爸交代的事情你到底办了没有？"任小虎这才惊讶地回头，看清是小花彩，不由问："怎么是你？……我爸的旧相好，他交代的事情我办不办有必要告诉你吗？"小花彩说："你爸让我来找你的，你爸现在牢里蹲着呢，他交代的事情肯定很重要，你不要稀里糊涂的拖着。"任小虎说："我怎么可能拖着呢，我正琢磨下一步究竟怎么办呢。我爸的心思我明白，他是让我把那些宝贝拿出去当证据，别便宜了通商公署那几位官先生。本来我爸杀了人罪有应得，我也不想听他的喝令，可我看了他的这些宝贝，觉得如果隐瞒了，真对不起自己的良心。"小花彩问："那你都看到什么了？能让我看看吗？"任小虎大模大样地说："可惜你来晚了一步，我已经将那些宝贝变卖了。""你为什么要变卖呀？"小花彩差点跳起来。

"我妈在乡下辛辛苦苦一辈子，我爸却在上海过着花天酒地的生活，跟那么多的女人有染，包括你。我把那些宝贝变成银子孝敬我妈去喽。"任小虎用眼睛瞟着小花彩说。小花彩急忙问："你把那些宝贝卖给谁了？"任小虎说："城隍庙古玩店的钱大爷呀。"小花彩又问："你手里什么都没留吗？"

任小虎不在乎地说："留了几张脏女人的照片，正准备烧掉呢。""什么样的脏女人，能让我开开眼吗？"小花彩继续要求道。任小虎烦气地说："女人真是麻烦。"

任小虎走进屋里，小花彩紧随其后，任小虎拿出女人的照片摆弄着，方菲、小花彩、叶丽鹰……还有数张不知名字的女人。任小虎一一指点着说："你看看我爸，他怎么偏偏喜欢这一口呢？这些女人要多妖有多妖。你看这女的，竟跟男的抱在一起亲嘴呢。我爸又从中插一腿，真是恶心。"小花彩拿起照片打量，照片上是田韵抒与天飞马亲吻的照片，小花彩不禁一愣问："这些照片你当真要烧掉？"任小虎说："当然了，一把火烧了，免得让我妈看了心里添堵。"小花彩灵机一动说："那你赶快找洋火去，我帮你一块烧。""好嘞，到时候也好帮我作个证。"任小虎转身出屋。

小花彩迅速把田韵抒与天飞马的照片和自己的照片揣进衣服口袋里，又将其他照片码在一起。任小虎拿着洋火进来，小花彩将照片捏住，任小虎将洋火划着，点燃照片，两人看着照片化为灰烬。任小虎哈哈笑道："这下妥了，我爸肯定是死罪，我妈来上海为他收尸时，我也就不用担心她看到这些脏东西了。"小花彩问："那你以后打算怎么办？"任小虎望着窗外说："远走高飞，离开上海滩。"小花彩说："但愿你能称心如意。"

小花彩离开任小虎的住处，一身素装奔了通商公署。乔世景正在打电话，见小花彩进来，急忙放下电话。小花彩说："乔厅长，您交代我办的事情我未办好。"乔世景问："没见到任小虎？"小花彩叹息道："见到了，可他说已经把他爸留给他的东西变卖了。"乔世景惊讶地问："变卖了？他说变卖给谁了吗？"小花彩说："城隍庙的钱大爷。""钱大爷？这个人跟法租界是串通在一起的，当初法租界能拿到沪东的地皮，就是他一锤定音的。"乔世景感到事态严重了。小花彩忽然想起什么说："对了，我从任小虎那里看到了这个，就趁他出去时偷偷揣起来了。"说罢将照片递给乔世景。乔世景接过照片看看，吃惊地睁大了眼睛，半晌说不出话来。小花彩见机说："乔厅长，那我回去了，以后再有什么需要我办的，您只管吩咐就是了。"乔世景这才醒过闷来说："好吧，我让你做的这些事情都不要外传。""乔厅长，我明白。"小花彩转身出门。

乔世景拿起桌上的照片打量着纳闷："……这照片怎么会在任小虎手里呀？"安子益突然走进来。乔世景急忙将田韵抒与天飞马亲吻的照片拿给安子益看。安子益瞟了几眼笑道："想不到乔厅长这样的男人也让太太给戴了绿帽子。"乔世景正儿八经说："安署长，我给您看照片的意思是想提醒您，这样的照片在任小虎手里，证明任队长一直在收集通商公署的黑材料。"安子益一愣，继而说："你分析得有道理，不过这下好了，既然任队长的儿子把他的宝贝东西都变卖了，我们通商公署也就可以高枕无忧了。京城的老同学说了，民不举官不究。"乔世景忧虑道："你也别高兴得太早了，你知道他变卖给谁了吗？"安子益问："谁？"乔世景说："城隍庙的钱大爷，法租界的狗腿子。"安子益立刻脸色大变说："哎呀，那真要去城隍庙问问了，这个钱大爷要是抓住了什么把柄，是绝不会放过通商公署的。"乔世景故意问："这事我出面不太妥当吧？"安子益说："你让太太去嘛。"乔世景继续说："最好让你太太跟她谈谈，她们是好姐妹，田韵抒什么都听大姐的。""我试试吧，最近石玉婵在筹备教育慈善基金会，对通商公署的事情已经不感兴趣了。"安子益只好答应下来。

9

石玉婵与田韵抒坐在酒吧的包厢里，田韵抒吸着烟，桌上摆着咖啡，距他们不远处有男女在喝咖啡聊天。

石玉婵道："当前的情况对通商公署很不利，再给你看看这个吧。"说着从包里掏出照片递给田韵抒。田韵抒接过照片看看，惊讶地问："玉婵大姐，这照片怎么会在你手里？"石玉婵说："如果不是这张照片，今天我就不约你了。照片是别人从任队长的儿子任小虎手里弄来的，这说明任队长私底下在搜集我们的情报，幸亏他蹲了大牢，否则蹲大牢的真不知道该是谁呢。"田韵抒急忙问："还有没有别的照片了？"石玉婵说："你觉得一张照片出的风头不够是吧？""我不是这意思。"田韵抒辩解道，又问："玉婵大姐，现在需要我做什么？"石玉婵吩咐说："任小虎把他爸爸留给他的宝贝东西都变卖给城隍庙的钱大爷了，你去那里探一探，任小虎究竟卖给他什么宝贝了？""钱大爷是法租界的狗腿子，我这个时候出面问任小虎都卖了什么东西，会不会让他起疑心呢？如果授人以柄了，我们更被动了。"田韵抒犹豫道。石玉婵问："那我们怎么办呢？"田韵抒无所谓地说："任队长在牢里再怎么折腾，他也是有两条人命的凶犯，杀人偿命是中国的铁律，任队长死定了。"石玉婵叹息说："只怕是夜长梦多呀，事情绝不像你我想的那么简单。""这事要容我好好想想吧。"田韵抒说。石玉婵未置可否，她一时似乎也没什么好招了。

10

上海宾馆，司法官正在伏案看卷宗。

孙喜眉走进来，笑嘻嘻说："长官大人，您掏耳朵吗？我会掏耳朵，保管让您舒舒服服地。"司法官大惊失色问："谁放你进来的？你算哪根葱啊，竟敢来给我掏耳朵？""我没吃葱，嘴巴没有味道，我刚刚刷过牙的，不信您闻闻。"孙喜眉笑嘻嘻凑到司法官面前。司法官看着她红扑扑的脸颊问："看你还真是个机灵的妞啊。你怎么找到这里的？"孙喜眉笑说："掏耳朵是我的技术，我靠它吃饭，每天走街串巷的，就走到宾馆里来了。"司法官见孙喜眉颇为喜相，又小嘴吧吧，便开心地说："好吧，既然来了，那就帮我掏掏耳朵吧，掏一回多少钱啊？"孙喜眉说："长官看着给吧，多少都行，一块大洋不嫌少，十块大洋不嫌多。""你开价还挺高的？"司法官说。孙喜眉笑笑："我掏的舒服，吃专业饭的。"司法官指指门口："把门关上吧，你现在就给我掏耳朵，看看到底有多舒服。""好的。"孙喜眉转身关上门。司法官邪淫地望着孙喜眉。孙喜眉一本正经地说："长官，您要把头仰在椅背上，我给您掏耳朵的时候，您可一动都不能动，您要是动了，掏耳勺就会伤了您的耳朵，您的耳朵就聋了。""好嘞。"司法官痛快地应着。

孙喜眉掏了一会儿，便手托着一块耳屎给司法官看："大人，您看您的耳朵里藏了多少耳屎啊？"司法官看看说："这可是我耳朵里的金子啊。"说罢搔着耳朵："真是舒服死我了，你说你怎么不早来呢？"孙喜眉说："现在来也不晚啊。"

司法官抱怨道："哎呀，这几天我真累呀，日夜不停看卷宗，都是公职人员犯罪。"孙喜眉问："他们犯的什么罪呀？"司法官说："有杀人的，有赌博的。"孙喜眉故意说："这还不好办吗？杀人偿命，一枪把杀人犯毙了不就结了。至于那个赌博的，您把他放出来教育教育就行了，又不是什么人命关天的大事。"司法官说："可这两个案子之间是有连带关系的，要是深究下去，可能还会钓到更大的鱼呢。"孙喜眉试探着问："长官，我们老家有句话说水特别清冽就无鱼可捕了，又不是您自己家的事情，您就睁只眼闭只眼吧，何必把自己累得耳聋眼花呢？"司法官笑道："哎，你不光耳朵掏得好，说话也听着顺耳，我要是早听到你这番话多好，可惜我身边的人跟我都不说真话呀。"孙喜眉趁机说："长官，我有个舅舅就是赌博蹲大牢的。"司法官好奇地问："你舅舅？他叫什么名字呀？是干什么的？"孙喜眉说："他叫路旷明，是上海通商公署沪东办事处主任，您如果放他一马，我回去告诉家里人好好感谢您，您要多少大洋跟我说个数，怎么样？"

司法官立刻板起脸，一本正经道："路旷明是公职人员，他的卷宗就在我手里。公职人员赌博是重罪，他还牵扯到了法租界，难办啊。""长官大人，再难办的事还不是在您手上吗？您一句话这案子就可轻可重。"孙喜眉用话刺激着司法官。

"哎，你到底是上门给我掏耳朵的，还是给你舅舅说情的？"司法官好像忽然纳过闷来了。孙喜眉笑嘻嘻说："我是上门给您掏耳朵的，给舅舅说情是顺便捎带着的事。"司法官忽然什么都明白了说："那……容我想想，容我想想。"

11

上海通商公署，乔世景与郑旷达、李总、吕老板认真交谈："沪东办事处如今已经瘫痪了，路主任蹲大牢也有些日子了，既然沪东商会不想让办事处垮了，也不想让通商公署有什么闪失，那我现在就需要你们去活动了，郑会长在上海滩的能量大，李副会长也是有势力的人，吕老板与沪军署很熟。眼下，真需要你们出力了，没有诸位的帮忙，路主任想从牢里出来官复原职就是痴心妄想了。"郑旷达立刻说："乔厅长，您的意思我们明白了。"李总接着他的话说："我知道该怎么做。""沪军署那边还是由我负责吧。"吕老板把最难啃的骨头抢过去了。乔世景忽然大松了一口气说："那我就不废话了，你们分头去活动吧，越快越好。"郑旷达不放心地问："乔厅长，我们几个要是把路主任折腾出来，沪东商会正副会长的位子还是我们的吧？"乔世景自信地拍着胸脯说："位子不是你们的，我还敢向你们交代任务吗？放心吧，一切照旧。"郑旷达站起身说："那……哥几个走吧。"李总、吕老板跟他一起走出通商公署。

12

上海沪军署，沪军长正端着茶碗品茶。厨师走进来问："大人，今天的鲈鱼是清蒸还是红烧？"沪军长手一挥说："这还用问吗？按小姨太的口味做。"厨师说："那就清蒸吧。对了，大人，美达宾馆的吕老板来拜访您了，现正在门外候着呢。"沪军长放下茶杯说："让他进来吧。"

吕老板是以说客的身份来的，自然也就带着任务，他与沪军长谈了一会儿，沪军长竟被他说动了心："不就是赌了一把吗？这不算啥大事，何况地皮还在法租界手上，到赌场把赌资摆平了不就行了吗？"吕老板说："现在需要您出面跟京城来的司法官通融，其他的事我们来做。"说罢递上一张银票。沪军长接过银票打量了一眼，放在桌上笑道："好说，都好说，我明天就去见他。"

13

上海洋百货，李总正与洋百货老板交谈："沪东办事处路主任一旦保出来，那可就是我们用得着的人呢。您要是京城有背景，不妨替他疏通疏通，事成之后少不了您的好处。"

洋百货老板说："别的好处我不想，我只想在沪东开个分店。"

李总打保票说："那还不是路主任一句话的事，沪东地多，西边不行有东边，东边不行有北边，到时候我开片场，您老开洋百货，那些有钱的明星从片厂挣了钱就撒到您洋百货的柜台上，您不赚个盆满钵满才怪呢，最后钱多得就要自己开银行了。"洋百货老板听罢，精神为之一振说："京城我倒真有个在大帅府做事的朋友，你容我个功夫，一旦找到他的地址，我就给他写封信。"李总急不可耐说："那您可得快点，晚了就来不及了，路主任的案子一旦判了，找谁都没用了。"洋百货老板连忙点头道："我晓得我晓得。"

14

郑旷达大摇大摆走进沪东赌场，他身后跟了两个便衣。

胡老板立刻迎出来说："欢迎欢迎！"郑旷达开门见山地问："胡老板，我们见过面吧？"胡老板满脸堆笑道："上海滩洋酒商行行长兼沪东商会会长，大名鼎鼎的郑老板，谁不认识啊？怎么，今天到我这里来试运气了？"郑旷达坦白地说："胡老板，我今天是为路旷明的事来找你的，他是我的发小，也曾是你的旅长，他现在蹲大牢了，你不要干落井下石的勾当。"胡老板急忙争辩道："不是我落井下石，是法租界不饶他。他把人家拍到手的地皮赌上了，我有什么办法呀？"郑旷达要挟说："那你要想办法减轻路旷明的罪过，否则的话……"说罢给左右两个便衣递了个眼色，两个便衣立刻上前扭住了胡老板的胳膊。胡老板慌忙说："有话好商量嘛。"郑旷达冷笑道："胡老板还算识时务。路旷明如果能出来，沪东有什么好处自然少不了你的。否则……"一脚踢翻了门口的发财树，两个便衣跟着他大摇大摆出门。

胡老板望着郑旷达的背影骂道："当初要不是你们几个逼他，他怎么会把法租界的地皮赌上呢，现在竟来个一百八十度的大转弯，真是弄不懂你们。"

15

孙喜眉与许尚美走到上海宾馆门口，孙喜眉忽然停住脚步说："舅妈，京城司法官就在二楼靠右边的房间，您自己进去吧，我如果在一旁，你们说话会不方便的。"许尚美担心地说："可我不认识他呀？人家不接待我怎么办？"孙喜眉说："我昨天跟他说好了，您进去就说掏耳朵的孙喜眉让我来的。"许尚美拉住孙喜眉说："你还是跟我进去吧。"孙喜眉忽然想了一个主意："要不这样吧，我先进去探探他的口风，如果他挺欢喜的，我就告诉他我舅妈来看您了。"许尚美说："那也好。"孙喜眉径自进了宾馆。

这时，一辆军车开到宾馆门口，许尚美急忙躲闪。军车停稳，从副驾驶室跳下一个年轻警卫，拉开后边车门，沪军长从车上下来，两个警卫一左一右跟随。

躲在暗处的许尚美看着他们走进宾馆大门。恰在这时，孙喜眉匆匆从里面跑出来，奔到许尚美面前说："舅妈，司法官说沪军长马上见他，要我们在外面等。"许尚美只好说："那我们就在这儿等吧，刚才我看见几个军人进去了。""我陪着舅妈等。"孙喜眉往许尚美身边靠了靠。

大约等了一个时辰，许尚美和孙喜眉才进了上海宾馆，出来时两人脸上甚是欢喜。孙喜眉说："这下我舅舅准有救了，连沪军长都为他求情了。司法官要是不帮忙，能把这事告诉我们吗？""放你舅舅出来，那是要大洋的。"许尚美提醒道。孙喜眉说："舅妈刚递上的银票数额够大的了，司法官要是不放我舅舅出来，那真是黑心了。""如今拿了钱不办事的官员多了，就看你舅舅的运气了。"许尚美对路旷明放出来似无太大的把握。

孙喜眉加重语气说："我舅舅一定会放出来的，舅妈千万别泄气呀！"

16

安子益在床上翻腾了半天，怎么也睡不着觉。他起身在中式庭院里转了几圈，心还是安定不下来，便忍不住推开石玉婵卧室的门，石玉婵突然惊醒，嗔怪地问："半夜三更你不睡觉到我屋里干什么呀？"安子益拿起床头柜上的电话听筒递给石玉婵说："你马上给你那位学妹打个电话，问她找了钱大爷没有？"石玉婵接过话筒说："这半夜三更的，不妥当吧？"安子益催促道："现在是非常时期，有什么不妥当的，你赶紧打吧。"石玉婵接过电话拨号。

黑暗中的田韵抒揿亮灯，抓起电话听筒："玉婵大姐，这么晚了您还没休息吗？"石玉婵径直问："你找过钱大爷了吗？"田韵抒说："没有，世景说现在我出面不妥当。他已经找沪东商会的正副会长们为路旷明活动去了。"石玉婵担心地问："那几个出尔反尔的商人能靠得住吗？"田韵抒说："那总比我们拿着鸡蛋碰石头强吧？"石玉婵责怪道："真是病急乱投医呀。"又说："这事可千万不能连累了安署长……""我知道了，大姐放心。"

田韵抒刚放下电话，乔世景忽然推门进来问："这么晚了，谁还来电话？"田韵抒如实坦白："是玉婵大姐，问我见了钱大爷没有，担心安署长连任国大代表的事情。都在打自己的如意算盘呢。"乔世景叹道："人不为己，天诛地灭。这也没什么好奇怪的。看样子安署长也如惊弓之鸟了。"田韵抒急忙问："那你怎么办？"乔世景一副无所谓的样子说："树倒猢狲散，各奔前程吧。""早知如此，当初又何必聚在树下呢？费了那么多的心思，也不过是一个可悲的下场。"田韵抒讥讽道。乔世景无奈地说："当初不是想背靠大树好乘凉嘛，哪知世事无常竟生出这么多的风波。"田韵抒冷笑说："境由心生，心术不正，也就遇不上什么好事情。"乔世景立刻板起脸道："你在看我的笑话对不对呀？真是给你脸了呢。"田韵抒转身睡去，再不开口。

17

上海黄浦江码头，一条轮船停在码头上，男女乘客纷纷拥挤着上船。任小虎快步超越前边的乘客，挤进船舱坐下，对面的蝴蝶兰瞟了他一眼，忽然站起身准备离开。任小虎急忙打招呼："这位老弟好面熟啊？"蝴蝶兰故意问："这位兄弟是不是认错人了？"任小虎笑道："我眼力再不好也不能认错恩人吧？当年没有您的情报，我怎么可能发那么大一笔财呢？老弟，你现在还卖情报吗？"蝴蝶兰说："这兵荒马乱的，能活命就不错了。你这是到哪里去？"任小虎说："回乡下看看我的老母亲。哎，我老母亲一辈子太苦了，我爸根本不把她当人待，自己在上海花天酒地，如今又摊上了命案。"蝴蝶兰漫不经心地问："命案？

什么命案？"任小虎说："他失手把一个歌女和一个小偷枪杀了。"蝴蝶兰惊讶道："歌女？哪里的歌女？"任小虎说："听说以前在百乐门唱歌的，后来还在我爸手下的巡捕房干过事。""你爸是不是任队长？"蝴蝶兰脱口而出。任小虎忽然说："你认识我爸？"

蝴蝶兰抿嘴笑道："赫赫有名的任队长，上海滩哪有不认识他的呀。哎，你刚才说那个被枪杀的小偷是男的还是女的，多大了？"任小虎说："男的，是个十来岁的男孩，没头发，大伙都叫他秃头。"蝴蝶兰突然站起身说："小秃？——"

任小虎奇怪地打量着她问："你认识他呀？"蝴蝶兰似意识到什么，忽然说："啊……不认识。"而后拉开手包佯装翻东西，"哎哟，我东西忘记带了，我得回去找东西。"说罢提起行李走出船舱。任小虎透过船舱玻璃望着蝴蝶兰的背影嘀咕："你没毛病吧？"

呜——呜，轮船开动了。蝴蝶兰站在码头边，望着远去的轮船，泪水扑簌簌流了下来。

18

上海巡捕房，李副队长正在办公，蝴蝶兰探进头来。李副队长厉声问："干什么的？"蝴蝶兰说："我帮人打听一个叫小秃的孩子，长官，您可知道这个孩子呀？"李副队长说："你是说那个偷东西的秃头吗？他被任队长打死了。"蝴蝶兰吃惊地问："任队长为什么要打死他呀？"李副队长说："任队长现在大牢里，你去问他吧。"蝴蝶兰说："任队长是故意杀他的吧，小秃真是太可怜了。"李副队长说："我们这儿的女巡捕方菲才可怜呢，为了保护那个秃头，被任队长误杀了。"蝴蝶兰接着问："他们都埋在哪儿了？"李副队长不耐烦地说："我没功夫跟你啰唆，你赶快走吧，走走走！"蝴蝶兰被李副队长推出大门。

蝴蝶兰一路沿街询问，有人摇头有人摆手。她满脸悲伤，脚步沉重地行走着。

19

上海郊区农家小院，院子里堆满了农具，衣着破旧的任小虎妈正在浇地里种的青菜。

任小虎走进院子喊："妈，我给您送钱来了。"任小虎妈惊喜地说："你给我送什么钱呀？你见到你爸了？他好吧？"任小虎说："我爸犯事蹲大牢了，这是我从他的公寓里翻出来的钱。"任小虎妈吃惊地问："你爸蹲大牢了？那你怎么不拿钱去救你爸呀？"任小虎说："妈，我爸心里没你，我还救他干吗？"任小虎妈急忙说:"你爸心里再没我他也是你爸,他蹲了大牢咱就得拿钱去救他。走,我跟你一道去上海。""妈,我真弄不明白你,他挣钱从来没给过你,他在上海养了那么多的女人,他蹲大牢是罪有应得,你凭什么还去救他?"任小虎不解地说。任小虎妈打量着任小虎说:"我跟你爸是从小的夫妻呀,我嘴上恨他,心里并不恨他。小虎,等你将来娶了媳妇就知道了。"任小虎不耐烦地说:"那您自己去上海吧,反正这口袋里的钱也够您花了。"任小虎妈瞪起眼睛问:"那你干什么去?""孑然一身闯荡天下,妈,我走了。"任小虎跪地磕头,起身远去。任小虎妈追到门口喊:"小虎,你给我回来,你给我回来!"

第二十九章

1

上海巡捕房大牢，任队长双手握着铁栅栏往外看，一个破衣烂衫的老女人背对他站着。

任队长问："你是谁？能转过脸来让我看看吗？"小虎妈浑身颤动慢慢转身，当她的目光与任队长相遇时，任队长倒抽了一口冷气，"小虎妈，你怎么来了?"小虎妈说："我是你的结发妻子，你蹲大牢了，我不该来吗？""是小虎告诉你的吧？"任队长问。"不是小虎又能是谁？那些被你藏在金屋的小佳人们这个时候都不会来了吧？只有你的发妻还会来看你。"小虎妈赌气说。任队长潸然泪下，声间哽咽地说："小虎妈，我这辈子是对不起你了，现在想对得起你也没机会了，我沾了两条人命，犯了死罪了。"小虎妈镇静地说："小虎他爸呀，我都听说了，你杀的那两个人一个是妓女、一个是小偷，你这是为民除害呀。你在上海巡捕房能混上个队长多不易呀，我就是砸锅卖铁也得把你救出来，老任家的孙子不能看不到爷爷呀！"任队长接着说："小虎妈，自从离开家，我就一直没有回去看过你，这些年你吃了不少苦，我下辈子再报答你吧。你回去吧，上海滩到处是陷阱，你不明白这里边的道行多深多黑。"小虎妈说："再深再黑的道行，只要有钱都能趟平喽。小虎回家带给我半口袋大洋，我要用这钱把你救出来。你现在只需把心放宽，每天往好处想事情。我只要舍得花银子，保证能把你救出来。"这时，持枪巡捕走过来喊："时间到了。"小虎妈突然哭起来："小虎爸，你要多保重啊。我现在就为你花银子去，想啥办法也要把你救出来。"任队长望着小虎妈的背影突然大哭大喊："小虎妈，下辈子我一定给你当牛做马啊！……"

对面牢房里的男犯问任队长："那个老女人是你什么人啊？"任队长说："发妻，我儿子他妈。"男犯感叹道："还是发妻好啊，这个时候还能来看你。哎，你有几个老婆呀，没见你的小老婆来看你呀？"任队长说："我没有小老婆。"

男犯笑道："那你肯定有姨太，在外边养了一帮姨太吧？哎，你这辈子真值了，什么女人都玩过，什么钱都花过，什么酒都喝过，什么像样的宾馆都住过。你是宁在花下死，做鬼也风流啊。"任队长怒声骂道："闭上你的臭嘴吧，狗嘴里吐不出象牙来，小心我撕烂你的嘴。"男犯幸灾乐祸道："可惜你出不去了，你的手再也握不上狼牙棒了。嘿嘿嘿……"任队长愤怒地晃着铁栅栏骂："我拍扁了你！"持枪巡捕在远处喊："肃静，都给我把嘴闭上。"

2

上海郊区荒滩外，夜色中几簇火苗在闪光，蝴蝶兰在给儿子小秃烧纸，一边烧纸一边哭："小秃，妈妈可怜的儿子。临死都不知道你爸爸是谁，妈妈现在告诉你，散打馆的威爷就是你亲生父亲，可当我认出他时又没办法告诉你了……"

蝴蝶兰说着，大脑陷入了痛苦的回忆。

上海百乐门舞厅，浓妆艳抹的绿袖子随着观众走出来。

一位年轻男士拦住了绿袖子："小姐，有人要见你，这边请。"

绿袖子随年轻男士走到僻静处，她忽然意识到什么，惊慌中想逃跑，一辆小车突然停在她跟前，车门打开，绿袖子被几个壮汉拉上车……绿袖子被威爷按在床上，她挣扎了一会儿，就被威爷覆盖了全身……

蝴蝶兰边烧纸边哭诉："秃儿，你虽是孽种，却是妈身上掉下来的肉，妈一定为你报仇。还有方菲妹妹，你一直在帮助我和小秃，你是为了保护小秃才死的，我一定为你讨个公道。人和人是平等的，我就不信我们的命比达官显贵的命贱？……"

3

乔世景带着李副队长走到上海宾馆门口，突然停下脚步说："进去以后，你就把证词递给司法官，我说你要把证词给我们通商公署，我觉得不妥，就把你拉到这里来了。"李副队长说："我知道了。"乔世景又叮嘱道："你一定要装得像那么回事，别露了什么马脚，让司法官感觉我们串通一气就不好了。"李副队长答应着，随乔世景进了上海宾馆。

司法官端起杯子喝了口茶，瞟着乔世景和李副队长问："通商公署和巡捕房联手来递状纸，这涉案的人肯定是罪过不轻了？"乔世景急忙说："司法官大人，不是通商公署跟巡捕房联手，而是李副队长要将状纸交给公署，我说京城的司法官就在上海，何不把状纸直接呈递给您呢。"司法官冷笑道："矛盾上交，公署倒落得个清净啊！……这状纸上写的都属实吗？"李副队长说："司法官大人，没有半句假话，任队长手上有两条人命，他杀人的时候，我在现场。"乔世景在一旁煽风点火："司法官大人，任队长作为执法人员，开枪打死了两条人命，如果不速判他死刑，牵一发而动全身，上海滩的老百姓都交代不过去呀！""人命关天，马虎不得。好了，你们回去吧，待我把状纸看完，会有一个答复的。"司法官板着脸说。

乔世景与李副队长急忙往外走，迎面一个蓬头垢面的乡村妇女举着个"冤"字跑进来，任小虎妈大声喊道："我要见京城来的官大人，我要为孩他爸喊冤，官大人你在哪里啊？——"乔世景和李副队长看着乡村妇女从身边跑过，他们都不认识她。乔世景说："来告状的人还真不少呢，看样子都想拜真菩萨呀。"李副队长忧虑道："乔厅长，我怎么觉得京城司法官的态度挺暧昧的呀？"乔世景认真地说："你把证词咬住了，管他什么态度呢。""咬，往死里咬。"李副队长放着狠话。

4

上海宾馆内，司法官看着跪地举着"冤"字的小虎妈，愠怒地拍着桌子骂道："大胆泼妇，谁放你进来喊冤的？你丈夫手上有两条人命，他死有余辜，难道你不知道吗？"小虎妈大声争辩道："我知道杀人偿命，可他杀的是妓女和小偷，我丈夫他这是为民除害呀，不信您看看这个。"急忙从袖口里掏出一张银票递上。司法官接过银票扫了一眼，先是愣怔了一下，接着就用桌上的状纸把银票盖住了。

司法官的态度一下子变得温和起来："任队长身为巡捕却执法犯法，两条人命肯定是死罪了，你看看告他的状纸有这么厚一摞，我要是轻判他，我不就是贪官了吗？"小虎妈哀求道："那您能不能缓一缓再让他死啊？自从我跟他结了婚，他就再也没回过家，现在他蹲大牢了，我也想住在牢里陪陪他，不能让他一个人走，孤魂野鬼阎王爷都不收啊。""嘿，看不出来你还真是个守妇道的女人啊！可他在上海滩养了多少女人你知道吗？"司法官打量着眼前这个乡下婆子，她的一番话倒让他动了恻隐之心。小虎妈说："我不管他养了多少女人，他养了再多的女人，我也是他的大老婆。"司法官说："好了，你起来吧，容我想想这事咋办，你先回吧。"小虎妈站起身又说："长官，我给你的银票那可是不少钱呀，够一家子花十来年呢。"司法官厌恶地说："你这乡下婆子怎么这么多的话呀，我何时见过你的银票呢？"小虎妈急忙说："我刚刚才递给你的，那不在你桌子上嘛。"司法官忽然怒声吼道："来人呢，把这婆子押出去吧。"外边立刻闯进两个人来，将小虎妈拖了出去，小虎妈大声呼喊："我不能白花银子呀……我不能白花银子呀!"

5

上海中式别墅的夜晚,被神秘紧张的气氛包围着。乔世景在跟田韵抒交代着什么,田韵抒神情认真,不敢怠慢。

乔世景说:"现在需动用报纸的舆论,敦促司法官尽快处理任队长的案子,只要他死了,通商公署的几个人就可以放心地舒口气了。"田韵抒问:"那路旷明呢?"乔世景说:"他只是公职人员赌博,犯了条律,没犯法。只要灭了任队长的口,路旷明不日也就出来了。"田韵抒说:"那我马上针对任队长的杀人案写个时评,明天让总编安排在报纸显要的位置上。"乔世景笑道:"你的妙笔现在真需要生花了。"

田韵抒立刻进入了状态,她伏案疾书,一根又一根吸烟。

黎明之光从窗外透进来,田韵抒往烟灰缸里掐灭最后一根烟头,起身打了个哈欠,拿起桌上的稿子看着。乔世景推门进来问:"稿子写好了吗?"田韵抒说:"一夜未睡,能不写好吗?"将稿子递给乔世景。乔世景接过稿子扫了几眼说:"还不错,句句如刀,字字如箭,报纸一经刊发,任队长的小命就得立刻见阎王。"田韵抒忽然问:"你就没有一句感谢的话给我吗?"乔世景笑笑:"感谢你什么呀?夫妻本是同林鸟……"田韵抒急忙打断他的话:"别说了,下面的话不吉利。"乔世景只好卷起舌头。

6

上海街头一隅,蝴蝶兰正在路上东张西望,忽见一报童高声叫卖:"看报了看报了,华界巡捕房任队长欠了两条人命至今仍未审判……"蝴蝶兰一惊,立刻走上前:"我买一张报纸。"报童将报纸递给蝴蝶兰,蝴蝶兰躲到角落翻看,标题夺人眼球:《华界巡捕房任队长枪杀两条人命,至今未审判》。

蝴蝶兰看罢将报纸揉成一团丢在地上:"不是不报,时候未到。"

7

正在办事处办公的石玉婵,全神贯注看着报纸,脸上渐渐呈现出惬意的表情。她放下报纸,走到窗前推开窗子,又转身拿起桌上的电话听筒:"韵抒,想不到你发了一篇这么厉害的时评,这可是无声的硝烟,京城的司法官看了这篇时评恐怕坐不住了。"田韵抒说:"你以为他真是来断案的吗?他是来捞油水的,他坐的时间越久捞的油水越多,最后就会来个不了了之。"石玉婵说:"不会吧?"田韵抒说:"玉婵大姐,你要不信的话咱俩就打个赌,任队长保准判不了死刑。"

　　石玉婵放下电话，忐忑不安地在房间踱步。魏局从她的办公室门口经过，石玉婵急忙奔到门口说："魏局，沪东学校被淹死学生的抚恤金是否有眉目了？"魏局说："我昨天又催问了一下，听说马上就快到了。"石玉婵说："魏局，救灾补助款和被淹死学生的抚恤金你可要盯紧点，别出什么差错了。"魏局打量着石玉婵："石处长，你也要盯啊，如今你跟上边打招呼比我有力度。……对了，我表哥任队长真的要判死刑吗？"石玉婵面无表情说："那你要去问法律了。"魏局又说："石处长，我听说表哥手里掌握了一些官员的证据。"

　　石玉婵反问："这跟我有关系吗？"魏局冷笑说："我怎么知道，这事你要回去问安署长。"石玉婵一脸愠怒地沉下脸，再不开口。

<h1 style="text-align:center">8</h1>

　　上海通商公署，安子益正在看报纸，乔世景走进来，兴致勃勃地说："安署长，报纸看了吧？我太太这一炮打得可够响的，全上海滩都在议论纷纷，不信那位司法官大人还会按兵不动。"

　　安子益放下报纸，站起身来回踱步说："任队长的死活牵动着身后的许多人和事，京城的司法官想必明白什么叫放长线钓大鱼。你太太这篇时评，也许会触动他的神经。"

　　乔世景加重语气说："他要不识时务，那就会吃不了兜着走了。"安子益提醒道："乔厅长，事情也许并非你我想得那么乐观，我从京城回来，心里一直忐忑不安啊。"

<h1 style="text-align:center">9</h1>

　　上海宾馆，司法官看完报纸，丢到一边。起身走到窗前，推开窗子往外看，一望无际的黄浦江尽收眼底。司法官自言自语："看样子这大上海是要撵我走了。我也想快走，但总要自圆其说了再走吧。"电话铃突然响起，司法官转身拿起电话："喂——"法租界老大说："大人，是我。"司法官问："你是谁呀？"法租界老大说："法租界老大，我去拜访过您的。"司法官继续问："什么事呀？"法租界老大说："大人，报纸上的那篇时评您已经看过了吧？我认为这是有人预谋策划的，目的就是想让您尽快杀了任队长，只要灭了口，他们就可以浑水摸鱼了。"司法官盛气凌人地说："这事还要你来提醒我吗？京城的司法官莫非是呆子？"法租界老大急忙说："大人误会了，我是提醒您别忘了证据。"司法官反问："证据？……哦，我想起来了。"司法官挂断电话，拉开抽屉，从里面拿出一个小本子翻着，他忽然悟到了什么，快步走到门口，拉开门喊："侍卫，马上

跟我去牢里提审任犯。"

上海巡捕房大牢，司法官在审问任犯。司法官举着一个小本子问："这本子是你的吧？"任犯说："是。"司法官又问："怎么到我手里了呢？"任犯说："是我儿子交给你的吧？"

司法官说："是谁交给我的已经不重要了，重要的是你上面记录的这些宝物一件都没了，你想揭发别人贪腐受贿，立功减刑，可证据又不足，你减什么刑啊？要知道自古杀人都是死罪。"任犯继续说："大人，通商公署几个人没有一个是干净的，那个小秃偷了他们几个人的家里，我掌握了大量的证据，都在小本子上记着呢。这也算我立功了吧？"司法官忽然问："小偷去他们家里行窃是你指使的吗？"任犯立刻慌了说："不是，这完全是巧合。"司法官沉下脸道："你这话不能自圆其说，如果是你支使小秃去偷东西，又杀人灭口，你真是死定了。"任犯乞求道："司法官，话可不能这么说啊，那我还为政府抓了官员贪腐的把柄呢？"司法官冷笑一声："你知法犯法，多此一举呀！"

上海巡捕房大牢外，蝴蝶兰正被两个巡捕拉扯着，蝴蝶兰挣扎着呼喊："放我进去，放我进去。我要看看任队长，他是我亲戚。"说罢悄悄塞给巡捕两块大洋。巡捕甲说："现在不行，京城司法官正在里边审任犯呢。"蝴蝶兰问："那要什么时候？"巡捕甲说："再过一个时辰吧。"蝴蝶兰转身离开，看到一个破衣烂衫的中年妇女蹲在门外一个角落。

不一会儿，司法官从大牢里出来，任小虎妈突然扑了上去，揪住他的衣襟说："你咋还不放了俺男人呀，我给你那银票能花十几年呢。"司法官横眉立目吼道："大胆泼妇，你说什么疯话呢？"蝴蝶兰在暗处意外地看到了这一幕，她睁大眼睛看着。司法官继续吼道："大胆泼妇，还不快给我拿下。"左右两个巡捕立刻拖走了任小虎妈。任小虎妈不停地呼喊："我那些银子能花十几年呢，长官大人，你可不能拿了钱不办事啊！"司法官命令左右站岗的巡捕："没我的指令，开庭之前任何人不得探视任犯。"

司法官远去，蝴蝶兰闪出来问巡捕："我能进去吗？"巡捕甲说："司法官有话，任何人不得探视任犯。"蝴蝶兰急了说："那你还我大洋。"巡捕乙吼道："谁拿你大洋了？滚滚滚。"蝴蝶兰随后被两个巡捕拖走了。巡捕甲说："马上开庭了，到法庭上见你的亲戚吧。"蝴蝶兰转身淬了一口："呸！"

10

上海中式庭院，石玉婵在屋里对着镜子照照，拎起手包准备出门。安子益说："今天开庭我就不去了，乔厅长是目击证人，他出席也就代表公署了。"石玉婵问："那你在家……"安子益说："我把连任国大代表的材料再好好琢磨一下，你在现场多看多听，睁大眼莫张口。"石玉婵表情木然地说："我是代表办事处去旁听的，能不多看多听吗？只是不知道田韵抒召集了多少个报馆记者。"安子益说："那你到了现场就知道了。"

11

田韵抒在中式别墅穿衣打扮，她换了一副耳环，仍觉得不满意，便对着镜子左看右瞧。乔世景走过来说："别浪费时间了，今天哪有心思涂脂抹粉啊。"田韵抒一边往嘴上涂着口红一边说："出门总要修饰一下，我毕竟是乔厅长的太太吧。"乔世景问："今天庭审现场，你召集了几家媒体记者？"田韵抒想了想说："不少于十家，你看着吧，只要一宣判，不等任犯的人头落地，报纸新闻就上了头条了。"乔世景长吁了一口气说："总算等到这一天了，但愿别再节外生枝。……你坐我的车去吧？"田韵抒拎起手包说："我还是一个人走吧。"

12

许尚美站在镜子前换衣服，许老太太给窗台上的兰花浇水，瞟了一眼许尚美问："今天怎么还打扮起来了，旷明当真能出来吗？"许尚美说："今天公开审判任犯，只要他被判了死刑，旷明也就快出来了。"许老太太又问："你这是想去现场呀？"许尚美说："我到现场看看，听听他们都说些什么。……哎，喜眉怎么还没回来呀？昨晚她说去见日本纱厂的老乡，至今都没回来。"许老太太说："她可不用你操心，那丫头机灵得像个猴似的。要是旷明出来收她做了小，可够你喝一壶的了。"许尚美笑道："她要能给旷明做小我也认了，她能为旷明的老娘收尸、能为了救旷明出来给司法官掏耳朵……也算是个讲义气的女人了，做她的大姐我心甘情愿。"

许老太太不高兴地说："这话你可别说早喽，到时候就会后悔哭鼻子了。"

"妈，那我走了啊。"许尚美拎着手包出门。

13

上海街头，孙喜眉正站在路口东张西望，突然被一个匆匆跑来的戴墨镜男人捂住眼睛拉进深巷。孙喜眉不情愿地挣扎着，男人停下，将手从孙喜眉的眼睛上挪开。孙喜眉睁开眼，意外地喊起来："孙哥，原来是你，我总算找到你了。你现在上海干什么呢？自从逃出日本人的纱厂就再也见不到你人了。"孙哥拉起她的手说："走，我带你到一个地方看看，你就知道我现在干什么了。"

孙喜眉随孙哥跑进深巷，孙哥打开一扇门，两人走进去，黑黝黝的房间突然亮起了灯，孙喜眉好奇地打量着桌上的打字机和油印机。孙喜眉说："孙哥，我记得你在咱家乡也是没念过几天书的人，怎么到上海竟干起打字和印字的生意了？"孙哥扬扬得意地说："人是要变的，老话说女大十八变，越变越好看。把这话颠倒了就是男大十八变，越变越能干。"孙喜眉自惭形秽地说："那我现在真不能小瞧你了，你也是工人阶级了。哎，你这里缺人手吗？我跟你当学徒怎么样？"孙哥欣喜地说："那太好了，我现在正需要帮手呢。不过，我干的事有风险，薪水还不多。"孙喜眉说："只要能挣出饭钱，给多少薪水都行。"孙哥索性说："那你今天就留下吧，我正准备印传单呢。"孙喜眉犹豫道："可我总要回去跟舅妈打个招呼吧？再说我舅舅还在牢里呢，我要等舅舅从牢里出来再来你这里工作。"孙哥诚恳地说："喜眉，我们俩是一个村子的，咱们村只有孙姓和路姓两大户人家，你我都姓孙，不沾亲也带故，我的工作你慢慢会明白的，绝不是为一两个人的得失，而是为普天下的劳苦大众。我现在急需要你留下来帮我。"孙喜眉想了想说："既然孙哥话说得这么神圣，那我就先留下来吧。你说，我能做什么呢？""把这些传单印好，晚上贴出去。"孙哥开始布置任务。孙喜眉看着传单上写的"打倒军阀"的字样，忽然神情紧张地问："贴这样的传单有没有危险啊？""放心，有危险都找我，不会找你的。"孙哥安慰着孙喜眉。孙喜眉说："那我就跟你去贴，你不怕危险，我也就不怕危险。"

14

上海巡捕房大牢，任队长被两个持枪巡捕押着往牢房外边走，经过路旷明的监舍。路旷明双手握着铁栅栏看着说："想不到任队长如今也跟我一样成囚犯了，早知如此，当初何必严刑拷打我呢？落个顺手人情，等我出去了还能为您收尸呢。"任队长骂道："你小子别忘了，狼走遍天下吃肉。谁比谁先死还不一定呢。"路旷明讥笑道："杀人偿命，你死定了，何况你杀了两条人命，你要死两回呢。"任队长破口大骂："我若成了鬼，一定拖上你。"路旷明使劲淬了一口："呸！"巡捕甲催促说："快走，别啰里啰唆的。"巡捕乙说："都欠打。"

15

上海地方法庭，京城司法官坐在正中间位置，他的左右是上海地方法院的法官。乔世景坐在证人席上，他身边坐着李副队长。任队长站在受审位置。观众席前排特设记者席位若干，田韵抒坐在中间，她不时跟左右说着什么，分外抢眼。

石玉婵和许尚美都坐在靠前边的观众席里，她们前后左右坐满了男女观众。

司法官问："任犯，你杀了两条人命，犯有杀人罪，这是不是事实呀？"任犯答："我那是误杀，不是有意想杀他们。"司法官说："请证人出示现场证词。"

李副队长起身走到前台，将手里的证词递给司法官。司法官又问："还有证人吗？"乔世景站起身说："我认定任犯是预谋杀人，他支使一个叫小秃的男孩偷窃通商公署安署长家和我家以及沪东办事处路旷明家，小秃对此供认不讳。当我抓到小秃带他去质问任犯时，任犯便安排方菲给小秃过生日，在蛋糕里下毒企图毒死小秃和方菲，蛋糕不慎掉地被方菲的狗吃了，狗当场死亡。方菲死前曾将这事告诉了我。"司法官说："死人已不能作证，谁可以为任犯的现场行为作证？"李副队长说："我。乔厅长所言都是实话。那天，乔厅长来质问任犯，任犯为杀人灭口就向小秃开枪，方菲为保护小秃不幸中弹身亡，任犯接着又迅速向小秃开了两枪，小秃当场死亡。"任队长怒声骂道："李副队长，你个王八蛋，你是怎么当上队副的？没有我任某的提携你当个屁！想不到你个王八蛋如此落井下石。"司法官说："请安静，法庭上讲的是理，不能骂人。"

观众席窃窃私语起来。石玉婵与许尚美相互望了一眼。

石玉婵低声道："任队长的气焰越嚣张，死得也就越快。"许尚美说："我只盼着旷明能早出来，一家人团聚。"田韵抒跟身边的一位男记者说："一个阶下囚竟敢在法庭上骂人，真是不成体统。不过，对记者来说，倒是挺有新闻价值的。"男记者说："就是。任何事情都要从正反两个方面看。"

法庭外，蝴蝶兰站在门口东张西望，她看了看法庭的牌匾，径直走了进去。蝴蝶兰在观众席的一侧悄悄坐下，似乎没有人注意她的到来。

司法官说："任犯，通商公署乔厅长指控你指使小秃偷窃公署若干人家，这是不是事实？你手里有他们受贿贪腐的证据吗？"任队长说："有，小秃曾在乔世景家偷出了若干金疙瘩、这是沪东商会几个正副会长为拿地行贿给他的，他们把金疙瘩塞进鱼肚子里，以请他钓鱼的方式将金疙瘩赠送给他。"乔世景显然沉不住气了，急忙说："那些金疙瘩是假的，当我发现了你指使小秃偷窃时，我故意将假金疙瘩摆在家里显眼的位置让他偷。"任队长接过话说："司法官，乔厅长是个十分狡猾的人，这证明他把真金疙瘩偷换了。""你说话要有凭据，那你说我的真金疙瘩藏在哪儿了？"乔世景几乎跳了起来。任队长不慌不忙说："这要问沪东商会的几个正副会长了。"司法官喊："请问证人来了没有？"

16

沪东商会的郑旷达、李总、吕老板正在江边散步，他们身后隐约可见沪东金利源码头。李总说："今天庭审，哥几个应该去旁听才是。""我觉得也应该去现场看看。"吕老板随声附和着。郑旷达一副深谋远虑的面孔说："你们几个说得倒轻松，到了现场如果司法官让我们当证人，我们是说真话还是不说真话呀？现在我们是观风望雨的时候，哪边风硬咱就往哪边倒……今天我特意邀哥几个到江边透透气，让他们想找都找不到我们。"李总忽然举起大拇指说："姜还是老的辣，不然您怎么当了会长呢。"吕老板随着他说："郑会长言之有理，今天我们就在江边吹吹风、看看美景吧。"

三人若无其事地在江边赏景，因心里都装着事情，景色再美也未看进心里去。

17

上海地方法庭，庭审在紧张地进行中。法庭司仪说："司法官大人，证人没来。"司法官说："那这事先摆一边。任犯，我问你，作为一个执法人员，你是怎么跟一个惯于偷窃的小偷勾结在一起的？这又该当何罪呀？"任队长委屈地说："说起这事，我要申明我曾是小秃和他妈妈的救命恩人。小秃的妈妈曾是上海的红舞女绿袖子，他的爸爸就是通商公署的乔世景厅长，当年在百乐门的歌女舞女没有乔厅长的捧场，是很难在上海滩走红成为明星的。……"乔世景猛地站起身说："司法官大人，任犯试图用我的私生活扰乱视听，我抗议！"司法官不屑地瞟了乔世景一眼说："请任犯陈述下去。"任队长继续说："有一天，我接到乔厅长的旨令，说绿袖子和小秃通共，让我处决他们。方菲跟我说绿袖子不可能通共，劝我刀下留人，于是绿袖子临刑时被冒名顶替，小秃被送到魔鬼训练营，后来他自己逃了回来，开始跟踪乔世景和田韵抒，并拍下了他们各自偷情的照片，乔世景知道了田韵抒与油画家天飞马有染，为报复他又以天飞马通共为由让我将其押入大牢，并逼他画一百幅油画。天飞马后来逃跑了。"司法官问："你说的这些事有证据吗？"任队长说："物证我告诉了儿子任小虎，让他去取，但他在牢里见了我一面，再也没来。人证嘛，乔世景就是当事人，你问他好了。"乔世景站起身咆哮道："这简直就是诬陷！司法官，任犯这是在扰乱视听，临死也要拉上几个垫背的。"

坐在记者席上的田韵抒神情紧张地望着乔世景。石玉婵再也坐不住了，惊慌地跟许尚美嘀咕："什么乌七八糟的，这哪像是审案子呀？"站起身出门。许尚美悄悄跟在石玉婵身后，随她出门。

司法官说："法院重证据，你说的这些如果拿不出人证和物证，那就是诬陷。"隐在角落的蝴蝶兰忽然站起来嚷："我就是人证绿袖子，任队长刚才说的话都是实情。"任队长惊讶地转过头看蝴蝶兰。乔世景也惊讶地转过头看蝴蝶兰。蝴蝶兰神情自若，面带微笑说："我后来隐名埋姓为任队长卖情报，方菲是我的上线，为了怕被人认出来，我女扮男装，不敢与我的儿子小秃相认，可任队长竟要了我儿子的命……今天我就是为我的儿子小秃讨命来了……"蝴蝶兰迅速从手包里掏出手枪，以迅雷不及掩耳之势照准任队长就是一枪。任队长当场毙命。

　　现场一片哗然，众人争先恐后往外跑。蝴蝶兰趁现场混乱之际，又照准乔世景打了一枪，乔世景急忙躲闪，枪子打中了司法官桌子前的瓷杯，瓷杯瞬间粉碎。司法官大喊："抓住刺客——"混乱中蝴蝶兰挟枪逃跑。田韵抒穿过纷乱奔跑的众人，不顾一切奔向乔世景，"世景——"

　　这时，行走在街巷的石玉婵和许尚美突然停住脚步。石玉婵说："我好像听见了枪声？"许尚美跟着说："我也好像听见了？"两人回头张望，只见众人纷纷从法庭现场跑出来，蝴蝶兰跑在最前边。石玉婵急忙说："尚美，不好了，可能法庭出事了，我们回去看看吧？"蝴蝶兰慌慌张张跑过来，许尚美一把拦住了她问："请问那边出什么事了？""可能打死人了吧。"蝴蝶兰慌忙逃离。一队巡捕由远及近追过来，领头的高喊："抓刺客——"石玉婵拉着许尚美惊慌地闪到路边。

　　上海地方法庭内，任小虎妈气喘吁吁跑进来，看到俯卧在地、满身鲜血的任队长，扑上去拼命哭喊起来："孩他爸，小虎给我的钱我都给司法官大人了，他怎么还把你打死了呢？……这给了钱也不能活命，我们凭啥还给钱呀？……这骗人的世道呀，让我人财两空啊！……"法庭空空荡荡，任小虎妈的哭喊声此起彼伏。

　　田韵抒扶着乔世景跑进一条深巷内停住，乔世景擦着额上的汗问："韵抒，现在是否安全了？"田韵抒环顾四周说："安全了吧。"乔世景骂道："安全个屁！你说，今天的事该怎样自圆其说呀？"田韵抒急忙说："只要命保住了，别的事都是小事。再说，任犯毕竟被打死了。"乔世景叹道："事情没你想的那么简单，绿袖子要他的命，同时也要我的命。"

　　田韵抒嗔怪说："你自酿的苦果，怪谁？"乔世景反嘴说："韵抒，你别说怪话了好不好？你我毕竟夫妻一场，如果不是我躲闪及时，刚刚在法庭上就见阎王去了。""阎王好见，小鬼难缠，绿袖子带着枪跑了，现在她可是在暗处，你在明处，明枪好躲，暗箭难防啊。"田韵抒提醒着。乔世景焦急地问："那我该怎么办啊？"田韵抒出主意道："这个时候就要去问安署长了，看他有没有什么好办法？"

18

　　乔世景匆匆跑进上海通商公署，安子益听完他的汇报，用手指弹着桌面说："庭审现场竟出现了刺客，要了任犯的命，这对我们来说，倒是个好消息呀。他挖空心思攒的那些赃证也就查无实据了。只是任犯现场交代的那些事情，你怎么自圆其说呢？乔厅长，这你想过吧？如果你不能在短时间内自圆其说，别说是你，就连通商公署都要受到牵连，这就叫城中失火殃及池鱼呀。"乔世景焦躁地说："安署长，我今天就是来听您高见的。"安子益一副避之唯恐不及的样子说："我能有什么高见呀，这回真要求助你太太的力量了，让她写篇颠倒现场黑白的文章，马上在报上发了，掩人耳目扰乱视听，也许能蒙混过关……"乔世景一拍脑门说："对呀，我怎么就没想到呢?"

第三十章

1

上海世俗生活报馆，总编在与两位男记者聊天，"听说昨天庭审现场，那个女刺客差点要了乔厅长的命，这可是特大新闻呀，你们怎么没人写呢？"男记者甲："我昨天不在现场。"男记者乙："我也不在现场。"总编不满地说："这么好的新闻眼你们都抓不住，报馆雇你们是吃干饭的吗？"田韵抒匆匆进来，总编立刻紧闭其口，两位男记者起身出门。

田韵抒从手包里掏出稿件放在总编的桌子上说："赶快把这篇稿子排上。"总编说："样报已经出来了，来不及了，明天再排吧。"田韵抒执意道："不行，这是通商公署的命令，我们必须马上刊发。"总编不屑地说："通商公署关我屁事啊，他们要我发稿子，那就拿钱来吧。"田韵抒认真道："你就认钱，文章明早必须见报。"总编抓起稿子在手里掂量着说："这要占多少版面啊，那你请大伙儿打个牙祭吧。"田韵抒急忙说："请，请，稿子见报我一定请。"

2

安子益在卧室靠着枕头抽烟，桌头柜上有一只白瓷烟灰缸，屋里烟雾缭绕。石玉婵走进来说："你怎么抽起烟来了？你从前可是没有这习惯的。给，今天的报纸。"安子益将烟蒂掐灭在烟灰缸里，接过报纸扫了一眼标题：《为儿报仇蝴蝶兰法庭枪杀任犯，现场混乱司法官险被殃及》。安子益赌气地扔下报纸说："这不过是糊弄一下不明真相的读者罢了，要是别家报纸将任犯与乔世景庭审中的对质报道出来，再将蝴蝶兰是绿袖子的身份抖落出来，乔世景就是浑身长满嘴也难说清楚啊，如此看来沪东办事处路旷明不在里边蹲几年是出不来的了。"石玉婵担心地说："如果乔厅长也出问题了，你这个署长恐怕是脱不了干系的。"安子益沉思道："我也在想这个问题呢，幸亏我不在现场，有些事还好推脱。现在是特殊时期，京城大帅府早就易主了，通商公署一旦闹出丑闻来，公署能不能保住都两说了。"石玉婵提醒说："京城大帅府你不是有个老同学在当秘书吗？"安子益叹息道："有了好事人家会帮你，摊上霉运谁都会躲得远远的。"石玉婵说："那我马上去找田韵抒，让她跟报馆的同行们都打打招呼，任队长已经死了，别的事能捂就捂吧。"安子益说："你找她说说也好，不过报馆的记者们可不是省油的灯，听说那天来了十几家报馆的记者呢，只要有一个喜欢捅娄子，事情就不堪收拾了。玉婵，你记住了，关键时刻要明哲保身啊。"

3

上海酒楼，傍晚灯火辉煌。一张圆形的八仙桌，田韵抒坐在正中间，她周围坐满了各报馆男女记者。桌上摆满了各式菜肴，鸡鸭鱼肉无所不包。田韵抒说："今天我宴请大家，顺便给大家压压惊，那天的现场着实让大家受惊了。来，请大家举起酒杯，让我来敬大家一杯！"

一桌人纷纷起身举杯，相互碰杯，将杯子里的酒一饮而尽。田韵抒说："来，吃菜，这是上海最地道的中餐馆，味道不错吧？"一桌人纷纷回应："不错不错，好吃好吃。"田韵抒又问："我们世俗生活报今天的报道大家都看了吧？"

一桌人边吃边应："看了看了。"田韵抒接着说："回头你们哪家报纸想报道这事啊，就不用再重新写了，转发一下我们报纸上的内容就行了。"男甲说："可我们总编不让转发别家报纸的稿子，他要求我们自己亲自采编，内容还要求与别家报纸有所区别，如果雷同就招不来广告了。"女甲说："我们总编也是这样要求的，我正琢磨该怎么写呢。"田韵抒急忙说："那你们就寻找别的新闻眼，先别在这事上做文章了。"

女甲说："这事是上海滩最轰动的新闻了，其他事都没有广告效应。"田韵抒一脸认真道："我说的可是真格的，大家别辜负了我今晚的盛宴啊。"

人的心思不是一顿宴席能左右的，吃过喝过后，记者男和记者女在上海街巷边走边说话，路灯映着他们的身影。男记者道："我怎么觉得今晚这酒席吃了心里很不舒服呢？"女记者附和道："我也有同感。你说，田记者为什么阻止其他报馆报道昨天法庭上的枪击案啊？这是最有新闻眼的事件了。"男记者道："就是，我得好好琢磨一下，这可是报馆吸引广告赚大钱的好机会。不能让她的一桌酒席就把我们的生财之道毁了吧？"女记者继续道："再说，身为报馆的记者，如果为了物质利益就放弃公平正义，这跟衣冠禽兽有什么区别？"男记者摆摆手道："你别上纲上线，只说怎么办吧？"女记者道："回去咱俩好好想想。"

4

上海黄浦江，江中行走的船上，男女乘客有的在聊天，有的在吃东西，有的打瞌睡。任小虎坐在靠窗的位置，他身边的中年男人在看报纸。男人起身出去了，将报纸丢在座位上。任小虎随手拿起报纸瞄了一眼，报纸上的标题赫然入目：《为儿报仇蝴蝶兰法庭枪杀任犯，现场混乱司法官险被殃及》。任小虎大吃一惊："臭娘们，竟把我老爸杀了……"

任小虎匆匆走出船舱，站在船头往四周望了望，扑通跳进水里。

上海街头，任小虎站在一条街的墙壁前看告示，上写：缉拿凶犯蝴蝶兰，文字旁配有蝴蝶兰的照片。

任小虎用手在蝴蝶兰的照片上狠击了两下，骂道："臭娘们，上天入地我也要把你找到。"

5

上海宾馆，司法官打量着报纸上的标题：《为儿报仇蝴蝶兰法庭枪杀任犯，现场混乱司法官险被殃及》。他走到窗前，推开窗子往外看："蝴蝶兰在哪儿？她究竟是什么人？"司法官转回身，抄起桌上的电话。

安子益正在通商公署看材料，办公桌上的电话铃响起。他拿起电话："喂——请问您找谁？"司法官道："我找通商公署的安署长。知道我是谁吗？"安子益惊慌道："司法官大人。"司法官道："安署长，您没去庭审现场真是遗憾啊。任犯当场被一个叫蝴蝶兰的人击毙了，可他死之前与乔厅长的对质，所涉问题十分严重，您作为通商公署署长，对这一切真的没有察觉？"安子益推脱说："司法官大人，都是什么问题呀？如果涉及个人隐私，我就无权过问了。乔世景是通商公署综合厅厅长，公署的具体事情都由他负责处理。"司法官道："如果能找到枪杀他的蝴蝶兰，你就什么事情都清楚了。"

安子益急忙说："司法官大人，我明白了。"

安子益放下电话，沉思片刻，又拿起电话："乔厅长吗？你到我房间来一下。"乔世景推门进来，表情忐忑地问："安署长，找我什么事？"安子益打量着乔世景说："京城司法官刚来电话了，说庭审现场你与任犯对质牵出不少问题，而且十分严重，说要是能抓到那个蝴蝶兰，就什么都明白了。"

乔世景说："那天跟任犯对质的问题，除了我的个人隐私，其他事您都是知道的。"安子益突然抬高声音说："我不知道，从现在起我什么都不知道，你明白吗？至于那个蝴蝶兰，她虽在法庭上要了任犯的命，可同时她也成了司法官查案的新线索了，你自己看着办吧。"乔世景还想说什么，安子益挥挥手，乔世景只好无语地出门。

6

上海中式庭院，安子益在收拾东西，石玉婵帮他打点。

安子益说："我这次去京城可能要多住些日子，国大代表选举在即，我要会会老同学，拉拉关系。公署最近有点麻烦，我正好出去避避风头。"石玉婵问："你一走，通商公署的事怎么办?"安子益说："你先别管那么多了，眼下你只盯住自己的事就行了，特别是沪东学校的事要揩干净啊，别最后坑我们一下子。"石玉婵说："我知道了，救灾款和抚恤金一下来，人心也就安抚了。另外，我的教育慈善基金会就放在沪东学校了，我从心里想做些慈善之事。"安子益忽然问："小早还没有信来吧?"石玉婵说："没有，儿子如果来信，我会在第一时间告诉你的。"安子益叹息道："教子无方，这也许是我们这辈子最失败的事情了。"石玉婵辩解说："你也别这么说，开始我也这样想，现在我不这样想了，我们只给了孩子生命，人生的道路是要他自己选择的，说不定他的选择是正确的呢。"安子益拎起行李说："好了，你别啰唆了，我走了。""出门在外，你自己多保重吧。"石玉婵叮嘱道。安子益打量着石玉婵说："听你这话，好像我们要各奔前程一样。""人各有志，你有你的选择，我也有我的选择。我们都应该找到最适合自己的道路。"石玉婵说罢，将安子益送到门口，她的视线忽然模糊起来，于是急忙转过脸，不让安子益看到她脸上的泪水。

7

田韵抒正准备出家门，乔世景突然跑回来说："韵抒，你今天最好去见一下石玉婵，我感觉情况不太妙，这个时候安署长自己去京城了，他这是想把自己抖落干净，如果真是这样，我自己也得留一手呀。"田韵抒惊讶道："别是爹死娘嫁人，各人顾各人了吧?"乔世景催促说："那你快去吧。"

石玉婵刚要出门，田韵抒突然出现在门口。石玉婵问："韵抒，你干什么来了?"田韵抒说："我来看看大姐，世景说安署长去京城了，大姐有没有什么需要我们帮忙的?"石玉婵说："现在没什么需要你们帮忙的，安署长准备连任国大代表，这个节骨眼上，别给他找麻烦就是对他的最大帮助了。好了，我马上到沪东学校去，救灾款发下来了。"田韵抒问："要不要我陪您一块去?"石玉婵笑道："那当然好了，教育慈善基金会马上要成立了。"田韵抒欣喜地说："我们总算干了一件正事。"

8

上海宾馆，司法官在看卷宗，许尚美悄悄走进来。司法官吃惊地问："谁让你进来的？"许尚美笑道："大人，我是路旷明的太太许尚美，您忘了我那天来还带了……"司法官立刻打断她的话："闲话就别啰唆了，你想让我放了路旷明是吧？"许尚美说："您不是说任队长的案子有了眉目，就放了路旷明吗？"司法官板着脸说："庭审现场你难道没去吗？任犯交代了许多事都与通商公署的人有关，在没查清事实真相之前我怎么好随便就放了路旷明呢？我要是放了他，法租界都不答应。"许尚美提醒道："我那天带着银子来看您，您可不是这样说的。"司法官沉下脸吼道："你什么时候带着银子来过呀？我是从来不收银子的。"许尚美又提醒说："那我外甥女来给您掏耳朵，这事您总该记得吧？"司法官突然站起身怒斥说："大胆泼妇，谁放你进来打扰我工作的？来人呢，把这个泼妇拉出去。"

司法官话音刚落地，立刻进来两个侍卫将许尚美拉了出去。许尚美挣扎着喊："司法官，我的话还没说完呢。"两个侍卫将许尚美推出宾馆大门，又踹了她几脚说："我让你说让你说……"许尚美绝望地号哭起来："天啊！——"

9

上海世俗生活报馆，田韵抒坐在办公室看报纸，外边有人敲门。她放下报纸起身去开门，许尚美一步跨了进来。"尚美，你怎么到报馆来找我了？出什么事了吗？"田韵抒问。许尚美焦虑地说："田姐姐，旷明什么时候才能放出来呀，真是急死人了。"田韵抒说："我又不是司法官，怎么知道路旷明什么时候能放出来呢？那天庭审现场你也看到了，任犯一口咬定通商公署，乔厅长能不能脱得了干系还很难说呢。尚美，你是不知道呀，这些日子为了给通商公署正名我付出了多少心血啊。"许尚美一副不领情的面孔说："你付出多少心血跟我又有什么关系，我只要路旷明从牢里出来，我真后悔当初为什么要把他弄回上海呀，他要是在前线战死了，还落得个英名呢，如今成了阶下囚，害得我女儿星星也去庙里当尼姑了。我这是图的什么呀？""尚美，你说这话我可不爱听，当初为了把路旷明弄回上海，我和玉婵大姐费了多少心思，安排他当沪东办事处主任，我们又费了多少心思？自从他进了大牢，通商公署、玉婵大姐和我，无时无刻不在想办法救他出来，这你是知道的呀？"田韵抒有点不高兴了。许尚美索性说："路旷明在沪东办事处是为通商公署卖命的，这你们不会不知道吧？"田韵抒不耐烦地说："尚美，话说到这份上就很没意思了。"见许尚美低头不语，又说："对了，有件事我必须告诉你，玉婵大姐在沪东学校成立了教育慈善基金会，我准备写篇文章帮她造造声势，你想参加吗?"许尚美说:"我可没有那么高尚的情怀，我自己家的事情够焦头烂额的了。"说罢转身走了。

许尚美在街头徘徊，夜渐渐深了，她的表情如同夜色一样令人琢磨不定。突然，她看见一男一女在距她不远处往墙上贴传单，不禁好奇地走了过去。女人转过脸拿传单时，许尚美发现竟是孙喜眉，"喜眉，我总算找到你了，你这是在干什么呀?"孙喜眉说:"舅妈，我来介绍一下，这是我的老乡孙哥。我现在跟他打工。"孙哥走到许尚美跟前说:"您好。听说日本人要在上海扩大租界，我们贴传单抵制日货。"许尚美吃惊道:"这多危险啊，喜眉，弄不好会掉脑袋的。"孙哥不在乎地说:"我们早想过了，与其在洋人的铁蹄下苟活，还不如挺起国人自己的脊梁。"孙喜眉接着说:"舅妈，我也是这样想的，以前我不明白，自从跟了孙哥，我就越来越明白了。"许尚美惊慌地说:"那你们自己多保重吧，我走了。"

孙哥望着许尚美的背影议论:"你舅妈是个胆小怕事、贪图荣华富贵的人啊。"孙喜眉叹道:"我舅舅都贪到大牢里去了，她还荣华个啥?"这时，一队巡捕疾步跑来。孙喜眉一眼看到，急忙喊:"孙哥，快跑。"孙哥拉起孙喜眉一路狂奔。

10

深夜，许尚美一脸倦容回到家中。许老太太迎过来说:"你怎么才回来呀?真急死人了。"许尚美说:"妈，我在街上看到喜眉了，她在跟一个姓孙的老乡贴传单。"许老太太吃惊地问:"贴传单? 她不会也通共了吧?"许尚美说:"我没问，怕惹事，如今我再也经不起什么事情了。"许老太太又问:"旷明有消息吗?"许尚美说:"我今天去见司法官了，看样子那银子又白送了。""啊，又白送了? 这狮子要是大开口，我们小家小户的可没有那么多的肉喂饱他呀。"许老太太说。许尚美打断她的话说:"妈，这话就别说了，这几天您要是心里赌得慌，就到外边转转去吧。""那我明天就到寺庙看看星星吧，你一个人在家，凡事要多留神，夜里少出门。"许老太太叮嘱道。"妈，我又不是两三岁的小孩子了，别总为我操心了。"许尚美说着，忽然感觉有泪水奔流而出，小河一样在脸上流淌。她真想放声悲哭。

11

郑旷达、李总、吕老板三人走到通商公署门前，脚步又犹豫起来。郑旷达问:"我们见到安署长说什么呢?""直奔主题，就问路主任到底什么时候放出来。"李总说。吕老板提出了不同的想法:"你们不觉得他们心里也没谱吗? 要是真有谱，就不会在报纸上接二连三发文章了。"郑旷达说："既然来到公署了，那就先探探风向再说吧。"李总随之道："走，那咱们就进去看看。"

郑旷达、李总、吕老板三人走进通商公署，里面寂然无声。他们在安署长办公室门口站定，郑旷达伸手敲门，李秘书从隔壁房间走出来。郑旷达问："安署长不在吗？"李秘书说："他去京城参选国大代表了。"吕老板接着问："那乔厅长呢？"李秘书说："乔厅长今天在外应酬呢。"李总不满地说："都不在，那咱哥几个就回转吧？"三人来到通商公署外，一时竟没了主张。吕老板说："安署长这是到京城疏理人脉关系去了，选举要半个月之后呢。"郑旷达讥笑说："他是怕惹祸在身，跑到京城躲心净去了。""躲了和尚躲不了庙，真要有了脏事，用神仙水也洗不干净。"李总下着断言。郑旷达忽然说："这两天没听见法租界的动静嘛？""听说日本纱厂要扩大地盘，最近法租界与日租界的人来往密切。"吕老板在一旁搭话。郑旷达接着他的话说："日本人近来很嚣张，日租界大有压过法租界的势头。法租界要是把沪东沼泽地转让给日租界，以后沪东就有可能被日租界控制了，沪东办事处能不能存在都两说了。"李总分析说："照这么推断，我们沪东商会以后就要靠日本人了。"吕老板气愤地说："如果沪东商会以后真成了日本人的汉奸商会，那我就退出了。"

郑旷达说："还没到那个地步吧，这都是猜测，哥几个先听听动静再说吧。"

12

上海沪东沼泽地畔，法租界老大与日租界的几个人站在沼泽地旁指指画画说着什么，他们身后就是沪东学校。法租界老大说："这块地好好利用可以做很多事，如果日租界没有什么异议，双方就可以成交了。"日租界头目说："我们不光要这块地，那边的学校我们也要，还有那片商业区，纱厂要扩大规模，日本人在上海要大大地发展。"

赵人杰与石玉婵、田韵抒在沪东学校边走边说话。赵人杰说："这笔救灾款总算发下来了，只是郑秋生的抚恤金少了点。"石玉婵说："赵校长，我会再想办法的。这不，田记者也来了。"田韵抒笑道："赵校长，我会在报馆为沪东学校呼吁的。"赵人杰感激地说："那真是太谢谢了。"

日租界的几个日本人正在校园外丈量土地，他们低声说着日语，有一个日本人在用本子记录。石玉婵、田韵抒与赵人杰透过校园木栅栏往校外望着。石玉婵问："好像是日租界的人，他们丈量校外的土地干什么？"赵人杰说："不清楚。不过，日军自从开抵哈尔滨，掌控了哈尔滨至长春的铁路，似乎越来越猖狂了。"石玉婵忧心忡忡地说："日本人在丈量土地，不是什么祥兆。"赵人杰问："他们是不是又在打什么主意呀？"田韵抒说："很有可能，听说现在法租界的人都怕日租界呢。""如果真是这样，那问题就太大了。……赵校长，你要随时注意日本人的行踪。"石玉婵叮嘱道。赵人杰说："我知道了。"

13

上海清明晚报馆，两个青年男女记者在看一篇稿子。男记者道："这篇稿子如果发出去了，对那些权贵们就是重磅炸弹，尤其是通商公署的乔厅长还有他的太太田韵抒。"女记者气愤道："乔厅长居然以通共的罪名让油画家天飞马画一百幅油画，这不是利用权力坑人害人又是什么呢？讽刺的是田韵抒居然还与天飞马有染。我真弄不明白，像田韵抒这样的俗女人怎么还在报馆当了首席记者了？"男记者坦言："报纸本来就是为俗世生活服务的，可谓声色犬马，她在报馆当记者一点都不奇怪。"女记者有点担心道："这篇稿子在清明晚报发出去，我们不会惹祸上身吧？"男记者道："如此黑暗的世道，总要有人站出来晒晒良心。记者的职业就是要有不怕死的人来担当。"女记者应道："反正我跟着你走，你到哪里我到哪里，你不怕死我也不怕死。"男记者点头道："明天一早我们的《清明晚报》就会轰动上海滩，你信不信？"女记者点头道："我当然信了。"

14

田韵抒走进报馆，看到男女编辑在窃窃私语。她径自进了办公室，刚坐下，总编端着一把小茶壶、拿着一张晚报走进来，打量着田韵抒问："今天的《清明晚报》看到了吧？"田韵抒说："还没顾上看呢，有什么重要的新闻吗？"总编将报纸掷在她的办公桌上说："那你快看看吧。"说罢得意地离去。

田韵抒摊开报纸，通栏标题赫然入目:《通商公署乔厅长以通共罪名讹诈油画家天飞马百幅油画，缘于其太太田韵抒与之通奸》。田韵抒立刻脸色大变地嚷道："天啊，这是谁在陷害我呀？"

15

上海宾馆，乔世景满脸沮丧，司法官桌上摊着《清明晚报》。

司法官说："乔厅长，本来那天庭审的时候，任犯当众对你的指控就够尴尬的了，今天报纸上的花边新闻你又怎么自圆其说呢？"乔世景愤怒地说："这是有人栽赃陷害，司法官大人您可不能相信报纸的胡言乱语啊。"司法官笑道："我相信也好，不相信也罢，都没法跟公众解释清楚，乔厅长为官多年，应该深谙民不举官不究。任犯留下来的小本本我还没太弄清楚呢，又出来一张报纸，你让我这个来查案子的司法官怎么查呢？你真要难为死我吗？"乔世景神情沮丧地说："司法官大人，那我现在应该怎么办呀？"司法官一本正经道："通商公署所涉案情十分严重，回头我整理一下，上报大帅府吧。"乔世景惊慌地问："这么说路旷明一时半会儿难放出来了？"司法官正色道："公职人员涉赌，那是什么性质的问题呀？你回去好好想想吧。"乔世景忽然说："大人，当初我找您的时候，您可不是这么说的。"司法官问："那我是怎么说的呢？"乔世景站起身道："您的记性应该比我好吧。"司法官望着乔世景走出去的背影不屑地哼了一声。

这时，胡老板带着一群人闯进上海宾馆，他嚷道："日租界的人把我的赌场封了，您要是再不放路旷明，他的那些赌债谁收拾啊？"司法官怒声问："日租界的人封你的赌场跟我有关系吗？"胡老板嚷道："路旷明在大牢里呢，你不发话他就出不来，他出不来赌债就没办法还，我被追得快掉脑袋了。"司法官说："这事不归我管，你该找谁就找谁去吧。来人呢，送客。"几个侍卫将胡老板架了出去。

16

乔世景刚进家门，田韵抒就迎出来问："看到《清明晚报》了？"乔世景说："不光我看到了，京城的司法官也看到了，我的绿帽子是摘不掉了，全上海滩的人都知道我戴了一顶鲜亮的绿帽子。"乔老太太从卧室走出来问："什么红帽子绿帽子的，你们俩不好好过日子生儿育女，到一起就吵嘴打架，哪儿像恩爱夫妻呀。"乔世景说："妈，她跟别的男人偷情都上了报纸成了上海滩的大新闻了。"田韵抒争辩道："跟你在外养女人相比，我只能算小巫见大巫了。更何况我让天飞马给你们公署画了一百幅油画。"乔世景急忙说："别说了，真龌龊。"田韵抒反问："你还知道什么是龌龊？""我给你脸了是吧？"乔世景上去打了田韵抒一耳光。田韵抒扑上前嚷："你又打我！你这个畜生！"乔老太太吼道："这还像家吗？简直就是猪圈，你们俩都是畜生。我走了，眼不见心不烦。"

乔老太太推开大门出去了。

乔世景与田韵抒还在厮打，田韵抒嚷："有本事你打死我?!"乔世景骂道："你以为我不敢吗？这口恶气我忍了多少年了。"乔世景举起一把红木椅子砸向田韵抒。"救命呀！"田韵抒撒腿跑出门去。

乔世景随后追出大门，这才想起母亲早就跑出屋了，他站在一条街巷四处观望，大喊："妈，您老跑到哪里去了呀？"突然，一把手枪抵住他的后脑。乔世景吼道："你还想用枪打死我，田韵抒，有种你就开枪啊！"猛转身看到一个蒙面人正持枪对着自己。乔世景惊慌地问："你是谁？"蒙面人扯下面纱说："我是被你玩够了又想弄死的舞女……"乔世景大吃一惊："绿袖子？你别误会，小秃不是我杀死的，我对你是有恩的，当年没有我捧你，你不可能成为上海滩的红舞女，没有我……"绿袖子激愤地说："我被你骗得太久了，再不想听你的花言巧语了。"乔世景试图逃跑，绿袖子迅速扣动扳机，枪响了，乔世景应声倒地。

角落里，一个黑衣人正瞄准绿袖子，随着乔世景应声倒地，绿袖子后背突然中弹也倒在地上，闭眼之前尚未弄清究竟是谁要了她的命。

上海黄浦江，江边上一只小舟在夜色中静静地停泊。任小虎跪在地上，对着黄浦江水呼喊："父亲，我已为你报仇了，一命抵一命，蝴蝶兰你怪不得我了。"说罢纵身一跃跳进小舟，撑船而去。

17

上海商务馆，李总看着报纸上的新闻：《通商公署乔厅长昨晚当街被杀，女刺客随后亦被杀死》。

许尚美走进来，李总扬着手中的报纸说："路太太，你看到今天的报纸了吧？乔厅长死了，路主任何时出来真说不定了，沪东办事处本来就是空口套白狼的花架子，把我们哥几个都耍了。我当初借给你的大洋，现在该还了吧？"许尚美："还，我肯定还。"李总："不还也行，那就让我长期享受温柔乡吧。"李总将许尚美逼到墙角。

18

上海宾馆，司法官看着报纸上的新闻《通商公署乔厅长昨晚当街被杀，女刺客随后亦被杀死》，不由嘿嘿一笑："这回我应该返京喽。"

京城四合院，杨沪生将卷宗递给白芙蓉说："司法官刚从上海带回来的卷宗，你把它誊抄一下。"白芙蓉："好的。"

杨沪生转身离去，白芙蓉坐下翻开卷宗，看到"上海通商公署安子益"的字样，不禁皱起眉头。

19

京城大帅府，一群人正在埋头整理卷宗。安子益走进来，陈秘书说："你来得正好，京城司法官在上海查出通商公署许多问题，你国大代表的连任资格恐怕保不住了。"安子益急忙辩解："通商公署的具体事情都是乔世景厅长负责的，下边的人捅出的娄子跟我没关系，有些事情我根本不知道。"

陈秘书说："我们是老同学，所以我才将实话告诉你，大帅府准备解散上海通商公署，另外派驻别的机构，所以国大代表的名额也就没有通商公署的份了。"安子益恳求道："那我可以到别的机构去工作嘛。""你等等，我要出去方便一下。"陈秘书转身出门。安子益紧随其后，直追到厕所，从口袋里掏出银票塞给他说:"老同学,我当了国大代表对你是有好处的,我们可以互惠互利呀。"陈秘书收起银票笑道:"你光找我一个人没用,现在要选举,每人一票。"安子益焦虑地问:"那我都找谁呀?"陈秘书悄声说:"等会儿我给你弄一份名单吧。"说罢进了厕所。安子益站在门口听他哗哗啦啦的撒尿声。

20

京城四合院,白芙蓉将一叠卷宗递给杨沪生说:"上海通商公署的安子益好像不符国大代表的资格,最近有不少状纸状告他违法乱纪。您看看吧。"杨沪生接过卷宗放在一边说:"这个人已经通过国大代表的资格审查了。"白芙蓉不解地问:"那为什么呀?"杨沪生说:"他票数过半了。"白芙蓉不服气道:"像他这样的人居然还能连任国大代表,这国大究竟为谁议事呀?"杨沪生忽然问:"怎么,你认识他?"

白芙蓉急忙说:"噢……不认识。"

21

沪东学校被日本人贴了封条。赵人杰和学生们被驱赶出校园,赵人杰质问日租界的人:"你们这样做,上海通商公署知道吗?"日租界头目笑道:"据可靠消息,通商公署马上就解散了。"赵人杰问:"你说什么?我们中国人还不知道的事情,日本人怎么会知道呢?"日租界头目说:"你们中国人就会窝里斗。"

这时,郑秋生的妈妈从破旧的房子里被日本人赶出来,她在校园里又跑又喊:"我儿子郑秋生来接我了!我儿子郑秋生来接我了……"日租界头目恶狠狠地说:"以后日租界不允许精神疯癫的人存在。"一个穿便衣的日本人举枪射向郑秋生的母亲,赵人杰一眼看到猛扑过去喊:"你们想杀人吗?"枪声响起,赵人杰应声倒地。郑秋生的母亲看到赵人杰倒地,忽然大喊:"杀人了杀人了!"又一声枪响,郑秋生的母亲倒地。

花间坊被日租界占领,改为日本艺伎馆,小花彩望着被拆掉的门楣哭泣。

沪东寺庙里,路星星正坐在大殿诵经,日租界的几个人探头往里边看。日租界头目不怀好意地说:"诵经的是个尼姑,以后我们要给这里配些和尚。"几个人随之嬉笑起来。

22

上海中式庭院,赵妈在门口随手拣起一封信,转身回屋喊:"太太,小早来信了。"

石玉婵接过信立刻读起来:

"妈妈，当您看到这封信的时候，我已经奔赴腥风血雨的战场了，倘若我有什么意外，您千万不要悲伤，人生不是苟且的偷安，而是为理想为社会有价值的奋斗，请给予我生命的爸爸妈妈为你们的儿子骄傲吧！……"

　　石玉婵读到这里，突然激动地喊："小早，妈的好儿子……"

23

　　上海黄浦江畔，许尚美在江边痛哭，她刚要纵身一跃，被奔跑过来的田韵抒一把扯住了后背，"尚美，难道你想死吗？你死了你老母亲怎么办？你这是逃避人生的责任你知道吗？"许尚美哭着说："路旷明判刑了，女儿星星当尼姑了，我活着还有什么意义呀？"田韵抒说："路旷明起码还活着，在牢里蹲几年就会出来了。比起死去的乔世景，他幸运多了。"许尚美仍悲痛欲绝地哭道："花了那么多的心思和钱财，最终换来的竟是牢狱之灾，早知如此，当初我为什么要发疯呀？"田韵抒劝道："你再痛苦，也比我强，你总算有盼头，还能当太太，可我已经成了寡妇，我跟谁诉苦去呀？"说罢也哭起来。

　　石玉婵悄悄走过来，将两手扶在田韵抒和许尚美的肩膀上说："我刚接到儿子小早的信了，他在信上说人生不是苟且的偷安，要为理想为社会有价值的奋斗。两位学妹，我们是不是应该醒醒了？是不是应该跟过去行尸走肉的生活告别了？……"

　　突然，游行的队伍浩浩荡荡出现在大街上，孙哥和孙喜眉走在最前边，他们边走边高呼口号："抗议日本纱厂枪杀中国工人！""中华民族永不向外敌屈服！"

　　许尚美惊呼道："喜眉——喜眉——"石玉婵趁机说："走，我们也游行去。"田韵抒随之说："对，我们也游行去。"

　　许尚美说："好，我跟着两位学姐。"三人手拉手走进游行的队伍。